erstes buch

erstes kapitel

Als endlich jemand bemerkte, daß der Frachter überfällig war, kümmerte es niemanden. Die Feiern hatten vor zwei lokalen Tagen begonnen, als der letzte Kriechzug aus Zeebin eingetroffen war. Sassinak hatte mit dem Rest ihrer Mittelschule diesen Zug empfangen und geholfen, die Container mit persönlicher Fracht zu entladen, bevor sie zu einem Spaziergang durch die überfüllten Straßen aufbrach.

Im letzten Jahr war sie – gerade noch – zu jung gewesen, um sich diese Freiheit nehmen zu können. Selbst jetzt scheute sie noch ein wenig vor dem Lärm und dem Durcheinander zurück. In der Woche, wenn die Erzfrachter eintrafen und die Feierlichkeiten stattfanden, wuchs die Bevölkerung der City auf das Dreifache an. Alle Bauern, Bergarbeiter, Kriechzugtechniker oder Ingenieure – alle, die es einrichten konnten, und manche, die eigentlich keine Zeit hatten – kamen in die City. Sie schien diese Bezeichnung fast zu Recht zu tragen, wenn die Menschenmassen sich zwischen den Reihen vorgefertigter, eingeschossiger Gebäude wälzten, die der jungen Kolonie als Unterkunfts-, Lager- und Fertigungsräume dienten. Sassinak konnte so tun, als befände sie sich in den Außenbezirken einer *echten* Stadt, und die höheren Kuppeln und Blockhäuser der ursprünglichen Siedlung konnten mit einer gewissen Vorstellungskraft für die hoch aufragenden Gebäude stehen, die sie eines Tages auf den Welten zu besuchen hoffte, von denen sie in der Schule gehört hatte.

Sie machte vor sich ein Schulabzeichen aus und erkannte Caris' neue (und leicht lächerliche) Frisur. Indem sie sich zwischen den dahinschlängelnden Massen von Bergarbeitern schob, die dazu verurteilt schienen, an jedem Eingang ins Stocken zu geraten, packte Sassinak ihre Freundin am Ellbogen. Caris wirbelte herum.

»Nicht…! Oh, Sass, du Idiotin. Ich dachte, du wärst…«

»…ein betrunkener Bergarbeiter. Klar.« Arm in Arm mit Caris fühlte sich Sassinak sicherer – und etwas erwachsener. Sie sah Caris von der Seite an, und Caris grinste zurück. Sie schwangen zu einer Parodie der erfolgreichen Holovid-Serie ›Carin Coldae – Die Superheldin‹ die Hüften und sangen einen Vers des Titelsongs. Jemand hupte hinter ihnen, und sie verfielen in Laufschritt. Auf der anderen Seite der Straße rief eine vertraute Stimme: »Da kommen die Skelettzwillinge«, und sie liefen schneller.

»Sinder«, sagte Caris etwa einen Block später, als sie abgebremst hatten, »ist eine Plage für den ganzen Planeten.«

»Nicht für den Planeten. Für das ganze Sonnensystem.« Sassinak sah ihre Freundin finster an. Sie waren beide lang und dünn und hatten Sinders Witze über die Skelettzwillinge schon öfter gehört, als irgendwer ertragen konnte.

»Für die ganze Galaxis.« Caris mußte immer das letzte Wort haben, dachte Sassinak. Sie mochte nicht recht haben, aber sie behielt das letzte Wort.

»Wir werden keinen Gedanken an Sinder verschwenden.« Sassinak durchwühlte mit den Fingern das Durcheinander von Sachen in ihrer Jackentasche und kramte ihren Credit-Ring hervor. »Wir können Geld ausgeben…«

»Und du bist meine Freundin!« sagte Caris lachend und schob sie sanft zur nächsten Eßbude.

Am nächsten Tag ging es auf den Straßen für Kinder zu ruppig zu, fanden jedenfalls Sassinaks Eltern. Sie versuchte sie davon zu überzeugen, daß sie kein Kind mehr sei, aber es hatte keinen Sinn. Sie nahm an, es hatte etwas damit zu tun, daß ihre Mutter nach einem Babysitter suchte und im Erholungszentrum des Blocks eine Party nur für Erwachsene stattfand. Caris besuchte sie, was es etwas erträglicher machte. Caris kam mit der sechsjährigen Lunzie besser zurecht als sie, und das bedeutete, daß Sass dem ›Baby‹ – nämlich dem dreijährigen Januk – Geschichten vorlesen konnte. Wenn Januk es nicht geschafft hätte, eine Dreimonatsration Zucker zu verschütten, als sie ohne Rezept Plätzchen zu backen versuchten, hätte es doch noch ein ziemlich guter Tag werden können. Caris schaufelte den Großteil des Zuckers in den Container zurück, aber Sass fürchtete, daß ihrer Mutter die braunen Krümel darin auffallen würden.

»Das ist nur Gewürz«, sagte Caris überzeugt.

»Ja, aber…« Sassinak rümpfte die Nase. »Was ist das? Ach, du lieber Himmel.« Die Kekse waren nicht ganz verbrannt, aber Sass sah gleich, daß sie den fehlenden Zucker nicht wettmachen konnten. Außerdem hatte sie keine Hoffnung, daß Lunzie die Sache für sich behalten würde – sie war in dem Alter, dachte Sass, in dem sie, nachdem sie endlich den Unterschied zwischen einer Geschichte und der Wahrheit begriffen hatte, es jeden wissen lassen wollte. Lunzie begann jede Petzerei mit einem lauten »Jetzt sag ich aber die Wahrheit; wirklich«, was Sass unerträglich fand. Es half nichts, wenn man Sass daran erinnerte, daß sie selbst im Alter von fünf Jahren den Blockkoordinator für die Benutzung eines höflichen Euphemismus am Tisch gescholten hatte. »Das richtige Wort ist ›kastriert‹«, behaupteten alle, habe sie gesagt. Sie glaubte es nicht. Sie würde nie glauben, daß sie in ihrem ganzen Leben, wie jung auch immer, schon einmal derlei am Tisch geäußert hatte. Jetzt räumte sie die Kochnische auf, rettete jeden Zuckerkrümel, der einigermaßen sauber aussah, und fragte sich, wann sie Lunzie und Januk ins Bett schicken konnte.

»Acht Tage.« Der Captain grinste den Piloten an. »Acht Tage sollten reichen. Weitgehend jedenfalls. Haben wir ein Glück, daß der Frachter sich verspätet hat.« Sie lachten beide; denn das war ein alter Witz zwischen ihnen und ein Rätsel für alle anderen, warum es ihnen so gelegen kommen sollte, wenn andere Schiffe sich ›verspäteten‹.

»Wir wollen keine Zeugen zurücklassen.«

»Nein. Aber vielleicht wollen wir Beweise hinterlassen… gewisser Art.« Der Captain grinste, und der Pilot nickte. Beweise, die auf jemand anderen hindeuteten. »Also – wenn diese Idioten da unten sich nicht bis zur Besinnungslosigkeit betrunken haben und auf das Eintreffen des Frachters warten, komme ich ins Spiel. Wir sollten in der Lage sein, uns für jemand anderen auszugeben, falls sie nicht irgendeinen exotischen Dialekt sprechen. Schauen wir mal…« Er blätterte durch die Verzeichnisinformation und schüttelte den Kopf. »Kein Problem. Neo-Gaesch, und das ist Orlens Muttersprache.«

»Stammt er von hier?«

»Nein, die Kolonisten hier stammen von Innish-Ire, und Orlens kommt von der Innish-Außenstation. Das läuft aber aufs selbe hinaus; dieselbe Sprache und derselbe Dialekt. Es ist eine neue Kolonie; sie dürfte sich nicht sonderlich weiterentwickelt haben.«

»Aber die Kinder – sie sprechen doch Standard?«

»Nach den FES-Bestimmungen müssen sie es mit acht Jahren. Alle Kolonien werden mit Memobändern und -kuben für die Kinderhorte ausgestattet. Wir sollten keine Probleme haben.«

Nachdem sie Orlen auf die Brücke gerufen hatten, brummte er eine Folge von Lauten, die, wie der Captain hoffte, dem Neo-Gaesch entsprachen, und öffnete einen Kommunikationskanal zum Hauptraumhafen des Planeten. Nach allem, was der Captain sagen konnte, glich der Mischmasch von Silben, den sie zur Antwort erhielten, Orlens Dialekt, klang nur etwas gedehnter. Das kann man kaum als Sprache bezeichnen, dachte er, stolz auf sein eigenes Erbe sauber artikulierten und intonierten Chinesischs. Er sprach auch Standard und zwei weitere verwandte Sprachen.

»Sie sagen, sie können in den Dateien unsere ID nicht finden«, sagte Orlen, diesmal auf Standard, und unterbrach seine Gedankenfolge.

»Sagen Sie Ihnen, sie sind betrunken oder unfähig«, erwiderte der Captain.

»Das habe ich. Ich sagte ihnen, sie hätten den falschen Kubus im Schacht, einen nicht mehr aktuellen Verzeichniseintrag oder nicht mehr Verstand als ein Kohlkopf, und sie haben's noch einmal versucht. Aber sie wollen das Gitter nicht einschalten, ehe eine Übereinstimmung hergestellt ist.«

Die Pilot räusperte sich, ohne ihm ins Wort zu fallen, und der Captain sah ihn an. »Wir könnten unseren Code in ihren Computer schleusen«, schlug er vor.

»Hier nicht. Die Kolonie ist zu neu; sie verfügen über interne Prüfmechanismen. Nein, wir gehen runter, aber bleiben Sie dran, Orlen. Wenn wir sie nur ein wenig zu lang hinhalten können, werden wir uns um ihre Verteidigungsanlagen keine Sorgen zu machen brauchen. So imponierend sind sie nicht.«

In den Angriffskapseln warteten die Stürmer. Mit ihren buntscheckigen Panzern, die sie von einem Dutzend geenterten Schiffen und kleineren Stationen gestohlen hatten, ihrer gemischten Bewaffnung von allen möglichen Herstellern fehlte ihnen nur die romantische

Aura, die man früher einmal mit dem Begriff des Piraten in Verbindung gebracht hatte. Diese Männer waren Räuber, Gangster, standen zwei Stufen unter Söldnern und waren sich der Folgen eines möglichen Scheiterns wohl bewußt. Die Föderation Empfindungsfähiger Spezies folterte nicht und richtete selten jemanden hin, aber die Vorstellung, gebleicht, einer Gehirnwäsche unterzogen und in gehorsame und nützliche Arbeiter verwandelt zu werden, das war Folter genug. Und daher verhielten sie sich in gewissem Maße diszipliniert und zollten innerhalb gewisser Grenzen jenen Gehorsam und Loyalität, die das Schiff befehligten oder es gepachtet hatten. Auf manchen Welten gingen sie als Freihändlerwachen durch.

Orlens Vorwürfe gingen nicht weit an der Wahrheit vorbei. Als der letzte Kriechzug angekommen war, machte es sich jeder bequem, bis die Erzfrachter eintrafen. Der Seniortechniker des Raumhafens sollte auf seinem Posten bleiben, aber wenn das neue äußere Signalfeuer den Erstkontakt abwickelte, warum sollte er sich dann noch die Mühe machen? Es war ein sehr langes Jahr gewesen, vierhundertsechzig Tage, und wem schadete es schon, wenn er sich einen Schluck gönnte, der ihm das Herz wärmte? Ein Schluck führte zum nächsten. Als das innere Signalfeuer, das keine Antwort erhielt, die Relais auslöste, die jedes Lämpchen in den Kontrollräumen in einem verwirrenden Zufallsmuster blinken ließen, glaubte er im ersten Moment, das er das Zeichen des äußeren Signalfeuers schlicht verpaßt hätte. Er fand schließlich die Kombination von Steuerknöpfen, die das Blinken unterbanden, und brachte die aufgeregte (und nicht mehr ganz nüchterne) kleine Menschenmenge zum Schweigen, die hereingeeilt kam, um zu sehen, was los war. Und daß am anderen Ende des Kommunikationskanals eine freundliche Stimme Neo-Gaesch sprach, trug nur weiter zur

Verwirrung bei. Er versuchte dem anderen mitzuteilen, daß er auch recht gut Standard sprechen könne (und wußte nicht genau, ob er vorhin zu betrunken gewesen war, um in Standard auf einen Gruß zu antworten), aber es kam nur Gebrabbel dabei heraus. Und so ging es weiter, und es war nur Sturheit, die ihn davon abhielt, das Gitter einzuschalten, als er die ID des Schiffes nicht in den Verzeichnissen auffinden konnte. Diese verdammten starrköpfigen Raumfahrer da draußen unter den Sternen, die nichts besseres zu tun hatten, als ehrliche Männer zu behelligen, die nur ein bißchen Spaß haben wollten – warum sollte er denen einen Gefallen tun? Sollten sie doch selbst ihr Schiff identifizieren oder ohne die Signalfeuer des Gitters herunterkommen, wenn sie Lust auf solche Spielchen hatten. Er versetzte den Computer in eine Suchschleife und trank noch einen Schluck.

Das Warnsummen des Computers weckte ihn auf. Das Schiff war viel näher gekommen, stand tief über dem Horizont und näherte sich auf einem Landemuster… und es war rotbeflaggt. Piraten! dachte er benebelt. Es ist ein Piratenschiff. Es kann nicht sein… aber der Computer hatte sich nicht täuschen lassen, und weil er nicht durch die Abbruchsequenz aufgehalten wurde, die der Seniortechniker in seinem betrunkenen Zustand nicht eintippen konnte, löste er überall im Gebäude und in der Stadt lauten Alarm aus. Und der Sprachsynthesizer sagte mit einer warmen, freundlichen, ruhigen weiblichen Stimme: »Achtung. Achtung. Das sich nähernde Schiff ist als gefährlich identifiziert worden. Achtung. Achtung…«

Aber zu diesem Zeitpunkt war es schon längst zu spät.

Sassinak und Caris hatten den letzten der halb verbrannten Kekse aufgegessen und führten eines dieser

Gespräche weit nach Mitternacht, die sie so mochten. Lunzie grunzte und wälzte sich auf ihrem Schlaflager herum; Januk hatte sich auf seinem breitgemacht und sah, sagte Caris, wie ein vom Meer angeschwemmtes knochenloses Wesen aus.

»Kleine Kinder sind keine Menschen«, sagte Sass und wickelte sich eine dunkle Haarsträhne um den Finger. »Sie sind alle Aliens, Gestaltwandler wie diese Weber, von denen du gelesen hast, und erst mit…« – sie überlegte kurz – »erst mit elf oder so verwandeln sie sich in Menschen.«

»Mit elf! Du warst letztes Jahr selbst noch elf; ich auch. Und ich war ein Mensch…«

»Ha.« Sass grinste und sah Caris an. »Ich war kein Mensch. Ich war etwas Besonderes. Ich war anders…«

»Du bist immer anders gewesen.« Caris duckte sich unter Sass' Klaps weg. »Hau mich nicht; du weißt, daß ich recht habe. Dir gefällt das. Du wärst ein Alien, wenn du könntest.«

»Ich würde von diesem Planeten verschwinden, wenn ich könnte«, sagte Sass und wurde für einen Moment ernst. »Noch acht Jahre, bevor ich auch nur einen Antrag stellen kann – pfff!«

»Was beantragen?«

»Alles. Nein, nicht alles. Etwas…« Sie fuchtelte mit den Händen durch die Luft und beschrieb in aufgeregten Gesten die Abenteuer und Wunder in den gewaltigen und mysteriösen Abgründen von Raum und Zeit.

»Hmm. Ich werde eine biotechnische Ausbildung absolvieren und mein Leben damit verbringen herauszufinden, wie man Gene für richtig gedrehte Proteine in die DNS unserer heimischen Fischfauna einfügt.« Caris rümpfte die Nase. »Du wirst nicht gehen, Sass. Wir befinden uns an der Front. Hier passieren die aufregenden Sachen. Genau hier.«

»*Fische* essen? Andere Lebensformen essen?«

Caris zuckte die Achseln. »Ich bin nicht gläubig. Diese Flossen im Ozean sind nicht empfindungsfähig, soviel wissen wir, und sie könnten uns problemlos billiges Protein liefern. Ich persönlich habe die Nase voll von Haferschleim und Bohnen, und wenn wir an deren Genen herumbasteln müssen, warum dann nicht auch bei der Fischfauna?«

Sassinak sah sie nachdenklich an. Es stimmte schon, die meisten Frontsiedler waren nicht gläubig und hielten die FES-Bestimmungen zum Fleischverzehr für eine beschwerliche Last. Sie selbst aber – sie schauderte ein wenig, wenn sie sich vorstellte, wie ein Flossentier in ihrer Kehle zappelte. In der Ferne heulte etwas, und sie fuhr erneut zusammen. Dann erstrahlten die Hausleuchten und erloschen sofort wieder.

»Ein Sturm?« fragte Caris. Die Leuchten blinkten mal schnell, mal langsam. Vom Terminal im anderen Zimmer hörten sie eine seltsame Stimme, die Sass nie zuvor vernommen hatte...

»Achtung. Achtung...«

Die Mädchen starrten einander an, für einen endlosen Augenblick vor Schreck erstarrt. Dann sprang Caris zur Tür, und Sass hielt sie am Arm fest.

»Warte – hilf mir, Lunzie und Januk zu holen!«

Die kleineren Kinder ließen sich nur schwer aufwecken und waren mieser Laune, wenn man es geschafft hatte. Januk verlangte seinen ›*großen* Topf‹, und Lunzie konnte ihre Schuhe nicht finden. Sass, deren Gedanken sich überschlugen, wagte die Kombination zu verwenden, die ihr Vater ihr einmal gezeigt hatte, und öffnete den versiegelten Schrank ihrer Eltern.

»Was machst du denn da?« fragte Caris, die inzwischen mit den beiden anderen an der Tür stand. Sie riß die Augen auf, als Sass die mit Reißverschlüssen versehenen Behälter herunterzog: einer enthielt die gewöhnlich vom Militär verwendeten Projektilwaffen, die jedem erwachsenen Kolonisten ausgehändigt wurden, und den massigen, sperrigen Teil einer größeren Waffe, die – wenn sie Zeit hatten – mit Teilen aus den benachbarten Apartments zu einem effektiveren Geschütz montiert werden konnten.

Lunzie konnte so eben einen der langen, schmalen Behälter tragen; Sass mußte beide Arme um den größeren schlingen und Caris klemmte sich den anderen schmalen unter den Arm und nahm Januk an der Hand. »Wir könnten bei mir vorbeigehen«, sagte Caris, aber als sie ins Freie traten, konnten sie die roten und blauen Linien sehen, die den Himmel überquerten. In der Ferne machten sie ein weißes Flackern aus. »Das waren die Büros des Raumhafens«, sagte Caris, immer noch ruhig.

Gestalten bewegten sich durch die Dunkelheit auf das Erholungszentrum des Blocks zu; Sass erkannte zwei Klassenkameraden, die beide Waffen trugen, in ihrem Schlepptau eine Reihe kleinerer Kinder. Sie erreichten das Erholungszentrum in dem Moment, als die Erwachsenen herausplatzten. Die meisten standen unsicher auf den Beinen, und alle fluchten.

»Sassinak! Was für ein Segen – du hast es nicht vergessen!« Ihr Vater, der plötzlich viel größer und gefährlicher aussah, als Sass es im zurückliegenden Jahr empfunden hatte, erleichterte Lunzie um ihre Last und streifte die Hülle ab. Sass hatte solche Waffen schon in Unterrichtsvideos gesehen; jetzt sah sie zu, wie er sie auspackte und lud und bemerkte dabei kaum, daß ihre Mutter die Waffe an sich genommen hatte, die Caris trug. Jemand, den sie nicht kannte, rief nach einem »PC-8-*Sockel*, verdammt noch mal!«, und Sass' Vater sagte, ohne sie anzusehen: »Los, Sassy! Das trägst du!« Sie trug das Teil durch den einzelnen riesigen Saal des Zentrums zu einer Ansammlung von Erwachsenen, die einige größere Waffen zusammenbauten, und sie nahmen es ihr ab, entfernten die Hülle und stellten es unweit der Tür ab, um einige andere Teile daran zu befestigen. Eine ältere Frau faßte sie am Arm und fragte: »Welche Klasse?«

»Sechste.«

»Hattest du schon Erste-Hilfe-Unterricht?« Als Sass nickte, sagte die Frau: »Gut – dann geh da drüben hin.« *Da drüben* war auf der anderen Seite des Zentrums, außer Sichtweite ihrer Familie, wo sich eine Anzahl Schulkinder der mittleren Jahrgänge versammelt hatten und fleißig ein behelfsmäßiges Lazarett einrichteten, wie man es ihnen auf den Unterrichtsbändern gezeigt hatte.

Das Zentrum stank nach Whiskyschwaden, nach Rauch, nach zuvielen Körpern und nach Angst. Die grellen Stimmen von Kindern erhoben sich über das Gerede der Erwachsenen; Säuglinge wimmerten oder kreischten. Sass fragte sich, ob das Schiff, dieses Piratenschiff, schon gelandet war. Wieviele Piraten würden es sein? Welche Art von Waffen hatten sie? Was wollten diese Piraten, und wozu waren sie imstande? Vielleicht – für einen Augenblick hielt sie dies tatsächlich für möglich – vielleicht war das Ganze nur eine Übung, realistischer als die vierteljährlichen Übungen, mit denen sie aufgewachsen war, aber kein echter Notfall. Vielleicht wollte ihnen ein Flottenschiff einen Schrecken einjagen, nur um sie zu häufigerem Training an den Waffen zu ermuntern, und das erste, was sie gesehen hatten, war ja ein Flottenoffizier gewesen.

Sie spürte die ersten schweren Explosionen mehr, als daß sie sie hörte, und die Hoffnung verflog. Wer immer sich da draußen befand, war ihnen feindlich gesonnen. Alles, was sie von den Bändern oder Gesprächen der Erwachsenen, die sie belauscht hatte, über die Piraten wußte, ging ihr durch den Kopf. Auf manchen Welten verschwanden die Kolonien oder wurden aller nötigen

Geräte und Vorräte beraubt und verloren einen Teil ihrer Bevölkerung, den man in die Sklaverei verschleppte. Manche Schiffe wurden sogar während eines FTL-Fluges gekapert, wenn der Theorie zufolge eigentlich niemand sagen konnte, wo genau es sich aufhielt.

Während sie dort unbewaffnet abwartete, wurde ihr klar, daß der dreiwöchige Unterricht in Selbstverteidigung ihr überhaupt nichts nützen würde. Wenn die Piraten größere Waffen hatten, wenn sie etwas besseres als Projektilgeschütze verwendeten, dann würde sie sterben… oder man würde sie verschleppen.

»Sass.« Caris berührte sie am Arm; sie streckte die Arme aus und umarmte Caris kurz. Ringsum hatten sich die anderen Klassenkameraden eng zusammengedrängt. Selbst dabei erkannte Sassinak etwas Vertrautes wieder. Seit sie zur Schule ging, hatten sich die anderen in Krisensituation an sie gewandt. Als Berry vom Kriechzug fiel, als Seh Garvis durchdrehte und die Klasse mit einem Erzschneider angriff, hatten alle von Sass erwartet, daß sie wüßte, was zu tun sei, und es auch tat. Ihre Mutter hatte mehr als einmal behauptet, daß sie eine große Klappe habe, und ihr Vater hatte ihr beigepflichtet, aber hinzugefügt, daß eine große Klappe in Verbindung mit einem gewissen Taktgefühl wirklich sehr nützlich sein könne. *Taktgefühl*, dachte sie. Aber was sollte sie jetzt sagen?

»Wer ist unser Eliteschüler?« fragte sie Sinder. Er trat zurück, ging auf Abstand zu Sass' Freunden.

»Gath.« Er zeigte auf einen Jungen, der für einen Kurs im Weltraum freibekommen hatte – auf der medizinischen Schule, wie alle vermuteten. Er war seit vier Jahren der beste Schulsanitäter. »Ich bin diesmal in der Vorstufe.«

Sass nickte, warf ihm ein Lächeln zu, das er unbehaglich erwiderte, und überprüfte noch einmal die Zuteilung jedes einzelnen. Wenn sie schon im Moment nichts zu tun hatten, konnten sie sich wenigstens vergewissern, daß jeder wußte, was er zu tun hatte, wenn etwas passierte.

Auf einmal gellte draußen eine Stimme – aus einem Megaphon, erkannte Sass, das die Neo-Gaesch-Vokale des Sprechers verzerrte. Aus diesem Winkel des Gebäudes konnte sie nur Bruchstücke verstehen, aber es genügte, um ihr das letzte Zutrauen zu nehmen.

»...Kapitulation... droht die Vernichtung... Widerstand... Waffen...«

Die Erwachsenen reagierten mit einem trotzigen Geheul, das die nächsten Durchsagen aus dem Megaphon übertönte. Aber Sass konnte etwas anderes hören, ein Rasseln, das stark an einen Kriechzug erinnerte, nur irgendwie anders klang. Dann erschien ihr gegenüber ein Loch in der Wand, als habe sie jemand auf Papier gezeichnet und dann mit einem Stift ein kreisförmiges Stück herausgedrückt. Sie hätte nie geglaubt, daß Wände so zerbrechlich sein konnten; sie hatte sich im Innern viel sicherer gefühlt. Jetzt aber mußte sie einsehen, daß das Innere der Gebäudes der letzte Ort war, wo man sich aufhalten sollte. Ihre Schultern fühlten sich heiß an, als habe sie zu lang in der Sommersonne gestanden, und als sie herumwirbelte, sah sie an der Wand hinter ihr denselben kreisförmigen Riß auftauchen.

Später, als sie die entsprechende Ausbildung hinter sich hatte, um solche Situationen analysieren zu können, wußte sie, daß sich alles innerhalb von Sekunden abgespielt haben mußte: vom Durchbrechen der Wand über den vergeblichen Widerstand der Erwachsenen, die mit drittklassigen Projektilwaffen gegen die gestohlene Bewaffnung der Piraten und ihre überlegene Feuerkraft antraten, bis hin zur letztendlichen Gefangennahme der Überlebenden, betäubt von den Gasgranaten, welche die Piraten ins Gebäude warfen. Aber zu diesem Zeitpunkt schien ihr Hirn schneller als die Zeit zu arbeiten, so daß sie wie in einem Traum sah, wie ihr Vater seine Waffe auf die gepanzerte Angriffskapsel richtete, die durch die Wand platzte. Sie sah, wie ein Lichtstab seinen Arm berührte und seine Waffe mit dem abgetrennten Glied zu Boden fiel. Ihre Mutter fing ihn auf, als er strauchelte, und beide griffen an. Das taten andere auch. Eine ganze Schar Erwachsener versuchte die Kapsel durch schiere Anzahl zu überwältigen, selbst auf die Gefahr hin, daß sie dabei starben, aber was sie wirklich aufgehalten hatte, sah Sass erst danach: ihre eigenen Eltern hatten sich in die Ketten geworfen, um sie zu blockieren.

Doch es reichte nicht. Hätten alle Kolonisten mitgeholfen, wäre es vielleicht gelungen. Aber eine zweite Angriffskapsel folgte der ersten, und dann noch eine. Sass, die wie die anderen schrie, stürzte sich auf das Ding und rechnete jeden Augenblick damit, getötet zu werden. Statt dessen platzten die Kapseln auf, und die Stürmer rollten heraus, deren Panzer sie vor den kläglichen Schlägen und Tritten der Kinder schützten. Dann warfen sie die Gasgranaten, und Sass konnte nicht mehr atmen. Halb erstickt glitt sie mit den anderen zu Boden.

Sie erwachte in den schlimmsten aller Alpträume. Tageslicht aus einem Loch in der Wand fing sich in der staubigen, kalten Luft. Ihr war speiübel, und ihr Kopf schmerzte. Als sie sich herumzurollen und zu erbrechen versuchte, drückte ihr etwas die Kehle zu und drohte sie zu ersticken. Ein dünner Kragen umschloß ihren Hals, an den zu beiden Seiten eine dünne Schnur befestigt war, die aus Plastik zu bestehen schien. Sass würgte entsetzt. Ein Stiefel erschien vor ihrem Gesicht und versetzte ihr einen derben Tritt.

»Hör auf damit!«

Sassinak hielt völlig still. Die Stimme hatte nichts Weiches an sich, klang nur geringschätzig, und Sass wußte, ohne auch nur aufzublicken, was sie sehen würde. Ringsum regten sich andere; sie versuchte, ohne daß sie den Kopf bewegte, zu erkennen, um wen es sich handelte. Verkrümmte Körper in allen Größen; einige rührten sich und andere nicht. Sie hörte Stiefelschritte näher kommen und versuchte ein Zittern zu unterdrücken.

»Fertig?« fragte jemand.

»Die hier sind wach«, antwortete jemand anderes. Es war dieselbe Stimme, die sie eben zum Stillhalten aufgefordert hatte.

»Stellt sie auf, macht hier sauber und fangt mit dem Beladen an.« Ein Stiefelpaar stapfte davon, die anderen beiden kamen wieder in ihr Blickfeld, und ein kräftiger Stoß traf sie in die Rippen. Sie keuchte vor Schmerz.

»Ihr acht da: aufstehen.« Sass versuchte sich zu bewegen, stellte aber fest, daß ihre Glieder steif und unbeweglich waren, und der Kragen mit der Schnur sie mehr behinderte, als sie angenommen hatte. Mit solchen Beschwernissen hatte Carin Coldae, die einmal selbst ein Piratenschiff gekapert hatte, nichts zu schaffen gehabt. Die anderen in ihrer achtköpfigen Gruppe hatten ähnliche Schwierigkeiten wie sie: sie stolperten gegeneinander, rissen hilflos an den Halsmanschetten. Der Pirat, den sie jetzt, da sie sich aufgerappelt hatte, deutlich erkennen konnte, stand einfach da und verbarg sein Gesicht hinter der Gesichtsplatte seines Körperpanzers. Sie hatte keine Ahnung, wie groß er wirklich war – es hätte durchaus auch eine Frau sein können.

Ihr Blick wanderte umher. Auf der anderen Seite des Zentrums rappelte sich eine andere Kette von acht Personen auf; sie sah, wie eine weitere unter dem Befehl eines Piraten bereits abgeführt wurde. Ein weiterer Stoß traf sie in die Rippen. Sie wandte den Kopf.

»Paß gefälligst auf! Ihr acht seid jetzt eine Kette; ihr habt die Nummer 15. Wenn jemand einen Befehl für Kette 15 gibt, dann seid ihr gemeint, und ich rate euch, gut aufzupassen. Du da...« – die harte schwarze Mündung einer Waffe, die Sass nicht kannte, stach in ihre ohnehin schon wunden Rippen – »du bist die Kettenführerin. Wenn deine Kette Ärger macht, dann bist du schuld. Dann wirst du bestraft. Verstanden?«

Sass nickte. Die Waffe stach noch fester zu. »Wenn du etwas gefragt wirst, sagst du ›Ja, Sir‹, klar?«

Sie wollte etwas Trotziges herausschreien, wie es Carin Coldae getan hätte, hörte sich selbst aber statt dessen »Ja, Sir« sagen – und das noch auf Standard.

Der Junge am Ende der Kette sagte: »Ich bin durstig.« Sofort richtete sich die Waffe auf ihn, und der Pirat sagte: »Du bist jetzt ein Sklave. Du bist erst durstig, wenn ich es dir sage.« Dann schwang der Pirat die Waffe wieder auf Sass, und sie spürte den Schlag erst, als er sie fast von den Beinen gerissen hatte. »Deine Kette ist ungehorsam, Nummer 15. Das ist deine Schuld.« Er wartete, bis sie wieder Atem geschöpft hatte, dann fuhr er mit seinen Anweisungen fort. Sass hörte einen dumpfen Schlag und ein schmerzerfülltes Geheul am anderen Ende des Raums, aber sie sah nicht hin. »Ihr tragt die Toten raus. Ihr stapelt sie draußen auf dem Kriechzug. Wenn ihr schnell und hart genug arbeitet, bekommt ihr später vielleicht Wasser.«

Sie arbeiteten schnell und hart genug, dachte Sass später. Ihre achtköpfige Kette bestand ausschließlich aus Schülern der Mittelschule, und sie alle kannten Sass bereits, obwohl nur einer von ihnen ihrer Klasse angehörte. Es war nicht zu übersehen, daß die anderen Kinder sie nicht in Schwierigkeiten bringen wollten. Weil ihr die Brust bei jedem Atemzug Schmerzen bereitete, wollte sie im Moment auch keinen Ärger haben. Aber die Leichen hinauszuzerren, durch das Blut und

Durcheinander auf dem Boden zu waten – Überreste von Menschen, die sie gekannt hatte, jetzt aber nur noch an dem gelben Hemd erkennen konnte, das Cefa immer getragen hatte, an dem Bronzemedaillon an Torrys Handgelenk... das war schlimmer als alles, was sie sich hatte vorstellen können. Vier oder fünf Ketten arbeiteten inzwischen an derselben Aufgabe. Später begriff sie, daß die Piraten alle Verwundeten getötet hatten; noch später sollte sie erfahren, daß sich dasselbe überall in der Stadt und in anderen Zentren ereignet hatte.

Als sie die Toten aus dem Gebäude geräumt hatten, wurden auch ihre Kette und zwei andere auf den Kriechzug verladen; er wurde von Piraten gesteuert, die auf den Leichenstapeln saßen – als seien es Kissen, dachte Sass wütend – und die Kinder auf den hinteren Wagen bewachten. Sass wußte, daß die Piraten sie umbringen würden, und fragte sich, warum sie so lang damit warteten. Der Kriechzug schepperte und rumpelte die gebogene Fahrspur zur Fischerei-Forschungsstation hinunter, wo Caris einmal zu arbeiten gehofft hatte. Alle Fenster waren eingeschlagen, die Türen zertrümmert. Sass hatte Caris den ganzen Tag noch nicht gesehen, aber sie hatte sich auch noch nicht umzusehen gewagt. Auch Lunzie und Januk waren ihr nicht unter die Augen gekommen. Ob sie getötet worden waren?

Der Kriechzug rumpelte ans Ende der Spur unweit des Piers. Und dort mußten die Kinder die Leichen entladen, sie aufs Pier hinausschleifen und ins Meer werfen. Es war schwierig, sich auf dem Pier zu bewegen; Die Ketten verhedderten sich immer wieder. Die Piratenwachen schlugen jeden, den sie treffen konnten, trieben sie zur Eile an, hielten sie in Bewegung, gönnten ihnen keine Pause.

Sass hatte ihre Seele soweit abgeschirmt, wie sie konnte, und versuchte die Gesichter und Körper nicht anzusehen, mit denen sie hantierte. Sie hielt Lunzie in den Armen und hatte das Pier halb überquert, als sie es bemerkte. Ein reflexartiges Zusammenzucken, ein Schrei, der sich aus ihrer Kehle löste, und Lunzies Leichnam entglitt ihr, kippte über den Rand des Piers und klatschte ins Wasser. Sass stand wie versteinert da und konnte sich nicht mehr bewegen. Etwas riß an ihrem Kragen; sie beachtete es nicht. Sie hörte jemanden schreien: »Das war ihre *Schwester*!«, dann wurde alles dunkel.

* * *

Den Rest ihrer Zeit auf Myriad, diese wenigen Tage verzweifelter Mühen und Anstrengungen, entglitten ihr immer wieder jegliche bewußte Erinnerungen. Sie war unter Drogen gesetzt worden, hatte bis zur Erschöpfung gearbeitet und erneut Drogen verabreicht bekommen. Sie hatten die erlesensten Erze verladen, die seltenen Edelsteine, die für die Taxierung des Planeten im FES-Entwicklungsbüro verantwortlich waren, und die ergiebigsten Transurane. Sie war sich der Anteilnahme ihrer Kette kaum bewußt, der Sorge um sie, die die anderen bewegte, das sanfte Streicheln einer Hand in den seltenen Pausen, die Art, wie die anderen ihr immer so folgten, daß die Schnüre an ihrem Kragen sich nicht spannten. Der Rest war nacktes Entsetzen, Trauer und Wut. Auf dem Schiff verbrachte ihre Kette später ihre vorgesehene Zeit in der Konditionierung, den Rest in der miefigen Enge der Sklavenquartiere. Ihnen standen keine Drogen und kein Kälteschlaf zur Verfügung, die ihnen die lange Reise erleichtert hätten; sie sollten lernen, was sie waren, ließen die Piraten sie mit kalter Überlegenheit wissen. Sie waren eine Fracht, die überall verkauft werden konnte, wo die FES keinen Einfluß ausübte. Und wie jede Fracht wurden sie in Kategorien eingeteilt: nach Altersgruppen, Geschlecht, spezifischen Fähigkeiten. Wie alle Sklaven entwickelten sie bald Methoden, sich miteinander zu verständigen. So fand Sass heraus, daß Caris noch lebte und der Kette Nummer 18 angehörte. Januk war zurückgelassen worden, noch am Leben, aber rettungslos verloren, weil keine Erwachsenen oder älteren Kinder zurückgeblieben waren, um den Jüngsten zu helfen, die noch nicht reisen konnten. Die meisten Erwachsenen der Stadt waren beim Versuch gestorben, die Stadt gegen die Piraten zu verteidigen; einige hatten überlebt, aber von den Kindern wußte niemand wieviele.

Die Konditionierung war eine fast willkommene Erholung von der Langeweile und dem Elend des Sklavendaseins. Sass wußte – jedenfalls als erste –, daß dies mit Absicht geschah. Aber mit der Zeit wurde es für sie und ihre Kette immer schwieriger, sich zu erinnern, wie das freie Leben gewesen war. Die Konditionierung war auch mit einer gewissen Reinigung verbunden, weil die Piratenausbilder den Gestank ihrer Sklaven nicht ertragen konnten. Schon aus diesem Grund war sie ihnen willkommen. Die Kette stand auf, setzte sich, streckte die Hände aus, hockte sich hin, drehte sich um, wie eine Reihe Marionetten, die von denselben Schnüren gezogen wurden. Sie lernten die Arbeit am Fließband kennen, setzten sinnlose Kombinationen von Bauteilen zusammen, die andere Ketten in vorausgegangenen Unterrichtsstunden auseinandergenommen hatten. Sie lernten Harisch, einen Dialekt des Neo-Gaesch, den einige der Piraten sprachen, und wurden ins Chinesische eingeführt.

Das Ende der Reise kam ohne Ankündigung – denn wie Sass inzwischen vermutete, hatten Sklaven kein Recht darauf, ihre Zukunft zu kennen. Es war eine harte Landung, die ihnen einige blaue Flecken einbrachte, aber sie hatten gelernt, daß Beschwerden nur weitere Blessuren zur Folge hatten. Kette um Kette marschierten die Gefangenen unter der Führung der – inzwischen ungepanzerten – Piraten aus dem Schiff und über eine breite, graue Straße zu einer Reihe von Gebäuden. Sass zitterte; sie waren mit Wasser abgespritzt worden, bevor sie das Schiff verließen, und der Wind ließ sie frösteln. Auf dem Planeten herrschte ein seltsamer staubiger und scharfer Geruch, der nichts mit Myriads reichem Salzgeruch gemein hatte. Sie blickte auf und bemerkte, daß sie sich im Innern einer Art Halle befanden – einer Kuppel vielleicht? Eine Kuppel, die groß genug war, um einen Raumhafen und eine Stadt zu umschließen?

Alles, was sie in den nächsten Monaten von der Stadt zu sehen bekam, waren die Sklavenunterkünfte. Eine endlose Folge von Baracken, Werkstätten, Fabriken, die sich, fünf Geschosse hoch, in alle Richtungen ersteckten. Keine Bäume, kein Gras, nichts Lebendiges außer den menschlichen Sklaven und ihren menschlichen Herren. Einige waren Riesen, viel größer als Sass' Eltern, und muskelbepackt wie die Meuchelmörder, die Carin Coldae in *Das Eiswelt-Dilemma* überwältigt hatte.

Sie lösten die Ketten und schickten jeden Sklaven in eine Testeinrichtung, um herauszufinden, über welche möglicherweise profitablen Fertigkeiten er verfügte. Dann wurde jeder, zur Arbeit, zur Ausbildung oder zu beidem, einer neuen Kette zugewiesen und, wie es ihren Herren beliebte, mal losgemacht, mal an eine neue Kette gefesselt. Nachdem sie all dies hinter sich hatte, stellte Sass zu ihrer Überraschung fest, daß sie sich noch an ihre Studien erinnerte. Als die Aufgaben auf dem Bildschirm erschienen, fiel ihr etwas dazu ein, und sie konnte sich in Mathematik, Chemie oder Biologie vertiefen. Einige Tage verbrachte sie mit einer Schicht im Testzentrum und einer weiteren Schicht Hausarbeit in den Baracken, kehrte Fußböden, die zu kahl waren, als daß sie das Kehren benötigten, und putzte die Gemeinschaftstoiletten und -küchen. Daraufhin folgte eine Schicht bei der Montage, die sie genauso sinnlos fand wie beim ersten Mal, und gerade mal sechs Stunden Pause. Sie versank bereitwillig in den Schlaf wie in einen Brunnen.

Sie hatte keine Möglichkeit, die Tage zu zählen, und keinen Grund dafür. Auch keine Möglichkeit, ihre alten Freunde aufzufinden oder ihre Bewegungen zu verfolgen. Sie knüpfte schnell neue Freundschaften, aber der ständige Wechsel von Kette zu Kette machte es schwer, solche Freundschaften zu vertiefen. Und schließlich, lang nach Abschluß ihrer Tests, als sie drei volle Schichten pro Tag arbeitete, wurde sie losgemacht und in ein Gebäude gebracht, das sie noch nicht gesehen hatte. Hier, wo man sie an eine lange Reihe von Sklaven fesselte, hörte sie den zischenden Singsang eines Auktionators und begriff, das man sie bald verkaufen würde.

Als sie endlich den Auktionsblock erreichte, hatte sie das Geschwätz oft genug gehört, um sich für seine Konsequenzen taub zu stellen. Mensch, weiblich, körperlicher Entwicklungszustand auf Gilson-Stufe II, allgemeine intellektuelle Befähigung von Grad acht, mathematische Begabung von Grad neun, soundso groß, soundso schwer, Herkunftsplanet, genetisches Abstammungsprofil, Muttersprache und erworbene Sprachen, spezifische Fähigkeiten und so weiter. Sie erwartete den schmerzhaften Ruck, der den Käufern demonstrieren sollte, wie empfindlich und erregbar sie war, und schaffte es, nur leicht zusammenzuzucken. Sie hatte bereits erfahren, daß die Käufer kaum auf Schönheit Wert legten – die ließ sich leicht züchten oder chirurgisch herstellen. Aber Talente und Fertigkeiten waren ein kostbares Gut, und um so kostbarer, wenn sie in Verbindung mit körperlicher Vitalität auftraten. Aus diesem Grund wurden Sklaven von relativ jungen Kolonien bevorzugt.

Es wurden Gebote in einer Währung abgegeben, die sie nicht kannte und deren Wert sie nicht einschätzen konnte. Schließlich beendete jemand das Wettbieten, jemand anderer drückte seinen Daumen auf den ID-Schirm des Terminals, und wieder ein anderer – diesmal ein Sklave – führte sie am Kragen durch leere Korridore und hakte ihre Leine schließlich in einen Karabiner an der Tür ein. Während all der Zeit gelang es Sass, nicht sichtbar zu zittern oder zu weinen, obwohl sie spürte, wie die Schreie sie von innen zu zerreißen drohten.

»Wie heißt du?« fragte der andere Sklave, der jetzt Kisten neben der Tür aufstapelte. Sass starrte ihn an. Er war sehr viel älter, ein untersetzter, ergrauender Mann mit Narben, die einen Arm zerfurchten, und einer Rille im Schädel, wo kein Haar wuchs. Er sah sie an, weil ihre Antwort ausblieb, und lächelte mit entblößten Zahnlücken. »Schon gut – du kannst mir antworten, wenn du willst, oder auch nicht.«

»Sassinak!« Sie brachte es ganz auf einmal heraus, schnell und fast zu laut. Ihr Name! Sie hatte wieder einen Namen.

»Das kann ich mir leicht merken«, sagte er. »Also Sassinak, ja? Von wo?«

»M-myriad.« Ihre Stimme zitterte jetzt, und Tränen traten ihr in die Augen.

»Sprichst du Neo-Gaesch?« fragte er in eben dieser Sprache. Sass nickte, den Tränen zu nah, um etwas zu sagen.

»Nimm's leicht«, sagte er. »Du kannst es schaffen.« Sie holte einmal tief und zittrig Luft, und dann noch einmal, diesmal etwas leiser. Er nickte anerkennend. »Du hast deine Möglichkeiten, Mädchen. Sassinak. Deinen Werten nach zu urteilen, bist du mehr als klug.

Und so wie du dich hältst, hast du den entsprechenden Mumm, der dazugehört. Keine Tränen, keine Schreie. Du bist nur zu oft zusammengezuckt.«

Diese Kritik, die ausgerechnet ein so freundliches Lob krönte, war zuviel; ihr Temperament ging mit ihr durch. »Ich habe nicht mal *Aua* gesagt!«

Er nickte. »Ich weiß. Aber du hast gezuckt. Du kannst das besser.« Wütend starrte sie ihn an, er aber grinste. »Sassinak von Myriad, hör mir zu. Ohne dafür ausgebildet zu sein, hast du nicht einen Pieps von dir gegeben... was meinst du, was wir mit einer Ausbildung aus dir machen könnten?«

Damit erwischte er sie auf dem falschen Fuß. »Einer Ausbildung? Meinst du etwa...?«

Aber vom Ende des Korridors näherten sich Stimmen. Er schüttelte nur den Kopf, und stellte sich reglos neben den aufgestapelten Kartons an ihre Seite.

»Wie heißt du denn?« fragte sie ganz leise, und er antwortete ebenso leise.

»Abervest. Man nennt mich Abe.« Und dann so gedämpft, daß sie es kaum verstand: »Ich gehöre zur Flotte.«

zweites kapitel

Die Flotte. Sassinak hielt an diesem Gedanken während der folgenden Reise fest, die sie mit zwei weiteren neuerworbenen Sklaven zusammengedrängt im Bugraum eines Frachtschleppers verbrachte. Sie fand hinterher heraus, daß man sie damit nicht hatte bestrafen wollen, sondern daß es nicht anders ging; der Schlepper verließ die Kuppel und überquerte die kahle, luftleere Oberfläche des kleinen Planeten, der als Sklavendepot diente. Außerhalb des kleinen isolierten, druckregulierten Raums im Bug – oder der Steuerkapsel, in der Abe relativ bequem fuhr – wäre sie gestorben.

Ihr Ziel war eine weitere Sklavenbaracke, diesmal eine weit kleinere. Sassinak erwartete dieselbe Art von Routine wie bisher, aber statt dessen wurde sie einer Ausbildungseinrichtung überstellt. Sechs Stunden täglich saß sie vor einem Terminal und lernte die Mathematik, die sie bereits beherrschte, auf Kartierung, Navigation und Geologie anzuwenden. Sie lernte ihre Harisch-Artikulation zu perfektionieren und Chinesisch zu verstehen (wenn auch nicht selbst zu sprechen). Eine weitere Schicht leistete sie manuelle Arbeit ab und erledigte alle Tätigkeiten, die dem Schichtvorarbeiter zufolge gemacht werden mußten. Sie hatte keine regelmäßigen Pflichten, nichts, worauf sie sich verlassen konnte.

Zu den bedrückendsten Dingen gehörte das schlichte Gefühl, daß sie nicht einmal hinaus*sehen* konnte. Sie war immer in der Lage gewesen, nach draußen zu gehen, in den Himmel zu sehen und für einen Nachmittag mit Freunden in die Hügel zu wandern. Jetzt aber… jetzt verwehrte ihr eine häßliche Leere den Blick, wie mit physischer Gewalt, wohin sie auch schaute. Die meisten Gebäude hatten keine Fenster; draußen gab es nichts zu sehen bis auf die Wand eines anderen vorgefertigten Klotzes. Wenn sie von einem Einsatz zum nächsten durch die schmalen Straßen trottete, lernte sie, daß ein Blick nach oben ihr einen rüden Verweis oder einen Hieb einbrachte. Aber sie konnte über sich ohnehin nichts anderes als den gräulichen Schleier der Kuppel erkennen. Sie hatte keine Anhaltspunkte, wie groß der Mond oder Planet war, wie weit man sie von ihrem ursprünglichen Landeplatz fortgebracht hatte, nicht einmal dafür, wieviele Gebäude den Komplex bildeten, in dem sie ausgebildet wurde. Tag für Tag bekam sie nichts anderes zu Gesicht als die Wände dieser vorgefertigten Bauten, von innen und von außen, überall dasselbe neutrale Sandgrau. Sie versuchte nicht mehr, nach oben zu blicken, lernte schnell, sich selbst genug zu sein, und haßte sich dafür, daß sie diese Anpassung vollzogen hatte.

Aber je eine Schicht pro Tag hatte sie erstaunlicherweise frei. Sie konnte sie in den Sprachlabors verbringen, am Terminal arbeiten oder lesen… aber besonders gern verbrachte sie ihre Freizeit mit Abe.

Die Flotte, erfuhr sie bald, war seine Geschichte und sein Traum. Er hatte der Flotte angehört, war als ein gerade qualifizierter Junge rekrutiert worden und hatte sich Stufe um Stufe hochgearbeitet, war zwar einige Male zurückgefallen, wenn der gesunde Menschenverstand einen ordentlichen Streit unumgänglich machte, zumeist aber zielstrebig Rang um Rang aufgestiegen, wie man es von einem guten Raumfahrer erwarten konnte. Klug, aber ohne den Intellekt, der ihm einen Platz in der Akademie gesichert hätte; stark, aber nicht auf die brutale Art; tapfer, doch ohne das Ungestüme des Jungen, der er einmal gewesen war, hatte er sich an die Tugenden des Dienstes geklammert, wie ein Ertrinkender sich an einen Arm oder ein Bein geklammert hätte, das ins Wasser hing. Er mochte in jeder Hinsicht ein Sklave sein, aber er war immer noch ein Angehöriger der Flotte.

»Sie sind hart«, erklärte er ihr, bald nachdem sie zusammen eingetroffen waren. »Hart wie sonst nur die Sklavenhändler, wenn nicht noch mehr. Sie brechen dich, wenn sie können, aber wenn nicht…« Er verstummte, und sie schaute hinüber und sah seine Augen glänzen. Er blinzelte. »Die Flotte vergißt einen nie«, sagte er. »Niemals. Sie mag spät kommen, sie mag noch später kommen, aber sie kommt auf jeden Fall. Und wenn's später geschieht, sei's drum. Wenn dein Name einmal eingetragen ist, bleibt er für immer ins Gedächtnis der Flotte eingebrannt.«

Im Laufe der nächsten Monate begann Sassinak die Flotte als etwas anderes als den launischen und arroganten Arm der Macht zu betrachten, von dem ihr ihre Eltern erzählt hatten. Sie sei etwas Solides, erklärte Abe. Etwas Verläßliches. Auf dem einen Schiff sah es genauso aus wie auf dem anderen; dieselben Ränge, dieselben Dienstgrade, dieselben Spezialisten. Die Unterschiede zwischen den Schiffsgrößen oder der Bewaffnung machten dabei nicht mehr soviel aus.

Er wollte nicht verraten, wie lang er schon ein Sklave oder was ihm zugestoßen war, aber sein Glaube an die Flotte, an den langen Arm und das gute Gedächtnis der Flotte, sickerte nach und nach in ihr Bewußtsein. Ihre Aufseher verhielten sich unterschiedlich; mal wurden sie schnell wütend, dann wieder zeigten sie Nachsicht. Abe lächelte und bemerkte, daß gute Kommandeure einer klaren Linie folgten und daß gute Dienste über gute Kommandeure verfügten. Wenn sie mit

Schrammen und Beulen von einer ungerechtfertigten Bestrafung zu ihren Treffen erschien, erinnerte er sie daran, daß sie eines Tages Macht haben würde und es besser machen konnte.

Sie könnte es sogar jetzt schon besser machen, erklärte er ihr eines Abends und erinnerte sie an ihre erste Begegnung. »Du bist jetzt soweit«, sagte er. »Ich werde dir etwas zeigen.«

»Was?«

»Körperliche Disziplin. Das ist etwas, das du für dich selbst tun kannst. Sie wird es dir leichter machen, wenn es einmal hart wird, ob hier oder anderswo. Du mußt den Schmerz oder den Hunger ignorieren lernen…«

»Das kann ich nicht!«

»Unsinn. Du hast heute sechs Stunden ununterbrochen am Terminal gearbeitet – nicht einmal eine Pause fürs Mittagessen gemacht. Du warst hungrig, aber du hast nicht darüber nachgedacht. Du kannst lernen, nicht darüber nachzudenken, wenn du es nicht willst.«

Sass grinste ihn an. »Ich kann mich nicht die ganze Zeit mit Analysis beschäftigten!«

»Nein, kannst du nicht. Aber du kannst dieselbe Art von Konzentration erreichen, ganz gleich, woran du gerade denkst. Jetzt setz dich gerade hin und atme von da aus…« Er drückte ihr eine Fingerspitze in den Bauch.

Es war zugleich schwieriger und einfacher, als sie erwartet hatte. Leichter, sich in einen tranceartigen Zustand der Konzentration *auf* irgendetwas fallen zu lassen – eine Technik, die sie schon zu Hause praktiziert hatte, dachte sie, während sie lernte und Lunzie und Januk neben ihr spielten. Schwieriger aber, sich ohne diesen besonderen Brennpunkt von der Welt zurückzuziehen.

»Es steckt in *dir*«, beharrte Abe. »Tief in dir, und darauf solltest du dich konzentrieren. Wenn es etwas draußen ist, ob Mathematik oder etwas anderes, dann können sie es dir wegnehmen. Aber nicht das, was in dir ist.« Sass verbrachte eine frustrierende Sitzung nach der anderen damit, das Innere ihres Kopfes nach etwas – irgendetwas – abzutasten, das sich so anfühlte, wie Abe es beschrieben hatte. »Es steckt nicht in deinem Kopf«, hakte er nach. »Versenke dich tiefer. Es ist ganz tief in dir.« Sie begann es sich als eine Art Schwerpunkt vorzustellen, und Abe nickte, als sie ihm das sagte. »Das kommt der Sache schon näher – halte dich an diese Vorstellung, wenn es dir hilft.«

Als sie diese Lektion gelernt hatte, stand ihr eine schwierigere bevor. Eine simple Trance genügte nicht, denn in diesem Zustand war sie zu nicht mehr als passiver Hinnahme imstande. Es war erforderlich, erklärte Abe, daß sie durch schiere Willensanstrengung alle ihre Kräfte zusammennehmen konnte, selbst die Reserven, die die meisten Menschen niemals antasteten. Eine ganze Zeitlang machte sie überhaupt keine Fortschritte und hätte gern aufgehört, aber Abe erlaubte es ihr nicht.

»Du lernst zuviel in deinem technischen Unterricht«, sagte er ernst. »Du bist schon fast eine Nachwuchspilotin – und das ist sehr profitabel.« Sass starrte ihn schockiert an. Sie hatte nie daran gedacht, daß man sie möglicherweise weiterverkaufen, von Abe fortschicken würde. Sie hatte schon angefangen, sich sicher zu fühlen. Abe berührte sie sanft am Arm. »Verstehst du jetzt, Sass, warum du das brauchst, und warum du es jetzt brauchst? Du bist nicht sicher; keiner von uns ist sicher. Man könnte mich morgen verkaufen – und das wäre auch schon geschehen, wenn ich mich auf verschiedenen technischen Fachgebieten nicht als so nützlich erwiesen hätte. Es könnte sein, daß sie dich behalten, bis du eine voll ausgebildete Pilotin bist, aber wahrscheinlich werden sie es nicht tun. Auf dem illegalen Markt gibt es eine rege Nachfrage nach jungen Nachwuchspiloten.« Sie wußte, daß er damit die Piraten meinte, und schauderte bei dem Gedanken, daß man sie an ein Piratenschiff zurückverkaufen würde. »Außerdem«, fuhr er fort, »solltest du noch etwas wissen, das ich dir aber erst sagen kann, wenn du dies hier richtig beherrschst. Also mach dich wieder an die Arbeit.«

Als sie schließlich etwas erreichte, das er für angemessen hielt, war es nicht viel mehr als ihre normale Kraft, die sie schnell erschöpfte. Aber Abe nickte anerkennend und ließ sie fast den ganzen Tag üben. Und während sie übte, lieferte er ihr die anderen Informationen, die er versprochen hatte.

»Es gibt eine Art Netzwerk der Piratenopfer«, sagte er. »Es bewahrt die Erinnerung, wo sie hergekommen sind, wer sie entführt hat, wer überlebt hat und wie die anderen gestorben sind. Wir sind immer noch der Überzeugung, wenn wir irgendwann alles zusammenfügen könnten, was wir wissen, werden wir herausfinden, wer hinter all dieser Piraterei steckt. Es sind nicht ausschließlich Unabhängige – obwohl ich gehört habe, daß das Schiff, das Myriad überfallen hat, mit Unabhängigen besetzt war oder zumindest mit solchen, die sich mit ihrem Geldgeber überworfen hatten. Es gibt gewisse Hinweise für eine Verschwörung in der FES selbst. Ich weiß nicht, was dort vor sich geht, sonst würde ich mein Leben geben, um die Flotte darüber zu unterrichten, aber ich weiß, daß es Beweise gibt. Und ich kann dich mit dem Netzwerk erst in Verbindung bringen, wenn du deine Reaktionen abschirmen kannst.«

»Aber wer...?«

»Sie nennen sich selbst Samizdat – ein altes Wort aus einer Sprache, von der ich nie gehört habe, das Untergrund oder etwas in der Art bedeuten soll. Vielleicht bedeutet es etwas anderes, vielleicht auch nicht. Darauf kommt es nicht an.«

Lernen, arbeiten, üben mit Abe. Wenn sie darüber nachdachte – was sie selten tat –, war es eine Art Parodie des Lebens, das sie vermutlich zu Hause auf Myriad geführt hätte. Schule, Hausarbeit, die enge Kameradschaft ihrer Freunde. Aber zu Hause durch eine Prüfung zu fallen, brachte einem nur Schelte ein; hier setzte es Prügel. Verschüttete Januk einmal kostbares rationalisiertes Essen – ihre Augen füllten sich mit Tränen, wenn sie sich an den Zucker in dieser letzten Nacht erinnerte –, dann machte ihre Mutter ihm stets bittere Vorhaltungen. Wenn Sass aber ein Fäßchen Samen umkippte und in die Zuchtbeete schleuderte, dann versetzte ihr Vorgesetzter ihr eine Ohrfeige und strich ihr wahrscheinlich eine Mahlzeit. Und statt Freunden in ihrem Alter, mit denen sie über ihre Schulkameraden und Familien tratschen, ihre Scherze und Träume teilen konnte, hatte sie Abe. Die Zeit verging – Zeit, die sie nicht messen konnte, außer durch die unmerklichen Veränderungen ihres eigenen Körpers; ich bin schon ein bißchen größer, dachte sie. Ein bißchen breiter in den Hüften, etwas rundlicher auch, obwohl die Sklavendiät sie schlank hielt.

Als sie sich schließlich wunderte, warum ihnen solche Freiheiten gelassen wurden, beobachtete sie, daß die Aufseher Freundschaften unter Sklaven gezielt unterbanden. Abe grinste schadenfroh. »Ich bin wertvoll, das habe ich dir schon gesagt. Und sie finden wohl, daß ich ab und zu eine hübsche junge Spielgefährtin brauche…«

Sass errötete. Hier wurde Mädchen, die jünger waren als sie selbst, die Liebeskunst beigebracht; auf Myriad aber, in der Religion ihrer Familie, durfte man erst dann, wenn man alt genug war, um eine eigene Familie zu gründen, auch erfahren, wie es ging. Obwohl sie sich alle gelegentlich darüber beschwerten, beschäftigte sie das Leben auf einem Pionierplaneten zu sehr, um es zu bedauern.

»Ich habe ihnen gesagt, daß ich dich selbst einweisen würde«, fuhr Abe fort. »Ich wollte nicht, daß ihr Unterricht mir in die Quere kommt.« Sass starrte auf den Boden, wütend auf ihn und seine Belustigung. »Plustere dich nicht so auf, Mädchen«, sagte er streng. »Ich habe dir eine Menge Ärger erspart. So klug und gutverkäuflich, wie du es als Techniksklavin bist, hätte man es dir nie den ganzen Tag zugemutet, aber trotzdem…«

»Schon gut.« Es klang mürrisch, und sie räusperte sich laut. »Schon gut. Ich hab's ja verstanden…«

»Nein, du hast es nicht verstanden, aber später wirst du es verstehen.« Seine Hand berührte ihre Wange und drehte ihm ihr Gesicht zu. »Sass, wenn du wieder frei bist – und ich bin davon überzeugt, daß du eines Tages wieder frei sein wirst –, dann wirst du verstehen, was ich getan habe und warum. Der Ruf eines Menschen bedeutet hier nichts. Die Wahrheit aber immer. Du wirst einmal eine Schönheit sein, Mädchen, und ich hoffe, daß du dich in jeder Hinsicht an deinem Körper erfreuen wirst. Was bedeuten soll, daß *du* entscheidest, wann und wie.«

Danach fühlte sie sich eine Zeitlang nicht wohl in seiner Gegenwart. Einige Tage später überbrachte er ihr schreckliche Neuigkeiten.

»Du wirst verkauft«, sagte er und wich ihrem Blick aus. »Morgen, am nächsten Tag – so bald schon. Wir sehen uns heute das letzte Mal. Sie haben es mir nur gesagt, weil sie mir eine andere angeboten haben…«

»Aber, Abe…« Sie fand schließlich wieder Worte, auch wenn ihre Stimme schwach und zittrig klang.

»Nein, Sass.« Er schüttelte den Kopf. »Ich kann nichts daran ändern.«

Tränen traten ihr in die Augen. »Aber… aber es kann doch nicht sein…«

»Sass, denk doch mal nach!« Seine Stimme klang tadelnd; die Tränen trockneten auf ihren Wangen. »Habe ich dir das etwa beigebracht? Wie ein dummes verwöhntes Gör zu weinen, wenn's schwierig wird?«

Sass starrte ihn an und bemühte sich dann um die körperliche Disziplin, die er ihr beigebracht hatte. Ihr Atem beruhigte sich und wurde stetiger; sie hörte auf zu zittern. Ihr Geist entledigte sich des ersten nackten Entsetzens.

»Das ist schon besser. Und jetzt hör mir zu…« Abe sprach schnell und leise, in einem anfänglich seltsamen und dann zwingenden Rhythmus. Als er verstummte, konnte sich Sass kaum erinnern, was er gesagt hatte, nur daß es wichtig war und es ihr später wieder einfallen würde. Dann umarmte er sie zum ersten Mal, und seine Kraft verlieh ihr Zuversicht. Sie lehnte immer noch den Kopf an seine Schulter, als der Aufseher kam, um sie wegzubringen.

Sie brachte die Verkaufsbaracke hinter sich, ohne sie nennenswert zur Kenntnis zu nehmen; diesmal ließ der Käufer sie zum Raumhafen zurückbringen und auf ein verschrammtes Schiff ohne erkennbare Registriernummern bringen. Im Innern übergab ihre Begleitperson ihren Kragenriemen an einen hageren Mann mit scharlachroten und goldenen Kragenabzeichen. Sass erinnerte sich an den Rang – Seniorpilot – von irgendeinem fernen Frachtkonsortium. Er sah zur ihr herüber und schüttelte den Kopf.

»Noch eine Anfängerin. Gütiger Himmel, man sollte meinen, sie hätten inzwischen gemerkt, daß ich etwas besseres als einen Nachwuchspiloten brauche. Und nicht ein blödes nacktes Mädchen, das wahrscheinlich nicht einmal dieselbe Sprache spricht.« Er wandte sich ab und schlug mit der Faust gegen das Schott. Mit einem Klicken und Zischen öffnete sich ein Spind; er kramte darin herum und zog eine zerknitterte Jacke und eine oft geflickte Hose heraus. »Hier. Was zum Anziehen. Verstehst du?« Er machte ihr vor, wie man sich anzog, und Sass nahm ihm die Sachen ab und zog sie unter seiner Beobachtung über. Dann führte er sie durch einen Korridor in eine Förderröhre, die sie ins ›Haus‹ des Piloten schoß – eine kleine, enge, mit Videoschirmen und Steuerpulten ausgekleideten Kabine. Zu Sass' Erleichterung befähigte sie ihre Ausbildung, das Durcheinander aus Knöpfen, Schaltern und Blitzlichtern zu durchschauen. Das hier mußte der Insystem-Computer sein, und das hier der FTL-Schalter, an dessen eigenem abgeschirmtem Computer jetzt, während das Schiff sich im nicht ganz normalen Raum aufhielt, Lichter blitzten. Das Schiff verfügte über zwei Insystem-Antriebe, von denen sich einer für atmosphärische Landungen eignete. Der Pilot zerrte an ihrer Leine und grinste, als sie ihn ansah.

»Ich merke, das du die meisten Instrumente hier erkennst. Hast du schon einmal die Station verlassen?« Er schien vergessen zu haben, daß sie möglicherweise nicht seine Sprache beherrschte. Glücklicherweise konnte sie es.

»Nein… seit ich hergekommen bin nicht.«

»Du bist hoch eingestuft – schauen wir mal, wie du hiermit zurechtkommst…« Er zeigte auf einen der drei Sitze, und Sass setzte sich vor ein Terminal, das dem ihrer Ausbildung stark ähnelte – bis hin zum selben Herstellerlogo auf dem Gehäuse. Er beugte sich über sie, so daß sie seinen warmen Atem an ihrem Ohr spürte, und gab eine Aufgabe ein, an der sie früher einmal gearbeitet hatte.

»Das habe ich schon einmal gemacht«, sagte sie.

»Nun, dann mach's noch mal.« Ihre Finger flogen

nur so über das Pult, gaben Codes für Ziel und Herkunft ein, Gleichungen, um die effektivste Kombination von Reisezeit, Treibstoffkosten des Insystem-Antriebs und Wahrscheinlichkeitsfluktuation des FTL zu berechnen… und zuletzt die Transformationsgleichungen, die den FTL-Pfad bestimmten. Der Pilot nickte, als sie fertig war.

»Ganz gut. Und jetzt maximiere die Reisezeit und verwende die maximal zulässige FTL-Fluktuation.«

Sie gehorchte und sah ihn wieder an. Er runzelte die Stirn.

»Du reist mit einem 0,35 Fluktuationspfad? Woher hast du diesen Maximalwert?« Sass errötete; sie hatte sich um eine Dezimalstelle vertan. Sie fügte die fehlende Null ein und nahm die Kopfnuß mit Gleichmut hin. »Das ist schon besser, Mädchen«, sagte er. »Ihr Jungen habt noch nicht erlebt, was eine hohe Fluktuation bedeutet – paß gut auf, sonst zerstreust du unsere Überreste über ein halbes Sonnensystem und man hört nichts mehr von dir als ein bißchen weißes Rauschen im Empfangssystem irgendeines Schiffes. Also – wie heißt du?«

Sie blinzelte ihn an. Nur Abe hatte sie bisher beim Namen angesprochen. Aber er starrte sie schamlos und unnachgiebig an und machte Anstalten, ihr einen Schlag zu versetzen. »Sass«, antwortete sie. Er grinste wieder und zuckte die Achseln.

»Paßt zu dir«, sagte er. Dann schwang er sich in einen der anderen Sitze und löschte ihren Bildschirm. »Und jetzt machen wir uns an die Arbeit, Mädchen.«

Das Leben als zwangsverpflichtete Nachwuchspilotin – der Seniorpilot legte Wert auf die Feststellung, daß sie das Wort ›Sklave‹ nicht mochten – war beträchtlich lockerer als ihre Ausbildung. Sie trug noch denselben Kragen, aber die Leine war verschwunden. Niemand wollte ihr etwas über die Eigner des Schiffes verraten – wenn es einen gab –, und sie wurde nur über ihr unmittelbar nächstes Ziel unterrichtet, aber abgesehen davon behandelte man sie wie ein Mannschaftsmitglied, wenn auch ein junges. Neben dem Seniorpiloten Krewe befanden sich zwei weitere Juniorpiloten an Bord: eine massig gebaute Frau namens Fersi und ein langer, knochiger Mann namens Zoras. Es arbeiteten immer drei gleichzeitig im Cockpit, wenn sie von einem Antriebssystem zum nächsten übergingen oder wenn sie Insystem-Antriebe verwendeten. Sass absolvierte eine standardmäßige Sechsstundenschicht als dritte Pilotin unter den anderen. Wenn sie außer Dienst waren, gab ihr einer der anderen Piloten die täglichen Instruktionen – auf Schiffstage bezogen. Abgesehen davon mußte sie nur ihre winzige Koje aufräumen und kleinere Aufträge ausführen, die man ihr zutraute. Die restliche Zeit hörte und sah sie zu, wie die anderen sich unterhielten, stritten oder um Geld spielten.

»Mit denen geben sich Piloten nicht ab«, warnte sie Fersi, als sie versucht war, engeren Kontakt mit der Schiffsmannschaft zu suchen. »Dem Captain sind wir Respekt schuldig, aber die anderen sind sowenig Raumfahrer, wie ein Fels ein Bergarbeiter ist. Sie machen dieselbe Arbeit wie auf dem Boden: sie kämpfen oder putzen oder kochen oder steuern die Maschinen oder was auch immer. Die Piloten gehören der alten Gilde an, den ersten Raumfahrern; du hast Glück, daß sie dich dazu ausgebildet haben.«

Aus dem Blickwinkel der Piloten sah die Geschichte ganz anders aus, als sie es auf Myriad gelernt hatte. Keine großartige Abfolge menschlicher Entdeckungen, keine Begegnung mit Fremdrassen, keine Bildung von Allianzen bis hin zur Föderation der Empfindungsfähigen Spezies. Statt dessen hörte sie eine Litanei von Namen, die bis zur Alten Erde zurückreichte, und Geschichten, aus denen die Zeit alle Einzelheiten getilgt hatte. Lindberg, der Rote Baron, Bader, Gunn – Namen aus der Epoche vor der Raumfahrt, sagten sie, alle Krieger am Himmel in irgendwelchen historischen Schlachten, aus denen niemand zurückgekehrt war. Heinlein und Clarke und Glenn und Aldridge aus den frühen Tagen der Raumfahrt… bis hin zu Ankwir, der eine neue Route durch die halbe Galaxis eröffnet und dabei den Fluktuationsgrenzwert unter 0,001 gedrückt hatte.

Wenn sie Abe nicht so vermißt hätte, wäre sie fast glücklich gewesen. Die Schiffsmahlzeiten, über die sich andere beschwerten, fand sie üppig und schmackhaft. Sie hatte viel zu lernen und eifrige Lehrer, die sie unterrichteten. Die Piloten hatten sich längst gegenseitig ihre von der Zeit verschlissenen Geschichten erzählt. Aber lang bevor sie Abe und das Sklavendepot vergaß, ereignete sich der Überfall.

Sie schlief in ihren Gurten, als der Alarm ertönte. Ringsum bebte das Schiff; unter ihren nackten Füßen rief das Deck dieses seltsame unsichere Gefühl hervor, das mit dem Übergang von einer Beschleunigung zur nächsten einherging.

»Sass! Da hin!« Es war Krewe, der laut genug sprach, daß sie ihn durch den Radau der Alarmanlage hören konnte. Sass stolperte und kämpfte sich an ihren Platz vor. Fersi war bereits auf Posten und blickte angespannt auf den Bildschirm. Krewe sah sie und deutete auf die Position Nummer zwei. »Es wird nichts nützen, aber wir können es wenigstens versuchen…«

Sass erweckte ihren Bildschirm zum Leben und versuchte aus der Anzeige schlau zu werden. Irgendetwas hatte sie aus dem FTL-Raum gerissen und sie in den Leerraum zwischen zwei Sonnensystemen fallengelassen. Und irgendetwas mit beträchtlich größerer Masse war viel zu nah hinter ihnen.

»Ein schwerer Flottenkreuzer«, sagte Krewe knapp.

»Er hat uns vor einer Weile aufgespürt und eine Falle gestellt…«

»Was?« Sass hatte keine Ahnung gehabt, daß etwas ein Schiff im FTL-Raum auffinden, geschweige denn festhalten konnte.

Er zuckte die Achseln, und seine Hände flogen über das Pult. »Ich schätze, die Flotte beherrscht ein paar neue Tricks. Und wir sind fast draußen. Hier…« Er warf ihr einen geprägten Plastikstreifen zu. »Steck das in dein Pult, da an der Seite, wenn ich es dir sage.«

Sass betrachtete das Ding neugierig: es war etwa einen Finger lang und halb so breit und ähnelte keinem ihr bekannten Speichermodul. Sie fand den Schlitz, in das es paßte, und wartete. Plötzlich hörte sie die Stimme des Captains über den Bordfunk.

»Krewe – haben Sie was für mich? Sie wollen an Bord…«

»Vielleicht. Bleiben Sie dran.« Krewe nickte Sass zu und steckte einen identischen Plastikstreifen in den Schlitz seines Pults. Sass tat dasselbe, so auch Fersi. Das Schiff schien einen Satz zu machen, als sei es über etwas gestolpert, und etwas dämpfte das Licht. Plötzlich bemerkte Sass, das sie in den Sitz gepreßt wurde – und ebenso plötzlich verlagerte sich der Druck auf die eine, dann auf die andere Seite. Dann machte etwas einen fürchterlichen Lärm, alle Lichter gingen aus, und in der kalten Finsternis hörte sie Krewe unaufhörlich fluchen.

Sie erwachte in einer sauberen Koje in einer hellerleuchteten Kabine, in der es leise raschelte. Sie vermißte einen vertrauten Druck um den Hals und hob die Hand. Der Sklavenkragen war verschwunden. Sie sah sich aufmerksam um.

»Ah… du bist wach.« Ein Mann in einer sauberen weißen Uniform, deren Ärmel bis zum Ellbogen schwarz und gold gestreift waren, kam auf sie zu. »Und ich wette, du fragst dich, wo du bist und was passiert ist und – weißt du überhaupt, welche Sprache ich spreche?«

Sass nickte, zu erstaunt, um etwas sagen zu können. Die Flotte. Sie mußte in der Obhut der Flotte sein. Sie versuchte sich zu erinnern, was Abe ihr über die Ärmelstreifen gesagt hatte; diese hier waren flügelförmig, was etwas anderes bedeutete als die geraden.

»Also gut.« Der Mann nickte. »Du warst Sklavin, ja? Du wurdest innerhalb der letzten Jahre gefangengenommen, würde ich bei deinem Alter sagen…«

»Woher wissen Sie mein…?«

Er grinste. Er hatte ein nettes Grinsen, warm und freundlich. »Das sehe ich an deinen Zähnen, unter anderem. Am allgemeinen Entwicklungszustand.« In diesem Moment bemerkte Sass, das sie etwas Sauberes und Weiches trug, ein einziges Kleidungsstück und nicht mehr die geflickte Jacke und Hose, die sie auf dem anderen Schiff getragen hatte. »Und – erinnerst du dich, woher du stammst?«

»Meine… meine Heimat?« Als er nickte, sagte sie: »Myriad.« Auf seinen verständnislosen Blick hin gab sie ihm die standardmäßige Positionsbestimmung, die sie vor langer Zeit in der Schule gelernt hatte. Er nickte wieder, und sie fuhr damit fort, daß sie ihm erzählte, was mit der Kolonie geschehen war.

»Und dann?« Sie berichtete von dem Transport zum Sklavendepot, von der Ausbildung, die sie als Sklavin erhalten hatte, und von ihrer Arbeit auf dem Schiff. Er seufzte. »Ich nehme an, du hast nicht die geringste Ahnung, wo sich dieser Depotplanet befindet, stimmt's?«

»Nein. Ich…« Ihr Blick blieb plötzlich an dem Abzeichen auf seiner linken Brustseite hängen. Es bedeutete etwas. Es bedeutete… Plötzlich hatte sie Abes ernstes Gesicht vor Augen, und er erklärte ihr schnell und in einem seltsam gebrochenen Rhythmus etwas, das sie sich nicht richtig gemerkt hatte, worüber sie sich aber keine Sorgen machte, weil es ihr eines Tages... Und heute war dieser Tag, und sie überraschte sich selbst damit, daß sie schnell und genau alles zitierte, was er ihr gesagt hatte. Der Mann starrte sie an.

»Du... Du bist zu jung; du kannst unmöglich...« Aber jetzt, da es raus war, wußte sie Bescheid... wußte sie, welches Wissen Abe ihr eingepflanzt hatte (und wievielen anderen noch, fragte sie sich plötzlich, die verkauft worden waren?), in der Hoffnung, daß sie eines Tages irgendwo dieses Abzeichen sehen mochte (wie aber hatte er seines vor seinen Besitzern versteckt?), das die Erinnerung wachrufen würde. Sie wußte, wo sich der Planet befand, und kannte den FTL-Kurs und die Codewörter, die ein Flottenschiff an den äußeren Wachsatelliten vorbeibringen konnten... all das kostbare Wissen, das Abe in seinen Jahren der Sklaverei, während er sich gehorsam gab, erworben hatte.

Ihre Informationen setzten einen Wirbelwind von Aktivitäten in Gang. Sie selbst wurde auf eine Trage gebettet, durch makellose, glänzende Korridore getragen und schließlich mit äußerster Behutsamkeit in einer Schlafkoje abgeladen. Eine luxuriöse Kabine, ausgestattet mit einem hellen, geometrisch gemusterten Teppich und einigen um einen niedrigen runden Tisch gruppierten Stühlen, die bequem aussahen. Sie hörte in der Ferne ein Klingeln und das Trippeln vieler Füße... und dann schloß sich die Tür zur Kabine, und sie hörte nichts mehr als das Zischen der Luft aus den Ventilatorschächten.

In dieser Stille schlief sie bald wieder ein, um von einem leisen Husten geweckt zu werden. Diesmal war die weiße Uniform mit geraden goldenen Streifen dekoriert, die die ganzen Ärmel umschlossen. *Ringe,* dachte sie vage. Vier Stück. Und sechs kleine Dinger auf den Schultern, kleine silbrige Kügelchen. »Die Sterne stehen für die höchsten Ränge«, hatte Abe ihr erklärt. »Sterne tragen nur die Admirale. Aber *alles*, was auf den Schultern sitzt, kann nur zu einem Offizier gehören.«

»Der Sanitätsoffizier sagt, daß es dir wieder gut geht«, sagte die Person mit all dem Gold und Silber. »Kannst du mir noch etwas darüber sagen, woran du dich erinnerst?« Er war groß, dünn, grauhaarig, und Sass wäre vielleicht vor Schreck stumm geblieben, hätte er sie nicht auf eine väterliche Art angelächelt.

Sie nickte und wiederholte das Ganze noch einmal, diesmal in einem etwas normaleren Ton.

»Und wer hat dir das gesagt?« fragte er.

»Abe. Er… er gehörte der Flotte an, sagte er.«

»Davon bin ich überzeugt.« Der Mann nickte. »Nun denn. Die Frage ist, was wir jetzt mit dir anfangen.«

»Das… das hier ist ein Flottenschiff, nicht wahr?«

Der Mann nickte wieder. »Die *Baghir*, ein schwerer Kreuzer. Ich will dich kurz über das Wichtigste unterrichten. Das Schiff, auf dem du dich befunden hast – weißt du etwas darüber?« Sass schüttelte den Kopf. »Nein? Ich nehme an, sie haben dich einfach ins Cockpit gesteckt und an die Arbeit gesetzt. Nun, es war ein unabhängiger Frachter. Manchmal verdient sich seine Mannschaft ein Zubrot mit Sklaventransporten; diesmal hatten sie etwa zwanzig junge, technisch vorzüglich ausgebildete Sklaven und eine Ladung Unterhaltungskuben an Bord – falls man etwas Derartiges als Unterhaltung bezeichnen kann.« Er gab keine weiteren Erklärungen ab, und Sass hakte nicht nach.

»Wir haben erfahren, daß eine Ladung zum Nachbarsystem unterwegs sein könnte, deshalb haben wir ein Fluktuationsnetz eingerichtet. Du brauchst nicht zu wissen, wie es funktioniert, nur daß es ein Schiff aus dem Hyperraum reißen kann, wenn es richtig arbeitet. Wenn es nicht richtig funktioniert, gibt's nichts mehr, was man auflesen könnte. Jedenfalls hat es funktioniert, und da war dein Schiff, und hier waren wir, bereit dazu, es in Schlepptau zu nehmen. Was wir auch getan haben. Die anderen Sklaven – darunter übrigens zwei weitere von Myriad – werden in das Sektorhauptquartier geschickt, wo sie einem Verhör durch die Flotte und einem Ermittlungsverfahren unterzogen werden, um ihre Identität festzustellen. Sie sind unschuldige Opfer; wir wollen uns nur vergewissern, daß ihnen keine gefährlichen unterbewußten Handlungsanweisungen eingegeben wurden. Das ist bei befreiten Sklaven schon vorgekommen; einer von ihnen wurde unter Drogeneinfluß zum Attentäter ausgebildet. Befreit und wieder in der Schule, ist er eines Tages durchgedreht und hat vierzehn Menschen umgebracht, bevor er überwältigt werden konnte.« Er schüttelte den Kopf, dann wandte er sich ihr zu.

»Bei dir liegt der Fall anders. Du bist unser Schlüssel zu dem, was wirklich geschehen ist, und du weißt, wo sich das Sklavendepot befindet. Du hast uns gesagt, was du weißt – oder was du zu wissen glaubst –, aber ich bezweifle, ob unser Flottenfreund alles, was er uns mitteilen wollte, in einer einzigen implantierten Botschaft untergebracht hat. Wenn du bereit wärst, uns zu begleiten…«

Sass stützte sich von der Liege auf. »Sie wollen dahin? Jetzt?«

»Nun, nicht sofort. Aber bald – in ein paar Schiffstagen spätestens. Die Sache ist die, daß du eine Zivilistin und noch dazu minderjährig bist. Ich habe kein Recht, etwas von dir zu verlangen, und kein Recht, dich einfach mitzunehmen. Aber es wäre eine große Hilfe.«

Tränen traten ihr in die Augen; es war zuviel und kam zu früh. Sie rang um die Disziplin, die Abe ihr beigebracht hatte, verlangsamte ihren Atem und wappnete sich gegen die Belastung. Der Offizier beobachtete sie, und sein Gesichtsausdruck wechselte von Besorgnis über Verwirrung zu etwas, das sie nicht bestimmen konnte. »Ich... ich will mit«, sagte sie. »Wenn... wenn Abe...«

»Wenn Abe noch lebt, werden wir ihn finden. Keine Angst. Und jetzt, junge Dame, brauchen Sie noch etwas Schlaf.«

Es war ihr eine weitere Botschaft implantiert worden, die eine gewissenhafte Sondierung des Ärzteteams des Schiffes zum Vorschein brachte. Diese Botschaft, erfuhr Sass, enthielt Details der inneren Verteidigungsanlagen, Beschreibungen der Oberfläche des kleinen Planeten und die Namen der Handelsgemeinschaften, die Sklaven verschoben... darunter derjenigen, die sie gekauft und ausgebildet hatte. Nach dieser Sitzung war sie blaß und tief erschüttert und gewann ihre normalen Kräfte erst nach einem weiteren langen Schlaf und zwei ordentlichen Mahlzeiten wieder. Den Rest der Reise hatte sie nichts anderes zu tun, als zu warten, was ihr durch die freundlichen Mannschaftsfrauen erleichtert wurde, die sie mit Aufmerksamkeit und kleinen Geschenken überschütteten – mehr als genug für jemanden, der jahrelang als Sklave gelebt hatte. Obwohl der Captain es nicht zuließ, daß sie sich der Landemannschaft anschloß, als der Kreuzer die interstellare Distanzen zurückgelegt hatte und die Marines hinunterschickte, war sie dabei, als Abe zur Flotte zurückkehrte. Vernarbt und geschunden, in eine zerlumpte Sklavenjacke gehüllt, und nichts mehr bei sich als seinen Stolz, marschierte er wie bei einer Parade aus dem Shuttle in die Andockbucht. Der Captain hatte sich persönlich in die Andockbucht begeben. Sass hielt sich im Hintergrund, außer Atem vor Ehrfurcht und

Freude, während sie das alte Ritual vollzogen. Als es vorbei war und Abe auf sie zukam, scheute sie plötzlich vor ihm zurück, hatte fast Angst vor seiner Berührung. Aber er schloß sie fest in die Arme.

»Ich bin ja so stolz auf dich, Sass!« Er stieß sie von sich und umarmte sie noch einmal.

»Ich habe gar nicht viel gemacht«, begann sie, aber er schnaubte.

»Du hast nicht viel gemacht! Nun, wenn du es so siehst, ich sehe es anders. Komm, Mädchen. Ich muß mir erst einmal was Vernünftiges anziehen.« Er sah sich um und erwiderte das Grinsen der anderen, die sich in der Bucht aufhielten – ein freundliches Grinsen, wie Sass bemerkte.

Einer der Männer nickte ihm zu, und er folgte ihm. Sass starrte ihm hinterher. Er gehörte hierhier; das erkannte sie sofort. Wohin gehörte sie? Sie dachte an die Bemerkung des Captains über die anderen befreiten Sklaven. Verhöre durch die Flotte und Ermittlungsverfahren – keine erfreuliche Aussicht.

»Keine Sorge«, sagte ihr einer der Männer. »Es herrscht hier genug Wohlstand, um jedem von euch zu einem ordentlichen Neuanfang zu verhelfen – und vor allem dir, denn schließlich haben wir durch dich diesen Planeten gefunden.«

Immer noch besorgt, wartete sie auf Abes Rückkehr, und als er wieder erschien, mit einer flotten Uniform bekleidet, die seine Rangabzeichen trug, machte sie sich noch mehr Sorgen. Ein Neuanfang, irgendwo anders, unter Fremden, denn sie wußte ohne nachzufragen, daß von ihrer Familie niemand überlebt hatte.

»Keine Sorge«, versicherte ihr auch Abe. »Du wirst nicht irgendwo im System verlorengehen. Du bist mein Mädchen, und ich gehöre zur Flotte, und es wird uns an nichts mangeln.«

drittes kapitel

Als Sassinak mit Abe auf Regg eintraf, war sie so wie er geneigt, die Flotte zu rühmen, und froh, sich selbst fast als eine Dienerin der Flotte betrachten zu können. Eine Steigerung konnte nur darin bestehen, ein vollwertiges Flottenmitglied zu werden. Und sie fand bald heraus, daß Abe genau das für sie geplant hatte.

»Du hast das Köpfchen«, sagte er feierlich, »um es auf die Liste der Akademie zu schaffen und ein Flottenoffizier zu werden. Und nicht bloß das Köpfchen, sondern auch den Mumm. Du warst nicht die erste, der ich zu helfen versucht habe, Sass, aber du warst die einzige von dreien, die nicht zusammengebrochen ist, als es Zeit wurde, zu gehen. Und die beiden anderen wurden getötet.«

»Aber wie?« Sass wünschte sich nichts mehr, als die glänzenden weißen Bögen der Akademietore zu durchschreiten... aber das erforderte Empfehlungen von FES-Repräsentanten. Wie sollte eine Weise von einer geplünderten Kolonie jemanden davon überzeugen, sich für sie auszusprechen?

»Da gibt es erst einmal die Vorschule der Flotte. Wenn ich dich offiziell adoptiere, dann kommst du als Tochter eines Flottenveteranen in die engere Wahl – und nein, es ist ohne Bedeutung, daß ich kein Offizier bin. Wer zur Flotte gehört, der gehört zur Flotte.«

»Aber du bist...« Sass errötete. Abe war unter Protest in den Ruhestand versetzt worden; sein verletzter Arm ließ sich nicht mehr behandeln, und deshalb hatte ihm der Medizinische Ausschuß keine Zulassung mehr erteilt. Er hatte gestritten, gebettelt und war schließlich so mürrisch, wie sie ihn noch nie erlebt hatte, in die ihnen zugewiesenen Unterkünfte zurückgekehrt.

»Pensioniert, aber immer noch Flottenmitglied. So was nennt man Kameradschaft, ich hab's ja gleich gewußt. Ich wußte es schon, als der Arm nicht mehr richtig verheilt ist – nach sechs Monaten oder so ist es zu spät. Aber ich dachte, ich könnte sie dazu kiplingen.«

»Kiplingen?«

»Kipling hieß der Mann, der die Hälfte der Lieder geschrieben hat, die in der Flotte gesungen werden, und wahrscheinlich die meisten anderen. Im Dienstjargon meint man mit kiplingen, wenn man jemanden mit süßen Worten zu etwas überreden will, vor allem mit sentimentalem Gerede. Wo du herkommst, sagt man wahrscheinlich ›jemand zu etwas irischen‹ dazu, und ich wette, du weißt nicht, woher das kommt. Aber keine Sorge – ich kann zwar keinen aktiven Dienst mehr leisten, aber verkrüppelte Veteranen…« Sein Gesichtsausdruck gab zu verstehen, daß er sich nicht gern als einen Krüppel betrachtete. »Wir alte Haudegen können gewöhnlich in einem der Büros arbeiten.« Sass erkundige sich noch einmal nach der Vorschule.

»Du verbringst dort drei bis vier Jahre, bis du die Examen absolvierst – und ich habe keinen Zweifel, daß du es schaffen wirst. Mach dir keine Sorgen über die nötigen Papiere. Du hast den Captain mächtig beeindruckt, und er ist mit der Hälfte der FES-Repräsentanten in diesem Sektor verwandt.«

Von da an lief alles glatt: die Adoption, die Aufnahme in die Vorschule. Obwohl die anderen Studenten in ihrem Alter waren, verfügte niemand über ihre Erfahrung, und sie waren immer noch jung genug, um ihr mit Ehrfurcht zu begegnen. Sass stellte fest, daß sie dank ihrer technischen Sklavenausbildung ihrem Mathematikunterricht weit voraus war, während Abes Lektionen in körperlicher Disziplin und Konzentration ihr halfen, Rückstände in den Sozialwissenschaften aufzuholen. Im sozialen Leben der Schule fühlte sie sich anfangs fehl am Platze – sie konnte nicht so problemlos Freundschaften schließen wie in jüngeren Jahren –, aber sie freute sich mit einem derart zielstrebigen Ehrgeiz auf die Akademie, daß alle sie bald nur als einen von der Akademie besessenen Streber betrachteten.

Abes Apartment, in einem großen Block ähnlicher Gebäude, war mit keiner Unterkunft zu vergleichen, in der Sass je gelebt hatte. Das Apartment ihrer Eltern auf Myriad hatte sich in einem standardmäßigen vorgefertigten Gebäude befunden, und war so angelegt gewesen wie alle anderen Apartments in der Kolonie. Großfamilien bewohnten nach Bedarf zwei oder drei Apartments mit in Zwischenwänden eingefügten Türen. Keines der Wohnquartiere und wenige der anderen Gebäude waren höher als ein Geschoß. Auf dem Sklavenplaneten standen noch billigere vorgefertigte Gebäude, große, häßliche Kästen, die auf maximalen Volumeninhalt konzipiert waren. Dort hatte sie in einer fensterlosen Baracke geschlafen, in einer von vielen übereinandergestapelten Kojen.

Abe besaß ein Eckapartment im zweiten Stock mit zwei Schlafzimmern, einem Wohn-, einem Arbeitszimmer und einer kleinen Küche. Aus ihrem Zimmer sah Sass auf einen zentralen, mit Blumen und einem kleinen Baum mit welken Blättern bepflanzten Hof hinaus. Aus dem Wohnzimmer konnte sie über eine breite Straße auf ein ähnliches Gebäude gegenüber hinaussehen. Ihre Unterkunft kam ihr erstaunlich hell und geräumig vor; anfangs verbrachte sie Stunden damit, die Menschen unten auf der Straße zu beobachten oder über die Stadt hinauszusehen. Denn ihr Apartmentgebäude stand wie die meisten anderen auf einem der flachen Hügel gegenüber dem Hafen.

Regg selbst war ein terraformter Planet, anfangs von den üblichen Siedlern kolonialisiert, in diesem Fall Landwirtschaftsspezialisten, dann wegen seiner Position im menschlich dominierten Raum als Flottenhauptquartier ausgewählt worden. Hier in dieser zentralen Stadt war die Flotte die herrschende Kraft. Abe führte Sassinak herum: zum großen Kastenbau des Hauptquartiers selbst, der mit weißen Marmortafeln verkleidet war, zu den Parks am Fluß, die am großen natürlichen Hafen endeten, einer breiten, fast kreisrunden Bucht mit tiefblauem Wasser, die im Osten und Westen an graue Klippen grenzte und sich neben einer kleinen Felsinsel ins Meer dahinter öffnete. Eine sorgfältige Planung hatte die Flußmündung selbst unberührt gelassen, aber Sass sah, daß sowohl der Flotten- wie der zivile Hafen zu beiden Seiten ein Stück ins Land reichten. Obwohl die FES-Bestimmungen den Fleischverzehr verbaten, wurde auf vielen menschlich besiedelten Welten, die sich weniger streng an den Codex hielten, immer noch gefischt. Die vorgeschobene Entschuldigung lautete, daß der Codex sich nur auf Warmblüter und *intelligente* (nicht bloß empfindungsfähige) aquatische Kaltblüter wie Weber und Ssli bezog. Sass wußte, daß viele der örtlichen Zivilisten Fisch aßen, obwohl er nicht einmal in den schäbigsten Hafenspelunken offen serviert wurde. Die Fischart, ursprünglich altirdischer Herkunft, war vor Jahrhunderten in Reggs Ozean ausgesetzt worden.

Neben dem offiziellen Hauptquartierkomplex gab es die dazugehörigen Bürogebäude, Computerzentren, Technik- und Forschungsabteilungen, alle in einer landschaftlich reizvoll gestalteten Umgebung, denn Regg war nach all den Jahren immer noch unterbevölkert.

»Viele Flottenangehörige setzen sich hier zur Ruhe«, erklärte Abe, »aber die meisten siedeln im Inland oben am Fluß. Vielleicht können wir in den Ferien einmal eine Kreuzfahrt über den Fluß unternehmen und einige ihrer Grundstücke besichtigen. Ich habe oben in den Bergen auch ein paar Freunde.«

Aber die Stadt war für ein Mädchen, das in einer kleinen Ortschaft in einer Bergbaukolonie aufgewachsen war, schon aufregend genug. Sie begriff jetzt, wie albern es von den Myriadern gewesen war, ihre Ansammlung vorgefertigter, einstöckiger Gebäude als eine ›City‹ zu bezeichnen. Die hiesigen Regierungsgebäude ragten zehn oder zwölf Geschosse auf und boten von ihren winddurchfegten Beobachtungsplattformen auf ihren Dächern einen faszinierenden Ausblick auf die umliegende Landschaft. Geschäftige, mit Handelsgütern von allen bekannten Welten volle Läden; von der Dämmerung bis weit nach Einbruch der Dunkelheit belebte Straßen; Feste zu Ehren der Jahreszeiten oder historischer Gestalten; Theater, Musik und Kunst... Das Ganze machte Sass wochenlang geradezu betrunken. Dies hier war die wirkliche Welt, von der sie auf Myriad geträumt hatte: diese farbige, belebte Stadt, die von der Flotte, den Schiffen, die jeden Tag eintrafen und abhoben, mit allen anderen Welten verbunden wurde. Obwohl der Raumhafen hinter der nächsten Hügelkette lag, welche die Stadt von dem Lärm abschirmte, sah Sass gern zu, wie die Shuttles über die bewaldeten Hänge in einen offenen Himmel aufstiegen.

In der Zwischenzeit bekam sie Gelegenheit, einige der anderen Überlebenden des Überfalls auf Myriad zu treffen. Die mürrische und mißtrauische Caris hatte in der Zeit ihrer Gefangenschaft alle Verspieltheit eingebüßt, an die Sass sich erinnerte. Sie hatte niemanden wie Abe gefunden, der ihr half und Hoffnung gab, und war in diesen wenigen Jahren zu einer bitteren alten Frau gealtert.

»Ich wünsche mir nur eine Arbeitsstelle«, sagte sie. »Man sagt mir, ich kann zur Schule gehen.« Ihre Stimme klang flach, war kaum ein Flüstern, die Stimme einer Sklavin, die sich vor Entdeckung fürchtete.

»Du könntest zu uns ziehen«, sagte Sass und hoffte insgeheim, daß Caris zustimmen würde. So sehr sie Abe liebte, sie vermißte eine enge Freundin, und ihr Zimmer war groß genug für zwei. Außerdem kannte sie Caris schon ihr ganzes Leben lang. Sie konnten über alles reden; das hatten sie immer getan. Ihre Wärme konnte Caris ins Mädchenalter zurückholen, ihre Hoffnungen neu beleben. Aber Caris wich zurück und entzog sich Sassinaks Berührung.

»Nein. Das möchte ich nicht... Sass, wir waren Freundinnen, und wir waren glücklich, und vielleicht kann ich es eines Tages ertragen, daran zurückzudenken. Aber wenn ich dich jetzt ansehe...« Ihre Stimme erstarb, und sie wandte sich ab.

»Caris, bitte!« Sass packte sie an den Schultern, aber Caris zuckte zusammen und riß sich los.

»Es ist alles vorbei, Sass! Ich kann nicht. Ich kann niemandem mehr eine Freundin sein. Es ist nichts mehr übrig. Ich will nur irgendwo allein in Frieden arbeiten.«

Sass weinte jetzt auch. »Caris, du bist alles, was ich habe.«

»Du hast mich nicht. Ich bin gar nicht hier.« Und mit diesen Worten lief sie aus dem Zimmer. Sass erfuhr später, daß man sie für eine weitere Behandlung wieder ins Krankenhaus eingeliefert hatte. Später verließ sie den Planeten, ohne Sass darüber zu unterrichten, und Sass mußte die Krankenhausakten konsultieren, um herauszufinden, daß ihre Freundin für immer gegangen war. Gegen diesen Kummer, behauptete Abe, war Arbeit das einzige Mittel – und Rache, wenn sie eines Tages gegen jene vorgehen würde, die hinter dem Sklavenhandel standen. Sass vertiefte sich in ihre Hausarbeiten, und als die Zugangsexamen zur Akademie anstanden, hatte sie die äußerlich sichtbaren Spuren ihres Kummers überwunden. Zu Abes Freude bestand sie mit einer Note unter den besten fünf Prozent. Sein vernarbtes Gesicht verzog sich zu einem Grinsen, als er mit ihr die erforderliche Ausrüstung kaufen ging.

»Ich wußte, daß du es schaffen kannst, Sass. Ich habe es die ganze Zeit gewußt. Wenn du nicht vergißt, was ich dir beigebracht habe, kann ich dir in ein paar Jahren zu deinem Abschluß gratulieren.«

Aber er wollte sie nicht zu dem großen Bogen begleiten, der den Eingang der Akademie überwölbte. Er ging an diesem Morgen so wie jeden Tag zur Arbeit (sie erfuhr nie, welcher der halbmilitärischen Bürokraten einen Platz für ihn gefunden hatte; freiwillig rückte er nie mit dieser Information heraus), und sie blieb zurück, blickte nervös in den Spiegel und rückte immer wieder eine widerspenstige Strähne ihres Haars zurecht, bis sie sich beeilen mußte, wenn sie nicht zu spät kommen wollte. Sie hatte nach ihrem Vorstellungstermin noch Zeit übrig und lief bei ihrem ersten Gang über den Vorderhof einem streitsüchtigen Älteren über den Weg. Sie hatte sich sorgfältig das kleine Heft eingeprägt, das man ihr zugeschickt hatte, und reagierte auf seine Aufforderung so, wie sie es gelernt hatte.

»Sir, Kadett Sassinak meldet sich zum Dienst.« Ihre Stimme versagte. Der Kadettenoffizier, dem sie salutierte, hatte die Augen verdreht, die Zunge herausgestreckt und hielt die Hände hinter den Ohren. Sein Gesicht nahm aber sofort wieder einen normalen Ausdruck an, und er stemmte die Hände in die Hüften, aber das Lächeln in seinem Gesicht blieb grimmig.

»He, du Holzkopf, hat dir noch niemand beigebracht, wie man sich bei einem Älteren meldet?« Seine Stimme versuchte die kalte Arroganz der Planetenpiraten nachzuahmen und kam ihr bemerkenswert nahe. Sass begriff, das man sie reingelegt hatte, kämpfte ihren Ärger nieder und schaffte es, in einem gleichmütigen Ton zu antworten. Abe hatte ihr nicht gesagt, daß die neuen Kadetten als ›Holzköpfe‹ bezeichnet wurden.

»Sir, ja, Sir.«

»Nun denn… mach weiter.«

»Sir, Kadett Sassinak meldet sich zum Dienst!« Diesmal verdrehte er beide Augen nach außen, spitzte die Lippen, als habe er in eine saure Frucht gebissen, und kratzte sich wild in beiden Achselhöhlen. Aber sie ließ sich nicht noch einmal austricksen, und brachte es fertig, sich förmlich vorzustellen, ohne den Tonfall oder den Gesichtsausdruck zu ändern, und endete mit einem scharfen: »…Sir!«

»Nachlässig, langsam und viel zu blasiert«, lautete der Kommentar des Seniorkadetten. »Du bist doch das Waisenmündel von diesem kleinen Offizier, oder?«

Sass spürte ihre Ohren brennen, nickte mit zusammengebissenen Zähnen, und dann fiel ihr ein, daß sie laut antworten mußte. »Sir, ja, Sir.«

»Pff. Das ist ja eine armselige Empfehlung von einem, der sich gefangennehmen läßt und jahrelang in der Sklaverei lebt. Einem Flottenangehörigen sollte so was…« Er verstummte, als Sass den Mund öffnete, und reckte den Kopf vor. »Hast du etwas zu sagen, Holzkopf? Hat dir jemand erlaubt, den Mund aufzumachen?«

Sie wartete nicht darauf. »Sir, Sie sind nicht einmal das Schwarze unter Abes Fingernägel wert, *Sir*!«

»Darum geht's nicht, Holzkopf. Es geht hier nur um dich!« Er tippte ihr auf die Schulter. »Du mußt dich benehmen lernen, und ich glaube nicht, daß du in deinem

Umfeld jemanden hattest, der es dir beibringen konnte.« Sass starrte ihn an, hatte sich wieder unter Kontrolle und war wütend auf sich, weil sie den Köder geschluckt hatte. »Andererseits bist du loyal. Und das ist etwas wert. Nicht viel, aber etwas.« Er entließ sie, und sie machte sich auf die Suche nach ihrem zugewiesenen Quartier, sorgsam darauf bedacht, nicht wie ein Tölpel zu wirken.

Aus Gründen, die nur die Architekten kannten, bestand das Hauptgebäude der Akademie aus einer Mischung antiker Stile, großen, grauen Steinblöcken, die wie Bilder historischer Gebäude auf der Alten Erde aussahen. Türme, Bögen, überdachte Gänge, komplizierte Schnitzereien von Schiffen, Schlachten und Seeungeheuern um Fenster und Türen, umschlossene, mit glatten Steinfliesen getäfelte Höfe. Sechs dieser patriarchalischen Gebäude umgaben den viereckigen Haupthof: Themistokeles, Drake, Nelson, Faragut, Velasquez und die Kapelle. Hier, wo die mutigsten Straßenjungen durch die Eingangstore hereinschauten, stellten sich mehrmals täglich die Kadetten auf, um in Unterrichtsräume, in die Messe oder zu allen möglichen anderen Aktivitäten zu marschieren. Sass fand bald heraus, daß die dunkleren grauen Pflastersteine, durch die sich die offenen Plätze vom hellen Hintergrund abhoben, im Regen sehr glitschig werden konnten. Sie erfuhr, wo ein Blitz reflektiertes Sonnenlicht von einem offenen Fenster einen Kadetten lang genug blenden konnte, um gegen einen anderen zu stolpern. Dafür wurden einem Punkte abgezogen, und sie wollte sich keine Abzüge einhandeln.

Hinter der hochgewölbten Ausfallpforte von Velasquez, die breit genug für einen Kadettenzug war, befanden sich die Kadettenkasernen, die man nach den berühmten Gefallenen der Flottenschlachten benannt hatte. Varrin Hall, Benis, Tarrant, Suige. Wenn sie ihr erstes halbes Jahr hinter sich hatten, dann kannten die Kadetten deren und vieler weiterer Schicksale. Sass, die auf dem dritten Deck der Suige-Halle untergebracht wurde, konnte aus dem Gedächtnis alle Ereignisse dieser geschichtlichen Epoche rezitieren.

Andere Kadetten beschwerten sich (leise) über ihre Unterkünfte, aber Sass hatte Jahre als Abes Mündel zugebracht. Sie hatte nie eine Veranlassung gehabt, ihr Quartier nach eigenem Geschmack einzurichten, sich ›schlechte Angewohnheiten zuzulegen‹, wie es Abe ausgedrückt hätte, auch wenn er zugab, daß Flottenoffiziere, wenn sie einmal einen gewissen Dientgrad erreicht hatten, ihre Unterkunft selbst einrichten durften und dies auch taten. Die standardmäßige Koje mit den vorgeschriebenen Laken, die auf eine bestimmte Weisen zusammengefaltet werden mußten, der schmale Spind für die erforderliche Uniform (und nichts anderes), die einzige flache Kiste für persönliche Gegenstände, der einzige Schreibtisch mit dem Computerterminal und dem geradlehnigen Stuhl – das genügte ihr. Sie hatte nichts dagegen, mit anderen zu teilen, und nahm auch gern die obere Koje, was sie bei einigen Mitbewohnern sehr beliebt machte. Sie fand, daß die ordentlichen, sauberen kleinen Schlafräume perfekt für jemanden geeignet waren, dessen Hauptinteressen auf einem anderen Gebiet lagen, und erledigte ohne Murren ihren Anteil am Bodenputzen und Staubwischen, den die täglichen Inspektionen verlangten.

Sie hatte eigentlich mit neutralen oder monotonen Innenräumen gerechnet, die Gänge waren aber in einem Farbschema gestrichen, das dem in allen Flottenschiffen verwendeten Schema entsprach. Wenn die Kadetten ihre Prüfung absolvierten, empfanden sie dieses System als ganz natürlich und hätten sich nie gefragt, auf welchem Deck oder an welchem Ende eines Decks sie sich befanden. Haupt- oder Kommandodeck waren beispielsweise überall mit weiß auf grau markiert, und das Truppendeck stets grün.

Die meisten Unterrichtsstunden fanden im ›Vorderhof‹ oder in der Doppelreihe einfacherer glattfassadiger Gebäude statt, die oberhalb davon lagen. Geschichte wurde aus der Flottenperspektive gelehrt, und dazu gehörten auch Kenntnisse über die Geschichte der ›wichtigen‹ Alten Erde bis hin zur Ära der Segelschiffe und Ruderboote. Sass hatte keine Ahnung, warum sie unbedingt wissen mußten, welche verschiedenen Dienstränge vor tausend Jahren gegolten hatten, aber sie prägte sich die Informationen pflichtbewußt ein, für den Fall, daß sie für irgendetwas außer den vierteljährlichen Prüfungen benötigt wurden. Sie fragte sich, warum man je eine solche Verwirrung in Kauf genommen hatte, wie sie durch den Umstand verursacht wurde, daß ›Kapitän‹ einmal sowohl ein Rang wie eine Position gewesen war, und freute sich, als es ihr endlich jemand logisch darlegte. Jeder, der ein Schiff befehligte, war ein Kapitän, und die Rangstruktur verwendete den Begriff überhaupt nicht. »Du hältst es für logisch«, erklärte der Ausbilder, »aber es kam fast zu einer Meuterei, wenn der erste Flottenoffizier die Rangbezeichnung ›Major‹ benutzen mußte und Leutnants oder Kommandeure um einen Rang befördert wurden.« Sass hatte mehr Spaß an der Analyse der verschiedenen Marinetaktiken, darunter einer strengen Untersuchung zur Auswirkung der Politik auf die Kriegsführung unter Verwendung eines alten Textes von jemandem namens Tuchman.

Die Kadetten aßen gemeinsam in einer gewölbeartigen Messe, die ohne die zahllosen Reihen von Tischen, an denen jeweils acht steife Kadetten aßen, sogar sehr ansehnlich gewesen wäre. Sich umzusehen – zum Beispiel die Schnitzereien an der Decke zu betrachten – war eine weitere Möglichkeit, sich Punktabzüge einzuhandeln. Sassinak lernte mit den anderen, daß man schnell und ordentlich zu essen hatte, wobei man auf der Stuhlkante saß. Studenten in ihren beiden letzten Jahren überwachten jeden Tisch und verlangten von den Holzköpfen perfekte Etikette. Wenigstens war das Essen genießbar, dachte Sass.

Die Akademie war nicht ganz so, wie sie es selbst mit ihren angeblichen Insiderinformationen erwartet hatte. Aus Abes Haltung zu den Flottenoffizieren hatte sie geschlossen, daß die Akademie ein quasi-mystischer Ort sei, der die Kadetten auf magische Weise mit Ehrgefühl, Gerechtigkeitssinn und taktischer Brillanz erfüllte. Er hatte ihr von seiner eigenen Grundausbildung erzählt, die er lakonisch als einen viermonatigen Marsch durch die Hölle beschrieb, aber das sei nicht dasselbe, hatte er oft betont, wie die Offiziersausbildung. Sass hatte mehr oder weniger durch Zufall das abgewetzte Exemplar eines Handbuchs zur Etikette gefunden, das sie auf komplizierte Formalitäten und die delikateren Aspekte der militärischen Höflichkeit vorbereitet hatte – nicht aber auf das Verhalten der Akademie gegenüber Kadetten im ersten Semester.

»Wir verzichten auf Schikanen«, hatte der Kadettenkommandeur an diesem ersten Tag erklärt. »Aber wir legen Wert auf Disziplin.« Diese Unterscheidung, fand Sass schnell heraus, war nur eine Frage der Formulierung. Und sie erkannte bald, daß sie ein bevorzugtes Ziel für diese Disziplin oder Schikane war, wie immer man es nennen mochte: das Waisenmündel eines kleinen Offiziers im Ruhestand, eine ehemalige Sklavin und viel zu klug zu ihrem eigenen Besten.

Sie wünschte, sie hätte sich mit Abe beraten können, aber im ersten halben Jahr waren den neuen Kadetten weder Besucher noch Besuche zu Hause gestattet. Sie mußte allein klarkommen. Seine Gebote standen wie Marksteine in ihrem Geist: beklage dich nie, streite nie, fange nie einen Kampf an, prahle nie. Konnte das ausreichen?

Mit Hilfe der physischen und mentalen Disziplin, die er ihr beigebracht hatte, fand sie heraus, daß es tatsächlich ausreichte. Sie hüllte sich in diese Disziplin wie in einen festen Mantel. Kadettenoffiziere, die die Hälfte der Neulinge zu Wutausbrüchen oder ohnmächtigen Tränen treiben konnten, fanden ihren glatten, aber nicht bedrohlichen Gleichmut nach einigen Wochen langweilig. Diese Gelassenheit hatte nichts Trotziges, nichts Herausforderndes, dem begegnet werden mußte, sie war nur Ausdruck einer ruhigen, ernsthaften Entschlossenheit, alles Verlangte besser zu bewältigen als alle anderen. Wenn man ihr Strafarbeiten aufbrummte, leistete sie diese einfach hartnäckig und sorgfältig ab. Lautstarke Beleidigungen hörte sie sich ruhig an und war imstande, sie auf Befehl mit ruhiger Stimme so zu wiederholen, daß sie fast so dumm klangen, wie sie waren.

Abe behielt recht; man nahm sie so hart ran wie die Sklavenhalter, und Sass spürte, daß die Kadettenoffiziere eine ähnliche Neigung zur Grausamkeit hatten, aber sie verlor nie ihr Ziel aus den Augen. *Dieser* Kampf würde sie stärker machen, und wenn sie erst einmal eine Flottenoffizierin war, konnte sie die Piraten verfolgen, die ihre Familie und ihre Kolonie vernichtet hatten.

Diese schweigsame Zurückhaltung hätte sie unter ihren Klassenkameraden zu einer Außenseiterin machen können, doch sie entwickelten unversehens freundschaftliche Gefühle füreinander. Sie hätte am liebsten den Rest ihres Lebens mir ihnen gearbeitet – und sie wünschte sich Freunde –, und bevor das erste Halbjahr vorüber war, stand sie wieder im Mittelpunkt einer Clique.

»Weißt du, Sass, wir sollten wirklich etwas wegen

Dungars Vorlesungen unternehmen.« Pardis, ein eleganter Sprößling der Aristokratie dieses Sektors, fläzte sich ausgesprochen unelegant auf dem Boden der Neukadettengarderobe und wich einem angetäuschten Tritt von Genris aus, der auch zu ihren Freunden gehörte.

»Wir müssen sie nur auswendig lernen; das genügt.« Sass zog ein Gesicht und trank ihren Becher Tee aus. Dungar brachte es fertig, das verlangte Studium fremder Rechtssysteme zu unerträglicher Langeweile verkommen zu lassen, und sein Vortrag – mit einer monotonen Stimme, die kaum über ein Flüstern hinausging – machte es noch schlimmer. Er erlaubte aber keine Recorder; die Studenten mußten sich anstrengen, um jedes langweilige Wort zu hören.

»Sie sind so... so vorhersehbar. Mein Bruder hat mir schon von ihnen erzählt, weißt du, und ich könnte schwören, er hat in den letzten zwanzig Jahren nicht ein Wort geändert.« Pardis beendete den Satz mit einer Parodie von Dungars Flüstern, und die anderen kicherten.

»Was hast du dir denn gedacht?« Sass grinste auf Pardis hinunter. »Und steh besser auf, bevor einer der älteren Aufseher auftaucht und dich für eine Haltung tadelt, die sich für einen Offizier nicht schickt.«

»So früh schnüffeln sie noch nicht herum. Ich dachte mir etwas in der Art, daß wir... äh... ihm eine Kleinigkeit unter seine Notizen schieben.«

»Dungars Notizen? Meinst du denn, daß er sie nach so vielen Malen überhaupt noch braucht?«

»Wir müssen unseren Ausbildern Respekt erweisen«, sagte Tadmur. Er war so groß und massig wie die meisten Schwerweltenbewohner und nahm daher, auch wenn er steif und aufrecht dasaß, einen beträchtlichen Anteil der Garderobe ein. Die anderen stöhnten, wie sie es gewöhnlich taten. Sass fragte sich, ob er wirklich die ganze Zeit so ernst sein konnte.

»Ich erweise ihm Respekt«, sagte Pardis und rollte genervt mit den grünen Augen. »Genauso wie dir, und das jeden Tag…«

»Ihr macht euch über seine Beständigkeit lustig.« Tadmurs Vrelanakzent verlieh seiner Stimme noch mehr Biß. »Dabei ist Beständigkeit etwas Positives.«

»Beständigkeit ist langweilig. Und etwas beständig Falsches zeugt von Dummheit…« Pardis verstummte unvermittelt und sprang auf, als die Tür aufschwang und dahinter das grimmige Gesicht eines Älteren auftauchte. Für dieses Wochenende war ein weiterer Schwerweltler von Tadmurs Heimatplanet zum Dienst eingeteilt worden.

»Sie haben wieder auf dem Deck herumgelegen, Mr. Pardis, stimmt's?« Der Ältere wartete nicht auf eine Antwort und fuhr fort: »Typisch für Sie und für jeden einzelnen hier, die Sie nicht an Ihre Pflicht erinnern.« Er sah Tadmur mit einem Stirnrunzeln an. »Über *Sie* bin ich am meisten überrascht.«

Tadmur errötete, sagte aber nicht mehr, als daß er »Sir, ja, Sir« brummte, wie es die Vorschriften verlangten.

Sassinak machte sogar gewisse Fortschritte mit Tadmur und Seglawin, den beiden Schwerweltlern in ihrer Einheit. Als sie sich ihr schließlich öffneten, erkannte sie allmählich, daß die Schwerweltler tiefen Groll gegen die anderen menschlichen Gruppen in der FES hegten.

»Sie wollen uns wegen unserer Kraft«, sagte Tadmur. »Sie brauchen uns als Handlanger. Schau nur mal in die Archive – zum Beispiel in die Abschriften von der Seress-Expedition. Wie oft, meinst du, ist das medizinische Personal für schwere Arbeiten eingeteilt worden, hm? Aber von Parrih, die nicht bloß eine Physikerin, sondern eine Spezialistin ist, eine Chirurgin, hat man erwartet, daß sie neben ihrer üblichen medizinischen

Arbeit noch bei schweren Be- und Entladungen mithilft.«

»Sie halten uns gern für dumm und träge.« Seglawin schloß sich der Klage an. Obwohl nicht ganz so groß wie Tadmur, war sie weit von den gängigen Schönheitsidealen entfernt, und wenn sie ihre breite Stirn in Falten legte, sah sie ziemlich bedrohlich aus. Sass fiel plötzlich auf, daß sie schönes Haar hatte, eine üppig gewellte braune Pracht, die wegen der harten Züge darunter niemandem auffiel. »Schrumpfköpfe nennen sie uns, und Muskelprotze. Ich weiß, daß unsere Köpfe im Verhältnis zu unseren Körpern klein aussehen, aber das ist eine Illusion. Weißt du noch, wie überrascht der Kommandeur war, als ich den Geschichtspreis für Anfänger gewonnen habe. ›Eine erstaunlich einfühlsame Interpretation für jemanden mit Ihrer Vergangenheit‹, sagte er. Ich weiß, wie er das gemeint hat. Man glaubt, wir seien nur große dumme Rohlinge, und das stimmt nicht.«

Sass sah die beiden an und staunte. Natürlich waren die Schwerweltler im Sklavenzentrum als billige Schwerarbeiter verkauft worden, und keiner von ihnen hatte mit Sass am technischen Unterricht teilgenommen. Sie hatte gedacht, daß sie nicht dafür geeignet seien, wie es alle behaupteten. Aber in der Akademie waren gut fünf Prozent der Kadetten Schwerweltler, und sie machten ihre Sache gut. Die beiden Schwerweltler sahen einander und dann wieder Sass an. Seglawin zuckte die Achseln.

»Wenigstens hört sie zu und lacht nicht.«

»Ich habe nicht…«, begann Sass, aber Tad unterbrach sie.

»Doch, hast du, aber nur deshalb, weil du es so gelernt hast. Sass, du bist anständig, und du hast versucht, uns eine Freundin zu sein. Aber du bist ein Leichtgewicht und gemessen am Standard unserer

Rasse ziemlich hübsch. Du kannst nicht wissen, wie es ist, wie ein… ein Ding, ein Tier behandelt zu werden, das für nichts anderes gut ist als für die Arbeit, die es leisten kann.«

Es klang vernünftig, aber Sass hörte das Winseln des Selbstmitleids, das in den Worten mitschwang, und wurde plötzlich wütend. »Oh, doch, das weiß ich«, hörte sie sich selbst sagen. Ihre Gesichter wurden starr, nahmen die blasierte Ausdruckslosigkeit an, die so viele mit der Arroganz der Schwerweltler in Verbindung brachten, aber sie machte keine Pause, um darüber nachzudenken. »Ich war eine Sklavin«, sagte sie so scharf, als beiße sie auf ein Stück Stahl. »Ich weiß ganz genau, was für ein Gefühl das ist, wie ein Ding behandelt zu werden. Ich wurde mehr als einmal verkauft und bei der Auktion nach der Arbeit bewertet, die ich leisten konnte.«

Seglawin reagierte als erste, und ihre Ausdruckslosigkeit wich einer verlegenen Errötung. »Sass! Ich wußte nicht…«

»Du hast es nicht gewußt, weil du nicht darüber reden wolltest.« Noch immer kochte soviel Zorn in ihren Adern, daß sie sich vergaß.

»Es tut mir leid«, sagte Tad, und dabei klang seine Stimme so weich, wie Sass es noch nie gehört hatte. »Aber vielleicht verstehst du uns.«

»Ihr wart keine Sklaven«, sagte Sass. »*Ihr* versteht mich nicht. Sie haben meine Familie umgebracht, meine Eltern, meine kleine Schwester. Meine Freunde und ihre Eltern. Und ich werde sie erwischen…« Ihre Stimme erstarb, und sie schluckte und kämpfte gegen Tränen an. Sie warteten wortlos und reglos ab, erschienen aber nicht mehr so träge. »Ich werde sie erwischen«, fuhr Sass schließlich fort. »Ich werde diese Piraterie, diese Sklaverei mit allen Mitteln beenden. Ob's große oder kleine Fische sind oder wer auch sonst. Es gibt nichts Schlimmeres. Nichts.« Sie sah ihnen nacheinander in die Augen. »Und ich werde nicht mehr darüber reden. Es tut mir leid.«

Zu ihrer Überraschung standen sie beide auf, verbeugten sich knapp und vollführten eine seltsame Geste mit den Händen.

»Nein, es ist unsere Schuld.« Seglawin hatte jetzt einen rauhen Unterton, und ihr Akzent machte sich stärker bemerkbar. »Wir haben es nicht gewußt, und wir stimmen dir zu. Es gibt nichts Schlimmeres. Unser Volk hat gelitten, aber nicht so. Wir befürchten, daß es ihm einmal ähnlich ergehen könnte, und das ist der Grund für unseren Zorn. Verstehst du, du bist anständig, was immer auch geschieht.« Sie lächelte, als sie Sass beide Hände hinhielt, und das Lächeln verwandelte ihre Züge in das Gesicht eines Menschen, den Sass sich zum Freund wünschte.

Andere, etwas entspanntere gemeinsame Stunden folgten. Sass erfuhr viel über den Glauben der Schwerweltler. Einige erfüllten die anfänglichen genetischen Umwandlungen, die eine Anpassung an schwere Welten ermöglichten, mit Stolz, und sie waren der Meinung, daß alle Schwerweltler soviel Zeit wie möglich auf Planeten mit hoher Gravitation verbringen sollten. Andere hielten das für eine Erniedrigung und suchten Welten mit Normalschwerkraft, wo sie sich wieder den normalen menschlichen Standards anzugleichen hofften. Alle fühlten sich von ihren leichter gebauten fernen Verwandten entfremdet und gaben – zumindest teilweise – den Leichtgewichten an dieser Entfremdung die Schuld und wiesen jede Spekulation zurück, daß ihre Größe und ihr massiger Körperbau mit geringerer Sensibilität oder Intelligenz verbunden sein könnte.

Als sie am Ende ihres ersten Semesters Urlaub bekam, besuchte sie Abe in Uniform, voller Scheu vor seiner

Reaktion und steif vor Stolz, in seinem Apartment. Er salutierte zackig, dann schloß er sie fest in die Arme.

»Du machst deine Sache gut«, sagte er, ohne darauf zu warten, daß sie etwas sagte. Sie erkannte bereits in sich und in seiner Reaktion die Beziehung, die sie später haben würden.

»Ich hoffe es.« Sie lockerte den Kragen ihrer Uniform und streckte sich auf dem niedrigen Sofa aus. Er nahm ihre Mütze und legte sie sorgfältig auf ein Regal.

»Hast du auch schon Freunde?«

»Ein paar.« Sein Nicken ermutigte sie, und sie erzählte ihm von den Schwerweltlern. Abe runzelte die Stirn.

»Du solltest sie im Auge behalten; sie können unaufrichtig sein.«

»Ich weiß. Aber...«

»Aber sie sind schon in Ordnung. Die meisten Normalen halten sie bloß für große, dumme Muskelprotze und behandeln sie entsprechend. Arme Kerle. Die Klugen wehren sich dagegen, und wenn sie klug genug sind, können sie echten Ärger machen. Du wirst sie davon überzeugen müssen, daß du anständig bist, Sass, ohne ihnen eine Schwäche zu offenbaren. Aufgrund ihrer Ausbildung schätzen sie Kraft und Ausdauer über alles.«

»Aber sie sind nicht alle gleich...« – Sass erzählte ihm alles, was sie über die Kultur der Schwerweltler gelernt hatte –, »...und ich frage mich, ob die Schwerweltler nicht von derselben Bande mißbraucht werden, die hinter den Piraten und Sklavenhändlern steht«, schloß sie.

Abe hatte einen kalten Imbiß zubereitet, während sie erzählte. Jetzt hielt er inne und stützte sich auf den Tisch. »Ich weiß es nicht. Es könnte sein. Aber wahrscheinlich sind zumindest einige der Schwerweltler selbst Piraten. Sei also vorsichtig.« Sass wollte nicht streiten; ihr gefiel der Gedanke nicht, daß Abe seine eigenen Beschränkungen haben mochte; sie brauchte ihn noch für eine ganze Zeit als allwissenden Ratgeber. Auf der anderen Seite spürte sie in ihren Schwerweltler-Freunden die Bereitschaft, ehrlich und loyal zu sein, und in sich selbst eine ungewöhnliche Fähigkeit, mit Menschen unterschiedlichster Herkunft Freundschaft zu schließen.

In ihrem dritten Jahr galt sie als vielversprechende junge Kadettenoffizierin, und die Vorbehalte gegenüber ihrer Herkunft waren weitgehend verschwunden. Von kolonialer Abstammung, ja; aber auf eine koloniale Abstammung beriefen sich viele ›gute‹ Familien, jüngere Söhne und Töchter, die eher nach Abenteuern als nach einem sicheren Platz im Familienunternehmen gesucht hatten. Daß sie nie eine solche Verbindung für sich beanspruchte, sprach für sie; andere beanspruchten sie in ihrem Namen.

Ihre eigenen Nachforschungen in Hinblick auf ihre Familiengeschichte verliefen diskret. Die Psychologen bescheinigten ihr, daß sie den Verlust ihrer Familie gut verkraftet hatte. Sie wußte nicht recht, wie sie reagiert hätten, wäre ihnen bekannt geworden, daß sie die kolonialen Datenbanken durchstöberte, deshalb hielt sie ihre Erkundigungen geheim. Sie wollte nicht, daß jemand ihre Eignung für die Flotte in Frage stellte. Als sie alles eingegeben hatte, woran sie sich erinnern konnte, wartete sie darauf, daß der Computer den Rest ausspuckte.

Die erste Überraschung war eine lebende Verwandte (oder ›vermutlich lebende Verwandte‹, wie es der Computer ausdrückte), drei Generationen vor ihr. Sass blinzelte den Bildschirm an. Es handelte sich um eine Ururgroßmutter (oder -tante; sie kannte sich mit den Codesymbolen nicht so gut aus), die jetzt für den Erkundungsdienst arbeitete. Sie hieß Lunzie... *das* war also die berühmte Verwandte, nach der man ihre kleine Schwester benannt hatte. Ihre Mutter hatte ihnen nicht mehr verraten – vermutlich selbst nicht mehr gewußt, glaubte Sass. Selbst als Kadett hatte sie schon Zugriff auf mehr Informationen als die meisten Kolonisten. Sie überlegte, eines Tages mit ihren entfernten Familienmitgliedern Kontakt aufzunehmen... eines Tages, wenn sie eine erfolgreiche Flottenoffizierin war. Also nicht allzu bald. Die Flotte würde ihre Familie sein, und Abe war jetzt ihr Vater.

Er nahm seine Verantwortung in mehrerlei Hinsicht ernst, wie sie am nächsten Morgen herausfand.

»Laß dir ein Fünfjahresimplantat einpflanzen, und mach dir keine Gedanken darüber. In nächster Zeit wirst du sicher noch nicht Mutter. Eigentlich hättest du es schon machen lassen sollen.«

»Ich will aber auch keine transusige Romantikerin werden«, sagte Sass und runzelte die Stirn.

Abe grinste sie an. »Sass, ich habe dir nicht gesagt, daß du dich verlieben sollst. Ich sage dir nur, daß du erwachsen bist und dein Körper seine Bedürfnisse hat. Du brauchst nichts zu tun, was du nicht tun willst, aber du wirst es bald tun wollen.«

»Ich will es *nicht*.« Sass sah ihn finster an.

»Ist dir denn nichts aufgefallen?«

Sass öffnete den Mund, um es abzustreiten, merkte aber dann, daß sie es nicht konnte. Er hatte sie so genau betrachtet wie die anderen, und mehr als jeder andere kannte er jede Nuance ihres Körpers.

»Laß dir das Implantat einpflanzen. Danach kannst du machen, was du willst.«

»Du sagst mir nicht, daß ich vorsichtig sein soll«, sagte sie fast verdrießlich.

»Himmel, Mädchen, ich habe dich nur adoptiert. Ich bin nicht dein echter Vater, und selbst wenn ich es wäre, würde ich dir nicht sagen, daß du vorsichtig sein sollst. *Dir* bestimmt nicht.«

»Mein... mein echter Vater...«

»...war Kolonist auf einem kleinen schmutzigen Planeten. Ich bin ein Mitglied der Flotte. Du bist ein Flottenmitglied. Du glaubst nicht an den ganzen Kram, den man dir beigebracht hat. Du bist die letzte Frau, die ihr Leben lang eine Jungfrau bleiben würde, Sass, und das ist die Wahrheit. Mach dir klar, was du brauchst, und kümmere dich darum, das du es bekommst.«

Sass erschauderte. »So hört sich das sehr mechanisch an.«

»Eigentlich nicht.« Abe lächelte sie nachdenklich und zärtlich an. »Sass, es ist ein großes Vergnügen und eine große Entspannung. Für manche Menschen gehört eine langfristige Zweisamkeit dazu. Das mag bei deinen Eltern so gewesen sein. Aber du bist anders. Wie lang beobachte ich dich jetzt schon? Acht Jahre, oder sind es zehn? Du bist von Natur aus eine Abenteuerin. Das warst du immer schon, und was mit dir geschehen ist, hat es nur noch stärker zum Vorschein gebracht. Du bist leidenschaftlich, aber du willst dich nicht mit einer langfristigen Beziehung belasten.«

Das Fünfjahresimplantat, das sie beim Medizinischen Dienst anforderte, stieß auf keine Verwunderung. Als die Ärztin feststellte, daß es ihr erstes war, bestand sie darauf, daß Sass sich eine Mappe darüber durchlas, »...damit Sie wissen, daß alles in Ordnung ist, wenn der Fleck auf Ihrem Arm die Farbe ändert. Wenn's soweit ist, kommen Sie einfach wieder her. Es steht natürlich in Ihren Unterlagen, aber manchmal haben Sie Ihre Unterlagen nicht bei sich.«

Als sie das Implantat erst in sich hatte, konnte sie nicht anders, als ständig darüber nachzudenken. Wer würde es sein? Wer wäre *der erste*? tadelte sie sich selbst und akzeptiere ohne jeden weiteren Widerspruch Abes Einschätzung ihres Charakters. Sie beobachtete insgeheim die anderen Kadetten. Die bronzehaarige Liame, die mit derselben Begeisterung durch die Betten hüpfte, wie sie in den Ferien den Nachtisch hinunterschlang. Cal und Deri, die in einer dieser romantischen Serientragödien die Helden hätten spielen können, die unablässig von einer emotionalen Krise in die nächste stolperten. Wie sie ihre Kurse absolvierten, war ein ständiges Thema verstohlenen Getuschels. Und Suave Abrek, der annahm, daß jede Frau, von der er schwärmte, sich prompt in seine Arme stürzen müßte – trotz häufiger Zurückweisungen und schnippischer Bemerkungen von den weiblichen Kadetten.

Sie wußte nicht recht, was sie eigentlich wollte. Sie und Caris hatten sich damals, wenn sie Wiederholungen von Carin Coldae-Folgen anschauten, extravagante sexuelle Abenteuer ausgemalt, mit den schönsten Männern der Galaxis, an den exotischsten Orten, zwischen rettenden Planeten oder Kolonien oder unter Sklavenhäschern. Waren schöne Männer wirklich besser? Liami schien mit den einfachen wie mit den gutaussehenden gleichermaßen Spaß zu haben. Doch mit Abrek, der zweifellos gut aussah, sich dessen aber allzu bewußt war, machte es überhaupt keinen Spaß. Welche Art von Anziehungskraft spielte hierbei eine Rolle? Es mußte doch etwas sein, das über die übliche Art von Gemeinsamkeit hinausging, die jemanden geeignet erscheinen ließ, mit ihm einen Abend lang zu lernen oder eine Trainingsstunde in der Turnhalle zu verbringen. Oder reichte diese gewöhnliche Sympathie aus?

Inmitten dieser geistigen Verwirrung fiel ihr auf, daß sie es als angenehm empfand, einen beträchtlichen Teil ihrer Zeit mit Marik Delgaesson zu verbringen, einen Seniorkadetten von irgendwo am anderen Ende des bekannten Raums. Sie hatte nicht gewußt, daß sich die menschliche Kolonisation bis in solche Entfernungen erstreckte, aber er sah sehr viel menschlicher als die Schwerweltler aus. Er hatte braune Augen, dunkles, gewelltes Haar und ein leicht schiefes Gesicht, das seinem Grinsen eine gewisse verschrobene Anziehungskraft verlieh. Er war nicht direkt schön, sah aber ganz gut aus. Und er war ein überragender Sportler, sowohl in Einzel- wie in Mannschaftswettbewerben.

Sass dachte darüber nach. Er kam in Frage. Als die Einteilung für die Festvorbereitungen sie in derselben Schicht zusammenführte und er sie bat, mit ihm bei einer Theaterproduktion zusammenzuarbeiten, beschloß sie, ihn zu fragen. Es war schwierig, das Thema anzusprechen, deshalb befanden sie sich bereits auf dem Rückweg zur Akademie und suchten sich einen Weg zwischen den bunt geschmückten Eßbuden, als sie es über sich brachte. Er sah sie bestürzt an und führte sie in eine dunkle Gasse hinter einem der Regierungsgebäude.

»Also noch mal: Was hast du gesagt?« In der fast völligen Dunkelheit konnte sie kaum seinen Gesichtsausdruck erkennen.

Ihr Mund wurde trocken. »Ich... ich habe mich gefragt, ob du... ob du gern die Nacht mit mir verbringen würdest.«

Er schüttelte den Kopf. »Sass, ich glaube nicht, daß du das willst.«

»Nein?« Auf *diese* Reaktion auf ihren Vorschlag hatten ihre Lektüre und ihre Gespräche sie nicht vorbereitet. Sie wußte nicht, ob sie beleidigt oder verletzt sein sollte.

»Ich... ich bin nicht so, wie es den Anschein hat.« Er zog die dichten Brauen herab, dann hob er sie wieder zu einem Ausdruck, der Sass verwirrte. Sie hatte beides schon bei anderen gesehen, aber selten auf diese Weise.

»Kannst du mir das erklären?«

»Nun… ich nehme dir ungern deine Illusionen, aber…« Und plötzlich war er verschwunden, dieser große, recht gutaussehende, unübersehbar charmante Seniorkadett, den sie seit zwei Jahren kannte. Nichts blieb übrig – nichts bis auf eine Ansammlung visueller Absonderlichkeiten, die Sass vor die Frage stellte, was er ihr unter das Getränk gemischt hatte. Sie sah ein wattiges Fadengewirr, das völlig formlos erschien, bis es sich unversehens zu einer sehr fremdartigen Gestalt zusammenfügte. Einem Wesen, das sich an die Wand klammerte.

Sass unterdrückte ein Schlucken und fand ihre Stimme wieder. »Du… du bist ein Weber!« Ihr wurde durch und durch kalt; und mit *dem da* hatte sie sich vereinigen wollen?

Erneut ein Gewimmel, diesmal mit einigen erkennbaren Teilen, als es sich in eine menschliche Gestalt verwandelte, dann stand er wieder vor ihr und machte ein wehmütiges Gesicht. »Ja. In… in der Gegenwart von Menschen nehmen wir gewöhnlich eine menschliche Gestalt an. Es ist ihnen angenehmer so. Die meisten finden die Gestalt, die wir wählen, allerdings nicht so anziehend wie du.«

Dank ihrer Ausbildung brachte sie ihren Atem bald wieder unter Kontrolle. »Es war ja nicht deine Gestalt.«

»Nein?« Er setzte dieses schiefe Lächeln auf, von dem sie in den vergangenen Nächten geträumt hatte. »Meine andere Gestalt gefällt dir aber wohl nicht.«

»Ich habe *dich* gemocht«, sagte Sass fast wütend. »Deine… deine Persönlichkeit…«

»Du hast gemocht, was du für mein Ich gehalten hast – meine menschliche Rolle.« Jetzt klang auch er wütend, und das aus einem Grund, den sie amüsant fand.

»Nun, in deiner menschlichen Rolle bist du besser

als manche, die so geboren wurden. Mach mir keinen Vorwurf daraus, daß du so gute Arbeit geleistet hast.«

»Du hast also keine Angst vor mir?«

Sass überlegte, und er wartete wortlos auf eine Antwort. »Angst eigentlich nicht. Ich war erschrocken, ja; du spielst deine menschliche Rolle verdammt gut. Ich glaube, das wäre dir nicht möglich, wenn du nicht einige derselbe Charakteristiken in deiner echten Gestalt hättest. Ich bin nicht... Ich will nicht...«

»Du bist nicht so überspannt, daß du mit einem Alien schläfst?«

»Nein. Aber ich will auch kein Alien beleidigen, wenn ich keinen Grund dazu haben. Und den habe ich nicht.«

»Hmm. So einfühlsam und höflich wie immer. Wenn ich ein Mensch wäre, Sass, würde ich *dich* wollen.«

»Wenn du ein Mensch wärst, würdest du wahrscheinlich bekommen, was du willst.«

»Glücklicherweise sind mit meiner menschlichen Gestalt keine menschlichen Gefühle verbunden; ich kann mich an deiner Gegenwart erfreuen, Sass, aber ich hege nicht den Wunsch, mich mit dir zu paaren. Wir vereinigen uns auf eine ganze andere Art, und der Akt ist erheblich... hmm... *biologischer* orientiert als das, was aus der menschlichen Vereinigung geworden ist.«

Sass erschauderte; das klang ihr bei weitem zu klinisch.

»Aber wir schließen – wenn auch nur selten – im menschlichen Sinne Freundschaften mit Menschen. Und das gefällt mir.«

Ohne ihre vielen Bücher hätte sie jetzt keine Entgegnung gewußt. »Ich glaube, ich sollte sagen, daß... nein danke, aber können wir nicht einfach Freunde sein?«

Er lachte – offenbar ein ehrliches Lachen. »Das braucht man nur zu sagen, wenn man einen solchen Vorschlag nicht selbst gemacht hat.«

»Schön.« Sass streckte die Hände aus. »Ich muß dich berühren, Marik; es tut mir leid, wenn dich das beunruhigt, aber es geht nicht anders. Ansonsten werde ich nie meine Angst überwinden.«

»Danke.« Sie hielten sich eine Zeitlang an den Händen; seine warmen, trockenen Hände fühlten sich ganz und gar menschlich an. Sie fühlte in seinen Handgelenken den Puls schlagen. Sie bemerkte den Pulsschlag an seinem Hals. Er sah sie mit einem Kopfschütteln an. »Versuch es nicht zu begreifen, Sass. Nicht einmal unsere eigenen Forscher – die mit menschlichen Wissenschaftlern wenig gemeinsam haben – verstehen es.«

»Ein Weber. Ich habe mich in einen Weber verliebt!« Sass grinste ihn verrucht an. »Und ich kann nicht einmal damit prahlen!«

»Du hast dich nicht in mich verliebt. Du bist eine junge Menschenfrau mit einem fast neuen Fünfjahresimplantat und einer großen Portion Neugier.«

»Verdammt, Marik! Wie alt bist du denn eigentlich? Du redest wie ein älterer Bruder!«

»Unsere Jahre sind unterschiedlich lang.« Damit mußte sie sich für den Moment zufriedengeben. Später zeigte er sich bereit, ein wenig mehr zu verraten und ihr die anderen Weber in der Akademie vorzustellen. Zu diesem Zeitpunkt waren ihr, aufgrund von Indizien, die sie benennen konnte, schon selbst zwei aufgefallen. Wie Marik waren sie alle außergewöhnliche Sportler und sehr gut im unbewaffneten Kampf. Letzteres, fand sie heraus, brachten sie durch unmerkliche Abwandlungen ihrer Gestalt zuwege.

»Sagen wir mal, du packst mich an der Schulter«, sagte Marik, und Sass faßte ihn artig an der Schulter. Von einem Moment zum anderen hatte er sich ihrem Griff entwunden, ohne seine natürliche Gestalt anzunehmen. Er stand immer noch unmittelbar vor ihr, nur umklammerte seine Hand ihren Unterarm.

»Wie hast du das gemacht?«

»Die Verwandlung beginnt damit, daß sich die Oberflächenbeschaffenheit und -dichte ändert – und da hat uns der Feind schließlich im Griff, nicht? Wir sind nicht, was wir zu sein scheinen, und in gewissem Sinne sind wir überhaupt nicht vorhanden. Im Kampf, bei einer ernsthaften Auseinandersetzung, haben wir ohnehin keine Gründe, allzu sehr an der menschlichen Gestalt festzuhalten.«

»Tut es... äh... tut es weh, die menschliche Gestalt beizubehalten? Fühlst du dich wohler in deiner eigenen?«

Marik zuckte die Achseln. »Es ist, als ob man eine enge Uniform trägt; es schmerzt nicht, aber ab und zu legen wir sie gern ab.« Er wechselte von der einen in die andere Gestalt, und Sass sah wie üblich fasziniert zu.

»Beunruhigt dich das nicht?« fragte Silui, einer der anderen Weber.

»Nicht mehr. Ich wünschte, ich wüßte, wie ihr es anstellt!«

»Wir auch.« Silui verwandelte und setzte sich neben Marik. ‹‹Kannst du uns voneinander unterscheiden?›› Die Frage hallte in Sass' Kopf wider. Natürlich. In ihrer eigenen Gestalt verfügten sie nicht über die nötigen Organe, um wie ein Mensch zu sprechen. Aber Telepathie? Sie schob den Gedanken beiseite und sah zu, wie Silui und Marik um- und übereinander krochen. Keine braunen und grünen Augen mehr, obwohl etwas glänzte, bei dem es sich um eine Art Augen handeln mochte. Schwer zu beschreibende Formen, weil sie so fremdartig waren... eine fünffache Symmetrie vielleicht? Schließlich schüttelte sie den Kopf.

»Durch Hinsehen nicht. Ihr denn?«

»Oh ja.« Das kam von Gabril, dem Weber, der sich nicht verwandelt hatte. »Silui hat elegantere *sarfin*, und Marik *immlest* besser.«

»Das könnte mir helfen, wenn ich wüßte, was *sarfin* und *immles* bedeuten«, sagte Sass mürrisch. Gabril lachte, deutete auf die gewundenen, stengelartigen Anhängsel und ließ Marik ein *immle* vorzeigen.

»Nehmt ihr je die Gestalt von Schwerweltlern an?« fragte Sass.

»Nicht oft. Es ist bei euch schwierig genug; die ganze Bewegungsweise ist anders. Sie sind zu stark; wir könnten aus Versehen Löcher in die Wände schlagen.«

»Könnt ihr *jede beliebige* Gestalt annehmen?«

Silui und Marik wechselten wieder in die menschliche Gestalt und schlossen sich der Diskussion laut an. »Darüber streiten wir die ganze Zeit. Menschen, ja, sogar Schwerweltler, obwohl uns das keinen Spaß macht. Ryxi sind einfacher als Menschen, obwohl die Biochemie Probleme verursacht. Unsere natürliche Aufmerksamkeitsspanne ist noch länger als eure, aber ihre Hirnchemie kommt dazwischen. Thek…« Marik sah die anderen an, als stellte er eine Frage.

»Könnte auch funktionieren«, sagte Silui. »Einer von uns, den wir kennen, hat einmal die Thek-Gestalt angenommen. Ein kleiner Junge. Er wollte sich in einen Felsen verwandeln, was jeder von uns kurzzeitig kann, aber es war ein Thek dabei, und er hat dieses Muster aufgefangen. Er ist nie zurückgekommen. Der Thek wollte nichts dazu sagen.«

»Typisch.« Sass mußte dies erst verdauen. »Also… ihr könnt verschiedene Formen annehmen. Wie entscheidet ihr, welcher Mensch ihr sein wollt? Seid ihr vielleicht sogar bisexuell, so wie wir?«

»Zum Großteil stützen wir uns auf visuelle Materialien«, sagte Gabril. »All diese Bänder und Disketten und Bücherkuben, Stücke, Holodramen, was auch immer. Man hat uns beigebracht, nie einen Star auszuwählen oder jemanden, der sehr bekannt ist, und Leute zu bevorzugen, die seit einem Jahrhundert oder so tot sind. Daran können wir natürlich geringfügige Modifikationen im Rahmen der menschlichen Variationsbreite vornehmen. Ich habe mir eine Nebenfigur in einem primitiven Abenteuerfilm ausgesucht, irgendetwas über einen wilden Stamm auf der Alten Erde. Anfangs wollte ich blaues Haar, aber meine Lehrer haben mich davon überzeugt, es besser zu lassen. Nicht, wenn ich die Akademie besuchen will.«

Silui grinste. »Ich wollte Carin Coldae sein – habt ihr je ihre Sendungen gesehen?«

Sass nickte.

»Aber man hat uns bekannte Schauspieler verboten, also habe ich mein Haar gelb gefärbt und die Zähne abgeändert.« Sie bleckte ihre perfekten Zähne, und Sass erinnerte sich, daß Carin Coldae vorn eine kleine Zahnlücke gehabt hatte. Ihr fiel außerdem auf, daß niemand von ihnen ihre Fragen über die Sexualität der Weber beantwortet hatte, und beschloß daher, der Sache selbst nachzugehen. Hinterher verstand sie, warum sie es ihr nicht zu erklären versucht hatten: bei ihnen gab es *vier* Geschlechter, und eine Vereinigung erforderte eine felsige Meeresküste bei Hochwasser und eine ganze Kolonie von Webern. Diese Kolonie produzierte freischwimmende Larven, von denen einige wenige glückliche sich zu einer kleineren Ausführung der erwachsenen Gestalt häuteten. Weber reagierten äußerst empfindlich auf gewisse Strahlungsarten, und Weber, die ihre Heimatwelt verließen, schlossen sich nie einer Paarungskolonie an. Kein Wunder, daß Marik nicht über Sex diskutieren wollte – und gegenüber eifrigen jungen Menschen diese Kombination von Wehmut und amüsierter Überlegenheit an den Tag legte.

Zu diesem Zeitpunkt hatten einige ihrer anderen Freunde herausgefunden, bei welchen Kadetten es sich um Weber handelte, und Sass bemerkte, daß ihr Leute Seitenblicke zuwarfen, die etwas dagegen hatten, wenn man sich ›mit Aliens herumtrieb‹. Das war der Anlaß, der zu ihrer schlimmsten Auseinandersetzung in der Akademie führte.

Aufgrund ihrer Herkunft war sie nie ein Teil der Meute gewesen, aber sie wußte genau, welche Kadetten dazugehörten. Randolph Neal Paraden, in diesem Jahr Senior, herrschte mit aller sozialen Anmaßung über die Masse. Teeli Pardis, die Sassinaks eigener Klasse angehörte, spielte nicht in derselben Liga wie ein Paraden und versuchte Sass einmal zu erklären, wie wichtig es sei, auf der Seite dieses höchst einflußreichen jungen Mannes zu stehen.

»Er ist ein Snob«, hatte Sass in ihrem ersten Jahr gesagt, als Paraden, damals noch ein Zweijähriger, sich ausgiebig darüber ausließ, wie lächerlich es sei, die Kinder von Nichtoffizieren in die Akademie aufzunehmen. »Es geht nicht bloß um mich – nimm zum Beispiel Issi. Ihr Vater befehligt also kein Schiff; na und? Sie hat mehr Talent für die Flotte im kleinen Finger als ein reicher Geck wie Paraden in der ganzen…«

»Darum geht's nicht, Sass«, hatte Pardis erwidert. »Es geht darum, daß sich niemand mit der Familie Paraden anlegt. Das hält keiner lange durch. Bitte… Ich mag dich, und ich möchte, daß wir Freunde bleiben, aber wenn du Neil gegen dich aufbringst, dann… nun, dann geht es einfach nicht.«

Indem sie jedem, der über sie die Nase rümpfte, mit kühler Höflichkeit begegnete, gelang es Sass, sich nicht in eine Auseinandersetzung mit den Anhängern der Familie Paraden hineinziehen zu lassen – bis es ihre Freundschaft mit den Webern unumgänglich machte. Es begann mit einer Reihe kleinerer Diebstähle. Das erste Opfer war ein Mädchen, das sich geweigert hatte, mit Paraden zu schlafen, auch wenn das erst später herauskam. Sie glaubte, sie habe ihr Abzeichen verloren, und nahm die Punktabzüge demütig hin. Dann verschwanden die geerbten Silberohrringe ihrer besten Freundin, und zwei weitere Diebstähle im selben Korridor (ein Liu-Seidenschal und zwei Unterhaltungskuben) machten den Druck in den letzten Wochen vor den Mittsemesterprüfungen allmählich unerträglich.

Sass erfuhr im Nachbarkorridor zuerst von den verschwundenen Kuben. Paraden verbreitete gezielt das Gerücht, daß die Weber verantwortlich seien. »Sie können sich verwandeln«, sagte er, »jede gewünschte Gestalt annehmen – und deshalb könnten sie natürlich auch wie einer der rechtmäßigen Bewohner des Zimmers aussehen. Man würde es nicht merken.«

Issi berichtete Sass davon und ahmte dabei Paradens Akzent perfekt nach. Danach fiel sie in ihren eigenen zurück. »Dieser Scheißkerl – er versucht alles, um sich in Szene zu setzen. Behauptet doch glatt, er könnte beweisen, daß es die Weber waren…«

»Das ist nicht wahr!« Sass ließ von den Uniformstiefeln ab, die sie gerade polierte. »Sie würden nie die Gestalt eines Lebenden annehmen; das verstößt gegen ihre Vorschriften.«

Issi sah sie mit einem Stirnrunzeln an. »Ich dachte mir doch, daß du es weißt… und nein, ich mache dir keinen Vorwurf daraus, daß du mit ihnen befreundet bist. Nur wird es dir nichts nützen, Sass, wenn Randy Paraden dafür sorgt, daß alle sie verdächtigen.«

Es sollte noch schlimmer kommen. Paraden rief Sass persönlich zu sich und behauptete, daß er die Erlaubnis erhalten habe, die Diebstähle aufzuklären. Aus der Art, wie er sie mit Blicken abtastete, konnte sie nur schließen, daß er an mehr als den Ermittlungen interessiert war. Er hatte ein schönes Gesicht, das daran gewöhnt war, bewundert zu werden, und das nicht bloß seines Geldes wegen. Aber er begann mit Komplimenten für ihre Leistung und mit heuchlerischem Lob für ihre »erstaunliche« Fähigkeit, sich trotz ihrer geraubten Kindheit in die Gemeinschaft einzufügen.

»Ich möchte nur, daß du mir sagst, was du über die Weber weißt«, sagte er und blickte ihr durchdringend in die Augen. »Komm schon – setzt dich hier hin und klär mich auf. Du giltst als lokale Autorität, und ich habe gehört, daß du von ihrer Unschuld überzeugt bist. Erklär mir warum – vielleicht weiß ich einfach nicht genug über sie…«

Ihr Instinkt warnte sie, daß ihn die Weber nicht im geringsten interessierten, aber sie mußte fair bleiben. Oder? Widerwillig nahm sie Platz und begann zu erklären, was sie von der Philosophie der Weber verstanden hatte. Er nickte, die Lider sanken über seine strahlenden haselnußbraunen Augen, und seine perfekt manikürten Hände lagen entspannt auf seinen Knien.

»Du siehst also«, schloß sie, »daß kein Weber es wagen würde, die Gestalt von jemandem anzunehmen, mit dem er verwechselt werden könnte; sie nehmen nie die Gestalt eines Prominenten oder Lebenden an.«

Er verzog den Mund zu einem Lächeln und schlug die Augen wieder auf. Seine Stimme klang immer noch so glatt wie süßlich. »Sie haben dich wirklich überzeugt, was? Ich hätte nicht gedacht, daß du so einfältig bist. Natürlich hast du keine *normale* Erziehung genossen – es gibt so viele Dinge, mit denen du noch keine Erfahrungen gemacht hast…«

Wut packte sie, machte ihr Schwierigkeiten, zusammenhängend zu antworten, und sein Lächeln weitete sich zum Grinsen eines Raubtiers. »Du bist einfach bezaubernd, wenn du so böse wirst, Kadett Sassinak, aber ich bin mir sicher, du weißt das. Du reizt mich, wirklich… und weißt du, was mit Mädchen passiert, die mich reizen? Ich wette, du bist gut im Bett…« Plötzlich lagen seine Hände nicht mehr entspannt auf den Knien; er hatte sie bewegt, während er redete, und sein teures Parfüm (das widerspricht bestimmt den Vorschriften! ging es Sass, die sich auf Banalitäten konzentrierte, durch den Kopf) drang ihr direkt in die Nase. »Wehr dich nicht gegen mich, kleine Sklavin«, sagte er ihr ins Ohr. »Du würdest nicht gewinnen und dir wünschen, du hättest nie… Au!«

Trotz der Ärgers, der ihr bevorstand und sie bis vor den Kommandeur der Akademie führen würde (und vielleicht noch weiter, wenn sie den Einfluß der Familie Paraden bedachte), hatte Sass seit Jahren keinen glücklicheren Moment erlebt als an jenen, als sie Randolph Neil Paraden mit drei schnellen Schlägen außer Gefecht setzte und vor Schmerz stöhnend aufs Deck sacken ließ. Das Knirschen von Knochen, das sie durch ihren Arm spürte, hatte etwas so immens Befriedigendes, daß es sie fast erschreckte, und sie dachte keinen Augenblick lang daran, Abe dieses Gefühl zu beichten, wenn sie nicht einen Grund finden sollte, es zu bereuen. Auch dem Akademiepersonal gestand sie diesen Aspekt nicht, obwohl sie aus Paradens Büro direkt ins Büro des Kommandeurs ging, um sich selbst anzuzeigen.

Paradens Versuch, sich herauszureden und die Schuld an den Diebstählen den Webern zuzuschieben, hatte keinen Erfolg. Sass fragte sich, ob ihm das nicht doch gelungen wäre, hätte er mehr Zeit gehabt und sie nicht so verhement gegen ihn ausgesagt. Als das erste Opfer herausfand, daß Paraden etwas mit den Diebstählen zu tun hatte, wurde ihr klar, daß ihr ›verlorenes‹ Abzeichen tatsächlich gestohlen worden war, und ihre Aussage zog einen Schlußstrich unter den Fall. Paraden blieb keine Gelegenheit, Sass danach persönlich zu bedrohen, aber sie hatte keinen Zweifel, daß sie sich für alle Zeiten einen unerbittlichen Feind gemacht hatte. Zumindest würde er nicht der Flotte angehören. Paradens Freunde, die nach seiner Entlassung von den Autoritäten genau beobachtet wurden, gingen Sass strikt aus dem Weg. Selbst wenn einzelne ihr freundlich gesonnen waren, wollten sie keinen weiteren Ärger riskieren.

Sass brachten die Vorfälle ein diskretes Lob ein. »Sie werden Ihren Kameraden nichts davon erzählen«, sagte der Kommandeur streng. »Aber Sie haben eine gute Menschenkenntnis bewiesen. Schade, daß Sie auf körperliche Gewalt zurückgegriffen haben – ich bestreite nicht, daß es gerechtfertigt war, aber es ist immer besser, vorher nachzudenken und wenn möglich jede Situation zu vermeiden, in der man jemanden schlagen muß. Aber davon abgesehen, haben Sie genau das Richtige zur richtigen Zeit getan, und das freut mich. Die anderen werden eine Zeitlang vor Ihnen auf der Hut sein, und ich hätte nichts dagegen, wenn Sie das zu Ihrem Vorteil nutzen könnten… haben wir uns verstanden?«

»Ja, Sir.« Sie hatte es tatsächlich verstanden. Es war knapp gewesen, und die Sache hätte übel ausgehen können. Was sie wirklich brauchte, war eine Möglichkeit, wieder an die Arbeit zu gehen und erfolgreich so weiterzumachen, wie Abe es von ihr erwartete: ehrlich, aus eigener Kraft, ohne Bevorteilung.

»Es könnte der Eindruck entstehen, daß wir Sie in den nächsten Wochen besonders im Auge behalten; machen Sie sich keine Gedanken darum.«

»Ja, Sir.«

Niemand brauchte sie im Auge zu behalten; sie verhielt sich entsprechend zurückhaltend und war bemüht, zur Normalität zurückzukehren, sofern in der Akademie überhaupt von einem normalen Leben die Rede sein konnte. Ihre Ausbilder waren nicht überrascht, und erst Jahre später erfuhr sie von den bewundernden Kommentaren in ihren Dateien.

viertes kapitel

Die Abschlußprüfung stand bevor. Sassinak, die in allen Examensfächern hohe Punktzahlen erreichte, durchlebte die Prüfungswoche in einer Art von Euphorie, von der sie früher nur geträumt hatte. Sie konnte mit Auszeichnung abschließen, und ihr wurden das goldene Band und die Schmuckquasten verliehen. Sie konnte Kadettenkommandeurin werden, und beides zusammen erreichten nur die wenigsten. Sie sprühte geradezu vor Eifer, spürte die Anspannung bis in die Fingerspitzen, und daran gemessen, wie die anderen sie behandelten, sah sie genau so aus. Als sie für die letzte Prüfung zurechtgemacht wurde, starrte sie in den Spiegel des Schneiders und wurde unsicher. War sie wirklich *so* perfekt, diese Vision aus Weiß und Gold? Keine Falte, keinen Runzel, eine Gestalt, die – wie sie jetzt zugeben mußte – fast etwas Furchterregendes hatte, vor allem nach all dem körperlichen Training. Die Uniform saß gut und verlieh ihr eine überraschende Würde. Nirgendwo im Spiegel sah sie eine Spur der sorglosen Kolonistentochter oder der zerlumpten Sklavin, nicht einmal der zerzausten Rekrutin. Sie sah so aus, wie sie immer hatte aussehen wollen. Die tückischen braunen Augen im Spiegel verengten sich zu Schlitzen… dabei hatte sie nie blasiert wirken wollen. Sie haßte blasierte Menschen. Ihr Lachen kämpfte gegen ihre jugendliche Würde an, als sie für einen Augenblick vollkommen still zu halten versuchte, während der Schneider die letzten Stiche ansetzte. Durfte sie in dieser Uniform überhaupt atmen? Es ging wohl nicht anders.

Abe mußte ungeheuer stolz sein, dachte sie, als sie die Formation das letzte Mal auf den Ehrenplatz führte. Er war dabei, aber sie wagte es nicht, sich nach ihm umzusehen. Er sah, was er geschaffen, was er gerettet hatte... und ihr wurde finster zumute, wenn sie an die letzten schlechten Nachrichten dachte, die von der Plünderung einer weiten Kolonie berichteten. Jedesmal, wenn solche Nachrichten eintrafen, dachte sie an Mädchen wie sie selbst, an Kinder wie Lunzie und Janek, an Menschen, die ermordet und versklavt wurden. Aber die lautstarken Befehle holten sie in die Gegenwart zurück. Ihre eigene Stimme brüllte schroff und unpersönlich die Antwort.

Die Zeremonie selbst, die ein Dutzend Militärakademien in der menschlichen Tradition beerbte und sowohl ihnen wie den nichtmenschlichen Überlieferungen Elemente entlehnte, dauerte viel zu lang. Der Planetengouverneur begrüßte jeden einzelnen, der leitende FES-Beamte schloß sich an. Gesandte aller Welten und Rassen, die Kadetten in die Akademie geschickt hatten, hielten nacheinander ihre Reden. Jedesmal mußte die Kapelle die entsprechende Hymne spielen und die Ehrenwache die dazugehörige Flagge mit gebotener Achtung auf den Mast neben dem FES-Banner hissen. Sassinak rührte sich nicht, sah aber auch, ohne einen Muskel zu spannen, daß die Zivilisten und Gäste dasselbe taten und zwar mehr als einmal. Ein Kind weinte kurz und wurde beruhigt. Plötzlich funkelte auf den Ehrenabzeichen einer der Ehrenwachen der Marines das Sonnenlicht; der Mann hatte, angewidert über die Äußerungen eines Politikers, tief durchgeatmet. Sass sah, wie eine Wolke den Hof beschattete und über die Geschützhalle wanderte. Es folgten die Auszeichnungen: ein Preis für hervorragende Lehrtätigkeit, für herausragende Forschungen in der Flottengeschichte, für (wie sie fand) außergewöhnliches Geschwätz. Akademische Abteilungen vergaben ihre eigenen Preise, athletische Abteilungen ebenso.

Dann wurden nacheinander die Diplome verliehen und zuletzt erfolgte die Aufnahme in die Flotte, bei der alle gemeinsam ihren Eid sprachen. Und dann wurde gejubelt, Hüte flogen in die Luft, und die Zuschauermenge tobte.

»Aha, du wirst also auf einen Kreuzer versetzt, ja?« Abe hielt eine Karte hoch, und ein Kellner eilte herbei, um sie zu bedienen.

»Das stand da.« Sass wünschte, sie könne sich dreiteilen: ein Ich würde hier bei Abe bleiben, eins draußen mit ihren Freunden feiern, eins schon an Bord des Kreuzers herumschnüffeln, um sich über alles kundig zu machen. Jeder wollte auf einem Kreuzer anfangen, nicht auf einem mickrigen kleinen Begleitschiff oder auf einem schwerfälligen Nachschubfrachter. Natürlich mußte man auf jedem Schiffstyp mindestens einmal dienen, aber wenn man auf einem Kreuzer anfing, bedeutete das, in welch untergeordneter Position auch immer, der *echten* Flotte zu dienen. Die Kreuzer waren es, auf denen es wirklich zur Sache ging.

Sie aßen in einem luxuriösen Restaurant zu Abend, und Abe hatte schon darauf bestanden, daß sie nur das Beste vom Besten bestellte. Sass hatte nicht die geringste Vorstellung, woraus man die bunten Schnörkel auf ihrem Teller zubereitet hatte, aber das Menü war ebenso köstlich wie kostspielig. Die dünne gallertartige Scheibe auf einer Hälfte des Tellers erkannte sie allerdings: Krel, der Fruchtkörper eines Pilzes, der nur auf Regg wuchs und den wichtigsten Exportartikel des Planeten darstellte – von Flottenoffizieren abgesehen. Sie prostete Abe zwinkernd mit einem Glas Wein zu.

Er war in den vier Jahren ihrer Kadettenzeit merklich gealtert, inzwischen fast kahl, und ihr war nicht das leichte Zucken entgangen, als er es sich ihr gegenüber bequem machte. Seine Knöchel waren ein wenig geschwollen, seine Falten tiefer, aber das lebhafte Funkeln in seinen Augen war dasselbe.

»Ach, Mädchen, du erfüllst mein Herz mit Stolz. Nein, ›Mädchen‹ darf ich nicht mehr sagen; du bist jetzt eine erwachsene Frau und noch dazu eine echte Dame. Eine elegante Frau. Ich wußte ja, daß du klug und couragiert bist, aber ich hätte nicht gedacht, daß du dich zu einer so eleganten Frau entwickeln würdest.«

»Elegant?« Sass hob eine Augenbraue, eine Masche, die sie vor dem Spiegel geübt hatte, und er ahmte sie nach.

»Elegant. Wehr dich nicht dagegen; es paßt zu dir. Klug, sexy und dazu noch elegant. Übrigens, wie war denn das Nachtleben im letzten Semester?«

Sass zog eine Grimasse und schüttelte den Kopf. »Dürftig, bei all dem, was wir zu tun hatten.« Ihre Affäre mit Harmon hatte die Halbjahresprüfungen nicht überdauert, aber sie freute sich auf etwas Besseres nach der Versetzung. Auf einem Kreuzer würde sie sicher mehr als einen passenden Mann kennenlernen. »Du hast mir gesagt, die Akademie sei hart, aber ich dachte, nach dem ersten Jahr hätte ich das Schlimmste überstanden. Ich wüßte nicht, wie man es als echter Offizier noch schwerer haben könnte denn als Kadettenkommandeur.«

»Du wirst es noch herausfinden.« Abe leerte sein Weinglas und hob ein Stück Roulade zum Mund. »Du mußtest diese Kinder nicht in den Tod schicken.«

»Kommandeur Kerif sagte, das gehöre der Vergangenheit an; man schickt Leute nicht mehr in den Tod, man schickt sie los, um zu siegen.«

Abe ließ die Roulade mit einem leisen Plumps auf den Teller zurückfallen. »Das kann ich mir vorstellen. Was für eine Art ›Sieg‹ ist das, wenn dein Schiff eine Kapsel im Gitter verliert und du eine Reparaturmannschaft losschicken mußt? Hör mir zu, Sass: du willst doch sicher keiner von diesen grünen Anfängern sein, denen die Truppen nie vertrauen. Es ist kein Spiel mehr, so wie es auch kein Spiel war, von Sklavenhändlern verschleppt zu werden. Du bist wieder in der realen Welt. Echte Waffen, echte Wunden, echte Tote. Ich bin verdammt stolz auf dich, und daran wird sich nichts ändern; nicht jedes Mädchen hätte es soweit gebracht. Aber wenn du die Akademie für hart hältst, dann denke an Sedon-IV und die Sklavenbaracken zurück. Ich nehme an, daß du nichts vergessen hast, welchen Schliff man deinem Benehmen auch immer verpaßt hat.«

»Nein. Ich habe nichts vergessen.« Sass stopfte sich eine Roulade in den Mund, bevor sie zuviel sagte. Er brauchte nichts über ihren Krach mit dem Paraden-Sprößling zu erfahren. Ein Frösteln kroch ihr über die Schulterblätter. Er wußte sicher, daß sie sich nicht allzu sehr verändert hatte – aber irgendetwas schien ihn nervös zu machen. Sobald sie mit dem Essen fertig waren, wollte er gehen, und sie wußte, daß noch etwas kam. Draußen, im feuchten Wohlgeruch eines Frühsommerabends, wünschte Sass wieder, sie könne sich in zwei oder drei Personen aufteilen. Sie hatte eine Einladung zur Abschlußfeier auf den bepflanzten Hügeln hinter dem Akademieplatz. Der Abend war wie geschaffen dafür – weiches Gras, eine süße Brise. Und Mückenstiche, wo man sich nicht kratzen konnte, fiel ihr ein, und sie fragte sich, warum den Genies, die es geschafft hatten, die Küchenschaben auf der Alten Erde zu lassen, mit den Mücken nicht dasselbe gelungen war.

Abe führte sie durch die Stadt in eine seiner Lieblingsbars. Sass seufzte innerlich. Sie wußte, was ihr bevorstand: ältere Flottenunteroffiziere frequentierten das Lokal, und er wollte sie seinen Freunden präsentieren. Aber es war laut und voll und roch, nach der frischen Luft draußen, penetrant nach dem billigen Fett, in dem die Snacks fritiert wurden. Sie sah einige andere Absolventen und winkte. Unter ihnen Donnet: sein Onkel war ein pensionierter Maschinist von einem schweren Kreuzer. Und Issi, der Stolz ihrer Familie: seit sieben Generationen der erste in einer vielköpfigen Flottenfamilie, der es zum Offizier gebracht hatte und dem von allen gesagt wurde, wie wundervoll das sei. Sass schüttelte den Leuten, die Abe ihr vorstellte, die Hände, vor allem älteren, zähen Männern und Frauen mit den geschickten, präzisen Bewegungen von Menschen, die es gewöhnt sind, in beschränktem Raum zu arbeiten.

Es dauerte eine Weile, bis sie in dem Gedränge einen Tisch fanden. Zivile Raumfahrer besuchten die Bar auch gern, und die Abschlußfeiern an der Akademie boten allen einen Anlaß, ein Glas auf die Absolventen zur erheben. Selbst die Rowdies, bemerkte Sass, als sie die Ansammlung auffälliger Jacken, wie sie zu einer Jugendbande gepaßt hätten, an der Hintertür entdeckte. Es überraschte Sass, daß sie eine Flotten- und Raumfahrerbar wie diese besuchten, aber eine zweite Bande folgte der ersten.

»Geh uns was zu trinken holen, Sass«, sagte Abe, als er sich endlich gesetzt hatte. »Ich will nur etwas mit den Giustins plaudern.« Issis Familie… Sass grinste ihn an. Er kannte jeden. Sie nahm den Creditchip, den er ihr hinhielt, und bahnte sich einen Weg durch die Bar.

Sie war mit den Getränken halb zurück, als es geschah. Es entging ihr, wie es anfing, und deshalb erfuhr sie auch nicht, wer als erster zuschlug, aber plötzlich stürzte in einem Ausbruch von Gewalt eine Tischreihe um. Fäuste zuckten, Ketten und Messerklingen blitzten. Sass ließ das Tablett fallen und stürzte los, indem sie Abes Namen schrie. Sie konnte ihn nicht ausmachen, sah nur ein Gewimmel von Kadettenuniformen, Bandenjacken und grauen Raumfahreroveralls. Ihr Schrei rief die Kadetten zur Besinnung, zumindest erschien es so. Auf ihren Befehl hin bildeten sie eine Einheit; unter ihrer Führung machten sie sich daran, dieses Ende des Raums mit einem Gewitter von Scheinangriffen, Schlägen und plötzlichen Vorstößen aufzuräumen. Als sie sich unter einem Messer wegduckte und den Angreifer mit einem Tritt entwaffnete, sah sie aus dem Augenwinkel eine Bewegung, die sie mit einem ihrer Gegner identifizierte. Für einen Augenblick glaubte sie diese Kombination von Größe, Gestalt und Bewegung wiederzuerkennen.

Sie hatte keine Zeit, den Eindruck zu analysieren; es gab zu viele betrunkene Raumfahrer, die mit Begeisterung auf jeden Krach ansprangen, zuviele maskierte Rowdies in grünen Jacken. Die Prügelei hatte inzwischen auf das ganze Lokal übergegriffen und es in ein unglaubliches Lärmen und Toben kämpfender Körper verwandelt. Sie rollte unter einen Tisch, sprang auf, um mit einigen präzisen Schlägen eine Grünjacke außer Gefecht zu setzen, die gerade mit einem Messer auf einen Raumfahrer losging, duckte sich unter dem wilden Hieb des Raumfahrers weg und versetzte jemandem einen Tritt, der ihr Bein packte. Jemand kratzte ihren Arm. Das Licht ging aus, dann blendete sie ein blaues Flackern. Sirenen tönen, Trillerpfeifen, ein überlautes Brüllen aus einem Lautsprecher. Sass schaffte es, einen Blick zum Eingang zu werfen, und sah Militärpolizisten der Flotte mit Gasmasken, die Gasgranaten einsetzten.

»Runter!« dröhnte es aus dem Lautsprecher. Sass ließ sich ebenso wie die anderen Kadetten fallen, weil sie wußte, was jetzt kam. Die meisten Raumfahrer lagen auf dem Boden, bevor die Militärpolizisten feuerten, aber die Rowdies versuchten wegzulaufen. Eine wogende blaue Gaswolke füllte den Raum aus; eine geworfene Granate explodierte an der Hintertür, und die Rowdies, die in diese Richtung davonliefen, sackten zusammen. Sass hielt die Luft an. Eins und zwei und... Ihre Hand langte unwillkürlich an ihren Gürtel, und ihr Fingernagel fand den Schlitz für den Auslöser. Drei und vier und... Sie ließ die Membranmaske aufschnappen und bedeckte ihr Gesicht damit. Fünf und sechs und... Sie fand die Tube Antidot und schmierte es über Mund- und Nasenpartie der Maske. Sieben, acht, neun, zehn... ein vorsichtiger Atemzug, der durch das Antidot nach Muskatnuß schmeckte, aber keine Übelkeit, kein Schmerz und keine Bewußtlosigkeit. Neben ihr schnarchte ein Raumfahrer bereits lautstark. Sie blickte auf, wobei die Maske ihre Augen schützte. Das Gas hatte sich schon zu einem blauen Schleier verflüchtigt, immer noch dicht genug, um jeden umzuhauen, der keine Maske trug, behinderte aber kaum noch die Sicht.

Die Militärpolizisten verteilten sich im Raum und überprüften die ID-Karten. Geschützt durch ihre Masken, rappelten sich einige Kadetten auf. Sass stemmte sich hoch und hielt nach Abe Ausschau. Sie fragte sich, ob er eine Flotten-Notmaske dabei hatte.

»Ihre ID!« Es war ein großer Militärpolizist in Sturmuniform; Sass händigte ihm ihre neue Flotten-ID-Karte aus. Er steckte sie in seinen Gürtelcomputer und gab sie ihr zurück. »Haben Sie damit angefangen?« fragte er. »Oder gesehen, wer angefangen hat?«

Sie schüttelte den Kopf. »Aber es ist hier drüben losgegangen. Ich bin gerade zurückgekommen...«

»Warum sind Sie nicht rausgegangen und haben Hilfe gerufen?«

»Mein Vater... mein Vormund war hier drüben.«

»Name?«

Sass nannte ihm Abes Namen und seine ID-Nummer; der Militärpolizist gab ihr mit einem Wink zu verstehen, daß sie ihn suchen sollte. Sie zwängte sich hinter zwei umgestürzte Tische durch. War es dieser hier oder dieser? Drei schlaffe Körper lagen kreuz und quer übereinander. Sass wälzte den oberen herum; der Militärpolizist half ihr. Der nächste trug einen grauen Raumfahreroverall, ein langer, knochiger Mann, dem Erbrochenes aus dem Mundwinkel rann. Und ganz unten lag Abe. Sass nickte dem Militärpolizisten zu, und er nahm ein geladenes Wiederbelebungsgerät und reichte es ihr; sie hielt es Abe über den offenen Mund. Mit dem schlaffen Mund sah er so… so *tot* aus. Der Militärpolizist hatte den großen Raumfahrer weggezogen und half ihr anschließend, Abe auf den Rücken zu rollen.

Im selben Moment sah sie das schwarze Loch in seiner Brust. Sass erkannte es im ersten Moment nicht und streckte die Hand aus, um den Fleck von seiner Jacke zu wischen. Er hatte etwas gegen Dreck auf der neuen Jacke, die er eigens für ihre Abschlußfeier gekauft hatte. Aber der Militärpolizist packte sie am Handgelenk. Sie sah ihn an.

»Er ist tot«, sagte er. »Jemand hatte eine Nadelwaffe.«

Selbst als alles vor ihren Augen verschwamm, dachte sie noch: »Ein Schock. Er hat sicher einen Schock erlitten.« Sie konnte sich nicht vorstellen, daß Abe wirklich tot war… er war nicht tot. Dies hier war nur eine weitere Übung, ein weiterer Test, wie der Test im Trainingsschiff, wo man die Hälfte der Studenten so zurechtgemacht hatte, daß sie wie verwundete Opfer aussahen. Sie erinnerte sich an das realistische Glänzen der falschen Bauchwunden, die eine Spur von Eingeweiden über die Deckfliesen gezogen hatten. Es war einfacher, an diese Situation zu denken, an die ebenso falsche Amputation als an das dumme kleine schwarze Loch in Abes Jacke.

Später hörte sie durch eine offene Tür in der Krankenstation, daß sie normal gehandelt hatte, nicht wie unter Drogen- oder Alkoholeinwirkung oder irrational. Sie saß auf einem grauen Plastikstuhl einem vollgepackten Schreibtisch gegenüber, hinter dem jemand eifrig an einem Computer arbeitete. Wie jeden Boden, den sie in den letzten vier Jahren gesehen hatte, sprenkelte ein zufälliges Fleckenmuster die Fliesen. Sie wandte den Kopf zur Tür, und ein Militärpolizist mit seinem Sturmhelm unterm Arm sah sie ausdruckslos an. Sie war eine Flottenangehörige, sie hatte die Prügelei nicht angefangen, sie hatte nicht hysterisch reagiert, als sie Abes Leiche fand. Sie hatte sich nichts vorzuwerfen.

Aber gut fühlte sie sich nicht dabei. Ihre Gedanken gingen immer wieder die Minute durch, die der Kampf ungefähr gedauert hatte, gingen wie in Zeitlupe die kleinsten Einzelheiten durch und suchten nach etwas, das sie nicht benennen konnte. Wo hatte es angefangen? Wer? Sie hatte die Getränke getragen: Abes eckige, gedrungene Flasche mit dem Prium-Branntwein und das Stilglas, das dazugehörte, außerdem etwas Besonderes für sich selbst: Caprianischen Likör. Sie hatte befürchtet, der kleine Becher aus silbergespültem Kristall – das einzige geeignete Gefäß für Caprianischen Likör – könne vom Tablett kippen, wenn sie mit jemandem zusammenstieß, deshalb hatte sie nicht mehr als einen Körper weitergesehen, als die Prügelei losging. Sie hatte aufgeblickt, als… hatte sie etwas gehört oder doch etwas gesehen, ohne es bewußt wahrzunehmen? Sie konnte es nicht bestimmen und überlegte weiter. Sie hatte das Tablett fallenlassen, und in ihrer Erinnerung stürzte es in Zeitlupe zu Boden und die Flasche und die Gläser kippten auf die Schulter eines Mannes in einem grauen Raumfahreroverall, der an dem Tisch daß, an dem sie gerade vorbeiging.

Plötzlich fiel ihr etwas auf, ein vager Hinweis vielleicht. Inmitten der Prügelei hatte jemand zu ihrer Rechten einen Tritt mit einer Bewegung abgewehrt, die man nur in der Akademieausbildung lernte... eine Bewegung, die man eigentlich in Niedergravitationskapseln lernen sollte, obwohl sie auch unter normalen G-Werten angewendet werden konnte. Nur war der Betreffende weder ein Absolvent noch – sie konzentrierte sich auf seine Eigenarten – einer der Raumfahrer gewesen. Er hatte etwas Purpurrot und Orangefarbenes mit einem blauen Ärmel getragen... eine Bandenjacke. Sie hatte ihn in diesem kurzen Augenblick zu erkennen versucht, aber wie alle Angehörige der zweiten Bande hatte er sein Gesicht mit einem geometrischen Muster bemalt, das eine Identifikation nahezu unmöglich machte. Die Augen... dunkel. Die Hautfarbe... so wie die Bemalung aussah weder besonders hell noch sehr dunkel.

»Fähnrich.« Sass blickte auf und hätte fast über die Störung geflucht, da sah sie das Rangabzeichen. Keine lokale Polizei, sondern ein Flottenangehöriger. Und nicht bloß irgendein Flottenangehöriger, sondern der Vizekommandeur der Akademie, Commander Derran.

»Sir.« Sie stand auf und wünschte, sie hätte Zeit gehabt, die Uniform zu wechseln. Aber man hatte noch nicht alle Flecken untersucht und sie gebeten, zu warten.

»Es tut mir leid, Fähnrich«, sagte der Kommandeur. »Er war ein guter Mann, der Flotte treu bis zum letzten. Und daß es ausgerechnet nach Ihrer Abschlußfeier geschehen mußte.«

»Danke, Sir.« Es war eine korrekte Erwiderung; mehr brachte sie nicht durch die zugeschnürte Kehle.

»Sie sind seine einzige eingetragene Verwandte«,

fuhr Derran fort. »Ich nehme an, Sie wünschen ein militärisches Begräbnis?« Sass nickte. »Beisetzung auf dem Akademiegelände oder…«

Sie hatte nur halb hingehört, als er ihr vor Jahren erzählt hatte, wie er es wollte. »Ich halte nichts davon, Flottengelder zu verschwenden, um sterbliche Überreste in einen Stern zu schicken«, hatte er gesagt. »Raumbestattungen sind für jene gedacht, die im Raum gestorben sind. Sie haben es sich verdient. Aber ich bin auch kein Landbewohner und will nicht auf irgendeinem Hügel unter eine Marmorplatte gesteckt werden; ich halte mich lieber an den alten Codex. Ich habe mein Leben der Flotte verschrieben, daher hatte ich kein Heimatland. Laß mich auf See bestatten, wenn's möglich ist, Sass. Die Flotte weiß, wie man es macht.«

»Auf See«, sagte sie schließlich. »Er wollte es so.«

»Eine Feuerbestattung oder…?«

»Eine normale Seebestattung, Sir, sagte er, wenn es möglich ist.«

»Na gut. Der Inspektor sagte mir, daß die Leiche morgen freigegeben wird; wir reservieren einen Termin in…« – er zog seinen Handcomputer hervor und warf einen Blick aufs Display – »…in zwei Tagen. Ist das annehmbar? Schneller lassen sich die Vorbereitungen nicht treffen.«

»Ja, Sir.« Sie fühlte sich benommen, steif, fröstelte. Es konnte unmöglich Abes Beerdigung sein, über die sie hier redeten. Sie mußte die Zeit anhalten und ihre Gedanken ordnen. Aber die Zeit hielt nicht an. Der Kommandeur sprach mit dem Polizeibeamten hinter dem Schreibtisch, und plötzlich war man im Labor für sie bereit. Eine Maschine mit einer langen Schnauze nahm von jedem Fleck auf ihrer Uniform Proben; der Techniker erklärte ihr, daß durch Analyse von Blut, Fasern und Hautpartikeln ihre Angreifer identifiziert werden konnten.

Als sie aus dem Labor kam, wartete ein Leutnant Commander Barrin mit frischer Wäsche aus ihrem Quartier auf sie, der sie dann auch in Abes Apartment zurückbrachte. Dort hatte ein anderer Flottenoffizier bereits das Apartment geöffnet und eine Datei angelegt, um Termine zu organisieren und Nachrichten zu ordnen, die ihre Kenntnisnahme verlangten. Es warteten bereits ein Dutzend Nachrichten, und zwei ihrer Klassenkameraden wollten sie noch einmal sehen, bevor sie zu ihrem neuen Bestimmungsort aufbrach.

Sass verstand bald, auf welche Unterstützung sie bauen konnte. Man wußte, welche Unterlagen sie benötigte, und machte sie sofort in Abes Akten ausfindig, als Sass den Koffer öffnete. Man wußte, was sie einzupacken hatte und welche Formalitäten ihr am Morgen und danach bevorstanden. Würde die Akademie oder die nahegelegene Flottenbasis seine Beisetzung organisieren? Qualifizierten ihn die gegebenen Umstände für ein Begräbnis mit allen militärischen Ehren oder eine andere Variante? Sass stellte fest, daß der eine oder andere auf jede Frage, die sich stellte, eine Antwort hatte. Jemand kümmerte sich um das Essen, setzte sie in regelmäßigen Abständen vor einen vollen Teller und achtete darauf, daß sie auch etwas aß. Jemand ging an die Tür, beantwortete Anrufe, wimmelte Leute ab, die sie nicht sehen wollte, und sorgte dafür, daß sie einige Minute mit engen Freunden allein verbringen konnte. Jemand erinnerte sie daran, daß sie eine kurze Verschiebung ihres Dienstantritts beantragen mußte, weil sie für die Dauer der Untersuchung noch etwa eine Woche auf Regg gebraucht wurde. Ihre zerknitterte, befleckte Uniform verschwand und wurde sauber und geflickt zurückgebracht. Jemand schickte alle benötigten Uniformen an ihren neuen Bestimmungsort und ließ ihr nur noch einige Kleinigkeiten zu packen übrig. All das ging ruhig und reibungslos vonstatten, als sei sie eine Person von immenser Wichtigkeit, nicht bloß ein Fähnrich, der gerade die Schule beendet hatte.

Solang sie der Flotte angehörte, würde sie nie mehr ohne Hilfe sein; Abe hatte das immer wieder betont, es ihr eingehämmert, und sie hatte erlebt, wie die Flotte half. Aber jetzt fügte sich alles zusammen. Kein Feind konnte sie alle töten. Sie würde Freunde verlieren, enge Freunde, die ihr so nah standen wie eine eigene Familie, aber sie konnte die Flotte nicht verlieren.

Doch dieses Gefühl der Sicherheit machte ihr Abes Beerdigung nicht leichter. Die Polizei hatte ihr angeboten, einige Minuten mit seinem Leichnam allein zu verbringen, doch sie hatte das Angebot ausgeschlagen und sich nicht anmerken lassen, mit welchem Entsetzen es sie erfüllte. (Den Leichnam eines Menschen berühren, den sie liebte? Für einen Augenblick hatte sie das Gesicht ihrer kleinen Schwester Lunzie, die sie zum Kai getragen hatte, vor Augen.) In ein dunkelblaues Leichentuch gehüllt, wurde er von Flottenmarines in die Leichenhalle der Akademie gebracht. Sass wollte nichts davon wissen, wie eine Leiche für die Bestattung vorbereitet wurde; sie unterzeichnete die Formulare, die man ihr vorlegte, und überflog die Informationsblätter, die sie erhielt.

Die Leiche eines aktiven oder pensionierten Unteroffiziers konnte einen Tag lang für Besucher aufgebahrt werden. Damit erklärte sich Sass einverstanden: Abe hatte viele Freunde gehabt, die ihm sicher ihren Respekt erweisen wollten. Sein mit einer Flagge drapierter Sarg stand auf einer zeremoniellen Lafette in einer Seitenkapelle. Eine Reihe von Männern und Frauen, die meisten in Uniform, schüttelten Sass die Hand und gingen einer nach dem anderen daran vorbei. Einige, bemerkte sie, legten die Hand auf die Flagge und streichelten sie. Zwei waren Weber, was sie überraschte…

Abe hatte ihr nie gesagt, daß er Freunde unter den Webern hatte.

Die Beerdigung selbst, ein überliefertes Ehrenritual für einen Kriegskameraden, verlangte von Sass lediglich die gefaßte Ruhe und Selbstbeherrschung, die Abe ihr beigebracht hatte. Sie, die Trauernde, hatte nur diese einfache Rolle, und doch war es beinahe eine zu schwere Last für sie. Andere trugen seinen Sarg; sie trug ihre Dankbarkeit. Andere hatten einen Freund verloren; sie aber alle Bande zu ihrer Vergangenheit. Sie mußte wieder ganz von vorn anfangen, und während dieser Zeit konnte ihr nicht einmal die Flotte Trost spenden.

Aber sie wollte ihm keine Schande machen. Sie weinte und schluchzte nur in angemessenem Maße. Und die alten Kadenzen der Trauerfeier, die Rhythmen, die man schon seit Generationen gekannt hatte, noch bevor der erste Mensch in den Weltraum aufbrach, trösteten auf eine Weise, wie es kein menschliches Wesen vermochte.

»Aus der Tiefe rufe ich Dich, o Herr…« Die Stimme des Geistlichen tönte durch die Kapelle, durchbrach die Stille, die auf die Eingangshymne gefolgt war, und die Trauergemeinde antwortete.

»Herr, hör meine Stimme.«

Was der ursprüngliche Glaube besagt hatte, dem sich die Worte zu solchen Anlässen verdankten, kümmerte in der Flotte niemanden sonderlich –, aber der gemeinsame Glaube an etwas, das über das individuelle Leben und die individuellen Anstrengungen hinausging, ein Band des Glaubens an Liebe, Ehrlichkeit und Loyalität – das hatten sie alle gemeinsam. Und so setzten sie das alte Ritual fort.

»Öffne uns Dein Ohr, o Herr…«

»…und erhöre unsere Klage.« Sass dachte an den Mörder, und für einen Augenblick wühlten Rachegefühle ihr Herz auf. Eine Tages… *eines Tages* würde sie herausfinden, wer es warum getan hatte und… sie stolperte über eine Passage, die sich um Sühne und Gnade drehte, denn sie hatte für beides keinen Sinn.

Es folgten Lesungen und eine Hymne, die sich Abe gewünscht hatte und deren mächtiger Refrain »Damit wir nicht vergessen – damit wir nicht vergessen« ihr noch beim nächsten Psalm und der nächsten Lesung in den Ohren dröhnten. Mit den anderen setzte sich Sass, stand auf, kniete nieder und spürte die Gegenwart derer, die sie beobachteten. Es schien unendlich lange zu dauern, bis der Geistliche die Seelenmesse begann; ihre Gedanken drehten sich noch um die Worte »Staub zu Staub…«, als sie längst verklungen waren und der Geistliche die Trauergemeinde segnete. Und dann setzte die Musik wieder ein, diesmal die Flottenhymne. Sass folgte dem Sarg durch das Aufbrausen der Stimmen und war entschlossen, nicht zu weinen.

»Ewiger Vater, gib ihm…« Ihre Kehle zog sich zu; ihre Lippen konnten nicht einmal stumm die Worte formen, die ihr Tränen in die Augen trieben.

Am anderen Ende des getäfelten Vorhofs der Akademie hingen die Flaggen vor dem Gebäude auf Halbmast, und ein Trupp von Jungfähnrichen, der gerade vorbeimarschierte, blieb reglos stehen, als die Prozession sich auf den Weg machte. Durch die großen Bogentore erreichten sie die breite Allee, wo Marines den Straßenverkehr anhielten und der archaische Katafalk wartete, vor den man eine Gruppe schwarzer Pferde gespannt hatte. Sass konzentrierte sich auf die Pferde, die Schnallen an ihrem Geschirr, das in die Messingteile eingeprägte Flottensiegel… eigentlich war es ja lächerlich, daß eine Truppe, die im Weltraum tätig war, für ihre Beerdigungen auf einen von Pferden gezogenen Katafalk zurückgriff.

Aber als sie ihm zu Fuß von den Toren der Akademie bis zum Kai unter der Stadt folgten, kam es ihr nicht mehr lächerlich vor. Jeder Schritt menschlicher Füße, jedes Hufeklappern schien angemessen. Es zeugte von Respekt, wenn man sich in einer geschäftigen modernen Umgebung die Zeit nahm, Dinge auf eine altmodische Art zu tun. Als Abes einzige Angehörige ging Sass allein hinter dem Katafalk; ihr folgten Abes Freunde, die noch der Flotte angehörten, erst die Unteroffiziere, dann die Offiziere.

Am Kai gab der Eskortenkommandeur der Kapelle den Einsatz, und sie spielte eine Melodie, die Sass noch nie gehört hatte, aber schon beim ersten Takt für angemessen hielt. Stark, ernst, aber nicht trostlos, zwang sie der Prozession ihre Stimmung auf. Auf den ringsum verankerten Schiffen gingen Soldaten und Offiziere in Habachtstellung; die Fahnen wurden auf Halbmast gesetzt, so auch auf der schmalen und eleganten *Carly Pierce*, dem einzigen Schlachtschiff der Flotte (ein Veteran zweier Schlachten gegen Flußpiraten in den frühen Tagen von Reggs Geschichte, bevor der Planet das Hauptquartier der Flotte wurde). Die Prozession hielt an; von ihrer Position hinter dem Katafalk aus konnte Sass kaum die Sargträger erkennen, die eine Gasse zur Laufplanke bildeten. Salutschüsse und Ehrenbezeigungen wurden gewechselt; die Kapelle rasselte einmal warnend mit den Trommelstöcken, und die Leichenträger ließen den Sarg vom Katafalk rutschen. Sass folgte ihnen zur Laufplanke. Es war nur nur ein kurzes Stück; und doch eine so weite Distanz, wenn man zurückkehren wollte…

Und schließlich standen sie alle auf Deck, und die Leichenträger setzten den Sarg auf ein vorbereitetes Gestell, entfernten die Flagge und hielten sie trotz einer frischen Brise vom Meer straff. Sass starrte an ihr vorbei ins Wasser, das kleine silberne und blaue Wellen kräuselten. Sie spürte kaum etwas davon, wie das Schiff ablegte und fast lautlos durch die Wellen glitt, die Bucht durchquerte und die ausgezackte Insel darin umschiffte. Im Windschatten dieser Insel, gegenüber der großen Klippen, hielt das Schiff an, während der Geistliche die letzten Worte sprach.

»... gewähre ihm ewige Ruhe, o Herr...« Und die anderen Stimmen schlossen sich an: »Und schenke ihm Dein ewiges Licht.«

Der Geistliche trat zur Seite; der Eskortenkommandeur brachte die Eskorte in Habachtstellung, und drei laute Salven schallten in bruchstückhaften Echos von der Insel und den Klippen dahinter. Vögel stoben kreischend von den Klippen auf, und ihre weißen Flügel blitzten im Sonnenlicht. Sass biß die Zähne aufeinander. Jetzt war es soweit. Sie versuchte nicht hinzusehen, als das Gestell gekippt wurde und der Sarg ins Meer glitt.

Wie von der Himmelswölbung herab tönte ein einzelnes Signalhorn, Note um Note, langsam und unaufhaltsam. Aus. Sass schauderte unwillkürlich. In den letzten vier Jahren hatte dieses Signal ihre Tage beendet – und jetzt beendete es seine. Es hatte den Sonnenuntergang angekündigt, wenn man das Licht anzünden mußte und wußte, daß man einen weiteren Tag überstanden hatte – nun aber bedeutete es, daß etwas unwiederbringlich vorbei war. Wieder schnürte sich ihr die Kehle zu; Tränen brannten in ihren Augen. Niemand hatte das Signal für ihre Eltern tönen lassen, für ihre Schwester und ihren Bruder und die anderen, die man umgebracht oder zum Sterben auf Myriad zurückgelassen hatte. Niemand hatte das Signal für die Sklaven tönen lassen, die starben. Sie fröstelte bis ins Mark, als sie begriff, was sie sich bisher nicht hatte eingestehen wollen, nämlich daß auch sie leicht eine weitere Leiche auf Myriad oder in den Sklavenbaracken hätte sein können, unbekannt und unbetrauert.

Alle diese Toten... der letzte Ton verhallte über der

Bucht, die trotz ihrer Trauer heiter wirkte, und plötzlich sah sie ganz klar. Wenigstens hier, wo jemand sie zur Kenntnis nahm, jemand um sie trauerte, konnten die Toten Frieden finden. Sie atmete einmal tief und zittrig durch. Abe war hier sicher »vor Fels und Sturm, Feuer und Feind«, so sicher, wie es ein Toter nur sein konnte, und konnte seinen Dienst so abschließen, wie er es gewünscht hatte.

Sie nahm die Fahne, nachdem man sie zusammengefaltet hatte, mit der Würde entgegen, die Abe verdiente.

zweites buch

fünftes kapitel

»Fähnrich Sassinak bittet um die Erlaubnis, an Bord kommen zu dürfen, Sir.« An Bord zu kommen bedeutete, daß man einen gemalten Streifen auf dem Deck der Station überschritt, aber an dem Ritual hatte sich nichts geändert.

»Erlaubnis erteilt.« Der Deckoffizier, ein junger Mann, dessen rötliche Haut und eisblaue Augen auf einen brinanischen Ursprung hindeuteten, trug einen breiten und einen schmaleren goldenen Ring am Ärmel. Er erwiderte ihren Salut, und sie überquerte den Streifen. Über der Schulter trug sie ein Bündel, das alles enthielt, was sie an Bord mitnehmen durfte. Ihre Uniformen (eine Garnitur für die Messe, eine für die Arbeit, für saisonbedingte Einsätze und so weiter) befanden sich bereits an Bord. Man hatte sie schon vor Sassinaks letztem Gespräch mit dem Kommandeur der Akademie nach Abes Bestattung hergeschickt.

Ihre Unterkunft war äußerst bescheiden: als einer von zwei weiblichen Fähnrichen (es befanden sich überhaupt nur fünf an Bord) standen ihr eine ausklappbare Koje in ihrer winzigen Kabine, ein schmaler Spind für Ausgehuniformen, drei Schubladen und Behälter für ihre Habseligkeiten zur Verfügung. Sass kannte Mira Witsel nur flüchtig; sie hatte Randolph Neil Paradens Freundeskreis angehört, eine kleine Blonde, die so eben das Größenlimit überschritt. Sass hoffte, daß sie nicht so arrogant wie die anderen war, zählte aber darauf, daß ihr hervorragender Abschluß allen Problemen vorbeugen würde. Mit den drei anderen Fähnrichen teilten sie sich einen Arbeits- und Aufenthaltsraum (mit drei Terminals, einem runden Tisch und fünf Stühlen). Sie verstaute eilig ihre Sachen und betrachtete sich kurz im schmalen Spiegel neben der Tür. Der erste Eindruck zählte, wenn sie sich beim Captain vorstellte. Sie grinste ihr Spiegelbild an. Sauber, schneidig und wahrscheinlich viel zu eifrig – aber es sollte keine gute Reise werden, daran hatte sie keinen Zweifel.

»Kommen Sie rein!« Durch die offene Luke klang die Stimme des Captains dumpf wie von jemandem, der sich des Protokolls nicht ganz sicher war. Er hieß Fargeon. Commander Fargeon – sie hatte dieses weiche g geübt, das für seine Heimatwelt typisch war (auf der ein vom Französischen beeinflußter Dialekt des Neo-Gaesch gesprochen wurde). Sass atmete tief durch und trat ein.

Er antwortete auf ihre förmliche Begrüßung mit derselben etwas dumpfen Stimme, die nicht feindselig, aber reserviert klang. Er war groß und kantig und beugte sich, um ihr die Hand zu schütteln, so über den vollgepackten Schreibtisch, als schmerze ihn der Rücken ein wenig. »Setzen Sie sich, Fähnrich«, sagte er, ließ sich in seinen eigenen Stuhl hinter dem Schreibtisch sinken und betätigte einige Tasten auf seinem Terminal. »Ah ja… Ihre Unterlagen sind schon vor Ihnen eingetroffen. Abschluß mit Auszeichnung.« Er sah sie scharf an. »Sie können nicht damit rechnen, hier ganz oben anzufangen, Fähnrich.«

»Nein, Sir.« Sassinak saß vollkommen ruhig da, und er nickte schließlich.

»Gut. Dieses Problem haben wir mit guten Absolventen manchmal, aber wenn Sie nicht allzu eingebildet sind, wüßte ich nicht, warum Sie Schwierigkeiten haben sollten. Schauen wir mal…« Er warf einen Blick auf den Monitor. »Ja. Sie sind der erste Fähnrich an Bord, gut. Ich teile Sie vorerst für die dritte Wache ein, aber das bleibt nicht so und bedeutet nicht dasselbe wie in der Akademie. Wenn ein ausgezeichneter Kadett den Dienst mit der dritten Wache beginnt, stellt das nur sicher, daß jeder von Anfang an fair behandelt wird.«

Außerdem braucht man sich keine Klagen anzuhören, daß jemand bevorzugt werde, dachte Sassinak bei sich. Sie sagte nichts, nickte nur.

»Sie werden turnusmäßig zuerst beim Technischen Dienst Ihre Ausbildung fortsetzen«, fuhr Fargeon fort. »Der stellvertretende Captain Leutnant Dass stellt den Schichtplan auf. Noch Fragen?«

Sass wußte, daß die korrekte Antwort ›Nein‹ lautete, aber in ihrem Kopf wimmelte es von Fragen. Sie unterdrückte sie und sagte: »Nein, Sir.«

Der Captain nickte und schickte sie zu Leutnant Dass. In Gegensatz zu seinem Captain war Dass ein drahtiger, kompakter Mann, dessen hellgrüne Augen sein dunkles, feingeschnittenes Gesicht nur noch eindrucksvoller machten.

»Fähnrich Sassinak«, sagte er gedehnt in einem Ton, der sie schmerzlich an die Seniorkadetten in der Akademie erinnerte, als sie noch ein Holzkopf gewesen war. »Ehrenkadett…«

Sassinak sah ihm in die grünen Augen und entdeckte darin ein boshaftes Glitzern. »Sir…« begann sie, wurde aber unterbrochen.

»Sparen Sie sich die Mühe, Fähnrich. Ich habe Ihre Akten gelesen, und ich weiß, daß Sie unter allen Umständen höflich bleiben können und wahrscheinlich gleichzeitig Quadratgleichungen im Kopf lösen. Der Captain wollte Sie zuerst zum Technischen Dienst schicken, weil wir gerade ein neues homöostatisches Lebenserhaltungssystem installiert haben, das noch getestet wird. Sie tragen dafür die Verantwortung, wenn Sie Zeit hatten, die Systemdokumentation durchzusehen.« Er grinste über ihren Gesichtsausdruck. »Schauen Sie nicht so überrascht, Fähnrich; Sie sind kein Kadett in der Schule mehr. Sie sind ein Flottenoffizier. Wir haben keinen Platz für Ballast; wir müssen von Anfang an wissen, ob Sie unseren Anforderungen gewachsen sind. Sofort. Es wird Sie wahrscheinlich einige Tage lang ihre ganze Freizeit kosten, um sich durch die Handbücher zu arbeiten. Wenden Sie sich ruhig an den Technischen Leiter, wenn Sie Fragen haben, oder rufen Sie nach mir. Auf Wache haben Sie die üblichen Pflichten, aber Sie können einen Teil der meisten Wachen mit der technischen Mannschaft verbringen.«

»Ja, Sir.« Sass' Gedanken überschlugen sich. Sie sollte für die Erprobung eines neuen Systems die Verantwortung tragen? Ein System, das sie alle das Leben kosten konnte, wenn ihr ein ernster Fehler unterlief? Diesmal war die aufblitzende Erinnerung, die ihr Abe ins Bewußtsein brachte, nicht mit Schmerzen verbunden. Er hatte ihr gesagt, daß die Flotte ihre Grenzen austesten würde.

»In Ihren Akten steht, daß Sie gut mit Allies zurechtkommen?«

Allies stand im Flottenjargon für alliierte Aliens; Sassinak hatte noch nie gehört, wie dieser Begriff so offen ausgesprochen wurde. »Ja, Sir.«

»Gut. Wir haben einen Weber-Jig, einige Weber-Kampfmannschaften und diesen Weber-Fähnrich. Ich nehme an, Sie kennen ihn von der Akademie?« Sassinak nickte. »Oh, und haben Sie je einen erwachsenen Ssli gesehen?«

»Nein, Sir.«

»Wir sind natürlich für Sslis ausgerüstet; alle mittleren und schweren Kreuzer sind in den letzten zwei Jahren entsprechend ausgerüstet worden.« Er warf einen Blick auf das Chronometer. »Kommen Sie; wir haben noch genug Zeit, um es Ihnen zu zeigen.«

Das Ssli-Habitat war ein schmaler, halbovaler Behälter; zehn Meter an der Längsache lang und zur Längsachse des Schiffes ausgerichtet, aber nur zwei Meter breit. Er ragte vom stark verstrebten Kiel fünf Ebenen empor, fast zwanzig Meter. Die Rohrleitungen, die seine Unterwasserumgebung unterhielten, nahmen fast noch einmal dasselbe Volumen ein.

Bisher war der Ssli im Durchmesser erst drei Meter über seine Verankerung hinausgewachsen, und sein Fächer war noch immer fast kreisförmig. Zwei Sichtluken erlaubten eine visuelle Überprüfung des Ssli-Lebensraums. Die stummelartigen Finger des stellvertretenden Captains tanzten über die Tastatur des Terminals vor einer der Sichtluken.

»Die Höflichkeit gebietet es, immer erst zu fragen, ehe man da drin das Licht einschaltet.«

Sassinak warf einen Blick über seine Schulter. Der Bildschirm wurde hell und zeigte sowohl die Frage wie die Antwort an, letztere eine Bejahung. Dass legte einen Schalter um, und in dem Wasser glühte Licht und beleuchtete einen phantastischen magentafarbenen, gelb und weiß gesprenkelten Fächer. Sassinak starrte das Wesen an. Es schien unglaublich, daß dieses riesige, bewegungslose, verschlungene Objekt nicht bloß lebte, sondern auch empfindungsfähig war – empfindungsfähig genug, um den FES-Beitrittsbedingungen zu genügen. Sie konnte kaum glauben, daß die Larvenformen, die sie in den Tanks der Akademie gesehen hatte, etwas mit diesem… diesem Ding zu tun haben konnten.

Irgendwie war die Wirklichkeit viel stärker als das, was man sich auf Bändern ansehen konnte. Ich frage mich, was es empfindet, dachte sie. Wie es denkt und…

»Wie hat man überhaupt herausgefunden…?« fragte sie, ohne nachzudenken.

»Ich weiß es wirklich nicht. Natürlich haben die

Thek sie entdeckt, und wahrscheinlich sind sie eher als wir bereit, Intelligenz in etwas zu vermuten, das mineralisch aussieht.« Dass sah sie genau an. »Es macht manchen Menschen sehr zu schaffen – wie sieht es bei Ihnen aus?«

»Nein.« Sassinak schüttelte den Kopf und starrte immer noch durch die Sichtluke. »Es ist schön, aber schwer vorstellbar, daß es Empfindungen hat. Aber warum auch nicht? Wie verständigt man sich mit ihm?«

»Wie üblich. Über ein Biocomp-Interface... sehen Sie, da sind die Leitungen.« Er streckte den Finger aus, und Sassinak sah die sorgfältig isolierten Drähte, die den Ssli mit dem Computerterminal verbanden. »Soll ich's Ihnen kurz erklären?«

Als sie nickte, tippte er ihren ID-Code ein, fragte sie nach der Anrede, die ihr am liebsten war, und machte sie dann dem allgemeinen Zugriff der Offiziersbesatzung zugänglich.

»Das erlaubt ihm Zugriff auf die allgemeinen Informationen in Ihrer Datei. Nichts Geheimes, nur was Sie Ihre Offizierskollegen gern über sich wissen lassen möchten. Alter, Rang, Geschlecht, allgemeine Erscheinung, Herkunftsplanet, solche Dinge eben. Wenn Sie mehr preisgeben möchten, können Sie weiteren Zugriff ermöglichen, indem Sie die Informationen entweder direkt eingeben oder Abschnitte Ihrer Datei freigeben. Jetzt kommen Sie her und machen Sie sich bereit für Ihre Antworten.«

Die Begrüßung nahm bereits die obere Hälfte des Bildschirms vor ihr ein. »Willkommen, Fähnrich Sassinak; mein Name in der Flotte ist Hssro. Ich bin hier vor dreißig Standardmonaten installiert worden; Sie werden sich nicht daran erinnern, aber Sie haben mich in Ihrem zweiten Jahr in der Akademie im Larvenstadium kennengelernt.«

Sassinak erinnerte sich an ihre erste Begegnung

mit einer Ssli-Larve im Alien-Kommunikationslabor, aber sie hatte nie damit gerechnet, dasselbe Individuum in festsitzender Gestalt wiederzusehen. Und sie erinnerte sich nicht an diesen Namen. Hastig tippte sie einen Gruß und eine Entschuldigung für ihre Vergeßlichkeit ein.

»Macht nichts… wir nehmen neue Namen an, wenn wir uns mit einem Schiff vereinigen. Sie konnten es nicht wissen. Aber ich erinnere mich an die Kadettin, die sich dafür entschuldigte, gegen meinen Tank gestoßen zu sein.«

Von dem Ssli führte Leutnant Dass sie durch ein Gewirr von Durchgängen in die Technische Abteilung. Sassinak versuchte sich den Weg zu merken, mußte sich aber hier unter etwas wegducken oder dort über etwas hinwegsteigen. Sie fragte sich allmählich, ob sie absichtlich verschlungen im Kreis herumgeführt wurde.

»Falls Sie meinen, daß ich Sie durch die entlegenen Winkel führe«, sagte er über die Schulter, »der ganze Kram hier ist reduntant, was davon herrührt, daß wir über zwei Lebenserhaltungssysteme statt bloß einem verfügen. Sobald das neue zu Erlings Zufriedenheit eingestellt ist – Erling ist der Technische Leiter –, können wir einiges davon demontieren. Das meiste sind ohnehin nur Testaggregate.«

Selbst nach dem Studium der verschiedenen Schiffstypen in der Akademie stellte Sass fest, daß es eine Weile dauerte, bis man die Geographie eines großen Schiffes kennengelernt hatte. Die Kreuzerarchitektur wurde von der Notwendigkeit bestimmt, daß die Schiffe nicht bloß eine umfangreiche Bewaffnung für Schlachten im Raum oder gegen Planeten, sondern außerdem Truppen und ihre Ausrüstung mit sich führen und imstande sein mußten, damit auch zu landen. Kreuzer operierten oft allein und benötigten daher eine breitere Spanne von Waffen und Ausrüstung als ein Schiff in einer Kampfgruppe. Aber um weiterhin fähig zu sein, in vielen Situationen auf Planeten zu landen und (wenn auch etwas schwerfällig) in der Atmosphäre zu manövrieren, variierte das Kreuzerdesign eine ovoide Grundform. Dank der Erfindung einer effektiven internen Schwerkraftsimulation mußte das Schiff nicht mehr rotieren, um eine Pseudogravitation zu erzeugen. Das ›Ei‹ konnte längs in Decks unterteilt werden, die sich leichter nutzen und einrichten ließen.

Während ihrer ersten Tage besuchten alle neuen Fähnriche nacheinander die einzelnen Decks, von den schmalen, stillen Durchgängen des Datendecks, wo es wenig mehr als die Batterien von Computerkomponenten zu sehen gab, bis zum organisierten Chaos des Zweiten Flugdecks mit den Orbitalshuttlen, den Drohnen und bewaffneten Raumjägern, den Flugzeugen und dem Wartungsinventar bis hin zum tiefsten Geschoß der Lebenserhaltungsanlagen, wo die großen Rohranlagen, die das Schiff in Betrieb hielten, zwischen pochenden Pumpstationen vor sich hin murmelten. Das Hauptdeck mit der Brücke befand sich nahezu im Mittelpunkt des Schiffs, so wie sich der Brückensektor in der Mitte des Hauptdecks befand. An die Brücke grenzten achtern die Offiziersunterkünfte, wobei die höherrangigen Offiziere näher an der Brücke (und in größeren Quartieren) und die Fähnriche zusammengepfercht in ihren Nischen unweit des hinteren Frachtlifts untergebracht waren, der vertikal durch alle Lifts führte. Damit sie dies nicht für ein angenehmes Arrangement hielten, wurden sie daran erinnert, daß die Vorschriften die Benutzung des Frachtlifts für reine Personentransporte untersagten; von Mannschafsmitgliedern wurde erwartet, daß sie sich fit hielten, indem sie die Leitern zwischen den Decks auf- und abstiegen. Im Hauptdeck befanden sich außerdem alle Verwaltungsbüros. Zwischen dem Datendeck und den Lebenserhaltungsanlagen lag das Truppen- oder Mannschaftsdeck, auf dem sich außer den Mannschaftsunterkünften auch Freizeiteinrichtungen und die Messe, das Lazarett und das medizinische Laboratorium befanden. Wenn das Schiff auf einem Planeten landete, konnte man über eine Rampe, die sich aus dem Truppendeck öffnete, auf die Planetenoberfläche hinabsteigen.

Doch nichts, wurden sie gewarnt, war überflüssig; nichts war bloße Dekoration. Jedes Rohr, jede Muffe, jede elektrische Leitung hatte seine Funktion, und der Ausfall einer einzigen Funktion konnte den Betrieb des ganze Schiffes gefährden. Ähnliches galt für die vielen kleinlichen Vorschriften: die Einteilung der Duschzeiten, die Anordnung der Übungsgeräte in den Turnhallen. Sass konnte das Ganze kaum glauben, aber unter dem strengen Blick eines Senioroffiziers, der auf ihnen allen ruhte, nickte sie wie die anderen auch.

Der Dienst an Bord hatte nichts mehr von dem exotischen Reiz, den die Fähnriche erhofft hatten, wenn sie sich erst im Schiff zurechtfanden. Fern von den eingebildeten Strebern in der Akademie stellte sich Mira als ein warmherziges, begeisterungsfähiges Mädchen heraus, das bereit war, mit allen Freundschaft zu schließen. Ihr Vater, ein wohlhabender Captain eines Handelsschiffs, hatte ihren Blickwinkel auf eine Karriere im Weltraum verengt. Sie gestand offen, daß sie Sassinak für ihre ›echte Stärke‹ bewunderte. Als es an die Trainingseinheiten in der Turnhalle ging, erwies sich Mira zu Sassinaks Überraschung als sehr viel zäher, als es den Anschein hatte.

»Wir durften es uns nicht anmerken lassen«, sagte Mira, als Sassinak es ansprach. »Mutter wollte, daß wir Damen sind, keine Raumfahrermädchen – sie sagte, so hätten wir sehr viel mehr Spaß. Und dann in Neils Clique in der Akademie…« Sie sah von der Seite Sassinak an, die plötzlich begriff, daß Mira wirklich ihre Freundin sein wollte. »Sie sagten immer, es habe keinen Sinn, die Anforderungen zu übertreffen, weil die Weber sowieso alle Ehrenmedaillen einheimsen. Und Neil… äh… Mutter hat mir ein langes Memoband zu diesem Thema geschickt, als sie erfuhr, daß er und ich in derselben Klasse waren. Sie hätte mich bei lebendigem Leib aufgefressen, wenn ich ihn mir ohne Grund zum Feind gemacht hätte.« Sie klopfte Sassinak auf die Schulter, als sei sie eine Handbreit kleiner. »Es tut mir leid, aber du warst kein ausreichender Grund, und es war klar, daß du Neil jederzeit aufs Kreuz legen konntest, wenn du wolltest.«

»Du bist…« Sass fiel kein passendes Wort ein und schüttelte den Kopf. Mira grinste. »Ich bin ein durchschnittlich ehrgeiziger, schlecht erzogener und überfütterter Kaufmannssprößling, der es nie zum Admiral bringen wird, aber vorhat, eine lange und angenehme Karriere in der Flotte zu verbringen. Nebenbei bemerkt bin ich ein loyaler Diener der FES, weil ich wirklich daran glaube, daß sie eine Menge Gutes tut, aber ich werde nie auf einen Flaggenrang befördert und will es eigentlich auch nicht. Von mangelhaftem Ehrgeiz, so werden sie mich sicher einschätzen.«

»Aber sonst in keiner Hinsicht mangelhaft«, sagte Sassinak. Sie bemerkte, wie Mira ihr zuzwinkerte, und grinste zurück. »Du falsches kleines Miststück – ich wette, davon abgesehen bist du eine gute Freundin.«

»Ich versuch's.« Miras Stimme klang plötzlich geziert, fast süßlich. »Wenn man mich läßt. Und wenn ich jemanden mag.«

Sassinak verkniff sich die naheliegende Frage, aber Mira antwortete freiwillig.

»Ich mag dich, Sass… jetzt. Du warst ziemlich steif an der Akademie, und ja, ich weiß, daß du deine Gründe dafür hattest. Ich wäre gern deine Freundin, wenn du magst, und ich meine das so, wie mein Volk das versteht: anständig zueinander, Schulter an Schulter mit Außenseitern, aber wenn ich meine, daß du dich irrst, werde ich dir das ins Gesicht sagen.«

»Ui. Du nimmst kein Blatt vor den Mund.« Sassinak lächelte und streckte die Hand aus. »Ja, Mira; das würde mir gefallen. Darauf kannst du dich verlassen.«

Von da an genoß sie das bißchen Freizeit, das ihr blieb, indem sie Mira ihre Eindrücke anvertraute. Die Mahlzeiten in der Offiziersmesse liefen weniger förmlich als jene in der Akademie ab, aber sie achteten darauf, sich nicht in den Vordergrund zu drängen.

Im ersten Monat war Sassinak für die dritte Schicht eingeteilt, was bedeutete, daß sie mit anderen Offizieren der dritten Schicht aß; der Captain war gewöhnlich während der ersten Schicht im Dienst. Nach dem, was Mira ihr erzählte, verpaßte sie nicht viel. Als sie in die erste Schicht wechselte und hauptsächlich für den Kommunikationsdienst eingeteilt wurde, stellte sie fest, daß Mira recht hatte.

Statt lebhaft über die jüngsten politischen Skandale auf Escalon oder Contaigne zu diskutieren, wozu alle eingeladen waren, saßen die Fähnriche schweigend da, wenn Captain Fargeon kurze, emotionslose Kritiken an der Schiffsleistung abgab. Sassinak begann sein ruhiges »Es gibt ein kleines Problem beim Technischen Dienst…«, oder welche Abteilung er sich sonst gerade vornahm, zu fürchten.

Der Wechsel in den Kommunikationsdienst verschaffte ihr einen gewissen Eindruck vom Kontakt mit der äußeren Welt. Anders als zivile Schiffe blieben Flottenschiffe oft ein Standardjahr oder länger im Tiefenraum. Kein Kadett hatte je diese seltsame Kombination aus Isolation und Beengtheit erlebt. Sassinak, die sich an die Sklavenbaracken und das Piratenschiff erinnerte, hatte keine Schwierigkeiten, in dem riesigen sauberen Kreuzer voller potentieller Freunde zurechtzukommen, einige andere aber schon.

Corfin, der Fähnrich, der nach und nach in Depression und schließlich in die Paranoia abglitt, war auf der Akademie nicht unbedingt ihr Freund gewesen, aber als sie bemerkte, daß er sich zurückzog, tat sie ihr Bestes, ihn aufzumuntern. Nichts half; schließlich meldete sein Vorgesetzter ihn dem Medizinischen Offizier, und als die Behandlung das Fortschreiten seines Leidens zwar verlangsamte, aber nicht aufhielt, wurden ihm Beruhigungsmittel verabreicht, ehe man ihn in den Kälteschlaf versetzte und für unbestimmte Zeit verwahrte, um ihn als medizinisch ungeeignet für den Dienst an Bord abzuschieben, wenn sie den nächsten Flottenstützpunkt erreichten.

»Aber warum kann man das nicht vorhersagen?« fragte Sassinak in der Gruppentherapiesitzung, auf der der Medizinische Offizier bestand. »Warum kann man sie nicht schon im ersten Jahr aussondern, oder bevor…«

Sie sagte das, weil Corfin die Vorschule der Akademie besucht hatte und seine medizinischen Unterlagen in der Flotte mehr als zehn Jahre zurückreichten.

»Er wurde über die Gefahr unterrichtet«, antwortete man ihr, »es geht aus seiner Genkarte hervor. Aber sein Vater hat in der Flotte Karriere gemacht und ist bei einem Unfall während einer Kapselreparatur gestorben; der Junge wollte es versuchen, und der Ausschuß hat beschlossen, ihm eine Chance zu geben. Und es war weder für ihn noch für uns eine Zeitverschwendung. Wir haben seine Daten, mit denen wir andere beurteilen können, und wir werden ihm einen stationären Flottenposten anbieten, wenn er es will.«

Sassinak konnte sich nicht vorstellen, daß jemand damit zufrieden sein würde. Auf einem Planeten festzuhängen oder in einer Kälteschlafbox von einem zum anderen verfrachtet zu werden? Schrecklich. Glücklicherweise hatte sie selbst solche Probleme nicht, deshalb machte sie sich gleich wieder eifrig an die Arbeit.

Es war ein angenehmer Einsatz. Die Kommunikations-›Baracke‹ war ein großzügig bemessener Raum, der direkt auf die Brücke hinausging. Sassinak konnte hinaussehen und die Brückenmannschaft beobachten, vor allem den Deckoffizier im Kommandomodul – häufiger aber stand er dahinter und sah von der schmalen Empore, die wie eine niedrige Bühne in die Brücke hineinragte, auf die anderen hinunter. Natürlich konnte sie nicht alles sehen; ihre eigene Workstation verstellte den Blick auf die Hauptbildschirme und die Waffensektion. Aber sie fühlte sich dem Nervenzentrum des Lebens an Bord sehr nahe. Die Kommunikation in dem neu ausgestatteten schweren Kreuzer ging weit über alles hinaus, was sie an der Akademie gelernt hatte.

Statt des einfachen alten Dualsystems aus unterlichtschnellem Funk und FTL-Verbindungen, die beide nur dann nützlich waren, wenn sich das Schiff selbst im unterlichtschnellen Raum befand, verfügten sie über fünf getrennte Systeme, jedes für den Einsatz unter einem bestimmten Zusammentreffen von Bedingungen. Die Nahkommunikation, die in bis zu dreißig Lichtminuten Abstand vom Empfänger benutzt wurde, entsprach weitgehend den alten Mikrowellensendern für Unterlichtgeschwindigkeit, die praktisch alle technischen Rassen früh entwickelt hatten.

Der Standardkontakt, eine FTL-Verbindung mit geringer Energie, die benutzt wurde, wenn das Schiff selbst nicht von einer FTL-Turbine angetrieben wurde, ermöglichte eine nahezu augenblickliche Kommunikation innerhalb eines Sonnensystems und eine leicht verzögerte Verständigung mit nahegelegenen Sonnensystemen. Zwei neue Systeme schufen die Voraussetzung für Übertragungen während eines FTL-Fluges: den unterlichtschnellen Notkanal UNK, der es ermöglichte, computergenerierte Nachrichten an bestimmte kartographierte Knoten zu schicken, und der Hochleistungs-FTL-Kontakt, der an kartographierte Stationen sendete. Noch neuer, nach wie vor experimentell und streng geheim, war der computerverstärkte FTL-Kontakt mit anderen Flottenschiffen während eines FTL-Flugs.

Für jedes System bestimmte ein eigener Satz von Protokollen und Codes, welche Nachrichten wohin und von wem verschickt werden konnten – und wer Nachrichten erhalten konnte oder durfte.

»Wir legen Wert darauf, daß andere nicht wissen, was uns zur Verfügung steht«, sagte der Kommunikationschef. »Bislang benutzen alle kommerziellen Schiffe im von Menschen besiedelten Raum die alten Anlagen; elektromagnetische lichtschnelle Funksignale und dergleichen – und FTL-Kontakte – nach unseren Maßstäben Standardkontakte. Arbetronics steht kurz davor, eine kommerzielle Version des FTL-Senders für Unterlichtgeschwindigkeiten auf den Markt zu bringen, aber die Hochleistungssender gehören ausschließlich der Flotte. Unsere Fachleute haben sie entwickelt; die gesamte Forschung wurde intern finanziert, und falls niemand etwas ausplaudert, profitieren wir von den Resultaten. Das gilt um so mehr für die IFTL-Verbindung der Flotte. Sie verstehen sicher warum.«

Natürlich verstand Sassinak. Bisher hatten Flottenschiffe immer auf unter Lichtgeschwindigkeit abbremsen müssen, um wartende Nachrichten zu empfangen – gewöhnlich an kartographierten Knotenpunkten, was sie allzu berechenbar machte. Sassinaks Ausbilder an der Akademie hatten den Verdacht gehegt, daß Nachrichten routinemäßig sowohl vom Konzern wie von unorganisierten Piraten von den Speichercomputern entfernt wurden. Die IFTL-Verbindung würde die Schiffe von den Knotenpunkten völlig unabhängig machen. »Informationen«, sagte der Kommunikationschef, »sind hier draußen gleichbedeutend mit Macht – was immer sie enthalten. In jedem umstrittenen oder ungesicherten Sektor werden alle Nachrichten von der Mannschaft für eine Sammelübertragung über gewöhnlichen Unterlichtfunk an die nächste Postanlage gespeichert. Alles Wichtige – Todesfälle, Entlassungen und dergleichen – kann mit Erlaubnis des Kommunikationsoffiziers, der dazu möglicherweise die Bestätigung des Captains einholt, über Standardkontakt versendet werden. Alle Übertragungen werden durch die Codes des betreffenden Offiziers eingeleitet. Das heißt, des Offiziers, der sie autorisiert, nicht unbedingt desjenigen, der tatsächlich den Knopf gedrückt hat – im Moment sind Sie nicht befugt, Signale zu initialisieren. Auch der Code des Offiziers, der die Anlage bedient, wird übermittelt; wer immer sich in den Systemsender einloggt, signiert automatisch die Übertragung. Eintreffende Nachrichten werden immer angenommen und automatisch in eine gesicherte Datei abgelegt, falls ihr Sicherheitsstatus nicht weitere Vorsichtsmaßnahmen erfordert. In diese Datei wird auch der Code des Offiziers eingetragen, der die Übertragung entgegennimmt – und das sind Sie, falls Sie gerade Dienst haben. Wenn es die übliche Sammelpostsendung ist, wenden Sie sich an Leutnant Gordon; wenn er nichts einzuwenden hat, leiten Sie die Nachrichten an die individuellen E-mail-Dateien weiter.«

»Was ist mit anderen Sendungen?«

»Nun, wenn es keine Sammelnachricht ist, sondern eine Einzelnachricht für eine bestimmte Person, müssen Sie die Befugnis einholen, sie an die Datei des Betreffenden weiterzuleiten. Was über den Standardkontakt gesendet wird, sind immer offizielle Flottenmeldungen, und die werden zuerst an den Captain weitergeleitet, aber in seine Desktopdatei, nicht in seine private E-mail-Datei. Wir erhalten keine Nachrichten über UNK oder den Hochleistungskanal, deshalb brauchen Sie sich darüber keine Gedanken zu machen. Wenn etwas über IFTL reinkommt, leiten Sie es direkt an die Desktop-Datei des Captains weiter. Piepsen Sie den Captain an, wo immer er gerade ist, und legen Sie keine Kopien an. Nichts in den Hauptcomputer überspielen. Alles klar?«

»Ja, Sir. Aber muß ich eine IFTL-Nachricht immer noch mit meinem ID-Code signieren?«

»Ja, natürlich. Das wird immer so gemacht.«

Als Sassinak einige Tage später zum Kommunikationsdienst kam, signalisierte der Piepser das Ende einer umfangreichen Übertragung. Cavery, der bereits herausgefunden hatte, daß der neue Fähnrich seine Sache fast so gut machte wie er, zeigte auf das große Display. Sassinak warf einen Blick auf das Gitter und nickte.

»Ich speichere es ab«, sagte sie.

»Ich habe schon meinen Code eingetippt. Nur der übliche Postlauf von Stenus, nichts Besonderes.«

Sass legte einige Schalter um und beobachtete das Display. Der Computer zerlegte jede Sammelübertragung in die einzelnen Nachrichten und leitete sie automatisch weiter. Die Texte flackerten weit schneller über den Bildschirm, als sie sie lesen konnte. Aber ihr gefielen die surrealen geometrischen Muster auf dem Display. Sie bewegten sich am Rande der Verständlichkeit, wie mathematische Formeln, die ein wenig über ihre Kenntnisse hinausgingen.

Plötzlich zerrte etwas heftig an ihren Nerven, und sie ließ einen Finger auf die Bedienungselemente niederfahren. Das Display erstarrte zwischen zwei Signalen und zeigte nur noch die Ursprungscodes.

»Was ist los?« fragte Cavery und sah herüber, weil das Flackern aufgehört hatte.

»Ich weiß nicht. Irgendwas Komisches.«

»Etwas Komisches! Du bist seit über sechs Standardmonaten hier und überrascht, etwas Komisches zu entdecken?«

»Nein… eigentlich nicht.« Ihre Stimme wurde weicher, als sie auf den Bildschirm spähte. Dann sah sie es. Von den achtzehn Nachrichtenfragmenten auf dem Bildschirm trugen zwei dieselben Ursprungscodes, in beiden Fällen vierfach wiederholt. Das hatte auf dem Bildschirm seltsame Lichtfelder blinken lassen, Felder dort wiederholt, wo sie Zufallsfolgen erwartete. Sie sah zu Cavery hinüber. »Wofür ist denn eine vierfache Wiederholung der Ursprungsfelder gut?«

»Vierfach? Habe ich noch nie gehabt. Laß mich mal sehen…« Er schaltete das Bezugssystem auf seinen Bildschirm. »Wie lautet der Code?«

Sassinak las ihn ab und wartete, während Cavery ihn eintippte. Er gab einen Pfiff von sich. »Der Code selbst stammt aus dem Büro des Generalinspekteurs… wer, zum Teufel, bekommt Post vom Generalinspekteur, frage ich mich. Und eine vierfache Wiederholung. Das ist…«

Sie hörte seine Finger auf der Tastatur, ein leises Klicken, und dann noch einen Pfiff. »Ich habe keine Ahnung, Fähnrich. Eine Art interner Code, schätze ich, aber er steht nicht im Buch. An wen sind sie gerichtet?«

Sassinak las die Codes ab, und er schlug sie nach.

»Hm. An Leutnant Achael und den Waffensystemoffizier… das ist auch Leutnant Achael. Ich sag Ihnen was, Fähnrich, jemand will sichergehen, daß Achael das Signal erhält, was immer es enthält.« Er warf ihr einen seltsam herausfordernden Blick zu. »Soll ich's markieren?«

»Wie? Nein«, sagte sie. Dann etwas bestimmter, weil

er sie weiter ansah: »Nein, nur die Empfangsmarkierung. Es ist schließlich nicht unsere Sache.«

Trotzdem ging ihr die Sache nicht aus dem Kopf. Es war nichts Neues, daß der Generalinspekteur gelegentlich eine überraschende Inspektion durchführte – und es kam vor, daß ein Unteroffizier von einem Freund frühzeitig gewarnt wurde. Vielleicht hatte sich jemand – vermutlich Leutnant Achael – direkt beim Generalinspekteur beschwert. Auch das kam vor. Aber sie konnte es nicht dabei belassen. Wenn sie im Dienst war, trug sie die Verantwortung, allen Unregelmäßigkeiten in der Kommunikationsabteilung nachzugehen. Zwei Nachrichten aus dem Büro des Generalinspekteurs – zwei Nachrichten, die auf verschiedenen Routen an dieselbe Person gerichtet waren, und das mit einem Initialcode, der nicht im Buch stand. Das war allerdings eine signifikante Unregelmäßigkeit.

»Kommen Sie rein, Fähnrich«, sagte Kommandant Fargeon, der wie üblich hinter seinem Schreibtisch saß. Sie wünschte, es wäre ein anderer Offizier gewesen. »Was gibt's?« fragte er.

»Eine Unregelmäßigkeit in den eingehenden Signalen.« Sassinak legte ihm die Ausdrucke auf den Schreibtisch. »Dies ist mit einer regulären Postsammeldatei eingetroffen. Zwei identische Signalfolgen für Leutnant Achael, eine direkt an sein E-mail-Fach, die andere an den Waffenoffizier. Dieselben Ursprungscodes aus dem Büro des Generalinspekteurs, aber viermal wiederholt. Und der Text ist codiert…« Sie ließ ihre Stimme abklingen, als sie sah, daß sie Fargeons Aufmerksamkeit erweckt hatte. Er nahm die Ausdrucke in die Hand und betrachtete sie aufmerksam.

»Hm. Haben Sie ihn decodiert?«

»Nein, Sir.« Sass schaffte es, nicht gekränkt zu klingen; er wußte, daß sie wußte, daß dies gegen die Vorschriften verstieß. Sie hatte bisher noch nichts getan, was ihn zu der Vermutung veranlassen könnte, daß sie im Begriff war, Vorschriften zu mißachten.

»Nun.« Fargeon lehnte sich zurück und starrte auf die Ausdrucke. »Es ist wahrscheinlich nichts, Fähnrich – bloß ein Freund im Generalinspekteursbüro, der sichergehen will, daß er die Nachricht erhält – aber Sie hatten ganz recht, mich darauf aufmerksam zu machen, glauben Sie mir.« Nach seinem Tonfall zu urteilen, schien er anderer Ansicht zu sein – er klang gelangweilt und nervös. »Und wenn noch einmal etwas Ähnliches vorkommen sollte, unterrichten Sie mich in jedem Fall darüber. Wegtreten.«

Sassinak verließ das Büro unzufrieden. Etwas nagte an ihr; sie wurde sich aber nicht ganz schlüssig, was es sein mochte, aber es beunruhigte sie die ganze Zeit. Fargeon, der unbeugsamste Captain, den sie kannte, konnte doch unmöglich in etwas Illegales verwickelt sein. Aber deutete es auf etwas Illegales hin, wenn jemand Nachrichten vom Generalinspekteur erhielt? Eigentlich nicht.

Sie erwähnte dem Weberfähnrich Jrain gegenüber, daß ihr mit Fargeons Reaktion nicht ganz wohl war.

»Nein, wir glauben nicht, daß er ein krummes Ding dreht«, erwiderte Jrain. »Er mag keine Weber, aber andererseits mag er überhaupt nicht viel, was er nicht seit seiner Kindheit kennt. Auf Bretagne herrscht heillose Inzucht. Ein bißchen so wie bei den Seti; sie haben sehr strenge Ideen von richtig und falsch.«

»Ich dachte, die Seti seien recht locker«, sagte Sass. »Vandalen und Höllenfahrer, immer bereit, zu kämpfen und alles auf eine Karte zu setzen.«

»Das stimmt, aber das heißt nicht, daß sie nicht ihre eigenen Regeln haben. Wußtest du, daß die Seti keinerlei Gentechnik betreiben?«

»Ich dachte, sie seien darin nicht sehr fortgeschritten.«

»Richtig, aber das liegt daran, daß sie es nicht anders wollen. Sie halten es für falsch, ein Risiko einzugehen – ob genetisch oder sonstwie. Aber wir kommen vom Thema ab; wichtig ist, daß Fargeon ein ehrlicher Typ ist, soweit es die Weber angeht. Obwohl er uns nicht mag, dienen Weber gern auf seinem Schiff, weil er anständig ist.«

Nur wenige Schiffstage später machten sie zum ersten Mal seit Aufbruch von der Basis Pause von der alltäglichen Routine. Der Kreuzer hatte Befehl, einen Planeten im System zu inspizieren, der widersprüchliche Berichte geliefert hatte: eine EEC-Klassifizierung als ›bewohnbar; möglicherweise geeignet für eine begrenzte Kolonisierung‹ und ein jüngerer Kommentar eines freien Spähschiffs mit dem Wortlaut ›tot – hoffnungslos‹.

Aus dem Orbit stützten die Fernerkundungsmannschaften den Bericht des Spähschiffs. Kein Leben und auch keine lebensfreundlichen Bedingungen ohne massives Terraformen. Aber die Flotte verlangte offensichtlich eine genauere Untersuchung, irgendeinen Hinweis darauf, wer die Diskrepanzen verursacht hatte – die *Anderen* vielleicht? Kommandant Fargeon stellte persönlich die Landemannschaft zusammen; Sassinak kam als Kommunikationsoffizier mit, zusammen mit zehn Spezialisten und zehn bewaffneten Wachen.

Zum ersten Mal seit ihrem Trainingsflug in der Akademie trug sie die komplette Schutzausrüstung. Diesmal überprüfte ein Sergeant und kein Ausbilder ihre Tanks und Abdichtungen. Die Luft schmeckte ›tankig‹, wie man es ausdrückte, und sie mußte sich vergegenwärtigen, wo sich alle Schalter befanden. Sorgfältig, immer in dem Bewußtsein, daß dies keine Übung war, überprüfte sie die Haupt- und Reservefunkgeräte, die sie an der Oberfläche benutzen sollte, und vergewisserte sich, daß die Aufnahmekanäle alle geöffnet waren und die Computerkanäle Daten empfangen konnten.

Sie sah den Planeten erst, als das Shuttle die Hülle des Kreuzers verließ. Er sah genau wie auf den Lehrbändern über tote Planeten aus. Sassinak ignorierte ihn nach dem ersten Blick und führte einen weiteren Check ihrer Instrumente durch. Obwohl der Planet früher über eine atembare Sauerstoffatmosphäre verfügt hatte, die von seiner Biosphäre gespeist wurde, hatte er sich bereits zur reduktiven Atmosphäre hin entwickelt, wie sie für unbelebte Welten typisch war.

Aber was immer man benutzt hatte, um die Biomasse abzutöten, konnte immer noch aktiv sein. Die Mannschaft mußte die ganze Zeit aus Tanks atmen. Sassinak war kaum von der Shuttlerampe auf die Oberfläche gestiegen und spürte den fremden Kies unter ihren Stiefelsohlen knirschen, als der Kommandeur der Landemannschaft eine Warnung rief.

Auf den ersten Blick konnte Sassinak weder die Größe noch die Entfernung der pyramidenartigen Objekte abschätzen, die – dem Zielen in einer Computersimulation ähnlich – wie aus dem Nichts in den oberen Luftschichten zu wachsen schienen. Zweifellos folgten sie nicht den Trajektorien, die von gewöhnlichen Insystemantrieben verlangt wurden, noch bremsten sie zu einer vorsichtigen Landung ab, wie es der Shuttlepilot getan hatte. Statt dessen schwebten sie für kurze Zeit über ihnen, dann sanken sie offenbar senkrecht nieder, um auf dem nackten Fels zu landen.

Sassinak kam kaum zu Bewußtsein, wie sie ihre Beobachtung meldete, so sehr faszinierte sie dieses Schauspiel. Ein halbes Dutzend Pyramiden standen oder lagen jetzt in einer unregelmäßigen Anordnung unweit des Shuttles. Thek, hatte der Kommandeur der Landemannschaft gesagt; außer auf Lehrbändern hatte sie noch nie einen Thek zu Gesicht bekommen, und jetzt sah sie gleich mehrere leibhaftig, falls dieser Ausdruck auf solche Wesen überhaupt zutraf.

Ein anderes Mitglied der Landemannschaft piepste den Kommandeur an und fragte: »Was machen wir jetzt, Sir?«

Der Kommandeur schnaubte, ein prasselnder Laut in den Helmfunkgeräten. »Die Frage ist eher, was die da jetzt machen. Für die Berichte: das sieht mir ganz nach dem Beginn einer Thek-Konferenz aus. Schaut euch das in der Zwischenzeit genau an. Nicht viele von uns Eintagsfliegen haben die Gelegenheit, der Bildung einer solchen Konferenz beizuwohnen.«

Sein Anzughelm kippte nach hinten; auch Sassinak blickte empor. Viele weitere Pyramiden erschienen, sanken nieder und landeten in der Nähe.

»Wenn es wirklich das ist, was sie da machen«, sagte der Kommandeur nach einer kurzen Pause, »könnten wir genausogut ins Shuttle zurückgehen und etwas essen. Das hier wird länger als geplant dauern. Unterrichten Sie den Captain, Fähnrich.«

Immer mehr Pyramiden trafen ein... und dann plötzlich, ohne einen Laut, hoben die bereits gelandeten wieder ab und schlossen sich mit den anderen zu einer großen verschachtelten Struktur von komplexer Geometrie zusammen.

»Das«, sagte der Kommandeur beeindruckt, »ist eine Thek-Kathedrale. Sie hat in ihrem Innern genug Platz für das ganze Shuttle, und sie bleibt bestehen, bis sie fertig sind. Die Xenos meinen, sie schließen sich geistig zusammen. Menschen, die sich *in* einer solchen Kathedrale befunden haben, reden nicht über ihre Erlebnisse.«

»Menschen werden in diese Dinger hineingezogen?« fragte jemand, den der Gedanke merklich beunruhigte.

»Wenn ein Thek ruft, dann folgt ihr«, erwiderte der Kommandeur.

»Woher weiß man, daß ein Thek einen will?«

»Nun, es gibt Hinweise darauf, daß der Thek von Zeit zu Zeit menschliche Individuen erkennt…«

»Von Zeit zu Zeit? Ihrer Zeit?« fragte ein Schlaumeier.

»Im Moment sieht sie der Akademiekapelle sehr ähnlich«, sagte Sassinak leise. Sie hielt den Zeitpunkt nicht für geeignet, um etwas Geistreiches von sich zu geben, aber Menschen reagierten unterschiedlich auf etwas, das sie nicht ganz verstanden.

»Das finden die meisten Beobachter. Ihr habt Glück, daß ihr eine zu Gesicht bekommt, wißt ihr. Haltet euch einfach von ihr fern, wenn ihr könnt. Niemand kann einem Thek etwas abschlagen, geschweige denn einer ganzen Flottille.«

»Weiß jemand mehr über sie, als den Akademiebänder zu entnehmen ist?«

»Hat jemand das Fach Fremdkulturen für Fortgeschrittene belegt? Nein? Nun, es hätte auch nicht viel geholfen. Es ist eine verbündete Fremdrasse, Mitbegründer der Föderation, glauben wir. Die Weber gehören zu den von ihnen abhängigen Rassen, obwohl ich nicht weiß warum. Sie sind mineralisch und sie kommunizieren mit Menschen, wenn überhaupt, nur sehr, sehr langsam.« Obwohl sie sich inzwischen wieder im Shuttle befanden, hielt der Kommandeur die Stimme gesenkt. »Sie haben ein Gespür für Transurane, und man sagt ihnen nach, daß sie sich an alles erinnern, was ihnen oder einem fernen Ahnen je zugestoßen ist. Sie leben eine lange Zeit, aber bevor sie sich auflösen oder erstarren oder was immer bei ihnen dem Tod entspricht, übertragen sie irgendwie ihre gesamten Erinnerungen. Vielleicht sind sie telepathisch untereinander verbunden. Für Menschen benutzen sie eine Computerschnittstelle oder modulieren Schallwellen. Dabei haben sie, wie ihr seht, keinen Mund. Fragt mich nicht, wie es funktioniert; das fällt nicht in mein Fachgebiet, und ich sehe erst das zweite Mal überhaupt Thek.«

Stunden später lösten sich die Theks unvermittelt voneinander und flogen – oder wie immer man es bezeichnen konnte – in den dämmrigen Himmel zurück. Die Landemannschaft, inzwischen gründlich gelangweilt und schwerfällig, kam mürrisch wieder in Gang.

Sass folgte den Leuten zu einer zutage liegenden Fläche, die für die erste Probenahme ausgewählt worden war. Sie machten sich an die Arbeit, während Sass dem Schiff ihre Ergebnisse und Kommentare durchgab. Arbeitslampen leuchteten, bildeten Halos am Rande ihres Gesichtsfelds, wenn der Staub aufwirbelte. Fast wie Rauchwolken in einer Bar, dachte sie und sah Gestalten in Anzügen hin- und hergehen. Plötzlich erstarrte sie, ganz und gar wachsam, und ihr Herz raste. Einen von ihnen – einen dieser behelmten, verwaschenen Umrisse – hatte sie schon einmal gesehen. Irgendwo. Irgendwo während eines Kampfs.

Dann fiel es ihr ein: die Nacht, als Abe umgebracht wurde, die Nacht, als sich in der Bar die Prügelei ereignete. Dasselbe auffällige geometrische Muster auf dem Helm wie auf der Jacke eines der Schläger. Mit derselben zuckende Armbewegung – sie schloß für einen Moment die Augen und erkannte etwas, das sie nie ganz zusammenbekommen hatte – hatte jemand mit einem Gegenstand auf Abe gezielt.

Zorn verschleierte ihren Blick und ihre Gedanken. Sie öffnete den Mund, um ins Komgerät zu schreien, schaffte es aber, die Zähne aufeinanderzubeißen und den Schrei zu unterdrücken. Abes Mörder hier? In einer Flottenuniform? Sie kannte nicht die gesamte Landemannschaft, aber sie konnte sicher leicht herausfinden, wem dieser Helm gehörte. Und irgendwie würde sie den Kerl erwischen.

Während der restlichen Zeit auf dem Planeten arbeitete sie grimmig und war entschlossen, sich ihre Reaktionen nicht anmerken zu lassen, bis sie herausfand, um wen es sich handelte und warum Abe gestorben war. Sie wunderte sich wieder über die mysteriöse duplizierte Nachricht an Leutnant Achael. War das möglicherweise ein Aspekt desselben Problems?

Wieder auf dem Schiff, machte Sass keine plötzlichen Bewegungen. Sie hatte Zeit gehabt, über ihre Alternativen nachzudenken. Sich mit der Klage an Fargeon zu wenden, daß jemand auf dem Schiff ihren Vormund umgebracht hatte, würde ihr eine Kurzbehandlung mit Beruhigungsmitteln in der Medizinischen Abteilung einbringen. Die Personaldateien abzurufen, widersprach den Vorschriften, und selbst wenn sie an den Sicherheitssystemen der Computer vorbeikommen konnte, riskierte sie es, bei ihrer Suche eine Spur zu hinterlassen. Wer immer es war, er würde wissen, daß ihr etwas Verdächtiges aufgefallen war. Es konnte sogar riskant sein, sich nach dem eingetragenen Benutzer des Helms zu erkundigen, aber sie hatte das Gefühl, daß sie damit das geringste Risiko einging – und sie hatte eine Idee.

Unter anderem wegen des Auftauchens der Thek und ihrer Konferenz hatte der Kommandeur mehr Geplauder als üblich über die Kanäle zugelassen, und Sass hatte bereits Schwierigkeiten, jede Übertragung mit den richtigen Ursprungscode zu markieren, wie es verlangt wurde. Sie hatte daher Gründe, den für die Helme zuständigen Matrosen um eine Liste der Träger zu bitten, »nur um ein paar von diesen Sendungen zu überprüfen und mich zu vergewissern, daß ich den richtigen Text der richtigen Person zuordne.«

Der Helm, der ihr am wichtigsten war, gehörte Leutnant Achael. Volltreffer, dachte Sass, bewahrte aber ein freundliches Lächeln, als sie ihn über den Bordfunk anrief. »Entschuldigen Sie die Störung«, begann sie, »aber ich muß einige dieser Übertragungen überprüfen…«

»Hätten Sie das nicht gleich machen können?« fragte er. Er klang schroff und etwas mißtrauisch. Sass versuchte eine arglose Begeisterung vorzugeben und schob alle Gedanken an Abe beiseite.

»Tut mir leid, Sir, aber ich hatte Schwierigkeiten mit der codierten Datenleitung, während die Thek aktiv waren.« Das stimmte sogar, und sic hatte den Kommandeur sofort darüber unterrichtet, was bedeutet, daß sie gedeckt war, falls Achael die Sache nachprüfte. »Der Kommandeur sagte, es sei sehr wichtig…«

»Also gut. Worum geht's?«

»Um 1630 Schiffszeit fand ein Gespräch über den geochemischen Schwefelzyklus und seine Beziehung zum vierten Stadium der Neuaussaat statt… waren Sie das, Sir, oder Spezialist Nervin, der sagte: ›Aber das trifft nur zu, wenn Sie die Verteilung des bakteriellen Substrats als nominell betrachten.‹ Genau in diesem Moment begannen sich nämlich die Ursprungscodes zu verwirren.« Während sie redete, drückte Sass den Aufzeichnungsknopf auf ihrer Konsole und leitete Achaels Antwort in eine gesperrte Datei um, die sie vorbereitet hatte. Dergleichen war streng verboten, aber anders ging es nicht. Und wenn der abgeschirmte Kanal, den sie eingerichtet hatte, nicht funktionierte, würde er als erster das Warnsignal hören. Und darauf würde er sicher reagieren.

»Oh…« Er klang weniger angespannt. »Das war Nervin – er hat mir von den neusten Forschungsergebnissen aus Zamroni berichtet. Anscheinend gibt es neue Hinweisen darauf, daß das bakterielle Substrat im vierten Stadium einen viel größeren Beitrag leistet. Haben Sie den Bericht gelesen?«

»Nein, Sir.«

»Tatsächlich. Aber sie waren doch an der Installation

des neuen Lebenserhaltungssystems beteiligt, oder? Ich hatte den Eindruck, daß Biosysteme Ihr Fachgebiet sind.«

»Nein, Sir«, betonte Sassinak, weil sie ahnte, worauf er damit hinauswollte. »Ich habe den Kommandeurskurs absolviert; in den Fachgebieten verfüge ich nur über Grundkenntnisse. Offen gestanden, Sir, konnte ich mit dem Großteil des Lebenserhaltungssystems nichts anfangen, und wenn ich Chef Erling nicht gehabt hätte…«

»Ich verstehe. Gut, kommen Sie damit weiter oder brauchen Sie noch etwas?«

Sassinak stellte zwei weitere Fragen, beide recht plausibel, weil sie einen Zeitraum betrafen, in dem mehrere Sendungen gleichzeitig stattgefunden und die Datenübertragung ihre Aufmerksamkeit beansprucht hatte. Er antwortete unumwunden, hegte inzwischen offenbar kein Mißtrauen mehr, und Sassinak bemühte sich um einen lockeren Ton. Er hätte durchaus noch weiter mit ihr geplaudert. Und sie tat so, als bräche sie die Verbindung nur widerwillig ab. Als ob sie mit ihm nach der nächsten Schicht in der Messe ein Glas trinken würde!

Ich werde auf dein Begräbnis trinken, dachte sie bei sich, *und auf deinem Grab tanzen, du dreckiger Mörder.*

sechstes kapitel

Sassinak fragte sich, wie sie an die Personaldateien kommen konnte, ohne entdeckt zu werden. Und konnte sie auf diese Weise überhaupt etwas Sinnvolles herausfinden? Sicher wurde Achael nicht unter der Kategorie ›Mörder‹ eingeordnet (als zweites Fachgebiet vielleicht?), und da sie nicht wußte, wer oder was Abes Tod herbeigeführt hatte, wußte sie nicht recht, ob sie mit irgendeinem Hinweis etwas anfangen könnte. Dennoch mußte sie etwas unternehmen.

»Sassinak, darf ich dich etwas fragen?« Surbar, ein anderer Fähnrich, war ein schüchterner, ruhiger junger Mann, der seine großen dunklen Augen dennoch zu seinem Vorteil einzusetzen verstand. Sassinak hatte von Mira gehört, daß er sich in seiner Freizeit in der Waffensteuerung mit einer Jig vergnügte. Dennoch hatte er ihr einige interessierte Blicke zugeworfen, und sie hatte erwogen, darauf zu reagieren.

»Sicher.« Sassinak lehnte sich in der entspannten Atmosphäre der zweiten Wachmesse zurück und fuhr sich mit den Händen durchs Haar. Beiläufig überlegte sie, daß es allmählich zu lang wurde und sie es mal wieder stutzen lassen sollte. Zerzaust war eine Sache, aber verfilzt – und ihr Haar neigte dazu, bei jeder Gelegenheit zu verfilzen – eine andere. Das machte den Unterschied zwischen sexy und schlampig aus.

»Weißt du etwas über Lautnant Achael?«

Sassinak hatte Mühe, sich ihre Überraschung nicht anmerken zu lassen. »Achael? Eigentlich nicht – er gehörte zur Landemannschaft, aber ich war zu beschäftigt, um mit ihm zu reden. Wieso?«

»Nun ja.« Surbar runzelte die Stirn und kratzte sich an der Nase. »Er hat sich nach dir erkundigt. Lia wollte wissen warum, und er sagte, du siehst einfach zu gut aus, um allein herumzulaufen. Er dachte, du seist vielleicht mit jemandem liiert, den er kennt.«

Sassinak versuchte amüsiert zu lachen. Er gelang ihr offensichtlich, denn Surbar schien nichts aufzufallen. »So einer ist er also, was? Hinter jeder neuen Frau auf dem Schiff her?«

Surbar zuckte die Achseln. »Lia sagte, er habe ein Auge auf sie geworfen, sich aber zurückgezogen, als sie nein sagte. Dann hat er sich nach dir erkundigt – kann gut sein, daß er so einer ist.«

»Hmm. Nun gut. Dann werde ich darauf achten, mich von Luftschleusen und Spinden und anderen geschlossenen Räumen fernzuhalten, wenn Leutnant Achael in der Nähe ist.«

»Das heißt also, du bist nicht interessiert?« Surbar warf ihr seinen schmachtvollsten Blick zu.

»An *ihm* nicht«, sagte Sassinak, blickte an die Decke und ließ ihren Blick dann langsam seitwärts Surbar entgegenwandern. »Anderseits aber...«

»Lia kommt heute abend, um Gunna zu spielen«, sagte Surbar rasch. »Ein andermal vielleicht?«

Sassinak zuckte die Achseln. »Ruf mich an. Danke jedenfalls für die Warnung vor Achael.« Auf dem Rückweg in ihre Kabine dachte sie darüber nach. Achael verfügte über genug Autorität, um ihr Schwierigkeiten zu machen, und als Waffenoffizier hatte er die entsprechenden Befugnisse, um auf die meisten Kommunikationsdateien zuzugreifen. Falls er das wollte. Wenn er meinte, daß er es brauchte. Sie wollte ihn beseitigen, wenn er wirklich Abes Mörder oder mit Abes Mörder im Bunde war, aber sie wollte sich dabei nicht selbst ruinieren.

In der nächsten Schicht hatte Sassinak ihre erste IFTL-Nachricht zu verarbeiten. Sie murmelte sich durchs Protokoll, während sie sich einloggte, die äußeren Codes entfernte und ohne Hilfe an die Datei gelangte, die für den Captain bestimmt war. Cavary nickte. »Saubere Arbeit – du machst dich gut.«

»Ich frage mich, worum es in dieser Nachricht geht.«

»Das geht uns nichts an – es heißt, deine Augen verwandeln sich in purpurrote Gallerte und dein Gehirn verfault, wenn du in solchen Dingen herumschnüffelst.«

Sassinak kicherte; Cavery hatte Sinn für Humor, das wußte sie inzwischen. »Ich dachte, Fähnriche hätten kein Gehirn, nur große Kleckse urzeitlichen Schleims – haben Sie das nicht gestern zu Pickett gesagt?«

»Das kommt davon, wenn man versucht, IFTL-Nachrichten zu decodieren – das habe ich gesagt. Konzentrier dich weiter auf deine Arbeit, wie's sich gehört. Du kannst dir nicht erlauben, noch mehr abzubauen.« Sein Grinsen nahm der Bemerkung die Schärfe, und Sassinak loggte sich für den Rest des Schicht in die Routinekommunikation ein.

An diesem Abend erklärte Fargeon in der Offiziersmesse, daß sie ein EEC-Schiff abfangen und Berichte weiterleiten sollten. Er dozierte ausgiebig darüber, welche Präzisionsarbeit es erforderte, ein Rendezvous im Tiefenraum zu bewerkstelligen, und Sassinaks Aufmerksamkeit schweifte ab. Allerdings nicht zu weit, denn Fargeons Tadel traf eine Jig vom Technischen Dienst, die gedankenverloren auf einer Serviette herumgekritzelt hatte. Aus irgendeinem Grund legte Fargeon dies als Sorglosigkeit im Umgang mit geheimen Informationen aus, und als er mit dem Ausschelten fertig war, fühlten sich alle Anwesenden gereizt. Natürlich waren Rendezvous im Tiefenraum heikel, das wußte jeder, und natürlich konnte man sich nicht darauf verlassen, daß der EEC-Pilot an einer genauen Position eintraf, wie man es von einem Kreuzer erwarten konnte, aber das war nun wirklich nichts Neues. Wenn das EEC völlig danebenlag und sie alle gemeinsam ein Feuerwerk veranstalteten, wie es seit fünfzig Jahren niemand mehr erlebt hatte, war das natürlich alles andere als erfreulich.

Weil alle verstimmt vom Abendessen zurückkamen, achtete Sassinak nicht sonderlich auf ihre eigene Stimmung. Aber am nächsten Morgen stellte sie fest, daß Leutnant Achael die Brücke kommandierte; Fargeon, Dass und Leutnant Commander Slachek, hieß es, hielten eine Konferenz ab. Sassinak sah sich auf der Brücke um und duckte sich in die Kommunikationsnische. Sie war leer. Eine gekritzelte Nachricht auf der Konsole besagte, daß Perry auf der Krankenstation sei; Achael hatte es genehmigt. Sassinak runzelte die Stirn und fragte sich, ob Cavary sich deswegen verspätete – vielleicht hatte er Perry in die Krankenstation begleitet. Aber die Kommunikationsanlagen waren nicht lang unbeaufsichtigt geblieben; die Eingangsprotokolle zeigten, daß alle Systemwarteschlangen leer waren. Seltsam – in der letzten Schicht waren regelmäßig Übertragungen eingetroffen, vor allem verzögerte Positionschecks des EEC-Schiffes. Sassinak warf einen Blick auf die letzten Einträge der Eingangsdatei, um die Logg-in-Zeiten zu überprüfen – wenn eine Zeitlang nichts empfangen worden war, konnte das auf Schwierigkeiten mit den Systemen hindeuten.

Der Verdacht eines Systemfehlers beschäftigte sie so sehr, daß sie fast ihren eigenen Initialisierungscode nicht erkannte, als er auf dem Monitor aufblitzte. Was? Sie rümpfte konzentriert die Nase. Sie war eben erst eingetroffen, und doch fiel ihr Code mit der Zeitmarke einer Dateianfrage vor fünf Minuten zusammen. Es konnte unmöglich stimmen – außer daß jemand versehentlich ihren Code eingegeben hatte… versehentlich oder aus einem anderen Grund.

»Hallo – entschuldige die Verspätung.« Cavery glitt in seinen Sitz, warf einen Blick aufs Display und schreckte zurück. »Ich dachte, ich hätte dir gesagt, du sollst nicht an den eingehenden Nachrichtendateien herumfummeln.«

»Richtig. Das habe ich auch nicht getan. Jemand hat meine Codes verwendet.«

»Was?« Nach dem ersten Ausbruch senkte er die Stimme. »Sag so etwas nicht, Sassinak. Wahrscheinlich ist jede Sendung im Universum schon das eine oder andere Mal belauscht worden, aber lügen macht es auch nicht besser.«

»Ich lüge nicht.« Sassinak legte ihre Hand über seine auf der Konsole. »Hören Sie mir zu. Ich war nicht hier, als sich jemand einloggte; ich bin diesmal pünktlich gekommen, nicht zu früh wie sonst. Jemand hat fünf Minuten, bevor ich eintraf, meinen Code eingegeben.«

»Was hat Perry gesagt?«

»Er ist in der Krankenstation. Niemand war hier, als ich angekommen bin, nur eine Notiz…« Sie reichte ihm den Zettel. Cavery runzelte die Stirn.

»Ein Ausdruck, nicht im Computer. Das ist seltsam. Wer hat Dienst auf der…?« Er reckte den Hals, damit er um die Ecke sehen konnte, und schnaubte verächtlich. »Na, fabelhaft. Achael. Wo steckt Fargeon?«

»Er hat eine Konferenz, sagte Achael. Aber Cavery, es ist nun einmal so, daß…«

»Es ist nun einmal so, daß es mit deinem Code signiert ist und die ganze Welt jetzt weiß, daß du IFTL-Dateien aushorchst, und wenn du es nicht warst, bist du entweder eine Lügnerin, was eine Möglichkeit ist, oder jemand anderes ist es gewesen, was auch sein könnte. Verdammt noch mal! So wie der Captain zur Zeit drauf ist, hat uns ein Sicherheitsproblem gerade noch gefehlt.«

»Aber ich habe...«

Cavery sah sie streng an, dann entspannte sich sein Mund. »Nein, das traue ich dir auch nicht zu. Aber die Datei ist mit deinem Code signiert und... was, zum Teufel, ist *das* denn?« Er deutete auf das Echtzeitdisplay, auf dem die Stapelnachricht für eine UNK-Übertragung erschien. »Ich nehme an, daß du die auch nicht mit deinem Code signiert hast?«

Sassinak sah hin und bemerkte eine andere Anomalie, die Cavery übersehen hatte. »Wieder diese vierfache Codierung für das Büro des Generalinspekteurs – das hatten wir vorhin schon, nur ist es diesmal ein Ausgang und mein Code dient als Absenderangabe.«

»Den werde ich entfernen.« Cavery fror den Bildschirm ein, gab die Rangcodes ein und holte die Nachricht selbst auf den Monitor, zusammen mit den Initialisierungs- und Bestimmungssequenzen. Sassinak bemerkte, daß er alles in eine mit seinem eigenen Code verschlüsselte Datei kopierte. Er lehnte sich zurück, sichtlich verwirrt von der Nachricht.

»Subjekt hat nichts bemerkt; keine verdächtigen Aktivitäten. Versetzung Zufall. Beobachtung wird fortgesetzt.«

Cavery sah mit gehobenen Augenbrauen zu ihr herüber. »Also, Fähnrich, überwachst du jemanden oder wirst du selbst von jemandem überwacht?«

»Ich... ich weiß nicht.« *Achael,* dachte sie. *Es muß Achael sein, aber warum? Und wer steckt dahinter?*

»Nun, ich weiß nur eines, und zwar, an wen wir uns damit wenden: nämlich direkt an den Captain...«

»Aber...« Sassinak hielt den Mund: wenn sie protestierte, hatte er Grund zur Annahme, daß sie mehr wußte. Doch sie war bei weitem noch nicht soweit, Achael der Beteiligung an Abes Ermordung zu beschuldigen... wie konnte sie? Wie immer die Sache ausging, sie konnte nur verlieren; Fähnriche erreichen nichts, wenn sie Leutnants eines Mordes beschuldigten, der Monate zurücklag und anderswo stattgefunden hatte.

Cavery wartete, und sein Gesichtsausdruck forderte sie heraus, ihm zu widersprechen.

»Ich weiß«, sagte sie schließlich, »daß Captain Fargeon unterrichtet werden muß. Aber er ist nicht auf der Brücke, und ich... äh... ich will nicht mehr Offiziere in die Sache verwickeln als unbedingt nötig.«

»Ich erinnere mich, mit wessen Nummer diese vierfach codierten Nachrichten versehen waren, Fähnrich Sassinak...« Cavery nickte in Richtung Brücke. »Du kannst dir diese Anspielungen sparen.«

»Entschuldigung, Sir. Ich wollte auf nichts anspielen, es ging nur darum...« Sie verstummte. Noch nie war sie so nah daran gewesen, ratlos mit den Händen zu fuchteln. Dann kam ihr ein Einfall. Sie merkte Caverys Gesicht an, daß die Idee ihren Gesichtsausdruck verändert hatte. »Sir, *falls* das alles zusammenpaßt, wäre dies nicht der richtige Zeitpunkt, um sofort zum Captain zu gehen, oder? Und wenn nicht, dann würde es trotzdem... einiges Durcheinander verursachen, stimmt's?«

Cavery lehnte sich zurück und überlegte. »Du hast nicht ganz unrecht.« Er seufzte und löschte den Bildschirm. »Ich wüßte ohnehin nicht, was es schaden sollte, wenn wir bis zur Mittwochpause oder vielleicht noch länger warten. Das hängt vom Zeitplan des Captains ab.«

Sassinak sagte nichts mehr, sondern machte sich an die Arbeit. Sie dankte allen erdenklichen Göttern, daß sie nicht an den Personaldateien und den Nachrichtenbänken herumgefummelt hatte; Achael wußte nicht, daß sie einen Verdacht hegte. Versetzung Zufall? Was denn auch sonst, wenn sie keine mächtige Familie im Rücken hatte, die für sie die Fäden zog... oder war das vielleicht Abes Geheimnis gewesen? Mehr denn je hielt sie es für nötig, Achaels Datei einzusehen, aber wie sollte sie das bewerkstelligen?

Der ohrenbetäubende Lärm des Notalarms ertönte. Sie fuhr hoch. So schnell sie auch war, Caverys Hand lag schon fast auf ihrer, als sie die Konsole vom Normalbetrieb auf die Notsysteme umschaltete. Nach dem ersten Ton heulte die Sirene zweimal auf und ab: Evakuierungsübung.

»Ausgerechnet die blödsinnigste Übung, die vorgeschrieben ist«, brummte Cavery, als er unter der Konsole die Notmasken herausfischte. »Hier – zieh die an! Niemand hat je einen Kreuzer evakuiert; es dauert so lang, alle in die Shuttles und Evakuierungskapseln zu bekommen, daß man in der Zwischenzeit das ganze Schiff sprengen könnte. Und merk dir, Fähnrich, du schaltest die Konsole aus, wenn du gehst, und das tust du erst, wenn der diensthabende Offizier die Brücke räumt.« Seine Stimme klang durch die Folien- und Gewebemaske gedämpft. Sassinak stellte fest, daß ihre Maske jeden Blick zur Seite und nach hinten verwehrte. Als sie die Laschen an den Schultern ihrer Uniform befestigte, brummte Cavery: »Ah, gut; Fargeon übernimmt die Brücke. Sobald diese verdammt Übung vorbei ist, können wir uns um diese andere Sache kümmern…« Seine Stimme klang plötzlich schärfer. »Ja, Sir; Kommunikation gesichert, Sir.«

Obwohl Caverys scharfe Kommentare andeuteten, daß Piraten das ganze Schiff entern und es bis ans andere Ende des Galaxis fliegen könnten, bevor sie an die Reihe kamen, fand Sassinak, daß es gar nicht so lang dauerte, um durch den backbord gelegenen Hauptkorridor von der Brücke bis zu den Transportbuchten zu laufen, wo die Shuttles und Evakuierungskapseln angedockt lagen. Eine Unzahl kapuzenbedeckter Gestalten lief in dieselbe und ebenso viele in die entgegengesetzte Richtung; sobald man sich in seinem zugewiesenen Evakuierungsflügel angemeldet hatte, mußte man seinen Dienst fortsetzen. Es schien unlogisch. Sie warf noch einen Blick auf den Plastikstreifen, der ihr eine Kapsel zuwies: E-40-A. Hier, einen Seitenkorridor entlang, dann durch einen kleinen Durchgang, den sie noch nie betreten hatte. Bucht E: jemand in vollständiger EVA-Ausrüstung warf einen Blick auf ihre Marke und winkte sie nach rechts; Sektion 40 war die letzte am Ende. Jemand anderes, ebenfalls im Schutzanzug, zeigte auf Kapsel A, eine in einer Reihe von noch dicht geschlossenen Luken. Sassinak mühte sich mit dem Lukenschloß ab, warf einen Blick auf die Warnzeichen, die alle auf Grün standen, und zog den schweren Deckel auf. In der kleinen, hell beleuchteten Kabine konnte sie den Umriß einer Beschleunigungsliege, glänzende Armaturen und eine Batterie von Schaltern und Lichtern erkennen.

Sie zog den Kopf ein, um durch die Öffnung zu steigen. Plötzlich durchfuhr ein scharfer Schmerz ihren Arm, und als sie sich umzudrehen versuchte, hatte sie das Gefühl, als lande das Gewicht des ganzen Kreuzers auf ihrem Kopf. Sie konnte nicht verhindern, daß sie kopfüber in die Dunkelheit stürzte.

Ein wütender Kommandant Fargeon war kein angenehmer Anblick. Seine Offiziere, die sich in Habachtstellung um seinen Schreibtisch versammelt hatten, blieben über seine Stimmung nicht im unklaren. »Ich will nur wissen«, sagte er frostig, »*wer* diese Kapsel abgeworfen hat. Wer hat sie rausgeschickt, was hat dieser Fähnrich darin verloren, warum funktioniert das Signalfeuer nicht, und was soll dieser ganze Unsinn über Sicherheitslücken in der Kommunikation?«

Blicke wichen aus; niemand meldete sich freiwillig zu Wort. »Cavery!« schnauzte Fargeon.

»Sir, Fähnrich Sassinak hat duplizierte Übertragungen mit ungewöhnlichen Initialisierungscodes gemeldet…«

»Das weiß ich längst. Das hat doch wohl nichts damit zu tun, oder?«

Cavery war sich nicht sicher, wie weit er schon gehen konnte. »Ich weiß es nicht, Sir. Ich habe nur von vorn angefangen.« Er holte Luft, wartete auf Fargeons Nicken und fuhr fort. »Heute meldete sie, daß jemand ihren Initialisierungscode verwendet habe, um auf eine gesperrte Datei zuzugreifen…«

»Fähnrich Sassinak? Wann?«

»Offenbar geschah es fünf Minuten, bevor sie ihren Dienst antrat. Sie berichtete es mir, als ich eintraf…« Cavery erklärte, was bis zum Übungsalarm geschehen war. Fargeon hörte ohne weiteren Kommentar mit ausdruckslosem Gesicht zu. Dann wandte er sich einem anderen Offizier zu.

»Also, Hauptmann Palise, was haben Sie in der Notbucht gesehen?«

»Sir, wir haben Fähnrich Sassinak um 1826.40 in die Notbucht eingeloggt; sie loggte sich um 1824.10 zur Evakuierung von der Brücke aus, und die Zeit reichte gerade aus, um sich direkt zur Evakuierungsbucht zu begeben. Wie Sie wissen, Sir, erleben wir während einer Evakuierungsübungen ständige Personalwechsel; wenn sich jemand in die Bucht eingeloggt hat, gibt es keine Möglichkeit, denjenigen zu beobachten, bis er sich in der zugewiesenen Kapsel oder im Shuttle befindet. Wenn die Luken sich schließen, werden sie als an Bord eines Rettungsfahrzeugs geführt, und danach sollen sie so schnell wie möglich wieder zum Dienst zurückkehren. Innerhalb von zwei Minuten nach Fähnrich Sassinaks Einloggen in die Bucht registrierten wir dreiundfünfzig Individuen, die sich in dieselbe Bucht eingeloggt hatten – die erwartungsgemäße Zahl. Acht von ihnen befanden sich in der falschen Bucht – und das liegt über dem Durchschnitt. Wir hatten zwei protokollierende Offiziere in der Notbucht, aber ihnen ist nichts aufgefallen, bis Kapsel 40-A zündete.«

»Sehr gut, Hauptmann Palise. Und jetzt jemand von der Technik…«

»Die Kapsel war aktiviert, Sir, wie es bei jeder Übung geschieht. Wir können nicht das ganze System herunterfahren, nur weil jemand einen Fehler machen könnte…«

»Das weiß ich.« Fargeon hatte das sogar persönlich angeordnet, und die Technische Abteilung hatte mehr als einmal gewarnt, daß Evakuierungsübungen mit aktivierten Kapseln und Shuttles während eines FTL-Flugs Pannen geradezu herausforderten. Fargeon sah seinen Cheftechniker finster an, und Erling blickte ebenso finster zurück. Jeder wußte, daß Erling sich während ihres ersten Einsatzes mit Sassinak angefreundet hatte. Was immer geschehen war, Erling würde sich auf Sassinaks Seite schlagen, wenn er herausgefunden hatte, auf welcher Seite sie stand.

»Nun, Sir, die Inbetriebnahme dürfte wie üblich abgelaufen sein. Wenn die Luke dicht geschlossen ist, ob von innen oder außen, und die Sequenz eingetippt wurde…«

»Von innen?«

»Auch das. Die Shuttles müssen von innen gesteuert werden, doch der eigentliche Zweck der Kapseln besteht in der sicheren Evakuierung der Verwundeten oder Dienstunfähigen. Jemand in der Bucht kann sie genauso einfach schließen und starten wie der Insasse.«

»Ich glaube, darüber brauchen wir uns keine Gedanken zu machen«, wiegelte Fargeon ab. »Mich interessiert jetzt nur, ob Fähnrich Sassinak aus Dummheit den falschen Knopf gedrückt hat oder ob sie vom Schiff desertieren wollte.«

Auf diese Bemerkung folgte Schweigen. Dann fuhren Leutnant Achaels Worte mit der Präzision eines Künstlerhammers nieder.

»Vielleicht kann ich ein wenig zur Klärung beitragen, Sir. Aber ich würde vorziehen, dies unter vier Augen zu tun.«

»Im Gegenteil. Sie werden es mir sofort sagen.«

»Sir, es ist eine sehr delikate Angelegenheit…«

»Es ist eine sehr dringliche Angelegenheit, Leutnant, und ich erwarte auf der Stelle einen vollständigen Bericht.«

Achael verbeugte sich leicht, und ein dünnes Lächeln zog ihm die Lippen zusammen. »Sir, wie Sie wissen, habe ich einen Vetter im Büro des Generalinspekteurs. Als Waffenoffizier interessiere ich mich besonders für die Handhabung geheimer Dokumente, und als wir vor zwei Monaten diese Direktive erhielten, habe ich beschlossen, auf diesem Schiff einen Test durchzuführen. Sie erinnern sich doch noch, daß Sie die Erlaubnis erteilt haben…?« Er wartete auf Kommandant Fargeons Nicken, ehe er weiterredete. »Nun, ich habe diesem neuen Withespoon-Zwischenschiffstrahl drei Ausdrucke angeblich geheimer Dokumente anvertraut und – wie es die Direktive nahelegte – die Gelegenheit ergriffen, alle neuen Offiziere darüber zu unterrichten, daß sie existierten und wohin sie bestimmt waren.«

»Kommen Sie zur Sache, Leutnant.«

»Es geht darum, Sir, daß eines dieser Dokumente verschwunden und in der nächsten Schicht wieder aufgetaucht ist. Ich habe ermittelt, daß drei Fähnriche und zwei Jigs die Gelegenheit hatten, das Exemplar an sich zu nehmen. Ich habe das Exemplar mit einer Zange angefaßt und, wie es die Direktive verlangte, zur späteren Untersuchung in einem forensischen Labor in einen Schutzumschlag gesteckt. Und das habe ich für den

Fall, daß mir etwas... äh... zustoßen könnte, codiert meinem Vetter mitgeteilt.«

»Und Sie haben Grund zur Annahme, daß Fähnrich Sassinak das Dokument an sich genommen hat?«

»Sie hatte, wie einige andere, die Gelegenheit dazu. Eine forensische Untersuchung sollte zeigen, ob sie es angefaßt hat. Oder besser, hätte es zeigen können.«

»Hätte?«

»Ja, Sir. Das fragliche Dokument in seinem Schutzumschlag ist aus meinem persönlichen Safe verschwunden. Uns fehlt nicht nur eine Kapsel und ein Fähnrich, sondern auch ein Dokument, das jemanden hätte identifizieren können, der gegen Sicherheitsvorschriften verstoßen hat. Und ein fehlerhaftes Signalfeuer in der Kapsel. Ich kann das kaum für einen Zufall halten.«

»Nicht Sassinak!« Cavery war plötzlich außer sich. Er hatte seine Zweifel gehabt, aber nicht mehr seit dem Abstoß der Kapsel. Wenn Sassinak zu fliehen geplant hatte, dann hätte sie ihn nicht am selben Morgen auf sich aufmerksam gemacht.

»Was die Nachricht mit ihrem Initialisierungscode angeht, glaube ich, hätte sie es jedem melden können, mit dem sie... äh... gearbeitet hat.«

»Der Bestimmungscode hat das Büro des Generalinspekteurs angegeben«, sagte Cavery. »Derselbe Code wie Ihre eingehende Nachricht.«

»Sind Sie sicher? Das hätte sie natürlich tun können, um mich zu diskreditieren...«

»Nein!« Erling und Cavery schrien wie aus einem Mund.

»Meine Herren.« Fargeons Stimme war eiskalt, seine Miene unerbittlich. »Diese Angelegenheit ist zu ernst für persönlich Animositäten. Fähnrich Sassinak kann auch versehentlich hinausgeschleudert worden sein. Vielleicht war sie auch, ungeachtet ihrer ausgezeichneten Ergebnisse auf der Akademie, alles andere als loyal. Wir müssen dabei ihre Herkunft berücksichtigen. Natürlich haben Sie, Leutnant Achael, diese Herkunft mit ihr gemein.«

Achael wurde steif. »Sir, ich war ein Gefangener. Sie war eine Sklavin. Der Unterschied…«

»…ist unerheblich. Sie ist nicht freiwillig in die Sklaverei gegangen, denke ich mir. Natürlich hätten ihre Häscher reichlich Zeit gehabt, eine Tiefenkonditionierung vorzunehmen – auch dafür könnte man sie nicht verantwortlich machen. In jedem Fall tragen ihre Informationen, Leutnant, nur weiter zur Dringlichkeit und Verwirrung in dieser Situation bei.« Er holte tief Luft, aber bevor er mit der langen Rede beginnen konnte, mit der alle rechneten, meldete sich Makin, der Weber-Jig, zu Wort.

»Ich bitte den Captain um Verzeihung, aber wie sieht es mit einer Bergung aus?«

Fargeon wurde, sofern das überhaupt möglich war, noch steifer. »Eine Bergung? Mr. Markin, die Kapsel wurde während eines FTL-Flugs abgestoßen, und wir sind zu einem terminierten Rendezvous mit einem EEC-Schiff unterwegs. Beides für sich genommen würde eine Bergung schon unmöglich machen…«

»Nicht unmöglich, Sir. Schwierig ja, aber…«

»Unmöglich. Die Kapsel wurde in den Probabilitätsflux abgestoßen – erinnern sie sich an Ihren Physik-Grundkurs, Mr. Makin – und muß an einer Position, deren Entfernung sich nur in Kubik-Lichtminuten angeben läßt, unter Lichtgeschwindigkeit abgebremst worden sein. Der Bewegungsvektor läßt sich unmöglich berechnen. Wenn nun das Signalfeuer funktioniert hätte – was der Technik zufolge nicht der Fall war –, würden wir ein verzerrtes Signal von ihr empfangen. Wir könnten die nächsten Wochen mit der Suche nach ihr verbringen, wenn wir nicht dieses Rendezvous vor uns hätten. Aber es gibt kein Signalfeuer, und wir müssen zu diesem Rendezvous erscheinen. Ich frage mich jetzt, was ich dem Flottenhauptquartier melden soll, und wie wir vernünftigerweise mit dem Fähnrich verfahren sollen.«

Als Fargeon sie alle entließ, gab er noch keine Entscheidung bekannt; vor seinem Büro begannen die aufgeregten Diskussionen.

»Mir ist gleichgültig, was in diesem Überwachungsprotokoll steht.« Cavery paßte nicht mehr auf, was er sagte. »Ich will nicht glauben, daß Sassinak etwas an sich genommen hat – nicht einmal einen übriggebliebenen Muffin –, und wenn doch, hätte sie es hier gesagt.«

»Ich weiß nicht, Cavery.« Bullis von der Administration war die Sache wahrscheinlich völlig gleichgültig; er stritt sich aus schierem Spaß daran. »Sie ist intelligent und hat hart gearbeitet, das kann ich bezeugen, aber sie ist gerissener, als es ihr gut tut. Falls Sie mir folgen können.«

»Nein, nicht ganz. Ich…« Er machte eine Pause und drehte sich zu Makin um, dem Weber-Jig, der ihn auf den Arm getippt hatte.

»Kann ich Sie kurz sprechen, Sir?«

Cavery sah Bullis an und zuckte die Achseln, dann folgte er Makin durch den Korridor. »Und?«

»Sir, gibt es eine Möglichkeit, den Captain davon zu überzeugen, daß wir die Kapsel auch ohne ein Signalfeuer lokalisieren können?«

»Kann man das? Wer? Und wie?«

»Wir können, weil Fähnrich Sassinak in dem Ding steckt… Ich meine die Weber, Sir. Mit Hilfe des Ssli.«

Cavery legte den Kopf schräg. »Mit Hilfe des *Ssli*? Moment mal – wollen Sie damit sagen, daß Ssli diese kleine Kapsel lokalisieren könnte, selbst im Normalraum, während wir…«

»Gemeinsam könnten wir es, Sir.« Cavery hatte das

Gefühl, daß der Weber mehr meinte, als er sagte, aber die Aufregung überwog für den Moment seine Neugier.

»Aber ich weiß nicht, wie ich es dem Captain nahebringen sollte«, brummte er und senkte die Stimme, als Achael heranschlenderte. »Ich werde nichts erreichen, wenn ich mich mit ihm streite.«

»Cavery«, unterbrach Achael ihre Unterhaltung. »Ich weiß, daß Sie das Mädchen mögen, und sie ist ja auch wirklich attraktiv. Ich hätte selbst gern die eine oder andere Nacht mit ihr verbracht.« Bei diese Anspielung errötete Cavery. »Aber die Umstände sind zweifelhaft, wenn nicht verdächtig.«

»Sie verdächtigen also eine Waise und ehemalige Sklavin?« Cavery sprach es mit Absicht so scharf aus, und Achael erstarrte.

»Ich bin es nicht, der ihre Herkunft zur Sprache gebracht hat.«

»Nein, aber Sie müssen zugeben, wenn es um den Zugriff geht, waren Sie zur selben Zeit am selben Ort. Vielleicht hat jemand in Ihrem Kopf herumgepfuscht. Ist doch komisch, daß Sie sie nie gesehen haben, oder?«

Achael starrte ihn finster an. »Sie waren nie ein Gefangener, stimmt's? Ich bin die ganze Zeit auf diesem elenden Felsbrocken in einer stinkenden Zelle mit fünf anderen Mannschaftsmitgliedern der *Caleb* eingesperrt gewesen. Einer von ihnen ist an unbehandelten Wunden gestorben, und mein bester Freund hat durch die Verhördrogen den Verstand verloren. Ich hatte kaum die Muße, durch das Sklavenquartier zu spazieren und mich nach kleinen Mädchen umzusehen, was bei ihr wahrscheinlich nicht der Fall war.«

»Es… es tut mir leid«, sagte Cavery verlegen. »Das habe ich nicht gewußt.«

»Ich rede nicht darüber.« Achael hatte sich abgewandt und sein Gesicht verborgen. Dann wirbelte er unvermittelt herum und tippte ihm mit einem steifen Zeigefinger auf die Brust. »Und ich erwarte von ihnen, Cavery, daß Sie niemandem in der Messe davon erzählen.«

»Natürlich nicht.« Cavery sah den anderen davonstaksen und wünschte sich, er hätte den Mund gehalten.

»Ihnen wird aufgefallen sein, daß er nie eine Frage beantwortet«, sagte Makin. Auf Caverys ausdruckslosen Blick hin fuhr er fort: »Sie haben recht, Sir, daß während der Gefangenschaft der Feind die Gelegenheit hatte, Leutnant Achael einer Tiefenkonditionierung zu unterziehen... und nichts, was er sagt, macht das weniger wahrscheinlich. Ein Freund, den die Verhördrogen wahnsinnig gemacht haben... vielleicht Achael nicht.«

»Ich... ich verdächtige nicht gern jemanden, der... der so etwas durchgemacht hat.«

»Natürlich nicht. Aber damit haben sie möglicherweise gerechnet, um eventuelle Unstimmigkeit zu tarnen. Also, was die Kapsel und Fähnrich Sassinak angeht...«

Sassinaks Anhänger konnten sich kaum in Caverys Quartier zusammendrängen. Weber, einige andere Fähnriche, Erling vom Technischen Dienst. Nach dem anfänglichen Chaos, als alle sich gegenseitig versichert hatten, daß sie es nicht gewesen sein konnte, konzentrierten sie sich auf Mittel und Wege.

»Wir müssen schnell handeln, weil diese verdammten Kapseln nicht viel Luft enthalten. Wenn sie bei Bewußtsein ist, wird sie sich selbst in den Kälteschlaf versetzen – und Amateure, die es versuchen, begehen allzu leicht fatale Fehler.«

»Schlimmer noch«, sagte Makin, »wir können sie nicht aufspüren, wenn sie im Kälteschlaf ist – er ist dem Tod vergleichbar. Wir müssen sie finden, bevor sie es tut oder bevor sie stirbt.«

»Und wie lang kann das dauern, Erling?« Alle reckten den Hals, um das Gesicht des Technikers zu sehen. Viel Hoffnung konnte er ihnen nicht machen. Er breitete die Hände aus.

»Das hängt von ihr ab. Ob sie das Risiko eingeht, so lang von den vorhandenen Luftreserven zu zehren, wie sie kann, oder ob sie sich dafür entscheidet, in den Kälteschlaf zu gehen, solang sie noch munter ist. Und wir wissen nicht einmal, ob die Person, von der die Kapsel abgeschossen wurde, nicht auch die Lufttanks oder das Kälteschlafmodul sabotiert hat, so wie das Signalfeuer. Im äußersten Fall, wenn alles optimal läuft, kann sie einhundertzehn bis einhundertzwanzig Stunden durchhalten.« Bevor jemand fragen konnte, warf er einen Blick auf die Uhr an der Wand und fuhr fort: »Bisher sind's acht Komma zwei. Und der Captain ist entschlossen, das Rendezvous mit dem EEC-Schiff morgen einzuhalten, was uns weitere vierundzwanzig bis dreißig Stunden kostet.« Sein finsterer Blick kam einer Herausforderung gleich. Der Weber-Fähnrich Jrain nahm sie an.

»Angenommen, wir können den Captain nicht davon überzeugen, das Rendezvous aufzuschieben – wie wär's dann damit, hinterher zurückzufliegen? Vielleicht würde er dann vernünftiger reagieren.«

Erling schnaubte verächtlich. »Könnte sein – vielleicht würde er aber auch durchdrehen und sich direkt an das Oberkommando des Sektors wenden. Zurückfliegen… was soll ich dazu sagen? Sie sagen mir, Sie können sie finden, Sie und der Ssli, aber ich könnte sicher keinen Kurs und keine Transitzeit berechnen. Selbst wenn wir denselben Ausfallpunkt wie die abgestoßene Kapsel treffen würden – falls das nicht schon eine lächerliche Annahme ist, wenn wir über Paralichtraum reden –, hätten wir keine Garantie, ob wir mit demselben Vektor austreten würden. Das hat man festgestellt, als im Gerimi-System Kampfmodule aus dem FTL-Flug abgesetzt wurden. Die Module haben sich über das ganze Gebiet verstreut, und es hat Monate gedauert, um das Durcheinander aufzuräumen. Aber noch einmal: falls Sie uns als Führer dienen könnten, müßten wir immer noch das Schiff manövrieren. Vielleicht gelingt es uns, vielleicht auch nicht.«

»Wir müssen es wenigstens versuchen.« Mira raufte ihr blondes Haar, als wolle sie es ausreißen. »Sassinak hat nichts getan, und ich werde nicht zulassen, daß ihr die Schuld angelastet wird. Sie hat in der Akademie anderen geholfen…«

»Aber niemandem aus *deiner* Clique«, betonte Jrain.

»Das hatten wir uns selbst zuzuschreiben«, erwiderte Mira. »Meine Mutter hat mich in diese Freundschaft gedrängt; ich wußte es damals einfach nicht besser. Sassinak ist meine Freundin, und ich werde sie nicht, weiß Gott wie lang, in einer miesen kleinen Kapsel herumtreiben lassen…«

»Ja, aber was willst du dagegen unternehmen?«

»Ich glaube, Jrain hat eine gute Idee. Warten wir ab, bis Fargeon das Rendezvous aus dem Kopf hat, dann versuchen wir's noch einmal bei ihm. Und wenn er nicht einverstanden ist…« Cavery runzelte die Stirn. Niemand wollte laut von Meuterei sprechen.

siebtes kapitel

Als Sassinak im schwachen grauen Licht der Evakuierungskapsel erwachte, hatte sie eine Beule an der Stirn, eine weitere am Hinterkopf und das vage Gefühl, daß viel zuviel Zeit vergangen sei. Sie konnte nicht viel sehen und begriff schließlich, daß etwas ihren Kopf bedeckte. Als sie danach griff, zuckte ihr Arm, und sie rieb sich eine wunde Stelle. Sie fühlte sich an wie ein Einstich, aber... Langsam und schwerfällig pellte sie sich die Folienkapuze vom Kopf und schaute umher. Sie lag verkrümmt an der Beschleunigungsliege einer standardmäßigen Evakuierungskapsel; ohne von der Haube behindert zu werden, konnte sie innerhalb der Kapsel alles deutlich erkennen. Unter den Polstern der Liege befand sich der Kälteschlaftank für den Fall, daß etwas schiefgehen sollte. Sie hatte das Gefühl, daß tatsächlich etwas schiefgegangen war, aber sie konnte sich nicht recht daran erinnern.

Ganz langsam, damit ihr rumorender Magen nicht seinen Inhalt entleerte, stemmte sie sich hoch. Es würde nichts nützen, wenn sie in Panik geriete. Entweder befand sie sich in einer funktionstüchtigen Kapsel innerhalb eines Schiffs oder sie befand sich in einer funktionstüchtigen Kapsel im Flug; wie auch immer, die Kapsel hatte bisher für sie gesorgt, sonst wäre sie nicht erwacht. Die Luft roch normal... aber wenn sie schon lang genug da war, hatte sich ihre Nase vielleicht schon an ungewöhnliche Beimischungen gewöhnt. Sie versuchte sich umzusehen, zur Steuerkonsole zu schauen, und ihr Magen bäumte sich auf. Sie packte den nächsten hervorspringenden Knauf, und ein Stahlbecken glitt aus seiner Mulde an einem Ende der Liege. Gerade noch rechtzeitig.

Sie würgte, bis nichts mehr kam als grüne Galle, dann wischte sie sich den Mund mit dem Ärmel ab. Was für ein Gestank! Sie verzog den Mund. Wie albern, in einem solchen Moment an so etwas zu denken. Ihr war kalt, und sie zitterte, fühlte sich aber schon etwas besser. Schmerzen und Juckreiz begannen auf sich aufmerksam zu machen. Sie schob das Becken in die Mulde zurück und suchte und fand den Knopf, der es entleerte und sterilisierte (sie wollte eigentlich nicht ans Recycling-System der Kapsel denken, aber ihr Hirn lieferte die entsprechenden Assoziationen ohne ihr Dazutun), dann drehte sie sich um die eigene Achse und beugte sich über die Liege.

Über der Luke informierte sie ein digitales Display darüber, daß die Kapsel vor acht Stunden und zweiundvierzig Minuten gestartet worden war. Gestartet! Sie zwang sich, die restlichen Informationen zur Kenntnis zu nehmen. Lufttanks voll; geschätzte Verbrauchszeit: zweiundneunzig Stunden und vierzehn Minuten. Wasser- und Nahrungsvorräte: maximale Ladung; geschätzte Verbrauchszeit: unbestimmt. Natürlich, schließlich hatte sie noch nichts davon verbraucht, und der Bordcomputer hatte keine Daten über ihren Verzehr. Sie versuchte auf die Liege zu klettern und verlor beinahe wieder das Bewußtsein. Wie konnte sie nur so schwach sein, wenn sie erst acht Stunden hier war? Und davon abgesehen, was war eigentlich geschehen? Evakuierungskapseln waren in erster Linie für die Evakuierung von Verletzten oder sonstwie nicht einsatzfähigen Mannschaftsmitgliedern gedacht. War denn wirklich ein Notfall eingetreten? Hatte sie auf einem Schiff oder dergleichen das Bewußtsein verloren?

Beim zweiten Versuch schaffte sie es auf die Bank und bekam eine Reihe von Steuerschaltern in Reichweite. Sie langte nach dem Getränkehalm und trank zwei kräftige Schluck Wasser. (Das Recycling konnte nicht schon in Gang sein, sagte sie ihrem Magen.) Eine Berührung mit der Fingerspitze, und sie drosselte die Luftzufuhr um 15%. Es würde ihr möglicherweise nicht bekommen, aber mit dieser Maßnahme verschaffte sie sich etwas mehr Zeit. Noch ein Schluck Wasser. Der Geschmack in ihrem Mund war schlimmer als schlimm gewesen. Sie wühlte in ihrer Uniformjacke nach den Pfefferminzpastillen, die sie immer gern bei sich hatte, und in diesem Moment fiel ihr alles wieder ein.

Die Übung... die Evakuierungsbucht... sich ducken, um in die zugewiesene Kapsel zu steigen... dann hatte *irgendetwas* ihren Arm gestochen und war ihr auf den Kopf gefallen. Sie rollte ihren Ärmel hoch und runzelte die Stirn. Kein Zweifel, eine kleine rote Schwiele, die etwas juckte und wund war. Sie war unter Drogen gesetzt, niedergeschlagen, in die Kapsel gesteckt und abgeschickt worden... So plötzlich wie die erste Erinnerung fielen ihr die Vorfälle auf dem Kreuzer wieder ein. Mysteriöse Nachrichten, jemand, der ihren Kommunikationscode benutzt hatte, und ihre Überzeugung, daß Achael etwas mit der Ermordung Abes zu tun hatte. Wenn sie noch Zweifel gehabt hatte, dann verschwanden sie jetzt.

Ein Anflug von Wut schien ihre Gedanken zu klären. Vielleicht hatten Achael und sein Komplize angenommen, daß die Droge sie umbringen würde – oder vielleicht hatten sie Sass zwingen wollen, sich in den Kälteschlaf zu begeben, und darauf spekuliert, daß Konföderierte die Kapsel auflesen würden.

Du hast so aufmunternde Gedanken, dachte sie und sah sich nach einer Ablenkung um.

Dort auf der Steuerkonsole, in einer Armlänge Entfernung, lag ein großer grauer Umschlag mit hell orangefarbenen Querstreifen. Sicherheitsdienst der Flotte. Geheim. Nicht ohne entsprechende Autorisierung öffnen. Das Drucksiegel hatte nicht standgehalten; der Umschlag stand offen. Sassinak wollte danach greifen, verharrte aber mit der Hand mitten in der Luft. Wer immer sie hier reingesteckt hatte, mußte dieses kleine Geschenk zurückgelassen haben – und genau deshalb wollte sie es nicht in die Hand nehmen.

Es konnte sogar ein Beweisstück sein. Sie grinste. Das war eine Herausforderung, die einer Carin Coldae würdig wäre. Aber was hätte Carin getan? Eine Möglichkeit gefunden, den Schurken zu erwischen, ohne sich auch nur ein Haar zu raufen. Sassinak zerwühlte ihr Haar, und ihr fiel wieder ein, daß sie es sich hatte abschneiden lassen wollen.

Von Sekunde zu Sekunde fühlte sie sich besser. Sie hatte den Verdacht gehegt, daß etwas vor sich ging, und sie hatte recht behalten. Sie hatte sich gefährdet gefühlt, und auch darin hatte sie sich nicht geirrt. Und jetzt war sie hilflos in eine Evakuierungskapsel eingesperrt, wer weiß wohin unterwegs, und selbst mit dem Signalfeuer war es unwahrscheinlich, daß sie jemand finden würde, ehe ihr die Luft ausging – und trotzdem war sie glücklich. Es war lächerlich, aber es stimmte. Eine leise mahnende Stimme murmelte in ihr, daß es an der Droge liegen könnte, und sie konnte gar nicht vorsichtig genug sein. Sie sagte der leisen Stimme, sie solle verstummen. Aber nur für den Fall… sie kramte das Sanitätsset hervor und machte sich kundig, wie sie den Arm für eine venöse Zufuhr in die Mulde legen mußte. Eine Blutprobe sollte reichen. Wenn man sie unter Drogen gesetzt hatte und die Droge sich als nachweisbar erwies… der Stich der Nadel unterbrach den Gedanken für einen Moment. Das Signalfeuer. Sie mußte das Signalfeuer überprüfen.

Aber wie sie bereits geargwöhnt hatte, funktionierte das Signalfeuer nicht. Sie blickte nachdenklich auf die Steuerkonsole. Die schnellste – und die einfachste – Methode, um das Signalfeuer lahmzulegen, erforderte einen Schraubenzieher und drei, vier Minuten Herumhantieren an dieser Konsole. Nur den Deckel heben, damit die Schalter und ihre Verdrahtung freilagen. Und dann, je nachdem, wie gerissen man sein wollte, hier und da etwas durchschneiden oder kurzschließen oder entfernen. Sie war nicht überrascht, als sie auf der Konsole einen Schraubenzieher liegen sah.

Ihr erster Impuls wäre normalerweise gewesen, das Signalfeuer zu überprüfen und den Schraubenzieher zu benutzen, um den Konsolendeckel abzuschrauben. Aber nur, wenn sie den Umschlag mit der Aufschrift *Geheim* schon in der Hand gehabt hätte. Dann hätten ihre Fingerabdrücke und Körperflüssigkeiten das Werkzeug, den Umschlag, die Konsole, sogar die Schalter darunter befleckt und alle Spuren der Person verwischt, die sie in diese Lage gebracht hatte.

Sassinak trank noch einen kräftigen Schluck Wasser und kramte im Sanitätsset nach einer Stimulanzienkapsel. Sie durfte nichts unversucht lassen.

Es stellte sich heraus, daß das Sanitätsset fast alles enthielt, was sie benötigte. Unter anderem eine Pinzette, mit der sie den Schraubenzieher packte und in ein Päckchen steckte, das die Kopfschmerztablette enthielt. Während sie bewußtlos gewesen war, überlegte sie, konnte ihr Gegner ihre Fingerspitzen gegen den Umschlag oder den Schraubenzieher gedrückt haben, aber daran konnte sie nichts mehr ändern. Sie fand den kleinen Taschenscanner, der zur Ausstattung jedes Evakuierungsmoduls gehören sollte, und fertigte eine Aufnahme des Umschlags an, wie er auf der Konsole lag. Als sie alle Beweise gesichert hatte, fragte sie sich plötzlich, was ihr das nützen sollte, falls sie im Kälteschlaf lag, wenn man sie fand. Angenommen, ihr Gegner hatte Verbündete, wem durfte sie dann wohl nicht in die Hände geraten? Sie könnten ihre sorgfältige Arbeit zunichte machen und sie noch stärker belasten. Das machte sie eine Zeitlang nervös, und dann erinnerte sie sich an Abes geduldige Stimme, wie er sagte: »Was du nicht ändern kannst, ist keine Träne wert; steck deine Energie in etwas Lohnendes, Sass.«

Momentan wurde ihre Energie dafür benötigt, ihre Zeit bis zum Kälteschlaf möglichst zu verlängern.

Was unter anderem bedeutete, fiel ihr mißmutig ein, daß sie nichts essen durfte. Die Verdauung erforderte Energie, und dafür wurde Sauerstoff verbraucht. Aus dem selben Grund durfte sie auch keine Übungen machen. Lieg still da, atme flach und denke an angenehme Dinge. Da könnte ich meine Zeit gleich im Kälteschlaf verbringen, grummelte sie bei sich, anstatt daß ich versuche, mich wie im Kälteschlaf zu verhalten. Aber sie nahm sich die Zeit, sich so gut zu säubern, wie sie konnte, wobei sie den winzigen Spiegel im Sanitätsset benutzte. Ihr etwas überlanges Haar konnte sie zurückbinden, die Flecken von der Uniform wischen. Dann streckte sie sich auf der Liege aus, zog die Decke hoch und versuchte sich zu entspannen.

Seit ihrer Sklavenzeit war sie nicht mehr so hungrig gewesen. Ihr leerer Magen knurrte, grollte und wurde schließlich von einem anhaltenden Schmerz gequält. Sie lenkte ihre Gedanken von Essensphantasien ab, denen sie sich hingeben wollte, und vertiefte sie statt dessen in Mathematik. Quadrate und Quadratwurzeln, Kuben und Kubikwurzeln, sie stellte sich Gleichungen und die Kurven vor, die auf ihnen beruhten, und überlegte, wie eine Änderung der Werte die Kurve beeinflussen würde... so wie eine Änderung des Wasserdrucks eine Schleife in einem Wasserschlauch beeinflußt. Schließlich nickte sie ein.

Sie erwachte in einer miesen Stimmung, aber ihr Kopf war schon etwas klarer. Seit dem Auswurf waren inzwischen fünfundzwanzig Stunden und sechzehn Minuten vergangen. Der Kreuzer hatte offenbar nicht angehalten, um nach ihr zu suchen, oder war nicht imstande gewesen, sie zu finden. Sie fragte sich, ob die Ssli eine so kleine Verzerrung in den Feldern spüren konnten, die sie berührten. Oder konnten die Weber sie als ein lebendes Wesen aufspüren, das sie gekannt hatten? Aber das war müßige Spekulation. Sie drückte noch einmal den Arm auf den Blutprobennehmer des Sanitätssets; sie erinnerte sich, wie man ihr einmal erklärt hatte, daß jede Droge ein charakteristisches Zerfallsprofil aufwies und daß serielle Bluttests die aufschlußreichsten Informationen über eine unbekannte Droge ermitteln konnten.

Für einen Moment schien die Kapsel sich ringsum zusammenzuziehen und sie auf der Liege zu zerdrücken. War irgendein unvermuteter Antrieb in Gang gekommen, und die Beschleunigung drückte sie nieder? Aber nein: die Kapsel verfügte über dieselbe künstliche Schwerkraft wie der Kreuzer, um verletzte Insassen zu schützen. Sie wußte dass; sie wußte, daß die Kabinenwände sich nicht wirklich um sie schlossen – aber sie begriff plötzlich, wie Fähnrich Corfin sich gefühlt haben mußte. Sie konnte nicht hinaussehen; sie hatte keine Ahnung, wo sie war oder wohin sie flog; sie war ohne Ausweg in einer winzigen Kabine gefangen. Ihr Atem ging schnell; zu schnell. Sie bemühte sich angestrengt, ihn zu verlangsamen. Das war also Klaustrophobie. Wie interessant. Aber es war kein interessantes Gefühl; es war schrecklich.

Sie mußte etwas unternehmen. Quadrate und Quadratwurzeln schienen in diesem Fall äußerst ungeeignet. Gab es eine Möglichkeit, um zu verhindern, daß die Fakten nicht gegen sie ausgelegt werden konnten? Damit sie nicht noch tiefer drin steckte als ohnehin schon, dachte sie. Das brachte sie auf einen anderen frostigen Gedanken: vielleicht hatte der Kreuzer nicht nach ihr gesucht, weil Commander Fargeon längst davon überzeugt war, daß sie ein feindlicher Agent und mit der Kapsel entflohen sei.

Ihr Magen knurrte wieder; sie bereitete sich auf die erste Phase der Selbstbeherrschung vor, die Abe ihr beigebracht hatte. Hunger war einfach Hunger; in diesem Fall also nichts, worüber sie sich Sorgen zu machen brauchte. Aber sie hatte Anlaß, sich um ihre Karriere zu sorgen.

In den langen, einsamen, schweigenden Stunden, die folgten, verbrachte Sassinak den Großteil ihrer Zeit halb in Trance oder döste ein. Die restliche Zeit tat sie alles, was sie konnte, um ein Herumpfuschen an den Beweisen so schwer wie möglich zu machen. Wenn die Kapsel von Feinden aufgelesen wurde, die reichlich Zeit zur Verfügung hatten, dann würden all ihre Vorkehrungen nichts nützen, aber wenn ein Flottenschiff – ihr Kreuzer oder ein anderer – auf sie stieß, würde es mehr als ein paar Minuten erfordern, um alles wieder so herzurichten, daß es sie in Mißkredit bringen könnte.

Als die Zeitanzeige auf hundert Stunden umsprang und ihr noch weniger als fünf Stunden bis zur Erschöpfung ihrer Luftvorräte blieben, holte sie das Handbuch für die Kälteschlafkammer hervor. Evakuierungskapseln verfügten über ein automatisches System, aber sie traute ihm nicht; was sollte werden, wenn dieselbe Person, die das Signalfeuer sabotiert hatte, auch an der Medikation herumgefummelt hatte? Sie schob den Gedanken beiseite, daß eine Sabotage der Kälteschlafkammer nicht allzu schwierig gewesen wäre. Wenn sie nicht funktionierte, würde Sass nie wieder aufwachen, und das war's dann. Aber sie mußte es versuchen – oder an Sauerstoffmangel sterben... und die Filme, die sie in der Akademie gesehen hatte, machten deutlich, daß ein Tod durch Sauerstoffmangel kein leichtes Dahinscheiden war.

Sie füllte sorgfältig die Injektionsspritzen, überprüfte mehrfach die Aufschriften und Dosierungen. Mit den Matratzen der Beschleunigungsliege polsterte sie die Kabine so gut aus, wie es ging. Gewöhnlich erforderte der Kälteschlaf nur einen abgeschlossenen Raum; sie konnte dafür auch die ganze Kapsel als Behälter benutzen. Aber für einen zusätzlichen Schutz innerhalb der Kapsel waren die verstärkten Kabinen entworfen worden und wurden nachdrücklich empfohlen. Sie blickte in das nackte, glänzende Innere und erschauderte.

Zuerst, besagte das Protokoll, mußte der automatischer Zerstäuber programmiert und dann mit Betriebsart IV angefangen werden. Aber das ließ sie bleiben. Sie zog es vor, mit den Injektionsspritzen in der Hand in die Kabine zu steigen, sich selbst die Injektionen zu verabreichen, den Deckel zuzuziehen, die Zylindersteuerung einzuschalten und dann... dann, hoffte sie, einfach die Zeit zu verschlafen, die es dauern würde, bis jemand sie fand.

Außerdem durfte sie nicht bis zum letzten Moment warten. Der Sauerstoffmangel würde sie träge und unbeholfen machen, und sie könnte folgenschwere Fehler begehen. Sie stellte das Warnsignal im Sanitätsset auf eine Stunde vor dem Vorratsende ein. Die letzten Minuten vergingen zäh. Sassinak schaute sich im Innern der Kapsel um und bemühte sich nach Kräften, ruhig zu bleiben. Sie wagte es nicht, sich in Trance zu versetzen, doch sie konnte nichts anderes tun, um ihre Anspannung abzubauen. Sie hatte eine Aufzeichnung angefertigt, ein Logbuch dieser unplanmäßigen Reise mit all ihren Mutmaßungen über die Vorfälle und die Verantwortlichen. In der Matratze der Beschleunigungsliege befand sich ein handschriftliches Logbuch, in der Hoffnung, daß diese Redundanz ihr helfen mochte.

Als das Alarmsignal ertönte, packte sie die Injektionsspritze und drückte auf den Knopf, um das Signal auszuschalten. Aber es funktionierte nicht. Toll, dachte sie, ich gehe mit diesem schrecklichen Geräusch in den Ohren in den Kälteschlaf und werde jahrelang Alpträume haben. Dann bemerkte sie, daß es überhaupt nicht derselbe Summer war – tatsächlich hatte sie noch fünfzehn Minuten bis zum medizinischen Alarm. Sie schaute sich prüfend in der Kapsel um und versuchte herauszufinden, was los war, dann förderte ihr Gedächtnis die richtige Information zutage. Kollisionsalarm: irgendeine große Masse befand sich in der Nähe, und es konnte ein Schiff sein, und vielleicht verfügte es sogar über kompatible Kommunikationsanlagen.

Nur hatte sie gerade die Konsole sorgfältig so eingerichtet, daß sie weitere Manipulationen vereitelte, solang sich Sass im Kälteschlaf befand, und wenn sie das Gerät jetzt anrührte, würde sie ihr eigenes System durcheinanderbringen.

Und was war, wenn es sich überhaupt nicht um ein Flottenschiff handelte? Wenn es ein Verbündeter ihres Gegners war? Oder schlimmer noch, angenommen, es war überhaupt kein Schiff, sondern die Kapsel stürzte in einen Stern?

Auch in diesem Fall, sagte sie sich entschieden, brauchst du dir keine Sorgen zu machen; du kannst es nicht verhindern, und es wird alles sehr schnell vorbei sein. Sie fand den Unterbrechungsschalter für den Kollisionsalarm und brach ihn ab. Nun mußte sie sich entscheiden, ob sie es blindlings darauf ankommen lassen oder sich um Kommunikation bemühen sollte. Sie beschloß, daß sie ihre mühselige Arbeit nicht opfern würde, begriff dann aber, daß sie so nicht erfahren würde, ob das Schiff, das sich ihr womöglich näherte, zu einem Rendezvous mit ihr in der Lage war, bevor ihr die Luft ausginge. Es würde so oder so keinen großen Unterschied machen: ob zehn Minuten ohne Sauerstoff oder vier Tage – darauf kam es jetzt auch nicht mehr an.

Noch zehn Minuten. Fünf Minuten. Diesen Sicherheitsspielraum hatte sie sich gelassen; sollte sie ihn jetzt nutzen? Null. Sassinak warf einen Blick auf die Injektionsspritze, nahm sie aber nicht in die Hand. Sie würde sich blöd vorkommen, falls sie in dem Moment das Bewußtsein verlor, wenn jemand durch die Luke kam. Und noch blöder wäre es, wenn sie starb, nur weil sie es zu eng werden ließ. Aber sie konnte – und das erledigte sie auch umgehend – ihrem Logbuch eine Ergänzung hinzufügen.

Inzwischen hatte sie ihre zeitliche Reserve angegriffen. Minute um Minute verstrich ohne einen Hinweis von draußen, was eigentlich vor sich ging. Sie hatte gerade mit einer Grimasse die Injektionsspritze in die Hand genommen, als etwas hart gegen die Kapsel knallte. Noch ein dumpfer Schlag; ein lautes Klirren. Sassinak legte die Spritze weg, ließ den Deckel der Kälteschlafkammer sinken und setzte sich darauf. Ihr durfte nicht – auf keinen Fall – entgehen, was geschehen würde.

Was zuerst geschah, war das Eintreten absoluter Stille, als das Gebläse in ihrem Sauerstoffsystem ausfiel. Sie hatte einen Augenblick, um zu denken, wie dumm sie doch gewesen war, dann sprang er wieder an; die Anzeige flackerte und ging in den grünen Bereich. ›Externe Quelle‹, stand dort jetzt. ›Unbegrenzt. Tanks werden gefüllt.‹ Es roch sogar besser. Sassinak holte ein zweites Mal tief Luft und lockerte die Finger, die sich an den Rand des Kabinendeckels krallten. Weitere Lichter flackerten auf der Steuerkonsole. ›Externer Druck ausgeglichen‹, stand auf einem Display. Sie traute ihm nicht genug, um die Luke zu öffnen… noch nicht. ›Externe Energiequelle bestätigt‹, informierte sie ein anderes Display.

Schließlich hörte sie verschiedene Klick- und Pochlaute von der Luke und schlang die Arme um sich, in Zweifel, was sie tun würde, wenn sie nach dem Öffnen der Luke Feinden gegenüberstand. Aber das erste Gesicht, das sie sah, war ein vertrautes.

»Fähnrich Sassinak.« Vertraut, aber nicht dazu angetan, ihr einen freundlichen Empfang zu bereiten. Der Captain selbst hatte beschlossen, sie zu begrüßen, und hinter ihm sah sie sowohl freundliche wie mißmutige Gesichter. Und einen Trupp bewaffneter Marines. Sassinak stand auf, salutierte und stürzte fast hin, als die Stunden der Tatenlosigkeit und des Fastens sie plötzlich übermannten. »Sind Sie verletzt?« fragte Fargeon, als sie stolperte.

»Nur eine Beule am Kopf«, sagte sie. »Verzeihen Sie mir, Sir, aber ich muß Sie warnen…«

»Sie, Fähnrich, sind es, die gewarnt werden muß«, erwiderte er steif, und die flüchtige Herzlichkeit verflog, als habe Sass sie sich nur eingebildet. »Es sind schwerwiegende Vorwürfe gegen Sie erhoben worden, und es ist meine Pflicht, Sie darauf aufmerksam zu machen, daß alles, was sie äußern, gegen Sie verwendet werden kann.«

Sassinak starrte ihn an und war für einen Moment sprachlos. Hatte er wirklich Achaels Anschuldigungen geglaubt (es konnte nur Achael gewesen sein)? Wollte er ihr keine Chance geben? Sie nahm sich zusammen, schüttelte den Kopf und fuhr fort: »Captain, bitte – es ist sehr wichtig, daß diese Kapsel versiegelt und ihr Inhalt von forensischen Spezialisten untersucht wird.«

Das erweckte seine Aufmerksamkeit. »Wieso? Worüber reden Sie?«

Sassinak deutete mit einem Wink auf das Kapselinnere. »Sir, ich habe mein Bestes getan, um sie zu sichern, aber ich weiß wirklich nicht, wie es geschehen konnte. Jemand hat mich während der Evakuierungsübung niedergeschlagen und unter Drogen gesetzt, mich in diese Kapsel gesteckt, sie abgeworfen und mit Gegenständen vollgepackt, die ich benutzen sollte, um mich selbst verdächtig zu machen. Ich glaube, diese Gegenstände könnten noch Spuren des Täters aufweisen…« Sie stolperte fast über das letzte Wort, als sie Leutnant Achael in der Gruppe hinter dem Captain sah. Sein Gesicht war zu einem angewiderten Ausdruck erstarrt. Dann schlug dieser Ausdruck in Eifer um, und Achael beugte sich vor.

»Sie konnte überhaupt gar nichts anderes sagen, Sir. Daß jemand versucht hat, sie reinzulegen…«

»Das ist mir auch klar, Mr. Achael.« Fargeons Gesichtsausdruck wurde noch säuerlicher.

»Ich hätte im Innern wohl kaum die Fingerabdrücke eines anderen zurücklassen können, wenn ich das Signalfeuer lahmgelegt hätte«, sagte Sassinak schroff. Achael wurde blaß; sie bemerkte, wie er zur Seite blickte.

»Sie haben das Signalfeuer lahmgelegt?« fragte Fargeon, der sie mißverstanden hatte.

»Nein, Sir. Ich habe bemerkt, daß das Signalfeuer lahmgelegt worden ist und daß ich, wenn ich einen Versuch unternähme, es zu reparieren, damit alle Spuren der Person verwischen würde, die es tatsächlich lahmgelegt hat. Aber diese Spuren sind noch vorhanden.« Sie sah Achael direkt ins Gesicht, als sie das sagte. Er zuckte unter ihrem Blick zusammen und wich einen Schritt zurück.

Fargeon neigte leicht den Kopf; sie hatte ihn etwas überrascht. »Es fehlt ein Dokument«, sagte er.

Sassinak nickte. »Es befindet sich ein Umschlag mit einem Geheimdokument in der Kapsel, noch nicht versiegelt. Ich habe ihn gefunden, als ich aufgewacht bin…«

»Tolle Geschichte«, sagte Achael. Diemal reagierte der Captain deutlich nervöser und brachte ihn mit einem flüchtigen Wink zum Schweigen.

»Und haben Sie ihn angefaßt?« fragte der Captain.

»Nein, Sir, das habe ich vermieden. Es ist aber möglich, daß derjenige, der mich in die Kapsel steckte, meine Finger auf den Umschlag gedrückt hatte, während ich bewußtlos war.«

»Ich verstehe.« Der Captain richtete sich auf. »Nun. Das… das kommt etwas unerwartet. Nun gut; ich werde die Kapsel versiegeln und nach Hinweisen darauf untersuchen lassen, was tatsächlich geschehen ist. Was Sie angeht, Fähnrich, melden Sie sich sofort in der Krankenstation und danach in Ihrem Quartier. Ich erwarte einen vollständigen Bericht…«

»Sir, ich habe einen Bericht aufgezeichnet, während ich mich in der Kapsel befand. Darf ich Ihnen das Memoband geben?«

»Tatsächlich?« Auch das verblüffte ihn. »Gut mitgedacht, Fähnrich. Auf jeden Fall, geben Sie's mir sofort.«

Sassinak nahm das Band und wollte aussteigen, aber plötzlich verschwamm alles vor ihren Augen und sie stieß fast mit dem Kopf gegen den Lukenrand. Jemand streckte die Hand aus und hielt sie am Arm fest. Sie duckte sich unter die Luke und kroch an die kühle Luft der Evakuierungsbucht. Fargeon nahm sie in Augenschein.

»Sie sind so blaß – haben Sie sich verletzt?«

»Ich habe bloß nichts gegessen.« Die Schotts schienen zu wanken, beruhigten sich aber wieder. Sie war sich bewußt, daß sie sich fest auf das Hier und Jetzt konzentrieren mußte.

»Sie... aber die Kapsel war doch sicher mit Notrationen ausgestattet?«

»Ja, aber... damit die Luft länger reicht...« Sie bemühte sich, aufrecht zu bleiben, während eine weiche Düsternis sie umhüllte. »Ich habe... ich habe der Kälteschlafkammer nicht getraut... wenn dieselbe Person daran herumgepfuscht hätte...«

»Bei allen Göttern!« Das war Cavery, stellte sie fest, als sie in die Richtung blickte, aus der die Stimme kam. Die Düsternis stieg unaufhaltsam in ihr empor, und sie spürte, wie sie sich ihr ergab.

»Vergessen Sie die Blutproben nicht«, hörte sie sich sagen, und dann verschwand alles.

Das Gesicht des Arztes schwebte über ihr im Nichts. Sassinak blinzelte, gähnte und konnte den Rest des Abteils wieder scharf sehen. Offenbar die Krankenstation. Ein Schlauch verband ihre rechte Hand mit einem Tropf; Drähte schlängelten sich über ihre Brust.

»Es geht mir gut«, sagte sie hilfsbereit.

»Da haben Sie Glück gehabt«, sagte der Arzt und verkniff sich ein Lächeln. »Sie sind nur knapp davongekommen – Sie können keine solche Selbstdisziplinierung anwenden und nichts essen.«

»Wie?«

»Versuchen Sie mir nicht zu erzählen, daß Sie's nicht gemacht haben – nichts anderes hätte Sie derartig umhauen können. Hier – trinken Sie eine Kanne davon.« Ein Fingerschnippen, und Sassinaks Liege hob sich, so daß sie den Becher mit dicker Brühe annehmen konnte, den der Arzt ihr hinhielt.

»Was haben die Blutproben ergeben?« fragte sie zwischen zwei Schlucken. Sie konnte regelrecht spüren, wie die Kraft wieder in sie zurückströmte.

»Sie hatten Glück«, wiederholte der Arzt. »Es war nur eine Betäubungsinjektion für den Kälteschlaf.

Wenn Sie aus Versehen die Bedienungselemente des Tanks berührt hätten, wären Sie wahrscheinlich sofort in den Kälteschlaf gefallen… oder wenn Sie sich früher dazu entschlossen hätten, dann hätten Sie die Rückstände in Ihrem Blut umbringen können. Bis zum dritten Tag war noch nicht alles abgebaut.«

»Und die Kabine?« Sie erinnerte sich an ihre Angst vor dem nackten Inneren.

»Nichts; alles intakt.« Der Arzt sah sie neugierig an. »Sie sind in bemerkenswert guter Verfassung, wenn man die Umstände bedenkt. Die Beule an Ihrem Hinterkopf schmerzt vielleicht noch, aber es ist kein Schaden zurückgeblieben. Sie zeigen keine Anzeichen ausgeprägter Phobien…«

Sassinak schlürfte den letzten Schluck ihrer Brühe und grinste. »Ich bin jetzt in Sicherheit. Und nicht hungrig. Wann darf ich aufstehen?«

Bevor der Arzt antworten konnte, sagte eine Stimme aus dem Korridor: »Ja, das ist Sass! Das sehe ich von hier aus.«

»Noch nicht«, sagte der Arzt zu Sass. Dann: »Wollen Sie Besucher empfangen? Ich kann auch ausrichten, daß Sie sich ausruhen wollen.«

Aber Sassinak konnte es kaum abwarten, zu erfahren, was bisher geschehen war. Mira, die alle Spuren vornehmer Zurückhaltung abgelegt hatte, und Jrain, der vor sichtlicher Erregung fast in eine andere Gestalt überging, waren nur zu froh, es ihr berichten zu können.

»Ich habe gewußt«, sagte Mira, »daß es nicht dein Fehler gewesen sein konnte. So nachlässig bist du einfach nicht; du hättest niemals den falschen Knopf gedrückt oder so. Und natürlich wärst du die letzte, die mit Sklavenhaltern und Piraten zusammenarbeiten würde.«

»Aber wie habt ihr mich ohne das Signalfeuer gefunden?«

Mira deutete mit einem Nicken auf Jrain. »Deine Weberfreunde haben es geschafft. Ich weiß nicht, ob Jrain es dir erklären könnte – mir konnte er es nicht erklären –, aber irgendwie haben sie dich aufgespürt…«

»Ja, aber ich habe mich doch nicht im FTL-Raum befunden, als die Kapsel abgeschossen wurde, oder?«

»Nein, aber es hat sich herausgestellt, daß sie irgendwie darüber hinausgreifen können. Ich werde nicht daraus schlau, und was Hssro als die relevanten Gleichungen bezeichnet, nenne ich Humbug. Die Kapsel ist eigentlich zu klein, um sie zu spüren – wie etwas, das zu weit weg ist, um es zu sehen –, aber wir haben exakt gewußt, wann du abgeworfen worden bist, und der Ssli war in der Lage, zu… nun, was er in solchen Fällen eben macht. Dann sind wir Weber gewissermaßen seinen Fußstapfen gefolgt und haben uns an dich herangetastet.«

»Aber du hast doch gesagt…«

»Weil du am Leben warst und weil wir dich kennen. Wir mußten dazu natürlich unsere eigene Gestalt annehmen…« Er runzelte die Stirn, und Sassinak versuchte sich vorzustellen, welchen Eindruck es gemacht hatte, alle Weber der Mannschaft in ihrer natürlichen Gestalt zu sehen, in der sie sich wahrscheinlich an die Schotts der Ssli-Kontaktkammer geheftet hatten. Oder auf der Brücke? Sie fragte nach.

»Er war nicht besonders zufrieden mit uns«, sagte Jrain und lächelte bei der Erinnerung. »Gewöhnlich gehen wir ihm aus dem Weg, weißt du; er mag Aliens nicht besonders, aber er versucht, anständig zu sein. Aber als es darum ging, den Verlust deiner Kapsel zu riskieren oder Achaels Anspielungen nachzugeben…«

»Kirtin hat sich vor den Augen des Captains verwandelt«, warf Mira ein. »Ich dachte, er würde sich übergeben. Dann Basli und Jrain…«

»Ptak zuerst; ich war der letzte«, fügte Jrain hinzu.

»Wie auch immer.« Mira tat die Verbesserungen mit einem Achselzucken ab und fuhr fort. »Kannst du dir das vorstellen – es war in der großen Offiziersmesse, und sie hingen überall an den Wänden! Ich hatte vorher noch nie mehr als einen verwandelten Weber gleichzeitig gesehen…« Sie blickte Sass aus den Augenwinkeln an.

»Ich schon. Es ist beeindruckend, nicht wahr?«

»Beeindruckend? Es wird einfach *eng* mit all diesen großen, stacheligen… *Dingern* überall an den Wänden und der Decke.« Mira rümpfte in Richtung Jrains die Nase, der sie angrinste. »Ganz zu schweigen von den vielen Augen, die einen anfunkelten. Und du hast mir nie gesagt«, rief sie Jrain zu, »daß ihr in diesem Zustand Telepathen seid. Ich dachte, ihr würdet einen Biokontakt zum Computer benutzen oder so was.«

»Dafür blieb keine Zeit«, sagte Jrain.

»Aber was ist mit dem Rendezvous mit dem EEC-Schiff? Haben wir das verpaßt?«

»Nein. Wir haben beschlossen… ich meine…« Mira blickte zur Seite. »Die *Weber* haben beschlossen, das Manöver durchzuführen und dich hinterher aufzulesen. Es kam mir riskant vor – je weiter wir flogen, desto weiter würdest du dich entfernen und um so schwieriger würde es werden, dich wiederzufinden. Es war ein echtes Glücksspiel.«

»Nein«, sagte Jrain laut und bestimmt. Mira starrte ihn an, und Sass blinzelte. Er atmete tief durch und sagte dann etwas ruhiger: »Wir spielen nicht. Wir spielen nie.«

»Ich meinte nicht wie eine Pokerpartie«, erwiderte Mira scharf. »Aber es war riskant…«

»Nein.« Als sie ihn ansahen, geriet seine Gestalt ins Schwimmen, stabilisierte sich aber wieder. »Ich kann's nicht erklären. Aber du darfst nicht glauben…« – ein ernster Blick auf Sassinak – »... du darfst nicht glauben, daß wir mit deinem Leben spielen, Sassinak. Niemals.«

»Ich... oh, schon gut, Jrain. Ihr spielt nicht. Aber wenn nicht einer von euch nicht endlich Ordnung in die ganze Sache bringt und mir sagt, *was eigentlich passiert ist* und wo wir sind und wo Achael ist, krabbele ich aus diesem Bett und steckte *euch* in die Kapsel.«

Jrain, der jetzt ruhiger wurde, setzte sich ans Fußende ihres Bettes. »Achael ist tot. Diese Beweisstücke, die du dem Captain gegenüber erwähnt hast... weißt du noch?« Sassinak nickte. »Nun, der Captain ließ sie unter Bewachung stellen. Die Kapsel und die entfernten Gegenstände, sowie die Blutproben. Achael versuchte, an die Sachen heranzukommen. Er schaffte es bis ins medizinische Labor und vernichtete einen der Testausdrucke, bevor er entdeckt wurde. Dann ist er in Richtung der Andockbuchten geflohen – ich glaube, um selbst eine Kapsel zu stehlen. Als die Wachen ihn entdeckten und er wußte, daß er in der Falle saß, nahm er sich das Leben. Er hatte offensichtlich eine Giftkapsel dabei. Der Captain wollte uns nicht alle Details verraten, aber wir haben die Ohren aufgesperrt.« Er tätschelte Sassinaks Fuß unter der Decke. »Anfangs war der Captain davon überzeugt, daß Achael und du gemeinsam an einer Verschwörung beteiligt gewesen seid, aber er konnte die Beweise nicht ignorieren... weißt du, Sass, du hast diese Kapsel regelrecht mit Beweisen vollgestopft. Du hast so gute Arbeit geleistet, daß es fast schon wieder verdächtig war.«

»Der Geheimdienst der Flotte wird den ganzen Krempel aufs Auge gedrückt bekommen, wenn wir ins Sektorhauptquartier zurückkehren«, warf Mira ein. »Ich habe gehört, Fargeon traut nicht einmal mehr den IFTL-Verbindungen.«

»Wir gehen jetzt besser«, sagte Jrain, der plötzlich nervös aussah. »Ich glaube... ich glaube, dem Captain wäre es lieber, wenn du nicht alles von uns erfährst…« Er faßte Mira am Arm und bugsierte sie aus dem Zimmer. Sassinak ahnte seinen unausgesprochenen Gedanken… *Und außerdem mußte er diese Woche schon genug von den Webern schlucken.*

»Fähnrich Sassinak.« Captain Fargeons strenges Gesicht zeigte etwas freundlichere Züge, dachte Sassinak. Sie war sich jedoch mit einem Mal jeder Falte im Bettlaken bewußt. Dann lächelte er. »Sie sind ganz knapp davongekommen, Fähnrich, in mehr als einer Hinsicht. Soviel ich weiß, hat man Sie über die Drogen unterrichtet, die in Ihrem Blut nachgewiesen wurden?« Sassinak nickte, und er fuhr fort. »Es war eine sehr gute Idee, regelmäßig Proben zu nehmen. Obwohl es eigentlich… hmmm… normalerweise nichts an einem jungen Offizier zu loben gibt, der es fertigbringt, sich niederschlagen und auf eine unfreiwillige Reise schicken zu lassen, scheinen Sie in diesem Fall nach dem Erwachen ungewöhnlich klug gehandelt zu haben. Ich weiß, daß Leutnant Cavery sich schon auf Ihre Rückkehr in den Dienst in der Kommunikationsabteilung freut. Schönen Tag noch.«

Nach dieser etwas verwirrenden Rede lag Sassinak ruhig da und fragte sich, was Fargeon wirklich von ihr dachte. Sie hatte mit Lob gerechnet, begriff aber, daß ihre Eskapade dem Captain des Schiffs nur Kopfzerbrechen bereitet hatte. Er hatte vom vorgesehenen Kurs abweichen müssen, um sie zu suchen, was auch dadurch nicht besser wurde, daß es unter Anleitung der Weber und Ssli schneller als erwartet gegangen war. Er mußte sich über ihre Motive Gedanken machen, und über die Anwesenheit eines unbekannten Saboteurs an Bord; er hatte jemand anderen für ihre Arbeit einteilen müssen; wenn sie ins Sektorhauptquartier zurückkamen, würde er eine Menge Formulare ausfüllen müssen und viel Zeit damit verbringen, sich mit dem Geheimdienst der Flotte zu unterhalten. Alles in allem hatte sie eine Menge Ärger verursacht, weil sie bei der Evakuierungsübung nicht schneller gewesen war. Wenn es ihr gelungen wäre, Achael mit ein paar gezielten Schlägen außer Gefecht zu setzen, hätte sie allen Beteiligten eine Menge Ärger erspart. Sie schüttelte den Kopf über ihre eigene kindliche Vorstellungskraft. Keine Carin Coldae mehr, keine Spielchen mehr. Sie hatte aus einer ungünstigen Situation das Beste gemacht, aber sie hatte es nicht geschafft, der ungünstigen Situation vorzubeugen. Sie würde es besser machen müssen.

Daher verdutzte sie um so mehr Fargeons jährlicher Eignungsbericht, den er ihr zeigte, bevor er ihn einreichte.

Verständig, einfallsreich, einsatzfreudig, außergewöhnliche Selbstbeherrschung; diese junge Offizierin bedarf nur Reife, um sich zu einer erstklassigen Bereicherung für jede Flotteneinheit zu entwickeln. Anders als viele, die sich auf dem Erreichten ausruhen, läßt sich diese Offizierin den Erfolg nicht zu Kopf steigen und bürgt für anhaltenden Einsatz. Empfohlen für weitergehende Qualifikationen.

Sassinak blickte von der Beurteilung auf und stellte fest, daß Fargeons Gesicht sich zum ersten Mal, seit sie zurückdenken konnte, zu einem breiten Lächeln entspannt hatte.

»Wie ich Ihnen schon am ersten Tag gesagt habe, Fähnrich Sassinak: wenn sie begreifen, daß Sie nicht ganz oben anfangen können, und wenn Sie Bereitschaft zeigen, weiter an sich zu arbeiten, dann können Sie es wirklich weit bringen. Ich würde mich jederzeit freuen, Sie wieder unter meinem Kommando zu haben.«

»Danke sehr, Sir.« Sassinak fragte sich, ob diese Wertschätzung weit genug ging, daß sie ihm sagen konnte, welchen Verdacht sie in Hinblick auf Achael und Abes Tod hegte. »Sir, was Leutnant Achael angeht…«

»Alle Informationen gehen direkt an den Sicherheitsdienst der Flotte – gibt's da noch etwas, das Sie nicht aufs Memoband gesprochen haben?«

Sie hatte ihren Verdacht, daß Achael Abe ermordet hatte, nicht für sich behalten, aber würde ihn jemand ernst nehmen? »Es ist alles drauf, Sir, aber … was meinen Vormund angeht, der umgebracht worden ist …«

»Abe, meinen Sie.« Der Captain lächelte gepreßt. »Ein guter Mann. Bis ins Mark ein Mann der Flotte. Nun, das steht nicht zur Debatte, Fähnrich, aber ich schließe mich Ihrem Verdacht an. Achael war ein Gefangener auf derselben Sklavenbasis wie Sie und Abe; die logischste Annahme ist, daß Abe etwas über sein Verhalten oder seine Behandlung wußte, das für Achael gefährlich werden konnte. Vielleicht ist er tiefenkonditioniert worden oder dergleichen. Er hat Abe umgebracht, um sein Geheimnis zu bewahren, und hat befürchtet, Abe hätte Ihnen etwas verraten.«

»Aber was könnte hinter Achael stecken?« fragte Sass. Doch mit dieser Frage war sie zu weit gegangen. Das Gesicht des Captain verschloß sich, auch wenn er nicht wütend zu sein schien.

»Darum wird sich der Sicherheitsdienst kümmern, wenn ihm alle Beweise vorliegen. Ich selbst vermute, daß er sich nur schützen wollte. Angenommen, Abe wußte, daß er andere Gefangene bestohlen hatte – das hätte seine Karriere in der Flotte ruiniert. Ich würde wetten, der Abschlußbericht wird zu dem Ergebnis kommen, daß Achael auf eigene Faust gehandelt hat, als er Abe tötete und versuchte, Sie zu verunglimpfen.«

Sassinak war nicht überzeugt, ließ es aber nicht auf einen Streit ankommen. Wie Fargeon vorausgesagt hatte, schloß sich der Sicherheitsdienst seiner Vermutung an und beendete das Mordverfahren. Achaels Angriffe auf Sassinak und sein Selbstmord ergaben in Zusammenhang mit seinen Jahren in der Gefangenschaft ein klares Bild; zu klar, dachte Sassinak. Wenn sie älter war, wenn man sie befördert hatte, schwor sie sich, würde sie noch herausfinden, wer *wirklich* für Abes Tod verantwortlich war, wer ihm Achael auf den Hals gehetzt hatte. Einstweilen würde sie sein Gedächtnis durch ihren eigenen Erfolg ehren.

drittes buch

achtes kapitel

Die auffallend elegante Frau im Spiegel, dachte Sassinak, hatte seit den Tagen des jungen Fähnrichs, der sie einmal gewesen war, einen weiten Weg zurückgelegt. Sie hatte Glück gehabt; sie war mit einer gesunden Konstitution, dem Talent und der angeborenen Zähigkeit zur Welt gekommen, um überleben zu können. Unterwegs hatte sie noch viel mehr Glück gehabt. Aber … sie zwinkerte sich selbst zu, dann grinste sie über dieses Eigenlob. Sie hatte mit ihrem Glück zusammengearbeitet, hatte ihm so gut geholfen, wie sie konnte. Heute abend – heute abend gab es einen Grund zum Feiern. Sie hatte es zum Commander gebracht und die gefährlich langweiligen Ränge übersprungen, auf denen die Unerwünschten bis ins Pensionsalter verdrießlich vor sich hindümpelten. Sie war im Begriff, wieder ein eigenes Schiff zu bekommen, und diesmal einen Kreuzer.

Sie beäugte ihr neues Kleid kritisch. Seit sie gelernt hatte, daß sich die Investition in gute Kleidung immer auszahlte, hatte sie einige Zeit auf geduldiges Ausprobieren verwendet, welche Farben und Stile am besten zu ihr paßten. Und dann hatte sie sich nach und nach eine kleine, aber elegante Garderobe zusammengestellt. Dieses Kleid hier … es leuchtete satt in ihren Lieblingsfarben, juwelartigen Rot- und tiefen Blau- und Purpurtönen, dazu ein gestepptes Leibchen, das sich über einen wehenden, bodenlangen Rock von tiefstem Nachtschwarz anschmiegte, alles aus weicher Seide, die ihre Haut mit jeder Bewegung streichelte. Sie schlüpfte mit den Füßen in weiche schwarze Stiefel und war froh, daß diese lächerlichen hohen Absätze wieder aus der Mode waren. Sie war für sich genommen schon groß genug.

Ihr Komsignal tönte, als sie die letzten Accessoires anlegte, die silbernen Ohrringe und die einfache Halskette mit dem geschliffenen Kristallstern.

»Nur weil du die Beförderung und den Kreuzer bekommen hast, heißt das noch lange nicht, das du uns warten lassen kannst«, sagte die Stimme in ihrem Ohr, die dem Leutnant Commander gehörte, der die Feier arrangiert hatte. Er war ihr Assistent gewesen, als sie für Admiral Pael gearbeitet hatte. »Bei Tobaldi gelten Reservierungen höchstens bis eine Stunde...«

»Ich weiß; ich komme ja schon.« Mit einem letzten Blick in den Spiegel nahm sie ihren Mantel und ging zur Tür. Wie sie fast erwartet hatte, warteten draußen im Korridor zwei weitere ihrer Freunde mit Blumen und kleinen verpackten Kartons auf sie.

»Du ziehst das hier sofort an«, sagte Mira. Ihre goldblonden Locken waren ein wenig verblaßt, aber nicht die strahlenden Augen oder der flinke Verstand. Sassinak nahm das Geschenk und löste vorsichtig das silberne Band.

»Ich nehme an, du hast dir denken können, was ich tragen würde«, sagte sie und lachte. Dann hatte sie den Karton geöffnet und hielt den Atem an. Als sie Mira ansah, grinste diese zufrieden.

»Ich hab's vor vielen Jahren gekauft, als wir einmal zusammen einkaufen waren, weißt du noch? Ich habe gemerkt, wie du es angesehen hast, und wußte, daß der passende Zeitpunkt kommen würde. Natürlich hätte ich warten können, bis du Admiral wirst...« Sie wich Sassinaks spielerischem Schlag aus. »Das wirst du noch, Sass. Es ist vorherbestimmt. Ich gehe in ein paar Jahren in Pension und kehre dann in Vaters Frachtkonzern zurück – wenigstens hat er zugestimmt, daß ich übernehme, statt dieser verzogene Cousin... Komm, laß sie mich festmachen.«

Sassinak nahm die verschlungene Silberkette in die Hand, ein Schmuckstück, das Pracht und Eleganz vereinte (und dazu, so erinnerte sie sich, einen unverschämten Preis – zumindest für einen Juniorleutnant, der sie damals gewesen war) und ließ Mira den Verschluß zusammenstecken. Ihr Stern kam in die Schachtel – zumindest für heute abend – und die Schachtel zurück in ihr Zimmer. Sie wollte Mira noch etwas sagen, aber die Ankunft der anderen kam ihr zuvor, und zu sechst hatten sie sich längst in ihre Erinnerungen vertieft, als sie Tobaldis Restaurant erreichten.

Mira – die einzige, die dabeigewesen war – mußte den anderen alles über Sassinaks erste Kreuzfahrt erzählen. »Das wissen sie doch schon alles«, protestierte Sass immer wieder. Mira brachte sie mit einem entschlossenen »Pscht!« zum schweigen.

»Die besten Sachen hast du ihnen bestimmt nicht erzählt«, sagte sie und machte sich daran, die besten Sachen in ihrer Version zu erzählen. Sassinak konterte mit der Geschichte von Miras Abenteuern auf einem Pferd – oder meistens darunter – während eines gemeinsamen Urlaubs auf Miras Heimatwelt. »Ich bin ein Raumfahrergör, keine Pferdezüchtertochter«, beklagte sich Mira.

»Du bist diejenige, die gesagt hat, daß wir diesen Ausritt unternehmen sollten«, sagte Sass. Die anderen lachten und gaben ihre eigenen Geschichten zum besten.

Sassinak sah sich in der Runde um – die mittlerweile aus fünfzehn Personen bestand, weil sich ihnen weitere angeschlossen hatten. War wirklich jemand von *jedem* Schiff da, auf dem sie gedient hatte? Vier stammten von der *Padalyan Reef*, dem Kreuzer, auf dem sie bis vor einem Monat Stellvertreterin des Captains gewesen war. Das war rührend: man hatte damals schon eine Abschiedsfeier für sie veranstaltet, und Sass hatte nicht damit gerechnet, sie heute abend zu sehen. Aber die beiden jungen Leutnants, steif und korrekt unter den Höherrangigen, hatten sich den Abend nicht entgehen lassen wollen – das sah sie ihren Augen an. Die anderen beiden, auf langem Heimaturlaub zwischen zwei Einsätzen, waren wahrscheinlich dazugekommen, weil sie einfach an einer Party Spaß hatten.

Ihr Blick glitt weiter, hakte eine unsichtbare Liste ab. Von jedem Schiff jemand, außer von dem, dessen Kommando man ihr anvertraut hatte, dachte sie – und wünschte für einen Moment, daß Ford, wo immer er sich aufhielt, auch hätte hier sein können. Forrest hatte sie auch gekannt, das schon, aber er hatte dieses entsetzliche Zwischenspiel verpaßt und war mit der ursprünglichen Mannschaft auf dem Patrouillenboot geblieben. Carew, den sie in ihrer Zeit als Leutnant als reizbaren Major kennengelernt hatte, war in einer offiziellen Sache außer Schiff unterwegs mit Kommodore... wie hieß er doch gleich? Narros, ja. Carew war inzwischen ein etwas kahler, heiterer Seniorkommandeur, dessen Gedächtnis ihn immer öfter im Stich ließ. Sassinak fragte sich fast, ob er je wirklich so schwierig gewesen war, dann sah sie, wie am anderen Ende des Saals ein Junioroffizier unter seinem Blick zusammenfuhr. Sie zuckte in Gedanken mit den Achseln – zumindest machte er *ihr* keine Schwierigkeiten mehr.

Ihr Stellvertreter unter ihrem ersten Kommando war da, inzwischen ein Leutnant Commander und ebenso beherrscht wie sonst, wenn auch mit einigen grauen Strähnen in seinem dichten, dunklen Haar. Sassinak dankte dem Himmel, daß ihre Gene sie vor vorzeitiger

Ergrauung bewahrt hatten… sie trug ihr Silbergrau gern, wenn sie es wollte, nicht weil es nicht anders ging. Sie brauchte kein graues Haar, um Autorität auszustrahlen, dachte sie bei sich. Sogar damals auf der *Sonnenblume*… Aber er hielt gerade eine kleine Rede und erinnerte sie – und die anderen – an die unorthodoxe Lösung, die sie für ein leichtes Patrouillenschiff in einer besonderen taktischen Situation gefunden hatte. Ihre Freunde amüsierten sich über die Geschichte, aber sie wußte noch sehr genau, daß einigen Senioroffizieren ihre Lösung überhaupt nicht gefallen hatte. Sie zog die Augenbrauen zusammen, und Mira piekste ihr mit einem Finger in die Seite.

»Wach auf, Sass, die Schlacht ist vorbei. Du brauchst doch *uns* nicht so finster anzusehen.«

»Entschuldigung… Ich habe mich gerade an Admiral Kurins Bemerkungen erinnert.«

»Nun ja… wir wissen doch alle, was mit *ihm* passiert ist.« Und damit hatte sie ganz recht. Er hatte sich immer strikt an die Vorschriften gehalten und war einem Gegner zum Opfer gefallen, der es damit nicht so genau nahm. Aber Sassinak wußte, daß seine Meinung über sie vorher schon in die Dateien eingegangen war und andere Senioroffiziere beeinflußt hatte. Ihr waren die zweifelnden Blicke aufgefallen, und man hatte ausgiebig vor ihr gewarnt.

Jetzt näherten sich allerdings zwei Männer mit jener absoluten Selbstsicherheit dem Tisch, die nur von lebenslanger Befehlsgewalt in hohen Dienstgraden herrühren konnte. Bilisics, der Fachmann für Kriegsrecht im Kommandostab, wurde von Admiral Vannoy begleitet, dem Sektorkommandeur.

»Commander Sassinak – gratuliere.« Bilisics war ihr unter allen Ausbildern, mit denen sie je zu tun gehabt hatte, einer der liebsten gewesen. Sie hatte ihn sogar zu den persönlichsten und heikelsten Dingen um Rat gefragt – und soweit sie sagen konnte, hatte er völliges Stillschweigen bewahrt. Seinem Grinsen war anzumerken, daß ihm all das bewußt war. »Ich kann jedem Offizier nur gratulieren, der einen sicheren Kurs durch die gefährlichen Gewässer des Flottenhauptquartiers steuert, die Riffe des politischen oder sozialen Ehrgeizes umschifft, die trügerischen Gezeiten der persönlichen Zuwendung in hohen Stellen…« Er zwinkerte dabei; sie wußten beide, worüber er redete. Die anderen glaubten wohl, es sei einer seiner üblichen gekünstelten Späße. Soweit sie wußte, hatte niemand etwas von ihrer fast zustande gekommenen Verlobung mit dem Botschafter von Arion geahnt.

»Genau. Meine Glückwünsche, Commander, und willkommen im Sektor. Die *Zaid-Dayan* wird Ihnen gefallen, und ich bin mir sicher, Sie kommen gut mit ihr zurecht.« Sie hatte mit Admiral Vannoy schon einmal zusammengearbeitet, aber das war Jahre her. Seine neuen Verantwortlichkeiten hatten ihn nicht altern lassen; er strahlte immer noch dieselbe streng beherrschte Energie aus.

»Wollen Sie sich nicht zu uns setzen?« fragte Sassinak. Aber wie erwartet hatten sie schon etwas anderes vor, und nach ein paar Minuten schlenderten sie weiter zu einem Tisch am anderen Ende des Saals, an dem nur Senioroffiziere saßen.

Es bedurfte kaum Tobaldis vorzügliches Mahl, das seltene Live-Orchester, das bezaubernd schöne alte Walzer spielte, oder den Wein, den sie verschwenderisch genossen, um diesen Abend zu etwas Besonderem zu machen. Sie hätte ihn mit einem Partner ihrer Wahl ausklingen lassen können, entschied sich aber statt dessen für eine skandalös frühe Rückkehr in ihr Quartier – nicht weit nach Mitternacht.

»Und ich könnte wetten, wenn wir eine Überwachungskamera hätten, würden wir sie dabei erwischen, wie sie noch einen Blick in die technischen Unterlagen ihres Kreuzers wirft«, sagte Mira, als sie mit den anderen in einen beliebten Tanzpavillon weiterging. »Sie ist der Flotte bis ins Mark ergeben, mehr als die meisten von uns. Es ist ihre einzige Familie, und so war es schon, bevor sie die Akademie besucht hat.«

Sass, die nichts von Miras scharfsinniger Vermutung mitbekam, wäre deswegen nicht verärgert gewesen – schließlich holte sie sich in diesem Moment die Mannschaftsliste auf ihr Terminal. Sie hätte der Bemerkung voll und ganz zugestimmt, auch wenn sie gelegentlich ein Anflug von Schuldgefühlen plagte, weil sie außerstande war, mit ihrer verbliebenen biologischen Verwandschaft Kontakt aufzunehmen. Doch andererseits... was hatte eine Waise, eine ehemalige Sklavin, mit gewöhnlichen, angesehenen Bürgern gemein? Zuviele Leute betrachteten die Sklaverei immer noch als eine Schande des Opfers; sie wollte diese Ablehnung nicht in den Gesichtern ihrer eigenen Verwandten sehen. Einfacher war es, wenn sie sich fernhielt, bei der Familie blieb, die sie gerettet hatte und sie noch immer unterstützte. Und in dieser Nacht, erwärmt von der Kameradschaft und den Glückwünschen der anderen, gespannt auf ihr neues Kommando, empfand sie nichts als ungeduldige Vorfreude auf die Zukunft.

Sassinak hatte immer das Gefühl, daß der Flotte etwas verlorengegangen war seit den Tagen, als ein Kapitän sich noch einem Schiff näherte, das am Kai lag, für das bloße Auge sichtbar, er eine echte Landungsbrücke überschreiten mußte, die Mannschaft ihn längsseits empfing und Fahnen in der frischen Luft flatterten. Heutzutage ging der neue Kapitän eines, sagen wir, Kreuzers einfach durch einen Korridor einer typischen Raumstation nach dem anderen und betrat das Innere des Schiffs, indem er eine auf die Deckverkleidung gemalte Linie überschritt. Die Zeremonie der Kommandoübernahme hatte sich nicht allzu sehr verändert, aber die Begleitumstände machten eine solche Zeremonie sehr viel weniger eindrucksvoll. Doch Sass konnte nicht ganz ihre Freude darüber verhehlen, daß sie nach zwanzig Jahren als Flottenoffizier endlich ihren eigenen Kreuzer kommandierte.

»Commander Kerif bedauert es, daß er Sie nicht mehr selbst empfangen konnte, Commander Sassinak«, sagte Leutnant Commander Huron, ihr Stellvertreter, als er sie in ihr neues Quartier führte. »Aber unter den gegebenen Umständen…«

»Natürlich«, sagte Sassinak. Wenn der eigene Sohn, der gerade seinen Abschluß an der Akademie geschafft hat, die Erbin einer der reichsten Kaufmannsfamilien heiratet, kann man durchaus um einen Sonderurlaub bitten und sicher sein, daß er einem gewährt wird; selbst wenn es bedeutet, daß der Kommandowechsel auf dem eigenen Kreuzer nicht ganz protokollgemäß erfolgt. Sie hatte ihre Hausarbeiten gemacht und auf dem Weg vom Sektorhauptquartier die Dateien durchgesehen. Huron zum Beispiel hatte seinem jüngsten Eignungsbericht zufolge seinen Captain nicht allzu sehr beeindruckt. Aber angesichts der geheimen Befehle, die sie mit sich führte, verließ sich Sassinak auf keine Eignungsberichte, die dieses Schiff betrafen. Der Mann wirkte intelligent und fähig – außerdem war er gut in Form und sah ziemlich gut aus. Sie würde ihm eine faire Chance geben.

»Er hat mich gebeten, Ihnen seine herzlichsten Glückwünsche auszurichten, und er wünscht Ihnen viel Erfolg mit dem Schiff. Ich kann Ihnen versichern, daß Ihre Offiziere alles daran setzen werden, daß die Mission ein Erfolg wird.«

»Die Mission? Was wissen Sie darüber?« Angeblich

waren ihre Befehle geheim; aber schließlich ging es unter anderem darum, daß die Verstöße gegen die Sicherheitsvorkehrungen immer ernstere Ausmaße annahmen.

Huron runzelte die Stirn. »Nun… wir waren draußen auf Patrouille und sind nur durch diesen Sektor gekreuzt. Ich dachte mir, das würden wir auch weiterhin tun.«

»So ungefähr. Ich werde die Senioroffiziere zu einer Einsatzbesprechung bestellen, wenn wir auf Kurs sind; wir haben doch noch zwei Tage Wartung, stimmt's?«

»Ja, Commander.« Er sah sie forschend an. »Bei allem Respekt, Ma'am, ich nehme an, es stimmt, was man sich über Sie erzählt.«

Sassinak lächelte; sie wußte, was erzählt wurde, und sie wußte warum. »Lieutenant Commander Huron, ich bin mir sicher, Sie geben nichts um müßigen Klatsch… so wenig, wie ich um den Klatsch über Sie und Ihre Leidenschaft für Rennwagen gebe.«

Es tat gut, wieder auf einem Schiff zu sein; sie genoß es, das Kommando innezuhaben, das sie sich immer gewünscht hatte. Sassinak warf einen Blick auf die vier goldenen Ringe um ihren fleckenlosen weißen Ärmel und auf den goldenen Ring an ihrem Finger, der sie als Akademieabsolventin auswies und mit dem kleinen Diamanten für einen außergewöhnlich guten Abschluß verziert war. Nicht schlecht für eine Waise, eine ehemalige Sklavin, überhaupt nicht schlecht. Einige ihrer Klassenkameraden meinten, sie habe Glück gehabt; und einige glaubten ganz sicher, ihr Ehrgeiz erschöpfe sich darin, einen Kreuzer in einem aktiven Sektor zu befehligen.

Aber ihre Träume gingen darüber hinaus. Sie wollte einen Stern auf der Schulter, vielleicht sogar zwei: Sektorkommandeur, Kommandeur einer Schlachtformation. Dieses Schiff war für sie erst der Anfang.

Sie wußte bereits mehr über die *Zaid-Dayan* 218, als ihre Offiziere ahnten. Sie kannte nicht bloß die Pläne für diese Schiffsklasse, deren Kenntnis von jedem Offizier ihres Ranges erwartet wurde, sondern außerdem die detailierten Pläne dieses besonderen Kreuzers und die Protokolle aller Wartungsarbeiten. Man kann nie zuviel wissen, hatte Abe immer gesagt. Was immer man weiß, gereicht einem zum Nutzen.

Sie hatte ihre Reichtümer immer bei sich. Besser als Gold und Juwelen, sagte sie sich, waren die Kenntnisse, die ihr den Respekt der Offiziere und der Mannschaft einbringen würden. Derlei konnte man sich auch mit einem unbegrenzten Kreditrahmen nicht kaufen. Natürlich hatten die finanzielle Spielräume auch etwas für sich. Sie fuhr mit der Hand leicht die Kante des in ihrem Büro installierten Schreibtischs entlang; aus echtem Holz, eine Seltenheit, und dazu mit wunderschönen Schnitzereien. Sie hatte in sich einen Geschmack für Qualität und Schönheit entdeckt und gab ihm nach, soweit es ihr Gehalt zuließ. Ein eigener Schreibtisch, einige schöne Kristallobjekte und Skulpturen, Kleider, die die Schönheit betonten, zu der sie erwachsen war. Sie hielt all das immer noch für Luxus, für Zierde, fühlte sich aber nicht mehr schuldig, wenn sie in Maßen ihre Freude daran hatte.

Die *Zaid-Dayan* hatte äußerlich die Gestalt der meisten schweren Kreuzer, ein leicht abgeplatteter eiförmiger Rumpf mit Trauben von Antriebsdüsen sowohl back- wie steuerbord, in Richtung der Längsachse. Sassinak sah das Schiff natürlich nie von außen; das konnten nur die Wartungsmannschaften. Was sie sah, waren die Menschen zugänglichen Bereiche, die ›Aufenthaltsdecks‹, wie sie genannt wurden, und die Kriechtunnel, die es einem schlanken Servicetechniker erlaubten, in die Schiffsinnereien aus Rohrleitungen und elektrischen Schaltkreisen zu kriechen. Zum Großteil glich das Schiff der *Padalyschen Riff*, jenem Kreuzer, den sie gerade verlassen hatte, und setzte sich aus den Lebenserhaltungsanlagen ganz unten, darüber dem Truppendeck, dann dem Datendeck, dem Hauptdeck und zuletzt den beiden Flugdecks ganz oben zusammen. Aber es gab auch Unterschiede.

In diesem Schiff war die standardmäßige Anordnung der Lebenserhaltungsanlagen so modifiziert worden, daß Tarnvorrichtungen installiert werden konnten; Sassinak ging jeden Zentimeter der Anlage ab, um sicher zu sein, daß sie wußte, wo welches Rohr verlief. Die Enge im untersten Deck hatte die Verlegung einiger Lagerräume erfordert, so daß nur das Datendeck genau dem Standard entsprach. Sassinak widmete besonderes Augenmerk den beiden Lagergeschossen für die vielen schweren Ausrüstungsteile, welche die *Zaid-Dayan* mit sich führte: die Shuttles, das Beiboot, das leichte Kampfschiff, die von den Marines gelenkten Angriffsvehikel. Erneut vergewisserte sie sich, daß sie genau wußte, wo welches Schiff verstaut war, ohne die Computer konsultieren zu müssen.

Ihr eigenes Quartier befand sich unmittelbar hinter der Brücke und ging auf den Backbordgang hinaus, eine Kabine, die gerade groß genug war, daß sie sich ein wenig entspannen konnte. Sie enthielt einen niedrigen Tisch und mehrere Stühle sowie ein Terminal, eine Schlafecke und private Einrichtungen. Etwas weiter hinten und auf der anderen Seite des Gangs lag die Offiziersmesse. Ihre Position als Kreuzercaptain erforderte es, daß sie offizielle Besucher empfangen konnte, deshalb stand ihr außerdem ein großes Büro zur Verfügung, vor der Brücke und auf der anderen Seite desselben Gangs. Diesen Raum durfte sie so einrichten, wie es ihr gefiel – zumindest im Rahmen der Flottenvorschriften und ihrer eigenen Möglichkeiten. Sie entschied sich für mitternachtsblaue Teppiche, die die auffällige Maserung des Schreibtischs betonten; der Tisch war Flotteneigentum, aber mit einem neuen, glänzend schwarzen Furnier versehen. Die Sitzgelegenheiten für Gäste, niedrige Sofas an den Wänden, waren mit weißem Synthetikleder überzogen. In Kontrast zu den blaßgrauen Schotts entstand so ein Raum von schlichter Eleganz, der perfekt zu ihr paßte.

Huron, das erkannte sie bald, war in mehr als einer Hinsicht ein Aktivposten. Weil er selbst ein Kolonialsprößling war, hatte er mehr als das übliche Interesse an ihrer Sicherheit. Zuviele Flottenoffiziere fanden, daß die neueren Kolonien mehr Ärger einbrachten, als sie wert waren. Im Laufe der Tage fand sie heraus, daß Hurons Einschätzung der Junioroffiziere fair und von einem gewissen Humor geprägt war. Sie fragte sich, warum sein voriger Kommandeur so wenig Vertrauen in ihn gehabt hatte.

Die Geschichte kam eines Abends, als sie bereits einige Tage auf Patrouille waren, bei einer Partie Sho zur Sprache. Sassinak hatte sich schon vorsichtig an das Problem herangetastet, um festzustellen, ob er irgendwelchen Groll hegte. Nach der zweiten oder dritten mehrdeutigen Frage blickte Huron mit einem Lächeln vom Spielbrett auf, das ihr sofort einen Stich ins Herz versetzte.

»Sie fragen sich, warum Commander Kerif letztes Mal einen so lauwarmen Bericht über mich abgefaßt hat?«

Sass, die sich ertappt fühlte – was nur selten vorkam –, erwiderte sein Lächeln. »Sie haben ganz recht – und Sie brauchen nicht zu antworten. Aber Sie haben sich seit meiner Ankunft als zu klug und kompetent herausgestellt, als daß man Ihnen notorische Nachlässigkeit unterstellen könnte.«

Hurons Lächeln wurde breiter. »Commander Sassinak, Ihr Vorgänger war ein guter Offizier, und ich bewundere ihn. Allerdings hegte er einige sehr strenge Vorstellungen über die Würde gewisser… äh… prominenter, alteingesessener Kaufmannsfamilien. Er hatte nie das Gefühl, daß ich sie ausreichend respektierte, und einen kleinen Knittelvers, der ihm zu Ohren kam, mir zugeschrieben.«

»Einen *was*?«

Huron wurde tatsächlich rot. »Einen… nun ja… ein Lied. Eine Art Lied. Über seinen Sohn und das Mädchen, das er heiratet. Ich hab's nicht geschrieben, Kommandant, obwohl ich es lustig fand, als ich es hörte. Aber, wissen Sie, ich habe in seiner Gegenwart einen Vers daraus zitiert, und er war sicher…«

Sassinak dachte darüber nach. »Aber Sie erweisen den reichen Kaufleuten angemessenen Respekt?«

Huron schürzte die Lippen. »Angemessen? Ich glaube schon. Aber ich bin ein Kolonistensprößling.«

Sassinak schüttelte den Kopf und lächelte. »Ich auch, wie Sie sicher bereits wissen. Armer Kerif… ich nehme an, es war ein wirklich *böses* Lied.« Sie bemerkte den Ausdruck in Hurons Augen und lachte. »Wenn Sie nichts Schlimmeres angestellt haben, werden wir nicht die geringsten Probleme haben.«

»Das wünsche ich mir auch«, sagte Huron in einem Ton, der mehr als eine Bedeutung mitschwingen ließ.

Vor vielen Jahren, als sie noch Kadett gewesen war, hatte Sassinak sich gefragt, wie jemand eine zugleich private und berufliche Beziehungen unter einen Hut bringen konnte, ohne in der einen oder anderen Hinsicht unfair zu sein. Im Laufe der Jahre hatte sie ihre eigenen Verhaltensmaßregeln entwickelt und wußte gut einzuschätzen, wer ihre Werte und Ansichten teilte. Von dieser einen, fast katastrophalen (und im Nachhinein komischen) Verlobung mit einem brillanten und stattlichen älteren Diplomaten abgesehen, hatte sie nie etwas riskiert, das zu verlieren sie sich nicht leisten konnte. Jetzt, da sie ihrer Identität sicher war, ging sie davon aus, daß sie ihr Leben weiterhin mit jenen ihrer Offiziere genießen würde, die bereit und stabil genug waren, sich nicht bedrohen zu lassen – und ehrlich genug, um sich nicht Sonderrechte herauszunehmen, die Sass ihnen nicht einräumen wollte.

Huron, dachte sie bei sich, war ein annehmbarer Kandidat. Nach dem Glänzen in seinen Augen zu urteilen, dachte er dasselbe über sie; das war die erste Vorbedingung.

Aber ihre Pflichten gingen vor, und die gegenwärtigen Umstände trieben ihr häufig jeden Gedanken an Vergnügungen aus. In den zwanzig Jahren seit ihrer ersten Reise war die Flotte nicht in der Lage gewesen, die Sicherheit der jüngeren und entfernteren Kolonien zu gewährleisten; außerdem wurden Planeten, die von der einen Gruppe zur Kolonisierung vorbereitet worden waren, oft von einer anderen beansprucht – inzwischen die rechtmäßigen Besitzer –, wenn die Kolonisten eintrafen. Obwohl die Versklavung von Menschen juristisch gesehen illegal war, wurden Kolonien überfallen, um Sklaven zu machen – und das konnte nur bedeuten, daß es irgendwo einen Markt gab. ›Normale‹ Menschen beschuldigten die Schwerweltler; die Schwerweltler beschuldigten die ›Leichtgewichte‹, wie sie sie nannten, und die reichen Kaufmannsfamilien der inneren Welten beklagten sich bitter darüber, daß sie eine ständig wachsende Flotte finanziell zu unterhalten gezwungen waren, die doch außerstande schien, ihr Leben und ihr Eigentum zu beschützen.

Ihre Befehle, die Sassinak nur zum Teil mit ihren Offizieren besprach, verlangten von ihnen, daß sie von einer neuen, angeblich geheimen Technik zur Identifizierung und Verfolgung neuerer ziviler Tiefenraumschiffe Gebrauch machten. Sie stellte eher eine Erweiterung als einen Ersatz der standardmäßigen IFF-Geräte dar, die man schon benutzt hatte, bevor Sassinak der Flotte beigetreten war. Ein versiegeltes Signalfeuer, das bei der Konstruktion ins Schiff eingebaut wurde, konnte von den Überwachungsscannern der Flotte ausgelöst werden. Obwohl es sich in seiner normalen Betriebsart gegenüber Detektoren passiv verhielt, speicherte es Informationen über die Bewegungen des Schiffes. Die ursprüngliche Idee war gewesen, diese Signalfeuer jedesmal auszutauschen, wenn ein Schiff in einen Raumhafen andockte, und auf diese Weise Aufzeichnungen über den tatsächlichen Verlauf seiner Reise zu führen – im Gegensatz zu den Logbuchkopien, die dem Hafenmeister übergeben wurden. Aber noch jüngere Techniken erlaubten es speziell ausgerüsteten Flottenkreuzern, solche Signalfeuer zu aktivieren, während sich das Schiff noch im Tiefenraum befand, sogar während eines FTL-Fluges – und ihm dann zu folgen, ohne befürchten zu müssen, daß sie selbst sofort entdeckt wurden. Für Kreuzer wie die *Zaid-Dayan* war nun der Plan ausgearbeitet worden, daß sie langsam in Bereichen abseits der normalen Verkehrskorridore patrouillierten und die Verfolgung verdächtiger ›Handelsschiffe‹ aufnehmen sollten.

Soweit es die Junioroffiziere betraf, patrouillierten die Kreuzer auf die hergebrachte Weise; weil die Flotte sie davor gewarnt hatte, daß möglicherweise irgendwo Informationen durchsickerten, weihte Sassinak nur vier Angehörige ihrer Seniormannschaft in den Plan ein, die wissen mußten, wie die Scanner funktionierten. Andere Modifikationen an der *Zaid-Dayan,* die ihm begrenzte Tarnfähigkeiten verleihen sollten, wurden als nützliche Ergänzungen für den normalen Betrieb erklärt.

Im Laufe der Tage dachte Sassinak immer wieder über die Warnungen der Flotte nach. »Rechnen Sie auf jedem Schiff mit Rebellen.« Gut, aber wenn sie keine weiteren Hinweise erhielt, wie sollte sie dann einen finden? Rebellen verrieten sich nicht mit lautem Gerede darüber, daß sie die FES-Konventionen umstoßen wollten. Außerdem beruhte das Ganze auf Mutmaßungen. Sie mochte einen einzigen Rebellen an Bord haben oder ein ganzes Dutzend oder gar keinen. Sie mußte zugeben, daß sie selbst, wenn sie Agenten einschleusen wollte, sie auf Kreuzern unterbringen würde, weil es die leistungsfähigsten und am weitesten verbreiteten aktiven Schiffe waren. Doch im Personalarchiv, das sie vorher gründlich durchgesehen hatte, war sie auf keinen Hinweis gestoßen – und wahrscheinlich hatte der Sicherheitsdienst die Daten ohnehin schon überprüft.

Sie wußte, daß viele Kommandeure zuerst die Schwerweltler an Bord in Betracht gezogen hätten, aber während einige von ihnen zweifellos in subversive Organisationen verwickelt waren, traf das auf den Großteil von ihnen nicht zu. Wie schwierig Schwerweltler auch sein mochten – und einige von ihnen, hatte sie festgestellt, hatten sich ihren Ruf als empfindliche Griesgrame redlich verdient –, hatte Sassinak nie die Einsichten vergessen, die sie ihren Freunden auf der Akademie verdankte. Sie versuchte hinter die grobknochigen, teilnahmslosen Gesichter, die übermäßig muskulösen Körper zu sehen, um die menschliche Persönlichkeit dahinter zu entdecken – und meistens, nahm sie an, hatte sie damit Erfolg gehabt. Einige echte Freundschaften waren daraus hervorgegangen und viele angenehme Arbeitsbeziehungen... und sie stellte fest, daß ihr Ruf als Offizierin, die sich den Schwerweltlern gegenüber fair verhielt, sich im Offizierskorps bereits herumgesprochen hatte.

Als Aliens irritierten die Weber viele menschliche Kommandeure, aber auch in diesem Fall genoß Sassinak den Vorzug, daß sie frühe Freundschaften geschlossen hatte. Sie wußte, daß die Weber keine Sehnsucht nach den von Menschen bevorzugten Welten hatten – die Weber, die sich für den Raumflug entschieden hatten, waren sogar steril und hatten ihre Chance auf die Zeugung von Nachkommen für die Möglichkeit aufgegeben, durch den Weltraum zu reisen und Abenteuer zu erleben. Außerdem waren sie nicht die perfekten geistigen Spione, als die sie von vielen eingeschätzt wurden. Ihre telepathischen Fähigkeiten waren ziemlich begrenzt; der Geist eines durchschnittlichen Menschen war für sie ein chaotisches Durcheinander von Gefühlen und Unvernunft, das sie unmöglich durchschauen konnten, wenn das betreffende Individuum sich nicht anstrengte, eine Botschaft zu übermitteln. Sass, die früh jene besondere Form der Selbstdisziplinierung erlernt hatte, konnte sich mit den Webern leicht auf ihre natürliche Art verständigen, aber sie wußte, daß sie eine Ausnahme war. Und wenn einer der Weber an Bord einen Rebellen aufgespürt hätte, dann hätte sie ohnehin längst davon erfahren.

Nach einigen Wochen fühlte sie sich ausgesprochen wohl unter ihrer Mannschaft und konnte behaupten, daß sie gut miteinander auskamen. Huron hatte sich als ebenso einfallsreicher Liebhaber wie Verseschmied erwiesen – nachdem sie eines Abends in der Offiziersmesse einige seiner flotteren Schöpfungen gehört hatte, konnte sie sich kaum vorstellen, daß er den Reim über den Sohn des Captains und die Kaufmannstochter *nicht* verfaßt hatte. Er beharrte aber weiterhin darauf, daß er daran ganz unschuldig war. Die Waffenoffizierin, eine Frau, die nur ein Jahr nach ihr die Akademie besucht hatte, stellte sich als eine regionale Sho-Meisterin heraus – und hatte sichtlich ihre Freude daran, es zu demonstrieren, indem sie Sassinak bei fünf von sieben Partien schlug. Es war gut für die Moral, und außerdem hatte Sassinak noch nie etwas dagegen gehabt, wenn sie von einem Experten lernte. Einer der Köche war ein Genie von Natur aus – so gut, daß Sassinak versucht war, ihn permanent ihrer eigenen Schicht zuzuteilen. Sie verzichtete darauf, aber ihre Geschmacksknospen stritten mit ihr, und mehr als einmal fand sie einen Vorwand, die Kombüse zu ›inspizieren‹, wenn er gerade etwas buk. Er hatte für seine Vorgesetzte immer etwas übrig. All das war Routine – selbst als sie einen heimwehkranken, traurigen Juniortechniker fand, der gerade seine Ausbildung hinter sich hatte und in einem Lagerspind verzweifelt vor sich hin schluchzte. Aber so ging es nun einmal auf einer Patrouille zu – Tag für Tag nichts anderes als ein paar Brocken Materie, die in ihrem zugewiesenen Raumsektor kartographiert waren. Ganz anders als auf einem Vergnügungsschiff, das auf der Suche nach Abenteuern unterwegs war.

Sie döste gerade, früh zur dritten Wache, in ihrer Kabine vor sich hin, als ein Signal von der Brücke tönte.

»Captain – wir sind hier auf ein Schiff gestoßen. Ein Handelsschiff, vielleicht CR-Klasse für Schwertransporte, noch keine Einzelheiten. Sollen wir den Scanner aktivieren?«

»Moment – ich komme sofort.« Sie stieß Huron, der gerade eingeschlafen war, mit dem Ellbogen an, bis er grunzte und ein Auge aufschlug, dann schlüpfte sie in ihre Uniform. Als er nochmals grunzte und sie fragte, was los sei, sagte sie: »Wir haben ein Schiff entdeckt.« Daraufhin öffnete er beide Augen und setzte sich auf. Sie lachte und ging hinaus; als sie die Brücke erreichte, hatte er sie, vollständig angezogen, fast eingeholt.

»Donnerwetter!« Huron, der sich über den Scannermonitor beugte, war so aus dem Häuschen wie der Techniker, der an den Bedienungselementen hantierte. »Schaut euch das an!« Seine Finger flogen über die

Tastatur, und die Schiffsdaten erschienen auf dem dazugehörigen Bildschirm. »Hu Veron Frachtschiffe, zu vierzig Prozent im Besitz der Vereinten Geochemie, die vollständig der Familie Paraden gehört. So, so... vorheriger Besitzer Jakob Iris, der kriminell nicht auffällig geworden ist, aber gleich danach bankrott gemacht hat... hmmm... bei einer *Pferdewette*. – Was ist *das* denn?«

»Eine Wette bei einem Pferderennen«, erklärte Sassinak, die ebenso aufmerksam auf den Schirm blickte. »Pferde sind vierbeinige Säugetiere, groß genug, um einen Menschen zu tragen. Sie stammen von der Alten Erde und wurden in vier neue Systeme importiert, sind aber weitgehend ausgestorben.«

»Bei Kipling, Captain, woher wissen Sie das bloß?«

»Ich hab's tatsächlich von Kipling, Huron. In unseren Schulen stand auf der obligatorischen Lektüreliste eine Geschichte von Kipling, die sich um ein Pferd drehte. Und sie war illustriert. Außerdem unterhielt die Akademie ein Gespann für Beerdigungen, und ich habe einmal die Aufzeichnung eines Pferderennens gesehen. Ich bin sogar selbst einmal auf einem Pferd geritten.« Sie verzog den Mund, als sie an Miras Heimatwelt und diesen unglücksseligen Reitausflug dachte.

»Das wundert mich nicht«, sagte Huron etwas vage. Seine Aufmerksamkeit hatte sich schon wieder dem Bildschirm zugewandt. »Schauen Sie nur – Iris hat dabei gegen Luisa Paraden Scofeld gewettet. Ist sie das nicht gewesen, die erst mit einem Null-G-Hockeystar verheiratet war und danach mit einem Gesandten von Ryx?«

»Ja, und während er sich dort aufhielt, ist sie mit dem Landschaftsarchitekten durchgebrannt. Aber entscheidend ist, daß...«

»Entscheidend ist, daß die Familie Paraden dieses Schiff *zweimal* in die Hände bekommen hat!«

»Soweit wir wissen.« Sassinak richtete sich auf und betrachtete nachdenklich Hurons Hinterkopf. »Ich würde sagen, wir setzen diesem Schiff nach, Leutnant Commander Huron. Das sind nach meinem Geschmack ein paar Zufälle zuviel.«

Noch als sie die nötigen Befehle erteilte, wurde Sassinak sich bewußt, daß sie im Begriff war, sich einen alten Traum zu erfüllen – ein eigenes Schiff zu befehligen, auf der Brücke zu stehen und sich möglichen Piraten gegenüberzusehen. Sie sah sich mit einiger Befriedigung in dem großen Kontrollraum um, der genausogut zu einer Reaktorstation oder einer Fertigungsanlage gepaßt hätte. Das physische Erbe eines Jahrtausends Flottengeschichte befand sich unter ihren Füßen, ein Podium, das ihr einen ungehinderten Blick auf jeden und alles in dem Raum gestattete. Sie konnte im Kommandostuhl sitzen, ihre Bildschirme und Computerterminals in Reichweite, oder stehen und die hufeisenartige Anordnung von Arbeitsplätzen überschauen, die sich jeweils aus einem Trio von Bildschirmen und einer Batterie von Schaltern und Knöpfen zusammensetzten, bedient von einem ruhigen und kompetenten Fachmann. Schräg unter der Decke waren die großen Monitore angebracht, und direkt darunter am Rande des Podiums das Überbleibsel einer inzwischen überholten Technik, welche die meisten Kapitäne aber immer noch einsetzten, um Besucher zu beeindrucken: der 3D-Tank.

Einem Schiff durch den FTL-Raum zu verfolgen, dachte Sassinak, war ungefähr dasselbe, als folgte man einem Bodenfahrzeug bei Nacht durch einen dichten Wald, ohne Frontscheinwerfer zu benutzen. Das arglose Handelsschiff hinterließ geometrische Turbulenzen im Raum, denen der Ssli folgen konnte, aber es war ihm nicht möglich, gleichzeitig strukturelle (wenn das Wort zutraf) Variationen im Raumzeitgewebe aufzuspüren, so daß sie fortwährend Gefahr liefen, von räumlichen Störungen, die atmosphärischen Luftlöchern entsprachen, durchgerüttelt zu werden oder in unentdeckte Gravitationssenken zu geraten. Sie mußte sich beeilen, wenn ihre Beute nicht aus der Reichweite der Detektoren verschwinden sollte, aber ein schneller Blindflug durch einen unbekannten Sektor war die vielversprechendste Methode, um von exotischen Wurmlöchern verschluckt zu werden.

Als die Beute sich aus dem FTL- in den Normalraum fallenließ, tat der Kreuzer es ihr gleich – oder, genauer ausgedrückt, kam ihr zuvor. Der Computer ermittelte die lokalen Navigationskoordinaten.

»Das ist interessant«, sagte Huron und streckte den Finger aus. Es war mehr als interessant. Ein kleines Sonnensystem mit einer zwanzig Jahre alten Kolonie (von der passenden Größenordnung für einen Überfall), die sich über einer reichen Platinader angesiedelt hatte. Trotz des Drängens der Flotte hatten die FES-Bürokraten es abgelehnt, kleine Kolonien mit effektiver planetarer Abwehrbewaffnung auszustatten – und die Abwehrpalette dieser Kolonie war ausgesprochen dürftig.

»Die Brüderschaft der Metalle«, erklärte Sass. »Das ist der Sponsor dieser Kolonie; sie sind die Inhaber der Rechte. Ich frage mich allmählich, wer *ihre* Aktionäre sind.«

»Ein neuer Kontakt!« Der Techniker hob die Stimme. »Verzeihen Sie, Captain, aber wir haben da draußen ein Schiff der Churi-Klasse; es könnte äußerst gefährlich sein…«

»Technische Daten.« Sassinak sah sich auf der Brücke um und war zufrieden mit der wachsamen, aber ruhigen Haltung ihrer Leute. Der Kreuzer befand sich bereits in vollem Tarnmodus; ihn in Kampfbereitschaft zu versetzen, würde sie Tarnung kosten. Ihr Waffenoffizier hob fragend den Finger; Sassinak schüttelte den Kopf, und er entspannte sich wieder.

»IFF nach alter Bauart, kein Signalfeuer. Wurde vor vierzig Jahren in den Zendi-Werften gebaut und in Auftrag gegeben von…« – er brach ab und senkte die Stimme – »…vom Gouverneur von Diplo, Captain.«

Na, phantastisch, dachte Sassinak. *Das hat uns gerade noch gefehlt. Eine kleine Verwicklung mit den Schwerweltlern, die unsere Verwirrung komplett macht.*

»Scanner und Inputs aktivieren«, sagte sie, ohne sich zu der Verbindung zu den Schwerweltlern zu äußern. Auf einem Display erschien eine Computeranalyse des IFF-Outputs. Sassinak sah sich die Graphik stirnrunzelnd an. »Das kann nicht stimmen. Sehen Sie sich die Trägerwelle an!«

»Bin dabei.« Der Techniker hatte ein Kommando zum Vergleich eingetippt, und die Graphik spaltete sich in farbige Bänder auf, blau für Übereinstimmungen zwischen dem Standardsignal und dem empfangenen, und hellrosa für die Anteile, die nicht zusammenpaßten.

»Sie haben an ihrem IFF herumgefummelt«, sagte Sass. »Wir wissen nicht, *was* das ist oder was es überträgt.«

»Unsere passive Batterie zeigt an, daß es etwa die Größe eines Patrouillen-Schiffs hat«, warf Huron ein.

»Was bedeutet, daß es alle möglichen netten Sachen an Bord haben könnte«, sagte Sass und überlegte, was es sein könnte. Ein illegal bewaffnetes Patrouillenschiff war der *Zaid-Dayan* nicht gewachsen, aber es konnte ihr Schaden zufügen. Wenn es sie bemerkte.

Huron sah mit einem Stirnrunzeln auf die Monitore. »Hm… wird das jetzt ein Rendezvous oder ein Überfall aus dem Hinterhalt?«

»Ein Rendezvous«, sagte Sassinak rasch. Ihre Augenbrauen hoben sich.

»Sind Sie sicher?«

»Es ist das Schlimmste, was uns passieren könnte; dann hätten wir zwei Schiffe, denen wir folgen oder denen wir uns stellen müssen, falls sie uns bemerken. Außerdem erhalten kleine Kolonien wie diese keine Besuche von unangemeldeten Handelsschiffen.«

Den passiven Scans nach zu urteilen, die Stunden alte Daten ermittelten, stimmten die Trajektorien der beiden Schiffe überein, und sie näherten sich gemeinsam der Kolonialwelt – einander wohl nah genug, um ein gebündeltes Kommunikationsband zu benutzen. Die *Zaid-Dayan* verharrte in den Außenbereichen des Systems und beobachtete sie mit allen Scanvorrichtungen, die ihr zur Verfügung standen. Stunde um Stunde wurde klarer, daß das Ziel nur die Kolonie sein konnte. *Sie planen einen Überfall*, dachte Sassinak, und Huron sprach es laut aus und fügte hinzu: »Wir sollten sie aus dem System pusten!« Für einen Augenblick geriet in Sassinak der alte Zorn fast außer Kontrolle, aber sie verdrängte gewaltsam die Erinnerung an ihre Kindheit. Wenn sie diese beiden Schiffe vernichteten, würden sie nichts über die Mächte erfahren, die sie angeheuert hatten, sie deckten und mit Nachschub versorgten. Sie stellte sich bewußt nicht die Frage, ob ein anderer Flottenkommandeur dieselbe Entscheidung über den Angriff auf ihre eigene Heimatwelt getroffen hatte.

Sie schüttelte den Kopf. »Wir sind auf einer Überwachungspatrouille; das wissen Sie doch wohl.«

»Aber, Captain – unsere Daten sind einige Stunden alt. Wenn es wirklich Angreifer sind, könnten sie jederzeit zuschlagen… wir müssen die Kolonisten warnen. Wir können sie doch nicht einfach…« Huron war blaß geworden, und sie sah einen schrecklichen Zweifel in seinen Augen.

»Befehl ist Befehl.« Sie wandte sich ab und brachte es nicht fertig, seinem Blick zu begegnen. In den Jahren seit der Verleihung ihres Offizierspatents hatte sie viele Dämonen aus ihrer Vergangenheit exorziert; sie konnte mit Admirälen und hohen Regierungsbeamten speisen, höfliche Konversationen mit Aliens führen, ihr Temperament und ihre Leidenschaft unter nahezu allen Umständen bändigen – aber tief in ihrer Seele trug sie immer noch das Bild ihrer sterbenden Eltern mit sich herum, der Leiche ihrer Schwester, die ins Wasser klatschte, ihrer besten Freundin, die sich aus dem fröhlichen Mädchen, das sie gewesen war, in ein zitterndes, deprimiertes Wrack verwandelt hatte. Sie schüttelte den Kopf und zwang sich, den Scans ihre ganze Aufmerksamkeit zu widmen. Ihre Stimme klang kühl und knapp; sie merkte den Reaktionen der Brückenmannschaft an, daß ihre Leute mitbekamen, unter welcher Anspannung sie stand. »Wir müssen die Verantwortlichen für diese Überfälle finden – unbedingt. Wenn wir diese Parasiten vernichten und nie ihre Herren finden, wird es immer so weitergehen, und noch mehr werden leiden. Wir müssen sie beobachten und ihnen folgen…«

»Aber es war nie vorgesehen, daß wir zuschauen sollen, wie eine Kolonie überfallen wird. Wir… wir müssen sie beschützen – die Charta schreibt es vor!« Huron ging im Kreis, bis er ihr wieder gegenüberstand. »Es liegt in Ihrem Ermessen, in jeder Situation, wenn FES-Bürger direkt bedroht werden…«

»In meinem Ermessen!« Sassinak biß die Zähne aufeinander, um sich nicht zu vergessen, und sah ihn finster an. Es mußte ein strenger Blick gewesen sein, denn Huron wich einen Schritt zurück. Mit gesenkter Stimme fuhr sie fort. »Und in Ihrem Ermessen, Huron, steht es, die Befehle Ihres kommandierenden Offiziers nicht auf der Brücke in Frage zu stellen, wenn Sie nicht den Hauch einer Ahnung haben, was überhaupt vor sich geht. Ermessen heißt, erst nachzudenken, bevor man die eigenen Vorteile zunichte macht…«

»Haben Sie je darüber nachgedacht«, sagte Huron mit blassen Lippen und wütender, als sie ihn je erlebt hatte, »daß jemand dieselbe Entscheidung getroffen haben könnte, als Sie da unten waren?« Er ruckte mit dem Kinn in Richtung des Navigationsdisplays. Sie wartete einige Sekunden, bis die anderen beschlossen hatten, daß es klüger wäre, sich ganz auf ihre Arbeit zu konzentrieren, und der energische Ausdruck verschwand aus Hurons Gesicht.

»Ja«, sagte sie ganz leise. »Ja, das habe ich. Ich stelle mir vor, daß es die betreffende Person nicht in Ruhe läßt, falls wirklich jemand dort war, so wie es auch mich nicht in Ruhe lassen wird.« Daraufhin entspannten sich seine Züge ein wenig, und die Wangen röteten sich. Bevor er etwas sagen konnte, fuhr Sassinak fort: »Glaubst du, es ist mir egal? Du meinst wohl, ich hätte es mir nicht vorgestellt – ein Kind im selben Alter wie ich damals, ein unschuldiges Mädchen oder ein Junge, der nur an die Klassenarbeit morgen in der Schule denkt? Meinst du, ich erinnere mich nicht mehr daran, Huron?« Sie sah in die Runde und stellte fest, daß alle wenigstens so taten, als ließen sie ihnen diesen privaten Moment. »Du hast erlebt, welche Alpträume mich plagen, Huron; du weißt, daß ich es nicht vergessen habe.«

Sein Gesicht war jetzt so rot, wie es eben blaß gewesen war. »Ich weiß. Ich weiß das, aber wie kannst du nur…«

»Ich will sie alle erwischen.« Es klang flach und emotionslos, doch wie erfüllt von der Gewalt einer Lawine, die jeden Moment herabstürzen konnte, noch lautlos, ohne den Erdboden zu erschüttern, doch in einer unerbittlichen Sammlung von Kräften begriffen, die sich auf fürchterliche Weise entladen konnte. »Ich will sie alle erwischen, Huron; diejenigen, die es tun, weil es Spaß macht; diejenigen, die es tun, weil es Profit einbringt;

diejenigen, die es tun, weil es einfacher ist, als einer ehrlichen Arbeit nachzugehen… und vor allem diejenigen, die es tun, ohne über das Warum nachzudenken… die es einfach tun, weil man es eben so macht. Ich will sie *alle*!« Sie wandte sich ihm mit einem Lächeln zu, das an einer freundlichen Miene gerade soweit vorbeiging, daß es an das zähnebleckenden Grinsen eines zuschnappenden Raubtiers erinnerte. »Und es gibt nur eine Möglichkeit, sie alle zu erwischen, und *dafür* setze ich dieses Schiff und mein Kommando und alle anderen Ressourcen ein – einschließlich, so sehr ich es bedauere, die Kolonisten, die sterben werden, bevor wir sie retten können!«

»Aber wir werden's doch versuchen?«

»Ach was, versuchen. Ich werde es *tun*.« Auf der Brücke herrschte beredtes Schweigen; als sie sich diesmal von Huron abwandte, folgte er ihr nicht.

Mit Hilfe der Scans ließ sich die tragische Geschichte der nächsten Stunden rekonstruieren. Den Kolonisten, wachsamer als jene auf Myriad, gelang es, ihre veralteten Geschosse abzufeuern, die das illegale Patrouillenschiff prompt in sicher Entfernung detonieren ließ.

»Jetzt wissen wir, daß sie ein LDs14 oder etwas Entsprechendes haben«, sagte Huron ohne Betonung. Sassinak warf ihm einen Blick zu, sparte sich aber einen Kommentar. Sie hatten sich nicht, wie üblich, nach dem Mittagessen getroffen, um über die Arbeit des Tages zu sprechen. Huron hatte steif erklärt, daß er für seine nächste Beförderungsprüfung lernen wollte, und Sassinak ließ ihn gehen. Der häßliche Gedanke ging ihr durch den Kopf, daß es einem Rebellen ganz recht gewesen wäre, wenn sie alle Beweisstücke in die Luft gejagt hätte. Aber Huron war sicher nicht verdächtig – er stammte selbst aus einer kleinen Kolonie und empfand gewiß zuviel Mitleid für die Kolonisten, um… und außerdem war Sass sicher, daß sie ihn besser kannte als jedes Psychoprofil. So wie er sie kannte.

In der Zwischenzeit schickten die beiden Angreifer, nachdem sie das Abwehrpotential des Planeten erschöpft hatten, Shuttles auf die Oberfläche. Sassinak schauderte, als sie an die harten, disziplinierten (wenn auch uneinheitlichen) Truppen dachte, die die Angreifer auf ihrer Welt abgesetzt hatten. Die Kolonisten hätten keine Chance. Sie merkte, daß sie schneller atmete, blickte auf und stellte fest, daß Huron sie beobachtete. So auch die anderen, wenn auch weniger offensichtlich; sie bekam mehr als einen raschen Seitenblick mit.

Doch sie mußte warten. Die qualvollen Stunden hindurch blieb sie auf der Brücke, schob das Essen und die Getränke beiseite, die ihr jemand brachte. Sie mußte warten, aber sie konnte sich nicht entspannen, essen, trinken, nicht einmal reden, während diese unschuldigen Menschen umgebracht wurden… und verschleppt… und zu Ketten aneinandergefesselt (banden *alle* Sklavenhändler jeweils acht Leute zu einer Kette zusammen? fragte sie sich plötzlich.) Die beiden Schiffe traten in einen Orbit um den Planeten ein, und als dieser Orbit sie aus der Detektorreichweite führte, rückte die *Zaid-Dayan* näher. Ihre fortschrittliche Technik erlaubte extrem kurze FTL-Flüge, die minimale Störungen der Felder verursachten.

Die Verzögerung ihrer Scans betrug weniger als eine halbe Stunde, und die Angreifer erweckten noch nicht den Eindruck, als hätten sie ihre Anwesenheit im System bemerkt. Inzwischen konnten Sass und ihre Leute verfolgen, wie die Shuttles abhoben – alle zu dem Frachtschiff, wie ihr auffiel –, und dann hinunterflogen und wieder heraufkamen. Noch einmal, dann beschleunigten die Angreifer von dem Planeten weg auf einem Kurs, der sie nah an der *Zaid-Dayan* vorbeiführte. Huron sah Sass nur an; sie schüttelte den Kopf und bemerkte auch den Blick der Waffenoffizierin. Halt durch, sagte sie ihrem Alter ego, das in ihrer Phantasie hilflos im Innern des Frachtschiffs lag. Wir sind hier; wir werden euch verfolgen. Aber sie wußte, daß ihre Gedanken diesen Kindern nicht das mindeste nützten – und nichts konnte das Leid ungeschehen machen, das man ihnen bereits zugefügt hatte.

neuntes kapitel

Allzu bald gaben der Frachter und sein Begleitschiff zu erkennen, daß sie sich darauf vorbereiteten, das System zu verlassen. Kraftvolle Zusatzturbinen wälzten sie durch den Gravitationsschacht des Planeten – ein billiges und verläßliches, wenn auch grobschlächtiges System. Sassinak fragte sich, ob der Frachter, der sie selbst damals fortgeschafft hatte, von einem Begleitschiff eskortiert worden war – oder ob die Aktivitäten der Flotte in den letzten zwanzig Jahren zumindest diese Auswirkung gehabt hatten. Wenn man die Kosten für jedes Schiff, für Mannschaft und Bewaffnung bedachte und wenn die Flotte Begleitschiffe erforderlich gemacht hatte, dann mußte entweder die Gewinnspanne der Sklavenhändler viel kleiner sein oder der Sklavenhandel weit mehr Geld einbringen, als alle vermuteten. Und warum?

»Commander Sassinak…« Diese Anrede, völlig korrekt, aber etwas förmlicher, als es einem Captain gegenüber an Bord üblich war, brachte ihr zu Bewußtsein, wie beunruhigt die Brückenmannschaft war. Sie sah zu Arly hinüber, und die Seniorwaffenoffizierin deutete auf ihr Display. »Wir haben endlich klare Daten über ihre Waffensysteme… wieder ein gefährliches Schiff.«

Sassinak kam die Ablenkung gelegen, und sie beugte sich über das Display. Weil die Mannschaft des Begleitschiffs an seinen IFF-Anlagen herumgepfuscht hatte, mußten sie sich auf andere Meßmethoden verlassen, um seine Klasse und Bewaffnung zu ermitteln; Methoden, die als unauffällig galten, bislang aber nur an Flottenschiffen gegengetestet worden waren. Jetzt mußte sie herausfinden – auf Kosten ihres eigenen Schiffs, falls die Entwickler sich irrten –, wie genau und unauffällig sie wirklich waren.

»Patrouillenklasse; etwas zu groß und zu gefährlich, als daß jemand außerhalb der Flotte es legal erwerben könnte«, fuhr Arly fort und unterstrich das Offensichtliche. »Wahrscheinlich ein modifiziertes und umgebautes legales Begleit- oder Patrouillenschiff für den Insystem-Einsatz. Es könnte aber auch ein erbeuteter Rumpf aus Beständen sein, die für die Verschrottung bestimmt waren.«

»Ich hoffe nicht«, sagte Sass. »Wenn es eine Schwachstelle in unserem Verschrottungs- und Recyclingsystem gibt, könnten wir uns einem zusammengestohlenen Schlachtschiff gegenübersehen.«

»Rumpf und Konstruktion entsprechen am ehesten einem Insystem-Begleitschiff des Vannoy-Verbandes. Wenn sie noch einen FTL-Antrieb nachgerüstet haben…« – die Finger der Waffenoffizierin tanzten über die Bedienungselemente, und das Display teilte sich vertikal. Auf einer Hälfte zeigte eine schematische Graphik die von ihr vermuteten Änderungen – »…und die Innenräume deutlich ausgefüttert – dann hätten sie zwar an Raum für die Mannschaft eingebüßt, aber die nötige Tragfähigkeit gewonnen für *das hier*.« Ein letztes Zucken mit dem Zeigefinger, und die Bewaffnung, welche die Detektoren und Computer der *Zaid-Dyan* nachgewiesen hatten, wurde aufgelistet.

»Für *das*?!« Sassinak starrte die Liste an. Ein Schiff, das nur ein Drittel des Masse ihres eigenen erreichte, führte ein nahezu identisches Waffenarsenal mit einer netten Mischung aus Geschossen, Strahlenwaffen und Sprengstoffen mit sich.

»Nur gut, daß wir nicht gleich auf die losgegangen sind«, sagte die Waffenoffizierin ruhig. Ihr Gesichtsausdruck war völlig neutral. »Das hätte übel ausgehen können.«

»Es wird noch übel«, sagte Sassinak ebenso ruhig. »Wenn wir sie erwischen.«

»Wir *verfolgen* sie doch bloß.« Es klang nicht ganz wie eine Frage.

»Ja, ganz recht. Und sobald wir ihre Zielkoordinaten kennen, werden wir die Flotte einschalten.«

Aber so einfach war das nicht. Die beiden Schiffe entfernten sich von dem Planeten, den sie überfallen hatten, und beschleunigten auf eine sichere Entfernung für einen Übergang in den FTL-Flug. Sassinak hätte den Planeten gern selbst nach Überlebenden (obwohl sie wußte, wie unwahrscheinlich es war, daß es welche gab) und Spuren abgesucht, aber sie konnte es nicht riskieren, daß die Schiffe ihr entkamen, wenn sie den Normalraum verließen. Sie wartete ab, während die Schiffe an Geschwindigkeit gewannen, bis ihre eigenen Scanner nahezu blind sein mußten, als sie sich ihrer Eintrittsgeschwindigkeit näherten. Der Ssli hatte bereits zweimal angefragt, als Sass schließlich den Befehl gab, die Position zu verlagern und ihnen nachzusetzen. Unmittelbar bevor sie in den FTL-Flug übergingen, ließ sie über Standardkontakt eine Nachricht hoher Priorität ans Sektorhauptquartier schicken, in der sie erklärte, was mit der Kolonie geschehen war und wie sie die Täter verfolgen wollte.

Dann ging dieselbe blinde Jagd weiter, die sie schon bei der Verfolgung des Frachters riskiert hatten. Sassinak konnte sich nur ungefähr vorstellen, wie es der Ssli erleben mußte, von dessen Fähigkeit, die Störungen aufzuspüren, sie alle abhingen. Ihr Leben war den Gefahren einer solchen Reise ausgeliefert – der Ssli konzentrierte sich so auf die Spuren ihrer Beute, daß er sie unterwegs nicht vor fatalen Anomalien warnen konnte.

Wenn der Ssli die Bewegungen des Schiffs durch seine Computerschnittstellen steuerte, gab es für die Mannschaft nicht viel zu tun. Sassinak verbrachte zu jeder Schicht einige Zeit auf der Brücke und streifte ansonsten vor allem durchs Schiff und fragte sich, wie sie den Rebellen an Bord finden sollte – ohne dabei die loyal ergebene und ehrbare Mannschaft ganz gegen sich aufzubringen. Dhrossh, der die Verbindung zu ihrer Jagdbeute aufrechterhielt, würde ohne ihren ausdrücklichen Befehl keine IFTL-Verbindung initiieren, aber trotzdem konnte jemand eine Nachricht über UNK oder Hochleistungs-FTL-Kontakt absetzen, nicht um die Angreifer selbst, sondern um deren Verbündeten zu warnen. Das würde Kenntnisse über die Koordinaten eines kartographierten Flottenknotens oder eine Empfangsstation erfordern, aber diese Informationen mochten einem Agenten vorliegen. Sie überlegte, ob sie der Flotte auf demselben Wege regelmäßige Berichte übermitteln sollte, und entschied sich dagegen. Besser wäre es, wenn sie nach der Katastrophe in der Kolonie einige Ergebnisse zu melden hatte.

Sassinak arbeitete einen Dienstplan aus, der unter anderem vorsah, daß sich ständig ein Weber auf der Brücke aufhielt – in erster Linie sollten diese sie sofort unterrichten, wenn etwas geschah, zudem waren sie außerordentlich begabt darin, die subtilsten Regungen von Menschen zu deuten. Sie konnte nur hoffen, daß die Mannschaft ihre Beweggründe nicht durchschauen würde.

Sie war sich deutlich bewußt, wie die Mannschaft zu ihrer Entscheidung stand, vor oder während des Überfalls auf die Kolonie keine Auseinandersetzung mit den Angreifern zu provozieren. Sie konnte sich die Kommentare vorstellen: »Ja, spinnt die Alte denn? Hat jemand sie geschmiert?« Band 8 der umfangreichen *Vorschriften für Konfliktfälle* hatte mehr als einmal in der

Senioroffiziersmesse herumgelegen, aber sie hatte noch nie jemanden dabei überrascht, wie er den fraglichen Artikel las. Sie konnte sich persönlich davon überzeugen, daß einige Mannschaftsteile auf ihrer Seite standen. »Sie ist ziemlich clever, hat schon gemerkt, daß man uns wegpusten würde, bevor wir in Scanner-Reichtweite waren«, sagte einer der Biotechniker an einem Tag, als Sassinak unauffällig eine Routineinspektion des Lebenserhaltungssystems vornahm. »Ich wäre nicht drauf gekommen, daß die ersten Meßergebnisse falsch waren… Wann hat man schon mal davon gehört, daß jemand an seinem IFF rumfummelt?« Sassinak lächelte grimmig; dieser Trick war nicht neu, und die Brückenmannschaft wußte darüber Bescheid. Aber es war ein angenehmes Gefühl, daß sie irgendwo Zustimmung genoß. Schade nur, daß sie ein kleines Leck in der Eingangsreihe der Entgiftungsfilter entdeckte und einen Vermerk über eben jenen Techniker abspeichern mußte, der sie verteidigt hatte.

Das Lebenserhaltungssystem war ohnehin ein ständiges Ärgernis. Zu den im Dock vorgenommenen Umbauten gehörte eine Neuverlegung der meisten Hauptleitungen, die nun in enge, schwer zu wartende Sektoren zusammengedrängt waren, statt durch freie Räume zu verlaufen, wo die Inspektion leicht fiel. Sassinak erinnerte sich an ihren ersten Kreuzer und wie mühselig man sich dort durch die Anlagen hatte zwängen müssen. Angeblich lohnte sich der Aufwand für die nun in der Mittellinie montierten Anlagen, weil sie so vor feindlichen Überwachungssystemen geschützt waren, aber wenn das Lebenserhaltungssystem ausfiel, stünde ihnen eine beschwerliche Rückreise bevor – falls sie überlebten. Sassinak sah mißmutig die großen grauen Zylinder an, die in ursprünglich für Rohrleitungen vorgesehene Aussparungen untergebracht waren. Sie mußten *unbedingt* funktionieren. In der Zwischenzeit traten, entweder wegen der weniger effektiven Anordnung, die einen variableren Leitungsdruck bedingte, oder weil die Leitungen schwierig zu inspizieren waren, in dem einen oder anderen Subsystem wiederholt kleinere Lecks auf.

Natürlich konnte es sich um Sabotage handeln. Deshalb schritt sie Leitungen persönlich ab und versuchte sich angestrengt die Einzelheiten des Systems zu vergegenwärtigen, damit sie wußte, wonach sie suchte. Aber in jedem komplizierten System von Rohren und Pumpen gab es tausend Gelegenheiten für geschickte Sabotageakte, und sie rechnete nicht damit, daß ihr etwas Offensichtliches auffiel. Damit behielt sie recht.

Während im Zuge der Verfolgung die Schiffstage verstrichen und der Ssli davon überzeugt war, daß er die vorausgeeilten Schiffe im Visier hatte, tauchte schließlich Huron bei ihr auf. Und das buchstäblich, denn er stand unversehens mit einer Versöhnungsgabe in ihrer Kabinentür, Wein und Gebäck in den Händen. Sassinak begriff erst, wie sehr sie seine Unterstützung vermißt hatte, als sie das vertraute Grinsen in seinem Gesicht sah.

»Ein Friedensangebot«, sagte er. Typischerweise versuchte er nicht so zu tun, als hätten sie keinen Streit gehabt. Sassinak nickte und bat ihn mit einem Wink herein. Er stellte den Korb voll warmer, süßer Köstlichkeiten auf ihren Schreibtisch und entkorkte die Weinflasche. Sie setzten sich zu beiden Seiten des Gebäckkorbes in bequeme Stühle und machten sich über das Mahl her.

»Ich habe befürchtet, sie würden sich trennen oder wir würden sie verlieren«, sagte er mit einem Seitenblick. »Und als wir dann den letzten Scan des Begleitschiffs durchführten – und sich herausstellte, daß wir ein Duell möglicherweise mit dem Leben bezahlt hätten –, wußte ich, daß du recht gehabt hast, aber ich konnte einfach nicht.«

»Macht nichts.« Sie lehnte sich in den gepolsterten Stuhl zurück. Sie brauchte einfach jemanden, mit dem sie sich unterhalten, mit dem sie sich entspannen konnte – es war noch nicht vorbei, und es würde schlimmer werden, eher es besser wurde, aber wenn Huron ihre Entscheidung akzeptieren konnte…

»Ich wünschte, wir wüßten, wohin sie unterwegs sind!« Er biß so kräftig in sein Stück Gebäck, daß sich flockige Krümel über seinen Schoß verstreuten. Er brummte mit vollem Mund einen Fluch, und Sassinak lachte. Welche Probleme sie auch immer haben mochten – wenn Huron ab und zu in ihrer Kabine übernachtete, war das Leben einfach lustiger.

»Tja. Wünschen wir das nicht alle! Und ich wag's nicht, etwas ans Sektorhauptquartier zu senden, weil es abgefangen werden könnte.«

»Weißt du noch, als der Ssli und das IFTL-System neu an Bord und wir uns hundertprozentig sicher waren, daß niemand sonst so etwas hatte?« Er wischte sich die Krümel vom Schoß und blickte zu ihr mit der schelmisch gehobenen Augenbrauen auf, die sie lieben gelernt hatte.

»Natürlich.« Sassinak fuhr sich mit den Fingern durch ihr dunkles Haar und ließ die Spitzen in seine Richtung peitschen. Er riß die Augen auf und kniff sie wieder zusammen.

»Immer nur eins im Sinn.« Er schüttelte den Kopf über sie.

»Du etwa nicht?« Sassinak deutete auf den leeren Gebäckkorb und die leere Flasche. »Meinst du, ich erkenne einen Köder nicht, wenn ich ihn sehe?«

»So klug und so schön – und noch ein paar Dinge mehr…« Sein Blick brachte zuende, was er mit Worten angefangen hatte, und sie waren schon mehr als halb ausgezogen, als Sassinak daran dachte, ihr Bordfunkgerät auf den ausschließlichen Empfang von Alarmsignalen umzuschalten. Die Brückenmannschaft wußte, was das bedeutete, dachte sie zufrieden, als sie die große, strahlend regenbogenfarbene Bettdecke über sich und Huron zog.

»Ich verstehe nur immer noch nicht«, sagte Huron, sehr viel wacher als sonst um 0200, »wie sie es geschafft haben, all das in einen Rumpf von dieser Größe zu montieren. Besteht ihre Mannschaft aus Zwergen oder was?«

Sassinak hatte ein kurzes Nickerchen eingelegt, und als sie erwachte, überraschte sie Huron dabei, wie er mit den Fingerspitzen verschlungene Schnörkel auf ihren Rücken zeichnete, während er auf das Display unter der Decke starrte. Sie gähnte, strich sich eine verfilzte Haarsträhne aus dem Gesicht und streckte die Hand aus, um das Display abzuschalten. »Später…«

Er schaltete es wieder ein. »Nein, im Ernst!«

»Ich bin schläfrig, im Ernst. Schalte es aus oder schau's dir anderswo an.«

Er blickte sie finster an. »Du bist mir ja ein schöner Flottencaptain. Räkelst dich herum wie eine Schoßkatze nach einem Teller Sahne.«

Sassinak schnurrte laut, gähnte wieder und merkte, daß sie ganz wach wurde, ob es ihr gefiel oder nicht. »Große Waffen, kleiner Rumpf. Das erinnert mich an etwas.« Huron wurde knallrot, und Sassinak schnappte mit den Zähnen nach ihm. »Nenn deinen Captain eine Katze, und du verdienst es, daß du zerfleischt wirst, Freundchen. Wenn wir wieder an die Arbeit gehen wollen, ziehe ich mich jetzt an.« Sie fühlte sich sehr viel besser, entspannt und zugleich völlig klar im Kopf.

Jetzt, da sie wieder wach war, erkannte sie, daß sie die Analyse des Begleitschiffs nicht so gründlich vorgenommen hatte, wie es ihr möglich gewesen wäre. Sie hatte zu angestrengt über ihre wichtigste Entscheidung und deren Konsequenzen nachgedacht. Gemeinsam sahen sie und Huron die Daten mehrere Male durch und begaben sich dann in die Hauptoffiziersmesse. Sie bestellte Arly und Hollister zu sich. Sie blinzelten und gähnten, als sie eintrafen; weil sie der Hauptschicht zugeteilt waren, schliefen sie um diese Zeit normalerweise. Nach einer Tasse Anregungsmittel und eine Mahlzeit kamen sie wieder ganz zu sich.

»Die Frage ist, ob wir uns unserer Daten sicher sein können, selbst dieser letzten Ergebnisse. Basiert das Ding auf einem Rumpf der Patrouillenklasse, und wenn ja, führt es wirklich diese Waffen mit sich, und wenn ja, wie groß ist die Mannschaft und wie hält sie sich am Leben?« Sassinak nahm das letzte Gewürzbrötchen von der Platte, die der Nachtkoch gebracht hatte.

Hollister zuckte die Achseln. »Mit dem neuen Detektorsystem kenne ich mich eigentlich nicht so gut aus, aber wenn das Schiff die angenommenen Dimensionen hat – in Ausdehnung und Masse –, dann dürfte es von der Bewaffnung abhängen. Mit Lebenserhaltungs-, Leit- und Antriebssystemen auf dem neusten Stand würde sie eine fünfzigköpfige Mannschaft brauchen, um normale Schichten abzuleisten – außerdem Waffenspezialisten. Insgesamt gut sechzig oder siebzig Leute. Wenn sie aber lange Schichten fahren, dann insgesamt vielleicht fünfzig, aber damit würden sie Fehler aus Ermüdung riskieren.«

»Aber sie gehen nicht davon aus, daß sie allzu lang in maximaler Leistungsfähigkeit bleiben müssen«, sagte Sassinak. »Sie kommen an, radieren eine Kolonie aus, begleiten den Frachter zu ihrer Basis, wo immer die sein mag, und die meiste Zeit werden sie nicht sonderlich beansprucht.«

»Dann fünfzig. Das bedeutet… hmm…« Er tippte

einige Zahlen ins nächste Terminal. »Ungefähr, was ich mir dachte. Schauen Sie…« Die schematische Darstellung eines Schiffs erschien auf dem Bildschirm am Ende des Tisches. »Das hier ist der Kalorien- und Wasserbedarf für fünfzig Mannschaftsmitglieder… Näherungswerte für ein effizientes System… und das bedeutet, sie brauchen acht Standardfiltereinheiten, acht Sätze von Rekonvertern, dazu die UV-Tabletts…« Während er redete, füllten grüne Linien und Rechtecke die Graphik, die Standardsymbole für Einheiten des Lebenserhaltungssystems. »Diese Schätzung setzt voraus, daß ihre FTL-Route nicht mehr als fünfundzwanzig Standardtage beansprucht und daß sie über denselben Typ von Sauerstoff-Rückgewinnungssystem wie wir verfügen. Die meisten überwachten Routen beanspruchen weniger als zwanzig Tage, wie Sie wissen. Wenn wir nun noch den wahrscheinlichen Antrieb berücksichtigen: wir wissen, daß sie chemischen Insystem-Beschleuniger und FTL verwenden…« Die Antriebskomponenten wurden in blauen Linien dargestellt. »Und den minimalen Platz für die Mannschaft: Zugang und Unterkunft…« Das wurde gelb eingezeichnet. »Waffen?«

Arly übernahm, und das Schema wurde plötzlich mit roten Waffensymbolen gesprenkelt. »Das haben die Scans ergeben, Captain. Ihr IFF war ein regelrechter Tresor; darüber war nichts herauszufinden. Aber die passiven Scans ergaben zwei klar unterscheidbare Muster von Strahlungsaustritten: hier und hier. Und wir haben beobachtet, wie sie die bodengestützten Geschosse abgefangen haben – sie verfügen also über optische Waffen.«

»Und es paßt nicht zusammen«, sagte Huron, der viel zu selbstgefällig klang. »Schauen Sie.« In einer Ecke des Displays blinkte unübersehbar ein Symbol: das angegebene Volumen wurde überschritten.

Arly erschien störrisch. »Ich konnte die Scannerdaten nicht ignorieren.«

»Natürlich nicht.« Weil sie beide den Mund öffneten, hob Sassinak die Hand, um sie beide zum Schweigen anzuhalten. »Hören Sie, Huron, sowohl die Scans wie dieses Schema beruhen teilweise auf Annahmen, die wir über diese Verbrecher getroffen haben. *Wenn* sie ihr Schiff mit einer Mannschaftsstärke besetzen, die wir für verantwortbar halten, *wenn* sie ihre Lebenserhaltungsanlagen nicht überanspruchen, *wenn* einige überschüssige Partikel darauf hindeuten, daß sie eine Neutronenbombe haben … Alles Wenns.«

»Wir müssen gewisse Annahmen machen!«

»Klar. Das tue ich auch. Ich nehme an, daß sie alles andere opfern, um an Schnelligkeit und Feuerkraft zu gewinnen. Sie können keine Zeugen gebrauchen; sie wollen sichergehen, daß sie alles – bis hin, sagen wir, zu einer Schlachtplattform – zu einem Nichts zerschießen können, bevor es Hilfe verständigen kann. Sie wollen in der Lage sein, jedem Verfolger zu entkommen. Sie sind nicht so lang auf Patrouille, wie wir es gewöhnlich sind; sie opfern Bequemlichkeit und einige Grade an Effektivität. Ich wette mit Ihnen, daß ihre Mannschaft zu klein ist und sie tatsächlich jedes Stück Bewaffnung mit sich führen, das unsere Scanner erfaßt haben.«

»Eine geringere Mannschaftsstärke bedeutet, daß ihr Lebenserhaltungssystem kleiner ausfallen könnte«, sagte Hollister.

»Und wenn wir Glück haben, achten weniger Mannschaftsmitglieder auch weniger auf Verfolger.«

»Ich wünschte, ich wüßte, wie gut ihre Feuerkontrollsysteme sind«, sagte Arly und fuhr mit einem Finger über den Rand der Konsole. »Wenn sie etwas wie die Gammasysteme haben, könnten sie uns Schwierigkeiten machen.«

»Schlagen Sie mir vor, nicht einzugreifen?« fragte Sass. Arlys Gesicht verdüsterte sich. Ein Seniorwaffenoffizier konnte einen solchen Rat durchaus erteilen, aber unter den gegebenen Umständen bedeutete das, in dem zurückliegenden Streit Stellung zu beziehen, was Arly bisher abgelehnt hatte.

»Nicht direkt… nein. Aber sie haben fast dieselbe Ausstattung wie wir, die in einem kleineren Rumpf mit anderen Bewegungsmöglichkeiten steckt. Normalerweise mache ich mir über ein Schiff dieser Größe keine Sorge – trotz seiner Wendigkeit kommt es nicht gegen uns an. Aber das hier…« – sie tippte mit dem Zeigefinger aufs Display – »das hier könnte uns erledigen, wenn sie Glück hätten… und ihre Schnelligkeit und Beweglichkeit erhöht die Gefahr. Sagen wir, die Chancen stehen fünfzig zu fünfzig, vielleicht geringfügig günstiger für sie. Ich würde sie mir gern vornehmen, Captain, aber Sie müssen alle Faktoren berücksichtigen.«

»Das tue ich.« Sassinak streckte sich und schüttelte die Anspannung aus ihren Händen. »Und Sie werden sicherlich bald Gelegenheit bekommen, ihre Überlegungen einem Test zu unterziehen. Wenn ihre Mannschaftsstärke und ihre Lebenserhaltungsressourcen knapp bemessen sind, haben sie sicher eine kurze FTL-Route ausgewählt… Inzwischen sind es achtzehn Tage.«

»Da wir gerade von Lebenserhaltungssystemen reden«, sagte Hollister mürrisch. »Der Rieselturm Nr. 9 leckt wieder. Ich könnte ihn außer Betrieb nehmen und neu packen, aber damit würde ich eine ganze Schichtmannschaft beschäftigen.«

Sassinak warf Huron einen Blick zu. »Hat die Navigation irgendwelche Hinweise auf ihr Ziel?«

»Nicht den geringsten. Dhrossh reagiert ziemlich ungehalten auf Nachfragen, und etwa die Hälfte der Gleichungslösungen läßt sich nicht mit den Büchern in Übereinstimmung bringen.«

»Dann behalten Sie den Rieselturm im Auge. Wir haben kein Interesse daran, daß der Technische Dienst beschäftigt ist, wenn wir plötzlich auf Insystem-Antrieb umschalten müssen und ein Kampf bevorsteht.«

Ein weiterer Standardtag verging, und noch einer. Die ganze Mannschaft tat ausschließlich das, was Sass von ihr erwartete. Kein Saboteur oder Rebell erhob sich, um für eine Doktrin der Sklaverei und Planetenpiraterie einzutreten. Zumindest besserte sich Sassinaks Beziehung zu Huron, und die anderen Hitzköpfe in der Mannschaft schienen seinem Beispiel zu folgen. Sie hockte mit Hollister auf den Fersen neben dem Rieselturm Nr. 9 und betrachtete eine dünne Linie schmieriger Flüssigkeit, die aus der Außenhülle gesickert war, als ein leichter Ruck das Schiff durchfuhr und die vom Ssli gesteuerten Antriebscomputer es aus dem FTL-Raum fallen ließen.

zehntes kapitel

Zu dem Zeitpunkt, als Sassinak auf der Brücke eintraf, hatte Huron die Position der Schiffe bereits auf dem großen Display anzeigen lassen.

»Nicht kartographiert«, sagte Sassinak säuerlich.

»Offiziell nicht kartographiert«, pflichtete Huron ihr bei. »Im Randbereich des Sektors – wie Sie sehen, berühren sich die beiden nächstgelegenen vermessenen Gebiete nicht ganz.«

»Und es liegt ein brauchbar großer Abstand dazwischen«, sagte Sassinak. Fünf Sterne weiter in der einen Richtung waren die Vermessungscodes der Flotte rosa. Acht Sterne in die andere waren die Vermessungscodes hellgrün. Und in den anderen Vektoren zeigte sich nichts.

»Die divergierenden Kegel füllen den Raum nicht aus«, sagte Huron. Sie sah ihn finster an; sie hatte sich den Kopf an der Zufuhrmuffe des Rieselturms gestoßen, als die Meldung kam, und außerdem hatte sie auf der Brücke sein wollen, wenn sie in den Normalraum eintraten.

»Dazu hätte es nicht kommen können, wenn diese Vermessungsmannschaften aufgepaßt hätten. Wir haben hier draußen eine ziemlich große Vermessungsanomalie vor uns.« Dann begriff sie, was hier vor sich ging. »Ich frage mich gerade, Huron, ob wirklich jemand einen Fehler gemacht hat oder ob absichtlich eine Lücke gelassen wurde.« Er wirkte bestürzt, und sie fuhr fort. »Von denselben Leuten, denen ein unkartographiertes System so gelegen kam, um sich darin verstecken zu können.«

»Wer vergibt die Vermessungssektoren?« fragte Arly.

»Ich weiß es nicht, aber ich werde es in jedem Fall herausfinden.« Huron hatte den Kreuzer bereits in vollen Tarnmodus versetzt; Sassinak stellte nun über ihr eines Pult eine Verbindung zu dem Biokontakt des Ssli her. Zwei weitere Datenbildschirme wurde vor ihr ausgefahren, zum leichteren Ablesen beleuchtet. »Aber erst, wenn wir das hier erledigt haben – ohne umgebracht worden zu sein. Ich habe das Gefühl, daß ihre Detektorsysteme hier draußen ganz hervorragend arbeiten.«

Die Schiffe, die sie verfolgten, waren aus dem FTL-Raum in den Bereich eines kleinen Sonnensystems gefallen, das nur aus fünf Planeten bestand. Der Stern selbst war ein nicht zu bestimmender kleiner Lichtfleck auf dem Klassifikationsmonitor: klein, leuchtschwach und, wie Huron es ausdrückte, »so klein, wie es ein Stern nur sein kann.« In den ersten Minuten wiesen ihre Instrumente drei große Masseansammlungen auf ›dieser‹ Seite des Sterns nach – vermutlich Planeten oder Planetensysteme, von denen eins das Ziel ihrer Jagdbeute war.

Die anderen Schiffe waren aber immer noch Tage von den ersten Planeten entfernt. Sassinak betonte, daß ihr eigenes Interesse zunächst den Detektorsystemen galt, die die Sklavenhändler benutzten. »Sie verlassen sich bestimmt nicht auf Vermutungen; sie müssen auf irgendeine Weise Schiffe orten können, die zufällig hier auftauchen.«

Huron sah den Hauptbildschirm mit nachdenklich gerunzelter Stirn an, inzwischen ein bewegliches Muster aus blaßblauen und grünen Linien, während die passiven Scanner der *Zaid-Dayan* nach Anzeichen von Datenübertragungen suchten. »Wir können uns hier nicht ewig aufhalten und nach…«

»Nein, wir fliegen rein. Aber ich will sie überraschen.« Auf einmal grinste sie. »Ich glaube, mir ist etwas eingefallen. Haben Sie schon einmal auf einer Welt mit offenem Wasser gelebt, Huron? Und Steine aufs Wasser geworfen?«

»Ja, aber…«

»Jeder sieht das Wasser aufspritzen – und dann versinkt der Stein und ist verschwunden. Wir werden dafür sorgen, daß sie uns orten – und dann nicht mehr –, und wenn wir Glück haben, wird es so aussehen wie ein Schiff, daß gerade im FTL-Raum unterwegs ist und wegen einer Fehlfunktion des Antriebs für einen kurzen Moment in den Normalraum abgesackt ist.«

»Das werden sie doch sehen…«

»Ja. Aber bei unserer besonderen Ausstattung ist es unwahrscheinlich, daß sie uns erfassen, wenn wir uns treiben lassen. Angenommen, wir könnten dem Planeten, den sie benutzen, ganz nah kommen…«

»Es würde helfen, wenn er einen Mond hätte und wenn wir wüßten, welcher es ist.« Während die Stunden vergingen und ihre Suchcomputer die eingehenden Daten bearbeiteten, wurde deutlich, wohin die anderen unterwegs waren. Es handelte sich um einen Planeten, der etwas größer war als das Standardmaß, das die Alte Erde setzte, mit einigen kleinen Monden und einem Ringgürtel.

»Diesmal sind die Götter auf unserer Seite«, sagte Sass. »Danken wir dem Glücksfall, daß unser Universum so kompliziert ist – ein derart unwahrscheinliches Zusammentreffen habe ich noch nie gesehen, aber es ist genau richtig, um einige nicht kartographierte Stücke Schutt zu erzeugen…«

»Zwischen denen wir uns verkriechen können«, betonte Huron.

»Werden Sie auf Ihre alten Tage noch vorsichtig, Lieutenant Commander?« Ihre Frage klang etwas bissig, und er errötete.

»Nein, Captain – aber ich würde es vorziehen, sie mitzunehmen.«

»Ich würde es vorziehen, sie mitzunehmen und an einem Stück heimzukehren. Dafür ist uns schließlich der Ssli behilflich.«

Nach sorgfältigen Berechnungen führte sie Sassinaks Plan in einer Folge von winzigen FTL-Sprüngen ›durch‹ die Außenbereiche des Systems, auf einer Route, die den Computern wie dem Ssli gleichermaßen viel abforderte. Mit einem letzten schwindelerregenden Satz kam die *Zaid-Dayan* zu einem scheinbaren Stillstand und trieb in einigen Kilometern Abstand zu einem großen Trümmerstück durch den Ring, mit leicht von ihm abweichender Geschwindigkeit, was auf die meisten Brocken zutraf. Ihre Scans fingen Funksignale von der Oberfläche auf, die offenbar für das eintreffende Sklavenschiff bestimmt waren. Anfangs war eine Art Warnmeldung über verdächtige FTL-Spuren darunter, aber im Laufe der Stunden wurde deutlich, daß die Oberflächenbasis den Kreuzer nicht entdeckt und genau die Schlüsse gezogen hatte, die Sassinak sich erhofft hatte: daß irgendetwas mit einem defekten FTL-Antrieb das System durchquert hatte und sich jetzt irgendwo anders befand. In der Zwischenzeit hatte die Warnmeldung Signalfeuer und äußere Verteidigungsanlagen aktiviert; Sassinak wußte nun genau, von wo aus die Wachposten ihrer Feinde Ausschau hielten.

Auf der vom Planeten abgewandten Seite eines Mondes befand sich eine kleine Basis, und eine Zwischenstation war so plaziert, daß die Kommunikation zum und vom Planeten über sie geleitet werden konnte. Ein einziger Kommunikationssatellit, der den Planeten umkreiste, deutete darauf hin, daß die Besiedlung sich auf eine Hemisphäre beschränkte – und den Scans zufolge auf eine kleine Region.

»Eine *große* Basis«, lautete Arlys Kommentar, als die Scans außerdem Geschützstellungen auf der Oberfläche nachwiesen. »Mit ihren in den Raum gerichteten Oberflächengeschossen werden wir fertig. Aber diese kleinen Schiffe können uns Schwierigkeiten machen; sie verfügen jeweils nur über eine Handvoll optischer Waffen, aber…«

»Geschätzte Zeit, bis sie starten und eingreifen können?« Sassinak sah zu Hollister hinüber.

»Wenn sie wirklich kampfbereit sind, dann könnten sie in ein, vielleicht zwei Stunden starten. Allerdings hält niemand diese Schätzchen ständig einsatzbereit; dabei würde man zuviel Treibstoff vergeuden. In Systemen wie diesen mit zwei Monden werden sie vorzugsweise aus einem hohen Orbit operieren oder von einem Lagrangepunkt aus. Ich würde sagen, mindestens neunzig Standardminuten von der Alarmierung an… aber werden wir ihre Signale auffangen?«

»Das sollten wir. Was ist mit größeren Schiffen?«

»Es gibt eins, das mit dem Begleitschiff der Sklavenhändler vergleichbar ist, aber es ist außer Betrieb… keinerlei Anzeichen von Aktivität. Mehr als zwei Stunden bis zum Start – mindestens fünf, würde ich sagen. Aber es dauert immer noch dreiundzwanzig Standardstunden, bis die im Anflug befindlichen Schiffe eintreffen, sofern sie ihre Trajektorien einhalten und das ökonomischste Bremsschema anwenden. Wir werden möglicherweise mehr Aktivitäten beobachten, wenn sie näher kommen.«

Aber bis auf kurze Übertragungen zwischen den anfliegenden Schiffen und der Basis in Abständen von vier Stunden tat sich wenig, was die Crew aus dem Weltraum registrieren konnte. Sassinak bestand auf regelmäßigen Schichtwechseln und Ruhepausen für alle, die im Moment nicht im Einsatz waren. Sie folgte ihren eigenen Befehle soweit, daß sie einige Male selbst für vier Stunden ein Nickerchen einlegte.

Dann näherten sich die Schiffe. Zum ersten Mal lösten sie sich voneinander; das Begleitschiff, erkannte Sassinak, flog in einen Orbit um den äußersten Mond ein und achtete auf alles, was ihnen folgen oder ins System eindringen mochte. Der Sklavenfrachter näherte sich auf einem langgezogenen Spiralkurs seinem Ziel.

Weil die Aufmerksamkeit der Basis nun durch die Ankunft des Sklavenhändlers und die des Begleitschiffs durch mögliche Verfolger beansprucht wurde, nahm Sassinak die Gelegenheit wahr und befahl, daß der Insystem-Antrieb der *Zaid-Dayan* gestartet wurde; sie würden aus dem Ringgürtel gleiten und den Sklavenfrachter auf der rückwärtigen Seite des Planeten abfangen, außer Sicht- und Detektorweite des Begleitschiffs.

Alle Stationen wurden mit bereitstehenden Ersatzmannschaften besetzt. Sassinak schaute sich auf der Brücke um und sah in allen Gesichtern dieselbe Entschlossenheit.

Plötzlich blinkte eines der Lämpchen auf Arlys Konsole rot auf, und ein schrilles Pfeifen übertönte die Konversation. Sie ließ die Faust auf das Pult niederfahren und sah wütend zwischen ihren Instrumenten hin und her, dann zu Sass hinüber.

»Es ist ein Torpedo, Captain. Ich hab ihn aber nicht abgefeuert!«

»Wer dann?« Aber die Gesichter, die sie jetzt blaß und reglos anstarrten, wußten keine Antwort. *Wir haben also wirklich einen Saboteur an Bord,* dachte Sassinak, dann gab sie automatisch die Befehle, die dieser neuen Bedrohung entsprachen. Alle Geschütze wurden der Brücke unterstellt, das Schiff automatisch untergliedert, sämtliche Zugänge zu den Computern auf die Brücke beschränkt – und das schnellstmögliche Manöver vollzogen, um sie vom Abschußort des Torpedos weg zu bringen.

»Sie wissen nun, daß hier etwas ist, und sie wissen, daß es bewaffnet ist – wenn wir also die Kinder auf dem Sklavenfrachter retten wollen, tun wir's am besten *schnell.*«

Auf allen Displays auf der Brücke blinkten rote Lichter, zeugten von Scans, die feindliche Aktivitäten registrierten, von Kommunikationsvorgängen und abgefeuerten feindlichen Torpedos.

»Na, klasse! Natürlich haben sie's gesehen, das kommt uns gerade recht!« Huron warf ihr einen unsicheren Blick zu, und sie grinste ihn an. »Aber das Leben ist riskant, nicht wahr? Wenn wir uns ihre bewaffneten Schiffe vornehmen, verlieren wir die Kinder mit Sicherheit, und wenn der Captain dieses Sklavenfrachters halbwegs bei Sinnen ist und eine Spielzeugpistole zur Verfügung an, kann er uns in den Hintern kneifen. Also…« Plötzlich von der Belastung durch seine Tarnvorrichtung befreit, machte die *Zaid-Dayan* einen Satz und näherte sich dem Sklavenschiff. Es war gerade über den Horizont hinweg und hatten keinen direkten Sichtkontakt mehr mit dem Begleitschiff und der Basis unten, aber die abgefeuerten Torpedos würden in ein paar Minuten ins Gewicht fallen. Das Sklavenschiff hatte, vom Funkkontakt mit der Basis abgeschnitten, die Wahl, entweder vom Planeten weg zu beschleunigen oder einen schnelleren Abstieg zu versuchen, aber ob aus Verwirrung oder Resignation – es tat keines von beidem. Und es feuerte auch nicht auf sie.

»Huron!« Er blickte von seiner Konsole auf, als Sassinak rief. »Sie führen die Entermannschaft – bringen Sie das Schiff hier raus und sicher in den nächsten Sektor. Ich gebe Ihnen Parrsit mit; er ist hart im Nehmen, und Currald schickt unser halbes Bodenkontingent.« Sie zählte rasch die anderen Mitglieder der Entermannschaft auf. Huron runzelte die Stirn, als sie die beiden Weber benannte.

»Captain...«

»Keinen Streit jetzt, Huron. Warten Sie ab, bis die beiden Gelegenheit hatten, Sie zu überzeugen – Sie brauchen die Muskeln der Schwerweltler *und* die Fähigkeiten der Weber. Machen Sie sich fertig...« Huron salutierte und verließ die Brücke. Sassinak wartete auf den Bericht der Entermannschaft; die Marines hatten bereits ihre Panzer angelegt, aber die Mannschaft, die den Frachter übernehmen sollte, mußte erst noch in EVA-Anzüge und -Panzer schlüpfen. Sekunden vergingen; die Schiffe näherten sich einander. Als von der vorderen Andockbucht ein grünes Signal kam, nickte Sassinak dem Steuermann zu. »Codes auf die Monitore, Traktorfeld einschalten...« Der Bildschirm zeigte jetzt eine computergenerierte Darstellung des dickbäuchigen Handelsschiffs, deutlich innerhalb der EVA-Reichweite. Es versuchte ein verspätetes Feuer, aber die Schilde schluckten die Energie, und das Traktorfeld hielt es fest und zog es näher heran. Die Entermannschaft, die sich in Angriffskapseln zusammendrängte, deren Navigationscodes das Traktorfeld neutralisierten, sprengte eine Luftschleuse auf und drang ein.

Das Kampf um das Sklavenschiff war kurz und erbittert; als sie in die Schleuse vorgestoßen war, traf die Entermannschaft auf gut bewaffnete und verzweifelte Sklavenhändler, die Mann gegen Mann in den Gängen, zwischen den Decks und schließlich auf der Brücke kämpften. Die Marines verloren fünf Mann, als in einem Gang, den sie für geräumt hielten, hinter ihnen ein letzter verzweifelter Kampf losbrach. Sassinak verfolgte die Kommentare des Marine-Offiziers über ihren Kopfhörer und zuckte zusammen, als sie von den Verlusten erfuhr. Sklavenhändler waren gefährlich; sie wußten, daß ihnen eine Gedächtnislöschung drohte, wenn sie lebend gefaßt wurden. Man mußte wirklich jedes Loch und jeden Winkel überprüfen. Aber von der *Zaid-Dayan* aus konnte Sassinak nichts tun, und sie konnte ihr Schiff nicht verlassen. Das letzte, was die Marines jetzt gebrauchen konnten, war ein Captain, der sie über Funk tadelte. Deck um Deck meldeten die Marines, wie das Schiff befreit wurde; im Hintergrund konnte Sassinak hysterische Schreie hören, die, wie sie annahm, von den Gefangenen stammten.

Schließlich berichtete ein Huron, der noch ganz außer Atem war, daß sie die Mission erfolgreich abgeschlossen hatten, und gab zu, daß die Weber ›mehr als beeindruckend‹ seien. Das Handelsschiff, sagte er, verfügte über genug Treibstoff, Luft und Vorräte für eine Reise auf kürzestem Wege zur nächsten verzeichneten Raumstation, aber es würde ihm wegen der Gefangenen, zwischen sieben- und achthundert Personen, nicht möglich sein, den Insystem-Antrieb maximal zu belasten.

»Sie sind in keiner besonders guten Verfassung, und sie sind halb verrückt vor Panik und Aufregung. Sie wissen nicht das geringste über Schiffsdisziplin; es gibt keine Beschleunigungspuffer, und das Ding verfügt über keinen Nullträgheitskonverter. Ich würde sie alle an den Schotts aufstapeln wie Obst in einer fallengelassenen Kiste.«

»In Ordnung. Wir werden Ihnen Deckung geben. Verschwinden Sie nur, so schnell Sie können, und wenn Sie ausweichen müssen, achten Sie darauf, daß wir vorher davon wissen.«

»Ich kann mit diesem Stück Schrott nicht ausweichen«, sagte Huron, schlagfertig wie immer, selbst in einer Krise. »Wenn ich Glück habe, kann ich darin umherspringen. Und der Navigationscomputer ist ein Witz.«

»Da können wir helfen«, sagte sie. »Was ist ihr sauberster Kommunikationskanal?« Als er ihn genannt hatte, ließ sie von ihren Kommunikationsspezialisten eine Direktleitung zwischen dem Navigationscomputer der *Zaid-Dayan* und dem des Sklavenschiffes einrichten. Jetzt konnte Huron die verschiedenen drohenden Gefahren im Auge behalten und hatte eine Chance, ihnen zu entgehen.

»Passen Sie gut auf«, sagte sie. Sie wünschte, sie hätte es gesagt, bevor er ging. Sie wünschte, sie hätte Zeit für einen echten Abschied gehabt. Sein Gesicht auf dem Videoschirm sah schon anders aus, wie das Gesicht eines anderen Captains... Sie sah, wie er sich abwandte, als jemand aus seiner Mannschaft – die nicht mehr ihre war – eine Frage stellte.

»Sie auch«, sagte er, und sein Gesichtsausdruck zeigte, daß er dasselbe dachte wie sie, was oft vorkam. Sie wollte seine Hand, seine Schulter berühren, ein letztes Mal seinen Körper an ihrem spüren. Aber es war zu spät; er war Captain eines sehr verwundbaren Schiffs, und sie war Captain eines Flottenkreuzers – und selbst wenn sie sich wiedertrafen, wäre es etwas anderes.

Sassinak sah sich unter einer sehr ernsten Mannschaft auf der Brücke um. Einen einzigen Feind zu bekämpfen, war ein Problem – aber mehrere Feinde davon abzuhalten, daß sie einen unbewaffneten Frachter mit begrenzten Manövrierfähigkeiten sprengten, war etwas ganz anderes. Ihnen allen war klar, daß es den Piraten sehr gelegen käme, wenn sie dieses Schiff verloren – es stellte schließlich einen Beweis für ihre Verbrechen dar. Nur würde mit diesem Schiff auch Flottenpersonal verloren gehen – ihre eigenen Freunde und Kameraden.

Aber es blieb wenig Zeit, darüber nachzudenken. Die Geschosse von der Oberfläche waren bereits in Reichweite und hatten alle (wie Sassinak vermutet hatte) den Frachter zum Ziel. Arly schaltete die erste

Angriffswelle problemlos aus und übertrug die von der Explosion erzeugten Daten zur späteren Analyse in einen Hauptspeicher. Wenn es ein Später gab. Denn das Begleitschiff, das seine Maximalbeschleunigung erreicht hatte, würde schon bald auf ihrer Spur hinter dem Horizont des Planeten auftauchen. Huron hatte den Frachter bereits in eine Flugbahn beschleunigt, die aus dem System führte; Sassinak ließ die *Zaid-Dayan* zurückfallen und zum Planeten hin steuern, wo sie leichter die vom Boden geschossenen Projektile abfangen konnten. Die bemannten Schiffe, das wußte sie, waren sicher schon hinter ihnen her: die kleinen Einmann-Destruktorschiffe und das größere Begleitschiff. Sie hatten nur eine Chance, den Frachter zu schützen und sich selbst zu retten, wenn sie jede nennenswerte Deckung ausnutzten, die das komplexe System bot.

Der Hauptbildschirm zeigte jetzt ein Moirémuster aus roten, gelben und grünen Flecken: sichere Bereiche, wo sowohl der Frachter wie der Kreuzer vor allen bekannten Feindbasen und -schiffen geschützt waren, andere Zonen, wo das eine oder das andere bloßlag, und maximale Gefahrenbereiche, wo beide bloßlagen. Auf diesem Muster waren ihr gegenwärtiger und vorausberechneter Kurs in zwei Blauschattierungen dargestellt – und die Darstellung änderte sich jedesmal, wenn ein neuer Faktor ins Spiel kam.

»Wenn diese Blechbüchse nur ein bißchen Power hätte«, brummte Sassinak ungehalten und drückte auf Knöpfen herum, »dann könnte Huron den inneren Mond zu einem Swingby nutzen und vom mittleren noch etwas Beschleunigung mitnehmen, um das System zu verlassen – und das würde ihn auch noch sicher über den Ring hinaustragen. Aber ich wette, das Ding würde die Belastung nicht aushalten.« Die von Hurons Schiff übermittelten Daten bestätigten, daß eine Beschleunigung auf diese Weise nicht in Frage kam. Aber

Sassinak verfügte selbst noch über reichlich Leistungsreserven, sie mußte nur eine zutreffende Vermutung darüber anstellen, wie sich das Begleitschiff ihnen nähern würde.

»Bei einem Swingby um den zweiten Mond wäre der Winkel am günstigsten«, sagte Arly, deren Hände flink an den Instrumenten herumhantierten, als sie die Systeme noch einmal überprüfte.

»Nein – am schnellsten ist der tiefe Korridor, indem das Begleitschiff den Planeten selbst benutzt. Sie würden wie eine Rauchwolke an uns vorbeischießen, vielleicht einen Glückstreffer landen und auf jeden Fall wissen, mit wem sie es zu tun haben. Sie können ein Manöver wagen, zu dem Huron nicht in der Lage ist – es nutzt starke Schwerkrafteffekte aus, aber es würde ihnen Treibstoff sparen, und außerdem könnten sie in zwei Stunden das Ganze noch einmal in umgekehrter Richtung machen.«

»Also?«

»Also steigen wir auf und fliegen ihnen entgegen. Und zwar draußen.«

Die *Zaid-Dayan* vibrierte kaum, als die beweglichsten Insystem-Turbinen, die es überhaupt gab, sie dem Pol entgegen und vom Planeten weg schoben. Sassinak hielt sich am Rande ihres eigenen grünen Bereichs und vergewisserte sich, daß sie jedes Geschoß, das auf den Frachter abgeschossen wurde, mit ihrer optischen LOS-Bewaffnung abschießen konnten. Vor ihnen schleppte sich langsam und behäbig der Frachter dahin. Sassinak versuchte nicht an die Kinder an Bord zu denken und hoffte, daß Huron genug Beruhigungsmittel zur Verfügung hatte.

»Captain – ich hab da was.« Auf einem Monitor zeigte sich eine schwache Störung vor dem dahinrasenden Begleitschiff. Sassinak klopfte auf ihre eigene Konsole, während sie dem Rudertechniker anerkennend zunickte. »Gute Augen, gute Handhabung. Ja – da kommt es auch schon. Schauen Sie, was Sie tun können, Arly.«

Arly entschied sich für einen EM-Strahl, der für Schiffe ohne Schilde tödlich war und die Sensoren der meisten anderen vorübergehend blendete. Sassinak verfolgte die grüne Linie seiner Schußbahn auf dem Monitor; der Strahl selbst war unsichtbar. Etwas flackerte da draußen, und Arly grunzte. »Dachte ich mir doch, daß sie Schilde haben. Aber der Schuß könnte ihre Scanner geblendet haben.« In der Zwischenzeit löste sich ein blaßblauer Blitz in helle Regenbögen auf; das Begleitschiff hatte zurückgefeuert, aber die Schilde des Kreuzers hielten problemlos stand. Sassinak beobachtete auf dem Monitor, wie eine weitere hell orangefarbene Linie die gelbe Zone in ihrer Nähe traf – deutlich daneben, aber bemerkenswert gut gezielt für ein Schiff, daß eben erst von einem EM-Strahl gestreift worden war. Die *Zaid-Dayan* vollführte eins der computergesteuerten Ausweichmanöver und deckte das Heck des Frachters, als das Begleitschiff auf ihn feuerte. Wieder hielten die Schilde des Kreuzers.

Das Begleitschiff, das sich auf dem von Sassinak vorhergesagten Kurs befand, legte nun in hohem Tempo die Strecke zwischen ihnen und dem Planeten zurück. Arly bestrich seinen voraussichtlichen Weg mit einem Sperrfeuer von Torpedos. Gleichzeitig zeigten die Scans die verräterischen weißen Echozeichen von Torpedos, die aus dem Begleitschiff schossen.

»Die sind auf den Frachter gerichtet«, sagte Arly. »Sie haben alle seine Signatur.« Noch während sie sprach, hatte sie ihre eigenen optischen Waffen ausgerichtet. Zwei der Torpedos zerstoben plötzlich in lautlose Lichtwolken, doch ein weiterer vollführte wilde Ausweichmanöver und raste weiter. Arly fluchte und stellte ihr System neu ein. »Wenn dieses Mistding Huron zu nahe kommt, kann ich mit dem hier nichts mehr anfangen.« Wieder schien die Flugbahn des Torpedos sich förmlich aufzubäumen, und er sauste weiter, nun deutlich erkennbar auf das Heck des Frachters zu.

Sassinak öffnete einen Kanal zu Huron auf dem Frachter. »Huron – den Eimer abwerfen!« Die einzigen Verteidigungsmöglichkeiten, die sie ihnen hatten mitgeben können, waren rein passiver Natur gewesen, und diese hier hing davon ab, daß der Torpedo über ein ziemlich dämliches Leitsystem verfügte.

Der ›Eimer‹ war ein kleiner Behälter mit Metallfolienstreifen, bewaffnet mit Explosivstoffen, um sie zu verteilen und in einen heißen Fleck zu verwandeln. Er konnte aus einer Andockbucht oder einer Luftschleuse abgeworfen werden. Wenn Hitze, Licht und eine Wolke von Metallteilen das Torpedo verwirren könnten, wäre der Frachter in Sicherheit. Wenn nicht, würde Sassinak versuchen müssen, den Torpedo mit dem Traktorfeld des Kreuzers zu ›packen‹, eine Technik, die im *Taktischen Handbuch der Flotte* als ›unnötig riskant‹ verworfen wurde.

Sie beobachtete auf dem Monitor angespannt, wie der ›Eimer‹ abgeworfen wurde und hinter dem Frachter zurückblieb. Als er explodierte, änderte der Torpedo den Kurs und jagte darauf zu. Aha – sie setzten also dumme Torpedos ein. Wenn Huron nun genug ›Eimer‹ hatte…

Aber inzwischen hatte das Begleitschiff, das ›unter‹ ihnen hinweggeflogen war, zu dem Frachter aufgeschlossen und seinen Schußwinkel verbessert. Es hatte die Torpedos gesprengt oder umflogen, die Arly über seine voraussichtliche Flugbahn verteilt hatte. Der Ruderoffizier konterte mir einem Kurswechsel, der den Kreuzer erneut zwischen die schlimmste Bedrohung und den hilflosen Frachter brachte. Die Schilde des Kreuzers funkelten, als sie mit Strahlenwaffen beschossen wurden. Arlys Gegenangriff traf auf ebenbürtige Schilde; die abgelenkten Strahlen glühten unheimlich, als sie unter ihnen in die Atmosphäre des Planeten eindrangen.

Unglücklicherweise beschränkte sich die günstigste Position auf einen immer engeren Bereich, weil alle drei Schiffe sich dem Terminator näherten. Dahinter würden allzu bald die eigenen Geschosse und Spähschiffe der Basis aufsteigen, um sich in das Gefecht einzuschalten. Sassinak konnte den Kreuzer nicht zwischen dem Frachter und allen Gegnern halten. *Es gibt keine einfachen Antworten,* dachte sie und öffnete noch einmal einen Kanal zu Huron.

»Wenn Ihr Schiff es durchsteht, dann verschwinden Sie von hier«, sagte sie. »Ich weiß, daß Sie Verletzte haben, aber wir können nicht mehr lang alle aufhalten.«

»Ich weiß«, sagte er. »Wir können uns keinen nahen Vorbeiflug mehr leisten – ich habe für sie getan, was ich kann.« Sie sah auf dem Monitor, daß der Frachter seine Beschleunigungsrate erhöht hatte und jetzt steiler emporkletterte.

»Können Sie einen Swingby um diesen inneren Mond schaffen?« fragte sie.

»Nein – nicht ganz. Aber ich habe eine Lösung.« Auf dem Monitor rechter Hand erschien eine Graphik: bei weitem nicht die ideale Flugbahn, aber sehr viel besser als eben. Sie würde das Angriffsintervall von unten verlängern, und das bemannte Möndchen befände sich auf der anderen Seite des Planeten, wenn sie seinen Orbit durchflogen. Und das Beste war, daß vom Boden abgeschossene Projektile nicht genug Treibstoff hätten, um den Frachter zu erreichen. Nur das Begleitschiff, das bereits eingegriffen hatte, stellte eine ernsthafte Bedrohung dar. Und da es einem Hochgeschwindigkeitskurs folgte, konnte es nicht schnell genug manövrieren, um dem Frachter binnen der nächsten paar Minuten zu folgen. Nicht ohne in den FTL-Raum einzutreten jedenfalls – sofern es über die Fähigkeit verfügte, dies in solch geringem Abstand zu einer großen Masse zu bewerkstelligen.

»Dann viel Glück.« Sie wollte nicht an die Kinder denken, die in den Sklavenunterkünften zusammengedrängt, den erschrockenen Menschen, die unversehens flach aufs Deck oder gegen ein Schott gedrückt wurden und nicht schreien oder sich bewegen konnten. Es konnte ihnen kaum schlechter ergehen, wenn ein Torpedo oder einer der Strahlen einer optischen Waffe sie erwischte.

Die Position der drei Schiffe zueinander hatte sich nun radikal geändert. Die *Zaid-Dayan* war unter den Frachter abgesackt, hielt sich zwischen ihm und dem Begleitschiff, das sich jetzt seinem Wendepunkt näherte, falls es den inneren Mond tatsächlich zu einem Swingby nutzen wollte. Seine bisherige Flugbahn machte das wahrscheinlich. Der Kreuzer mußte nicht mehr tun, dachte Sassinak, als es vom Feuer auf den Frachter abzuhalten, bis der Frachter sich hinter dem Horizont des Planeten außer LOS-Reichweite befand.

Sie hatte gerade den Mund geöffnet, um Arly ihren Plan zu erläutern, als die Lichter sich verdunkelten und die *Zaid-Dayan* zu stolpern schien, als habe der Raum selbst sich plötzlich verfestigt. Ringsum auf der Brücke flackerten rote Lichter: Energieabfall. Bevor jemand reagieren konnte, brannte ein Auflodern von Licht die backbordseitigen Außenkameras durch, und eine Gravitationsschwankung drehte Sass den Magen um. Ein einfacher Griff nach der Konsole wurde zu einem wilden Herumgefuchtel mit den Armen, und dann war ein dumpfer Laut zu hören, als die Normalschwerkraft wieder einsetzte. Jemand schlug hart auf dem Boden auf, und ein erstickter Schrei ertönte; Stimmen redeten in einem wilden Wortschwall durcheinander.

Sassinak holte tief Luft und brüllte durch den Lärm. Sofort kehrte Ruhe ein. Die Lichter flackerten und beruhigten sich wieder. An der Konsole des Ruderoffiziers glühte ein verhängsvoller roter Block aus Warnzeichen, an den anderen blinkten rote Lichter. Der Hauptbildschirm war ausgefallen, leer und dunkel, aber auf einer Seite zeigte eine Steuerbord-Außenkamera eine Art Strahlenwaffe, die harmlos gegen die Schilde flackerte.

»Bericht«, sagte Sass, viel ruhiger, als sie erwartet hatte. Ihre Gedanken überschlugen sich: noch ein Sabotageakt? Aber was und wie, und warum war das Schiff nicht explodiert? Sie konnte aus den Gesichtern der Leute auf der Brücke nichts schließen. Sie wirkten alle erschrocken und wie versteinert.

»Ssli...« sagte eine Stimme aus dem Sprachsynthesizer über den Biokontakt des Ssli. Sassinak runzelte die Stirn. Der Ssli kommunizierte gewöhnlich über Monitor oder Konsole, nicht per Sprache. Einen panischen Augenblick lang fürchtete sie, der Ssli könnte ihr unbekannter Saboteur sein – ausgerechnet der Ssli, von dem der Kreuzer voll und ganz abhängig war –, aber seine Worte beruhigten sie. »Captain, entschuldigen Sie dieses unangekündigte Manöver. Das feindliche Schiff ist in den FTL-Raum übergegangen, um den Frachter zu erwischen – da blieb keine Zeit für Warnungen. Ich habe die ganze Energie auf den Traktor gelegt und den Feind festgehalten. Das hatte einen Energieabfall der Schilde zur Folge, und ein feindlicher Schuß hat die backbordseitigen Triebwerke getroffen.« Ihre Erleichterung schlug gleich in Empörung um: wie konnte es der Ssli nur wagen, ohne Befehle und ohne Warnung zu handeln und ihr Schiff in Gefahr zu bringen! Sie schluckte dieses Gefühl hinunter und schaffte es, mit zusammengepreßten Lippen eine Frage zu stellen.

»Und der Frachter?«

»Vorläufig in Sicherheit.«

»Das Begleitschiff?« Diesmal erschien statt einer Antwort eine Graphik auf ihrem Monitor: das Begleitschiff hatte abgebremst, war von seinem ursprünglichen Kurs abgewichen und versuchte nun, dem Kreuzer zu folgen. Immerhin – sie hatte beabsichtigt, den Frachter in Sicherheit zu bringen und das Begleitschiff in einen Zweikampf mit der *Zaid-Dayan* zu verwickeln. Mit welch unorthodoxen Mitteln auch immer, hatte der Ssli genau das zuwege gebracht – und sie war kaum der Typ, der sich über unorthodoxes Vorgehen im taktischen Bereich beschwerte. Sofern es Erfolg hatte. Ihre Entrüstung verflog so schnell, wie sie gekommen war. Sassinak blickte zu den besorgten Gesichtern auf der Brücke auf und grinste. »Diese miesen Vögel. Sie glauben doch tatsächlich, sie wären uns bei einer direkten Konfrontation gewachsen!« Darauf folgte ein unsicheres Lachen. »Meinetwegen, sie werden's schon sehen. Dank unseres Ssli haben sie den Frachter nicht erwischt, und uns werden sie auch nicht erwischen. Aber jetzt hören wir uns erstmal den Rest an. Bericht!«

Von einer Abteilung nach der anderen trafen die Meldungen ein. Die backbordseitigen Triebwerke waren ausgefallen – wahrscheinlich reparabel, aber es konnte Tage dauern. Die meisten ihrer Tarnsysteme funktionierten noch – glücklicherweise, denn zum Übergang in den FTL-Flug brauchten sie mindestens die Hälfte der Backborddüsen. Die internen Schäden waren minimal: geringfügige Verletzungen durch die Gravitationsschwankung und der Verlust der Backbordkameras. Alle ihre Waffensysteme funktionierten, aber auf die Düsen montierte Detektor- und Suchereinheiten waren weggeschossen worden.

Und wo, fragte sich Sassinak, *finde ich eine nette, ruhige kleine Ecke, wo ich mich verkriechen und Reparaturen durchführen kann?* Sie war nicht mehr ganz bei der Sache, als ihr die letzten Berichte erstattet wurden, sondern konzentrierte sich schon wieder auf das Hauptproblem. Dann hatte sie einen Einfall. Unorthodox, allerdings, und sogar unerhört, aber so würde sie wahrscheinlich alle Feinde beschäftigen und ihre Gedanken von dem Frachter ablenken.

Ihre Leute wirkten bestürzt, als sie die Befehle gab, aber als sie nähere Erklärungen nachlieferte, fingen sie an zu grinsen. Mit einem Klicken und einem Summen wurde der Hauptmonitor wieder aktiv und zeigte ihnen, wohin sie unterwegs waren – sie rasten der Flugbahn entgegen, die Sassinak ursprünglich für das Begleitschiff berechnet hatte.

Die *Zaid-Dayan* hatte durch die Beschädigung der Backbordtriebwerke beträchtlich an Manövrierfähigkeit eingebüßt, aber Sassinak hatte darauf bestanden, daß sie den Schaden nach außen hin schlimmer aussehen ließen, als er es tatsächlich war. Nachdem es den Frachter verloren hatte, würde sich das Begleitschiff mit Sicherheit den ›verkrüppelten‹ Kreuzer vornehmen – und was wäre das für eine Trophäe, wenn es wenigstens ihn erwischte! Als könne der Kreuzer das Begleitschiff nicht mehr registrieren, das nun fast dieselbe Bahn flog, kroch er nur noch so dahin. Ein derartiger Schaden hätte jedes Schiff ohne einen Ssli an Bord blind gemacht… und offenbar war das Begleitschiff nicht mißtrauisch. Sassinak beobachtete, wie es seinen Kurs korrigierte, um sich an den neuen des Kreuzers anzupassen. Ihre Gegner mußten annehmen, daß Sass sich hinter dem Möndchen zu verstecken versuchte – und damit hatten sie sogar recht, aber nicht ganz.

Der Kommunikationsdienst fing eine Übertragung vom Begleitschiff an den einzigen Kommunikationssatelliten des Planeten auf und leitete sie an Sassinaks Platz um. Sass kannte die Sprache nicht, aber sie konnte den Inhalt erraten. »Kommt rauf und helft uns, einen Kreuzer zu kapern!« sagten sie sicher.

Wenn sie klug waren, würden sie von der beschädigten Seite her angreifen und versuchen, die backbordseitige Andockbucht zu sprengen. Bisher hatten sie sich durchaus als klug erwiesen; Sass hoffte, sie würden diese Vorgehensweise selbst für naheliegend halten. Konnten sie wissen, daß es eine normalerweise Truppen vorbehaltene Bucht war? Wahrscheinlich nicht, obwohl es keinen Unterschied machen sollte, wenn sie es wüßten. Praktisch für die Marines, dachte Sass.

»ETA in vierundzwanzig Komma sechs Minuten«, sagte Bures, der Navigationschef. Sassinak nickte.

»Alle legen ihre Panzer an«, sagte sie. Das machte die Sache offiziell und offensichtlich. Die Brückenmannschaft trug nie EVA oder Panzer, außer während der Übungen – aber das hier war keine Übung. Der Feind würde in ihr Schiff eindringen – an Bord des Kreuzers kommen – und es möglicherweise bis hierher schaffen. Das hieß, wenn die Brückenbesatzung Pech hatte. Wenn sie sehr viel Pech hatten. Die Marines, die sich unten um die Truppenandockbucht zusammenzogen, trugen natürlich bereits ihre Kampfpanzer, und das seit Stunden. Sassinak kletterte in ihren weißen Kunststoffmaschenanzug und hakte die verschiedenen Röhren und Kabel ein. Wenn sie den Helm eingerastet hatte, würde ihre Mannschaft sie an dem Anzug erkennen – dem einzigen ganz weißen Anzug, von den vier gelben Ringen auf jedem Arm abgesehen. Aber vorläufig legte sie den Helm noch zur Seite und ließ überprüfen, ob alle elektronischen Kontakte zu den Kommunikationsanlagen und Computern funktionierten.

Der einzige Vorteil der Anzüge bestand darin, daß man kein Klosett aufsuchen mußte, wenn man eins brauchte; der Anzug kümmerte sich selbst darum und um noch viel mehr. Sie merkte an der Erleichterung in einigen Gesichtern, daß sie nicht als einzige eine volle Blase gehabt hatte. Die Minuten verstrichen in ungleichmäßigem Tempo – die Zeit schien dahinzukriechen, dann einen Sprung zu machen, dann wieder zu kriechen. Aus dem Input des Ssli wußten sie, daß das Begleitschiff sich ihrer angeblich blinden Seite annäherte. Wenn es über Außenkameras verfügte, dachte Sassinak, hatte es wahrscheinlich einen guten Blick auf den Schaden – und die gesprengten Triebwerke mußten nach einem beeindruckenden Treffer aussehen. Sie hatte selbst einmal eines gesehen, das an die Samenkapsel einer Pflanze erinnert hatte, welche ihre Samen mit einer explosionsartigen Zerstörung ihrer einst schützenden Hülle freisetzte.

Das Begleitschiff kam immer näher. Sassinak hatte alle notwendigen Befehle erteilt; nun gab es nichts mehr zu tun außer zu warten. Der Ssli meldete den Kontakt einen Augenblick, bevor Sassinak einen leichten Ruck in ihren Fußsohlen spürte. Sie nickte Arly zu, die alle verbliebene Energie auf das Traktorfeld legte. Was immer jetzt geschah, das Begleitschiff und der Kreuzer würden sich erst dann wieder voneinander lösen, wenn eins von beiden überwältigt war. Mit etwas Glück würde das Begleitschiff das Traktorfeld nicht bemerken, weil es im Moment ohnehin nicht zu entkommen versuchte.

Die Innenkameras zeigten die Andockbucht, wo Sass mit dem Angriff rechnete. Es geschah dann auch, daß die Außenluke nach innen gesprengt wurde und in eine Wolke von Trümmerstücken zerstob, die für einen Moment die Sicht versperrten, bis das Vakuum sie nach draußen saugte. Eine Angriffskapsel mit Raupenketten, geradewegs dem Alptraum ihrer Kindheit entsprungen, hüpfte wie irr aus der Andockbucht des Begleitschiffs und seiner künstlichen Schwerkraft in die des Kreuzers hinüber und schlug so hart auf, daß Sassinak vor Mitgefühl mit den Insassen zusammenzuckte, auch wenn es ihre Feinde waren.

»Schlechte Gravitationsabstimmung«, sagte der Ruderoffizier nachdenklich. »Das wird ihnen zu schaffen machen.«

»Da kommen noch mehr«, betonte Arly. Sie saß über ihre Konsole gebeugt und brannte sichtlich darauf, *irgendetwas* tun zu können, obwohl ihre Waffen innerhalb des Schiffs nicht funktionierten. Sassinak sah zu, wie zwei weitere Angriffskapseln aus dem Begleitschiff sprangen, um schwerfällig durch die Andockbucht des Kreuzers zu poltern. Wieviele noch? Sie wollte alle erwischen, aber in der Andockbucht wurde es eng; sie würden bald vorrücken müssen. Ein dünne Stimme – über den Anzugfunk von jemandem – klang aus dem Bordfunkgerät in ihrem Ohr.

»Ich sehe mindestens noch zwei kommen, Sarge. Außerdem einige Kerle in Anzügen.«

Dieser Funkspruch brach mit einem Klicken ab, dafür meldete sich Major Currald, der Befehlshaber der Marines. »Captain – haben Sie das gehört.« Sassinak bestätigte, und er fuhr fort. »Wir glauben, sie werden hier drin erst die Kapseln stapeln und sich dann den Weg freisprengen. Wir haben den ganzen Quadranten geräumt, und alle sind in Position; wenn sie alle Kapseln hier drin unterbringen können, werden wir dann zuschlagen, und wenn nicht, werden wir warten, bis sie die letzte abgeladen haben.«

»Wie Sie wollen; feuern Sie, wenn Sie bereit sind!« Sassinak schaute sich noch einmal auf der Brücke um und sah in keine glücklichen Gesichter. Sich von einem Feind die Türen der eigenen Andockbucht aufsprengen zu lassen, war in der Flotte nicht eben eine gängige Verfahrensweise, und wenn Sass diesen Kampf überlebte, konnte sie durchaus vor dem Kriegsgericht landen. Man würde ihr mindestens vorwerfen, daß sie verheerende Beschädigungen an Flotteneigentum zugelassen und die Erbeutung eines großen Schiffsrumpfs riskiert hatte. Letzteres stimmte allerdings nicht: die *Zaid-Dayan* würde ihren Feinden nicht in die Hände fallen; um das zu verhindern, hatte sie Sprengladungen von Webern legen lassen, die sie als vertrauenswürdig erachtete.

Zwei weitere Kapseln kamen in die Andockbucht; jetzt warteten sechs darauf, wie giftiges Ungeziefer durch ihr Schiff zu kriechen. Sassinak schauderte, verdrängte aber ihre Bedenken. Sie sah auf dem Monitor einen Feind in einem gräulichen Panzeranzug ans innere Bedienpult der Schleuse treten und etwas daran befestigen, ehe er sich wieder zurückzog. Ein gesprengtes Bedienpult war leichter zu reparieren als eine gesprengte Tür. Eine kleine Explosion flackerte weiß auf, dann glitten die inneren Schleusentüren auseinander. Eine Kapseln rollte lautstark los, und ihre Ketten ließen das Deck spürbar beben, als Stahl über Stahl knirschte.

»Drei warten noch, Captain«, meldete die Stimme in ihrem Ohr.

»Gauner in einer Blechbüchse«, sagte jemand auf der Brücke. Sassinak gab nichts darum. Eine nach der anderen drangen die Angriffskapseln, jetzt erfaßt von den Korridormonitoren, ins Schiff ein. Hier war der Korridor breit und bot leichten Zugang für die eigenen Angriffsvehikel der Marines, wenn diese hier beladen wurden.

»Sie können wirklich teuflisch viel Schaden anrichten«, sagte Arly und atmete schneller, während sie zusah.

»Sie werden teuflisch viele Treffer einstecken müssen«, sagte Sass. Die erste Kapsel kam um die Ecke, klappte auf und spie ein Dutzend bewaffneter Angreifer aus, die sich zu beiden Seiten an die Schotts preßten. Inzwischen erreichten die letzten Kapseln des Begleitschiffs die Andockbucht. »Und es wird nicht lang dauern, bis sie sich fragen, warum es niemand bemerkt zu haben scheint…«

Ein wildes Getöse übertönte ihre Worte, bis der Kommunikationsdienst es dämpfte. Der Feind sollte annehmen, daß die beschädigten Sensoren endlich reagierten und daß die ahnungslose Mannschaft der *Zaid-Dayan* erst jetzt die Invasion bemerkte. Auf dem Monitor rollte die erste Angriffskapsel mit nun geschlossener Besatzungsluke um die Ecke und feuerte einen Schuß in den Korridor rechts von ihr ab. Dieser Schuß wurde von den Sperrfeuerspiegeln reflektiert, die man zu diesem Zweck aufgestellt hatte, und zertrümmerte den Geschützturm der Kapsel. Sie rollte weiter, doch als sie eine Markierung auf dem Deck überquerte, öffnete sich von unten eine Luke, und eine Sprengladung riß ihr ein Loch ins Gehäuse. Sassinak konnte auf dem Monitor beobachten, wie sich die Besatzungsluke einen Spaltbreit öffnete und dahinter gepanzerte Gliedmaßen durcheinander fuchtelten, als die Überlebenden im Innern sich zu befreien versuchten. Einer nach dem anderen wurden sie von Scharfschützen der Marines ausgeschaltet, die aus Schießscharten in den Korridor feuerten. Inzwischen hatten sich die zweite und die dritte Kapsel geöffnet und entließen einen Teil ihrer Besatzung. Die zweite rumpelte dann zur Ecke und bog nach links ab.

»Ganz schön dämlich«, kommentierte Arly, die schon etwas weniger blaß schien. »Sie sollten eigentlich merken, daß wir beide Enden decken.«

»So dämlich sind die gar nicht.« Sassinak streckte den Finger aus. Die feindliche Angriffskapsel, die schneller und ohne zu feuern fuhr, versuchte einen Vorstoß bis ans Ende des Korridors. Mit genug Schwung konnte sie mehrere Fallen auslösen und den Kapseln hinter ihr den Weg freiräumen. Der ersten Ladung gelang es zwar, sie abzubremsen, aber nicht, sie aufzuhalten, und selbst nach der zweiten Explosion an einer Kette kroch sie weiter durch den Gang auf den Sperrfeuerspiegel zu. Dieser glitt beiseite, um eins der eigenen Angriffsvehikel der Marines zu enthüllen, das dem Eindringling den Geschützturm wegschoß, bevor er auf das Verschwinden des Spiegels reagieren konnte. Ein weiterer Treffer zerschmetterte es zu einer nahezu flachgedrückten Masse.

»Das ist das letzte Mal, daß ich mich über die zusätzliche Masse auf dem Truppendeck beschwere«, sagte der Ruderoffizier. »Ich hab's immer für eine dumme Verschwendung gehalten, aber ich habe auch nie für möglich gehalten, daß wir einmal an Bord ein Feuergefecht führen würden.«

»Es ist noch nicht vorbei«, sagte Sass, die den Monitor im Auge behalten hatte, der die Andockbucht selbst zeigte. Drei weitere Angriffskapseln waren eingedrungen, und die vorderste bewegte sich gerade auf die Innenluke zu. »Wir werden noch einiges an Ladung verlieren, bevor das erledigt ist.« Noch während sie sprach, glitten hohe Zugangsluken in den Schotts der Andockbucht auf und legten die Batterien frei, die im Fall eines feindlichen Überfalls Feuerunterstützung bereitstellten. Die Waffen waren in aller Eile ummontiert worden, um mit Ladungen in die Andockbucht zu schießen, die so berechnet waren, daß sie nur den Inhalt der Bucht sprengten – nicht aber diesen Quadranten des Kreuzers. Dennoch konnten auf der Brücke alle die Erschütterung durch ihre Fußsohlen spüren, als die großen Geschütze die Kapseln der Angreifer in Fetzen schossen. Von den Besatzungen von fünf Kapseln entkam niemand, aber die vorderste schaffte es, einige Insaßen in den Korridor aussteigen zu lassen, wo sie sich den Überlebenden aus den ersten drei Kapseln anschlossen.

Mit erschreckender Geschwindigkeit teilte sich diese Gruppe in Mannschaften auf und verschwand aus dem Sichtbereich des Monitors. Sassinak schaltete sich durch die über den Quadranten verteilten Monitore und wurde Zeuge einiger unzusammenhängender Szenen: hier graue Kampfpanzer, die durch die Korridore liefen, dort Blitze aus Waffenläufen. Jemand im grünen Panzer der Flotte hatte sich verkrümmt über eine Luke ausgestreckt – Sass merkte sich die Position und tippte sich zum Kommandeur der Marines durch.

Der Computer, schneller als jeder Mensch, stellte jeden Eindringling als eine rote Markierung dar, die sich durch eine schematische Darstellung des Kreuzers bewegte. Die Marines waren grün markiert und bildeten eine Sperrkette um die Andockbucht, und eine Ersatzsperrkette, blau markiert, riegelte den Quadranten ab.

Zumindest fast. Irgend jemand – Sassinak hatte keine Zeit, darüber nachzudenken, welcher jemand – hatte auf dem Truppendeck einen Frachtlift offenstehen lassen. Fünf rote Markierungen stiegen hinein – und der Computer unterteilte den Monitor unversehens in zwei Hälften; eine Hälfte stellte weiter das Truppendeck dar, die andere schematisch den Weg, den der Frachtaufzug nahm. Die Aufzug hielt an und füllte sich mit Luft, bevor er aus dem Vakuum der evakuierten Sektion in die unter Druck stehenden Ebenen fuhr. Aber er war zum Hauptdeck unterwegs!

Sassinak stülpte sich den Helm über den Kopf und rastete ihn ein, riß ihre Waffen von der Konsole und lief zur Tür hinaus. Mit der Zunge drückte sie den Biokontakt an die entsprechende Stelle unter ihrem rechten hinteren Backenzahn und spürte/sah/hörte die fünf anderen, die ihr nach draußen folgten, zwei Weber und zwei Menschen. In ihren Adern kochten Wut und Hochgefühl.

Der Frachtaufzug öffnete sich in den Hauptkorridor, achtern zur Brücke und hinter den Kombüsen, die die Offiziermesse versorgten. Statt nach vorne zum Quergang und dann nach achtern zu gehen, führte Sassinak ihre Gruppe durch die Offiziersmesse und die Kombüse dahinter. Durch die Außenmikros konnte sie die Eindringlinge lautstark rumpeln hören, und über den Helmfunk hörte sie den Kommandeur der Marines noch lautstärker über den tölpelhaften Sohn von einem Ryxi-Eierleger fluchen, der den Aufzug heruntergelassen und nicht abgesperrt hatte. Vor ihnen war der nächste Wachposten in einem Winkel unweit der vorderen Andockbucht postiert. Achtern sah es genauso aus. Das Hauptdeck war nicht konstruiert worden, um verteidigt werden; man hatte nie angenommen, daß es Ziel eines Angriffs sein könnte.

Sie hörten die Eindringlinge nach achtern vorrücken; Sassinaks Computerinterface informierte sie darüber, daß sie alle beieinander waren. Vorsichtig drückte sie die Luke auf, und um ein Haar riß eine Salve sie auseinander und Sassinak die Hand ab. Sie waren alle beieinander, hatten sich aber in verschiedene Richtungen gewandt. Zu spät für eine Überraschung – und der Wachposten konnte ihnen jeden Moment gegenüberstehen. Sassinak tauchte unter der Tür weg und rannte geduckt durch den Korridor, vertraute ihrer Panzerung; sie hielt erst im Frachtaufzug selbst wieder inne und hatte eine angesengte Schulter, aber keine ernste Verletzung – außerdem befand sie sich in einer guten Feuerposition. Hinter ihr kletterten die beiden Weber die Wände hoch, krallten sich an die Decke und jagten wie Riesenkrabben auf die Feinde zu. Die Menschen ihres Trupps hielten sich unten.

Jeder feuerte; Lichtpfeile und Betäuberentladungen und altmodische Projektile schlugen Löcher in die Schotts und das Deck. Letztere kamen von einem ihrer Feinde, und womit sie auch abgefeuert wurden, es schoß schnell hintereinander, wenn auch nicht allzu genau, riß einen der Weber über den Schotts in Fetzen und zermalmte einen Menschen zu einer blutigen Masse. Der andere war verwundet und kauerte sich hinter die spärliche Deckung der Kombüsenluke. Seine Waffe war von den Projektilen getroffen worden und das verbogene Stück Metall gut fünf Meter durch den Korridor geschlittert. Einer der Feinde ging ohne Kopf zu Boden, aber ein anderer erkannte Sassinak offenbar an ihrem weißen Panzer.

»Das ist der Captain«, hörte sie durch den Lautsprecher in ihrem Helm. »Holt ihn euch, dann haben wir das ganze Schiff.«

Du benutzt das falsche Geschlecht, dachte Sassinak bei sich, *und du wirst weder mich noch mein Schiff in die Finger bekommen.* Sie umfaßte ihr Handgelenk und feuerte präzise. In einer grau gepanzerten Brust erschien ein rauchendes Loch.

»Er ist bewaffnet«, rief eine überraschte Stimme. »Captains tragen doch keine...« Diesmal konsultierte sie zuerst ihr Computerinterface, und ihr Nadelwerfer brannte ein Loch in den Helm des Sprechers. Drei Ausfälle – und wo war der andere Weber?

Er drückte sich an die Decke und versuchte ein Fangnetz über die beiden übrigen zu werfen, aber sie wichen nach achtern zurück und feuerten weitgehend ziellos auf Sassinak und den Weber.

»Versucht keine Gefangenen mehr zu machen«, sagte Sassinak in ihr Helmsprechgerät.

Der Weber gab einen Laut von sich, den kein Mensch erzeugen konnte, und wechselte unvorstellbar schnell die Gestalt, während er sich auf einen ihrer Gegner fallen ließ. Sassinak hörte das entsetzte Kreischen aus ihren Lautsprechern, konzentrierte sich aber darauf, den letzten zu erschießen. Sie lag für einen Moment außer Atem da, dann stemmte sie sich hoch und stellte das Bedienungspult des Frachtaufzugs so ein, daß er nur noch mündliche Befehle von der Brückenmannschaft entgegennahm. Der vordere Wachposten lugte, die Waffe im Anschlag, vorsichtig um die Biegung des Korridors. Sassinak winkte ihm zu und meldete sich über den Bordfunk.

»Mit denen sind wir fertig – Sie übernehmen. Ich gehe auf die Brücke zurück.« Der Weber, der den toten Feind umklammerte, ließ ihn los – widerwillig, schien es – und verwandelte sich wieder in seine menschliche Gestalt. Und das *in* seinem Panzer – ein bemerkenswertes Kunststück.

»Ich werde den Medizinischen Dienst verständigen«, sagte er. Auf dem Rückweg durch die Kombüse und die Offiziersmesse erkundigte Sassinak sich nach der Situation auf den unteren Decks. Keine feindliche Gruppe war durchgebrochen; es hatte nicht einmal eine die äußere Sperrkette erreicht, und die Marines hatten nur fünf Mann an die neunundzwanzig toten Feinde verloren. Zwei der Feinde hatten Plasmagranaten geworfen und damit den Rumpf von innen leicht beschädigt, aber der Technische Dienst arbeitete bereits daran. Der Stoßtrupp der Marines war im Begriff, in das Begleitschiff einzudringen, und jemand darin hatte ein Zeichen gegeben, daß er sich ergeben wolle. »Und darin habe ich soviel Vertrauen wie in den Würfel eines Spielers«, sagte der Kommandeur der Marines grimmig.

Als Sassinak auf die Brücke zurückkehrte, trugen alle noch ihre Helme und Panzer und nutzten jede Deckung, die die Brücke bot. Sie nickte, ließ ihren Helm aufspringen und grinste ihre Leute an, plötzlich in gehobener Stimmung und bereit, alles über sich ergehen zu lassen. Helme wurden abgesetzt, die Gesichter darunter lächelten auch, einige verrieten aber immer noch Unsicherheit. Auf den meisten Konsolen blinkten oder leuchteten noch durchgängig rote Lichter – zuviele leuchteten durchgängig.

»Bericht«, sagte sie, und die Berichte kamen. Mit transportablen Optoscannern hatte der Technische Dienst endlich eine Aufnahme der backbordseitigen Düsentrauben gemacht.

»Da ist nicht mehr viel übrig, womit man etwas anfangen könnte«, lautete der verdrießliche Kommentar. »Wir werden auf unser Ersatzteillager zurückgreifen müssen, und selbst dann werden uns noch ein paar fehlen.«

»Aber können wir wieder einen Sprung machen?«

»Oh, sicher, wenn's weiter nichts ist. Aber ich würde es nicht auf eine weitere Jagd durch den FTL-Raum ankommen lassen, wenn Sie Ihren Heimatplaneten wiedersehen wollen. Wir werden damit nach Hause kommen, mehr ist nicht drin. Und das auch nur unter der Voraussetzung, daß wir irgendwo ein ruhiges Plätzchen finden, wo wir arbeiten können. Nach dem, was ich gehört habe, ist das nicht so einfach. Wir werden drei bis fünf Tage brauchen, nur um die Düsen zu reparieren. Was Sie mit der Andockbucht backbord angestellt haben, ist eine andere Sache.«

Sassinak schüttelte den Kopf. Der Technische Dienst meinte immer, das Schiff zähle mehr als irgendetwas sonst. »Ich habe das Loch nicht gesprengt«, sagte sie und war sich dabei wohl bewußt, daß ein Kriegsgericht zu dem Schluß kommen könnte, daß sie dennoch die Verantwortung dafür trug.

Als nächstes war die Gefechtsleitung an der Reihe und berichtete, daß die externen Schilde noch funktionstüchtig waren, zumindest bei normaler Belastung, außer in dem beschädigten Quadranten, wo sie nur noch kleinere Waffen abwehren und einen teilweisen Schutz gegen größere gewährleisten konnten. Ihre eigenen Distanzwaffen waren in guter Verfassung, was auf die Detektor- und Lenksysteme auf der Backbordseite allerdings nicht zutraf. »Sobald wir jemanden rausschicken können, werden wir etwas an den Diopter in der Mitte des Schiffs herumbasteln und sie mit den Gefechtscomputern auf der Backbordseite verbinden – natürlich nicht mit dem, der durchlöchert worden ist.«

Der Navigationsdienst berichtete, daß sie sich fast außer LOS-Reichweite der vom Planeten kommenden Schiffe befanden. »Sie hatten nur ein zweiminütiges Fenster und haben offenbar befürchtet, ihr eigenes Schiff zu treffen, also haben sie nicht gefeuert und werden erst in fünf Stunden wieder in der entsprechenden Position sein.« Sassinak verzog das Gesicht. Fünf Stunden reichten für keine der Reparaturen, außer – vielleicht – für die Justierung der Detektorreihen. Und sie wußte immer noch nicht, wie der Kampf um das Begleitschiff ausgehen würde.

In diesem Moment meldete sich der Kommandeur der Marines und verdrängte einen anderen Berichterstatter aus der Leitung. »Wir haben's geschafft«, sagte er. »Und sie konnten die anderen nicht mehr verständigen; wir haben ein Loch in den Bug gesprengt. Sie sind alle tot – niemand mehr da, dem man Fragen stellen könnte...« Für den Moment machte sich Sassinak keine Gedanken darüber. Sie wollte sich nicht um Gefangene an Bord sorgen müssen. »Sie würden nicht glauben, was alles in diesem Schiff steckt«, fuhr er fort. »Das verdammte Ding ist bis zum Rand voll mit Waffen und Gefechtsausrüstung, wie eine Miniatur-Schlachtplattform. Der Großteil der Mannschaft reist im Kälteschlaf; so haben sie das gemacht.«

»Etwas dabei, das wir gebrauchen können?« unterbrach sie seinen Vortrag. »Wie auch immer – ich schalte Sie zum Technischen Dienst und zum Schadensdienst durch; wenn in dem Schiff Komponenten stecken, die wir benutzen können, bauen Sie das Zeug aus, und dann räumen Sie das Schiff. Sie haben zwanzig Minuten.«

»Alles klar, Captain.« Der Medizinische Dienst war als nächstes dran: achtzehn Verwundete, darunter der Mann, der mit Sass gekämpft, und der Weber, den sie für tot gehalten hatte. Sein Mittelring und eine Extremität hingen noch zusammen, und die Krankenstation meldete selbstgefällig, daß Weber selbst derart schwere Verstümmelungen regenerieren konnten. Eine leichte Verletzung des Rings, aber diese hatten sie zugenäht und das ganze Ding in den Kühlschrank gesteckt. Sassinak schauderte und schaute sich auf der Brücke nach den anderen Webern um, aber sie waren noch nicht zurückgekommen. Sie warf einen Blick auf den Brückenchronometer und riß ungläubig die Augen auf. All das in weniger als fünfzehn Minuten?

elftes kapitel

Durch die Gnade welcher Götter auch immer, die diesen Teil des Weltraums regierten, blieb ihnen eine kurze Atempause, und Sassinak war entschlossen, das Beste daraus zu machen. Sie hatte den Keim einer Idee, wie sie ihnen vielleicht noch etwas Zeit verschaffen könnte. Im Moment allerdings arbeitete ihre Mannschaft mühsam daran, die Luke zur Andockbucht des Begleitschiffs zu demontieren – obwohl sie nicht so groß wie ihre eigene war, ermöglichte sie doch eine viel schnellere Reparatur, als wenn der Technische Dienst gezwungen gewesen wäre, ein vollständiges Ersatzteil herzustellen. Eine weitere Arbeitsgruppe tastete sich die Außenhülle der *Zaid-Dayan* entlang und entwirrte Detektorkabel und -teller, um die beschädigten Backborddetektoren zu ersetzen. Im Innern des Kreuzers räumten die Marines die durchlöcherten Überreste der feindlichen Angriffskapseln beiseite und stapelten die Leichen unweit der Andockbucht auf. Der gesamte Quadrant blieb im Vakuum.

An den Konsolen der Brücke begannen rote Blinklichter zu erlöschen. Ein überschüssiger Zielcomputer ging ans Netz, um einen zu ersetzen, den ein Zufallstreffer zerstört hatte, ein geringfügiges Leck im Lebenserhaltungssystem wurde ohne Zwischenfall repariert, und der Technische Dienst stellte sogar fest, daß eine einzelne Backbordüse Energie abgeben konnte – sie hatte einfach ihre elektrischen Anschlüsse verloren, als die anderen hochgingen. Mit nur einer Kapsel ließ sich nicht viel anfangen, aber trotzdem fühlten sich alle besser.

Nach einer Stunde in der sicheren Phase vergewisserte Sassinak sich, daß man aus dem Begleitschiff alles ausgebaut hatte, was der Technische Dienst für brauchbar hielt, und es leer vom Traktorfeld des Kreuzers festgehalten wurde.

»Also, ich habe folgendes vor«, erklärte sie ihren Senioroffizieren.

»Es wird unsere Manövrierfähigkeit überfordern«, sagte Hollister hinterher und runzelte die Stirn. »Vor allem mit diesem Loch im Rumpf.«

»Der Mond hat keine Atmosphäre – es werden also keine Druckprobleme auftreten«, sagte Sass. »Ich will nur wissen, ob wir genug Energie für eine Abbremsung haben, und ob jemand eine passende Stelle gesehen hat?«

Bures, der Senior-Navigationsoffizier, zuckte die Achseln. »Wenn Sie einen zerklüfteten kleinen Mond als Versteck suchen, dann ist dieser ideal. Wieder von dort wegzukommen, ohne entdeckt zu werden, ist zwar ein Problem – er kann sowohl vom Boden wie von dem anderen Mond überwacht werden –, aber solang wir uns nicht rühren und unsere Tarnvorrichtung funktioniert?« Sassinak sah zu Hollister hinüber.

»*Die* funktioniert tadellos – und es ist das erste Mal, daß ich so zufrieden damit bin, wie sie läuft.«

»Dann kann ich jeden Fleck des Mondes empfehlen«, sagte Bures. »Das einzig Regelmäßige an ihm ist seine Unregelmäßigkeit. Und bevor Sie fragen – ja, unsere Oberflächensysteme sind alle in Ordnung.«

In etwa der nächsten halben Stunde ging es äußerst hektisch zu, als Arbeitsmannschaften die Leichen der gefallenen Gegner und Angriffskapseln in das Begleitschiff verfrachteten – zusammen mit Fluchtmodulen aus dem Kreuzer, einem in der Flotte gebräuchlichen Notsignalfeuer und jedem Stück Schrott, das sie noch rüberschaffen konnten. Nicht alles paßte wieder hinein, und fluchende Männer zurrten Netze voll Müll an der Außenhülle des Begleitschiffs fest. Tief im Rumpf des Begleitschiffs und unter den Trümmern in seiner Andockbucht legten sie starke Sprengladungen. Und zuletzt, was das wichtigste war, die Zünder, über deren Timing und Platzierung Arly sich den Kopf zerbrach. Schließlich war alles geschafft, und das Traktorfeld des Kreuzers konnte abgeschaltet werden. Der Insystem-Antrieb der *Zaid-Dayan* kam wieder in Gang und löste sie von dem anderen Schiff, jetzt eine dahintreibende Bombe, die weiter der Flugbahn folgte, die beide Schiffe gemeinsam geflogen waren. Der Kreuzer bremste noch etwas ab und ging an seine Belastungsgrenze, um die Oberfläche des kleinen Mondes zu erreichen, bevor einer der Verfolger in Sichtweite kam.

Erst da erinnerte Sassinak sich daran, daß Hurons Navigationscomputer immer noch an den Computer der *Zaid-Dayan* gekoppelt war. Sie wagte es nicht, mit ihm Kontakt aufzunehmen, hatte keine Möglichkeit, ihn darüber zu unterrichten, daß die heftige Explosion, die sich ereignen würde, nicht die gegenseitige Zerstörung der beiden Kriegsschiffe bedeutete. Das Signalfeuer der Flotte würde ihn überzeugen – und er war nicht entsprechend ausgerüstet, um festzustellen, daß sich das winzige IFF der *Zaid-Dayan* nicht unter den Trümmerteilen befand – nur ein Flottenschiff konnte es in Betrieb nehmen. Sie warf einen Blick auf das Navigationsdisplay – der Frachter raste weiter in sicherer Entfernung davon. Sass tippte den Navigationscode ein und sagte: »Kappen Sie die Verbindung zu Huron.«

Ein erschrockenes Gesicht erwiderte ihren Blick. »Mein Gott, das habe ich ganz vergessen.« Bures Daumen drückte auf die Konsole, und die codierte Markierung für Hurons Schiff sprang von Flottenblau auf neutrales Schwarz um.

»Ich weiß. Ich auch – und er wird das Schlimmste befürchten, es sei denn, die Verbindung ist schon vor einiger Zeit ausgefallen.«

Auf dem Hauptmonitor zeigte die Positionsgraphik den raschen Abstieg des Kreuzers auf die Oberfläche des Mondes. Die Navigationsoffiziere waren alle beschäftigt, murmelten einander oder dem Computer kryptische Kommentare zu; der Ruderoffizier starrte schweigend auf den Manövriermonitor, auf dem um die Ränder des Schiffs die Codes des Technischen Dienstes aufblitzten: gelb, orange und gelegentlich rot. Sie hatte sich zerklüftetes Gelände gewünscht, und genau das sah sie hier auf sich zukommen. Wenigstens ergab die Radaranalyse, daß es ein fester Untergrund war, und die Infrarotscans wiesen keine inneren Wärmequellen nach.

Sie landeten haarscharf zwischen zwei ausgezackten Hängen auf dem Grund eines kleines Kraters, mit weniger als acht Sekunden Abweichung von der ersten Schätzung des Navigationsdienstes. Angesichts der unregelmäßigen Form des Kraters war dies ein bemerkenswertes Ergebnis, und Sassinak lächelte den Navigatoren mit gehobenem Daumen zu. Zehn Sekunden später detonierte das Begleitschiff. Sie registrierten einen gewaltigen EM-Impuls, eine grelle Explosion und alle Arten von rauchenden Trümmern, die umhergeschleudert wurden. Und auf der Außenbahn piepste das Notsignalfeuer der Flotte auf jeder Wellenlänge um Hilfe, die seine Konstrukteure in ihm untergebracht hatten.

»Das hat mir Sorgen bereitet«, gestand Hollister mit einem Grinsen, während er zuschaute. »Wenn dieses Ding in unsere Richtung geschleudert worden wäre, hätten unsere Gegner vielleicht beschlossen, sie einzufangen und auszuschalten. Ich hatte es auf die andere Seite montiert, aber trotzdem…«

»Die Götter sind uns gewogen«, sagte Sass. Sie sah in die Runde und blickte jedem einzelnen in die Augen. »Also gut, Leute, soweit haben wir's geschafft. Wir bleiben jetzt eine Zeitlang in unserem Versteck und verhalten uns *vollkommen* ruhig, bis sie überzeugt sind. Dann erfolgen die Reparaturen. Danach, denke ich, sollten wir die Flotte besser darüber unterrichten, daß wir nicht wirklich abgeschossen worden sind.« Ihre Leute sahen im Ganzen gut aus, dachte sie, immer noch angespannt, aber nicht allzu gestresst und voller Selbstvertrauen. »Vollständige Tarnung«, sagte sie, und die anderen gehorchten, schalteten alle nicht lebensnotwendigen Systeme aus und führten den großen grauen Behältern in der Mitte des Schiffs die nötige Energie zu, damit sie leisten konnten, wozu sie bestimmt sein mochten – Hauptsache, sie funktionierten.

Es bestand allerdings immer noch das Problem, daß es jemanden an Bord gab, der die erste Störung verursacht hatte, und Sassinak wunderte sich, warum während des Flugs nicht weitere Schwierigkeiten aufgetreten waren. Das wäre doch sicher ein geeigneter Zeitpunkt gewesen… es sei denn, sie hatte den Saboteur als Mitglied der Entermannschaft Huron zugeteilt. Ihr Herz krampfte sich zusammen. Wenn das zutraf, wenn ihm nichts auffiel und er deswegen umgebracht wurde – sie schüttelte den Kopf. Dafür war jetzt keine Zeit. Huron befehligte sein eigenes Schiff; er mußte damit fertig werden. Sie mußte glauben, daß er dazu imstande war, und außerdem hatte sie keine andere Wahl. Allerdings konnte der Saboteur auch immer noch hier sein – was war mit diesem ungesicherten Frachtaufzug?

Sie rief Major Currald, den Kommandeur der Marines, und fragte ihn, wer dafür verantwortlich gewesen sei, den Frachtaufzug zu sichern, als dieser Bereich gesperrt wurde.

»Captain, es ist meine Schuld. Ich habe ungenaue Befehle erteilt.«

Sie betrachtete sein breites Gesicht auf dem Monitor. Er ein Rebell? Ein Saboteur? Sie konnte es nicht glauben, nicht bei seinen Referenzen und der Art, wie er den restlichen Einsatz durchgeführt hatte. Wenn er einige mehr durchgelassen hätte, dann hätte der Feind gewonnen. »Nun gut«, sagte sie schließlich. »Nach dem Übergang – wahrscheinlich in etwa vier Stunden – findet in meinem Quartier eine Einsatzbesprechung statt. Wir werden auch von Ihnen Informationen brauchen.«

Gut. Die Sache mit dem Frachtaufzug konnte ein reines Versehen gewesen sein, getreu dem Motto: »Einmal ist ein Versehen, zweimal ist ein Zufall, dreimal ist eine feindliche Aktion.« Das erinnerte sie daran, den Aufzug jetzt, da der Flug vorüber war, von verbalen Befehlen von der Brücke unabhängig zu machen. Auch ein einziges Mal konnte eine feindliche Aktion sein.

Sassinak traf alle Vorkehrungen, die ihr möglich waren, um sicherzustellen, daß nur einige Senioroffiziere Zugang zur Bedienung der äußeren Systeme hatten. Wenn ihre Brückenmannschaft sie sabotieren wollte, gab es eigentlich keine Möglichkeit, dies zu verhindern. Nach vollständiger Aktivierung der Tarnvorrichtungen konnten sie alle nicht mehr tun, als abzuwarten, während sich das feindliche Schiff näherte, und darauf zu hoffen, ob ihre Feinde die Beweise dafür akzeptierten, daß ein wilder und tödlicher Kampf stattgefunden habe. Alle Arten von Trümmern, mit denen sie rechnen konnten, waren vorhanden, und sicher hatte keiner von ihnen eine Ahnung, was die *Zaid-Dayan* eigentlich war. Sie würden nicht wissen, mit welcher Gesamtmasse sie zu rechnen hatten. Außerdem gehörte dieses Flottensignalfeuer, das sich seine elektronische Seele aus dem Gehäuse piepste, gewiß nicht zu den Dingen, die ein noch lebender Captain sich als Zeugnis für sein oder ihr Vorgehen wünschte. Sass zuckte zusammen, wenn sie daran dachte, was geschehen würde, wenn sein Signal endlich eine Relaisstation der Flotte erreichen würde, wenn es ihr vorher nicht gelang, mit unterlichtschnellem Funk eine Nachricht zu übermitteln. Sie sollte dafür sorgen, daß sie ein intaktes Schiff, eine lebendige Mannschaft und eine gute Geschichte vorzuweisen hatte.

In der Zwischenzeit blieb ihnen noch etwas über eine Stunde zu warten, bis das erste feindliche Schiff in Scannerreichweite kam. So unwohl sie sich darin fühlten, sollten sie doch alle in ihrer Schutzausrüstung bleiben, bis es keinen Zweifel mehr daran gab, daß der Feind auf die List reingefallen war. Zwar würde ein solcher Anzug auf dem Mond niemanden lang am Leben erhalten, aber…

»Kaffee, Captain?« Sassinak blickte sich um und lächelte den Steward an, der ein Tablett mit Kannen trug. Sie spürte, das fiel ihr jetzt auf, die Ernüchterung nach einem Kampf. Sie schickte ihn mit einem Wink zum Rest der Brückenmannschaft. Sie konnten alle etwas gebrauchen. Sie selbst aber hatte etwas Besseres als Kaffee… ein privates Laster, wie Abe ihre Vorliebe für Süßigkeiten genannt hatte. Sie hob immer etwas in ihrer Notausrüstung auf, und dies war genau der richtige Zeitpunkt dafür: Schokolade, selten und teuer. Und sie machte süchtig, wie die Ärzteteams sagten, aber nicht mehr als Kaffee. Sie ließ ihre Kanne auf dem Rand der Konsole abkühlen, während sie sich den schmalen braunen Riegel in den Mund schob. Schon viel besser. Während sie abwartete, machte die Mannschaft sich wieder an ihre Routineaufgaben, und Sassinak versuchte ihre Stimmung einzuschätzen. Sie hatten an Selbstvertrauen gewonnen – Sass gefielen die ruhigen, aber entschlossenen

Gesichter, die klaren Blicke und die festen Stimmen. Die meisten Brückenmitglieder suchten Vorwände, um mit ihr sprechen zu können; sie spürte ihre Anerkennung und ihr Vertrauen.

Das erste feindliche Schiff erschien auf einer hohen und schnellen Flugbahn auf dem Scanner, ein Strich auf ihrem schmalen Sichtfeld. Es flog ohne sichtbare Anzeichen für Düsenausstoß und Kurswechsel weiter; der Computer bestätigte es. Ein zweites, das tiefer aus der anderen Richtung kam, folgte binnen einer Stunde. Dieses bombardierte das Möndchen mit Radarimpulsen seiner Zielerfassung, die die *Zaid-Dayan* passiv absorbierte, analysierte und reflektierte, als sei sie nur einer der vielen großen Felsen. Im Laufe der nächsten paar Stunden durchflogen drei weitere kleine Schiffe ihren Scannerbereich; keines von ihnen änderte den Kurs oder zeigte Interesse an dem Mond.

»Ich kann mir nicht vorstellen, daß eins von ihnen genug Treibstoff an Bord hat, um eine umfangreiche Suchaktion zu starten«, sagte Hollister. »Wenn sie das wollten, müßten sie in einen stabilen Orbit eintreten – was dieses Ding nicht empfehlenswert erscheinen läßt.«

»Und ich bin froh darüber.« Sassinak streckte sich. »Mein Gott! Ich kann nicht glauben, daß ich nach dem bißchen Herumgerenne so ungelenk bin…«

»Es ist aber auch auf sie geschossen worden. Wußten Sie, daß Ihr Rückenpanzer sauber durchgeschmolzen ist?«

Das war also die heiße Stelle gewesen, die sie gespürt hatte. »Tatsächlich? Und ich dachte, sie hätten mich verfehlt. Wie auch immer – meinen Sie, daß das andere Begleitschiff auftauchen wird? Und wenn ja, haben sie's genauso mit Waffen vollgestopft wie das andere?«

»Ja, und ja, aber wahrscheinlich nicht innerhalb der

nächsten Stunden. Die kleinen Schiffe dürften von der Explosion berichtet haben. Ich wünschte, wir könnten ihre Übertragungen abhören.«

»Ich auch. Unglücklicherweise sprechen sie nicht alle Standard oder etwas, das dem nahekommt.«

Schließlich kam der Steward zurück, um die leeren Kannen mitzunehmen, und sah Sassinak besorgt an. »Stimmt etwas nicht, Captain?«

»Nein – danke der Nachfrage. Ich habe nur meiner Vorliebe für Schokolade nachgegeben. Ach ja – in...« – sie warf einen Blick auf das Chronometer – »...in fünfzehn Minuten empfange ich die Senioroffiziere zu einer Einsatzbesprechung in meinem Quartier. Bringen Sie doch bitte eine Kanne Kaffee dorthin und auch etwas zu essen. Wir werden uns dort eine Weile aufhalten.« Der Steward nickte und ging. Sassinak wandte sich den anderen zu. »Brückenmannschaft, Sie können jetzt Ihre Panzer ablegen, wenn Sie wollen; halten Sie Ihre Ablösung einsatzbereit. Tarrell...« Damit richtete sie sich an ihren neuen stellvertretenden Kommandeur, einen jungen Mann mit rundem Gesicht.

»Ja, Captain?«

»Übernehmen Sie die Brücke, und sagen Sie den Köchen, sie sollen der Mannschaft Kaffee oder andere Stimulantien auf ihre Stationen bringen. Sobald wir sicher sind, daß uns keine Gefahr droht, werden wir eine Pause machen und allen etwas Ruhe gönnen, aber noch ist es nicht soweit. Ich werde in meinem Büro sein, aber vorher gehe ich in meine Kabine.« Sassinak ging nach achtern in ihre Kabine, stieg aus dem Panzeranzug und sah, daß der Strahl darunter einen verkohlten Streifen in ihre Uniform gebrannt hatte. Mit schmerzverzerrtem Gesicht pellte sie sich den Stoff von der Schulter und betrachtete die Verletzung im Spiegel. Ein roter Streifen, vielleicht ein paar Blasen; sie würde ein wenig daran herumpulen, dann wäre er verschwunden. Es tat nicht weh, es bildete sich aber bereits eine Kruste. Sass grinste ihr Spiegelbild an; nicht schlecht für eine Sechsundvierzigjährige, überhaupt nicht schlecht. Nicht eine silberne Strähne in diesem nachtschwarzen Haar, keine Falten um die Augen – oder sonst irgendwo, was das anging. Nicht zum ersten Mal schüttelte sie den Kopf über ihre Eitelkeit, duckte sich unter die Tür der Kabine hindurch und ließ sich von den dünnen Wasserstrahlen den Schweiß und die Erschöpfung abspülen. Eine saubere, fleckenlose Uniform, einmal mit der Bürste durch ihr lockiges Haar, dann war sie bereit, wieder den Offizieren gegenüberzutreten.

In ihren Büro warteten die Senioroffiziere; sie sah ihren Gesichtern an, daß sie Sassinaks Abstecher in ihre Kabine billigten; nichts konnte falsch daran sein, wenn ihr Captain frisch zurechtgemacht, elegant und in heiterer Laune auftrat. Zwei Stewards hatten eine große Kanne Kaffee und ein Tablett mit Speisen gebracht, Gebäck und Sandwiches. Sassinak entließ die Stewards mit einem Dank und ließ das Essen auf der Wärmplatte stehen.

»Nun gut«, sagte sie und ließ sich in ihren Stuhl hinter dem breiten Kunstholztisch sinken, »wir haben heute einige Probleme gelöst…«

»Und ein paar neue geschaffen. Wer hat den Knallfrosch gezündet, wissen Sie das?«

»Nein, weiß ich nicht. Das ist ein Problem, und es ist Teil eines anderen, das ich später ansprechen werde. Zunächst aber möchte ich Sie alle loben, Sie und Ihre Leute.«

»Tut mir leid wegen dieses Frachtaufzugs…« begann Major Currald.

»Und mir tun Ihre Verluste leid, Major, sowohl hier wie auf dem Frachter. Aber ohne Sie hätten wir keine nennenswerte Chance gehabt. Ich möchte Ihnen insbesondere für Ihre Empfehlung danken, daß wir die Marines unter uns aufteilen sollten, wie es dann auch geschehen ist. Der eigentliche Grund aber, warum wir hier sind, ist der geheime Teil unserer Mission, in den ich Sie nun einweihen möchte.« Sie tippte auf die Schreibtischkonsole, um den Raum gegen mögliche Abhörgeräte abzuschirmen, und nickte, als ringsum die Augenbrauen gehoben wurden. »Ja, es ist wichtig, und ja, es hat mit dem zu tun, was heute geschehen ist. Die Flotte hat mich – hat alle Captains, soviel ich weiß – über etwas unterrichtet, das wir alle schon seit einiger Zeit gewußt oder vermutet haben. Der Sicherheitsdienst ist unterwandert, und die Flotte betrachtet ihre Daten über die persönliche Vergangenheit jedes Flottenmitglieds nicht mehr als zuverlässig. Uns wurde mitgeteilt, daß wir mit mindestens einem feindlichen Agenten auf jedem Schiff rechnen müßten – wir sollen sie aufspüren, ihre Aktivitäten neutralisieren, wenn wir können, sie aber auf keinen Fall über einen der üblichen Kanäle melden.« Sie ließ das Ganze einen Moment lang einsinken. Als Hollister die Hand hob, nickte sie.

»Haben Sie überhaupt irgendwelche Anhaltspunkte bekommen, Captain? Hat man Mannschaftsdienstgrade in Verdacht? Oder sogar Offiziere?« Sein Blick wanderte zu Currald, dessen imposante Körpermaße die anderen klein erscheinen ließ, aber er sprach es nicht aus.

Sassinak schüttelte den Kopf. »Nein. Wir sollten jeden verdächtigen – die Personaldatei könnte manipuliert worden sein, und jede bekannte politische Gruppierung könnte damit zu tun haben. Was einzelne Truppenteile angeht, hat man uns gesagt, daß der Flottensicherheitsdienst die meisten Schwerweltler in der Flotte für loyal hält, daß die Weber nie Anzeichen von Untreue gezeigt haben und daß religiöse Minderheiten, von politischen Bewegungen abgesehen, nicht als wahrscheinliche Kandidaten betrachtet werden. Darüber hinaus aber vom Matrosen, der eine Latrine schrubbt, bis zu meinem stellvertretenden Kommandeur jeder einzelne.«

»Aber warum sagen Sie es uns dann?« fragte Arly mit seitlich geneigtem Kopf.

»Nun, ich sage es Ihnen zunächst einmal deshalb, weil ich Ihnen vertraue. Wir haben gerade eine ziemlich heikle Situation durchgestanden; wir wissen alle, es hätte auch anders ausgehen können. Ich glaube, Sie sind alle der Flotte loyal ergeben, und über die Flotte auch der FES. Abgesehen davon: wenn meine Brückenmannschaft oder meine Senioroffiziere, ob allein oder gemeinsam, abtrünnig geworden wären, dann könnte ich kaum etwas dagegen unternehmen. Sie genießen zuviel Autonomie, und die benötigen Sie auch. Und dann geraten wir in eine Lage, in der Sie eine vorzügliche Gelegenheit haben, mich und die ganze Mission zu sabotieren, und statt dessen bewähren Sie sich glänzend; das gibt mir keinen Anlaß zu Mißtrauen. Wir müssen einander vertrauen, und damit fange ich an Ort und Stelle an.«

»Haben Sie irgendwelche Ideen?« fragte Danyan, einer der Weber, die dem Gefechtstrupp angehört hatten. »Irgendwelche Hinweise?«

»Noch nicht. Es gab heute zwei Vorfälle: es wurde ohne Freigabe ein Torpedo abgefeuert, der unsere Position verraten hat, und und es wurde der Frachtaufzug in einem Bereich offen stehen gelassen, wo leicht ein Eindringen möglich gewesen wäre. Das erste, muß ich annehmen, geschah absichtlich; in meinen zwanzig Jahren als Flottenoffizier habe ich es noch nie erlebt, daß jemand mit absolvierter Ausbildung versehentlich einen Torpedo abgefeuert hat. Das zweite könnte versehentlich oder absichtlich geschehen sein. Major Curald übernimmt die Verantwortung dafür und glaubt, es sei ein Versehen gewesen; das will ich einsweilen akzeptieren. Das andere aber… Arly, wer könnte das Ding abgefeuert haben?«

Die junge Frau runzelte nachdenklich die Stirn. »Ich wollte mir darüber Gedanken machen, hatte aber noch nicht die Zeit dafür – es ist ständig etwas passiert…«

»Versuchen Sie's jetzt.«

»Nun – ich selbst könnte es gewesen sein, aber ich war's nicht. Meine beiden Techniker auf der Brücke kommen in Frage, aber ich glaube, ich hätte sie dabei erwischt – ich kann's nicht beschwören, aber ich bin an ihre Bewegungen gewöhnt, und es würde fünf oder sechs Handgriffe erfordern. Zu diesem Zeitpunkt war die Bewaffnung des Quadranten auf lokale Bewaffnung geschaltet – zumindest teilweise. Im Tarnmodus habe ich üblicherweise einen Techniker auf jeder Station. Das geschieht auch deshalb, um die Mannschaft fernzuhalten, damit sich keine Unglücksfälle ereignen. Der fragliche Torpedo wurde aus dem dritten Quadranten abgefeuert, und dort waren zwei Techniker im Einsatz. Adis und Veron, beide hochrangige Sekundanten. Aber es ist durchaus möglich, daß jemand einen einzelnen Torpedo von einem der verschiedenen Steuerpulte aus aktiviert hat, wenn er vorher Zugriff darauf hatte, um seine Reaktionsfrequenz zu ändern.«

»Was konnten sie über den Stand eines Gefechts wissen?« fragte Sass.

»Ich habe ihnen nur gesagt, daß wir mit dem Insystem-Antrieb diese Sklavenhändler verfolgten und versuchten, uns ruhig zu verhalten und ihnen eine Falle zu stellen. Sie sollten alles auf niedrigem Level halten, aber bereit sein, augenblicklich zu reagieren, wenn der Captain uns brauchte, weil wir möglicherweise in eine Auseinandersetzung geraten und es schnell geschehen würde. Ich hatte erwartet, daß sie auf ihren Posten, aber nicht feuerbereit sind; also einige Tastendrücke von einem Abschuß entfernt, aber nicht mehr als fünf Sekunden Verzögerung.«

»Die ganze Mannschaft wußte, daß wir Sklavenhändlern auf der Spur waren, Captain«, sagte der Mann vom Navigationsdienst. »Die Marines auch, nehme ich an.« Der Kommandeur der Marines nickte. »Also wußten sie, als wir aus dem FTL-Raum austraten, daß wir ziemlich nah dran waren. Der volle Tarnmodus wird im ganzen Schiff durchgesagt, da braucht ein Agent nicht lang nachzudenken, um zu wissen, daß man in diesem Moment auf keinen Fall einen Torpedo abfeuern will.«

»Arly, ich brauche die Namen der Leute, die im Einsatz waren und am ehesten Zugriff hatten.« Sie hatte bereits Adis und Veron eingetippt und sich ihre Personaldateien auf den linken Monitor einblenden lassen. Nichts Offensichtliches – aber sie hatte die Dateien bereits nach offensichtlichen Unstimmigkeiten durchgesehen. »Und wenn Sie Zeit haben, einen vollständigen Bericht über alternative Zugriffsmethoden; wenn ein externes Gerät benutzt wurde, wie es ausgesehen hätte, und so weiter.« Sassinak wandte sich Major Currald zu. »Ich weiß, sie betrachten die Sache mit dem Frachtaufzug als Ihren Fehler, aber wer hätte ihn unter gewöhnlichen Umständen abschließen können?«

»Hm... Höchstwahrscheinlich Sergeant Pardy. Er hatte Wachdienst auf dem Truppendeck, und wenn die Kombüsen gesichert sind, tut er das gewöhnlich. Aber ich hatte ihn abgestellt, um die Montage dieser Sperrfeuerspiegel zu überwachen, weil Carston bereits an der Artillerie arbeitete. Dann wäre da nur noch... Augenblick mal... Unteroffizier Turner, aber sie hat die Entermannschaft begleitet, weil wir zwei Leute mit zusätzlicher medizinischer Ausbildung mitschicken mußten. Ich glaube wirklich, Captain, daß es ein schlichtes Versehen war, das in meine Zuständigkeit fällt. Ich habe mir einfach keine Gedanken darüber gemacht, daß Pardys übliche Mannschaft aufgeteilt wurde, als die Entermannschaft ging, und daß niemand mit dieser Aufgabe betraut worden war.«

Sassinak nickte. Nach dem, was er gesagt hatte, hielt sie selbst ein Versehen für am wahrscheinlichsten – ein fast verhängnisvolles Versehen, aber keine Absicht. Und selbst wenn es Absicht gewesen war, selbst wenn einer der Marines, die jetzt tot waren, einem anderen aufgetragen hatte, es zu tun, würde sie in dem ganzen Durcheinander ohnehin keinen Beweis mehr dafür finden.

»Ich habe nun folgendes geplant«, erklärte sie den Anwesenden. »Wir rühren uns hier nicht mehr, bis wieder Ruhe eingekehrt ist, dann führen wir unsere Reparaturen durch, so gut wir können, und setzten unsere unauffällige Überwachung fort, bis sich irgendetwas anderes ereignet. Wenn die Sklavenhändler beschließen, diese Basis zu evakuieren, würde ich gern erfahren, wohin sie sich absetzen. Selbst wenn sie nicht verschwinden, können wir den Verkehr aus dem und in das System protokollieren. Huron bringt diesen Frachter zur nächsten Station, was mindestens einige Wochen dauert. Wenn ihm etwas zustößt, dann wird unser Signalfeuer – nun ja – der Welt nur mitteilen, wo sich die *Zaid-Dayan* befunden *hat*. Es wird wahrscheinlich Jahre dauern, bis jemand das Signal auffängt, aber irgendwann wird es soweit sein. Wenn wir etwas beobachten, das interessant genug ist, daß wir uns dranhängen können, werden wir es tun; andernfalls werden wir abwarten, ob Huron uns eine Flottille hinterherschickt.«

»Wird er nicht glauben, daß wir zerstört worden sind?« fragte Arly.

»Möglicherweise. Aber er könnte auch darauf kommen, welchen Trick wir angewendet haben – wir haben beide von einem ähnlichen Trick gelesen, der vor langer Zeit von der Marine auf Wasserwelten angewendet worden ist. Aber wie's auch kommt, er weiß, daß hier eine Basis ist, und ich bin mir sicher, daß er es melden wird.« Sassinak machte eine Pause, hatte eine trockene Kehle. »Jemand einen Kaffee? Oder etwas zu essen?« Einige von ihnen nickten. Der Navigator und der Ruderoffizier standen auf, um zu bedienen. Sassinak nahm zwei Stücke ihres Lieblingsgebäcks und nippte an ihrem vollen Becher. Sie runzelte unwillkürlich die Nase. Kaffee war nicht ihr Lieblingsgetränk, aber dieser hatte einen seltsamen Beigeschmack. Major Currald, der einen kräftigen Schluck getrunken hatte, verzog das Gesicht.

»Jemand hat die Kanne nicht gespült«, sagte er. Er probierte noch einen Schluck und runzelte die Stirn. Die anderen schnüffelten an ihren Tassen und stellten sie ab. Der Navigator nippte daran und schüttelte den Kopf. Der Ruderoffizier zuckte die Achseln und füllte den Wasserbehälter am Waschbecken in der Ecke.

Sassinak hatte ein Stück Gebäck abgebissen, um den unangenehmen Geschmack zu überdecken, als Currald würgte und sein Gesicht eine bläulich-graue Färbung annahm. Seine Augen rollten unter schlaffen Lidern zur Decke. Hollister, der neben ihm saß, wälzte ihn hastig vom Stuhl auf den Boden, wo der Kommandeur sich schwerfällig ausstreckte und rauh und ungleichmäßig atmete. »Ein Herzanfall«, sagte er. »Vielleicht wegen der Aufregung heute...« Aber als er nach dem an der Wand befestigten Notset griff, spürte Sassinak eine seltsame Taubheit, die sich über ihre Zunge ausbreitete, und sah die erschrockenen Gesichter derer, die einen Schluck von dem Kaffee getrunken hatten.

»Gift«, brachte sie gerade noch über die Lippen. Ihre Zunge schien in ihrem Mund gewaltig anzuschwellen. »Nicht trinken!« Vor ihren Augen verschwamm alles, und ihr Magen bäumte sich auf. Plötzlich übergab sie sich und spuckte hilflos das bißchen aus, das sie zu sich genommen hatte. So erging es auch Bures und dann Currald, der offensichtlich das Bewußtsein verloren hatte, sich heftig erbrach und das Erbrochene auswürgte. Jemand war aufgestanden und verständigte über den Bordfunk den medizinischen Dienst. Der Arm eines anderen kam in ihr Blickfeld, wischte den Matsch auf und ihr Gesicht ab. Sie nickte, dankbar für die Hilfe, konnte aber immer noch nichts sagen.

Als sie schließlich wieder etwas sah, versuchte Hollister gerade, dem Kommandeur die Luftwege freizuhalten, während Bures immer noch nach vorn gebeugt dahockte, mit wild aufgerissenen Augen und grauem Gesicht. Sie nahm an, daß sie selbst nicht viel besser aussah. Ein letzter heftiger Krampf schüttelte sie durch und krümmte sie um zwei zusammengepreßte Arme. Dann wurde es besser. Ihr Blick klärte sich; sie konnte sehen, daß Arly den Leuten vom Medizinischen Dienst die Tür zu öffnen versuchte, und erinnerte sich, daß das Schloß immer noch ausschließlich auf mündliche Befehle hörte. Sie räusperte sich und brachte einen hörbaren Befehl heraus. Die Tür glitt auf. Als das Ärzteteam an die Arbeit ging, stellte sie die Raumbelüftung auf die höchste Stufe, um den schrecklichen Gestank zu beseitigen, und spülte sich den Mund mit Wasser aus dem kleinen Becken. Das war nicht der Grund gewesen, warum sie darauf bestanden hatte, eine Wasserleitung in ihr Büro legen zu lassen, aber es war zweifellos praktisch. Das Ärzteteam versorgte Currald über einen Schlauch mit Sauerstoff, bevor die Ärzte mit ihr redeten, und dann wollten sie, daß Sass sich sofort auf die Krankenstation bringen ließ.

»Noch nicht.« Sie konnte jetzt deutlich sprechen, obwohl sie annahm, daß sich das Gift noch immer auswirkte. »Ich fühle mich schon wieder gut…«

»Bei allem Respekt, Captain, es ist ein zusammengesetztes Gift. Es könnten verzögerte Wirkungen auftreten.«

»Das weiß ich. Aber später. Sie können sich um Bures kümmern und ein Auge auf ihn haben. Und jetzt hören Sie zu: wir glauben, es war im Kaffee, da drin...« Sie deutete auf die Kanne. »Ich will nicht, daß Panik ausbricht, und ich habe etwas dagegen, wenn sich auf dem Schiff herumspricht, daß jemand versucht hat, die Offiziere zu vergiften. Verstanden?«

»Verstanden, Captain, aber...«

»Aber Sie müssen den Vorfall aufklären. Das weiß ich. Wenn wir die einzigen Opfer sind, ist das eine Sache, aber Sie wollen sicher die anderen schützen – ich empfehle, sofort die Meldung auszugeben, daß diese Eindringlinge hier oben in der Kombüse etwas manipuliert haben und Sie feststellen müssen, ob die Kombüse auf dem Truppendeck kontaminiert wurde.«

»Sofort, Captain.«

»Leutnant Gelory wird Ihnen helfen.« Gelory, ein Weber, lächelte ruhig; sie war die Assistentin des Quartiermeisters, also war dies eine logische Wahl.

Der Transport einer Trage mit dem bewußtlosen Major Currald konnte nicht geheimgehalten werden. Sassinak schmückte umgehend ihre Tarngeschichte über die Eindringlinge aus, die irgendwie die Kombüse für die Offiziersmesse kontaminiert hatten. Die Brückenmannschaft war wütend und besorgt – sie selbst auch –, aber Sass mußte sie kurz allein lassen, um ihre stinkende Uniform auszuziehen. Ihr Gesicht im Spiegel wirkte fast zehn Jahre älter, aber nach einer zweiten Dusche kam die Farbe zurück, und sie fühlte sich fast wieder normal – bloß hungrig.

Bures und den anderen, die von dem Kaffee getrunken hatten, ging es auch besser, und sie hatten die Gelegenheit wahrgenommen, saubere Uniformen anzuziehen. Das war ein gutes Zeichen: wenn sie sich um ihr Aussehen sorgten, konnte es nicht so schlimm gewesen sein. Sie setzte sich in ihren Stuhl und dachte über den Vorfall nach. Ein Giftanschlag, ein offener Frachtaufzug durch die Sperrkette und ein abgefeuerter Torpedo…? Dreimal ist eine feindliche Aktion; so lautete die alte Regel, und sie war sehr viel besser als die meisten alten Regeln. Aber es kam ihr nicht so vor. Sie hatte nicht das Gefühl, als ob es jedesmal *derselbe* Feind gewesen sei. Wenn jemand beabsichtigt hatte, die Sklavenhändler auf das Schiff aufmerksam zu machen – und das war der einzige Grund, um einen Torpedo abzufeuern –, was sollte dann das Gift? Wenn sie alle daran starben, daß sie sich auf den Decks ihre Eingeweide auskotzten, würde die ganze Mannschaft zusammengenommen nicht genug Lärm machen, um aufzufallen. Wollte der Saboteur vielleicht das Schiff in seine Gewalt bringen? Für einen einzelnen war das kaum denkbar; ein Kreuzer war zu kompliziert, um ihn allein zu starten. Was es ein Racheakt, weil die früheren Sabotageakte nicht gefruchtet hatten? Warum hatte derjenige das Gift dann nicht einem Lebensmittel beigegeben, in dem es nicht geschmeckt werden konnte? Der Giftanschlag war ohnehin das Werk eines Dummkopfs – Sass beugte sich vor, um über eine Privatleitung mit dem Medizinischen Dienst zu sprechen, und setzte ihren Kopfhörer auf.

»Ja?«

»Ja, Gift im Kaffee; ein sehr gefährliches Alkaloid. Ja, es gab weitere Fälle, bisher allerdings erst einen Toten.« Dr. Mayerds üblicher geschäftsmäßiger Ton hatte heute eine zusätzliche Schärfe.

Ein Toter. Sass brannten Tränen in den Augen. Es war schlimm genug, im Kampf jemanden zu verlieren, schlimm genug, wenn ihr Schiff schwer beschädigt wurde – aber wenn jemand in der Mannschaft einen Kameraden vergiftete! »Reden Sie weiter«, sagte sie.

»Major Curralد lebt, und wir glauben, daß er durchkommen wird, obwohl es ihm ziemlich schlecht geht. Zwei weiteren ist der Magen ausgepumpt worden; diejenigen, die nur einen Schluck getrunken haben, so wie Sie, haben alles erbrochen. Bisher schlucken alle die Behauptung, daß die Eindringlinge in die erstbesten Behälter in den Kombüsen Gift geschüttet haben – das erscheint plausibel, weil die Kannen gerade draußen standen und kurz darauf zum Kaffeekochen benutzt worden sind. Offenbar waren nicht alle Kannen vergiftet – oder haben Sie auch aus dem ersten Schub getrunken, der auf die Brücke geschickt wurde?«

»Ich nicht, aber andere schon, ohne eine Wirkung zu zeigen. Was noch?«

»Die Konzentration war in den verschiedenen Gefäßen, die wir gefunden haben, höchst unterschiedlich – als hätte jemand eine bestimmte Menge wahllos auf die großen Kessel verteilt, aber nicht auf alle. Insgesamt sind uns elf Fälle gemeldet worden, und es gab neun oder zehn weitere Fälle, in denen sich die Betroffenen nicht so schlecht fühlten, um herzukommen, nachdem sie mit dem Übergeben aufgehört hatten – diesen Fällen gehe ich noch nach. Und was noch wichtiger ist, Captain: wenn Ihre Augen irgendwelche farblichen Veränderungen wahrnehmen – wenn die Dinge anfangen, seltsam auszusehen –, melden Sie sich sofort bei uns. Es gibt Menschen, die mit Verzögerung auf diese Substanzen reagieren; es hat damit zu tun, wie die Leber das ursprüngliche Gift zerlegt. Einige Stoffwechselprodukte durchlaufen eine zweite Zersetzung und verlieren die Hydroxy…«

Sassinak unterbrach sie, bevor sie zu einem begeisterten Vortrag über die Biochemie des Giftes abschweifte. »Alles klar – wenn die Dinge ihre Farbe ändern, komme ich runter. Wir unterhalten uns später weiter.« Sie lächelte unwillkürlich über das leicht mißmutige Schnauben, das über die Leitung kam, als sie die Verbindung unterbrach. Mayerd würde darüber hinwegkommen; sie wußte doch wohl, daß ihr Captain keine Vorlesung über biochemische Reaktionsketten hören wollte.

Also hatte jemand nicht nur die Senioroffiziere, sondern die ganze Mannschaft zu vergiften versucht – oder einen Teil der Mannschaft. Sie fragte sich, wie willkürlich das Gift verteilt worden war. Waren bestimmte Kessel ausgelassen worden, um Freunde zu schützen? Der Giftanschlag ergab aber immer noch keinen Sinn, wenn jemand den Sklavenhändlern helfen wollte. Es sei denn, der Betreffende plante, die ganze Besatzung umzubringen und ihnen irgendwie eine Nachricht zukommen zu lassen – aber wahrscheinlich hätte nur einer der Kommunikationsspezialisten die dafür nötigen Fähigkeiten. Sassinak bemühte sich, nicht mißtrauisch zur Nische des Kommunikationsdienstes hinüberzuschauen. Die Moral war sicher schon angeschlagen genug.

Ihr Bordfunkgerät piepste, und sie setzte sich wieder den Kopfhörer auf. »Sassinak hier.«

Es war noch einmal die Medizinische Offizierin. »Captain, es ist nicht ein beliebiges Alkaloid, es ist ein Alkaloid von einer Pflanze, die nur auf Diplo wächst.«

Sie öffnete schon den Mund, um »Ach ja?« zu sagen, dann wurde ihr klar, was das bedeutete. »Diplo. Oh... nein.« Ein Schwerweltlersystem, von einigen Betroffenen als die problematischste politische Einheit unter den Schwerweltlern angesehen, unverblümt bis zur Unhöflichkeit, was die Pflichten der Leichtgewichte gegenüber ihren stärkeren Vettern anging. »Sind Sie sicher?«

»Ziemlich.« Mayerd klang fast überheblich, und sie

hatte allen Grund dazu. »Captain, das ist eines der Referenzgifte in unserer Datenbank – weil es selten ist und weil seine Struktur dazu benutzt werden kann, andere davon abzuleiten, wenn wir sie durch die Geräte schicken. Es ist genau dies – und ich weiß, daß sie den Namen nicht wissen wollen, weil sie nicht einmal etwas über die Spaltung der Hydroxygruppen hören wollten.« Sassinak zuckte unter der sarkastischen Bemerkung zusammen, ließ sie aber durchgehen. »Und ich kann bestätigen, daß die Substanz *nicht* aus den medizinischen Vorräten stammt; jemand hat es im Privatgepäck mit an Bord gebracht.« Eine langgezogene Pause, dann: »Jemand von Diplo, würde ich meinen. Oder jemand, der dort Freunde hat.«

»Currald ist fast gestorben«, sagte Sass und erinnerte sich, daß die Medizinische Offizierin mehr als eine scharfe Bemerkung über die Schwerweltler und ihren medizinischen Bedarf an ihren Ressourcen geäußert hatte.

»Er könnte immer noch sterben. Ich beschuldige nicht Currald; ich weiß, daß nicht jeder Schwerweltler ein unverbesserlicher Fanatiker ist. Aber es ist ein Gift von einer Pflanze, die auf einem Schwerweltlerplaneten wächst, dessen Bewohner als aggressiv gelten, und das ist eine Tatsache, die Sie nicht ignorieren können. Entschuldigen Sie, ich werde gerufen.« Und mit der jahrhundertealten Arroganz eines Arztes schaltete sie ihr Bordfunkgerät aus und ließ Sassinak vor ihrem sitzen.

Ein Schwerweltlergift. Für die Medizinische Offizierin konnte das nur bedeuten, daß ein Schwerweltler das Gift verabreicht hatte. Aber war das nicht zu einfach? Sassinak dachte an Curralds starres, fast grämliches Gesicht, an seinen resignierten Ton, als er die Verantwortung für den offenen Frachtaufzug auf sich genommen hatte. Er hatte damit gerechnet, daß man ihm die Schuld geben würde; er war bereit gewesen, alles über sich ergehen zu lassen. Sie wußte, daß ihre Einstellung ihn überrascht hatte – und seine Glückwünsche für ihren eigenen erfolgreichen Kampf waren auch etwas überraschend gekommen. Ein Leichtgewicht, eine Frau, und noch dazu Captain – ausgerechnet sie hatte sich einen Panzer angelegt, war durch einen Korridor gerobbt und hatte sich mit dem Feind einen Schußwechsel geliefert? Sie wünschte, er wäre bei Bewußtsein, könnte mit ihr reden, denn von allen Schwerweltlern auf dem Schiff vertraute sie ihm am meisten.

Wenn kein Schwerweltler, führte sie ihre Gedanken weiter, wer dann? Wer wollte einen Streit zwischen den verschiedenen menschlichen Subspezies provozieren? Wer würde dadurch gewinnen? *Ein medizinisches Referenzgift,* erinnerte sie sich… Und das medizinische Personal hatte seine eigenen einzigartigen Gelegenheiten, auf die Nahrungsvorräte zuzugreifen.

»Captain?« Das war ihr neuer Stellvertreter, in ihren Augen viel zu jung und zaghaft, um ihren Anforderungen zu genügen. Von ihm konnte sie sicher keinen Zuspruch erwarten. Sie nickte kühl, und er fuhr fort. »Dieses andere Begleitschiff kommt vorbei.«

Sassinak sah auf den Hauptmonitor, der gerade eine computerverstärkte Version der passiven Scans zeigte. Das Schiff zog ungewöhnlich langsam dahin; sein Kurs würde es durch den dichtesten Teil der sich ausweitenden Trümmerwolke führen.

»Seine Spezifikationen kommen denen des anderen Schiffs ziemlich nahe«, wagte er einen Vorstoß und beäugte sie mit einem fahrigen Gesichtsausdruck, der sie nervös machte. Sie hatte schließlich keine Hörner und keinen spitzen Schwanz.

»Irgendwelche Kommunikation, die wir empfangen können?«

»Nein, Captain. Bisher nicht. Es sendet sie möglicherweise an diesen Relaissatelliten…« Er brach ab, als die Wachoffizierin des Kommunikationsdienstes die Hand hob und winkte. Sassinak nickte ihr zur.

»Spricht krudes Neo-Gaesch«, sagte die Offizierin. »Ich komme kaum mit.«

»Legen Sie's auf meinen Hörer«, sagte Sass. »Das ist meine Muttersprache – oder war es jedenfalls einmal.« Sie hatte über die Jahre regelmäßig Neo-Gaesch für den Fall geübt, daß sie noch einmal Bedarf hätte. Wenn die anderen auch nur den einfachsten Code benutzten, wäre es aber unwahrscheinlich, daß sie ihnen folgen konnte.

Sie benutzten keinen. In einfachem Neo-Gaesch, wenn auch mit einem starkten Akzent, meldete das Individuum auf dem Begleitschiff die Ergebnisse ihrer Untersuchungen der Trümmer. »…und ein stählerner Abfallvernichter, mit Sicherheit keiner von unseren. Ein… ein Kubusleser und eine Kubusdatei. Mit Flotteninsignien und einigen Zahlen beschriftet.« Sassinak konnte nicht hören, welche Antwort kam, aber nach ein paar Sekunden sagte der erste Sprecher: »Dauert zu lang. Wir haben bereits Flottengegenstände geborgen, die Sie überprüfen können. Ich werd's aber markieren.« Es folgte eine lange Pause, dann: »Kann nicht allzu groß gewesen sein – eins ihrer schwer bewaffneten Patrouillenschiffe; eins der neueren. Sie sind angeblich nahezu unsichtbar für alle Instrumente, bis sie angreifen, und fast so schwer bewaffnet wie ein Kreuzer.« Eine weitere Pause, dann: »Ja; bestätigen Verluste der Flotte; einige in Evakuierungskapseln und einige in Schiffskleidung, Uniformen.« Das war das Schlimmste gewesen: sich selbst davon zu überzeugen, daß sie ihre Toten opfern mußte, ohne ihnen die gebührende Ehre zu erweisen, ihre sterblichen Überreste ebenso wie ihr Leben dem Feind hinzugeben, damit die vorgebliche Vernichtung möglichst überzeugend ausfiel.

Als das Begleitschiff aus der Detektorreichweite verschwand, entspannte sich Sassinak. Bis hierher hatten sie es geschafft. Die Sklavenhändler wußten nicht, daß sie noch lebten. Huron und seine bedauernswerte Fracht waren in sicherer Entfernung. Eine beträchtliche Anzahl der Sklavenhändler war tot – und sie bedauerte den Tod keines einzigen.

Aber in der langen Nachtwache, die folgte, wenn sie an die Flottenangehörigen dachte, die von einem feindlichen Roboterarm gepackt wurden, um als Verluste ›bestätigt‹ zu werden, bedauerte sie es ungemein, daß Huron mit dem Frachter davongeflogen war und sie niemanden hatte, der sie trösten konnte.

zwölftes kapitel

Die Reparaturen dauerten wie üblich länger als erwartet. Sassinak kümmerte das nicht weiter; im Moment hatten sie mehr als genug Zeit. Ihrer Erfahrung nach waren Techniker nie damit zufrieden, einfach nur ein defektes Teil auszutauschen; sie wollten es immer von Grund auf neu entwerfen. Deshalb setzte die Montage von Ersatzdüsen die Neumontage der Düsensockel voraus und ihre Angleichung, all das, um die Düsentrauben auf der Backbordseite mit den anderen backbordseitigen Reparaturen in Einklang zu bringen. Hollister wies auf Masse- und Beschleunigungsschwerpunkte hin, füllte ihren Bildschirm mit mathematischen Formeln, die sie normalerweise interessant gefunden hätte, aber im Moment war es ein Wirrwarr von Symbolen, die keinen Sinn ergaben. So wie auch das viel größere Problem der Sabotage am Schiff. Wenn nicht jemand ihre Deckung preisgegeben hätte, wären sie vielleicht ohne dieses große, klaffende Loch in der Seite ihres Schiffs oder ohne ausgefallene Düsen davongekommen. Oder ohne Tote. Es war bei weitem nicht das erste Mal gewesen, daß sie an einem Kampf teilgenommen und Menschen hatte sterben sehen, aber Abe hatte recht gehabt, vor all den Jahren: es war etwas anderes, wenn ihr eigener Befehl sie in den Tod geschickt hatte, nicht ein Befehl, der irgendwo von oben kam.

Schließlich wurden die Techniker und ihre Arbeitsmannschaften doch fertig, und als in den beschädigten Sektoren wieder Druck aufgebaut wurde und die kleinen Lecks pfiffen, bis man sie geflickt hatte, konnte

Sassinak sich davon überzeugen, daß das Schiff selbst in guter Verfassung war. Es benötigte ein wenig Zeit in den Wartungsdocks, aber es war einsatzfähig. Als sich der Druck stabilisierte, kehrten die Einheiten der Marines in ihre Quartiere zurück, sehr zur Erleichterung der Flottenmannschaft, die sich jeweils zu zweit die Kojen hatte teilen müssen, was ihr natürlich nicht gefiel. Es hatte sieben Tage gedauert, nicht drei oder vier oder fünf, aber jetzt war es geschafft, und Normalität kehrte wieder ein.

Currald wurde aus der Krankenstation entlassen, gerade noch rechtzeitig, um seine Einheiten persönlich in ihren eigenen Bereich zurückzubringen. Sassinak hatte ihn täglich besucht, nachdem er wieder zu Bewußtsein gekommen war, aber er hatte sich zu schlecht gefühlt, um viel zu reden. Er hatte nahezu zehn Kilo an Gewicht verloren und sah hager aus.

Sie hielt sich gerade in der Trainingshalle auf und übte mit Gelory den unbewaffneten Nahkampf, als Currald sie zum ersten Mal aufsuchte. Er riß die Augen auf, als er den glänzenden rosa Streifen über ihrer Schulter sah.

»Wer hat das getan?«

»Einer der Piraten hätte mich fast erwischt – einer von den fünf, die es bis aufs Hauptdeck geschafft haben.« Sie antwortete, ohne eine Pause zu machen, wich einem von Gelory Standkicks aus und setzte einen Schlag an, den sie mühelos abblockte.

»Ich wußte nicht, daß Sie verletzt worden sind.« Sein Gesichtsausdruck schwankte zwischen Überraschung und Besorgnis und nahm schließlich seine übliche Ungerührtheit an. Sassinak hatte Gelory ein Handzeichen gegeben, um für einen Moment zu unterbrechen.

»Es war nicht weiter schlimm«, sagte sie. »Dürfen Sie schon wieder arbeiten?«

Er wurde rot. »Ich sollte es langsam angehen lassen, aber Sie kennen das Problem.«

»Ja, bei Niedergravitation schlägt ihr Kalziumspiegel zu schnell um. Ich könnte den Technischen Dienst bitten, in Ihrem Quartier Hochgravitations…«

Er hob die Augenbrauen; Sassinak rechnete sich einen Treffer dafür an, daß sie ein zweites Mal durch seine Maske gedrungen war. »Würden Sie das tun? Es erfordert Energie, und wir sind im Tarnmodus.«

»Das wäre mir lieber, als wenn Ihnen eine Arterie platzt, wenn Sie hier draußen arbeiten, bevor Sie ganz erholt sind. Ich weiß, Sie sind zäh, Major, aber eine Vergiftung kommt Ihrer Art von Kraft nicht zugute.«

»Man sagte, ich könnte das Tretwerk benutzen, aber noch nicht wieder den Gewichtsharnisch.« Das war ein Zugeständnis; das Tretwerk gehörte nicht einmal zum Inventar der Trainingshalle. Currald warf ihr den menschlichsten Blick zu, den sie je an ihm gesehen hatte, und grinste schließlich. »Ich nehme an, Sie werden mich selbst dann nicht für einen Schwächling halten, wenn ich wie einer aussehe.«

»Ein Schwächling hätte eine derartige Vergiftung nicht überlebt, und Schwächlinge werden nicht zu Majors der Marines ernannt.« Sie sprach diese Sätze sehr schroff auf, schnauzte fast, und war froh, den respektvollen Glanz in seinen Augen zu sehen. »Also – wenn Sie und der Medizinische Dienst der Ansicht sind, daß eine Umgebung mit hoher Gravitation Ihnen helfen könnte, vollständig zu genesen, dann teilen Sie es mir mit. Wir haben nicht genug Energie, um mehr als Ihr eigenes Quartier entsprechend zu versorgen, ohne Enttarnung zu befürchten, aber wenigstens das können wir tun. Ich habe keine Ahnung, ob das ausreicht, um überhaupt etwas zu nützen. In der Zwischenzeit würde ich es sehr begrüßen, wenn Sie dem Rat der Ärzte folgen – Sie wollen ja auch nicht, daß die Ihnen in die Führung Ihrer Einheiten reinreden, und sie wissen etwas mehr über Gifte als wir beide.«

»Ja, Captain«, sagte er. Diesmal ohne Vorbehalte, weder defensiv noch schuldbewußt.

»Ich erwarte Sie um 1500 zur Stabskonferenz«, fuhr Sassinak fort. »So, jetzt habe ich noch fünfzehn Minuten, um von Gelorys Fähigkeiten zu profitieren.«

»Darf ich zuschauen?«

»Wenn sie sehen wollen, wie Ihr Captain ein dutzendmal auf den Boden knallt, gerne.« Sie nickte Gelory zu, die sofort angriff, sich so schnell bewegte, daß Sassinak argwöhnte, sie müßte einen Gestaltwechsel vollzogen haben. Etwas, das sich im ersten Moment fast knochenlos anfühlte, versteifte sich zu einem Bein, über das sie gelegt wurde – aber sie rollte sich noch in der Luft zusammen, schaffte es, ein Handgelenk zu packen und riß wiederum Gelory zu Boden. Aber das war der einzige Gestaltwechsel, den Gelory ihr bis zum Ende der Trainingsstunde zumutete. Von da an maßen sie ihre Kräfte als Ebenbürtige, und Sass landete nur noch einmal auf dem Boden. Sie konnte vor Currald nicht fragen, hegte aber den Verdacht, die Weberin wollte, daß sie vor dem Schwerweltler einen guten Eindruck machte.

Die Stabssitzung an diesem Tag versammelte fast dieselbe Gruppe in ihrem Büro wie an dem Tag des Giftanschlags. Sassinak stellte amüsiert fest, daß sich plötzlich niemand mehr an die Kaffeekannen wagte – obwohl die Kaffeesüchtigen bis zu Curralds Rückkehr ihr normales Pensum getrunken hatten.

»Ich bin mir ziemlich sicher, daß *dieser* Kaffee unbedenklich ist«, sagte sie und beobachtete ihre Gesichter, als ihnen ihr eigenes unbewußtes Verhalten auffiel. Als sich alle gesetzt und die ersten zaghaften Schlucke getrunken hatten, brachte sie Currald auf den neusten

Stand, beschrieb die Reparaturen, die wenigen Veränderungen, die für die Marines auf dem Truppendeck notwendig geworden waren, und die direkte Jagd nach dem Giftmischer. Die leitende Medizinische Offizierin hatte ihm bereits gesagt, daß das Gift von Diplo stammte, das wußte sie, und sie faßte zusammen, was sie seitdem herausbekommen hatte.

»Es liegt auf der Hand, daß jeder Saboteur, wie wir bereits diskutiert haben, ein Interesse daran hätte, zwischen den Parteien Streit zu schüren. Mein erster Gedanke war, daß ein Schwerweltlergift auf jemanden hindeutete, der die Schwerweltler in Bedrängnis bringen wollte und wußte, daß ich in dem Ruf stehe, den Schwerweltlern zu vertrauen. Aber wir mußten auch die Möglichkeit in Betracht ziehen, daß tatsächlich ein Schwerweltler den Giftanschlag verschuldet hatte. Es muß jemand mit Zugang zu den Kombüsen gewesen sein – vermutlich zu beiden, obwohl auch die vage Möglichkeit besteht, daß etwas von dem fürs Hauptdeck bestimmten Kaffee aufs Truppendeck gebracht worden ist. Weil wir überall auf dem Schiff bedient wurden, ist es schwer, die Herkunft jeder einzelnen Tasse zurückzuverfolgen, vor allem wenn er oder mehrere von den Stewards an der Sache beteiligt waren.«

»Sie glauben nicht mehr, daß die Eindringlinge offene Behälter vergiftet haben?«

»Nein. Dafür hatten Sie keinen Grund; sie sind davon ausgegangen, daß sie das Schiff übernehmen würden. Sie hätten unsere Vorräte gebraucht. Und vergessen Sie nicht, wir haben noch einen Sabotagefall zu bedenken, den Torpedo.«

»Haben Sie das aufgeklärt, Captain?«

»Nein. Offen gestanden, Major, möchte ich erst damit fortfahren, wenn Sie wieder gesund sind. Ich habe eine Liste von Verdächtigen aufgestellt, und eine davon ist eine junge Frau von zweifelhafter Herkunft.« Sie machte eine Pause; niemand sagte etwas, und Sassinak sprach weiter. »Sie ist als Kleinkind aus medizinischen Gründen von Diplo evakuiert worden – ein unangepaßter Säugling, der nicht auf die Behandlung angesprochen hat. Sie ist auf Palun aufgewachsen…«

»Das ist eine gemäßigte Welt«, sagte Currald nachdenklich. Sassinak nickte.

»Richtig. Sie lebte dort bis zu ihrem dreizehnten Lebensjahr bei einer Schwerweltlerfamilie, die mit ihrer Familie verwandt war. Sie hat einen Antrag auf Anpassung an Niederschwerkraft gestellt, sobald sie konnte, und ist der Flotte beigetreten, nachdem sie die Schule beendet hatte.«

»Aber Sie sind sich nicht sicher…«

»Nein, wenn ich mir sicher wäre, hätte ich sie unter Arrest stellen lassen. Sie hatte Zugang, aber das trifft auch auf mindestens vier weitere Stewards und die Köche zu. Es verhält sich nur so, daß sie die einzige mit einer engen Verbindung zu Diplo ist – nicht zu irgendeinem Schwerweltlerplaneten, sondern zu Diplo. Sie war dort als Erwachsene sogar zweimal in Schutzausrüstung zu Besuch. Natürlich wissen wir nichts weiter darüber. Und jeder, der einen Schwerweltler diskreditieren wollte, hätte sich kaum etwas besseres ausdenken können, als ein Gift von Diplo zu verwenden.«

»Hätte sie den Torpedo abfeuern können?« Currald warf Arly einen Blick zu, die entschieden den Kopf schüttelte.

»Nein, wir haben das natürlich gleich überprüft. Vor allem, als meine beiden Techniker in dem Quadranten auch krank wurden. Aber es ging ihnen noch gut, als der Torpedo abgefeuert wurde, und falls sie nicht gemeinsam drinstecken, entlasten sie sich gegenseitig. Ich persönlich glaube, es ist ein Schuß aus einer Handpulswaffe gewesen, wahrscheinlich aus einer Wartungsluke unten im Korridor, der den Torpedo ausgelöst hat.«

»Sie erinnern sich, daß der Geheimdienst der Flotte jeden Captain gewarnt hat, mit mindestens einem Agenten zu rechnen... man hat nicht gesagt, *nur* mit einem«, sagte Sass. »Ich glaube, der abgefeuerte Torpedo und der Giftanschlag sind zwei so verschiedenartige Aktionen, daß sie auf zwei verschiedene Individuen mit unterschiedlichen Zielen hindeuten. Aber ich kann mir nicht recht vorstellen, was jemand hoffte, mit einer wahllosen Vergiftung zu erreichen. Es sei denn, der Giftmischer habe eine Gruppe von Komplizen, die das Schiff übernehmen wollten.«

Currald seufzte und verschränkte die Finger. Selbst von der Krankheit ausgezehrt, übertraf er alle anderen am Tisch noch an Gewicht, und sein düsteres Gesicht sah gefährlich aus. »Captain, Sie haben den Ruf, fair zu sein...« Er brach ab, sichtlich unzufrieden mit diesem Anfang, und fing von vorn an. »Hören Sie, ich bin nur der Kommandeur der Marines; ich habe mit Ihrer Schiffsbesatzung nicht viel zu tun. Aber ich weiß, daß Sie alle glauben, Schwerweltler bleiben gern unter sich, und in gewissem Maße haben Sie damit nicht einmal unrecht. Ich glaube, ich wüßte davon, wenn auf Ihrer Seite des Schiffs irgendeine Art von Verschwörung unter ihnen im Gang wäre, und ich hoffe, Sie werden mir glauben, daß ich Sie darüber unterrichtet hätte.«

Sassinak lächelte über seinen Versuch, die übliche Paranoia der Schwerweltler zu vermeiden, aber sie gab ihm eine ernste Antwort. »Ich habe Ihnen schon gesagt, Major, daß ich Ihnen voll und ganz vertraue. Ich glaube nicht, daß eine Verschwörung stattgefunden hat, denn es ist nichts geschehen, während die Vergiftungen bekannt wurden. Aber ich befürchte, *wenn* diese Frau die Ursache wäre und *wenn* ich sie einsperren lassen würde, daß Sie und die anderen Schwerweltler dies als eine überstürzte und gedankenlose Reaktion auf die Verwendung eines Giftes von Diplo betrachten würden. Und ich würde sehr gern erfahren, was eine solche Person sich Ihrer Meinung nach von einem Giftanschlag erhoffen könnte. Was ich über Politik und Religion der Schwerweltler weiß, deutet nicht darauf hin, daß sie Gift als ein probates Mittel betrachten.«

»Nein, gewiß nicht.« Curald seufzte noch einmal. »Aber wenn ich raten müßte, würde ich darauf tippen, daß ihre Familie – und ihre Verwandten auf Palun – strenge Separatisten waren. Sie entsprach ihren Ansprüchen nicht, weil sie die physikalische Belastung nicht ertragen konnte. Einige dieser Seperatisten gehen ziemlich rücksichtslos mit Säuglingen um, die in die alte Entwicklungslinie zurückfallen. Einige wenige bringen sie sogar gleich… ah… sie betrachten sie als ungeeignet.« Er ignorierte die scharfen Atemzüge, die Seitenblicke, und fuhr fort. »Wenn sie sich nicht daran gewöhnen konnte, ein Leichtgewicht zu sein, oder wenn sie glaubt, sie müsse ihre mangelnde Anpassung ausgleichen, könnte sie sich zu etwas Unüberlegtem hinreißen lassen, um sich zu behaupten.« Er sah in die Runde, dann Sass wieder an. »Sie haben also keine Schwerweltleroffiziere?«

»Einige schon, aber ich habe sie Huron auf dem Frachter mitgegeben.« Auf seinen scharfen Blick hin zuckte Sassinak die Achseln. »Es hat einfach nur gepaßt; die hatten die gewünschten Fähigkeiten und das entsprechende Dienstalter.«

Etwas davon fand seinen Gefallen, und er entspannte sich ein wenig. »Dann hätten Sie wohl nichts dagegen, wenn ein Schwerweltleroffizier sich etwas mit dieser jungen Frau unterhält?«

»Wenn Sie meinen, daß Sie so herausfinden können, ob sie es getan hat und warum.«

»Und Sie vertrauen mir dabei.« Es war keine Frage, sondern eine mit Erstaunen gefärbte Feststellung. »In Ordnung, Captain; ich werde sehen, was ich tun kann.«

Den Rest der Sitzung widmeten sie den Ergebnissen der Überwachung. In den ersten Tagen nach der Landung hatten sie keinen Verkehr im System ausgemacht bis auf ein Shuttle vom Planeten zu dem besetzten Mond. Aber erst vor wenigen Stunden war ein schnelles Schiff auf einer Flugbahn gestartet, die aus dem System hinausführte.

»Sie wollen wohl ihren Bossen berichten, was passiert ist«, sagte Bures.

»Aber warum haben sie damit so lang gewartet?« fragte Sassinak. Sie konnte sich einige Gründe vorstellen, darunter keinen besonders erfreulichen. Niemand antwortete ihr; damit hatte sie gerechnet. Sie fragte sich, wie lang es dauern würden, bis die großen Frachter kamen, um die Basis zu demontieren und weiterzuziehen. Der Feind würde die Systemspezifikationen des Schiffs kennen, mit dem Huron unterwegs war; sie würden wissen, wieviel Zeit ihnen blieb, bevor die Flotte zurückkehren konnte. Eine gefährliche Variante bestand darin, daß der Feind versuchen könnte, die Basis zu verteidigen und einer mickrige Flottenexpedition mit mehr überbewaffneten Schiffen wie dem kleinen Begleitschiff zu begegnen, gegen das Sass gekämpft hatte.

»Wir können also folgendes tun«, faßte sie am Ende der Sitzung zusammen. »Wir könnten uns an eines der Schiffe heften, die das System verlassen, und hoffen, daß wir einem folgen, das ein aufschlußreiches Ziel hat, *oder* wir können sitzenbleiben, wo wir sind, und alles beobachten, was vor sich geht, um der Flotte später davon zu berichten, *oder* wir versuchen die Evakuierung zu sabotieren, wenn sie begonnen hat. Ich wünschte, wir wüßten, wohin dieses Mistding unterwegs war.«

Zwei Stunden später meldete sich Currald und bat um eine Unterredung. Sassinak war einverstanden, und obwohl er über den Bordfunk nichts gesagt hatte, überraschte es sie nicht, daß die verdächtige Frau vor ihm in ihr Büro kam.

Die Geschichte hatte sich ungefähr so abgespielt, wie Curræld vermutet hatte. Seles, ohne die Schwerweltleranpassung an hohe Schwerkraft geboren, war im ersten Monat ihres Lebens beinahe gestorben. Ihr Großvater, sagte sie, habe ihrer Mutter befohlen, sie umzubringen, aber ihre Mutter hatte bereits zwei Kinder bei einem Habitatsunfall verloren und wollte ihr eine Chance geben. Die medizinischen Nachgeburtsbehandlungen hatten gewirkt, und sie war als Säugling von zwei Monaten evakuiert und zur jüngeren Schwester ihrer Mutter auf Palun geschickt worden. Selbst dort war sie noch die schwächste gewesen und von ihren Cousinen gehänselt worden, als sie sich beim Sturz von einem Baum den Knöchel brach, weil sie nicht so gut laufen und klettern konnte wie die anderen. Mit zehn, als die zum einzigen Mal in ihrer Kindheit Diplo besuchte, hatte sie einen der Korrekturanzüge tragen müssen, die für Leichtgewichte bestimmt waren – und sich das Gewäsch ihres Großvaters anhören müssen. Sie hatte ihre Familie ruiniert, behauptete er; damit bezog er sich nicht nur auf die Kosten für die Behandlung und die Reise nach Palun, sondern auf die simple Tatsache, daß ihre Familie überhaupt ein Rückfallkind hervorgebracht hatte. Sie hatten ihre Ehre verloren; es wäre besser gewesen, wenn Seles gleich bei der Geburt gestorben wäre. Ihr Vater hatte an ihr vorbeigesehen und sich geweigert, etwas zu sagen; ihre Mutter hatte inzwischen zwei ›normale‹ Kinder, stämmige Jungs, die sie zu Boden schlugen und sich auf die Brust ihres Druckanzugs setzten, bis ihre Mutter sie fortscheuchte – sichtlich verärgert darüber, daß Seles ein solches Problem darstellte.

In der Schule auf Palun war sie von mehreren

aktiven Separatisten unterrichtet worden, die ihre Schwäche als ein Beispiel betrachteten, warum die Schwerweltler den Kontakt mit Leichtgewichten und der FES vermeiden sollten. Einer von ihnen hatte ihr aber gesagt, daß es nur eine Möglichkeit gäbe, wie Rückfallkinder ihr Dasein rechtfertigen könnten – indem sie sich den Interessen der Schwerweltler als loyal erwiesen und als Spion in der dominierenden Kultur der Leichtgewichte dienten.

Mit dieser Hoffnung hatte sie aus medizinischen Gründen eine Verlegung auf eine Welt mit Normalschwerkraft beantragt, was rasch genehmigt wurde. Sie war zu einem Mündel des Staates erklärt und in eine öffentliche Grundschule auf Caseys Welt gesteckt worden.

Sassinak fiel auf, daß Seles ungefähr im selben Alter in diese fremde Grundschule gekommen sein mußte, wie sie selbst in die Vorschule der Flotte gekommen war – plus/minus ein Jahr. Aber Seles hatte keinen Abe gehabt, keinen Mentor, der sie anleitete. Größer als der Durchschnitt, stärker als normal (doch schwach nach Maßstäben der Schwerweltler), hatte sie bereits geglaubt, daß sie eine Ausgestoßene sei. Hatte jemand versucht, sich mit ihr anzufreunden? Sassinak konnte es nicht sagen; sicher hätte Seles es nicht bemerkt. Selbst heute war ihr Gesicht mit seinen Anflügen an die typischen Züge eines Schwerweltlers nicht häßlich – es war ihr Gesichtsausdruck, diese starre, teilnahmslose, leicht verdrießliche Miene, die sie mehr wie eine Schwerweltlerin und dümmer aussehen ließ, als sie war. Sie hatte ein paar Mal in Schwierigkeiten gesteckt, weil sie sich geprügelt hatte, gab sie zu, aber es war nicht ihre Schuld gewesen. Die Leute nahmen Anstoß an ihr; sie haßten Schwerweltler, und sie hatten ihr nicht vertraut. Sassinak hörte das selbstmitleidige Wimmern in ihrer Stimme und schüttelte in Gedanken den Kopf, erwiderte aber nichts darauf. Niemand mochte Jammerlappen, niemand vertraute mürrischen Menschen.

So war Seles, als sie die Schule verließ, immer noch der Überzeugung gewesen, daß es in der Welt nicht fair zuging, und sie brannte immer noch darauf, sich gegenüber ihren Schwerweltverwandten zu rechtfertigen. In dieser Stimmung hatte sie sich bei der Flotte beworben, war aufgenommen worden – und während ihres ersten Urlaubs nach der Grundausbildung nach Diplo zurückgekehrt. Ihre Familie hatte sie verächtlich gemacht und sich zu glauben geweigert, daß sie wirklich als Agentin für die Schwerweltler arbeiten wollte. Wenn sie irgendwie dazu befähigt wäre, sagten sie ihr, wäre sie längst von einem der ordentlichen Geheimdienste rekrutiert worden. Was sollte sie allein schon ausrichten? Nutzloser Schwächling, befand ihr Großvater verächtlich, und diesmal nickte sogar ihre Mutter, während ihre jüngeren Brüder grinsten. Beweise dich erstmal, sagte ihr Großvater, dann kannst du um Gefallen bitten.

Auf dem Rückweg zum Raumhafen hatte sie sich ein Kilo Gift gekauft – weil seine Benutzung auf Diplo keinerlei Einschränkungen unterlagen, hatte sie angenommen, daß Schwerweltler dagegen immun seien. Sie wollte die Leichtgewichtmannschaft des erstbesten Schiffes umbringen, auf dem sie Dienst tat, das ganze Ding für die Schwerweltler gewinnen, und das würde beweisen…

»Nicht das geringste!« schnauzte Major Currald, der sich bis dahin diesen gefühlvollen Vortrag mit großer Mühe schweigend angehört hatte. »Wollen Sie eigentlich, daß die Leichtgewichte glauben, wir seien alle dumm oder verrückt? Ist Ihnen nie der Gedanke gekommen, einige von uns könnten begriffen haben, daß unsere größten Hoffnungen in der FES an der Seite der Leichtgewichte liegen?«

Das Gesicht des Mädchens hatte sich gerötet, und ihre Hände zitterten, als sie ein zerknittertes, vielfach gefaltetes Blatt Papier auf Sassinaks Schreibtisch legte. »Ich... ich weiß, wie es läuft. Ich weiß, daß Sie mich töten werden. Aber... aber ich will auf Diplo beerdigt werden – oder zumindest meine Asche –, und es heißt in den Bestimmungen, daß Sie dazu verpflichtet sind – und daß Sie diese Nachricht senden müssen.«

Es war so erbarmungswürdig und unzusammenhängend wie der Rest ihrer Geschichte. Sie begann mit »Im Namen der Gerechtigkeit und unserer gerechten Sache...« und bewegte sich durch Kostproben mangelhafter Geschichtskenntnisse (die Ursache der Gelway-Krawalle waren keine Vorurteile gegen Schwerweltler gewesen – die Schwerweltler waren überhaupt nicht darin verwickelt gewesen, außer ein Trupp der Sturmpolizei) und zweifelhafter Theologie (zumindest hatte Sassinak noch nie etwas von einem Gott Darwin gehört), um die Vergiftung von Unschuldigen zu rechtfertigen, als »ein Akt reinen Widerstands, der ein Signalfeuer durch die ganze Galaxis entzünden wird«. Sie schloß mit der inständigen Bitte, daß ihrer Familie die Beisetzung ihrer sterblichen Überreste auf ihrem Land gestattet werde, damit »auch dieses schwache und hoffnungslose Relikt einer großen Rasse dem Land etwas zurückgeben kann, das es genährt hat«.

Sassinak sah Currald an, der in diesem Moment wie die reine Verkörperung der Schwerweltler-Brutalität aussah. Sie hatte den deutlichen Eindruck, daß er Seles am liebsten zu Brei geprügelt hätte. Sie selbst hätte mit Seles' Familie gern dasselbe angestellt. Das Mädchen mochte nicht allzu klug sein, aber vielleicht wäre aus ihr etwas geworden, wenn man sie nicht davon überzeugt hätte, daß sie nur ein hoffnungsloser Schandfleck für die Familienehre war. Sassinak nahm das Stück Papier, faltete es wieder zusammen und legte es in den

Ordner, der ihre Notizen zu der Untersuchung enthielt. Dann sah sie Seles wieder an. Konnte diese Sache noch irgendeine positive Wendung nehmen? Nun, sie würde es versuchen.

Sie sah Seles fest in die Augen und sagte energisch: »Sie haben ganz recht, daß ein Captain in einer Gefahrensituation das Recht hat, jeden an Bord hinrichten zu lassen, der eine Bedrohung für die Sicherheit des Schiffs darstellt. Ja, ich könnte Sie auf der Stelle, ohne weitere Diskussion, töten lassen. Aber ich werde es nicht tun.« Seles' Unterkiefer sackte herab, und ihre Hände zitterten noch mehr. Curralds Gesicht hatte sich zu reiner Abscheu verhärtet. »Sie verdienen keinen schnellen Tod und dies hier«, sie schlug auf den Ordner, »dieses *falsche* Heldentum. Die Flotte hat eine Menge Geld in Ihre Ausbildung gesteckt – und das wiegt beträchtlich mehr als Ihre Familie, die Sie schlecht behandelt und herumgestoßen und beschimpft hat. Sie schulden uns etwas, und Sie schulden Ihren Schiffskameraden eine Entschuldigung dafür, daß Sie sie um ein Haar umgebracht hätten. Einschließlich Major Currald.«

»Ich… ich habe doch nicht gewußt, daß es Schwerweltler verletzen würde«, wimmerte Seles.

»Halten Sie den Mund!« Curralds Ton brachte sie schlagartig zum Schweigen; Sassinak hoffte, daß er nie auf diese Weise mit *ihr* sprechen würde, obwohl sie annahm, daß sie es überleben würde. »Sie sind nicht auf den Gedanken gekommen, es bei sich selbst auszuprobieren, was?«

»Aber ich bin nicht rein…«

»Und auch keine Heilige«, ergriff Sass wieder das Wort, bevor Currald zu weit ging. »Und darum geht es hier, Seles. Sie hatten eine schlechte Kindheit; das trifft auf viele von uns zu. Menschen waren gemein zu Ihnen; das haben viele von uns auch erlebt. Das ist kein Grund, wahllos Leute zu vergiften, die Ihnen nichts angetan haben. Wenn Sie wirklich jemanden vergiften wollen, warum dann nicht Ihre Familie? Sie ist es, die Sie verletzt hat.«

»Aber ich bin… aber sie ist…«

»Ihre leibliche Familie, ja. Und die Flotte hat versucht, Ihnen eine *lebenslange* Familie zu sein – und hätte es auch werden können. Aber jetzt haben Sie etwas getan, das wir nicht ignorieren dürfen; Sie haben jemanden *umgebracht*, und nicht tapfer in einem Kampf, sondern heimtückisch. Sie kommen vors Kriegsgericht, wenn wir zurück sind, vielleicht wird man sie psychiatrisch untersuchen…«

»Ich bin nicht verrückt!«

»Nein? Sie versuchen jenen genehm zu sein, die Sie verletzt haben, und Sie vergiften andere, die Ihre Freunde waren; das hört sich für mich schon ziemlich verrückt an. Und Sie sind zweifellos schuldig, doch wenn ich Sie bestrafe, werden andere Schwerweltler glauben, ich täte dies aufgrund Ihrer Gene, nicht aufgrund Ihrer Taten.«

»Die Schwerweltler sollten aus der FES austreten und auf sich selbst achten«, brummte Seles störrisch. »Sie hat *uns* nie geholfen.«

Sassinak sah zu Currald hinüber, dessen Maske aus Verachtung und Abscheu ein wenig erweicht war. Sie nickte unmerklich. »Ich glaube, Major Currald, wir stehen hier vor einem gleichermaßen medizinischen wie juristischen Problem. Unter den gegebenen Umständen können wir nicht den besten psychiatrischen Eingriff gewährleisten. Und ich will kein Gericht gegen diese junge Dame einberufen, solang nicht eine vollständige Untersuchung ihrer geistigen Verfassung stattgefunden hat.«

»Sie meinen, es reicht für…«

»Für eine Strafmilderung, und vielleicht für einen Antrag auf Unzurechnungsfähigkeit. Aber das liegt außerhalb meiner Kompetenz; mein Interesse liegt gegenwärtig darin, den Schaden möglichst gering zu halten, den sie angerichtet hat, und zwar in allen Bereichen, und die Beweise zu sichern.«

Seles sah zwischen ihren beiden Vorgesetzten hin und her, sichtlich verwirrt und verängstigt. »Aber ich… Ich verlange…«

Sassinak schüttelte den Kopf. »Seles, wenn ein Kriegsgericht sie später zum Tode verurteilen sollte, werde ich mich darum kümmern, daß Ihre Familie Ihre Erklärung erhält. Aber im Moment sehe ich keine Alternative zu einer Sicherheitsverwahrung.« Sie öffnete einen Kanal zur Krankenstation und sprach kurz mit der Medizinischen Offizierin. »Major Currald, soll ich sie vom Sicherheitsdienst runterbringen lassen oder…?«

»Ich bringe sie hin«, sagte er. Sassinak spürte, daß Mitleid am Ende seinen Abscheu überwogen hatte.

»Danke. Ich glaube, in Ihrer Gegenwart wird sie ruhiger sein.« Aus verschiedenen Gründen, dachte Sassinak. Currald hatte die Größe und das selbstsichere Auftreten eines voll angepaßten Schwerweltlers, der für den Kampf ausgebildet war. Es war kaum anzunehmen, daß Seles einen Fluchtversuch unternehmen wollte, und sein Blick würde verhindern, daß sie hysterische Anfälle bekam.

Weniger als eine halbe Stunde später meldete sich wieder die Medizinische Offizierin und berichtete, daß sie Seles für selbstmordgefährdet oder zu anderen Gewaltakten fähig hielte. »Sie hängt an einem seidenen Faden«, sagte sie. »Diese Verfügung – von solchen Dingen haben auch die Gelway-Terroristen Gebrauch gemacht. Sie kann jeden Moment durchdrehen, und wenn wir sie in die Arrestzelle sperren, wird es eher früher als später geschehen. Ich will sie aus zwingenden medizinischen Gründen aus dem Verkehr ziehen.«

»Dagegen habe ich nichts einzuwenden. Wenn Sie den Papierkram erledigt haben, schicken Sie's zu meinen Händen, und achten Sie unbedingt darauf, daß nichts mit diesem gewissen Kälteschlaftank geschieht. Ich will nicht, daß gegen unsere Vorgehensweise irgendwelche Verdachtsmomente auftauchen.«

Damit war die Sache erledigt. Sassinak lehnte sich in ihren Stuhl zurück und rätselte, warum sie überhaupt Mitgefühl für dieses Mädchen empfand. Sie hatte Jammerlappen nie gemocht, und das Mädchen hatte einen ihrer Kameraden umgebracht – aber dieser verwirrte Schmerz in ihren Augen, die zittrige Vermählung von Mut und starrer Furcht – das ging ihr nahe. Currald sagte ungefähr dasselbe, als er aufs Hauptdeck zurückkam.

»Ich bin ein Inklusionist«, sagte er, »aber ich war immer der Überzeugung, daß wir unsere Jungen auf Welten mit hoher Schwerkraft prüfen sollten. Wir haben etwas an uns, das es wert ist, erhalten zu werden, etwas *Besonderes*, nicht bloß irgendeinen Mangel. Ich habe jene Parteien unterstützt, die neugeborenen Rückfallkindern spezielle Behandlungen vorenthalten wollten. Es gibt genug Leichtgewichte im Universum, habe ich gesagt, und sie vermehren sich schnell genug; warum sollten wir Geld und Zeit investieren, um noch einen Schwächling großzuziehen? Auf den ersten Blick spricht dieses Kind für mein Argument. Ihre Familie hat all das Geld und die Sorge und die Zeit investiert, die FES hat das ganze Geld für ihre Grundschule ausgegeben, die Flotte hat Zeit und Geld in ihre Ausbildung investiert, und es ist nichts anderes dabei herausgekommen als eine unfähige, törichte Giftmischerin. Aber – ich weiß nicht – ich will sie in den Erdboden stampfen, und gleichzeitig tut es mir leid für sie. Sie ist zu nichts nütze, aber sie hätte anders werden *können*.« Er warf Sassinak noch einen, sehr viel menschlicheren, Blick zu. »Ich gebe es äußerst ungern zu, aber wahrscheinlich haben sie eben die Dinge, an die ich glaube, in dieses trübe Häufchen Elend verwandelt.«

»Ich hoffe, es ist noch etwas zu retten.« Sassinak schob einen vollen Becher über den Schreibtisch, und Currald nahm ihn in die Hand. »Aber was ich ihr gesagt habe, ist voll und ganz richtig: Viele von uns hatten eine schwierige Kindheit, viele von uns sind auf die eine oder andere Weise verletzt worden. Ich nehme an, Sie selbst hatten wegen Ihrer Herkunft schon mit Vorurteilen zu kämpfen…« Er nickte, und sie fuhr fort. »Aber Sie haben nicht beschlossen, Unschuldige zu vergiften, um sich an denen zu rächen, die Sie verletzt haben.« Sassinak trank einen kräftigen Schluck aus ihrem Becher, der keinen Kaffee, sondern Brühe enthielt. »Das Problem ist, daß Menschen aller Art unter Druck stehen. Es sind im Rat Fragen wegen der angeblichen menschlichen Vorherrschaft in der Flotte gestellt worden.«

»Wie bitte?« Er hatte offensichtlich noch nicht davon gehört.

»Es ist nicht allgemein bekannt, aber einige Rassen sind für Mandatsquoten in der Akademie. Selbst die Ryxi…«

»Diese Schwachköpfe!«

»Ich weiß. Aber Sie sind ein Flottenmitglied, Currald; Sie wissen, daß Menschen zusammenhalten müssen. Schwerweltler verfügen über eine nützliche Anpassung, aber sie könnten es mit dem Rest der FES nicht allein aufnehmen.« Er nickte, wieder ernüchtert. Sassinak fragte sich, was hinter diesen undurchsichtigen braunen Augen vor sich ging. Doch sie konnte ihm vertrauen; nach den Ereignissen der letzten Woche gab es daran keinen Zweifel. Hätte er etwas weniger Einsatz gezeigt, wären sie alle nicht mehr am Leben.

Ihr nächster Besucher war Hollister mit einem Bericht über die ausgedehnten Reparaturen und mögliche Leistungsdefizite des Schiffs, bis es einer gründlichen Wartung unterzogen werden konnte. Obwohl die backbordseitigen Düsen nicht so schwer beschädigt waren, wie man ursprünglich vermutet hatte, beharrte er darauf, daß das Schiff eine weitere lange FTL-Hatz nicht durchstehen würde. »Ein Sprung, zwei vielleicht, ein klarer Kurs in den Sektor hinein – das können wir schaffen. Aber die Art von Manövern, die der Ssli für eine Verfolgungsjagd verlangen würde, nein. Sie haben keine Ahnung, welche Belastung das für die Düsen…«

Sassinak runzelte ärgerlich die Stirn. »Heißt das, wir können nicht herausfinden, wo sie hinfliegen, wenn sie aufbrechen?«

»Richtig. Wir könnten genausogut gleich hier hängenbleiben, statt irgendwo weiter draußen, und höchstwahrscheinlich würden wir irgendwo zwischendurch zerschellen. Ich müßte einen Protest ins Logbuch eintragen.«

»Den wohl kaum jemand lesen würde, wenn es uns zerreißt. Nein, sparen Sie sich das. Ich werde es nicht drauf ankommen lassen. Aber wir müßten etwas mehr tun können, als einfach nur hier rumzusitzen. Wenn wir ihre Schiffe wenigstens irgendwie markieren könnten…«

»Hm – tja, das ist eine andere Geschichte.« Er hatte sich auf eine härtere Auseinandersetzung gefaßt gemacht, fiel Sassinak auf, als er sich mit gerunzelter Stirn zurücklehnte. »Überlegen wir mal… Sie nahmen an, daß jemand kommen würde, um die Basis zu evakuieren, und Sie würden gern wissen, wohin sie abziehen, und da wir ihnen nicht folgen können…« Er verstummte; Sassinak wartete, aber er sagte nichts mehr. Schließlich schüttelte er sich und übergab ihr noch einen Datenkubus. »Ich werde darüber nachdenken, aber in der Zwischenzeit haben wir noch ein anderes Problem. Erinnern Sie sich noch an den Ärger, den wir mit den Rieseltürmen im Lebenserhaltungssystem hatten?«

»Ja.« Sassinak schob den Kubus ein und fragte sich, warum er ihr ein Speichermedium raufgebracht hatte, statt einfach einen Output auf ihr Terminal umzuleiten. Dann konzentrierte sie sich auf das Display und unterdrückte einen Fluch. Als sie Hollister ansah, nickte er.

»Es ist schlimmer geworden.« Es war sehr viel schlimmer geworden. Tag für Tag war die Recyclingeffizienz abgesunken und der Kontaminationsfaktor gestiegen. Zahlen, die sie vorher überflogen hatte, kamen ihr wieder in den Sinn: Reaktionsgleichgewicht, Rate des Algenwachstums. »Es ist unter anderem folgendes schiefgegangen«, fuhr Hollister fort und deutete auf die Hilfsdaten. »Irgendwie hat sich ein Überlaufventil verstopft, und es hat sich ein Rückstau aus den Zucht- in die Versorgungsleitungen ergeben. An diesen Stellen hier wächst überall eine grüne Masse.« Er zeigte auf die schematische Darstellung. »Wir haben gestern alles aus den Querleitungen ablaufen lassen, aber es ist eine nährstoffreiche Flüssigkeit, und dem Zeug scheint sie zu bekommen. Wir können's nicht beseitigen, ohne die Hauptzuchttanks außer Betrieb zu nehmen, und das würde bedeuten, daß wir auf Reservesauerstoff gehen müßten, und wir haben zwanzig Prozent unseres Reservesauerstoffs bei der Auseinandersetzung mit diesem Schiff verloren.«

Sassinak zuckte zusammen. Sie hatte die Sauerstofftanks vergessen, die bei dem Kampf beschädigt oder gesprengt worden waren.

»Normalerweise«, fuhr Hollister fort, »wäre es eine Entlastung, daß wir eine kleinere Mannschaft haben, seit ein Teil der Mannschaft auf dem erbeuteten Schiff ist. Aber weil wir nicht wußten, wie gut wir uns auf die Biosysteme auf diesem Frachter verlassen konnten, bin ich jetzt knapp an Biosystempersonal. Sehr knapp. Wir müßten das ganze System spülen und neu hochfahren – aber es wäre sehr viel sicherer, das irgendwo zu tun, wo wir uns zeigen könnten. In der Zwischenzeit werden wir doppelt so hart arbeiten, um etwas weniger Output zu produzieren, und auch das wird nur klappen, wenn nichts sonst schiefgeht.«

»Könnte es Sabotage sein?«

Hollister zuckte die Achseln. »Könnte sein. Natürlich könnte es sein. Aber es könnten genausogut gewöhnliche Defekte sein.«

dreizehntes kapitel

Tag für Tag zeigten die Biosystemmonitore ein fortdauerndes Systemversagen. Sassinak zwang sich zu äußerer Ruhe, obwohl sie innerlich tobte; so nah dran zu sein, eine Sklavenhändlerbasis und möglicherweise eine Verbindung zu ihren Sponsoren gefunden zu haben, und dann – nicht imstande zu sein, sie zu verfolgen. Hollisters tägliche Berichte stützten die Daten auf ihren Bildschirmen: Sie hatten keine Reserven für eine Verfolgung, und sie konnte nicht mehr lange Wache halten.

Dennoch machte sie weiter und hoffte, daß einige weitere Schiffe auftauchen würden oder sonst etwas, das sie nach diesem Feldzug vorweisen konnten. Oder daß Hurons Ablösung eintreffen und sie die Überwachung fortsetzen könnte. Sie verbrachte täglich einige Zeit damit, sich durch die Personaldateien zu arbeiten und jede Person zu überprüfen, die sich in dem Quadranten hätte aufhalten sollen, aus dem der Torpedo abgefeuert worden war, und die möglicherweise Zugriff auf das Signalgerät gehabt hatte. Das traf auf vierzig bis fünfzig Besatzungsmitglieder zu, und sie arbeitete sich von Aariefa bis Kelly durch in der Hoffnung, von Insystem-Verkehr gestört zu werden. Schließlich erschien ein einziges Schiff am Rande der Scannerreichweite, das gerade ins System eindrang. Sein IFF-Signal schien unverzerrt zu sein und gab seine Masse/Volumen-Charakteristik offen preis.

»Hmm.« Sassinak runzelte die Stirn. »Wenn das stimmt, müßte es das neue Signalfeuersystem installiert haben.«

»Können wir es auskundschaften?«

»Wir können es versuchen.« Das neue System funktionierte wie geplant und ergab, daß das fragliche Schiff von Corcy-DeLan gekommen war; davor hatte es achtzehn Monate lang ›gemischte Flüssigkeiten‹ auf dem Valri-Palin-Terehalt-Rundkurs verschifft. Die ›gemischten Flüssigkeiten‹, was immer damit gemeint sein mochte, waren in Zehnliterballons verladen worden. Treibstoff? Drogen? Chemikalien für irgendeinen synthetischen Prozeß? Es konnte alles von konzentrierten Säuren bis hin zu Vitaminersatzstoffen für die Sklavenkost sein. Es spielte zwar im Moment keine große Rolle, aber Sassinak wünschte, sie könnte einen Blick auf die Frachtliste des Schiffs werfen.

Zwei weitere Frachter erreichten das System und landeten vorsichtig auf der Planetenoberfläche. Die empfindlichen Detektoren der *Zaid-Dayan* waren in der Lage, den Standort der Schiffe auf der Oberfläche genau zu bestimmen, und bestätigten, daß sie beide auf dem ursprünglichen Kontaktgelände aufgesetzt hatten. Dann erschien ein riesiges Schiff, das eindeutig nicht geeignet war, um auf einem Planeten zu landen. Ein Hall-Kir-Rumpf, für das Andocken an Orbitalstationen entworfen, trat in einen niedrigen Orbit ein. Jetzt hatte Sassinak keinen Zweifel mehr, daß sie die Basis evakuieren würden. Ein Hall-Kir konnte eine enorme Last an Maschinen und Ausrüstung bewältigen. Aber das Schiff war mindestes zwölf Jahre alt, und ihm fehlte das neue Signalfeuer; Sassinak fiel auch keine Möglichkeit ein, wie man es für eine spätere Überwachung markieren könnte. Sein IFF ergab lediglich, daß es von General Systems Frachtverkehr gemietet war, einer Firma, über die nichts herauszubekommen war. Da das IFF nur Eigentümer nachwies, konnte Sassinak nicht sagen, wer es gemietet und ob man es schon einmal an zweifelhafte Kundschaft vermietet hatte.

»Ein Flottensignal!« Das Geschrei weckte Sassinak aus ihrem unruhigen Schlummer, und sie drückte den Daumen auf den Lautstärkeregler des Bordfunkgeräts.

»Was ist los?«

»Ein Flottensignal – eine auf dem Rückflug befindliche leichte Angriffsformation. Commodore Verstan führt das Kommando. Es empfängt nur auf einem schmalen, codierten Frequenzband, aber sie haben sicher bemerkt...«

»Ich bin unterwegs.« Sassinak schüttelte den Kopf und fragte sich, ob der leichte Kopfschmerz eine Folge ihrer Besorgnis oder wirklich ein Problem der Luftqualität sei. Unter die Dusche, in eine neue Uniform, dann auf die Brücke, wo Wachsamkeit die leicht erschöpften Blicke der letzten Tage ersetzt hatte.

»Es war ins lokale System dieses Planeten gerichtet«, sagte die Kommunikationsoffizierin. »Sie müssen wissen, daß wir...«

Sassinak schüttelte den Kopf. »Sie hoffen es nur – sie wissen es nicht mit Sicherheit!«

»Wollen Sie das Signal denn nicht erwidern?«

»Was ist mit unserem Funkfenster?«

»Ja, richtig.« Schultern sackten herab. »Wir haben das Signal soeben empfangen, und jetzt ist dieser miese Planet im Weg.«

»Und ihre Mondstation dürfte es aufgefangen haben, was?«

»Ja, aber...«

»Also halten wir uns noch ein bißchen versteckt«, sagte Sass. »Zeigen Sie mir eine Raumkarte bis zum nächsten Flottenstandort und den ihrer Ansicht nach voraussichtlichen Kurs.«

Letzterer erschien in hellblau auf der Systemgraphik. Sassinak versuchte sich zu erinnern, was sie über Commodore Verstan gehört hatte. Würde er sich vorsichtig mit den langsameren, aber genaueren Insystem-Triebwerken ins System vortasten oder es mit kleinen FTL-Sprüngen durchqueren, so wie sie? Aus wievielen Schiffen bestand seine Schlachtformation – würde er ein Scout- oder ein Begleitschiff vorausschicken? Sicher hatte Huron ihn über die gefälschten IFF-Signale informiert, und er war auf Schwierigkeiten gefaßt – aber manche Flaggenoffiziere neigten dazu, die Warnungen Jüngerer herunterzuspielen.

Sie rief Hollister auf die Brücke, um ihn über ihre gegenwärtigen Möglichkeiten zu befragen. Es wäre schön, wenn sie den Piraten eine Falle stellen könnten – das zu bewerkstelligen, ohne sich selbst preiszugeben, war allerdings eine etwas knifflige Angelegenheit.

Sehr viel früher als erwartet empfingen sie ein weiteres Flottensignal – offensichtlich hatte sich der Commodore für die schnellere Variante entschieden und schickte seine kleineren Schiffe in Sprüngen vor den Kreuzern her. Die *Scratch*, ein Schiff der Escortklasse, war inzwischen der Sonne näher als sie und scannte das Planetensystem auf irgendwelche Aktivitäten. Sassinak schickte eine einzige codierte Nachrichtensequenz über das schmalste Frequenzband, das sie zustande bekam, und dann wartete sie. Mit ein bißchen Glück hätten die Piraten nichts zur Verfügung, um die Übertragung zu bemerken.

Binnen Minuten erhielt sie eine Antwort und dann über eine Umleitung eine Verbindung mit Commodore Verstan. Er wollte ein Rendezvous und bestand darauf, daß die *Zaid-Dayan* ihr Versteck verließ. Ihr Vorschlag, daß sie eine Falle arrangieren sollten, in der ihr verborgenes Schiff überraschend Schiffe abfangen konnte, die vor seiner offensichtlicheren Angriffsstreitmacht flohen, wurde abgelehnt.

Es blieb ihr nichts anderes übrig, als zu gehorchen. Die Außenmannschaft entfernte die Sensoren und Netze, die sie über nahegelegene Felsbrocken verteilt hatten, und als sie alle wieder an Bord waren, unterzog Hollister die verschiedenen Antriebskomponenten einem letzten Check. Dann warteten sie über zwei Stunden, bis die Überwachungssysteme der Piraten sie nicht mehr erfassen konnten.

»Ich muß vielleicht einen guten Beobachtungsposten aufgeben«, sagte Sass, »aber ich werde nicht plötzlich vor ihnen auftauchen und ›Buh!‹ rufen. Vielleicht werden wir uns davonstehlen können, ohne daß sie uns überhaupt bemerken.«

Langsam und behutsam steuerten die Piloten die *Zaid-Dayan* aus der Felsspalte, in der sie sich versteckt hatte, und beschleunigten von dem Möndchen weg. Als es endlich hinter ihnen lag, atmete Sassinak tief durch. Obwohl sie ihnen in einer kritischen Phase Schutz gewährt hatte, war eine Mondoberfläche nicht das natürliche Element ihres Schiffes, und sie fühlte sich im freien Raum sicherer. Sie konnten ringsum wieder alles ›sehen‹ und waren nicht mehr auf den schmalen Blickwinkel beschränkt, den der Mond und seine zerklüftete Oberfläche festlegten.

Als das Schiff an Geschwindigkeit gewann, funktionierten alle Systeme perfekt – keine roten Lichter flackerten auf der Brücke, um vor aufgetretenen Funktionsstörungen zu warnen. Hätte sie nicht von den beschädigten Düsen und dem geflickten Loch in der backbordseitigen Andockbucht gewußt, dann hätte Sassinak geglaubt, das Schiff sei in einem perfekten Zustand.

Die Navigation durch den Wirrwarr in der Umgebung des Planeten beanspruchte in den nächsten Stunden ihre ganze Aufmerksamkeit. Als alle Satelliten und Ringe hinter ihnen lagen, war die Angriffsformation der Flotte nur noch ein paar Lichtminuten entfernt. Sie entschied sich dafür, ihr nicht entgegenzuspringen, sondern bei den Insystem-Haupttriebwerken zu bleiben und sich in den Stunden der Annäherung zu vergewissern, daß ihr Schiff und ihre Mannschaft für eine Inspektion bereit waren. Einige Minuten Beschäftigung mit den Personaldateien hatten sie daran erinnert, daß ihr Commodore Verstan in dem Ruf stand, kleinlich zu sein. Sie hatte das Gefühl, daß er eine Menge über die Erscheinung ihres Schiffs zu sagen haben würde.

In der Zwischenzeit fiel ihr auf, daß seine Annäherung an die Piratenbasis genau den Empfehlungen in den *Vorschriften für Konfliktfälle* entsprach. Zwei Schiffe der Escortklasse, die *Scratch* und die *Darkwatch*, waren zur Sonne des Planeten hin ausgerichtet, ohne Zweifel, um ›Irrläufer‹ abzufangen. Der Kommandokreuzer, die *Seb Harr*, und die beiden leichten Kreuzer bildeten einen Keil; drei Patrouillenschiffe waren jeweils an den Flanken und hinter dem Heck positioniert. Sie behielten diese Positionen bei, als sich die *Zaid-Dayan* näherte, statt sich im Planetensystem zusammenzuziehen.

Sassinak brachte die *Zaid-Dayan* hinter der *Seb Harr* in Position und öffnete den stark abgeschirmten Kanal zu Commodore Verstan. Er sah genau wie seine Holographie im Verzeichnis der Flaggenoffiziere aus, ein hagerer Mann mit rosigem Gesicht, dichtem grauen Haar und strahlend blauen Augen. Hinter ihm konnte sie Huron erkennen, der angespannt auf den Bildschirm schaute.

»Commander Sassinak«, sagte Verstan förmlich. »Wir haben Signale von einem Notsignalfeuer der Flotte empfangen.«

Sassinaks Laune erhielt einen Dämpfer. Wenn er schon *so* anfing…

»Aber ich denke, das war eine Art… Mißverständnis.« Sie wollte etwas sagen, aber er fuhr ohne abzuwarten fort. »Leutnant Commander Huron hat die Möglichkeit angedeutet, daß die scheinbare Explosion

Ihres Schiffs irgendwie *inszeniert* worden ist, obwohl ich glaube... hm... daß Vertreter der traditionellen Taktik in diesem Fall das Signalfeuer deaktiviert hätten.«

»Sir, in diesem Fall war das Signalfeuer notwendig, um die Piraten zu täuschen.«

»Ah, ja. Die Piraten. Und wievielen bewaffneten Schiffen haben Sie sich gegenübergesehen, Commander?«

Sassinak biß die Zähne aufeinander. Ein Untersuchungsausschuß würde sich der Sache annehmen; unter Umständen wie diesen wurde immer ein Untersuchungsausschuß tätig, und erst *dann* wäre der richtige Zeitpunkt für solche Fragen.

»Das erste bewaffnete Schiff«, erklärte sie, »hat den Frachter der Sklavenhändler begleitet. Wir wußten zu diesem Zeitpunkt noch nicht, ob der Frachter bewaffnet war.«

»Aber das traf nicht zu. Sie hatten das IFF-Signal...«

»Wir wußten, daß das IFF-Signal des Begleitschiffs gefälscht war, und im Fall des Frachters waren wir uns nicht sicher. Einige von ihnen sind bewaffnet; Sie werden sich an den Verlust der *Cles Prel* erinnern, als ein angeblich unbewaffneter Frachter einen leichten Kreuzer abgeschossen hat.« Das war ein Schlag unter die Gürtellinie, das wußte sie; der Captain der *Cles Prel* war auf der Akademie Verstans Klassenkamerad gewesen. Sein Gesicht erstarrte, dann sah sie in seinem Blick Respekt dämmern; er hielt sich immer streng ans Protokoll, doch er mochte Leute mit Schneid.

»Sie sagten ›das erste bewaffnete Schiff‹«, fragte er weiter. »Gab es noch eins?«

Sassinak berichtete über die gut verteidigte Basis und die Schiffe, die sich hochkatapultiert hatten, um in die Schlacht einzugreifen. Sie wußte, daß Huron ihn über die Bewaffnung des ersten Schiffs unterrichtet hatte – sofern er ihm zugehört hatte. Und bevor er sich nach Einzelheiten über den Kampf erkundigen konnte, informierte sie ihn über den Verkehr, den sie seitdem im System beobachtet hatten.

»In den letzten Tagen sind drei Frachter der Gourney-Klasse gelandet, und ein Hall-Kir befindet sich in einem tiefen Orbit. Ein Schiff der Gourney-Klasse stammt unzweifelhaft aus einem Schwerweltlersystem, und es hat bereits nicht klassifizierte Flüge unternommen. Ich glaube, sie planen, die Basis zu evakuieren; wir haben beträchtlichen Shuttleverkehr zum Orbitschiff beobachten können.«

»Irgendwelche Hinweise, wie groß die Basis ist?«

»Nicht direkt. Wir haben uns auf der Rückseite des Mondes befunden und nur ein kleines Sensornetz in direktem Sichtkontakt mit dem Mond ausbreiten können. Das Thermalprofil ist von ein- bis fünfzehntausend konsistent, ja nach den betreffenden Aktivitäten. Wenn wir genau wüßten, was sie da machen, könnten wir einen genaueren Wert angeben. Ich kann Ihnen die Daten kopieren...«

»Bitte.«

Sassinak glich die Kanäle an und übermittelte die Daten. »Wenn ihre Umlaufzeit typisch ist, könnten sie in wenigen Tagen beladen und startbereit sein.«

»Ich verstehe. Glauben Sie, sie werden es hier mit unserer Streitmacht aufnehmen wollen?«

»Wahrscheinlich – sie gewinnen nichts dadurch, wenn sie darauf warten, daß sie von Ihnen belagert werden. Ach ja – dieser äußere Mond – hat Huron Sie über ihr Detektorprofil informiert?«

»Ja. Ich weiß, daß sie unser Eindringen ins System bemerkt haben – wir haben außerdem ihr äußeres Warnsignalfeuer entfernt. Aber es ist genau das, worauf ich gehofft habe. Drei mittlere Frachter, ein Hall-Kir-Rumpf... wir müßten in der Lage sein, einige von ihnen zu verfolgen, wenn wir sie markieren könnten.

Wenn wir noch eine Woche mit dem Angriff warten, könnten uns mehr ins Netz gehen. Wie sieht's mit Ihnen aus?«

Sie wünschte sich nichts so sehr, als an der Jagd teilzunehmen, aber Hollister brachte sie mit einem Kopfschütteln zur Vernunft. »Sir, meine Lebenserhaltungsanlagen sind überlastet, und meine backbordseitigen Düsen haben einen erheblichen Schaden davongetragen. Die Techniker sagen, wir können keine lange Verfolgung durchhalten.«

»Hm. Können Sie uns eine Außenaufnahme übermitteln? Vielleicht haben wir etwas dabei, das Sie für die Reparaturen benutzen können.«

Offensichtlich hatte einer der anderen Kreuzer eine Außenaufnahme von ihnen, denn bevor Sassinak reagieren konnte, erschien auf dem Monitor hinter Commodore Verstan ein Bild. Einer seiner Brückenoffiziere machte ihn darauf aufmerksam. Er drehte sich um – und wandte sich mit einem bestürzten Gesichtsausdruck wieder Sassinak zu.

»Was, zum Teufel, ist Ihnen denn zugestoßen? Es sieht so aus, als sei Ihre Ladebucht backbord…«

»Sie ist aufgesprengt worden, richtig. Aber sie hält wieder dicht. Sieht ziemlich schlimm aus, ich weiß.«

»Und Ihnen fehlen mindestens zwei Düsen auf der Backbordseite. Sie haben entweder Glück oder Sie sind verrückt, Commander. Ich weiß noch nicht recht.«

»Ich habe Glück, hoffe ich«, sagte Sassinak, nicht unerfreut über seine Reaktion. »Übrigens, ist Leutnant Commander Huron im Moment an Ihr Kommando gebunden, oder bringen Sie ihn mir zurück?«

Verstan lächelte und winkte Huron nach vorn. »Wir waren uns schließlich nicht sicher, ob wir Sie hier finden würden – aber wenn Sie ihn brauchen, bin ich mir sicher, daß er gern wieder rüberkommt.«

Huron war in diesen letzten Wochen gealtert. Eine

strenge Miene war dem sonst so freundlichen Gesichtsausdruck gewichen. Sassinak fragte sich, ob er vielleicht denselben Eindruck von ihr hatte – würde er überhaupt zurückkommen wollen? Sie schüttelte sich innerlich – er berichtete ihr von seiner Reise in dem Sklavenfrachter, den schrecklichen Bedingungen, die sie vorgefunden hatten, der Unmöglichkeit, all diese hilflosen Kinder zu trösten, verwaist und ihrer Heimat entrissen. Ihre Augen füllten sich mit Tränen der Wut und Frustration, weil sie aus Trauer über ihre eigene Vergangenheit nicht imstande gewesen war, dem Geschehen Einhalt zu gebieten. Seinem Schiff hatte es an Nahrungsmitteln gemangelt – schließlich hatte es auf einem Heimflug fast sein Ziel erreicht gehabt –, und zu den anderen Qualen der Passagiere waren Hunger und Durst hinzugekommen. Jetzt wollte er den Stoßtrupp begleiten; weil er keinen regulären Posten auf dem Flaggschiff bekleidete, hatte er um Erlaubnis gebeten, mit den Marines zu landen.

»Ich komme natürlich zurück, wenn Sie mich brauchen«, sagte er, ohne ihr in die Augen zu sehen. Sassinak seufzte. Offenbar machten ihm seine Erlebnisse zu schaffen; er würde nicht zufrieden sein, ehe er die Sklavenhändler in Schußweite hatte… oder selbst getötet wurde, dachte sie nervös. Er war kein Marine; er war nicht im Bodenkampf ausgebildet; er sollte vernünftiger sein. Auf lange Sicht wäre er besser dran, wenn sie ihn auf die *Zaid-Dayan* zurückbefahl und ihn so in Sicherheit brachte.

»Huron…« Sie brach ab, als er sie ansah. Es war ein Blick zwischen zwei Captains – er war nicht mehr der entgegenkommende Liebhaber, der kompetente Stellvertreter, dessen Loyalität zuerst ihr galt. Sie konnte ihn zurückbefehlen, und er würde gehorchen – aber es wäre nicht der Huron, den sie sich wünschte. Er würde eine Zeitlang seine eigenen Schlachten ausfechten müssen, und später – wenn es für sie ein Später gab – konnten sie einander neu entdecken. Sie spürte einen fast körperlichen Schmerz in der Brust, eine Welle von Sehnsucht im Verein mit einer bösen Vorahnung. Wenn ihm etwas zustieß – wenn er getötet wurde –, würde sie mit dem Wissen leben müssen, daß sie ihn hätte davor bewahren *können*. Aber wenn sie ihn jetzt zwang, sich in Sicherheit zu begeben, würde sie das Wissen ertragen müssen, daß er auf sie wütend war.

»Passen Sie auf sich auf«, sagte sie schließlich. »Und erledigen Sie ein paar von den Mistkerlen für mich.«

Sein Blick erstrahlte, und er lächelte sie herzlich an. »Danke, Commander Sassinak. Ich bin froh, daß Sie mich verstehen.«

Was immer sie tat, der Kampf würde vorbei sein, wenn sie für die Wartungsarbeiten ins Sektorhauptquartier der Flotte zurückkehrte. Sassinak hoffte, das Lächeln, das sie erwiderte, war so offen und ehrlich wie seins; sie empfand nichts von seiner freudigen Erregung.

Die Rückreise zum Sektorhauptquartier geriet zu einer der deprimierendsten ihres ganzen Lebens. Sie hatte wie Huron darauf gebrannt, soviele Piraten und Sklavenhändler wie möglich auszulöschen, und doch mußte sie wie eine inkompetente Zivilistin heimkehren. Sie hegte ungewollt Groll gegen Hollister – dabei traf *ihn* die wenigste Schuld.

Ihr neuer Stellvertreter kam ihr nach diesem kurzen Gespräch mit Huron noch unfähiger vor. Sie wußte, daß sie ihn zu streng kritisierte, aber sie konnte nicht anders. Sie sah immer wieder Hurons Gesicht vor sich, stellte sich vor, wie es wäre, ihn hier zu haben. Zur Ablenkung, mehr war es nicht, recherchierte sie weiter in den Personalarchiven und machte sich über jeden kundig, der möglicherweise Zugang in den entsprechenden Bereich des Schiffs gehabt hatte, als der Torpedo abgefeuert worden war. Nach Kelly kam Keland, und von da wühlte sie sich durch ein weiteres Dutzend bis hin zu Prosser. Prossers Portrait in seinem Eintrag zeigte einen Gesichtsausdruck, der ihr nicht gefiel, eine schmallippige, selbstgerechte Art von Lächeln, und sie ertappte sich dabei, wie sie es anstarrte. Wenn das so weiterging, würde sie jedes Mitglied der Mannschaft hassen. Sie konnten nicht alle schuldig sein. Prosser war im persönlichen Umgang nicht so unsympathisch (sie überzeugte sich bei Gelegenheit beiläufig davon); es lag nur an der allgemeinen Depression, die sie empfand. Und sie wußte, daß sie sich nach der Rückkehr in den Sektor einem Untersuchungsausschuß stellen mußte, wenn nicht sogar einem Kriegsgericht.

Im Sektorhauptquartier erwarteten sie lange Sitzungen mit Verwaltungsbeamten, die ganz genau wissen wollten, wie jeder einzelne Schaden am Schiff entstanden war, warum sie was getan hatte und warum nicht etwas anderes. Als die Seniortechniker den Kopf schüttelten, über die Schäden die Nase rümpften und Hollisters behelfsmäßige Reparaturen kritisierten, wurde Sassinak zunehmend ungehaltener über ihre Inquisitoren. Sie war schließlich mit einem ganzen Schiff und relativ wenigen Verlusten zurückgekehrt und hatte außerdem eine Schiffsladung von Kindern gerettet, während sie wahrscheinlich in Fetzen geschossen worden wäre, hätte sie sich streng an die *Vorschriften für Konfliktfälle* gehalten. Aber diese Sesselfurzer konnten sich einfach nicht vorstellen, daß ein ›zusammengeschustertes kleines Piratenschiff‹, wie es einer von ihnen ausdrückte, einen Kreuzer wie die *Zaid-Dayan* an Feuerkraft übertreffen könnte. Sassinak übergab ihnen die Datenkuben, die im Detail die Spezifikation des Begleitschiffs enthielten, und sie rümpften die Nase und schoben sie beiseite. War sie sich der Genauigkeit dieser Daten denn wirklich sicher?

Des weiteren bestand das Problem, daß sie eine feindliche Macht praktisch dazu *eingeladen* hatte, das Schiff zu entern. »Völlig unverantwortlich!« empörte sich ein Commander, über den Sassinak aus dem Verzeichnis wußte, daß er seit Jahren kein Schiff befehligt und noch nie einen Kampfeinsatz geleitet hatte. »Es hätte in einer Katastrophe enden können«, sagte ein anderer. Nur einer in dem Ausschuß, ein einbeiniger Commander, der auf seiner ersten Reise im Kälteschlaf in einer Rettungskapsel ausgesetzt worden war, stellte die Art von Fragen, die Sassinak selbst gestellt hätte. Der Vorsitzende der Untersuchungskommission, ein Zweisterne-Admiral, sagte weder in der einen noch in der anderen Richtung etwas, sondern machte sich bloß Notizen.

Nach der Sitzung war Sassinak soweit, daß sie alle hätte in eine Recyclingtonne stopfen können, und stellte fest, daß Arly auf sie wartete.

»Was gibt's?« fragte Sass.

Arly faßte sie am Arm. »Sie brauchen einen Drink – das habe ich gleich gesehen. Gehen wir zu Gino, bevor es am Abend wieder so voll wird.«

»Ich spüre, daß Ärger in der Luft liegt«, sagte Sass und sah sie streng an. »Wenn Sie noch mehr schlechte Nachrichten haben, will ich sie hören.«

»Hier nicht. Diese Beamtenärsche verdienen es nicht, etwas als erste zu erfahren. Kommen Sie.«

Sassinak folgte ihr mit einem Stirnrunzeln. Arly war selten aufdringlich, und soweit Sassinak wußte, mied sie gewöhnlich die Bars bei den Docks. Was auf sie alle zugekommen war, machte auch ihr zu schaffen.

Ginos Bar war die bevorzugte Freizeitstätte der Seniorschiffsoffiziere in dieser Saison. Einen Moment lang dachte Sassinak über ihren Geschmackswandel im

Bardekor nach. Fähnriche mochten verrufene, exotische Lokale, wo sie sich verwegen und erwachsen fühlen konnten; bei Jigs und Lieutenants war das ähnlich, obwohl einige von ihnen eine Spur Eleganz bevorzugten, eine Vorliebe, die sich im Laufe ihrer Karriere verstärkte. Bisher, hatte Sassinak festgestellt, waren die Leutnant Commander und Commander sich ihres Rangs sicher genug gewesen, um sich in zwangloseren, sogar schäbigen Lokalen zu treffen. So wie Ginos Bar, die das abgewetzte, aber gewienerte Ambiente eines traditionellen Speisewagens hatte. In Ginos Bar brachten auch lebendige, menschliche Kellner Getränke und Speisen an die Tische, und Gerüchte sprachen von einem lebendigen, menschlichen Koch in der Küche.

Arly führte sie an einen Ecktisch im hinteren Teil. Sassinak ließ sich mit einem Seufzen nieder und drückte auf der Servicetaste herum, bis ihr Licht anging. Nachdem sie bestellt hatten, sah sie Arly von der Seite an.

»Also?«

»Eine IFTL-Nachricht. Für Sie.« Arly gab ihr den Umschlag mit dem Ausdruck. Sassinak wußte sofort, noch bevor sie ihn öffnete, worum es sich handeln mußte. Eine IFTL-Botschaft für einen Captain, dessen Schiff gerade überholt wurde? Das konnte nur eine offizielle Todesnachricht sein, und sie kannte nur eine Person, die… Sie faltete den Umschlag auseinander, warf einen Blick auf den Text und versuchte ihn zu lesen, ohne wirklich hinzuschauen, so als könnte dieser Trick sie vor dem Schmerz bewahren. Die Sprache offizieller Dokumente stellte die Fakten klar und unumwunden fest: Huron war tot, während des Angriffs auf die Piratenbasis ›in Ausübung seiner Pflicht‹ getötet worden. Sie versuchte die Tränen wegzublinzeln, die ihr in die Augen traten, und sah Arly an.

»Sie haben es gewußt.« Es war keine Frage.

»Ich... ich hab's vermutet. Es war schließlich eine IFTL-Nachricht... warum sonst?«

»Also gut. Er ist tot. Ich nehme an, das haben Sie auch vermutet. Dieser verdammte Idiot!« Wut und Trauer erstickten sie, stritten in ihrem Herzen und in ihrer Seele hoffnungslos miteinander. Wenn er nur nicht... wenn sie nur... wenn nur irgendein mieser Pirat eine unruhige Hand gehabt hätte...

»Es tut mir leid, Sass. Commander.« Arly stolperte unsicher über ihren Namen. Sassinak zwang sich in die Gegenwart zurück.

»Er war... ein guter Mann.« Das genügte nicht; es war die abgedroschenste Phrase, die man sich ausdenken konnte, aber es stimmte auch. Er war ein guter Mann gewesen, und als guter Mann hatte er sich geopfert, vielleicht unnötigerweise, wahrscheinlich sehr tapfer, und sie würde ihn nie wiedersehen. Ihn nie wieder *spüren*. Sassinak schauderte, schluckte und griff nach dem Drink, den man ihr gerade gebracht hatte. Sie nippte daran, schluckte, nippte noch einmal. »Er wollte mit«, sagte sie ebenso sehr zu sich wie zu Arly.

»Er war schon darauf aus, noch bevor Sie auf die *Zaid-Dayan* gekommen sind«, sagte Arly unvermittelt. Sassinak starrte sie an und war überrascht darüber, daß sie so überrascht wurde. Arly kippte die Hälfte ihres Drinks hinunter und fuhr fort: »Ich kenne Sie... er... Sie beide haben sich nahegestanden, Commander, und das ist schön, aber Sie haben ihn vorher nicht gekannt. Ich habe sechs Jahre mit ihm gedient, und er war in Ordnung... da gebe ich Ihnen recht. Aber er war auch wild – sehr viel wilder, bevor Sie an Bord gekommen sind.«

»Huron?« Mehr konnte sie nicht sagen, damit Arly weiterredete, während sie versuchte, langsam mit ihren eigenen Gefühlen zu Rande zu kommen.

Arly nickte. »Es steht nicht in seiner Datei, weil er

auf seine Art eben auch sorgfältig war, aber er hat sich immer wieder geprügelt. Wissen Sie, wenn jemand etwas Abfälliges über Kolonisten sagte, ist er schon ausgerastet. Meistens ging's um politische Dinge. Er würde nie sein eigenes Schiff bekommen, hat er mir einmal gesagt, nachdem er sich geschlagen hatte. Er hatte zuviel an den falschen Orten über die großen Familien gesagt für jemanden mit so wenig Rückendeckung wie er.«

»Aber er war ein guter Stellvertreter…« Sie hatte Schwierigkeiten, sich Huron als einen Hitzkopf vorzustellen, der Ärger machte.

»Oh, ganz sicher. Er hat Sie auch gemocht, und das hat geholfen, obwohl er ziemlich verärgert war, weil Sie nicht um diese Kolonie gekämpft haben.«

»Ja, das kann man sagen.« Sassinak ließ es zu, daß sie an ihren schmerzlichen Streit zurückdachte, an einen frostigen Rückzug.

»Ich… ich dachte, Sie sollten es wissen«, sagte Arly und zog mit den Fingerspitzen ein Muster auf der Tischplatte nach. »Er hat Sie wirklich gemocht, und er hätte Ihnen sicher gern gesagt, daß es nichts mit Ihnen zu tun hatte, daß nicht Sie der Grund waren, weshalb er ging. Er hätte es auf die eine oder andere Art sowieso geschafft, in immer mehr Kämpfe zu geraten, bis es ihn eines Tages erwischte. Kein Captain wäre ihm tapfer genug gewesen.«

Trotz Arlys gutgemeinter Versicherung stellte Sassinak fest, daß ihre Trauer länger andauerte, als irgendjemand gutheißen konnte. Sie hatte andere Geliebte verloren, flüchtige Beziehungen, die erblüht und wieder verwelkt waren und nur einen schwachen Duft zurückgelassen hatten… und wenn der Geliebte, ein Jahr später oder so, verschwand oder starb, hatte sie Trauer empfunden, aber keine so tiefe Trauer wie jetzt. Sie konnte sie nicht abschütteln, sie konnte nicht einfach weitermachen, als sei Huron nur eine weitere flüchtige Affäre gewesen.

Sie wußte nicht einmal genau, warum Huron ihr so viel bedeutet hatte. Er war weder stattlicher noch in Liebesdingen einfallsreicher, weder intelligenter noch einfühlsamer gewesen als viele andere Männer, mit denen sie ihre Zeit verbracht hatte. Als mehr Einzelheiten des Überfalls bekannt wurden, stellte sie fest, daß Arly mit ihrer Vermutung recht gehabt hatte: Huron hatte darauf bestanden, sich der Landemannschaft anzuschließen, hatte sich unter krasser Mißachtung der elementarsten Vorkehrungen in Gefahr begeben und war gleich zu Beginn des Angriffs auf den Hauptquartierkomplex der Piraten gefallen. Sassinak bekam zu Ohren, was ihre eigene Mannschaft ihr aus Rücksicht verschwieg: die Leute des Landungstrupps, die er begleitet hatte, betrachteten ihn als halb verrückt oder ruhmsüchtig und wußten nicht, was überwogen hatte. Die offizielleren Berichte charakterisierten ihn als ›äußerst tapfer‹ und seine posthume Einstufung lautete ›außergewöhnlich‹. Doch dieser Beweis für seine Labilität machte es ihr kein bißchen einfacher. In ihren gemeinsamen Monaten hätte sie in der Lage sein *müssen*, ihn zu beeinflussen, hätte sie merken müssen, daß sich so etwas anbahnte, und es abwenden können – es war eine so unsinnige Verschwendung von Talent. In den langen Nächten stritt sie mit sich selbst und verzichtete bewußt auf einen tröstenden Schluck.

In der Zwischenzeit näherten sich die Reparaturen am Schiff ihrem Abschluß. Das Lebenserhaltungssystem mußte komplett ausgebaut und überholt werden und erfüllte die beiden unteren Decks tagelang mit einem schrecklichen Gestank. Offenbar hatten die Schwefelbakterien den Rückflußschlamm überwuchert und in Verein mit der Pilzkontamination aus den abwärtigen Rieseltürmen eine abstoßende Mischung von

Gerüchen hervorgerufen. Hinzu kam, daß die Innenseiten der Hauptrohre leicht zerbeult worden waren und dem Weiterwuchern der Kontaminate eine große Oberfläche geboten hatten. Also mußte jeder Meter der Rohrleitungen sowie alle Ventile, Pumpen und Filter ersetzt werden.

Hollister konnte immer noch nicht sagen, ob die Probleme mit dem neuen Layout zusammenhingen oder einer absichtlichen Sabotage zuzuschreiben waren. Versuche, das Versagen auf dem Computer zu simulieren und auf eine Ursache zurückzuschließen, führten zu sechs oder sieben verschiedenen möglichen Erklärungswegen. Zwei davon setzten das Versagen eines einzigen Bauteils zu einem frühen Zeitpunkt ihrer Reise voraus – was Hollisters Meinung nach eine Manipulation höchst unwahrscheinlich machte. Die anderen gingen von einem mehrfachen Versagen aus, und einer favorisierte eindeutig eine Sabotage, die in acht oder zehn geringfügigen Fehleinstellungen in entlegenen Abschnitten bestanden hatte. Aber welche Erklärung die *tatsächliche* Abfolge der Ereignisse wiedergab, konnte niemand mehr feststellen. Beim Versuch, die Probleme zu korrigieren, nachdem sie in Erscheinung getreten waren, hatten Hollister und seine vertrauenswürdigsten Techniker sich praktisch jeden freiliegenden Millimeter des Systems vorgenommen.

Sassinak zog eine Grimasse, nachdem Hollister ihr seine Ergebnisse vorgelegt hatte. »Sie können mir also nichts Bestimmtes sagen?«

»Nein, Captain. Ich persönlich glaube, es war Sabotage – es hätte sehr viel schlimmer ausgehen können, wie die Simulationen gezeigt haben, und jemand wollte sein oder ihr eigenes Leben schonen –, aber ich kann es nicht beweisen. Schlimmer noch, ich kann keine Vorkehrungen treffen, daß es nicht noch einmal geschieht. Wenn ich komplett neues Personal anfordere, wer könnte mir garantieren, daß *diese* Personen alle loyal sind? Und es braucht nicht einmal ein Fachingenieur gewesen zu sein, obwohl einiges dafür spricht. Jeder weiß Grundlegendes über Lebenserhaltungssysteme; das ist notwendig, damit das Personal im Katastrophenfall eingreifen kann. Und wenn es darum geht, hätte man einen Agenten auch mit Fachkenntnissen ausstatten können – die Lebenserhaltungssysteme der Flotte benutzen dieselben Standardkomponenten wie jedes andere Schiff.«

»Was ist mit den anderen Reparaturen?« Hollister nickte und brachte sie darüber auf den neusten Stand. Die strukturellen Schäden hatten auf der Backbordseite mehr Demontagen erforderlich gemacht, als Sassinak erwartet hatte; Hollister erklärte, das sei fast immer der Fall. Aber in dieser Hinsicht waren die Reperaturarbeiten abgeschlossen, und die an den Backborddüsen ebenso. Es hatte ihn sehr gefreut, daß die Montage der neuesten Triebwerkstypen erfordert hatte, auch die Düsen auf der Steuerbordseite durch entsprechende Modelle auszutauschen. Er hatte sich Sorgen gemacht, gestand er, daß ihr ausgedehnter FTL-Flug mit voneinander abweichenden Schubleistungen, die der Steuerbordseite die ganze Belastung auferlegt hatte, einen verborgenen Schaden verursacht haben könnte. Die Tarnvorrichtungen hatten keinerlei Schaden davongetragen, und alle funktionsuntüchtigen Computerkomponenten waren ersetzt worden. Lediglich die Lebenserhaltungssysteme hielten sie auf, und er rechnete mit zwei weiteren Wochen, ehe sie fertig waren.

Sassinak fragte sich allmählich, ob die *Zaid-Dayan* immer noch im Wartungsdock wäre, wenn Verstans Schlachtformation mit Hurons Leichnam zurückkehrte. Aber inzwischen hatten alle die Berichte über den erfolgreichen Angriff auf die Piratenbasis gesehen, Holographien der zerschmetterten Kuppeln und gesprengten Normteilgebäude. Sassinak starrte die Bilder an und fragte sich, ob die Basis, in der sie ihre Sklavenjahre verbracht hatte, inzwischen ähnlich aussähe. Wenigstens hatte ihr Vorgehen diese Kinder davor bewahrt, in solchen Kuppeln eingesperrt zu werden. Sie besuchte ein paar Mal die Klinik, unterhielt sich mit den Kleinen, die jetzt, so wie sie früher, Waisen waren. Sie hatten weniger psychische Schäden davongetragen, sofern ›weniger‹ in diesem Zusammenhang überhaupt etwas bedeutete. Wenn sie diese Kinder ansah, stumme, verängstigte Zeugen einer für sie unerklärlichen Katastrophe, verfluchte sie sich fast dafür, daß sie nicht vor dem Überfall auf die Kolonie eingegriffen hatte. Aber einige waren bereits auf der Heimreise, und andere hatten Verwandte, die bereits unterwegs waren, um sie in ihre Familien aufzunehmen.

Der Untersuchungsausschuß kam zu einem Abschluß und faßte einen vorläufigen Bericht ab – der weitere Analysen nach sich ziehen würde, wie ihr der Vorsitzende erklärte. Sie wurde gelobt, weil sie die Kinder aus der Kolonie, und leicht getadelt, weil sie nicht die Kolonie selbst gerettet hatte – auch wenn jemand abweichend davon der Ansicht war, daß jeder derartige Versuch ein unnötiges und waghalsiges Risiko für ihr Schiff bedeutet hätte. Sie wurde für den Erfolg im Kampf gelobt, aber nicht für die Methode, die sie gewählt hatte. Viel zu riskant, hieß es, und kein gutes Beispiel für andere Kommandeure, aber effektiv und durch die Umstände wohl gerechtfertigt. Die strukturellen Schäden an der *Zaid-Dayan* resultierten zweifellos aus ihrer Entscheidung, den Feind zu nah heranzulassen, aber der Schaden am Lebenserhaltungssystem mochte durchaus auf Sabotage oder schlicht auf technische Fehler bei der ursprünglichen Montage zurückgehen. Der Ausschuß billigte ihre Behandlung der verdächtigten Giftmischerin, ›eine geschickte Entschärfung einer politisch explosiven Situation‹. Sassinak dachte an das Mädchen, das sich jetzt in den Händen der psychiatrischen Station im Militärhospital dieses Sektors befand – konnte sie je rehabilitiert werden? Konnte sie je einen Weg finden, sich selbst zu respektieren? Die Flotte würde ihr keine zweite Chance geben, soviel stand fest. Alles in allem, sagte der Vorsitzende und forderte noch einmal ihre ganze Aufmerksamkeit, sei der Ausschuß zu dem Schluß gekommen, daß Sassinak im besten Interesse ihres Dienstes handelt hatte, obwohl er ihr Vorgehen nicht uneingeschränkt gutheißen konnte.

Unter den gegebenen Umständen konnte sie nicht mehr verlangen. Admiral Vannoy, der Sektorkommandeur, würde sein eigenes Urteil darüber fällen, welche Auswirkungen der Bericht der Untersuchungskommission auf ihre Zukunft haben würde. Sie hatte schon einige Jahre mit ihm zusammengearbeitet und erwartete von ihm mehr Entgegenkommen als von dem Ausschuß. Er mochte tapfere, entscheidungsfreudige Offiziere. Es wunderte sie nicht, als er sie zu sich bestellte, daß er mit dem Bericht winkte und ihn dann auf den Schreibtisch niederfahren ließ.

»Die Aasgeier haben sich versammelt, was?«

Sassinak neigte den Kopf schräg. »Ich glaube, sie waren fair«, sagte sie.

»Innerhalb ihrer Grenzen, höre ich bei Ihnen als Unterton. Und damit haben Sie recht – manche Ausschüsse wären viel härter mit Ihnen umgesprungen, weil Sie mit einem derartig beschädigten Schiff zurückgekommen sind. Und weil da draußen ein Notsignalfeuer der Flotte dem Universum mitteilt, daß ein Flottenkreuzer sich eine blutige Nase geholt hat. Aber ich bin zufrieden; Sie haben eine Menge Kinder mitgebracht – bis ins Mark erschrocken zwar, einige von ihnen verletzt, aber immer noch am Leben und frei. Und Sie haben eins dieser kleinen Überraschungspakete überwältigt – die übrigens mehr als einen Kreuzer zu einem Trauerfall gemacht haben. Sie sind die erste Überlebende, die ein brauchbares Profil von ihnen und die Spezifikationen ihrer gefälschten IFF-Signale mitgebracht hat; das wiegt, meiner Meinung nach, alle Verluste auf. Und dann haben Sie's noch geschafft, sich zu verstecken, unentdeckt zu bleiben und dabei eine Menge nützlicher Informationen zu sammeln. Jetzt wissen wir, wie gut die Tarntechnik im Ernstfall funktioniert. Unterm Strich bin ich beeindruckt, Commander, wie Sie wahrscheinlich erwartet haben. Schließlich kennen Sie meine Einstellung. Wir werden Sie in einem anderen Teil des Sektors auf einen ähnlichen Patrouillenflug schicken und hoffen, daß Sie noch einen faulen Fisch fangen.«

»Sir, da ist noch etwas…«

»Ja?«

»Für den Fall eines erneuten Zusammentreffens hätte ich gern mehr Handlungsspielraum.«

»In welcher Hinsicht?«

»Das letzte Mal haben meine Befehle klargestellt, daß Überwachung meine primäre Mission sei – und auf dieser Grundlage habe ich nicht eingegriffen, als die Kolonie überfallen wurde. Meine Mannschaft und auch ich hatten Probleme damit. Und ich hätte gern größere Entscheidungsfreiheit, falls wir uns noch einmal in einer solchen Situation befinden sollten.«

Der Admiral ließ den Blick sinken. »Commander, Sie haben hervorragende Zeugnisse, aber ist es nicht möglich, daß in diesem Fall Ihre eigenen Erfahrungen Ihr Urteil beeinflussen? Wir haben es schon einmal auf direkte, unmittelbare Konfrontationen ankommen lassen, und wiederholt haben die Täter, zumindest einige von ihnen, entkommen und wieder zuschlagen können. Sie zu ihrem Ursprung zurückzuverfolgen, muß deshalb als wichtiger erachtet werden.«

»Auf lange Sicht ja, Sir. Aber für die Menschen, die sterben, verwaisen oder versklavt werden... Sind Sie schon in der Klinik gewesen, Sir, und haben sich mit den Kindern unterhalten, die Huron herausgeholt hat?«

»Nun, nein... nein, habe ich nicht.«

»Sie wollen alle nur wissen, warum die Flotte den Angriff nicht verhindern konnte, warum ihre Eltern gestorben sind, und was jetzt mit ihnen geschehen wird. Und es ist nicht nur meine Stimmung, Sir. Leutnant Commander Huron, mein Stellvertreter, war sehr aufgebracht über meine Entscheidung, nicht einzugreifen, und wie Sie sicher wissen, hat er darauf bestanden, sich der Angriffsformation und dann der Landemannschaft anzuschließen – und ist dabei gefallen. Andere Offiziere und die Mannschaft haben dieselbe Einstellung zum Ausdruck gebracht.«

»Offen? Ihnen gegenüber?« Sassinak merkte, daß er eine solche Offenheit nicht ganz billigte.

Sie nickte. »Einige von ihnen. Andere in Gesprächen, die ich mitgehört habe. Der Gedanke gefällt ihnen nicht, daß sie – die Flotte überhaupt – aus sicherer Warte tatenlos zusehen sollen, wie hilflose Zivilisten entführt und ermordet werden.«

»Ich verstehe. Hmm. Ich glaube immer noch, Commander, daß Überwachung Ihre primäre Mission sein sollte, aber unter den gegebenen Umständen und angesichts der jüngsten Erfahrungen Ihrer Mannschaft... ja, wenn Sie es als unumgänglich erachten, sich feindlichen Streitkräften zu stellen, um das Leben Unschuldiger zu retten... ja. Und ich werde Ihre Befehle so abändern, daß dies ausdrücklich in Ihr Ermessen gestellt wird.« Er sah sie scharf an. »Aber ich werde keine leichtfertige Aktion dulden, die nicht unbedingt gerechtfertigt ist, haben Sie mich verstanden? Mit den Löchern in der Seite, die Sie ins Dock gebracht haben, ist der Wartungsetat dieses Sektors für die nächsten achtzehn Monate nahezu ausgebucht, also passen Sie besser auf. Und fordern Sie Hilfe an, wenn Sie welche benötigen. Warten Sie nicht, bis Sie in Fetzen geschossen werden.«

»Ja, Sir!« Sie verließ in etwas gelösterer Stimmung das Büro. Nein, sie würde sich auf keinen unnötigen Kampf einlassen, aber sie würde es auch nicht noch einmal ertragen müssen, tatenlos zuzusehen, wenn andere litten.

In der Zwischenzeit würde sie die restliche Mannschaft gründlich überprüfen. Darunter waren einige, die das erbeutete Schiff begleitet, sich aber nicht der Schlachtformation angeschlossen hatten. Einige neu Zugeteilte sollten Gefallene oder Verletzte ersetzen.

viertes buch

vierzehntes kapitel

»Commander Sassinak…« Die Stimme kam ihr vage vertraut vor. Sassinak riß sich von dem technischen Bericht los und blickte auf. Unbeschreibliche Freude erfaßte sie.

»Ford!« Sie konnte es kaum glauben, und dann fragte sie sich, warum sie nicht längst von seiner Ankunft erfahren hatte. Der Name hatte doch sicher auf dem Dienstplan für eintreffende Offiziere gestanden.

»Leutnant Commander Hakrar hat sich bei einem Bootsrennen ein Bein und zwei Rippen gebrochen… und daraufhin hat man mir den Posten angeboten, und so…« Sein breites Grinsen war noch dasselbe wie früher, aber jetzt unterdrückte er es. »Leutnant Commander Forderliton meldet sich zum Dienst, Captain.« Er hielt ihr seine Befehlskarte hin, und Sass steckte sie ins Lesegerät. Auf ihrem Seitenbildschirm erschien eine Liste.

»Da kommt noch ein bißchen Arbeit auf Sie zu, wie Sie sehen.«

»Hm. Vielleicht hätte ich mir doch einen Drink genehmen sollen, bevor ich mich an Bord melde.« Er beugte sich vor, um einen Blick auf den Bildschirm zu werfen, und gab sich schockiert. »Gütiger Himmel, Commander, hat denn keiner mehr an diesem Schiff gearbeitet, seit Sie ins Dock gekommen sind?«

Sassinak grinste selbst unwillkürlich. »Haben Sie Holos von den Schäden gesehen, mit denen wir eingetroffen sind?«

»Nein, aber ich habe Gerüchte über einen Untersuchungsausschuß gehört. Ein übler Kampf?«

»Es war ziemlich hart. Ich erzähle Ihnen später davon. Aber vorerst…« Sie sah ihn von Kopf bis Fuß an. Dasselbe dunkle, bronzefarbene Gesicht, derselbe schlanke Körper, der ebenso lässig an der Theke einer Dockbar stehen wie elegant auf einem diplomatischen Empfang tanzen konnte, derselbe Ton in der Stimme, der unausgesprochen Unterstützung anbot, ohne etwas dafür zu verlangen. Wenn sie sich für einen der möglichen Kandidaten für den Posten ihres Stellvertreters hätte entscheiden müssen, dann wäre er derjenige gewesen. Und doch – sie war noch nicht bereit für etwas Neues, noch nicht. Würde er es verstehen? »Richten Sie sich in Ruhe ein, wir haben dann um 1500 eine Einsatzbesprechung. Brauchen Sie Hilfe?«

»Nein, Commander, danke. Ich habe auf dem Weg zum Dock Ihren Waffenoffizier getroffen, und dank ihrer Hilfe finde ich mich schon zurecht.«

Sassinak lehnte sich zurück, nachdem er gegangen war, und dachte an diesen verrückten Flug als Behelfsmannschaft auf einem beschlagnahmten illegalen Handelsschiff vor mehr als zehn Jahren zurück. Sie war stellvertretender Commander auf der *Lily von Serai* gewesen, einem Schiff der Patrouillenklasse, und sie hatten einen Kaufmann festgenommen, der illegale und nicht gekennzeichnete Fracht transportierte. Also hatte ihr Captain sie und fünf andere als Behelfsmannschaft an Bord geschickt, um den Frachter ins Sektorhauptquartier zu bringen; Sassinak hatte kommandiert, und Fordeliton, damals ein Jig, war ihr Stellvertreter gewesen. Sie hatte ihn vorher kaum gekannt, aber es war die Art von Reise gewesen, die feste Beziehungen schuf. Denn die Frachterbesatzung hatte versucht, das Schiff zurückzugewinnen, und hatte zwei der Marines umgebracht – und um ein Haar Ford getötet –, aber Sass hatte die anderen beiden in einem verzweifelten Nahkampf durch die Korridore des Hauptdecks geführt.

Wenn Huron *das* miterlebt hätte, sagte sie sich, dann hätte er niemals ihre Bereitschaft zum Kampf angezweifelt. Am Ende hatten sie gesiegt – auch wenn sie dafür den Großteil der Frachtermannschaft in den Weltraum hinausbefördern mußten –, und Sass hatte das Schiff an einem Stück heimgebracht. Als Ford sich von seiner Verletzung erholt hatte, waren sie Geliebte geworden, und in den Jahren seither hatten sie, wann immer sie sich zufällig trafen, die Gegenwart des anderen genossen. Nichts Intensives war im Spiel, nichts Schmerzhaftes – sie konnte einfach auf seine ruhige, großzügige Unterstützung bauen.

Ein anderer neuer Offizier war ihr weit weniger angenehm. Der Sicherheitsdienst der Flotte, offenbar im Eindruck ihrer festen Übezeugung, daß sich noch ein weiterer Agent an Bord befand, hatte beschlossen, dem Schiff einen Sicherheitsoffizier zuzuteilen. Sassinak runzelte die Stirn über sein Dossier: ein Leutnant Commander (im Sicherheitsdienst ein sehr hoher Rang) von Bretagne. Sie hatte nicht mehr als eine gründlichere Überprüfung der Personaldateien verlangt, und statt dessen bekam sie diesen... Sie betrachtete sein Hologramm. Schlank, dunkles Haar und dunkle Augen, selbst in dieser offiziellen Pose von einer gewissen einschmeichelnden Ausstrahlung.

Als er sich später zum Dienst meldete, entsprach seine Person ganz dem Hologramm. Er war höflich, freundlich, fast elegant. Seine Stimme hatte dieses leicht Trällernde, das sie von auf Bretagne Geborenen in Erinnerung hatte, und er benutze sie, um Sass Komplimente für ihr Schiff, ihre Büroeinrichtung, ihren guten Ruf zu machen. Sassinak überlegte, ihn erst einmal zusammenzustauchen, aber es war nie klug, wenn man den Sicherheitsdienst gegen sich aufbrachte. Sie vergalt ihm Höflichkeit mit Höflichkeit, erwähnte ihren ersten Schiffsdienst unter einem Captain von Bretagne – und er wurde noch glatter, sofern das überhaupt möglich war. Als er sich in sein Quartier verabschiedet hatte, holte Sassinak tief Luft und blies sie wieder aus. Der Sicherheitsdienst! Warum konnte er nicht einfach seine Arbeit tun und verhindern, daß sich überhaupt erst Feinde in die Flotte einschlichen, statt Leute wie ihn zu schicken, die ehrliche Offiziere behelligten und sich in ihre Arbeit einmischten?

Aber Dupaynil erwies sich als besser, als der erste Eindruck vermuten ließ. Er kam mit den anderen Offizieren gut zurecht und verfügte über ausgezeichnete technische Kenntnisse, was ihn sowohl für den Technischen Dienst wie für den Waffendienst nützlich machte. Seine geistreiche Konversation, die sich in freimütigen, aber niemals schlüpfrigen Anekdoten über die Prominenten und Reichen erging, unter denen er gearbeitet hatte, bereicherten ihre Mahlzeiten. Und er war mehr als nur ein heller Kopf, wie Sassinak feststellte, als sie über Planetenpiraterie und Sklavenhandel diskutierten.

»Sie waren seit Jahren nicht mehr im Hauptquartier«, sagte er. »Ich bin mir sicher, Sie erinnern sich, daß schon vor zehn Jahren Spekulationen über bestimmte Familien begonnen hatten.«

»Ja, natürlich.«

»Unser Problem bestand nicht so sehr darin, die Schuldigen zu ermitteln, als zu beweisen, wie sie es gemacht haben. Wir können Personen eines solchen Rangs nicht einfach der Komplizenschaft beschuldigen. Und sie waren ausgesprochen geschickt darin, ihre Spuren zu verwischen und ihre Konten sauber aussehen zu lassen, wenn eine Überprüfung anstand. Dieses Schiff zum Beispiel, das sie gekapert haben…«

»Ich hatte die Paradens in Verdacht«, sagte Sass.

»Genau. Aber Ihnen ist sicher auch aufgefallen, daß es, obwohl offensichtlich Verbindungen zu Unternehmen der Familie Paraden bestanden, keinen Beweis gab, der direkt zu ihnen führte.«

»Nein. Ich habe gehofft, die Spuren an diesem Frachter, der die Piratenbasis anflog, könnten hilfreich sein.«

»Oh, das waren sie auch. Kommodore Verstan hat alle verfügbaren Daten weitergegeben – und wir sind uns jetzt sicher, daß irgendeine Art von Komplizenschaft zwischen den Paradens und mindestens einer Gruppe politischer Aktivisten von Diplo besteht.«

»Und genau das verstehe ich nicht«, sagte Sass. »Die Paradens, die ich kennengelernt habe, hatten durchweg Vorurteile gegen alle menschlichen Abarten. Ich hätte angenommen, sie wären die letzten, die mit Schwerweltlern paktieren.«

»Die Festung der Familie Paraden unterhält eine Anzahl Schwerweltlertruppen. Das ist nicht allgemein bekannt, aber wir haben – wir hatten, sollte ich sagen – einen Agenten, der sich weit genug eingeschlichen hat, um dies herauszufinden. Es entspräche ihrer Philosophie, sich auf dieser Weise Schwerweltler zu bedienen – und exklusiven Zugriff auf die gewünschten Welten zu erlangen.«

»Diese junge Frau, die durchgedreht ist und uns alle vergiften wollte, wurde auf Diplo geboren. Aber ich habe sie für zu irrational eingeschätzt, um Agentin von jemandem zu sein…«

»Sie haben zweifellos recht. Nein, wenn Sie einen Saboteur an Bord hätten, Commander, dann müßte es jemand sein, der subtiler vorgeht. Und höchstwahrscheinlich wäre es kein Schwerweltler. Es bestehen wachsende Vorbehalte, daß die Flotte zuviel verlange und zu wenig Schutz biete, daß es ihre Angewohnheit sei, Kolonialplaneten zu unterdrücken und die Freigabe geeigneter Planeten für die Kolonisierung zu verhindern. Der Erkundungsdienst hat in den letzten zehn Jahren viele Vorwürfe auf die Flotte abgewälzt, und auch das bereitet uns Sorgen. Warum sollen wir daran schuld sein, wenn der Erkundungsdienst beschließt, eine Welt als ungeeignet für die Kolonisierung einzustufen? Warum ist die Flotte verantwortlich, wenn die Stimmen der Aliens in der FES ein System aus der Reichweite der Menschen rücken? Offensichtlich weil wir die Erlasse durchsetzen… aber wer betont das immer wieder, und warum?«

»Und Sie haben keine Ahnung, ob einer von der Mannschaft ein solcher Agent ist?«

Dupaynil schüttelte den Kopf. »Nein, aus den Dateien gehen keine Verdachtsmomente hervor, und das sollte man von einem Profi auch erwarten. Die Drahtzieher werden sicher nichts Dummes tun, zum Beispiel falsche Namen oder eine gefälschte Lebensgeschichte verwenden. Solche Dinge kann man heutzutage viel zu leicht überprüfen – der Genetische Index liefert uns Bezugsdaten für jeden Heimatplaneten. Wenn ich zum Beispiel behaupten würde, ich sei von Grantly-4, könnten Sie im Index nachsehen und feststellen, daß ich blaue Augen haben und dreißig Zentimeter größer sein sollte.«

»Aber auf den meisten Planeten gibt es doch sicher eine gewisse genetische Variationsbreite…«

»Eine gewisse Variationsbreite ja, aber nicht das gesamte Spektrum menschlicher Möglichkeiten. In den meisten Fällen verrät uns der Index nicht hundertprozentig, woher jemand stammt – obwohl man mit der Analyse von Gewebeproben sehr viel weiter kommt –, aber er verrät *mir* zumindest, welche Fragen ich stellen und worauf ich achten muß. Jeder von Bretagne, meiner Heimatwelt, hat schon einmal zwei Monde scheinen sehen und kennt die Imperialen Rosengärten. Sie kommen von Myriad, Captain – Sie haben dort in der einzigen Stadt gelebt –, und daher weiß ich, daß Sie schon einmal eine Küste zu Füßen der Berge besucht und mindestens einmal einen Gorbnari gesehen haben müssen.«

Sassinak erinnerte sich sofort an die Gorbnari, die mit einer enormen Spannweite ausgestatteten Flugtiere von Myriad, die sich von der einheimischen Meeresfauna ernährten. Nicht an Vögel oder Fische – zumindest keine richtigen –, sondern an Gorbnari, die auf der Jagd nach Krissi herabstießen.

»Wenn ich Sie also fragen würde«, fuhr Dupaynil fort, »ob Gorbnari grau oder braun sind, dann wüßten Sie…«

»Sie waren oben hellgelb und unten weiß, und die Männchen hatten einen roten Kamm… Ich verstehe, was Sie meinen.«

»Weil die Kolonie auf Myriad ausgelöscht und nicht wieder eingerichtet wurde, sind die Informationen über einheimische Wildtiere ziemlich ungenau. Ja, der einzige Eintrag über Gobnari beschreibt ihre Farbe als ›mittel- bis hellbraun, unten heller‹, weil er aus dem Bericht des ersten Spähschiffs stammt, das seine Untersuchungen auf dem anderen Kontinent durchgeführt hat, wo die Tiere tatsächlich diese Farbe annehmen.«

»Sie wollen sich also unter die Mannschaft mischen und Dinge von der Art überprüfen, die in den Dateien überhaupt nicht vorkommen können?«

»Richtig. Und natürlich werde ich Sie über alles auf dem laufenden halten, was mir aufgefallen ist.«

Dupaynil war das letzte Mannschaftsmitglied, das an Bord kam. Wenn sie darüber nachdachte, fand Sassinak, daß das Ganze perfekt arrangiert war, weil jeder, der so spät auf ein Schiff versetzt wurde, zwangsläufig Aufsehen erregte. Der Marschbefehl traf ein, und bald waren sie auf dem Weg zu ihrer angewiesenen Position. Sassinak wußte nicht, ob sie traurig oder froh darüber sein sollte, daß sie keine Gelegenheit mehr hatte, Hurons Beerdigung beizuwohnen. Binnen kurzem war sie zu beschäftigt, um sich darüber den Kopf zu zerbrechen.

Zunächst mußte sie die weitergehende Ausbildung der fünf neu ›ausgebrüteten‹ Fähnriche überwachen, die gerade von der Akademie kamen und eifrig darum bemüht waren, sich als fähige junge Offiziere zu erweisen. Fordeliton kümmerte sich um ihre Berücksichtigung im Dienstplan, aber Sass führte mit jedem einzelnen ein persönliches Gespräch und führte bei den regelmäßigen Bewertungsrunden den Vorsitz. Es war eine sehr gemischte Gruppe. Claas, eine der größten Schwerweltlerfrauen, die Sass je gesehen hatte, brachte eine besondere Empfehlung von Sassinaks alter Freundin Seglawin auf der Akademie mit. (»Ich kann mich sicherlich darauf verlassen«, hatte sie geschrieben, »daß du die Sensibilität und den Edelmut dieses Fähnrichs erkennst. Natürlich ist sie intelligent und in einem angemessenen Ausmaß aggressiv, aber sie ist immer noch zu verletzlich. Härte sie ab, wenn du kannst, ohne sie gleich den Separatisten in die Arme zu treiben.«) Sassinak blickte auf – und noch weiter hinauf – in das breite Gesicht mit der schweren Stirn und den auffälligen Wangenknochen und schüttelte in Gedanken den Kopf. Wenn dieses Mädchen nach vier Jahren auf der Akademie immer noch übersensibel war, dann hatte sie wenig Chancen, diese Schwäche loszuwerden.

Timran, ein stämmiger Bursche, der so eben die erforderliche Größe erreichte, hatte in der Abschlußklasse nur einen der hinteren Plätze erreicht und strahlte eine gebändigte Fröhlichkeit aus. Er war sichtlich aufgeregt (sogar überrascht?), daß er die Offiziersprüfung bestanden hatte, und ebenso erfreut darüber, daß er auf einen so guten Posten versetzt worden war – noch dazu unter einem solchen kommandierenden Offizier. Sassinak war an männliche Verehrung gewöhnt, aber seine vor Bewunderung großen Augen waren ihr fast peinlich. Seine wertvollste Charaktereigenschaft bestand laut der Datei darin, daß er ›immer Glück hatte‹. Wie sein Pilotenausbilder sagte: »Unter normalen Umständen ist dieser Kadett bestenfalls Durchschnitt und oft genug unbesonnen oder voreilig. Aber in Notfällen scheint alles zusammenzukommen, und dann macht er fünf Fehler, die zu der einen perfekten Kombination zusammenkommen. Wenn er diese Veranlagung im aktiven Dienst weiter unter Beweis stellt, könnte er sich für eine Ausbildung zum Spähschiffpiloten oder zum Juniorgeschützoffizier eignen.«

Gori dagegen war ein ruhiger, gelehriger, fast pedantischer junger Mann, der in akademischen Fächern und im Sport gute Leistungen gezeigt, aber nur durchschnittliche Initiative bewiesen hatte. »Der geborene Nachschuboffizier«, war in seinem Bericht vermerkt. »Gewissenhaft, präzise, tut genau das, was man ihm sagt, reagiert aber nicht besonders gut in chaotischen Situationen. Er dürfte in einer großen Mannschaft gut zurechtkommen und sich langfristig für einen Posten außerhalb der Kampfeinheiten auf einer festen Station empfehlen. Beachten Sie bitte, daß es ihm nicht an Mut mangelt. Er gerät bei Gefahr nicht in Panik, aber er übertritt seine Befehle selbst dann nicht, wenn dies wünschenswert ist.«

Kayli und Perran erwiesen sich als ›durchschnittlicher‹ insofern, als sie über ausgeglichene Fähigkeiten verfügten. Körperlich waren sie etwas anderes. Kayli war eine auffällige, zierliche Brünette, die jede Nacht einen anderen Partner hätte haben können, wenn sie gewollt hätte. Sie wollte aber offensichtlich nur Gori. Sassinak war nicht überrascht, als sie erfuhr, daß sie bereits liiert waren und am Ende ihres ersten Kreuzflugs heiraten wollten. Allerdings überraschte sie Kaylis anhaltendes Desinteresse für andere Männer – sehr wenige Menschen gingen noch so ausschließliche Bindungen ein. Doch trotz aller Angebote verbrachte Kayli den Großteil ihrer Freizeit mit Gori, meistens in der Junioroffiziersmesse, wo sie ihre Bücher über einen Tisch ausbreiteten. Perran, die auf den ersten Blick nicht so attraktiv war wie Kayli, stellte sich als der Vamp in der Gruppe heraus. Sie hatte ein unstillbares Interesse an Elektronik – und an Männern. Bei Fords Bericht über ihre Pirsch auf den Seniorkommunikationstechniker lachte Sassinak zum ersten Mal seit Wochen wieder herzhaft.

Im Laufe der Reise sagte Claas zwar wenig, schien sich aber wohl zu fühlen, und Sassinak fiel auf, daß sie offenbar einen Teil ihrer Freizeit mit Perran verbrachte. Es schien eine seltsame Kombination zu sein, aber Sassinak war zu klug, um sich in etwas einzumischen, das funktionierte. Timran geriet in eine Klemme nach der anderen, immer eine Entschuldigung auf den Lippen, aber unerschrocken, wenn er aufs neue mit den unerbittlichen Gesetzen der Natur Bekanntschaft machte. Sassinak fragte sich, ob er je erwachsen werden würde – es schien zu diesem Zeitpunkt kaum wahrscheinlich. Nur ihre Erfahrungen mit anderen jungen Leuten dieser Art, die überraschenderweise zu fähigen Erwachsenen wurden, wenn man ihnen die Gelegenheit dazu und ein paar Jahre Zeit ließ, machten sie zuversichtlich. Gori und Kayli nahmen einander in Anspruch, und Perran sah sich, nachdem sie ihren ersten Mann erobert hatte, bald nach dem nächsten um. Sassinak empfand eine Spur Mitgefühl für ihre unglücklichen Opfer; Perran war nicht besonders rücksichtsvoll, wenn es darum ging, sich eines früheren Liebhabers zu entledigen.

Dupaynil stieß auf Indizien für einige Unregelmäßigkeiten in der Mannschaft. Er gestand offen, daß es sich dabei wahrscheinlich um ganz unbeabsichtigte Fehler handelte – falsch in den Computer eingegebene Daten oder Mißverständnisse der einen oder anderen Art. Aber um all diese Fehler einzuschätzen, waren Stunden mühseliger Arbeit, eine Betrachtung der Daten im Zusammenhang und weitere Gespräche notwendig, um entscheidende Fakten zu bestätigen.

»Ich hatte keine Ahnung, daß die Personaldateien so nachlässig abgefaßt sind«, brummte Sass. »Die meisten müssen doch wohl *irgendetwas* bedeuten.« Sie waren wieder bei Prosser, und Sassinak achtete darauf, daß sie nichts über ihre Reaktion in dem Moment verriet, als sie das erste Mal die Holographie in den Dateien betrachtet hatte. Seine Augen standen nicht ganz so nah zusammen, wie sie sich zu erinnern glaubte. Dupaynil tat die Datei mit einem Achselzucken ab. Er fand nichts Bemerkenswertes daran.

»Haben Sie sich schon einmal Ihre eigene Datei ganz durchgelesen?« fragte Dupaynil mit einem durchtriebenen Lächeln.

»Hm, nein – nur oberflächlich.« Sie hatte nie über die bruchstückhafte Vergangenheit grübeln wollen, auf die ihre Datei sie gestoßen hätte.

»Schauen Sie.« Er holte ihre Datei auf den Bildschirm und ließ sie mit seinen ergänzten Datenbankbackups vergleichen. »Diesen Daten zufolge hatten Sie auf der Vorschule zwei verschiedene Noten in analytischer Geometrie für Fortgeschrittene, und Sie haben nie Ihr letztes Projekt zur Sozialgeschichte eingereicht – und Sie hatten daheim auf Myriad mit einer subversiven Organisation zu schaffen…«

»Was!« Sassinak schaute auf den Bildschirm. »Ich war nie in…«

»In einem Club namens *Die Eisernen Jungfrauen*?« Dupaynil grinste.

»Oh.« Sie hatte die *Eisernen Jungfrauen* völlig vergessen, den örtlichen Carin Coldae-Fanclub, den sie und Caris in ihrem letzten Jahr auf der Grundschule gegründet hatten. Sie und Caris und – wie hieß dieses andere Mädchen? Glya? Sie hatten sich den Namen ausgedacht und die Adresse unter die Carin Coldae-Poster geschrieben. Und fast ein Jahr später war ein Paket für sie eingetroffen, das eine Cluburkunde, Nachbildungen der Carin Coldae-Taschenlaser und acht Exemplare der neusten Poster enthielt. Ihre Eltern hatten nicht erlaubt, daß sie eines davon irgendwo aufhängte, wo jeder es sehen konnte, also hatte sie es von innen an ihre Schranktür geklebt. »Aber es war doch keine *subversive* Organisation«, sagte sie zu Dupaynil. »Es war nur ein Kinderverein, ein Fanclub.«

»Der wohl den Carin Coldae-Kult pflegte, richtig?«

»Kult? Wir waren keine Kultgemeinschaft.« Selbst ihre Eltern, so konservativ sie waren, hatten nichts gegen den Club einzuwenden gehabt – auch wenn sie der Ansicht gewesen waren, daß ein lebensgroßes Poster Carin Coldaes, in einem eng anliegenden Kostüm und einem glühenden Laser in jeder Hand, keine passende Dekoration für ein Wohnzimmer darstellte.

Dupaynil lachte laut. »Sehen Sie, Captain, wie leicht man mit etwas in Verbindung gebracht wird, von dem man keine Ahnung hat? Ich nehme an, Sie wissen nicht, daß Carin Coldaes beträchtliche Einkünfte in die Gründung und den Unterhalt einer terroristischen Organisation investiert wurden?«

»Tatsächlich?«

»Oh ja. All die kleinen Mädchen – und Jungs auch, wie ich zugeben muß –, die ihr Kleingeld und Zahlungsbelege einschickten, haben in Wirklichkeit die Aufständischen im elften Sektor finanziert, die mieseste Bande von Rassisten, die man sich vorstellen kann. Die Eiserne Kette haben sie sich genannt. Carin selbst, habe ich gehört, fand sie romantisch – oder zumindest einen von ihnen. Sie war davon überzeugt, es seien mißverstandene Freiheitskämpfer, und natürlich bestärkten sie sie in diesem Eindruck. Also war Ihr kleiner Club der Eisernen Jungfrauen, in dem Sie sich alle, wie ich vermute, sehr tapfer und erwachsen vorkamen, eine Vorhut von Terroristen… und so kommt es, daß Sie heute mit dem Makel terroristischer Aktivitäten befleckt sind.«

Sassinak dachte an die sechs Monate ihrer regelmäßigen Sitzungen zurück, bis sie der Routine müde geworden waren. An die kleine Urkunde und das Handbuch, dem gemäß sie nach strengen Regeln Offiziere wählten und ›alte Angelegenheiten‹ und ›neue Angelegenheiten‹ diskutierten. An die Kekse, die sie gebacken hatten und auf einem Carin Coldae-Teller servierten, und an den Fruchtsaft, den sie aus besonderen Gläsern tranken. Wenn das subversive Aktivitäten waren, wie konnte sich jemand langfristig daran beteiligen, ohne an Langeweile zu sterben? Sie erinnerte sich an den Tag, als sie den Club aufgelöst hatten – natürlich nicht, um keine Carin Coldae-Filme mehr anzuschauen, sondern weil der Club selbst sie tödlich langweilte. Von da an kletterten sie wieder die nahegelegenen Hügel hinauf, wo sie so tun konnten, als versteckten sich Bösewichter hinter den Felsen.

»Ich glaube, das Subversivste, das wir getan haben«, sagte sie schließlich, »war unser Schluß, daß unser Schulrektor genau wie der Schurke in *Weiße Ränder* aussah. Ich kann mir immer noch nicht recht vorstellen…«

Dupaynil zuckte die Achseln. »Es ist eigentlich nicht so wichtig. Der Sicherheitsdienst weiß, daß nahezu alle Kinder in diesen Clubs unschuldig waren. Aber einige von ihnen erlangten eine höhere Mitgliedsstufe, und einige wenige landeten am Ende bei der Eisernen Kette – und *die* haben uns immer wieder Ärger bereitet.«

»Ich erinnere mich… etwa ein Jahr, nachdem wir keine Sitzungen mehr veranstaltet hatten, erhielten wir eine weitere Postsendung, die uns den Vorschlag machte, einen Club für Erwachsene zu gründen. Aber ich hatte das Interesse daran verloren, und kurze Zeit später wurde ohnehin die Kolonie überfallen.«

»Genau. Also – können Sie die beiden unterschiedlichen Noten in analytischer Geometrie erklären? Oder das unvollendete Projekt in Sozialgeschichte?«

Sassinak runzelte die Stirn und versuchte sich zu erinnern. »Soweit ich weiß, hatte ich immer sehr gute Noten in Mathematik. Wie war das noch mal? Oh – ja, natürlich – in diesem Semester wurde eine neue Prüfungsordnung erprobt, in der man eine bestimmte Prüfung bestehen mußte, und wir bekamen alle zwei Mathematiknoten. Eigentlich sind es keine zwei Noten; es ist eine Note, die auf zwei Arten ausgedrückt wird. Was die Sozialgeschichte angeht – da fällt mir nichts mehr ein.«

»Sehen Sie? Drei Kleinigkeiten, und Sie selbst können nicht alle aufklären. Und doch sind sie unbedeutend. Wenn wir auf ein Muster stoßen würden – wenn Sie im Sozialkundeunterricht immer Lücken hätten –, dann könnte es etwas bedeuten. Aber das hier ist nichts, und die meisten eigenartigen Dinge in den Dateien Ihrer Mannschaft bedeuten auch nichts. Dennoch müssen wir uns alles ansehen, selbst wenn's um eine lächerliche Kleinigkeiten wie einen Kinderfanclub geht.«

Unter den Seltsamkeiten, auf die Dupaynil in der nächsten Woche stieß, war ein junger Mann, der den Namen seiner Mutter statt den weit prominenteren Familiennamen seines Vaters angenommen hatte, und noch jemand, der von Schwerweltlern abstammte, sich aber als gewöhnlicher Mensch ausgab. Sassinak wohnte den Gesprächen mit beiden bei, aber sie hatten beide nicht die labile Persönlichkeit der Giftmischerin. Der junge Mann beharrte darauf, daß er der Flotte beigetreten war, um sich dem Einfluß seines Vaters zu entziehen – dieser hatte ihn gedrängt, eine diplomatische Laufbahn einzuschlagen, aber er zog es vor, mit seinen Händen zu arbeiten. Der Schwerweltler sagte offen, daß andere Schwerweltler ihn abschätzig behandelten, daß er unter den Leichtgewichten aber Anerkennung und sogar Freundschaft gefunden hatte. »Wenn sie erfahren, daß ich aus einer Schwerweltlerfamilie stamme, haben sie Angst vor meiner Kraft – das merke ich an der Art, wie sie sich von mir distanzieren. Aber ich kann als ziemlich kräftiger Normalmensch durchgehen, und das ist mir ganz recht. Nein, ich würde Schwerweltlern nicht dabei helfen, ihren Einfluß auszuweiten – warum sollte ich? Sie sind Snobs – sie haben mich verspottet und als Schwächling ausgestoßen, so als seien sie wirklich überlegen. Aber das sind sie nicht. Sollen sie doch auf ihren Welten bleiben. Ich gehe dahin, wo ich hineinpasse.«

Dupaynil, bemerkte Sassinak, schien mehr Mitgefühl für den jungen Mann, der sich einem aufdringlichen Vater entzog, als für den Schwerweltler aufzubringen. Sie selbst fand beide überzeugend.

Sie waren seit einem Monat im Einsatz, als ihre Detektoren ein Schiff abseits der normalen FTL-Routen registrierten. Sein IFF und die passive Abtastung wiesen General Systems Frachtverkehr als Besitzer aus (schon wieder! dachte Sassinak), aber durch die passive Abtastung konnten sie seinen Ursprungscode ermitteln… und das war ein Schwerweltensystem.

Aufs neue nahm die *Zaid-Dayan* die Verfolgung auf, geleitet von ihrem Ssli, der die Störungen wahrnahm, die ihre Beute im Raum hinterließ. Und erneut wurde schnell klar, daß die Beute zu einem ungewöhnlichen Ziel unterwegs war.

fünfzehntes kapitel

»Na, was ist das denn?« Niemand antwortete auf das Murmeln des Navigationsoffiziers; Sassinak beugte sich hinüber, um zu sehen, welche Identifikationsdaten auf dem Bildschirm erschienen. Der Navigator fuhr fort. »Ist verzeichnet… hmm… auf der EEC-Karte. Ryxi auf dem fünften Planeten, der sich auf dieser Seite des Systems befindet, und ein menschliches Team, das auf dem vierten namens Ireta abgesetzt wurde, um einige Untersuchungen vorzunehmen. Ich frage mich, warum ein Planet, der nicht kolonisiert wurde, einen Namen hat und das erste Mal von einer Erkundungsmannschaft besucht wird. Hier steht etwas über mesozoische Fauna, was immer das nun wieder sein soll.«

»Ein neuer Kontakt: ein Schiff, das mit Insystem-Antrieb aus dem System des fünften Planeten beschleunigt…« Die Aufnahmen wurden auf den Hauptbildschirm gelegt, wo alle sie sehen konnten. »Kein Lieksignalfeuer – sollen wir's mit seinem IFF versuchen, Captain?«

»Nein. Wenn es das ist, was ich vermute, nämlich ein weiteres Begleitschiff der Piraten, würden sie es bemerken«, sagte Sass. »Aber Ryxi?«

»Sie haben sich hier vor über vierzig Jahren absetzen lassen, mit Kolonialstatus.«

»Es haben sich nie Hinweise ergeben, daß Ryxi etwas mit solchen Dingen zu tun haben könnten«, sagte Dupaynil und wirkte so verwirrt, wie Sassinak sich selbst fühlte. »Jedenfalls nicht, wenn auch Schwerweltler daran beteiligt waren. Sie hassen sie noch mehr als normale Menschen.«

Die *Zaid-Dayan* kroch vorsichtig hinter den anderen beiden Schiffen her, die nun nach Ireta unterwegs zu sein schienen; mit Insystem-Antrieb eine Reise von ein paar Tagen. Sassinak fragte sich, ob jemand in diesem Moment etwas Verräterisches plante, vielleicht noch einmal ›versehentlich‹ einen Torpedo abfeuern wollte? Oder einen anderen gefährlichen Unfall provozieren? Dupaynil hatte nichts Schlüssiges herausbekommen, und obwohl Sass die beiden Hauptverdächtigen von ihren üblichen Pflichten entbunden hatte, fühlte sie sich dadurch kein bißchen sicherer. Sie vergewisserte sich, daß dem Quadranten mit den Torpedokammern ganz neues Personal zugeteilt wurde, daß die Stewards sich nach einem neuen Schema abwechselten. Was konnte sie sonst tun? Eigentlich nichts.

Tag für Tag näherten sich die beiden anvisierten Schiffe auf einer gekrümmten Bahn immer mehr dem fernen fünften Planeten. Sassinak hatte Zeit, sich die Angaben im Index selbst noch einmal anzusehen, und überprüfte den Verweis auf ›mesozoische Fauna‹. Einer ihrer neuen Jigs, der ein lebhaftes Interesse an Biologie hatte, quasselte allen über mögliche Zusammenhänge die Ohren voll. Etwas über riesige Reptilien aus der Vorgeschichte der alten Erde, die oberflächlich gewissen reptilienhaften Alienrassen ähnelten, aber tatsächlich ziemlich dumm gewesen sein mußten. Sassinak grinste. Hatte sie selbst sich jemals so für etwas begeistern können, daß sie das Desinteresse aller anderen überhaupt nicht bemerkt hatte? Sie glaubte nicht, ließ ihn aber gewähren, als er ihr seine Lieblingsbilder aus seinen Dateien zeigte.

Fordeliton platzte mitten in diesen Vortrag hinein und stellte sich ebenfalls als, wenn auch etwas beherrschterer, Enthusiast heraus. »Dinosaurier!« rief er. »Von Altterra, und das in unserer Nähe!«

»Piraten«, stellte Sassinak klar. »Gefährlich, und auch in unserer Nähe.«

Als sie schließlich nah genug dran waren, um sicher sein zu können, daß das verfolgte Schiff landen wollte, mußte Sassinak sich Sorgen machen, was das andere Schiff beabsichtigte. Was hier geschah, konnte kein Überfall auf eine Kolonie sein, so wie auf Myriad – es gab keine Kolonie zu überfallen. Das Schiff, das von der Ryxi-Welt gestartet war, hatte keine besonders gute Position für ein Begleitschiff inne – ja, es schien fast so, als bemerke es den Frachter überhaupt nicht. Konnte das ein Zufall sein? Verkehrte ein Schiff regelmäßig zwischen den Planeten?

Der Frachter bremste ab, ließ sich dem Planeten entgegenfallen. Das zweite Schiff hinter ihm wollte offenbar in einen stabilen Orbit einschwenken. Bisher hatten beide die getarnte *Zaid-Dayan* noch nicht entdeckt. Aber Sass konnte den Kreuzer nicht auf der Planetenoberfläche aufsetzen lassen, solang im Orbit ein möglicher Feind kreiste. Andererseits aber wollte sie genau wissen, was der Frachter vorhatte. Eigentlich brauchte sie zwei Schiffe – und es gab eine Möglichkeit…

»Fliegen Sie mit einem Shuttle runter und machen Sie sich kundig, wohin die anderen unterwegs sind. Diese Welt verfügt über kein Landegitter, von dem wir wissen. Schwer zu glauben, daß sie tatsächlich landen wollen, aber was könnten sie sonst vorhaben? Bleiben Sie in ihrem toten Winkel, bis sie sich für einen Landeplatz entschieden haben, und dann machen Sie sich unbemerkt davon, sobald sich die Gelegenheit bietet. Bleiben Sie unter und hinter ihnen, bis ihr Landemuster…«

»Wie sieht's mit einer Landemannschaft aus?« Timrans dunkle Augen blitzten.

»Fähnrich, ich habe gerade gesagt, daß Sie das Schiff beobachten und zurückkehren sollen, ohne es auf sich aufmerksam zu machen. Sie brauchen überhaupt keine Landemannschaft. Halten Sie sich einfach tief und eng hinter ihm, und sobald es gelandet ist, kommen Sie zurück. Wenn ich Ihnen einen Trupp Marines mitgebe, werden Sie sicher versuchen, eine Einsatzmöglichkeit für ihn zu finden.«

Ford schüttelte den Kopf, als sie zusahen, wie die Fähnriche durch die Shuttleluke stiegen. »Wissen Sie, Timran würde versuchen, das ganze Schiff auf eigene Faust zu kapern.«

»Ja, und deshalb wollte ich, daß Gori dabei ist. Gori ist besonnen und außerdem ein guter Shuttlepilot. Ich hoffe nur, sie halten sich an die Befehle.«

»Oh, das werden sie. Sie haben ihnen genug Angst eingejagt, Captain.« Die Alarmsirene der Andockbucht heulte, und die Lademannschaft hastete zu den Luftschleusen. Die Dockluke öffnete sich wie eine Blüte, und der Aufzug brachte das Shuttle auf gleiche Höhe mit der Außenhülle des Schiffs. Sassinak sah zu, wie der Flugdeckoffizier dem Shuttle das Signal gab, die Triebwerke zu zünden, bevor es von der *Zaid-Dayan* davonraste.

Das Shuttle näherte sich unauffällig dem Frachter, und auf den Bildschirmen schien es vom blinden Fleck des Frachters geschluckt zu werden. Aus einem hohen Orbit beobachteten die Techniker der *Zaid-Dayan* die nächsten Umrundungen des Planeten, in deren Verlauf der Frachter an Höhe verlor. Nichts deutete darauf hin, daß er seinen kleinen Verfolger bemerkt hatte. Auch vom Boden kam kein Signal. Dann registrierte die Kommunikationsabteilung ein Landesignalfeuer und Funksignale vom Boden.

»Da ist das Gitter! Merkwürdig, es befindet sich am Rande dieses Plateaus.«

»Eine Stadt in der Nähe? Eine Siedlung?«

»Nichts dergleichen. Nun ja, einige Infrarotspuren gerodeter Felder und Anpflanzungen, aber nichts, das groß genug ist, um ein Gitter wie dieses aufzunehmen.«

»*Damit* könnten wir problemlos fertig werden«, sagte Arly. »Ein lausiger Frachter und nur ein Landegitter.«

»Aber was haben sie im Sinn? Es gibt keine Kolonie, deren Bewohner man zu Sklaven machen oder deren Mineralien oder andere Gütern man plündern könnte. Warum ist da ein Gitter, und was machen sie hier?«

»Warten Sie einen Moment. Das da muß etwas Künstliches sein.« Auf dem Hauptbildschirm erschien etwas, das wie eine in Betrieb befindliche Tagebaumine aussah. »Ich habe so etwas ohne Leute in der Nähe noch nicht gesehen. Eine Mine? Eisen vielleicht? Kupfer?«

Sassinak schaute in die verwirrten Gesichter ringsum und grinste. Es mußte etwas Wichtiges sein. Und diesmal hatte sie einen gewissen Handlungsspielraum. »Ein Landegitter, ein Signalfeuer, eine Tagebaumine und keine Stadt – auf einer Welt, die angeblich nicht zur Kolonisierung freigegeben ist. Ich glaube, es wird Zeit, daß wir uns die IFF unserer Freunde vornehmen.«

»Richtig, Captain.« Der Kommunikationsoffizier legte einen Schalter um, und dann war er wieder auf Leitung und klang verwirrt. »Captain, es ist ein Nachschubschlepper für Kolonien, der auf diese Ryxi-Kolonie zugelassen ist.«

»Klar, und ich bin die Frau eines reichen Diplomaten. Versuchen Sie's noch mal.« Rechts von ihr wurde ein Monitor hochgeklappt, während der Kommunikationsoffizier nachhakte. »Mit dem IFF-Signal ist alles in Ordnung, Captain. Ich schwör's Ihnen. Schauen Sie.«

Es schien alles zu stimmen. *Mazer Star*, Captain ein gewisser Argemon Godheir, Besitzer die Firma Kirman, Vini & Godheir, Registriernummern, Mannschaftsgröße, Frachtgröße und Volumen; jedes Detail klar und unmißverständlich. Der Kommunikationsdienst hatte bereits die Datenbank abgefragt; der *Mazer Star* war ein siebenunddreißig Jahre alter Rumpf aus einer angesehenen Werft, war zweimal in normalen Abständen überholt worden, gehörte der angegebenen Firma, und es gab keine Hinweise auf mysteriöses Verschwinden oder sonstige Unregelmäßigkeiten.

»Und was hat das Ding *hier* zu suchen?« fragte Sass und verlieh der Ratlosigkeit aller Ausdruck. Sie sah wieder zur Kommunikationsabteilung hinüber, und der Kommunikator zuckte nur die Achseln. »Nun gut. Sie verhalten sich so, als gäbe es uns gar nicht. Dann wollen wir mal sehen, wie nah wir uns ranwagen können.«

Was immer der *Mazer Star* machte, er hielt jedenfalls nicht nach einem Kreuzer in seiner Umgebung Ausschau; Sassink begann sich auf eine völlig irrationale Weise darüber zu freuen, wie nah sie sich dem Schiff nähern konnten. Entweder funktionierte ihre Tarnvorrichtung besser, als sie es sich je vorgestellt hatten, oder dieses kompakte kleine Insystem-Handelsschiff verfügte über praktisch keine Detektorinstrumente (oder über den unfähigsten Radarfachmann in sieben Systemen). Schließlich befanden sie sich in Traktorreichweite, und Sassinak befahl, daß die Schilde vollständig hochgefahren und die Tarnvorrichtung abgeschaltet wurden, außerdem eine Funknachricht auf einem schmalen Frequenzband abzusetzen, auch wenn sie das Gefühl hatte, sie könne den Abstand zwischen den Schiffen fast mit einem Ruf überbrücken. In einer Atmosphäre wäre das jedenfalls möglich gewesen.

»Mazer Star, Mazer Star! FES-Kreuzer Zaid-Dayan an Mazer Star…«

»Was… wer, zum Sternenstaub, seid *ihr* denn? Verschwindet sofort von unserem Heck, sonst werden wir…« Die Stimme wurde rasch durch eine andere und durch das Bild eines untersetzten Mannes in Kapitänsuniform auf dem Monitor ersetzt.

»*Mazer Star*, Captain Godheir an Föderationsschiff *Zaid-Dayan*… woher kommen Sie? Haben Sie dasselbe Notsignal erhalten?«

Ein Notsignal? Wovon redete er? Sassinak übernahm von ihrem Kommunikationsoffizier und sprach persönlich mit dem Mann.

»Captain Godheir, hier spricht Commander Sassinak von der *Zaid-Dayan*. Wir sind Piraten auf der Spur, Captain. Was meinen Sie mit Notsignal? Können Sie Ihre Anwesenheit in Gegenwart eines Schwerweltlerfrachters erklären?«

»Ein Schwerweltlerfrachter? Wo?« Auf dem Bildschirm sah sein Gesicht in beide Richtungen, als rechne er damit, daß einer durch die Schotts brach.

»Unten. Er wird gleich landen. Also, was ist nun mit diesem Notsignalfeuer? Und welche Reichweite und welche Detektorinstrumente stehen Ihnen zur Verfügung?«

Seine Antworten, auch wenn sie etwas verworren ausfielen, ließen die letzten Tage in einem neuen Licht erscheinen. Er hatte sich in einem langfristigen Vertrag verpflichtet, die Ryxi-Kolonie zu versorgen, und war kürzlich von einem Umschlagplatz der Ryxi in das System zurückgekehrt. »Wissen Sie, die Ryxi ziehen es vor, menschliche Mannschaften anzuheuern«, sagte er mit einem Augenzwinkern. »Routineflüge sind ihnen zu langweilig oder etwas in der Art. Wir haben einige eingetroffene Spezialisten und die Vorräte mitgenommen. Beides haben wir da drüben abgeladen.« Er vollführte eine Geste, die Sassinak so verstand, daß er auf den fraglichen Planeten deutete. »Dann erfuhren wir von irgendeinem Problem hier, einer menschlichen Erkundungsmannschaft, die Hilfe brauchte, sich vielleicht mit einer Meuterei rumschlug. Also sind wir rübergekommen – wir können ohne ein Gitter landen, wissen Sie… Aber da Sie hier sind, nehme ich an, daß wir nicht mehr gebraucht werden. Es war eine Überraschung, Commander, als Sie hier plötzlich…«

»Vielleicht werden sie noch gebraucht«, sagte Sass. »Wie sollten Sie die vermißte Mannschaft finden?« Godheir gab ihr die Referenznummern und sagte, er habe ein schwaches Signalfeuer nah der Küste registriert. Während sie sich unterhielten, fing der Kommunikator plötzlich aufgeregt an zu winken.

Timran, der das Shuttle Nr. 1 der *Zaid-Dayan* steuerte, fühlte sich zum ersten Mal, seit er den aktiven Dienst angetreten hatte, wie ein *echter* Flottenoffizier. Er war Sklavenhändlern, Piraten oder dergleichen auf der Spur und kommandierte sein eigenes Schiff, so klein es auch war. Ein kleineres Schiff war sogar besser – es machte die Sache abenteuerlicher. Gori, der krumm im Copilotensitz hockte, war schon blaß.

»So ist es richtig«, sagte Timran mit einem weiteren flüchtigen Seitenblick. Er hatte es schon einmal gesagt.

»Schau mich nicht an, Tim – behalte deine Sensoren im Auge.«

»Es läuft doch alles gut.« Vor seinem geistigen Auge sah er sich, wie er Commander Sassinak Bericht erstattete und ihr genau das lieferte, was sie wissen mußte, sah sie lächeln und ihn loben…

»Tim! Du rückst ihm aufs Fell!«

»Es ist alles klar.« Das stimmte zwar nicht ganz, aber er nahm etwas an Leistung zurück und bewegte das Shuttle in die Mitte des blinden Kegels, wo Turbulenzen aus den Triebwerken des Frachters verhinderten, dass seine Sensoren sie entdeckten. Es war schwieriger, als er gedacht hatte, das Shuttle in der sicheren Zone zu halten. Aber er konnte es schaffen, und er würde dem Schiff bis auf den Grund des Meeres folgen, wenn es sein mußte. Nur schade, daß er nicht gut genug bewaffnet war, um es sich selbst vorzunehmen. Er spielte mit dem Gedanken, den kleinen Traktorstrahl zu aktivieren, den die Shuttles in der Umgebung von Raumstationen verwendeten – der Cheftechniker nannte sie die ›Parkbremse‹ –, sah aber ein, daß er wenig Wirkung auf etwas von der Masse dieses Frachters zeigen würde.

»So etwas habe ich mir während der Abschlußprüfungen vorgestellt«, sagte er in der Hoffnung, Gori zu irgendeiner Reaktion zu bewegen.

»Pah. Kein Wunder, daß du nur zwölfter von unten geworden bist.«

»Irgendjemand muß doch unten dabei sein. Wenn sie nicht der Ansicht gewesen wären, daß ich der Arbeit gewachsen bin, hätten sie mich keinen Abschluß machen lassen. Und unser Captain hat mir diesen Job gegeben…«

»Damit sie dich aus dem Weg hat, während sie sich mit diesem Begleitschiff oder was es ist beschäftigt. Also wirklich, Tim, du verbringst zuviel Zeit mit Tagträumereien über Ruhm und Ehre statt mit… Paß doch auf!«

Reflexartig riß Tim die Steuerknüppel herum, und das Shuttle schoß über einen ausgezackten Gipfel hinweg. Seine Triebwerke heulten unter der plötzlichen Belastung. »Sie sagte, ich soll mich flach halten«, sagte er, aber Gori schnaubte nur verächtlich.

»Du solltest mich fliegen lassen. Ich kann mich wenigstens auf meine Arbeit konzentrieren.«

»Sie hat mich damit beauftragt!« In dieser kurzen Zeitspanne hatte der Frachter den Abstand vergrößert. »Und ich habe bessere Noten als Shuttlepilot.«

Gori sagte nichts mehr, was Timran ganz gelegen kam. Es war wirklich ein bißchen eng geworden – obwohl er wohl niedrig genug flog, um hochaufgelöste Aufzeichnungen mitzubringen. Jetzt konzentrierte er sich erst einmal auf die Landschaft vor sich, ein wildes und rauhes Gelände, und versuchte vorauszuahnen, wo der Frachter landen würde. Da – dieses Plateau. »Schau dir das an«, keuchte er. »Ein Landegitter. Ein Riesending…« Der Frachter sackte darauf zu und wirkte sogar noch größer, wenn er sein angestammtes Element verließ und zur Ruhe kam.

Tinmran sah die Bewegung kaum – etwas Kleines, aber eindeutig *Künstliches*, nichts Natürliches –, als der Frachter einen farbigen Lichtstrahl nach dem Ding ausstreckte. »Paß auf!« rief er Gori zu und schlug mit der flachen Hand auf den Schalter des Traktorstrahls. Das Shuttle machte einen Satz, als der schlecht gezielte Strahl umherzuckte, um irgendetwas in seiner Reichweite zu erwischen. Tims Hände jagten über die Bedienungselemente, hielten das Shuttle weitgehend in der Schwebe und fingen das ferne herabstürzende Objekt mit dem Traktorstrahl auf, bevor es auf einem niedrigen Abhang aufschlug.

»Ein *Luftschlitten*!« keuchte Gori. »Bei allen Göttern, Tim, was hast du nur gemacht!«

»Hast du diese Mörder gesehen?« Er biß die Zähne aufeinander, während er den Traktorstrahl so manipulierte, daß er den Luftschlitten so weich wie möglich aufsetzte. »Diese dreckigen, miesen, widerlichen…«

»Tim! Darum geht's nicht! Wir sollten unsichtbar bleiben!«

Tims latente romantischen Gefühle gingen mit ihm durch. »Wir gehören zur Flotte! Wir haben gerade Leben gerettet, und genau dafür sind wir da.«

»Das hat der Captain uns nicht *befohlen*, Tim. Du hast gerade alle, vom Frachter bis zu den Leuten, die ihn erwarten, darauf aufmerksam gemacht, daß wir hier sind. Daß *die Flotte* hier ist.«

»Ja... na, dann werden wir einfach... hmm... wir sagen ihnen einfach, daß sie unter Arrest stehen wegen... äh... wegen versuchtem... äh...«

»Illegale Verwendung geächteter Waffen in einem geächteten System wäre eine mögliche Anklage, die dir nicht einfällt.« Gori drückte Knöpfe auf seiner Konsole. »Bei Kiplings Bart! Unser Captain wird außer sich sein, und ich habe gehört, daß sie sehr wütend werden kann. Sie wird uns den Arsch aufreißen, Junge, und das ist alles deine Schuld.«

»Sie wollte, daß wir Leben retten...« Tim klang nicht mehr ganz so überzeugt. Immerhin hatte der Frachter leicht an Höhe gewonnen und dann fest auf dem Gitter aufgesetzt. Tim ließ das Shuttle langsam wieder vorrücken und fragte sich, ob er den Luftschlitten bewachen oder besser den Frachter bedrohen oder sonstwas tun sollte. Es hatte alles so einfach ausgesehen, als er noch...

Die Stimme aus seinem Ohrhörer zerstreute all seine Zweifel. »Ich habe Ihnen doch gesagt«, hörte er die schroffe Stimme des Captain, »daß Sie diesem Frachter *vorsichtig* nach unten folgen und besonders darauf achten sollen, daß Sie nicht entdeckt werden. Haben Sie diesen Befehl nicht verstanden?«

»Ja, Ma'am, aber...«

»Und jetzt stelle ich fest, daß Sie sich mit einem möglicherweise feindlichen Schiff angelegt und dafür gesorgt haben, daß Sie ja nicht übersehen werden; Sie könnten Föderationsbürgern Schaden zugefügt haben!« Das war nun wirklich nicht fair; der Aufprall hatte ihnen Schaden zugefügt, und er hatte diesen Aufprall nicht verursacht – zumindest hatte er den Luftschlitten nicht abgeschossen, allerdings auch den Traktorstrahl nicht besonders geschickt gehandhabt. »Darüber hinaus haben Sie mich gezwungen einzugreifen – oder *Sie* aufzugeben, und wenn Sie nicht allein wären, hätten Sie mich wirklich in Versuchung geführt!« Gori grinste darüber; er hörte dieselbe Schelte aus seinem eigenen Ohrhörer. »Aber da Sie nun schon eine Auseinandersetzung provoziert haben, junger Mann, halten Sie die Lage besser unter Kontrolle, bis ich eintreffe.«

»Aber wie …?« begann Tim, aber sie hatte die Verbindung schon unterbrochen. Er atmete schnell und fröstelte. Er sah zu Gori hinüber, der nicht mehr grinste. »Was machen wir denn jetzt?«

Gori fiel gleich, wie vorauszusehen war, eine entsprechende Vorschrift ein. »Richtlinien für Landetruppen, Kapitel 17, Paragraph 34.2 …«

»Mir ist egal, wo es steht – *was* steht da?«

Gori fuhr blaß, aber entschlossen mit seinem Zitat fort. »Die Vorschrift besagt, wenn eine Landemannschaft – das sind in diesem Fall wir – in der Unterzahl oder in der Bewaffnung unterlegen und Flottenpersonal in Gefahr ist, verletzt oder gefangengenommen zu werden …«

»Es sind Zivilisten«, sagte Timran. Als er es aussprach, zweifelte er schon wieder daran – aber eigentlich konnten es nur Zivilisten sein, sonst hätten sie doch sicher gemerkt, daß die Flotte schon vor Ort war.

»Wirklich? Das sieht für mich nach Dienstuniformen der Flotte aus.« Gori hatte eine Fernsichtlinse vor dem Auge. »Sie scheinen am Schiff zu arbeiten … Wie auch immer, wenn Personal in Gefahr ist, gefangengenommen oder verletzt zu werden, und die Landemannschaft in der Unterzahl ist, dann muß die Entscheidung zu einem Rückzug vom Kommandeur des im Orbit befindlichen Schiffs getroffen werden, es sei denn, dieses Schiff …«

»Sie hat uns gesagt, wir sollen hierbleiben und die Sache in die Hand nehmen.«

»Dann gilt Paragraph 34.3: In Fällen, wo die Rettung oder der Schutz von Flottenpersonal als möglich und von höchster Dringlichkeit erachtet wird, bleibt der Pilot der Landemannschaft die ganze Zeit im Shuttle, und der Copilot führt die Rettungsmannschaft an.«

»Das ist hirnrissig!« sagte Tim und dachte an Goris Charakter.

»So lauten die Vorschriften«, sagte Gori. »Abgesehen davon: wenn wir hier nur schweben, können wir niemanden davon abhalten, diese Leute zu behelligen. Hast du übrigens die Schilde hochgefahren?«

Er hatte noch nicht daran gedacht und drückte gerade noch rechtzeitig den entsprechenden Schalter, als der einzige Geschützturm des Frachters sich auf sie richtete. Gori beobachtete inzwischen das Plateau und berichtete von den Leuten, die sich unweit des Schiffs versammelt hatten. »Sind das Einheimische? Der Planet sollte eigentlich überhaupt nicht bewohnt sein, aber...«

»Sie könnten feuern, Gori.« Tim streckte die Hand aus. Er war froh, daß seine Stimme immer noch fest klang, obwohls seine Hände leicht zitterten. Er hatte nie damit gerechnet, daß der bloße Anblick einer auf ihn gerichteten Geschützmündung so beunruhigend sein würde. Waren Shuttleschilde stark genug, um dem Schuß einer Blasterkanone aus dieser Entfernung standzuhalten?

Die Zeit verging. Unter ihnen lagen immer noch mehrere Gestalten in einem Luftschlitten übereinander, der an der felsigen Flanke des Plateaus zerschellt war. Oben zeigte die Blasterkanone des Frachters weiter direkt auf sie. Da sie nur mit zwei Mann an Bord waren, konnte Tim wohl kaum Gori darum bitten, auszusteigen und nach den verletzten (toten? – hoffentlich nicht) Schlittenpassagieren zu sehen. Sollte er den Frachter grüßen? Seine Besatzung anweisen, medizinisches Personal zu schicken? Was wäre, wenn sie nicht gehorchten? Wenn sie sogar feuerten? Gori bewahrte ein besonnenes Schweigen, beobachtete nur die Aktivitäten rund um den Frachter. Es schienen Jahre zu vergehen, bis endlich das Komgerät ein Geräusch wie ein Rülpsen von sich gab und sich der Senioroffizier des Navigationsdienstes meldete. »Es dauert nicht mehr lang«, sagte Bures. »Wir halten euch und den Frachter im Auge. Was hat sich getan?«

Tim schluckte schwer. »Oh… nicht viel. Wir schweben nur über dem Schlitten…«

»Bleibt, wo ihr seid«, riet Bures. »Wir sind umgehend bei euch, und wenn ihr euch bewegt, könnten wir zusammenstoßen.«

»Wo werden Sie landen?« Aber niemand beantwortete diese Frage; die Verbindung war unterbrochen worden. Gorin und Tim wechselten ängstliche Blicke, bevor sie ihre Beobachtungen fortsetzten. Tim warf gelegentlich einen Blick auf die Uhr – war wirklich erst so wenig Zeit vergangen?

Selbst durch die Schilde hörten und spürten sie die Schockwellen, die der jähe Abstieg der *Zaid-Dayan* verursachte. »Himmel!« rief Gori. »Sie benutzt den Insystem-Antrieb für…« – noch ein mächtiger Schub Wind und Lärm, dann schwebte der große Kreuzer über dem Plateau, am Bug unübersehbar die Flotten- und Föderationsembleme. Für Momente hüllten ihn Staubwolken ein, verwehrten vorübergehend sogar Tim im Shuttle die Sicht; als sie sich verzogen hatten, konnte Tim den Frachter in seiner Grube erbeben sehen – »…für Notfälle«, beendete Gori den Satz, blasser noch als eben. Diesmal sagte Tim nichts.

»Die ganze Sache hat wenigstens etwas Gutes«, sagte Sassinak, als sie alle wieder an Bord waren. »Ich weiß jetzt, daß Sie kein Saboteur sein können, denn Sie befanden sich nicht an Bord, als die Sabotage verübt wurde, und sie hätte einen unmittelbaren Zugriff erfordert. Natürlich könnten Sie sich heimlich abgesprochen haben …«

Tim versuchte vergeblich zu schlucken. Nicht daß sie brüllte oder rot anlief, so wie einige seiner Ausbilder, wenn er sich wieder einmal als besonders schwierig herausgestellt hatte. Sie wirkte vollkommen ruhig, wenn man den blassen Rand um ihren Mund oder die angespannten Muskeln um ihren Kiefer außer acht ließ. Ihre Stimme war nicht lauter als sonst. Aber er hatte das Gefühl, als seien seine Innereien ihren Blicken preisgegeben, von den Tagträumen in seinem Kopf ganz zu schweigen – und sie waren im Moment sehr viel weniger glamourös. Ja, wie sie sagte, sogar dumm, kurzsichtig, voreilig und ungerechtfertigt. Sassinak hatte die beiden schweben lassen, wo sie waren, bis die Einheimischen (wer immer sie sein mochten) die Verletzten geborgen und in den Kreuzer gebracht hatten. Dann war der Traktorstrahl des Kreuzers hervorgeschossen und hatte das Shuttle gepackt, als sei es ohne Antrieb und Piloten. Aus der Shuttlebucht waren die beiden gleich in ihre Quartiere befohlen worden, bis ›der Captain bereit für euch ist‹. Gori hatte nichts gesagt, während sie warteten, und Tim hatte sich vorgestellt, wie er mit Schimpf und Schande entlassen wurde und auf diesem stinkenden und unsicheren Felsklumpen landete.

»Ich erwarte, daß Sie mir die entsprechenden Abschnitte der Vorschriften zitieren können, Fähnrich, wenn wir uns das nächste Mal sehen. Ich bin sicher, Ihr Kamerad kann Ihnen die Stellen nennen.« Das war ihr einziger Seitenhieb auf Gori, der schließlich unschuldig gewesen war. »Sie dürfen in Ihre Quartiere zurück, und melden Sie sich beim Schichtwechsel zum Dienst.« Er fragte nicht wo; er würde es seiner Datei entnehmen können. Er und Gori salutierten und zogen sich zurück, ohne über etwas zu stolpern – Tim war leicht überrascht, daß sein Körper in diesem Moment noch wie üblich funktionierte.

Auf dem Weg in ihre Quartiere kehrte die Neugier zurück. Er warf Gori Seitenblicke zu. Von ihm war keine Hilfe zu erwarten. Aber wer waren diese ausgetrockneten, mit Häuten gekleideten Eingeborenen? Sie mußten Menschen sein, ansonsten wäre alles, was er über Evolution gelernt hatte, einfach falsch. Warum hatte jemand auf einem nicht eingetragenen Planeten ein Landegitter gebaut? Wer waren die Leute in den Flottenuniformen, wenn sie nicht von diesem Schiff stammten?

Allein mit Gori in ihren Unterkünften, hatte er niemanden, den er fragen konnte. Gori sagte nichts, holte einfach nur die *Vorschriften der Flotte, XIII. Auflage* auf den Bildschirm und hob die Abschnitte hervor, die der Captain erwähnt hatte. Der Computer spuckte eine Papierfassung aus, und Gori reichte Tim das Blatt. Pflichten, Zwänge, Strafen… Er versuchte, das alles nicht an sich herankommen zu lassen, aber es überwand seine Abwehr trotzdem. Den direkten Befehl eines Captains in Gegenwart einer feindlichen (oder vermutlich feindlichen) Macht zu mißachten, rechtfertigte alle Maßnahmen, die ein Captain für angemessen hielt, darunter eine summarische Exekution. Sie hätte ihn tatsächlich dort unten lassen können, und nicht nur ihn, sondern sie beide, einschließlich des unschuldigen Gori, wenn sie gewollt hätte, und niemand in der Flotte hätte darum Aufhebens gemacht.

Zum ersten Mal dachte Tim über die Geschichten nach, die er gehört hatte – *warum* das Schiff so lang im Wartungsdock gelegen, mit welcher Art von Gegner es zu tun gehabt hatte. Eine Kolonie war geplündert worden, und Sassinak hatte nichts dagegen unternommen, weil sie gehofft hatte, später noch mehr Piraten zu erwischen. Es waren dort viele Menschen gestorben; sie hatte sie sterben lassen, um andere zu retten. Er mißbilligte diese Entscheidung. Hatte sie sie mißbilligt? Diejenigen, die darüber sprachen, hatten behauptet, daß sie es gegen ihren Willen getan habe – aber wie hatte sie es über sich bringen können? Männer, Frauen und Kinder waren gestorben, weil sie nicht dasselbe getan hatte, wie er heute – sie hatte nicht eingegriffen, um sie zu retten.

Nach und nach, im leeren Schweigen zwischen seiner und Goris Koje, entwickelte Tim eine neue Einstellung zu dem, was die Flotte wirklich war und was sein Captain beabsichtigt hatte. Und was er selbst mit seinem romantischen und heldenhaften Unsinn vermurkst hatte. Die Menschen in dieser Kolonie waren gestorben, damit Sassinak ihre Angreifer verfolgen und durch sie die Mächte aufspüren konnte, die hinter ihnen standen. Einige Mitglieder ihrer Mannschaft waren bei dem Versuch gestorben, die Kinder zu retten und eine Piratenbasis zu zerstören. Die jetzige Reise hatte möglicherweise etwas mit Problemen derselben Art zu tun, und die Rettung von zwei Leben bedeutete dabei nicht viel. Wenn er selbst vor seiner überstürzten Aktion umgekommen wäre – und zum ersten Mal sah er der bestürzenden Möglichkeit ins Auge, nicht mehr zu existieren –, hätte das der Flotte keinen Schaden zugefügt und seinem Captain wahrscheinlich sogar genützt.

Als der Wecker zum Dienstantritt tönte, machte Tim sich mit einer ganz neuen Haltung an seine neue Aufgabe (er mußte Schlamm aus den Filtern entfernen). Er war fest entschlossen, der geläuterte junge Offizier zu werden, den die Flotte brauchte, und einige Stunden lang arbeitete er fleißig. Keine Witze, keine wilden Ideen mehr: nüchterne Realität. Er flüsterte die Vorschriften vor sich hin, für den Fall, daß der Captain plötzlich in diesem stinkenden kleinen Loch erscheinen sollte.

In dieser Stimmung entschlossenen Gehorsams gegenüber dem All und dem Gott dieses Alls in Gestalt seines Captains lächelte er nicht einmal, als Jig Turner, Begleiter bei einigen früheren Eskapaden, in der Luke auftauchte.

»Ich wette, du weißt es schon«, sagte Turner.

»Ich weiß, wenn ich mit diesen Filtern nicht fertig werde, müssen wir alle diesen Gestank atmen.«

»Das ist doch halb so schlimm. Du solltest mal die Atmosphäre des Planeten riechen.« Turner lehnte sich lässig und offenbar in der Gesprächslaune von jemandem ans Schott, der unbedingt ein Geheimnis loswerden will.

»Bist du draußen gewesen?« Tim konnte nicht anders, als ihn zu fragen.

»Nun ja, nein. Nicht direkt *draußen*, aber wir haben es alle gerochen, als die Verletzten reingebracht wurden. Es war schlimmer als das hier... wie in einem Organlabor.« Turner beugte sich näher. »Hör mal, Tim. Hast du wirklich auf diesen Frachter gefeuert?«

»Nein! Ich habe den Luftschlitten mit einem Traktorstrahl eingefangen, mehr nicht.«

»Ich wünschte, du hättest ihn wirklich in die Luft gejagt.«

»Ich hatte nichts dabei, um ihn in die Luft zu jagen. Aber warum? Unser Captain ist schon wütend genug, weil ich den Schlitten aufgefangen habe.«

»Weißt du, wem dieser Frachter gehört hat?« Natürlich wußte er es nicht und schüttelte den Kopf. Turner senkte die Stimme, als sie fortfuhr. »Schwerweltlern.«

»Tatsächlich?«

»Überleg doch mal, Tim. Schwerweltler, Schwellköpfe, in einem Frachter... Sie versuchten dem Captain weiszumachen, daß sie auf ein Notsignalfeuer reagiert hätten, aber den Scannern zufolge müßte das Signal von einem Kolonistenschiff stammen. Auf einem geächteten Planeten – auf dem sich *vorher schon* Schwerweltler aufgehalten haben.«

»Was?« Er konnte ihr nicht recht folgen. »Die in dem Luftschlitten?«

»Nein. Die auf dem Boden, in der Nähe des Frachters, die die Opfer rausgeholt haben... Sie müssen dir doch aufgefallen sein, Tim, selbst dir.«

»Ich habe sie gesehen, aber sie sahen nicht wie Schwerweltler aus – zumindest nicht ganz so.« Jetzt, wo er darüber nachdachte, fiel ihm ein, daß sie groß und sehr muskulös gewesen waren.

»Es ist eine Verschwörung von Schwerweltlern«, plapperte Turner weiter. »Sie wollten den Planeten. Es gab eine Meuterei bei einer Erkundungs-Expedition, habe ich gehört, und die Schwerweltler haben angefangen, rohes Fleisch zu essen. Sie haben die anderen umgebracht und sie aufgegessen...«

»Das glaube ich nicht!« Aber er würde es glauben, wenn er sich Zeit nahm, darüber nachzudenken. Wer überhaupt ein empfindungsfähiges Lebewesen verzehren konnte, war imstande, jedes beliebige andere zu verzehren; daher bestand das Verbot. Tim hatte eine Tante gehabt, die nichts essen wollte, was aus mehrjährigen Pflanzen gewonnen wurde, weil sie fürchtete, daß Büsche und Bäume ab einem gewissen Alter empfindungsfähig sein könnten.

»Es geht darum: wenn ein Schwerweltler meutern kann, warum dann nicht alle? Es gibt schon diese Abart von ihnen, die da draußen frei lebt, Fleisch ißt und Häute trägt – was sollte die auf unserem Schiff davon abhalten, auch durchzudrehen? Vielleicht liegt's an dem Geruch in der Luft oder etwas in der Art. Aber viele von uns meinen, daß der Captain sie alle in Ketten legen sollte. Denk nur an die Schwerweltler-Marines… wir hätten nicht die geringste Chance, wenn sie meutern würden.«

Tim dachte darüber nach, während er den Zugangsdeckel wieder auf den Filter schraubte, den er gerade gesäubert hatte, und schüttelte den Kopf. »Nein. Ich wüßte niemanden im Schiff, der sich gegen den Captain wenden würde.«

»Aber sie könnten es tun. Sie könnten in diesem Augenblick etwas planen, und wenn wir sie nicht warnen…«

Tim grinste. »Ich glaube nicht, Turner, daß der Captain unsere Warnung braucht, um zu wissen, wo Gefahr droht.«

»Du meinst, du wirst das Gesuch nicht unterschreiben? Oder uns begleiten, wenn wir mit ihr reden wollen?«

»Nein. Und offen gesagt, halte ich euch für verrückt, wenn ihr sie damit behelligen wollt.«

»Ich bin froh, daß Sie so denken.« Commander Sassinak, stellte Tim fest, sah so makellos wie immer aus, obwohl sie sich durch dieselben schmalen Durchgänge gezwängt haben mußte, die seine Uniform verschmiert hatten. Sie warf ihm ein kühles Lächeln zu, das sofort verschwand, als sie Turner in die Augen blickte. »Sagen Sie, Leutnant Turner, haben Sie zufällig schon einmal die Bestimmungen über den Umgang mit Verschwörern an Bord gelesen?«

»Nein, Captain, aber…«

»Also nicht. Und Sie haben auch noch nicht auf diesem Schiff gedient, als Schwerweltler – genau die, vor denen Sie sich so fürchten – das Schiff und mir das Leben gerettet haben. Wären sie zu einer Meuterei geneigt gewesen, Leutnant, dann hätten sie mehr als eine Gelegenheit dazu gehabt. Leider lassen Sie in bedauerlichem Maße Vorurteile erkennen, und eine noch bedauerlichere Tendenz zu zweifelhafter Logik. Das Verhalten von Schwerweltlern in einer Erkundungsmannschaft, die vor mehr als vier Jahrzehnten unterwegs war, sagt nichts über die Loyalität meiner Mannschaft aus. Ich traue meinen Schwerweltlern weit mehr über den Weg als Ihnen – dieses Vertrauen haben sie sich verdient. Ich will nichts mehr dergleichen hören, und unterlassen Sie es, weiter solche Gerüchte zu verbreiten. Ist das klar?«

»Ja, Captain.« Auf Sassinaks Nicken hin hastete Turner davon. Tim stand in Habachtstellung da und war sich seiner stinkenden, verschmierten Hände und seiner zerknitterten Uniform nur zu bewußt. Sein Captain verzog die Lippen; es war fast ein Lächeln – aber nur fast.

»Haben Sie etwas gelernt, Fähnrich Timran?«

»Ja, Captain. Ich... äh... ich habe mir die Vorschriften eingeprägt.«

»Wird höchste Zeit. Ich will nicht, daß Sie deswegen gleich übermütig werden, aber ich darf Ihnen verraten, daß die Sache sehr gut ausgegangen ist. Von jetzt an dürfen Sie das Geschehen so betrachten, als hätten Sie die ganze Zeit auf Befehl gehandelt. Ist das klar?«

Es war überhaupt nicht klar, aber er versuchte seine Verwirrung zu verbergen. Sein Captain seufzte, bemerkte offenbar seine Begriffstutzigkeit und schob eine Erklärung nach. »Das andere Schiff, Tim, das von dem Ryxi-Planeten aufgetaucht ist, war kein Piratenschiff. Es war ein legaler Frachter, der den Ryxi vertragsgemäß Vorräte liefert, und hat auf ein Notsignalfeuer reagiert.«

»Ja, Captain.« Das war immer die sicherste Erwiderung, auch wenn der Rest überhaupt keinen Sinn mehr ergab.

»Aus politischen Gründen, deren Diskussion Sie später sicher noch mitbekommen werden, hat sich Ihr überstürztes Eingreifen als Segen für die Flotte und die FES erwiesen. Es ist unumgänglich, daß man außerhalb dieses Schiffs den Eindruck hat, Sie hätten auf meinen Befehl hingehandelt. Deshalb dürfen Sie niemals, an keinem Ort und zu keiner Zeit, irgendjemandem gegenüber erwähnen, daß Ihr Vorgehen in dem Shuttle auf einem eigenen brillanten Einfall beruhte. Sie haben nur getan, was ich Ihnen aufgetragen habe – ist das klar?«

Etwas klarer schon, und nach dem Klang ihrer Stimme zu urteilen, sollte er es besser verstehen, ohne weitere Fragen zu stellen.

»Dasselbe habe ich Gori gesagt, und alle bisherigen Kommentare in den Dateien sind gelöscht worden.« Was nur bedeuten konnte, daß sie es wirklich ernst meinte – aber auch, daß er die Sache nicht ewig am Hals haben würde. Es mußte sich in seinem Gesicht gezeigt haben, daß er neue Hoffnung schöpfte, denn auch ihre Züge wurden etwas weicher. »Timran, hören Sie mir zu, und passen Sie gut auf. Sie haben wirklich das Glück gepachtet, und das ist unbezahlbar – aber verlassen Sie sich nicht darauf. Man braucht etwas mehr als nur Glück, um es zum Admiral zu bringen.«

»Ja, Captain. Und… äh… wenn ich fragen darf: wie geht's den anderen? Den aus dem Luftschlitten, meine ich?«

»Ich weiß. Denen geht's recht gut, und vielleicht werden Sie sie eines Tages sogar kennenlernen. Vergessen Sie nur nicht, was ich Ihnen gesagt habe.«

»Jawohl, Captain.«

»Und räumen Sie auf, bevor Sie in die Messe kommen.« Mit diesen Worten ging sie, ein Sinnbild von Anmut und Autorität, das ihn für Jahre nicht mehr loslassen sollte.

sechzehntes kapitel

Sassinak kehrte über das Truppendeck auf die Brücke zurück, weil sie eine zufällige Begegnung mit dem Kommandeur der Marines herbeiführen wollte. Sie hatte bereits bemerkt, daß das Zusammentreffen der Ereignisse einen Teil der Mannschaft beunruhigen und Mißtrauen gegen die Schwerweltler entzünden könnte.

Sie traf Major Currald bei der Inspektion eines Waffengestells an; er nickte ihr auf eine etwas distanzierte Weise zu. »Captain, wenn Sie einen Moment Zeit hätten – ich habe hier etwas…«

»Sicher, Major.« Er ging ihr in sein Büro voraus, und Sassinak fiel auf, daß er sowohl an Sitzgelegenheiten für Schwerweltler wie für schmächtigere Besucher gedacht hatte. Sie blieb aber stehen und wandte sich den Holographien an der Wand gegenüber seinem Schreibtisch zu. Eine Footballmannschaft in sauberen Uniformen posierte in diszipliniert angetretenen Reihen, andere Aufnahmen zeigten dieselben Spieler mit Dreck bespritzt bei einem Spiel, wieder andere einen sehr viel jüngeren Currald, der einen Berghang hinunterkletterte, und zwei junge Marine-Offiziere mit Tarnfarbe im Gesicht und Sturmgewehren; eine Beförderungszeremonie: Currald, wie er seine ›Streifen‹ bekam, und jemand anderen als Currald, dessen Holo in einem schwarzen Rahmen steckte.

»Mein bester Freund«, erklärte Currald, als ihr Blick sich auf dieses Bild richtete. Sie wandte sich ihm zu; er betrachtete das Holo nun selbst. »Er wurde in Jerma in der ersten Angriffswelle getötet, während ich noch in einem Shuttle zur Oberfläche unterwegs war. Er hat seinen Sohn nach mir benannt.« Er räusperte sich, ein kratziges tiefes Geräusch. »Darüber wollte ich mich aber nicht mit Ihnen unterhalten, Captain. Ich habe gezögert, Sie auf dem Hauptdeck zu belästigen, aber…« Er räusperte sich noch einmal. »Es tut mir leid, das zu sagen, aber ich rechne mit Ärger.«

Sass nickte. »Ich auch, und ich wollte Ihnen zuerst sagen, was ich tun werde.« Sein Gesicht erstarrte, die traditionelle Reaktion eines Schwerweltlers auf jede Bedrohung. »Major Currald, ich weiß, daß Sie ein loyaler Offizier sind; wenn Sie die Interessen der Schwerweltler auf meine Kosten durchsetzen wollten, dann hätten Sie es schon längst getan. Wir haben schon miteinander über Politik diskutiert; Sie wissen, wo ich stehe. Ihre Truppen haben sich mein Vertrauen verdient, und zwar im Kampf, wenn es am meisten zählt. Wer immer dieser Saboteur ist, ich bin davon überzeugt, daß er keiner von Ihren Leuten ist, und ich lasse mich auch von niemandem zu dieser Annahme drängen.«

Er war überrascht; und sie ein wenig verärgert, weil er ihrem Vertrauen nicht getraut hatte. »Aber ich weiß, daß viele Kameraden denken…«

»Viele Kameraden denken überhaupt nicht«, unterbrach sie ihn schroff. »Sie sorgen sich, oder sie reagieren, aber sie denken nicht. Bei Kiplings Galle! Die Schwerweltlermeuterei hier liegt dreiundvierzig Jahre zurück; sie ereignete sich, bevor Sie geboren wurden, und als ich noch ein kleiner Hosenscheißer auf Myriad war. Keiner von Ihren Marines ist alt genug, als daß er damit etwas zu schaffen haben könnte. Diese habgierigen Möchtegern-Kolonisten sind schon vor Monaten aufgebrochen – wahrscheinlich während wir das erste Schiff verfolgt haben. Aber ängstliche Leute zählen zwei und zwei zusammen und erhalten die jährlich aktualisierte

Budgetanfrage…« Darüber grinste er und fing an zu lachen. Sass erwiderte sein Grinsen. »Ich vertraue Ihnen, Major, und ich verlasse mich darauf, daß Sie wissen, ob Ihre Truppen loyal sind. Sicher werden Sie noch mitbekommen, daß man mich aufgefordert hat, ›etwas zu unternehmen‹ – Sie alle ›in Ketten zu legen‹ oder etwas ähnlich Lächerliches –, und ich möchte Ihnen gleich versichern, bevor Gerüchte die Runde machen, daß ich nicht einmal erwäge, dergleichen zu tun. Klar?«

»Völlig klar, Captain. Und danke. Ich dachte… ich dachte, Sie würden vielleicht das Gefühl haben, daß Sie Zugeständnisse machen müßten. Und ich habe mit meinen Truppen, den Schwerweltlern, geredet, und wir waren uns darüber einig, daß wir in jedem Fall mit Ihnen zusammenarbeiten werden.«

Sass brannten Tränen in den Augen. Und da gab es tatsächlich Leute, die meinten, daß die Schwerweltler immer egoistisch handelten und nicht imstande seien, ans Wohl der Allgemeinheit zu denken. Wieviele von *denen* hätten wohl ein solches Angebot gemacht, wären sie zu Unrecht verdächtigt worden? »Sagen Sie Ihren Truppen, Major, daß ich von diesem Angebot sehr gerührt bin. Ich respektiere Sie und Ihre Leute und weiß Ihre Sorge zu schätzen. Aber auch wenn bei dieser Geschichte sonst nicht Gutes herauskommt, wird der Rest der Mannschaft immerhin lernen, daß *wir alle* zur Flotte gehören; ob Leichtgewichte, Schwerweltler oder dazwischen. Ich danke Ihnen.«

»Ich danke Ihnen auch, Captain.«

Die Abordnung, mit der sie gerechnet hatte, erwartete Sassinak vor der Brücke, als sie aufs Hauptdeck zurückkam. Ihr Wortführer, Leutnant Varhes, fiel Sass ein, beaufsichtigte die Messe der Unteroffiziere. Seine Sorge, erklärte er mit scharfer Stimme, galt dem Wohlergehen des Schiffs. Schließlich hatte eine Schwerweltlerin bereits Offiziere und Mannschaften vergiftet.

»Eine seelisch aus dem Gleichgewicht gerate Person«, sagte Sassinak kalt, »die zufällig eine Schwerweltlerin ist, hat Offiziere – einschließlich des Marine-Commanders, der zufällig auch ein Schwerweltler ist – und Mannschaftsmitglieder vergiftet, darunter einige Schwerweltler. Oder haben Sie das vergessen?«

»Aber wenn sie meutern würden. Die Schwerweltler auf diesem Planeten haben schon einmal gemeutert…«

»Vor über vierzig Jahren, als Ihr Vater noch ein Säugling und Major Currald noch nicht geboren war. Wollen Sie vielleicht andeuten, diese Schwerweltler hätten telepathische Verbindungen zu ihren ungeborenen Nachkommen gehabt?« Das war nicht logisch, aber das waren die Befürchtungen dieser Gruppe auch nicht, und Sass genoß die Verwirrung in ihren Gesichtern, während sie diese Bemerkung verdauten. Bevor Varhes wieder loslegen konnte, versuchte sie einen versöhnlicheren Ton anzuschlagen und sah, daß sie damit auf die meisten von ihnen Eindruck machte. »Hören Sie, die Schwerweltler auf diesem Schiff sind *Flottenangehörige*, keine Abtrünnigen wie jene, die hier gemeutert haben, oder jene, die eine gesperrte Welt kolonisieren wollen. Sie sind unsere Kameraden, sie haben an unserer Seite gekämpft, uns das Leben gerettet. Sie hätten viele Male die Gelegenheit gehabt, uns umzubringen, wenn sie das im Sinn hätten. Offensichtlich glauben Sie, die Schwerweltler hätten mit der Sabotage auf dem Schiff zu tun. Ich dagegen bin mir ziemlich sicher, daß es nicht so ist. Aber dennoch treffen wir Vorkehrungen gegen weitere Sabotage. Wenn es ein Schwerweltler sein sollte, wird dieses Individuum angeklagt, verurteilt und bestraft. Aber das macht die anderen nicht schuldig. Angenommen, es sei jemand von Gian IV gewesen«, ein Seitenhieb auf Varhes, der von diesem Planeten stammte, »wäre Varhes dann auch schuldig?«

»Aber das ist doch nicht dasselbe«, erwiderte eine Stimme aus den hinteren Reihen der Gruppe. »Jeder weiß, daß Schwerweltler Planetenpiraten sind, und jetzt haben wir einige auf frischer Tat…«

»*Einige* Planetenpiraten sind Schwerweltler, vermuten wir, und einige sind es nicht – einige sind sogar Ryxi.« Das rief ein nervöses Lachen hervor. »Oder denken Sie nur an den Seti.« Ein lauteres Lachen. Sassinak verlieh ihrer Stimme wieder einen entschlossenen Klang. »Aber das reicht jetzt. Ich will keine unbegründeten Anschuldigen gegen loyale Mitglieder der Flotte mehr hören, gegen Leute, die mehr als einmal ihr Leben aufs Spiel gesetzt haben. Ich habe schon einem Fähnrich geraten, sich die Bestimmungen in Hinblick auf Verschwörungen durchzulesen, und ich lege sie jedem einzelnen von ihnen ans Herz. Wir haben wirkliche Feinde da draußen, Leute; echte Möchtegern-Planetenpiraten, hinter denen Verbündete stehen könnten. Wir können es uns nicht leisten, mit Fingern aufeinander zu zeigen und kleinliche Vorurteile zu äußern. Ist das jetzt ein für allemal klar?« Es war klar; die kleine Gruppe löste sich auf; einige hatten schamrote Gesichter und bereuten offensichtlich ihre unüberlegte Aktion. Sass hoffte, dieses Gefühl würde anhalten.

Wieder auf der Brücke, informierte sich Sass über den Zustand der verschiedenen beteiligten Parteien. Der Captain des Schwerweltler-Frachters hatte einen förmlichen Protest eingereicht gegen ihre ›Behinderung des Versuchs, auf ein Notsignalfeuer zu reagieren‹. Sie hob die Augenbrauen. Das einzige Notsignalfeuer in dieser Geschichte hatte sich bisher auf dem Ryxi-Planeten befunden, nämlich jenes Signalfeuer, das die *Mazer Star* hergelockt hatte. Der Schwerweltler-Frachter war darin untergegangen wie ein Buschfeuer in einem Sturm. Welche Geschichte also hatte man ausgeheckt und welche Art von gefälschten Beweisen würde man vorlegen, um sie zu stützen? Sass grinste insgeheim; die Sache wurde noch interessanter als bisher.

* * *

Die ›einheimischen‹ Schwerweltler, Nachkommen der ursprünglichen Erkundungs- und Forschungsmannschaft – oder zumindest der Meuterer in dieser Mannschaft –, grübelten noch über die Situation, hielten sich aber von dem Kreuzer fern. Der Captain des Frachters war mit ihnen allerdings in Funkkontakt geblieben.

Der *Mazer Star*, dem Versorgungsschiff für die Ryxi-Kolonie, war es gelungen, mit den Überlebenden Kontakt aufzunehmen, die im Kälteschlaf gelegen hatten. Bisher bestätigten ihre Aussagen alle Daten des Notsignalfeuers und lieferten zahlreiche Einzelheiten, die sie untermauerten. Es hatte sich um eine gemischte Erkundungsmannschaft gehandelt, die geologische und biologische Ressourcen untersuchen sollte – darunter Kinder von einem EEC-Überwachungsschiff, dem ARCT-10, das sie transportiert hatte, was höchst ungewöhnlich war. Die Schwerweltler unter der Mannschaft waren auf die Stufe des Fleischverzehrs zurückgefallen, hatten daraufhin gemeutert und gemordet, Erwachsene und Kinder gefoltert und versucht, alle Leichtgewichte umzubringen, indem sie wilde Tiere in ihr Lager scheuchten. Die Leichtgewichte waren in einem Rettungsboot in eine Höhle in der Felsküste entkommen und hatten beschlossen, sich bis zur Rückkehr des ARCT-10 in den Kälteschlaf zu begeben.

Sass sah die Datei durch, die Captain Godheir ihr übermittelt hatte und die alles aufklärte, von dem Durcheinander ganz am Anfang, das die Ryxi zu der Vermutung veranlaßt hatte, die menschliche Mannschaft sei vom ARCT-10 wieder abgeholt worden, bis zur Verwicklung der *Mazer Star* in die Sache, nach einer Einmischung der Thek. Der Thek! Sass schüttelte den Kopf darüber; die Sache war schon kompliziert genug, und die Thek waren eine Komplikation für sich. Godheirs Geschichte, anders als die des Schwerweltler-Captains Cruss, ergab (wenn auch auf ironische Weise) eindeutig einen Sinn, und sein Eintrag in den Archiven stimmte genau mit ihren Datenbanken an Bord überein. Die *Mazer Star w*urde tatsächlich als eines von drei Versorgungsshuttles geführt, die mit der Ryxi-Kolonie in diesem System einen Vertrag geschlossen hatten. Sass runzelte die Stirn über die Personalliste, die Godheir ihr übermittelt hatte, über die Expeditionsmitglieder, die nach der Meuterei gestrandet waren. Lunzie? Das war nicht möglich, dachte sie – und doch war es kein sehr gebräuchlicher Name, und sie hatte noch nie von einer anderen Lunzie gehört. Medizinerin, Alter 36 laufende Jahre – was sollte das denn bedeuten? Dann sah sie das Geburtsdatum, und ihr Atem ging schneller. Dem Geburtsdatum zufolge war diese Frau uralt – unmöglich alt –, und trotzdem... Sass gab die Identifikationsdaten in den Computer ein und bat den Kommunikationsdienst, einen Standardkontakt mit dem Sektorhauptquartier der Flotte herzustellen. Es wurde Zeit, daß der Admiral erfuhr, was geschehen war, und außerdem würde sie eine Menge Informationen brauchen. Angefangen mit dieser.

»Captain?« Es war Borander vom Beiboot, der über die Verfassung der Opfer in dem Luftschlitten berichtete.

»Reden Sie.«

»Die Frau ist jetzt bei Bewußtsein; die Mediziner haben Sie transportfähig gemacht. Der Mann ist immer noch draußen, und sie wollen ihn zuerst einpacken.«

»Haben Sie schon eine Nachricht von ihrer Basis bekommen?«

»Nein, Captain.«

»Vergessen Sie nicht, daß sie etwas verwirrt sein könnten, und nicht bloß, weil sie einen Schlag auf den Kopf bekommen haben. Streiten Sie nicht mit ihnen; versuchen Sie sie ruhig zu halten, bis sie eine Meldung von ihrer Basis erhalten, oder bis unsere medizinische Mannschaft sie erreicht.« Die von Godheir weitergeleitete Nachricht besagte, daß die Mannschaft von einem Adepten isoliert worden sei und die Leute zudem glaubten, sie seien Mannschaftsmitglieder eines Flottenkreuzers. Sie würden mehr als nur ein bißchen überrascht sein, wenn sie sich auf einem anderen Kreuzer wiederfanden, dachte Sass, besonders wenn die Sperren einigermaßen vernünftig aufgestellt worden waren.

Und einer von ihnen war der zweite Mannschaftsleiter – im Grunde die zivile Autorität des ganzen Planeten. Sein Gouverneur? Sass fragte sich, wie diese Person wohl sei, und kam zu dem Schluß, daß sie sich besser auf ein offizielles Gespräch vorbereiten sollte. Einige von diesen Wissenschaftlertypen hielten nicht viel von der Flotte. Sass gab das Signal für ein Begleitschiff, dann ging sie in ihr Büro und holte sich alles auf die Bildschirme. Einer zeigte das Beiboot, das gerade landete, und als sie ihren Kopfhörer anschloß, meldete Borander, daß die Basis der Überlebenden gerade eine Nachricht an die Frau geschickt hatte. Sass genehmigte die Übermittlung und beobachtete auf dem Bildschirm, wie Borander und sein Pilot ausstiegen, um ihrem Passagier Vertraulichkeit zu ermöglichen. Sie nahm an, daß der Bewußtlose sich in Begleitung eines Mediziners im hinteren Teil befand.

Als die Frau – Varian, erinnerte sich Sass – ins Freie kam, erweckte sie den Eindruck einer tatkräftigen, kompetenten Person. Sie war offenbar daran gewöhnt, ihren Willen durchzusetzen, denn sie sah nur einmal in die Runde und fing sofort an, sich mit Borander über etwas zu streiten. Sass wünschte, sie hätte auf einem offenen Kanal zwischen ihnen bestanden, aber sie hatte nicht damit gerechnet, daß viel geschehen würde. Jetzt wurde sie Zeuge, wie der Streit sich verschärfte, abgewinkt und Köpfe geschüttelt und – den Gesichtern nach zu urteilen – die Stimmen gehoben wurden. Sie drückte einen Kopf, der sie mit der Brücke verband, und sagte: »Kommunikationsdienst, öffnen Sie mir eine Audioverbindung auf Kanal drei.«

»...nichts zu tun mit Aygar oder jemand anderem seiner Generation, nicht einmal mit seinen Eltern.« Die Stimme der Frau hätte voll und melodisch geklungen, wäre sie nicht wütend gewesen – oder gestresst durch den Absturz, den Sassinak fast vergessen hatte. Sie verfolgte den Streit mit Interesse. Borander ließ sich von dieser Frau einschüchtern, zunächst durch ihre Vehemenz, dann durch ihren Anspruch, ihm als Gouverneurin dieses Planeten übergeordnet zu sein. Nicht aber, wie Sass zu ihrer Enttäuschung feststellte, durch ihren Gedankengang, der einiges für sich hatte. Sass schaute mit einem Kopfschütteln auf den Bildschirm und war enttäuscht; sie hätte Borander mehr Rückgrat zugetraut. Natürlich hatte die Frau recht: die Nachkommen der Meuterer trugen selbst keine Schuld, und er hätte das selbst einsehen sollen. Er hätte außerdem ihren Autoritätsanspruch vorhersehen und die direkte Konfrontation damit vermeiden können. Und vor allem sollten sich Flottenoffiziere im Hinblick auf die Meinung ihres Captains nicht auf so offenkundige Weise nervös machen lassen – wenn sie sich so in einer Bar verhielten, um nicht in eine Schlägerei verwickelt zu werden, war das eine Sache, hier aber ließ es ihn schwach erscheinen – das machte nie einen guten Eindruck. Wie konnte sie ihm das nur beibringen, ohne daß er sein ganzes Selbstvertrauen einbüßte, das ohnehin nicht stark ausgebildet schien?

Die Mitverantwortliche Varian wollte also diese jungen Schwerweltler in Sass' Büro bringen und ihren Fall sofort verhandeln? Sie machte sich ohne Zweifel auf einen heftigen Streit mit einer starrköpfigen Flottenxanthippe gefaßt, sagte sich Sass grinsend. Varian mochte in gewisser Weise Gouverneurin eines Planeten sein, aber sie verstand nichts von Taktik. Sass hatte jedenfalls nicht vor, sich wie ihr Feind zu verhalten.

Sie beobachtete, wie die Gruppe die Rampe hinauf und durchs Schiff ging, aber als sie vor dem Büro erschien, erwartete Sass sie bereits und begrüßte sie. Als sie und Varian sich die Hand schüttelten, sah sie, wie sich die Augen der jungen Frau weiteten. Wie immer sie sich den Captain einer Kreuzers vorgestellt hatte, so jedenfalls nicht... *Nicht die alte Xanthippe, mit der du gerechnet hast, was?* dachte Sass. *Auch kein Büro, wie du es erwartet hast?* Denn Varians Blicke waren an der Kristallskulptur, dann dem geölten Holzschreibtisch mit seiner auffälligen dunkelroten und schwarzen Maserung, dem dunkelblauen Teppich und den weißen Stühlen hängengeblieben. Sass begrüßte die beiden jungen Schwerweltler höflich. Einen von ihnen – Winral? – schien die Umgebung fast betäubt zu haben, denn er wirkte ganz wie ein Hinterwäldler, der sich in einer High-Tech-Welt verlaufen hatte. Der andere, der zwischen Feindseligkeit und intelligenter Neugier hin- und hergerissen wurde, war von einem ganz anderen Schlag. *Wenn es wilde Menschen gibt,* dachte Sass, *so wie es von manchen Tieren wilde und domestizierte Arten gibt, so muß das ein wilder sein. Hochintelligent, aber ungezähmt.* Außerdem sah er auf seine ungeschliffene Art auch noch gut aus.

Sie fuhr mit ein paar Scherzen fort, gab einige Informationen preis, machte sich von den dreien einen Eindruck. Varian entspannte sich schnell, nachdem sie erkannt hatte, daß Sassinak den unschuldigen Nachkommen der Meuterer nichts anzutun gedachte. Offensichtlich fühlte sie sich in einer zivilisierten Umgebung zu Hause und hatte sich den Einheimischen noch nicht angepaßt. Varian wollte natürlich den gegenwärtigen Aufenthaltsort des ARCT-10 erfahren.

»Das ist eine berechtigte Frage, auf die ich keine Antwort habe«, erwiderte Sass und erklärte, daß sie eine Nachforschung angeordnet habe. Das Schiff sei nicht als zerstört verzeichnet, und kein Notsignalfeuer sei registriert worden, aber es würde Tage dauern, um herauszubekommen, was geschehen sein könnte. Dann wandte sie sich Aygar zu und bat um seine persönliche Identifikation, die er ihr in Form seines Stammbaums mitteilte. Typisch für Planetengeborene, dachte sie; man ist, was die Eltern waren. Das Flottenpersonal verlieh dem Schiff und dem Dienst ihre Geschichte; Wissenschaftler, hatte sie gehört, verschafften einer Universität Ansehen und Veröffentlichungen. Winrals Stammbaum, den er ihr vorlegte, enthielt einige derselben Namen – und schließlich waren es nur eine Handvoll Meuterer gewesen. Sie hatten sich wahrscheinlich darum bemüht, Inzucht zu vermeiden, vor allem weil sie nicht sicher sein konnten, wie lang es dauern würde, bis sich ein Kolonistenschiff ihnen anschloß. Falls überhaupt eins kommen würde.

Als Sassinak sich daran machte, den rechtlichen Status der jungen Schwerweltler zu ermitteln, wurde sie von Varian unterbrochen und darauf hingewiesen, daß sich auf dem Planeten tatsächlich eine empfindungsfähige Spezies entwickelte. Sass ließ ihrem Gesicht Überraschung anmerken, aber was sie wirklich empfand, war Bestürzung. Die Dinge waren ohnehin schon kompliziert mit den kontroversen Ansprüchen auf Bestrafung von Meuterern, Schürfrecht, Entwicklungsrechten, die von einer erfolgreichen Besiedlung abgeleitet wurden, und nicht zuletzt der Thek-Intervention. Aber alle Vorschriften änderten sich, wenn auf einem Planeten eine empfindungsfähige oder sich entwickelnde empfindungsfähige einheimische Spezies lebte. Sass war in Weltraumrecht gut bewandert – so wie alle Senioroffiziere –, aber das war mehr als eine geringfügige Komplikation, und eine, die sie nicht ignorieren konnte.

Und außerdem waren diese Wesen flugfähig, erklärte ihr Varian. Sass dachte an die eitlen und wankelmütigen Ryxi und beschloß, über die allen zugänglichen Kommunikationskanäle nichts von Varians angeblichen Flugwesen verlauten zu lassen. Zumindest waren die Ryxi nicht ebenso neugierig wie empfindsam; sie würden nicht vorbeigeflattert kommen, nur um zu sehen, worum soviel Aufhebens gemacht wurde.

Aygar dagegen beharrte darauf, daß den Schwerweltlern in der Siedlung der ganze Planet gehörte, er aber bereit sei, an die Kolonisten in dem Frachter einen Teil davon abzutreten, wenn sie es wünschten. Sassinak ertappte sich dabei, daß sie seinen Widerstand genoß, auch wenn sie klarstellte, daß seine Leute nach Föderationsrecht nicht mehr für sich beanspruchen konnten als das, was sie selbst hervorgebracht hatten: die Mine, die Felder, das Landegitter. Und sie riet ihm dringend dazu, daß sie sich von dem Frachter der Schwerweltler fernhalten sollten, wenn sie nicht den Verdacht erwecken wollten, an einer Verschwörung beteiligt zu sein.

Als sie ihm am Ende des Gesprächs die Hand hinhielt, fragte sie sich, ob er versuchen würde, sich ihr zu widersetzen. Wenn er so klug war, wie er ausssah – und wie er den Berichten zufolge sein mußte –, würde er sich zurückhalten. Und das tat er dann auch. Sein Griff um ihre Hand war nur etwas stärker als ihrer um seine, und er ließ ihre Hand los, ohne einen Wurf zu versuchen. Sie lächelte ihn an, erfreut über seine Manieren, und machte sich eine gedankliche Notiz, daß sie versuchen würde, ihn für den Flottendienst zu rekrutieren. Er würde einen fabelhaften Marine abgeben, wenn er sich so beherrschen konnte. Sie erklärte, daß sie Datenkuben über das FES-Gesetz, über Standardrechte und Verantwortlichkeiten jedes Bürgers, die Abschnitte über das Kolonialrecht und so weiter hinübergeschickt und daß sie gemäß den Schiffbruchstatuten verschiedene Gegenstände aus den Lagerräumen des Schiffs zur Verfügung gestellt hatte. Dann wurden die beiden Schwerweltler von einer Eskorte hinausgeführt, und Sass wandte ihre Aufmerksamkeit wieder Varian zu.

Varian wäre offensichtlich lieber mit den Schwerweltlern gegangen, und Sass wunderte sich darüber. Warum war sie so fürsorglich? Die meisten Menschen in ihrer Position, sagte sich Sass, wären wohl eher geneigt gewesen, alle Schwerweltler in Ketten legen zu lassen. Hatte sie eine Art Zuneigung entwickelt? Sie betrachtete das Gesicht der jungen Frau, als sie ihr Angebot, Platz zu nehmen, akzeptierte und sich setzte. »Ein ziemlich bemerkenswertes Exemplar, dieser Aygar. Gibt es noch mehr wie ihn?« Sie ließ in ihrer Stimme mehr als einen Anflug von Sinnlichkeit mitklingen, und sah, wie sich Varians Wangen leicht röteten. Glaubte sie wirklich, daß ältere Frauen sich für solche Dinge nicht mehr interessierten, oder war es Eifersucht?

»Ich bin nur ein paar Vertretern seiner Generation begegnet.«

»Ja, seiner Generation.« Sassinak beschloß, noch etwas tiefer zu bohren. »Sie liegen jetzt dreiundvierzig Jahre hinter ihrer eigenen zurück. Brauchen Sie keine Beratung? Für sich und die anderen?« Sass wußte, daß sie darauf angewiesen waren, sah aber, daß Varian diese Möglichkeit von sich wies. Erkannte sie die Wahrheit nicht oder war sie nicht willens, vor einer Fremden eine Schwäche einzugestehen?

»Ich werde es erfahren, wenn ich zu ihnen zurückkehre«, sagte Varian gerade. »Ich habe damit noch keine Probleme gehabt.«

Doch, schon, dachte Sassinak, zumindest teilweise, bewunderte die Frau aber dafür, daß sie es abstritt. Und was hatte all das mit Lunzie zu tun? Aus irgendeinem Grund war Sass nicht halb so besorgt um *sie*. Varian erkundigte sich noch einmal nach dem ARCT-10, so als habe Sassinak anfänglich gelogen. Eine zivile Reaktion, dachte Sass; sie log nie ohne triftigen Grund und kam gewöhnlich darum herum. Jemand trat ein und berichtete, daß Varians Schlitten repariert worden sei, und Sass brachte das Gespräch zum Abschluß. Wegen Vorräten – natürlich konnte eine Planetengouverneurin alles anfordern, was sie brauchte – würde sie Ford verständigen. Sass wußte, daß er froh sein würde, wenn er von dem Plateau wegkäme und Gelegenheit hätte, sich etwas von der exotischen Fauna anzusehen. Aber jetzt...

»Ihre Medizinerin heißt doch Lunzie, richtig?« fragte sie. Varian schüttelte leicht verwirrt den Kopf. Sass ließ ihr Lächeln breiter werden und freute sich schon auf den Volltreffer, den sie gleich landen würde. »Ich nehme an, es war unvermeidlich, daß einer von uns ihr irgendwann begegnen würde. Gegen eine Feier haben Sie doch sicher nichts einzuwenden. Würden Sie Lunzie bitte meinen tiefsten Respekt ausdrücken?« Varians Gesicht erweckte den Eindruck, als könne sie jeden Moment in Lachen ausbrechen; es drückte völlige Verwirrung und Ungläubigkeit aus. »Ich kann mir die Gelegenheit nicht entgehen lassen, Lunzie kennenzulernen«, schloß Sass. »Es kommt nicht oft vor, daß man die Möglichkeit hat, die eigene Ururururgroßmutter zu begrüßen.« Varian stand der Mund leicht offen, und ihre Augen waren verschleiert. *Das hat gesessen,* dachte Sass tückisch und bat einen der Juniooffiziere mit der sanftesten Stimme, die ihr möglich war, Varian zu ihrem Schlitten zu begleiten.

Diese junge Frau hatte keine Fehler, die etwas Erfahrung nicht beheben konnten, aber – Sass kicherte insgeheim – es machte doch wirklich Spaß, die Gouverneurin eines Planeten zu überlisten. Auch wenn sie einen Schock hinter sich hatte. Sie verfolgte Varians Weg durchs Schiff, und stellte erfreut fest, daß sie, ob schockiert oder nicht, daran dachte, sich nach ihrem Mannschaftskameraden zu erkundigen. Als die Krankenstation anfragte, erteilte Sass mit einem diskreten Druck auf einen Knopf die Erlaubnis, daß er mit Varian von Bord ging. Varian, vermutete sie, hatte nie in Betracht gezogen, daß er festgehalten worden sein könnte.

Ford erschien und schüttelte über ihren Gesichtsausdruck den Kopf. »Captain, Sie scheinen sich da über etwas zu sehr gefreut zu haben.«

»Möglicherweise. Aber verglichen mit der letzten Kreuzfahrt läuft diesmal alles, ungeachtet der Komplikationen, außerordentlich gut. Natürlich wissen wir nicht, warum die Thek hier sind, oder was sie tun werden, oder ob dem Schwerweltler-Frachter Verbündete folgen werden…«

Ford schüttelte den Kopf. »Das bezweifle ich. Ein Rumpf von dieser Größe könnte Saatgut, Maschinen und alles übrige für eine ganze Kolonie transportieren.«

»Das stimmt. Darauf hoffe ich ja, aber Ihnen wird aufgefallen sein, daß ich einen Relaissatelliten im Orbit stationiert und ein Pulsnetz ausgeworfen habe. Nur für den Fall. Ach ja, Sie sind doch an der wilden Flora und Fauna interessiert, die hier vorkommt, oder?«

»Sicher. Es war sozusagen einmal mein Hobby, und als ich dem Personal in Sektor III angehörte, gab's da am Fuß des Hügels ein großes Museum…«

»Gut. Sind Sie bereit, einen ziemlich gefährlichen Außenauftrag anzunehmen? Und in der Zwischenzeit etwas zu schauspielern?«

»Natürlich.« Er tilgte jeden Ausdruck aus seinem Gesicht und ahmte einen Diplo-Akzent nach. »Ich könnte so tun, als sei ich ein Schwerweltler, wenn Sie wollen, aber ich fürchte, sie würden etwas merken…«

Sass schüttelte den Kopf. »Werden Sie nicht albern. Ich muß mehr über diese Welt wissen, unmittelbare Daten, keine Interpretationen dieser Überlebenden, ganz gleich, wie gut sie sich auf ihren Feldern auskennen. Varian, die zweite Mannschaftsleiterin, die mich heute aufgesucht hat, ist allzu sehr darum bemüht, für eine flugfähige Spezies einen Status als empfindungsfähige Wesen zu beanspruchen. Der Anspruch könnte gerechtfertigt sein oder auch nicht, aber ich brauche unabhängige Daten. Auch ihre Einstellung zu den auf Ireta geborenen Schwerweltlern war etwas seltsam. Sie sollte immer noch wütend sein, schließlich ist sie vor weniger als zehn Tagen aus dem Kälteschlaf erwacht; sie ist Zeugin eines Mordes geworden; die ursprüngliche Anklage, die bei Godheir eingegangen ist, sprach von absichtlicher Verletzung der beiden Verantwortlichen. Das hat sie alles frisch im Kopf oder sollte sie zumindest haben. Ihr Gedanke ist richtig: die Enkel der Meuterer sind nicht verantwortlich. Aber es ist einfach nicht normal, so klar zu denken, wenn ihre Freunde und Kollegen gelitten haben. Ich habe erlebt, wie diese Art von Idealismus zurückschlägt – diese Entschlossenheit, jedes lebende Wesen zu retten, kann zu weit getrieben werden. Diese Frau ist sehr engagiert und sehr leidenschaftlich, aber ich bin mir nicht sicher, wie stabil sie ist. Wenn ein Tribunal zusammentritt, um über das Schicksal dieses Planeten und seiner Bewohner zu entscheiden, brauche ich etwas Handfestes.«

»Ich verstehe, worum es geht, Captain, aber was soll ich tun?«

»Nun, ich schätze, ungezügelte Begeisterung würde sie mitreißen. Kindliche Schwärmerei, wenn Sie das hinbekommen – und ich weiß, daß Sie das können.« Sie streichelte ihn mit einem Blick, und er lachte laut. »Ja, genau das. Tun Sie so, als seien Sie verrückt nach Dinosauriern, als würden Sie alles tun, nur um einen Blick auf sie zu werfen, wo Sie doch hier die einmalige Gelegenheit dazu haben und so weiter. Anfangs können Sie ja skeptisch tun – sind das wirklich Dinosaurier? Ganz bestimmt? Stellen Sie heute noch eine Erkundungsmannschaft zusammen und weihen Sie Ihre Leute ein – Sie können sie morgen ja als befreundete Hobbyforscher vorstellen. Ihre Gastgeber werden wahrscheinlich zwei bis drei Mann akzeptieren, und wenn wir damit durchkommen, können später vielleicht noch zwei oder drei nachkommen. Wie klingt das?«

»Gut. Hört sich vernünftig an.« Wenn Ford vor ein Problem gestellt wurde, ging er es im Ganzen an, vertiefte sich darin und blieb doch aufmerksam. Sie sah zu, wie er durch die Personaldateien blätterte und nach sekundären Qualifikationen suchte. »Wir müssen Leute aussuchen, die wirklich Interesse an der Sache haben. Ihnen würde auffallen, wenn etwas manipuliert wurde, und ich kann niemandem in einer einzigen Nacht alles über Dinosaurier beibringen…« Er unterbrach und legte einen Eintrag auf ihren Bildschirm. »Wie wär's mit Borander? Er hat zwölf Stunden Paläontologie belegt.«

»Nein, nicht Borander. Haben Sie gesehen, wie er sich mit Varian angestellt hat?«

»Nein, ich war zu diesem Zeitpunkt bei Currald.«

»Nun, dann schauen Sie sich später die Aufzeichnung an. Dieser Frischling hat sich von ihr niedermachen lassen. Zugegeben, sie ist eine Jüngerin und hat sich zur Gouverneurin dieses Planeten erklärt, trotzdem gefällt es mir nicht, wenn meine Offiziere so leicht nachgeben. Wer noch?«

»Segendi – nein, er ist ein Schwerweltler, und ich bezweifle, daß Sie die Dinge auf eine solche Weise komplizieren wollen.«

»Richtig.«

»Wie wär's mit Maxnil vom Nachschub? Seine sekundäre Qualifikation ist Kartographie, und er ist mit dem Nebenfach Xenobiologie eingetragen.« Sass nickte, und Ford fuhr fort, bis er binnen kurzem eine kurze Liste von drei Mannschaftsmitgliedern zusammengestellt hatte, die als ›Dinosaurierexperten‹ durchgehen konnten. Es war noch einfacher, eine Liste jener zu ermitteln, die sich einigermaßen mit Geologie auskannten, allerdings schwerer, diese Liste auf drei zusammenzustreichen. Alle hatte hervorragende Empfehlungen, und alle hatten schon einmal mit Personal zusammengearbeitet, das nicht der Flotte angehörte.

Sass nickte schließlich. »Eine gute Auswahl. Sie unterrichten die Männer, Ford, und machen Sie ihnen klar, daß sie so tun sollen, als würden sie erst morgen davon erfahren, daß es hier Dinosaurier gibt. Auf dem Weg nach unten haben wir nichts gesehen; wir waren zu schnell. Ich hatte die vom Signalfeuer gesendeten Daten gesehen, aber niemand sonst. Wenn Sie die Viecher erst mal sehen, nehme ich an, werden Sie Ihre Reaktionen nicht mehr spielen müssen. Aber vergessen Sie nicht, daß ich Informationen über mehr als große, laute und gefährliche Reptilien brauche.«

Ford nickte. »Wollen Sie immer noch vor dem Essen mit Major Currald sprechen?«

»Wenn er meint, daß er auf dem Frachter alles gut im Griff hat. Wie heißt doch dieser Captain – Cruss? Ein widerwärtiger Kerl. Ich will rund um die Uhr Weber und Schwerweltler im Einsatz haben...«

»Hier ist der Dienstplan.« Wie üblich hatte Ford ihre Forderung vorhergesehen. Sie stellte wieder einmal fest, wieviel Glück sie hatte, daß diesmal Ford und nicht Huron an ihrer Seite war. In einer Situation wie dieser hätten Hurons Initiative und Energie verhängnisvoll werden können. Sie konnte sich darauf verlassen, daß Ford ihre Taktik unterstützte, nicht von ihr abwich und etwas Halsbrecherisches auf eigene Faust unternahm.

Sie warf einen Blick auf den Dienstplan für das Flottenpersonal, das im Frachter stationiert war und sicherstellen sollte, daß das Personal im Kälteschlaf nicht wiederbelebt wurde. Sie wollte sich nicht mit tausend oder mehr Schwerweltlern konfrontiert sehen; die *Zaid-Dayan* hätte zwar keine Schwierigkeiten, sie alle zu töten, aber Flottenkommandeure waren angehalten, Massaker nach Möglichkeit zu vermeiden. In jeder Schicht arbeiteten Weber und Schwerweltler zusammen; Sass vertraute ihren Schwerweltlern, aber wenn Weber zugegen waren, konnte hinterher niemand behaupten, daß sie ihr Vertrauen mißbraucht hätten. »Verbinden Sie mich mit Currald, ja?«

Wenige Augenblicke später erschien Curralds Bild auf einem der Monitore, und er bestätigte, daß die Situation stabil blieb.

»Ich habe den einheimischen Überlebenden gesagt, daß ich auch einen Teil ihres Bedarfs decken werde«, erklärte Sassinak ihm. »Ich will nicht, daß sie glauben, alles Gute käme von Diplo. Ich habe einige Dinge zusammenstellen lassen, die an die Peripherie geliefert werden. Aber wenn Sie die Überwachung und Leitung jemand anderem überantworten könnten, würde ich mich sehr freuen, mit Ihnen zu essen.«

»Sie haben ihnen doch keine Waffen...«

»Nein, bestimmt nicht.«

»Lassen Sie mir noch eine halbe Stunde, wenn's geht, Captain. Ich arrangiere gerade die Flankendeckung.«

»Das geht in Ordnung. Ich bestelle eine Mahlzeit in einer halben Stunde, und wenn Sie unterwegs aufgehalten werden, geben Sie mir einfach Bescheid.« Sie löschte den Bildschirm und wandte sich Ford zu. »Schauen Sie mal, ob Mayerd sich auch mit uns treffen kann – und Sie natürlich, nachdem Sie ihre Leute darüber informiert haben, daß heute nachmittag eine Einsatzbesprechung stattfindet. Ich bin auf der Brücke, aber wir essen hier.«

Auf der Brücke befahl sie dem diensthabenden Offizier, auf Posten zu bleiben, und trat hinter Arly. Obwohl der Großteil der Schiffsbesatzung die Gefechtsstationen verlassen hatte, waren die Waffensysteme immer noch unter Energie und voll funktionsfähig. Es wäre verhängnisvoll, wenn jemand aus diesem Abstand einen Fehler machte – der Frachter würde dabei sicher zerstört werden (mit beträchtlichen Verlusten an Menschenleben, für die Sass sich verantworten mußte), aber der resultierende Rückschlag würde auch die *Zaid-Dayan* gefährden. Arly begrüßte sie, ohne den Blick von den Bildschirmen abzuwenden.

»Ich führe gerade einen Test im Quadranten zwei durch«, sagte sie über die Schulter. »An den Verriegelungssystemen. Ich will sichergehen, daß niemand denselben Trick noch einmal durchführen kann...«

Sass war zu klug, um sie in diesem Moment zu stören, und wartete ab, während sie die Bildschirme aufmerksam beobachtete, obwohl sie mit einigen der Scannerspuren nichts anfangen konnte. Schließlich seufzte Arly und sperrte ihre Schiffsseite ab.

»Sicher. Hoffe ich.« Sie lächelte erschöpft. »Wollen Sie's mir anvertrauen oder ist es ein großes Sicherheitsgeheimnis?«

»Beides«, sagte Sass. »Wie wär's mit einem Essen in meinem Büro?«

Arlys Blick kehrte noch einmal zu ihren Monitoren zurück. »Ich sollte eigentlich bleiben...«

»Sie haben einen sehr kompetenten zweiten Offizier, und ich bin der festen Überzeugung, daß uns im Moment nichts passieren kann. Dieser Cruss könnte etwas vorhaben, aber wir haben seine Pläne vorerst vereitelt, und jetzt können wir uns erst mal ausruhen. Entspannen Sie sich – oder stehen Sie wenigstens auf und essen Sie etwas.«

Currald brachte den Geruch von Iretas Atmosphäre in Sassinaks Büro zurück, als die Filter ihn nach dem morgendlichen Besuch gerade beseitigt hatten. Currald entschuldigte sich, aber Sass tat es mit einem Wink ab.

»Wir werden noch eine Weile hier sein, also sollten wir uns anpassen. Oder daran gewöhnen, dauernd Nasenstöpsel zu tragen.«

Arly versuchte nicht die Nase zu rümpfen, ließ aber einen Platz zwischen sich und Currald. »Es hat nichts mit Ihnen zu tun«, erklärte sie ihm, »aber ich kann den Schwefelgeruch einfach nicht ertragen. Nicht, wenn Essen auf dem Tisch steht. Dann bekommt alles einen widerlichen Beigeschmack.«

Currald lachte sogar, ein Zeichen von Vertrauen, das für ihn nicht üblich war. »Vielleicht hat das die Meuterer dazu getrieben, Fleisch zu essen. Ich habe gehört, es ruiniert den Geschmackssinn.«

»Fleisch?« Mayerd blickte ruckartig von einem Stapel Laborberichte auf. »Es läßt die Person, die es ißt, nach Schwefelverbindungen stinken, aber es verwirrt nicht seine eigene Nase.«

»Ich weiß nicht…« Sass hielt mit einem Stück standardmäßigen grünen Gemüses in weißer Soße auf halbem Wege zwischen Mund und Teller inne. »Wenn Speisen in einer Schwefelatmosphäre anders schmecken – und das ist tatsächlich der Fall…« Sie beäugte angeekelt den grünen Brocken. »Dann würde Fleisch vielleicht sogar gut schmecken.«

»So habe ich das noch nie betrachtet.« Mayerd runzelte die Stirn. Ford grinste alle am Tisch an.

»Da haben wir ein Thema für eine wissenschaftliche Abhandlung: ›Die Auswirkung von Iretas Atmosphäre auf die Wahrnehmung von Proteingeschmack‹, oder ›Schwefel und der Geschmack von Blut.‹«

»Sagen Sie das nicht in Gegenwart von Mannschaftsleiterin Varian«, warnte Sass. »Sie scheint sehr empfindlich zu sein, was die Prohibition betrifft. Sie würde das nicht lustig finden.«

»Es ist auch nicht lustig«, sagte Mayerd nachdenklich. »Es ist eine Idee… Ich habe noch nie darüber nachgedacht, aber vielleicht könnte ein atmosphärischer Geruch tatsächlich Einfluß darauf haben, welche Art von Nahrungsmitteln Menschen bevorzugen, und wenn jemand ohnehin schon versucht war, das Fleisch lebender Wesen als Nahrungsmittel zu akzeptieren, könnte der Geruch die Wahrscheinlichkeit erhöhen, daß…« Die anderen stöhnten laut und mißtönend, und Mayerd starrte sie finster an. Bevor sie etwas erwidern konnte, rief Sassinak alle zur Ordnung und erklärte, warum sie diese Zusammenkunft gewünscht hatte.

»Mannschaftsleiterin Varian hat vollkommen recht damit, daß die Iretaner nicht für die Meuterei oder ihre Folgen verantwortlich sind. Gleichzeitig liegt es im Interesse der FES, dafür zu sorgen, daß dieser Planet nicht zur Ausbeutung freigegeben wird und daß die Iretaner sich so reibungslos wie möglich in die Föderation eingliedern. Soviel wir wissen, hat man ihnen einen Haufen Lügen aufgetischt; sie glauben, die ursprüngliche Mannschaft habe aus Schwerweltlern bestanden und sei ohne Rechtfertigung aufgegeben worden. Sie erwarten nur von Schwerweltlern Hilfe und glauben offenbar, daß Schwerweltler und Leichtgewichte nicht zusammenarbeiten können.

Wir haben die Gelegenheit, Ihnen zu zeigen, daß

Schwerweltler sich aber doch in unsere Gesellschaft eingefügt haben und willkommen sind. Wir alle wissen von den Problemen – Major Currald mußte mit Belästigungen fertig werden, so wie die meisten, wenn nicht alle Schwerweltler in der Flotte –, aber er und die anderen in der Flotte glauben, daß die beiden Arten von Menschen mehr Gemeinsamkeiten als Unterschiede haben. Wenn wir einen freundschaftlichen Keil zwischen diese jungen Menschen und diesem Schwerweltler-Kolonistenschiff treiben, wenn wir deutlich machen können, daß sie eine Chance haben, einem größeren Universum anzugehören, vielleicht werden sie dann einem Ausgleich für ihre Ansprüche auf Ireta zustimmen und sich zurückziehen. Das wäre eine friedliche Lösung, durchaus möglich für eine so kleine Gruppe, und als Ausgleich würden sie die Kenntnisse erhalten, die sie brauchen, um anderswo zu leben. Selbst wenn sie nicht all ihre Ansprüche aufgeben, könnten sie eher bereit sein, innerhalb der Grenzen zu leben, die ihnen ein Tribunal mit Sicherheit auferlegen wird – vor allem, wenn Varian recht hat und es tatsächlich eine empfindungsfähige einheimische Spezies gibt.«

»Wünschen Sie eine aktive Rekrutierung?« fragte Currald. »Diejenigen, die ich gesehen habe, würden wahrscheinlich die Zwischentests bestehen.«

Sass nickte. »Wenn Sie welche finden, die Sie für das Marine-Kontingent gebrauchen können, geben Sie mir Bescheid. Mit ein paar wäre ich einverstanden, aber wir müßten sicher sein, daß wir sie im Zaum halten können. Ich glaube nicht, daß von ihnen jemand als Agent eingespannt worden ist, aber es ist eine Gefahr, die ich nicht ignorieren kann.«

Mayerd legte die Stirn in Falten und tippte auf die Laborberichte, die neben ihrem Tablett auf dem Tisch lagen. »Diese Kinder wurden mit natürlicher Nahrung aufgezogen, vom Fleisch ganz abgesehen. Meinen Sie, sie könnten sich so schnell an die Schiffskost gewöhnen?«

»Ich weiß es nicht genau, und das ist der Grund, weshalb ich Sie von Anfang an dabei haben will. Wir werden alles über ihre Physiologie wissen müssen. Sie stammen offenkundig von Schwerweltlern ab, sind aber auf einem Planeten mit Normal-G aufgewachsen, weshalb keine vollständige Anpassung erfolgt sein dürfte. Major Currald könnte einige Erkenntnisse über die Unterschiede gewinnen, vielleicht würden sie mit anderen Schwerweltlern auch freiwillig etwas offener reden. Aber Sie sind die Forschungsexpertin des medizinischen Personals; Sie werden sich Gedanken darüber machen, was Sie wissen müssen und wie Sie es herausbekommen können. Halten Sie mich auf dem laufenden, was Sie brauchen.«

»Ich habe immer für möglich gehalten«, sagte Mayerd mit einem Seitenblick auf Currald, »daß Schwerweltler tatsächlich eine Kombination von Nährstoffen benötigen, wie sie besonders in Fleisch vorkommt. Damit meine ich vor allem jene auf kalten Planeten. Aber die Föderation gestattet keine Forschungen in diese Richtung – das wäre undenkbar. Um ehrlich zu sein, ich halte das für unangemessen. Wissenschaftliche Forschungen sollten nicht durch religiöse Bedenken behindert werden.«

Ein leises Lächeln zuckte um Curralds Lippen. »Ich habe schon von zwei, natürlich heimlichen, Forschungsprojekten auf Schwerwelten gehört. Es geht nicht bloß ums Fleisch, Doktor, sondern um bestimmte Sorten von Fleisch, und es stimmt, es ist tatsächlich die reichhaltigste Quelle von Nährstoffen für unsere besonderen Bedürfnisse. Aber ich glaube nicht, daß Sie das am Tisch hören wollen.«

»Ein weitere Überlegung«, sagte Sassinak in die folgende Stille hinein, »betrifft die Solidarität der Mannschaft. Es wird den Kritikern der Schwerweltler in unserer Mannschaft gut tun, wenn sie sehen, welches Erscheinungsbild aus den Schwerweltlergenen hervorgeht, wenn sie keiner hohen Schwerkraft ausgesetzt sind. Bei allem Respekt, Currald, aber die Iretaner sehen nun einmal gewöhnlichen Menschen ähnlicher als Schwerweltlern.« Er nickte ernst, aber offenbar nicht beleidigt. »Aber wie Sie wissen, hatten wir schon Schwierigkeiten mit einem Saboteur. Wenn jetzt etwas geschehen würde, das die Spannungen zwischen Schwerweltlern und Leichtgewichten erhöht…« Sie machte eine Pause und sah in jedes Gesicht. Sie alle nickten, begriffen offenbar, worauf sie anspielte. »Arly, ich weiß, daß Sie alle erdenklichen Sicherheitschecks der Waffensysteme vorgenommen haben, aber es wird in den nächsten Tagen schwer sein, unsere Mannschaften ständig wachsam zu halten. Doch es muß sein; es dürfen auf keinen Fall unbeabsichtigt Waffen entladen werden.«

»Da wir gerade davon reden«, sagte Hollister. »Ich nehme an, wir sind abgeschirmt.« Sass drückte einen Knopf und nickte. »Ich hatte noch keine Gelegenheit, es Ihnen zu sagen, und da die Krise vorbei zu sein schien…« Er zog einen kleinen grauen Kasten aus der Tasche und legte ihn auf den Tisch. »Ich habe das hier in der Energiezentrale Nr. 2 gefunden, als wir gerade landeten. Natürlich deaktiviert, aber ich glaube, es sollte die Traktorsteuerung stören.«

Sass nahm das glatte Kästchen in die Hand und betrachtete es von allen Seiten. »Eine Induktionssteuerung?«

»Genau. Man könnte sie für alles mögliche benutzen, zum Beispiel auch, um Waffen abzuschalten.«

»Wo haben Sie das Ding gefunden?«

»Neben einem Gehäuse mit Steuerschaltungen, wo es so aussah, als sei es ein Teil des Aggregats – manche Gehäuse sind unmittelbar mit Schaltkästen verdrahtet.

Sie sind genauso lackiert. Aber ich habe jeden Tag nachgesehen, ob sich etwas verändert hat, ob etwas Neues da ist – und dabei ist es mir aufgefallen. Anfangs war ich mir nicht einmal sicher, aber als ich es angefaßt habe, ließ es sich ohne Probleme lösen, war also nicht verdrahtet. Nela hat für mich den Chip entschlüsselt und ausgelesen. So bin ich darauf gekommen, daß das Ding den Traktorstrahl beeinträchtigen sollte.«

»Dupaynil?« Sie sah über den Tisch zu ihm hinüber. Sein Gesichtsausdruck blieb neutral.

»Ich wünschte, ich hätte es an Ort und Stelle gesehen, aber es ist ganz klar, daß es deaktiviert sein mußte, solang feindliches Feuer drohte. Haben Sie nach biologischen Spuren gesucht?«

Hollister nickte. »Natürlich. Ich hab's mit Handschuhen angefaßt, und Nela hat es bestäubt, aber wir haben keine Fingerabdrücke gefunden. Der Medizinische Dienst oder Sie, Sir, könnte vielleicht weitere Spuren finden.«

»Entscheidend ist«, sagte Sassinak, »daß wir endlich greifbare Spuren unseres Saboteurs gefunden haben. Er dürfte also immer noch an Bord sein, weil Hollister sicher bestätigen kann, daß dieses Ding gestern noch nicht montiert war, und immer noch aktiv.«

»Wenn wir einen Verdächtigen finden«, sagte Dupaynil, »könnten wir da drin nach Spuren der Person suchen, die es programmiert hat.«

»*Wenn* wir einen Verdächtigen finden«, wiederholte Sassinak. »Und damit sollten wir uns beeilen.« Mit dieser Bemerkung wurde die Sitzung vertagt.

siebzehntes kapitel

Sassinak hatte sorgfältige Vorbereitungen für ihr Treffen mit Captain Cruss am nächsten Morgen getroffen. Wenn er nicht über illegale, von der Flotte hergestellte Detektoren verfügte, konnte er nicht wissen, daß eine vollständige Audio- und Videoschaltung ihr Büro mit Fords Quartier und der Brücke verband. Currald hatte seine imposantesten Schwerweltler-Marines für eine Eskorte durch das Schiff abgestellt, Sassinak hatte sich dagegen Weber-Wachleute für ihren persönlichen Schutz ausgesucht. Sie wollte herausfinden, ob Cruss sich übernehmen würde.

Als Currald ihr ein Zeichen gab, daß Cruss unterwegs war, schaute sie auf den Monitor. Die fünf Männer und Frauen, die zwischen den Schiffen gemächlich über das Gitter schritten, waren selbst für Schwerweltler ein unangenehmer Anblick. Sie hatten sich nicht die Mühe gemacht, saubere Uniformen anzuziehen, fiel Sassinak auf; selbst Cruss sah zerzaust und verschmiert aus. Sie sah kurz auf ihre weißen gepolsterten Stühle und fluchte knapp über ihre Unhöflichkeit. Sie würden ihr mit Sicherheit die Einrichtung beschmutzen und darüber auch noch unverschämt grinsen. Sie kannte zuviele penible Schwerweltler, um zu glauben, daß sie von Natur aus schmutzig waren.

Als sie das Hauptdeck erreichten, hatte Sassinak bereits kurze Berichte von den Beobachtern erhalten, die sie entlang ihres Weges postiert hatte. Ihre Besucher hatten sich darüber beschwert, daß sie ihre Handfeuerwaffen den Wachmännern überlassen sollten;

Captain Cruss trug einen kleinen, ungefähr kugelförmigen Gegenstand, bei dem er darauf bestand, daß er ihn Sassinak persönlich übergeben müsse. Sie signalisierte ihr Einverständnis. Sie hatten sich herablassend über Currald und die anderen Schwerweltler geäußert und demonstrativ von den Webern abgewandt. Sie hatten sich unverschämt lässig auf den Haltebügel im Frachtlift gestützt und über das gepflegte Äußere der Schiffsbesatzung mit Worten ausgelassen, die den Fähnrich, der Bericht erstattete, erröten ließen. Und natürlich kamen sie zu spät… eine einstudierte Unhöflichkeit, der Sassinak mit ihrer eigenen begegnete. Als Gelory die Leute mit kühler Präzision hereinführte, blickte Sassinak von einem mit Datenkarten bedeckten Schreibtisch auf.

»Oh nein! Das habe ich doch ganz vergessen. Wie spät ist es?« Sie sah hinter den Schwerweltlern für einen kurzen Moment Currald grinsen; sie vergaß *nie*, wie spät es war. Aber sie fuhr glatt und mit zuckersüßer Stimme fort. »Es tut mir so leid, Captain Cruss – nehmen Sie doch Platz, wo Sie wollen –, aber gedulden Sie sich bitte einen Moment, bis ich das hier erledigt habe.« Sie wandte sich wieder ihrer Arbeit zu, räumte schnell das scheinbare Durcheinander auf und tippte mit einem Steuerstab auf den Bildschirm vor sich. Wie abgesprochen erschien Arly mit einer ausgedruckten Datei in der Tür und entschuldigte sich für die Störung.

»Schon gut, Commander«, sagte Sass. Vor Staunen über diese plötzliche Beförderung riß Arly die Augen auf, aber sie war so geistesgegenwärtig, ihre Vorgesetzte nicht zu korrigieren. »Sind das die aktuellen Statusberichte? Gut. Leiten Sie die bitte an den Kommunikationsdienst weiter und sagen Sie den Leuten, sie sollen das Blaue Codebuch verwenden. Und dann bitten Sie den Chefingenieur, diese Variationen zu beseitigen.

Das wäre dann alles.« Sie gab Arly einen Stapel Datenkarten und den Ausdruck, den ihre Konsole gerade ausgespuckt hatte. Mit einem schnellen Blick auf die Datei, die Arly ihr übergeben hatte, drückte sie mit dem Daumen auf einen Knopf, der eine Schreibtischschublade öffnete, legte sie hinein und wandte ihre Aufmerksamkeit wieder Cruss und seinen Leuten zu. »Nun denn. Wir hatten soviel Nachrichtenverkehr, daß ich bis jetzt gebraucht habe, um das alles zu sortieren. Captain, wir haben schon miteinander gesprochen – und das ist Ihre Mannschaft?«

Cruss stellte seine Mannschaft ohne die abgedroschenen und unflätigen Beinamen vor, die er tags zuvor benutzt hatte. Seine Leute blickten durchweg finster drein und stanken mehr als Ireta. Sassinak fragte sich, ob es ihrem Schiff tatsächlich so an Sanitäreinrichtungen mangelte oder ob sie es einfach vorzogen, schlecht zu riechen.

»Wenn ich Ihre Schiffspapiere einmal sehen dürfte…« Das konnte man kaum als eine Bitte verstehen, wenn die Waffen der *Zaid-Dayan* auf den Frachter gerichtet und ihre Marines an Bord waren. Cruss zog einen zerknitterten, befleckten Ordner aus der Brusttasche seines Schiffsanzugs und warf ihn durchs Zimmer auf ihren Schreibtisch. Einer der Marines wandte sich ihm mit bedrohlicher Miene zu und sah dann nach einem Fingerzeig heischend zu Sassinak hinüber, aber sie reagierte nicht, nahm bloß den schäbigen Gegenstand in die Hand und schlug ihn auf, um darin zu lesen. »Ich brauche außerdem Ihre persönlichen Identifikationspapiere«, sagte sie. »Informationen über die Einstufung der Mannschaft und die Unionsmitgliedschaft. Diese Unterlagen können Sie Gelory übergeben.« Sie wußten, daß Gelory ein Weber war; das merkte sie dem geringfügigen Zurückweichen ihrer Gäste an, als fürchteten sie, ein Weber könne ihnen durch einen Hautkontakt Schaden zufügen. Sassinak las weiter.

Den verschmierten (und wahrscheinlich gefälschten) Papieren zufolge waren Frachter und Mannschaft von Newholme gemietet worden, eine der eher heruntergekommenen kommerziellen Gesellschaften, die vom Kolonialdienst der Föderation eine Lizenz erhalten hatten, um Kolonien einzurichten. Stempel aus einem Dutzend Systemen sprenkelten die Seiten. Ankunfts- und Abflugbestätigung von Sorrell-III, Bay Hill, Cabachon, Drissa, Zaduc, Porss – und Diplo. Reiseziel: eine Schwerweltlerkolonie zwei Sonnensysteme von hier, die ihr Anfangskontingent, wenn Sassinak sich recht erinnerte, schon erreicht hatte.

Fast ohne einen Laut legte Gelory die individuellen Papiere der Mannschaft auf Sassinaks Schreibtisch, murmelte »Captain« und zog sich diskret an ihren Platz zurück. Sassinak sagte nichts und wandte sich als nächstes diesen Unterlagen zu, ignorierte das Quietschen und Ächzen ihres Mobiliars, wenn die Schwerweltler in gelangweilter Überheblichkeit ihr Gewicht verlagerten, so wie auch ihre Seufzer und vor sich hingebrummten Flüche. Wenn die Schwerweltler in ihrem Büro zuverlässig aufgehalten wurden, dürfte Ford bald Varian und Kai – den zweiten Mannschaftsleiter, den Sass noch nicht kennengelernt hatte – ein paar Türen weiter in seinem Quartier zu Gast haben, wo sie das Gespräch verfolgen konnten, ohne selber gesehen zu werden. Bis dahin beabsichtigte sie, diese Papiere so gründlich in Augenschein zu nehmen, als seien es seltene Edelsteine.

Glücklicherweise enthielten sie genau das, was sie erwartet hatte, und rechtfertigten eine längere Untersuchung. Captain Cruss, stellte sich heraus, hatte keine Meisterlizenz – nur eine vorläufige Zulassung von Diplo. Er war acht Jahre lang ein Hauptmaat (und Sassinak fragte sich, welch ein Rang das sein mochte; sie hatte diese Bezeichnung noch nie gehört) auf einem Erzschlepper gewesen und davor Zweiter Maat auf einem Asteroiden-Bergbaushuttle. Newholme hatte eine vorübergehende Verzichtserklärung auf seine ungewöhnlichen Anforderungen auf Grundlage der Zulassung von Diplo unterzeichnet – das sah wie eine Bestechung aus.

Erster Maat und Seniorpilotin Zansa dagegen hatte eine Meisterlizenz innegehabt und eine Zeit lang für Cobal Chemicals gearbeitet – was bedeutete, daß ihre Meisterlizenz rechtmäßig gewesen war. Aber sie war mit der sonderbaren orangefarbenen Tinte, die sich nie mehr ganz austilgen ließ, als ›ungültig‹ abgestempelt und mit der Anmerkung versehen worden, daß Zansa süchtig nach Bellefleur geworden war, für einen Schiffscaptain eine besonders gefährliche Droge. Sassinak blickte auf und erkannte unter ihren Besuchern Zansa, die im Gesicht die charakteristischen Narben eines Bellefleurabhängigen trug, obwohl sie alle blaß und trocken waren.

»Ich bin clean«, knurrte die Frau. »Seit fünf Jahren schon, und nächstes Jahr werde ich die Prüfungen neu…«

»Halten Sie doch den Mund«, fiel Cruss ihr lautstark ins Wort, und Zansa zuckte die Achseln, offenbar nicht eingeschüchtert. Sassinak wandte sich wieder den Papieren zu. Aha… Zansa war also die Expertin, und Cruss spielte den Deckmantel – da fragte sich nur, warum sie keinen legalen Meister gefunden hatten. Sie hätten doch sicher etwas Besseres auftreiben können als eine Bellefleurabhängige, die sich gerade von ihrer Sucht erholte.

Der Zweite Pilot Hargit hatte eine wechselhafte Karriere hinter sich, und seine Unterlagen waren voller ungültig gestempelter Visa: man hatte ihn vieler kleinerer Diebstähle, Überfälle und Körperverletzungen verdächtigt und einige Male auch überführt. Und ausgerechnet auf Charade, wo man gewöhnlich eine ziemlich tolerante Einstellung gegenüber Ruhestörungen hatte, war er des ›Aufruhrs‹ bezichtigt worden. In den letzten fünf Jahren hatte er einen Frachtschlepper zwischen zwei Schwerweltlerplaneten gesteuert, offenbar ohne daß es zu Zwischenfällen gekommen war.

Der Lebenserhaltungstechniker Po war der größte der fünf, ein mächtiger Fleischberg, der aus dem Schiffsanzug quoll und fast die Schnallen vom Stoff sprengte. Er bleckte beim Grinsen auf eine Weise die Zähne, daß Sassinak sich wünschte, sie hätte einen Betäuber zur Hand – ein Grinsen, wie sie es aus ihrer Sklavenzeit noch zu gut in Erinnerung hatte. Er war außerdem mit Schimpf und Schande aus der Insystem-Raummiliz von Diplo entlassen worden. Sie fragte sich, wieviele der hoffnungsvollen Kolonisten, die im Kälteschlaf in dem Frachter lagen, eine Chance gehabt hätten, wenn diese… diese Person für ihre Sicherheit zuständig gewesen wäre. Er hatte zuvor das Bemühen aufgegeben, an Bord des Schiffs die traditionelle Fitness der Schwerweltler zu erhalten, aber Sassinak unterschätzte seine Kräfte nicht.

Als letztes kam die ›Helferin‹ Roella. Ihre Papiere listeten verschiedene Beschäftigungen im Weltraum und auf Planeten auf, darunter einen Job als ›Unterhalterin‹, was bei ihrem Aussehen nur eines bedeuten konnte. Sie war auch zweimal wegen ›Respektlosigkeit‹ inhaftiert worden. Das war allerdings auf Courance geschehen, wo man anders als auf Charade wirklich sehr kleinlich war.

Es gab viele Fragen zu stellen, aber Sass wollte nichts zu weit treiben, zumindest noch nicht. Auf ihrer Konsole leuchtete ein Lichtsignal auf; sie ignorierte es und las weiter, indem sie den Steuerstab in den Fingern drehte. Wenn diese Schwerweltler clever waren, würden sie merken, worum es sich handelte – um einen Betäubungsstab, der zugleich als Kontaktinstrument zu Sassinaks Computern diente. Bei ihren Lebensgeschichten hatten sie sicher alle schon einmal irgendwo intime Bekanntschaft mit einem Betäubungsstab gemacht. Sie blätterte bis zur letzten Seite von Roellas ID-Papieren weiter und seufzte, als bereite ihr all das heftiges Unbehagen. Dann blickte sie in die angespannten, wütenden Gesichter ihr gegenüber.

»Ja, ja, Captain Cruss«, sagte sie und ließ ihre Stimme so weich klingen, wie es ihr irgend möglich war. »Ihre Papiere scheinen in Ordnung zu sein, und man kann Ihnen nicht vorwerfen, daß Sie einem Notsignal nachgegangen sind…« Welchem Notsignal? Denn nach ihrer Flugbahn zu schließen, mußten sie es aus vielen Lichtjahren Entfernung geortet haben. Natürlich wußten sie nicht, daß man ihnen gefolgt war.

Aber Cruss erklärte, oder versuchte zu erklären, daß es kein gewöhnliches Notsignal gewesen sei. Sassinak schob ihre Gedanken beiseite, um zuzuhören. Eine Zielflugkapsel, die zu dem EEC-Verbundschiff unterwegs gewesen war, das sowohl die Ryxi-Kolonisten wie die Forschungsmannschaft abgesetzt hatte, war abgeirrt, irgendwie beschädigt und unmittelbar hinter dem Orbit des äußersten Planeten in diesem System gefunden worden.

Das klingt nicht allzu wahrscheinlich, dachte Sassinak grimmig. Es wäre ungefähr so, als wenn ein Flugzeug beim Landeanflug zufällig eine einzige kleine Perle am Ende der Landebahn bemerken würde. Nichts von dieser Größe konnte beim FTL-Flug entdeckt werden, und es war mehr als unwahrscheinlich, daß die Schwerweltler ausgerechnet an dieser Stelle zufällig den FTL-Raum verlassen hatten. Sass war überrascht, als Cruss aufstand und den zerbeulten Metallklumpen mit überheblicher Akuratesse auf ihren Schreibtisch legte. Das also war seine Überraschung. Er konnte tatsächlich eine Zielflugkapsel vorweisen, oder einen Teil davon. Ohne das Antriebsmodul und die Energiezelle war das Ding kaum zu erkennen. Sass sah davon ab, sie zu berühren, und bemerkte, daß an der zerbeulten Seite nur die eingravierte ID-Nummer zu erkennen war.

Seine Geschichte überzeugte sie nicht, selbst als er ihr großzügig anbot, die Nachricht der Kapsel aus seinem Computer zu extrahieren, aber sie hatte nicht die Absicht, sich zu diesem Zeitpunkt mit ihm zu streiten. Sie bezweifelte, ob er wußte, daß die Flottencomputer eigene Verfahren beherrschten, um solchen Kapseln mehr als eine darin implantierte gefälschte Nachricht zu entlocken. Aber das würde alles beim Prozeß zur Sprache kommen. Für den Moment lächelte sie liebenswürdig und erklärte ihre Gründe dafür, warum sie ihnen allen untersagte, ihr Schiff zu verlassen, aber die Erlaubnis erteilte, mit den Einheimischen um frische Nahrungsmittel zu verhandeln. Mit einem weiteren unterdrückten Fluch fuhr Cruss hoch, und seine Kameraden folgten ihm. Sassinak blieb gelassen sitzen und entspannte sich; hinter ihnen hatten die beiden Weber ihre eigene Gestalt angenommen und klammerten sich in den Winkel zwischen Schott und Deck zusammen. Die Marines verharrten unentschlossen, ihre Hände schwebten über den Waffen.

»Ich hoffe, Ihre Wasservorräte sind ausreichend«, sagte Sass in demselben Plauderton. »Das hiesige Wasser schmeckt faulig und stinkt.« Cruss knurrte jetzt sogar, ein zorniges Leugnen, daß er irgendetwas von ihr oder sonst jemandem brauchte. »Nun gut«, fuhr sie fort. »Ich nehme an, daß Sie auf Ihrem Kurs weiterfliegen wollen, sobald wir die Freigabe für Sie erhalten haben. Die Bedürftigen werden alle Hilfe erhalten, die wir ihnen bieten können. Dessen können Sie sicher sein.« Sie stand auf, tippte mit dem Stab in ihre linke Handfläche und sah ihnen hinterher. Cruss wagte eine Bewegung in Richtung der Kapsel, aber Sassinak ließ den Stab sinken, um ihm zuvorzukommen.

»Ich glaube, das Ding sollte besser hier bleiben«, sagte sie ruhig. »Das Sektorhauptquartier wird es untersuchen wollen.« Seine Augen zuckten wütend hin und her. Schuldbewußt, dachte Sass. Was hatten sie mit dem Ding angestellt? Und wohin war es geschickt worden? Sicher nicht bis nach Diplo – mit ihrer Unterlichtgeschwindigkeit wäre eine Kapsel Jahre unterwegs gewesen. Seine Muskeln traten wie Stränge hervor; Sassinak gab mit einem Fingerzucken ein Signal, und die Weber nahmen neben ihm wieder Gestalt an. Er zuckte zusammen, und sein Gesichtsausdruck schlug von kaum beherrschter Wut und Verachtung zu Furcht um.

»Schönen Tag noch, Captain«, sagte Sass locker, obwohl sie plötzlich einen trockenen Mund bekam, als die Krise ausgestanden war. Von den anderen sah nur Zansa für einen Moment sehnsüchtig auf den Stapel persönlicher Dokumente auf dem Schreibtisch – Sassinak wich ihrem Blick aus, bis sie sich zum Gehen gewandt hatte.

Sobald die Tür zugeglitten war, ließ Sassinak sich entspannt in ihrem Stuhl zurücksinken und drehte sich dem Videomonitor zu. Ford legte die Videoschaltung schnell auf diesen Bildschirm, so daß sie Cruss und seine Leute beobachten konnte. Varian sah heute viel besser aus: eine lebhafte junge Frau, die Sassinak mit ihren üppigen dunklen Locken an sich selbst erinnerte. Aber Varians Augen waren von einem klaren Grau, heute ungetrübt von dem Schmerz und der Belastung, die sie gestern noch umwölkt hatten. Kai dagegen sah nicht im mindesten wie ein Expeditionsleiter aus. Er war blaß auf seinem Stuhl zusammengesunken, und ein gepolsterter Anzug schützte die verletzliche Haut. Wenn er etwas sagte, verriet seine Stimme die Anstrengung, die ihm selbst dieses bißchen Aktivität abverlangte. Er wirkte gequält und nervös – was in gewisser Hinsicht normaler war als Varians Reaktion, denn schließlich hatten sie eine Meuterei hinter sich und dreiundvierzig Jahre im Kälteschlaf gelegen. Und wer wußte schon, was ihnen sonst noch zugestoßen war. Sassinak plauderte mit ihnen, versuchte Kais Verfassung und Varians Geisteszustand einzuschätzen. Sie hatten beide keine Ahnung, was die Anwesenheit der Thek bedeutete, obwohl Kai von den vorliegenden Gehäusen berichtete, die man vor der Meuterei gefunden hatte. Sass ging die Sache noch durch den Kopf, als Kai einen förmlichen Ton anschlug und fragte, ob sie sich als Ablösung der Expeditionsmannschaft betrachtete.

»Wie sollte ich?« fragte sie und rätselte derweil, warum er damit angefangen hatte. Wollte er von seinem Kommando enthoben werden? Vertraute er seiner Kollegin nicht? Varian schien von seiner Frage so überrascht zu sein wie Sassinak. Sassinak beeilte sich mit ihrer Antwort, betonte ihre Überzeugung, daß die beiden sich in einer völlig legitimen Position befänden, und bekräftigte noch einmal ihre Bereitschaft, ihnen jede Unterstützung zu gewähren. Varian nahm dieses Angebot begeistert an, doch Kai schien immer noch verlegen. Entweder war er nach allem, was ihnen zugestoßen war, immer noch sehr krank, oder irgendetwas anderes stimmte nicht. Nachdem sie die beiden Ford anvertraut hatte, der Kai in die Krankenstation, wo Mayerds Diagnosegerät ihn sich vornehmen sollte, und Varian ins Nachschublager bringen würde, saß sie noch eine Zeit lang da und betrachtete mit nachdenklich gerunzelter Stirn den Bildschirm, über den sie mit ihnen geredet hatte.

Sie steckte die ID-Papiere von Frachter und Mannschaft in einen versiegelten Umschlag und schloß ihn für eine spätere Untersuchung sicher weg. Dupaynil trat mit zwei Kommunikationsspezialisten ein, um die Zielflugkapsel mitzunehmen. Er fragte, ob Sass zusehen wollte, wie sie die Nachricht extrahierten, aber sie schüttelte den Kopf. Für den Moment wollte sie eine Pause vom Irrsinn dieses Tages einlegen und die Abendmahlzeit mit ihrem Lieblingskoch besprechen.

Als der Anruf vom Geologen der Überlebenden, einem gewissen Dimenon, vom Kommunikationsdienst durchgestellt wurde, rief Sassinak die iretanischen Schwerweltler und die beiden Expeditionsleiter zusammen. Mayerd, die offenbar nicht bereit war, einen so interessanten Fall aus den Augen zu lassen, hütete Kai, und Ford brachte Varian mit. Dimenon hatte einen triftigen Grund, sich an den Kreuzer zu wenden – nicht nur eine Videoaufnahme von dreiundzwanzig kleinen Thek, sondern auch einer Interaktion zwischen ihnen und dem Geschöpf, das Kai angegriffen hatte. Sassinak hatte sich das Band schon einmal angesehen, und diesmal beobachtete sie Kais Reaktion auf diese seltsamen Kreaturen – den Fransen, wie man sie nannte. Der Mann war wie vom Donner gerührt, als die Fransen sich den Thek näherten. Sein Atem ging schwer, und er wurde blaß. Er hatte sich recht unbeholfen bewegt, als er in ihr Büro gekommen war, aber sie hatte den Eindruck, wenn ein Fransen in natura erschienen wäre, hätte er irgendwie zu laufen vermocht. Mitgefühl und Abscheu rangen in ihr miteinander. War er immer schon so gewesen, oder hatten die Ereignisse ihn übermannt? Was dachte Varian? Sassinak warf ihr einen Blick zu und bemerkte, daß auch sie ihn mit wachsamer Miene heimlich beobachtete.

Sassinak lenkte Varian mit einer Frage über die Fransen ab, und Mayerd, der sie für ihre Intuition dankbar war, hielt die Konversation danach in Gang – obwohl Kais Antworten, wenn er denn etwas sagte, immer wieder einen kurzen Aussetzer verursachten. Dann begannen die Iretaner ihre Fragen über die Thek und ihren Platz in der Föderation zu stellen. Sassinaks hohe meinung von Aygars Intelligenz wurde erneut bekräftigt. Er konnte denken. Und im Laufe des Wortwechsels gewann sie den Eindruck, daß er sogar Sinn für Humor hatte. Denn als Sassinak ihn fragte, welche Waffen seine Leute gegen die Fransen einsetzten, sagte er in einem Ton voller Ironie: »Wir rennen.«

Die Anspannung ließ etwas nach, und die Konversation wurde weitergesponnen, drehte sich um die Fransen und ihre Lebensräume und die im Wasser lebenden Fransen, welche die Expedition vor der Meuterei beobachtet hatte. Aygar war überrascht darüber. Und Sassinak fragte sich gerade, wie sie das Gespräch auf diese Reptilien lenken könnte, als Varian, die gerade eine Frage beantwortete, das Wort aussprach. Dinosaurier. Fordeliton sprang mit solchem Eifer darauf an, daß Sassinak befürchtete, Varian könnte vor Mißtrauen einen Rückzieher machen. Aber offensichtlich hielt sie es für selbstverständlich, daß ein erwachsener Mann, der stellvertretende Kommandeur eines Flottenkreuzers, eine Diskussion darüber anregte, ob sich irgendetwas, das den echten Dinosauriern auf der alten Erde ähnelte, auf einer ganz anderen Welt entwickelt haben könnte. Varian rasselte eine lange Reihe von Namen herunter, und Ford stand mit offenem Mund da, dann schaltete sich Aygar in das Gespräch ein.

Sassinak ließ den aufgeregten Wortwechsel etwa eine Minute weitergehen, dann setzte sie ihm mit einem so unüberhörbaren Mangel an Interesse für alles andere als die politische Situation ein Ende, daß sie sicher war, die anderen würden wieder aneinander geraten, wenn sie ihnen den Rücken zukehrte. Um so besser. Bis sie die

Iretaner endlich hinauszitierte, hatten Varian und Kai Ford praktisch adoptiert. Sass hatte keine Schwierigkeiten, sie zu überreden, daß sie alle sechs Spezialisten in der engeren Auswahl akzeptierten. Varian war sogar unverhohlen begeistert.

Sass fragte sich, ob Mayerd etwas über Kai herausgefunden hatte, was über die Art seiner Verletzungen und Krankheit hinausging, aber die Ärztin hatte sich die ganze Zeit mit körperlichen Symptomen beschäftigt.

»Es hat keinen Zweck zu fragen, warum er deprimiert und nervös ist, solang er noch Schmerzen hat, fieberkrank und an manchen Stellen taub ist.«

»Ich würde die Taubheit den Schmerzen vorziehen«, sagte Sassinak sarkastisch. »Wie kann er beides haben?«

Mayerd warf ihr einen Blick zu, der sie daran erinnerte, daß sie noch nichts gegessen hatte, und sie ermahnte, doch mit ihr eine kurze Pause einzulegen. »Essen Sie etwas von dieser Schokolade, die Sie hier überall verstecken«, sagte sie, »und ich mache mir eine Tasse Kaffee. Das bewahrt uns alle davor, uns gegenseitig an die Gurgel zu gehen, ja?«

»Bemuttern Sie mich nicht so, Mayerd. Ich bin nicht alt und schwach.«

»Nein«, sagte Mayerd scharf, »aber Sie werden eine Urahnin der vierten Generation kennenlernen, die Jahre jünger ist als Sie und nach allem, was Sie wissen, eine wilde Schönheit, die Ford auf der Stelle das Herz rauben und Sie im Feuer einer toten Leidenschaft verdorren lassen wird.«

Sassinak schrie auf, und ihre Anspannung löste sich. »Sie… Sie machen sich ja lächerlich!«

»Ganz richtig, Captain. Einige andere Leute auch. Haben Sie schon genug um Huron getrauert oder fühlen Sie sich immer noch so schuldig, daß Sie sich

Ihrer vielen anderen Bewunderer nicht erfreuen können?«

»Sie bringen mich ja zum Erröten. Das geht Sie nichts an, würde ich sagen, außer unter dem Aspekt, daß Sie meine Ärztin sind. Nun, ja, ich habe mich in den letzten Wochen normaler – oder zumindest angenehmer – Kontakte erfreut.«

»Gut. Das wurde auch Zeit. Dieser Tim himmelt Sie übrigens ehrfürchtig an, daher hoffe ich, daß Sie ihm irgendwann wieder Ihre Gunst gewähren werden.«

»Schon geschehen, meine zauberhafte Patentante, also lassen Sie mich in Ruhe.«

»Dann widmen wir uns wieder Kai. Das Toxin hat Nervengewebe zerstört, daher leidet er an manchen Hautpartien unter Gefühllosigkeit – was sehr unangenehm ist, weil er nicht merkt, wenn er sich verletzt. Wo das Gewebe nicht zerstört wurde, ist es stimuliert – wie durch einen Schmerz, aber das Gehirn kann keine Dauerstimulationen verarbeiten, deshalb fühlt er diese seltsamen Stiche und Zuckungen und hat den allgemeinen Eindruck, daß tief in ihm etwas überhaupt nicht stimmt. Seine Blutwerte verschlechtern sich, was wahrscheinlich die Erschöpfung verursacht, die Ihnen aufgefallen ist, und er hat nicht gut geschlafen, was ein übriges bewirkt. Ich habe angeboten, ihn in einem der großen Tanks unterzubringen, wo er sich von den Strapazen erholen könnte, bis wir ihn ins Sektorhauptquartier gebracht haben, aber er hat es abgelehnt. Was in diesem Fall von einer bemerkenswerten Charakterstärke zeugt, ungeachtet seiner Reaktion, als Sie dieses Band abspielen ließen.«

»Hm. Es hat mir Sorgen gemacht, vor allem bei einem Mann in seiner Position.«

»Diese Varian hat genug Schwung für zwei«, sagte Mayerd; Sassinak bemerkte ein Spur von Verachtung und wußte, daß Mayerd einen Patienten immer dem gesunden Freund eines Patienten vorziehen würde. Dies im Hinterkopf schlug sie vor, daß Mayerd die Überlebenden am Nachmittag besuchte, wenn das Diagnosegerät über Kais Verfassung zu einem Schluß gekommen war.

»Darüber habe ich schon nachgedacht. Sie werden etwas zum Anziehen brauchen… oder haben Sie nicht an ein förmliches Abendessen gedacht?«

»Um anzugeben, ja.« Sassinak lachte. »Sie können Gedanken lesen; die Leute werden noch glauben, Sie seien ein Weber, wenn Sie diese Kunst weiter pflegen. Plündern Sie meinen Schrank, wenn Sie etwas von meinen Sachen gebrauchen können – es ist ein rotes Kleid dabei, das Varian passen könnte.«

»Ich habe ein grünes, das Lunzie wunderbar stehen würde«, sagte Mayerd selbstgefällig. »Und außerdem kenne ich Kais Maße, damit ich auch etwas für ihn finden kann.«

Als Mayerd auf dem Weg zum Schlitten vorbeischaute, um Sassinak zu zeigen, was sie ausgesucht hatte, warfen die Stewards Sassinak bereits Seitenblicke zu, die nur bedeuten konnten, daß sie sie gern aus dem Weg hätten, um das Abendessen vorzubereiten. Sassinak hatte beschlossen, in ihrem Büro zu servieren, ein intimeres Ambiente als die Offiziersmesse.

»Ich geh ja schon. Ich geh ja schon«, sagte sie und grinste, als der Koch hereinkam, um die Aufteilung des Raums im Hinblick auf die Bewirtung zu begutachten. Sie besuchte die Brücke, wo alles unter Kontrolle zu sein schien, und stellte fest, daß die meisten von ihrer Ahnin wußten. Schließlich hatte sie Ford und die anderen nicht gebeten, die Sache vertraulich zu behandeln. Sie arbeitete sich durch die Tagesberichte, fand einige Antworten auf Anfragen beim Sektorhauptquartier vor und stellte fest, daß andere noch einer Reaktion harrten; sie hatte gehofft, Kai und Varian heute abend weitere Informationen bieten zu können, aber darauf mußte sie wohl verzichten. Natürlich konnte jederzeit etwas eintreffen. Schließlich erregte Arly ihre Aufmerksamkeit und zeigte auf die Uhr. Es wurde Zeit, sich fertig zu machen, aber immerhin hatte sie den Großteil ihrer Arbeit erledigt und würde morgen nur mit leichtem Rückstand weitermachen.

Als sie in ihre Kabine ging, um aufzuräumen, stellte sie fest, daß sie ihre Gefühle nicht recht analysieren konnte. Lunzie… eine andere Lunzie. Nein, keine andere Lunzie, sondern *die* Lunzie. Das schien ihrer kleinen Schwester gegenüber nicht fair, aber ihr war ohnehin nicht viel Fairness zuteil geworden. Sass beschloß, nicht darüber nachzudenken, und rieb sich noch einen Schuß Shampoo ins Haar. Sie dankte den Göttern, daß der Kreuzer kein iretanisches Wasser benutzen mußte.

Aber wie würde sie sein? Wie *konnte* sie sein? Mehr wie jemand ihres früheren Alters, oder eher wie eine alte Dame… eine ausgesprochen alte Dame? Sass hatte die Holographie aus ihrer Datei zur Hand, aber die sagte wenig aus. Auch ihre eigene Holographie, die Standaufnahme, verriet einem Betrachter nicht allzu viel. Es war so charakteristisch für eine Person, wie sie sich bewegte – Sass dachte darüber nach, als sie sich das Haar auswrang und mit geübten Bewegungen in ein Handtuch wickelte. Keine zwei Menschen badeten auch nur gleich, oder trockneten sich auf die gleiche Weise ab… und was wäre, wenn sich ihre Ahnin als prüde in Sachen Sex herausstellte? Bei diesem Gedanken errötete sie. Sie betrachtete sich im Spiegel und dachte an Mayerds neckische Bemerkungen. Was wäre, wenn nicht… wenn sie ebenso locker an die Dinge heranging wie Sass… und schließlich sah Ford wirklich sehr gut aus. Nein. Lächerlich. Sie hatte sie ja noch nicht einmal kennengelernt, und da machte sie sich schon Gedanken über eine *solche* Art von Rivalität zwischen ihr und ihrer Großmutter?

Außerdem wäre Mayerd bis dahin wieder da und konnte es ihr sagen – sofern sie wollte, denn sie hielten immer zusammen. Und wäre es schlimmer, fragte Sassinak sich plötzlich, eine Familie durch einen langen Kälteschlaf zu verlieren, wie es Lunzie sicherlich widerfahren war, oder eine neue zu gewinnen, weil noch ein Nachkomme lebte, wenn man erwachte? Sass schlüpfte in ein langes schwarzes Unterhemd, das unter ihre förmliche Abenduniform paßte, und begann deren Teile zusammenzusuchen: den schwarzen Umhang, den Rock, an dem winzige Sterne glitzerten, und die offiziellen Ehrenabzeichen, die auf der linken Brusthälfte des Leibchens blitzten. Irgendwie schienen die Ehrenabzeichen, auch wenn sie mit Edelsteinen besetzt waren, weiter von den Ereignissen entfernt zu sein, die sie auszeichnen sollten, als die großen Medaillen, die leise an einem weißen Anzug klirrten. Es war das erste Mal, daß sie sich die offiziellen Rangschmuckstücke eines Commanders an die Schultern geheftet hatte; das letzte Mal, als sie dieses Outfit getragen hatte, war sie Lieutenant Commander im Sektorhauptquartier gewesen, die auf einem diplomatischen Ball Dienst tat. Die langen, eng sitzenden schwarzen Ärmel waren von goldenen Ringen umschlossen. Sie wiesen Sass selbst in Abendgarderobe als Captain des Schiffs aus.

Ein letzter Blick – noch eine Spur Farbe auf die Lippen –, und sie war fertig. Die angemessenen zwanzig Minuten, bevor die Gäste eintrafen, und auch Mayerd war schon fertig, Ford ebenso. Sie grinsten sich gegenseitig an, und Sassinak widerstand der Versuchung, in ihrem Büro nachzusehen. Ford hatte das sicher schon getan. Sie gratulierte Ford für die zunehmende ›Last‹ an seiner Brust. In den Jahren, seit sie ihn das letzte Mal gesehen hatte, waren mehr als eine Handvoll eindrucksvoller Medaillen hinzugekommen. Mayerd trug ihr Abzeichen der Wissenschaftsunion und die kleine goldene Nadel, die sie als Ehrenabsolventin der besten medizinischen Schule in den Menschenwelten auswies. Sie plauderten müßig, während sie am Kopf der Rampe warteten, und Sassinak war sich wohl bewußt, daß die beiden sie aufmerksam beobachteten, damit ihnen ihre Reaktion auf Lunzie nicht entging. Sie würden nicht mehr sagen, als daß ihre Verwandte ›ihr würdig‹ war.

»Es ist soweit…« Ford vollführte eine Geste, und Sassinak machte ein Schimmern aus, das sich durch die Dunkelheit bewegte. Es war schwer zu erkennen, was hier was sein mochte, soviele Lichtpunkte verschoben sich gegeneinander, aber Ford hatte wie üblich recht. Ein viersitziger Luftschlitten setzte unweit vom Fuß der Rampe weich auf, und die Ehrenwache trabte auf ihren Posten. Sassinak fragte sich plötzlich, ob sie so weit hätte gehen sollen, ohne ihre Gäste vorher darüber zu unterrichten – schließlich waren es Zivilisten –, aber sie schienen zu verstehen, was das schrille Pfeifen bedeutete. Und das scharfe Prasseln der Trommeln.

Varian und Lunzie, deren lange Kleider im Wind wehten, schritten an einer unbewegten Ehrenwache vorbei als erste die Rampe hinauf. Sassinak sah gleich, daß sie beeindruckt waren, hatte aber Schwierigkeiten, Lunzie nicht dauernd ins Gesicht zu starren; seit ihrem ersten Kadettenjahr war sie nicht mehr so neugierig auf etwas gewesen. Statt dessen straffte sie sich und salutierte; das war der Planetengouverneurin und ihrem Personal angemessen, aber alle wußten, daß es Lunzie galt. Varian ruckte einmal kurz mit dem Kopf wie ein nervöser Vogel, aber Lunzie erwiderte mit gedehnter Stimme ihre Begrüßung und bot ihr einen festen Händedruck an.

Einen ausgedehnten Moment lang standen sie fast bewegungslos da, dann zog Lunzie ihre Hand zurück, und Sassinak spürte, wie eine emporsprudelnde Freude ihre letzte Besorgnis beseitigte. Sie hätte diese Frau als Schwester gemocht – wenn sie nicht ihre dreifache Urgroßmutter gewesen wäre. Und mußte unbedingt eine einfachere Art finden, ihr all das zu sagen. Sie hatten sich so viel zu sagen! Sass grinste und legte den Kopf schräg, und Lunzies Reaktion kam zu schnell, um ein Versuch einer Nachahmung zu sein – es war auch für sie eine natürliche Geste.

Von da an ging der Abend schnell von einem freudigen zu einem später legendären Ereignis über. Welche besondere Zusammensetzung dem Essen, den Getränken und der Abendgesellschaft auch immer seine besondere Wirkung verleihen mochte, sie regte Lunzie zu Wortspielen und Sassinak zum Vortrag längerer Abschnitte aus Kiplings Gedichten an. Sie bemerkte, als sie eine mitreißende Fassung von ›L'envoi‹ zum besten gegeben hatte, daß Lunzie ein nachdenkliches Gesicht machte. Im Nachhinein überlegte sie, hätte sie die Zeile »Am schnellsten reisen jene, die *allein* reisen« nicht so stark betonen sollen, nicht wenn sie gerade das einzige Mitglied ihrer Familie seit Myriad kennengelernt hatte. Sie grinste Lunzie an und hob ihr Glas.

»Es ist eine Art Flottenmotto«, erklärte sie. »Überzeuge die Jungen, daß sie sich von ihrer Heimat losreißen müssen, wenn sie die Sterne bereisen wollen…«

Lunzies Lächeln überspielte nicht die Traurigkeit in ihren Augen. »Und deine Familie, Sassinak? Wo bist du aufgewachsen?«

Es war ihr nie in den Sinn gekommen, daß Lunzie ihre Geschichte ja gar nicht kannte. Sie spürte eher, als daß sie sah, wie Ford plötzlich erstarrte, eine Gabel in Mayerds Hand auf halbem Weg zum Mund innehielt.

Seit Jahren hatte niemand mehr diese Frage gestellt. Die Flottenmitglieder wußten Bescheid, und die Flotte war ihre Familie. Sassinaks Atem beruhigte sich wieder, aber Lunzie war etwas aufgefallen; ihre Augen verrieten es.

»Meine Familie wurde umgebracht«, sagte sie mit einer so neutralen Stimme, wie es ihr nur möglich war. »Bei einem Überfall von Sklavenhändlern. Ich... ich wurde mitgenommen.«

Varian öffnete den Mund, aber Kai legte eine Hand auf ihre, und sie sagte nichts. Lunzie nickte, ohne den Blick abzuwenden.

»Sie wäre stolz auf dich gewesen«, sagte sie mit einer Stimme ohne jede Schärfe. »Ich bin es jedenfalls.«

Sassinak verlor fast wieder die Beherrschung. Es war so unverfroren, löste soviel Bitterkeit in ihr aus. Und zugleich strahlte aus diesen ruhigen Augen soviel unerschütterliche Liebe.

»Danke, Ururgroßmutter«, sagte Sass. Eine Pause folgte, dann sprang Ford mit einer unerhörten Geschichte über Sassinak als junge Offizierin auf dem Beuteschiff in die Bresche. Die anderen schoben ihre eigenen wilden Geschichten nach, offensichtlich in der Absicht, die Verlegenheit aller zu überspielen, während Sassinak ihre Gleichmut zurückgewann. Mayerd und Lunzie kannten aus der medizinischen Schule denselben vergnüglich zotigen Vers und gaben ihn mit einem nasalen Akzent zum besten, worauf sie alle in Lachen ausbrachen. Varian erzählte ebenso angeheitert von Vorfällen auf der Veterinärschule, und Kai klärte sie alle darüber auf, daß Geologen ihre eigene Art von Humor hatten.

Während sie gemütlich ihre Liköre tranken, wandte sich ihre Unterhaltung den Berichten zu, die Kai und Varian über die Meuterei abgefaßt hatten. Sassinak fiel auf, daß Kai sich nicht nur, als er die Rampe heraufgekommen war, besser bewegt hatte, sondern während des Essens auch weniger angespannt und aufnahmefähiger zu sein schien. Jetzt schilderte er die Einzelheiten der Meuterei in klaren, kurzen Sätzen. Mayerd hatte gesagt, sie habe mit einer besonderen Behandlung für ihn begonnen, aber hatte sie wirklich so schnell gewirkt? Oder war etwas anderes geschehen, das seine Zuversicht wieder hergestellt hatte?

Sie wurden von Leutnant Borander unterbrochen, der in Sassinaks Augen immer noch viel zu nervös in Gegenwart höherer Dienstränge war. Aber seine Neuigkeiten schlugen ein wie eine Bombe: der Schwerweltler-Frachter hatte einen Kommunikationskanal zur iretanischen Siedlung zu öffnen versucht und keine Antwort erhalten. Sassinaks Partystimmung verflüchtigte sich schneller als Alkohol im Sonnenlicht, und sie bemerkte, daß die anderen so ernüchterte Gesichter machten wie sie. Lunzie wies darauf hin, daß sie nichts hatten, womit sie antworten konnten – keine Komgeräte konnten in diesem Klima dreiundvierzig Jahre im Freien überstehen. Aber Aygar, bemerkte Ford, hatte nicht um Komgeräte gebeten. Doch als sie alle darüber nachdachten, fiel ihnen ein, daß die Iretaner mit dem Frachter vor der Landung Kontakt aufgenommen hatten. Aber wie?

»Auf welcher Frequenz kam Cruss' Funkmeldung?« fragte Kai. Sassinak sah ihn an; was immer geschehen war, er hatte jedenfalls wieder einen klaren Kopf und war bei der Sache. Borander antwortete ihm, und Kai grinste verschlagen. »Das war unsere Frequenz, Commander Sassinak… die wir vor der Meuterei benutzt haben.«

»Interessant. Wie hätte er das der angeblichen Nachricht in der beschädigten Zielflugkapsel entnehmen können? Sie erwähnt keine Frequenzen. Er steckt doch schon genug im Schlamassel…« Nach einer kurzen weiteren Diskussion verständigte sie Dupaynil, und die Gesellschaft löste sich auf. Sassinak wünschte, sie hätte noch etwas mehr Zeit gehabt, um die festliche Zusammenkunft zu genießen. Aber die Zeit für lange Kleider und prunkvolle Ehrenabzeichen war jetzt vorbei – eine Stunde später steckte sie wieder in ihrer Arbeitsuniform.

achtzehntes kapitel

Am nächsten Morgen, nach einer mehrstündigen Konferenz mit ihren Nachschuboffizieren, machte sie sich daran, für die Iretaner und die Überlebenden der Expedition überschüssige und Reservevorräte einzuteilen. Das Sektorenhauptquartier würde den Kreuzer sicher zu einem Bericht zurückbefehlen und nicht erwarten, daß er auf dem vorgesehenen Kurs blieb – und das bedeutete, daß sie all dieses Material entbehren konnten. Sie versah die Quittungen mit ihrer Signatur und ging zurück, um sich wieder auf den Kommunikationsdienst zu verlassen. Es war besser, als über Lunzie nachzugrübeln – je öfter sie darüber nachdachte, umso unangenehmer wurde es ihr. Die Frau war jünger als sie, nicht älter, offensichtlich eine gute Ärztin, ohne Zweifel eine interessante Tischgenossin, aber Sass konnte einfach nicht die Ehrfurcht für sie aufbringen, die sie empfinden wollte. Lunzie hätte einer ihrer jüngeren Offiziere sein können, jemand, den sie spielerisch aufziehen konnte. Und doch hatte diese ›Jugendliche‹ das Recht, Dinge zu fragen, an die Sassinak sich nicht erinnern wollte. Sie merkte dem Ausdruck in Lunzies Augen an, daß sie die entscheidende Frage stellen würde; sie würde mehr über Sassinaks Kindheit wissen und erfahren wollen, was ihr zugestoßen war.

Sie bemerkte, wie einer ihrer Männer unter ihrem Gesichtsausdruck zusammenzuckte, und begriff, daß ihre Gedanken wieder Einfluß auf ihre Mimik genommen hatten. Damit wäre es nicht genug. Sie fragte sich, ob Lunzie dasselbe Durcheinander von Gefühlen empfand.

Wenn sie meinte, ihre Ahnin sollte an Erfahrungen etwas älter sein, dann hatte Lunzie vielleicht auch das Gefühl, daß Sassinak jünger sein sollte. Und doch waren sie einander sofort sympathisch gewesen, hatten gleich etwas aneinander wiedererkannt, ein Gefühl von Zusammengehörigkeit entdeckt. Sie würden es schaffen, sich irgendwie durch das Durcheinander zu kämpfen. Sie mußten es schaffen. Zum ersten Mal seit ihrer Gefangennahme empfang Sassinak Sehnsucht nach etwas außerhalb der Flotte. Vielleicht hätte sie in all den Jahren ihre Familie nicht meiden sollen. Es wäre vielleicht nicht so schlimm geworden, und Lunzie war nun sicher kein Mensch, der einem Alpträume bereitete.

Sie ertappte sich dabei, daß sie grinste, als sie sich an Mayerds unverblümte Bemerkungen erinnerte. Nein, Lunzie war keine wilde Schönheit – andererseits aber war sie auch nicht völlig glatt, zumindest nicht in diesem grünen Kleid, und sie hatte die warme persönliche Ausstrahlung, die Aufmerksamkeit erregen konnte, wenn sie es wollte. Und Lunzie schätzte sie, zumindest bisher. *Es wird sich alles klären,* dachte sie wieder verbissen. *Ich werde sie nicht verlieren, ohne es wenigstens zu versuchen.* Doch was sie eigentlich versuchen wollte, konnte sie schwer sagen.

Eine Alarmsirene schreckte sie aus diesen Gedanken und versetzte sie schlagartig in Wachsamkeit. Was war los? Es schien, als seien die Thek inzwischen aufgetaucht und verlangten, daß die Expeditionsleiter sofort zum Landeplatz gebracht wurden.

»Ford, übernehmen Sie das Beiboot«, sagte Sassinak und ignorierte Timrans erpichten Blick. Sie hatte ihm nach langem Zögern bei einem der Materialtransporte einen Luftschlitten anvertraut, und er hatte es geschafft, eine Kiste auf die Ecke fallen zu lassen und ihren Inhalt über die ganze Landezone verstreut. Ein Diskettenleser war einem Iretaner auf den Fuß gefallen und hatte eine weitere diplomatische Krise ausgelöst (die glücklicherweise nicht lang andauerte; sie zeigten wenig Bereitschaft, Schmerz zuzugeben, was es schwierig machte, eine Verletzung zu behaupten), und Tim war wieder vom Flugdienst entbunden worden.

Während das Beiboot unterwegs war, versuchte sie sich zusammenzureimen, was die Thek diesmal vorhaben könnten. Sie hatten sich in den letzten Tagen wie Eintagsfliegen verhalten, waren von Ort zu Ort geschwirrt, hatten Gehäuse ausgegraben und, was für Thek ganz ungewöhnlich war, mit Menschen geplaudert. Dann aber waren die Thek unversehens über dem Landegitter erschienen.

»Große Ziele«, sagte Arly, und ihre Finger zuckten nervös über die Kanten ihres Steuerpults. Sie waren tatsächlich die größten Thek, die Sassinak je gesehen hatte.

»Sie sind freundlich«, sagte sie und wünschte, sie wäre sich dessen völlig sicher. Sie schuldete dem Admiral schon genug Erklärungen, ohne daß Thek und Menschen aneinandergerieten.

»Wollen Sie uns besuchen oder diesen Expeditionsleiter?«

»Oder beide Expeditionsleiter?« Sassinak deutete auf den Hauptbildschirm, der gerade zeigte, wie zwei der größten Thek unweit des Schwerweltler-Frachters herabsanken. »Hm. Gehen wir die Sache diplomatisch an. Major Currald, bereiten Sie da draußen einen offiziellen Empfang vor, und…« – sie drehte sich um und zeigte flüchtig auf die Offiziere, die die meiste Erfahrung im Umgang mit Aliens hatten – »Sie und Sie und – ja, Sie auch. Wir nehmen an, daß gerade eine Delegation eintrifft, und da wir hier die FES repräsentieren, wird sie sich wohl an uns wenden.«

Als sie das Truppendeck und die Landerampe erreichte, hatten zwei der kleineren Thek sich unweit auf dem Landegitter niedergelassen. Hinter der Rundung der *Zaid-Dayan* konnte Sass einen Teil des Beiboots erkennen, als Ford es landete.

Aber die Thek schienen viel mehr an Kai als am Empfangskomitee des Kreuzers interessiert zu sein. Einer von ihnen begrüßte ihn sogar mit mühsamen, aber verständlichen Worten. Sassinak bedeutete ihren Offizieren, sie sollten schweigen und nicht stören. Was immer dort vor sich ging, sie würde mehr davon erfahren, wenn sie sich dem Plan der Thek fügte.

Der Thek hielt Kai ein Gehäuse zur Untersuchung hin; er nannte die Koordinaten seines ursprünglichen Fundorts. Unter ihren Füßen rumpelte Donner, Sassinak bemerkte aber nichts am Himmel. Verständigten sich so vielleicht Thek mit Thek? Sassinak sah sie nacheinander an: die riesigen und die etwas kleineren in der Nähe des Schwerweltler-Kolonialschiffs, die mittelgroßen und die im Verhältnis kleineren in der Nähe. Nach einem Moment des Schweigens beugte Sassinak sich vor.

»Kai, fragen Sie, ob dieser Planet von den Thek beansprucht wird.« Obwohl sie so leise sprach, wie sie konnte, antwortete der Thek ihr sofort.

»Wird überprüft.« Und einen Moment später: »Entlassen. Melden uns…«

Kai wandte sich Sassinak zu, und sein Blick hielt die Mitte zwischen Respekt, Frustration und Verärgerung. Nun gut, sie hatte seine private Unterhaltung gestört. Sie zuckte die Achseln und versuchte die Stimmung aufzulockern.

»Dann sind wir also entlassen?«

Es wirkte offensichtlich, denn sie bemerkte, wie seine Lippen vor unterdrücktem Lachen zuckten. Ford zwinkerte ihr verstohlen zu und ließ sein Gesicht in völliger Teilnahmslosigkeit erstarren, als Kai ihn ansah. Was hatte Ford mit dem Expeditionsleiter im Sinn gehabt?

Das Blinzeln verriet ihr, daß er ihr später eine gute Geschichte zu erzählen hatte – aber sie würde sich gedulden müssen, um sie zu hören. In der Zwischenzeit entließ sie die Ehrenwache, die sich unter leisem Fluchen auflöste, weil man die Männer in dieser Hitze in formelle Uniformen mit engen Kragen gesteckt hatte, ohne daß es wirklich nötig war, und lud Kai zu einem Besuch nach oben ein.

Er sah heute in jedem Fall besser aus, schon eher wie der tatkräftige, extrovertierte junge Geologe, den man neben Varian zum zweiten Expeditionsleiter gewählt hatte. Für einen Moment frage Sass sich, ob er und Varian je ein Paar gewesen waren, und wenn ja, warum heute nicht mehr.

Aber die eigentliche Frage lautete, was die Thek auf Ireta machten. So viele Thek auf einem Planeten, auf den angeblich kein Anspruch bestand, waren kein geringeres Rätsel als alles andere. Kai wagte sich an keine Erklärung, sagte nur, daß die Thek vielleicht ›besorgt‹ waren. Sassinak fragte sich, ob das wirklich alles sei, was er dachte, oder ob es alles war, was er glaubte, sagen zu dürfen. Sie hatte keinen Grund, ihren Gedankengang vor ihm zu verheimlichen, und beobachtete aufmerksam seine Reaktion, während sie ihm erklärte, wie sie die Sache sah.

»Eine Zusammenkunft von dieser Größe deutete zweifellos auf ein hohes Maß von Interesse hin, Kai. Und dieses alte Gehäuse – war dasselbe, das Tor angelockt hat?« Er nickte, und sie fuhr fort. »All diese kleinen Thek, die alte Gehäuse ausgraben, wenn sie nicht gerade Fransen grillen... Sie verstehen sicher, worauf ich hinauswill. Sowohl Ihre EEC-Schiffsarchive wie die Flottenarchive führen Ireta als unerforscht. Doch Sie haben Thek-Relikte gefunden, und der erste Thek, der aufgekreuzt ist, schien von ihnen überrascht gewesen zu sein. Läßt das nicht ein fehlendes Glied in der berühmten Informationskette der Thek vermuten? Ist hier auf Ireta einem oder mehreren Thek etwas zugestoßen, das jemand den anderen nicht übermittelt hat?«

Kai folgte ihrer Argumentation, aber sein Gesicht nahm einen ängstlichen statt erleichterten Ausdruck an. »Das alte Gehäuse ist von Thek gefertigt worden«, erklärte er fast widerwillig. »Ohne Frage hat es das Interesse der Thek hervorgerufen. Aber ich verstehe nicht warum…«

Sassinak verlor für einen Moment die Geduld. Die Wissenschaftler wollten immer wissen warum, bevor sie halbwegs verstanden hatten, was eigentlich genau geschehen war. So kam es ihr jedenfalls vor. Sie war zunächst einmal zufrieden, wenn sie die Ereignisse in die richtige Reihenfolge bringen und sicher sein konnte, daß sie alle wichtigen Teile zusammen hatte, bevor sich sich über das Warum oder »Was wäre wenn?« Gedanken machte. Sie ließ Kai und ihre Offiziere weiter diskutieren und ihre eigenen logischen oder unlogischen Wege durch den Wirrwarr aus dem rätselhaften Verhalten der Thek, der Geologie von Ireta und dem wahrscheinlichen Alter des fraglichen Gehäuses beschreiten.

Ein Licht blitzte auf ihrer Konsole auf; eine Nachricht von der Brücke. Sie drückte mit dem Daumen auf die Taste an ihrem Ohrhörer. »Sir, all diese kleinen Thek sind in der Nähe des ursprünglichen Lagerplatzes der Expedition gelandet.«

Mit zwei Tastendrücken hatte sie das Bild auf einem der Bildschirme, und die Szene ließ Kai mitten im Satz verstummen.

»Alle Fransen auf Ireta fliegen auf unser Lager zu«, sagte er mit ängstlichem Gesicht.

Sie brauchte einen Moment, um zu begreifen, was er meinte: die Wärme, die von so vielen Thek ausgestrahlt wurde, lockte unweigerlich Fransen an, so wie der eine Thek den Fransen angelockt hatte, der Kai angegriffen hatte. Bevor ihr etwas einfiel, womit sie ihn beruhigen konnte, zeigte der Bildschirm neue Thek-Aktivität, als eine Gruppe oder mehrere wie irr in den Himmel davontaumelten und vom Bildschirm verschwanden. Was machten sie denn da? Kai wirkte so verwirrt, wie sie sich selbst fühlte.

Inzwischen hatte Sassinak den Wunsch nach einer Erfrischung, und als ihr auffiel, daß auch Kai ein wenig blaß aussah, lud sie ihn in die Offiziersmesse ein. Einige geschickt angebrachte Bemerkungen von ihr und Kai genügten, und Anstel und Pendelman verstrickten sich in eine angeregte Diskussion über die iretanische Geologie mit Exkursen in die Evolutionsbiologie. Sassinak hörte ganz höflich zu, aber wie aus der Warte einer Erwachsenen, die sich anhörte, wie zwei Achtjährige über die Vorzüge ihrer jeweiligen Spielzeuge stritten. Wenigstens waren sie beschäftigt und zufrieden, und wenn sie sich aus Schwierigkeiten heraushielten, konnte sie vielleicht sogar etwas Arbeit erledigen.

Varians Eintreffen bereicherte die Sitzung um einen zusätzlichen Schuß Esprit, so daß Sassinak nicht mehr selbst einen Faden des Gesprächs fortspinnen mußte. Entspannt erlaubte sie es sich, über die Thek aus einer Flottenperspektive nachzudenken. Wenn die Datenrelais alle richtig gearbeitet hatten – und sie wußte, welche Köpfe rollen würden, wenn dies nicht zutraf –, hatten sie heute mehr Informationen über die Thek bei Flug und Landung gesammelt, als die Flotte in ihren gesamten Archiven vorzuweisen hatte.

Ihre technischen Spezialisten, die sich inzwischen mit Varian lebhaft über Hyracotherien und goldene Flugtiere unterhielten, hatten bereits diskret Proben des Landegitters und der Plateauoberfläche genommen. Diese Daten, verbunden mit der Beobachtung des großen Thek, als er auf das Landegitter herabsank, sollten mehr Aufschluß darüber geben, wie die Thek die Wärmestreuung handhabten.

Varian unterbrach ihre Überlegungen mit der Art von Fragen, die man, wie Sass auffiel, von einem Planetengouverneur erwarten konnte. War von den Thek bekannt, daß sie sich für Planetenpiraterie interessierten? Konnte man das sagen? Sie wünschte, sie wüßte die Antwort.

Die Sitzung löste sich kurz danach auf, und Anstel befand sich nun in der Position einer der ›Wissenschaftsoffiziere‹, die Varian und Kai begleiteten. Sassinak verbrachte den restlichen Tag damit, Nachrichten an das Sektorhauptquartier zu verfassen und die ersten, unvollständigen Antworten auf ihre Anfragen zu studieren. Die Flotte mußte darüber informiert werden, daß die Thek im Spiel waren, und statt sich mit dummen Fragen bombardieren zu lassen, wenn sie wahrscheinlich zu tun hatte, sollte sie ihren Vorgesetzten besser mit einer Erklärung zuvorkommen. Aber der Admiral würde alle Daten verlangen. Also gut.

Ihre ursprünglichen Signale, die um Statusaufklärung der *Mazer Star*, der Ryxi-Kolonie und so weiter gebeten hatten, waren notwendigerweise kurz ausgefallen. Der Schub an Material, der in ihrem offiziellen Postfach einging, hatte seine eigenen Prioritäten. Nur ein Punkt überraschte sie, und das war der Name des ›Haupteigners‹ an der Firma, die einen Rechtsanspruch auf den Schwerweltler-Frachter hatte: Paraden.

Sie dachte an den helläugigen, rothaarigen jungen Mann, der ihr damals auf der Akademie einen solchen Ärger einzubrocken versucht hatte, und an Luisa Paradens (zumindest wahrscheinliche) Verbindung zu dem Frachter der Sklavenhändler, den Sass und Huron gekapert hatten. Diesmal ging es um Arisia Paraden Styles-Hobart, die dreiundfünfzig Prozent der Anteile innehatte, aber überhaupt nicht in der Liste der Direktoren auftauchte. Die Flotte hatte allerdings aufzudecken vermocht, daß sie in der Firma aktiv war – oder daß zumindest ein gewisser A. P. Hobart, dessen ID für Steuerzwecke mit der ihren identisch war, einen Posten als ›Assistenzdirektor für die Personalverwaltung‹ bekleidete. Sehr praktisch, wenn man einen fragwürdigen Mann als Captain für ein fragwürdiges Schiff anheuern wollte.

Sie fragte sich, wo Randolph Neil Paraden gelandet war? Irgendwo in Newhome vielleicht? Als Schatzmeister oder dergleichen? Sicher nicht; der Flotte wäre auch das aufgefallen. Die gute Nachricht war, daß man das ARCT-10 gefunden hatte – oder zumindest war seine Nachricht ans Sektorhauptquartier angekommen. Es meldete schwere Schäden durch einen kosmischen Sturm (Sassinak spitzte die Lippen; die ›Untersuchung eines kosmischen Sturms‹ war die dumme Idee eines Zivilisten; die Arbeit im Weltraum war schon riskant genug, wenn man sich aus allen Schwierigkeiten herauszuhalten versuchte), einige (nicht aufgelistete) Tote, aber ›keine größeren Verluste an Menschenleben‹. Es blieb offen, was das für ein Schiff von der Größe der meisten Monde bedeutete, dessen normale Besatzung in die Tausende ging und Angehörige einer Vielzahl von Rassen umfaßte.

Es hatte seine FTL-Funktionen und den Großteil seiner Kommunikationsanlagen eingebüßt und die verstrichene Zeit weitgehend damit verbracht, deutlich unter Lichtgeschwindigkeit auf ein nahegelegenes System zuzukriechen. Für jene, die ohnehin ihr ganzes Leben an Bord verbrachten, hatte das keine besondere Belastung dargestellt, aber es mußte sehr hart für die ›Gast‹-Spezialisten gewesen sein, die damit gerechnet hatten, in sechs Monaten wieder zu Hause zu sein.

Und natürlich auch für jene, die auf Ireta zurückgeblieben waren. Sassinaks Hand zögerte über der Konsole. Sollte sie jetzt Kai verständigen oder bis morgen warten? Sie warf einen Blick auf die Zeitanzeige und beschloß zu warten. Wahrscheinlich bereiteten er und seine Leute sich gerade auf die Zusammenkunft vor, von der Sass gehört hatte, und vielleicht hätte sie bis morgen eine Liste der Todesfälle, damit er aufhören konnte, sich um seine Familie zu sorgen (oder anfangen, um sie zu trauern). Und dann die Kinder – ihre Eltern auf dem Schiff mußten inzwischen alt oder tot sein. Sie konnte (und tat es auch gleich) die *Mazer Star* rufen, um zu bestätigen, daß sie von der Flotte eine Freigabe für sie erhalten hatte.

»Und Sie dürften eine offizielle Anerkennung in der einen oder anderen Form erhalten«, sagte sie zu Godheir. »Es gibt eine Kategorie für zivile Hilfeleistung. Je nachdem, wie das Tribunal entscheidet, könnte Ihnen und Ihrer Mannschaft sogar ein Barbonus zugebilligt werden. Ich werde mich jedenfalls dafür aussprechen.«

»Das müssen Sie nicht, Commander Sassinak...« Captain Godheirs Gesicht auf dem Monitor sah entsprechend verlegen aus.

»Nein, aber Sie verdienen es. Nicht nur für Ihre schnelle Reaktion – obwohl es im Interesse aller liegt, ehrliche Bürger zur Antwort auf Notrufe zu ermutigen –, sondern für ihre fortgesetzte Bereitschaft, der Expedition zu helfen. Ich weiß, Sie sind nicht geschaffen, um mit Jugendlichen umzugehen, die sich von einem solchen Trauma erholen. Und ich weiß, daß Sie und Ihre Mannschaft viele Stunden mit ihnen verbracht haben.«

»Nun, es sind schließlich liebe Kinder, und es ist nicht ihre Schuld. Und sie haben ihre Familien verloren.«

»Ja, nun gut, ich nehme an, da die Thek hier sind, wird sich die Sache bald erledigt haben und Sie werden nicht mehr gebraucht. Aber ich bin Ihnen dankbar für Ihre Hilfe.«

»Ich bin nur froh, daß Sie nicht die Piraten waren, für die wir Sie anfangs gehalten haben«, sagte Godheir und rieb sich den Kopf. »Als Sie uns gerufen haben, konnte ich an nichts anderes denken.«

Sassinak grinste ihn an; sie konnte sich vorstellen, daß es den Captain eines friedlichen Frachters erschrecken mußte, wenn plötzlich etwas wie die *Zaid-Dayan* hinter ihm auftauchte. »Und ich war genauso froh, als sich herausstellte, daß Sie kein bewaffnetes Begleitschiff von Sklavenhändlern waren. Oh, übrigens, haben Sie genau so viele Dinosaurierspezialisten zur Verfügung, wie ich sie offensichtlich an Bord habe?«

»Ein paar, ja. Sie versammeln sich heute abend mit einigen von Ihren am Hauptlager, glaube ich.«

»Das dachte ich mir auch.«

Sein Gesichtsausdruck fragte, ob sie etwas dagegen habe, und sie konnte das verneinen, nur fragte sie sich, ob es eine so gute Idee gewesen war, die Dinosaurierbegeisterung weiter anzuheizen.

»Ich rechne nicht mit Schwierigkeiten von Captain Cruss, solang die Thek in der Nähe sind, aber trotzdem...«

»Ich werde Vorkehrungen treffen, Commander«, sagte er rasch und machte nicht den Eindruck, als beleidige ihn ihre Vermutung. Sassinak nickte und war froh, daß er den Wink verstanden hatte, und wünschte sich, er wäre ein wenig verärgert über sie gewesen. Besser das, als wenn sie mitten in der Nacht Ärger bekam.

»Davon bin ich ausgegangen, Captain Godheir«, sagte sie. »Aber so viele Dinge laufen schon längst nicht nach den Vorschriften...« Er lächelte und entspannte sich wieder.

»Damit haben Sie recht, und wir werden uns zugeknöpft zeigen. Ich werde meine Mannschaft bitten, die Gastfreundschaft nicht allzusehr zu beanspruchen, worin sie auch besteht und von wem sie auch kommt.«

Dupaynil winkte ihr aus dem Korridor zu; Sassinak beendete das Gespräch und wandte sich ihm zu.

»Captain, wir haben die Zielflugkapsel geknackt«, sagte er zufrieden. »Das war wirklich eine phantasievolle Geschichte, auf die wir dabei gestoßen sind. Und eine phantasievolle Verdrahtung. Wir führen immer noch forensische Untersuchungen daran durch. Es laufen gerade Scans der Oberflächenablagerungen und -erosion, die noch etwa sieben Stunden beanspruchen werden, und es gibt eine neue Technik für die Analyse von biochemischen Rückständen, aber im Grunde haben wir Cruss und Co. jetzt schon hinter Schloß und Riegel.«

»Der Reihe nach, ja?« schlug Sassinak vor. Dupaynil nickte und breitete alles vor ihr aus.

»Eine Fälschung natürlich; eine geschickte zwar, aber eine Fälschung. Erst einmal die Zielflugkapsel selbst, die unübersehbar alle Schrammen und Dellen aufweist, die man von einem vier Jahrzehnte dauernden Raumflug erwarten sollte. Außer an den Stellen, wo die Abtriebseinheit und so weiter entfernt wurden – und dies wiederum nicht durch natürliche Einflüsse, sondern mit Hilfe von Werkzeugen, die jeder zivilisierten Welt zur Verfügung stehen. Danach wurde ringsum alles so aufgerauht, als sei die Oberfläche natürlichen Bedingungen ausgesetzt gewesen.«

»Woraus Sie schließen, daß die Zielflugkapsel irgendwohin verschwunden ist, dann zerlegt und zurückbracht wurde?«

»Wahrscheinlich von Cruss in seinem Schiff, obwohl das nicht sicher ist. Man könnte sie so plaziert haben, daß er sie findet. Und was die Nachricht angeht… sie war clever gemacht, wirklich sehr clever. Auf den ersten Blick scheint es die Nachricht zu sein, von der

Cruss Ihnen berichtet hat und die er uns aus seinem Computer ›kopieren‹ ließ. Es ist keine lange Nachricht, und sie wird sechsmal wiederholt.«

Dupaynil legte den Kopf schräg und machte auf Sassinak den Eindruck, als wollte er sie erraten lassen, was als nächstes kam. »Und dann noch eine Nachricht?« versuchte sie es. »In der Schleife dahinter?«

»Ganz genau. Ich wußte doch, daß unser Commander es erahnt. Ja, nach sechs langweiligen Wiederholungen, von denen jeder gewöhnliche Retter angenommen hätte, daß sie bis zum Ende weitergehen würden, stießen wir auf eine Verzögerung von sechzig Sekunden – vermutlich codierte die Anzahl von Wiederholungen die Länge der darauffolgenden Verzögerung –, und dann die eigentliche Nachricht: die Position von Ireta; die genetischen Daten der überlebenden Schwerweltler, darunter die geplanten Nachkommen über mehrere Generationen hinweg; eine kurze Schilderung der hiesigen Biologie und Geologie; eine Liste der erforderlichen speziellen Ressourcen; eine Empfehlung für die Größe der zu gründenden Kolonie. Es sind, wie Sie sicher vermuten, keine Empfangscodes erhalten. Wir können mit Hilfe der Nachricht allein nicht beweisen, wer die vorgesehenen Empfänger waren. Dafür warten wir noch auf die physikalischen Hinweise, die sich aus der Untersuchung der Hülle ergeben; es ist möglich, daß ihre Flugbahn sich in gewisser Weise ihrer Oberfläche eingeprägt hat. Aber geschickt wurde in jedem Fall eine offene Einladung: das sind wir, dort sind wir, und das haben wir zu bieten. Schließt euch uns an.«

Sassinak fiel kein angemessener Kommentar ein. All das sprach tatsächlich dafür, daß die Meuterer bewußte Planetenpiraten waren. Sie holte tief Atem und ließ ihn wieder ab. Dann sagte sie: »Sind Sie sicher, daß die Nachricht ausschließlich für Schwerweltler bestimmt war?«

»Allerdings. Die genetischen Typen, die sie verlangt haben, sind alle so codiert. Außerdem habe ich inzwischen die alten Daten des Sicherheitsdienstes über die Meuterer vorliegen. Sehen Sie, Separatisten, aber keine Puristen. Sie alle waren zu dieser oder jener Zeit Mitglied der einen oder anderen politischen oder religiösen Bewegung.«

»Und darauf ist bisher noch niemand gestoßen?« In ihr grollte Zorn darüber, daß Menschen gestorben waren und andere vierzig Jahre ihres Lebens verloren hatten, weil niemandem diese Zusammenhänge aufgefallen waren.

Dupaynil zuckte vielsagend die Achseln. »Auf Erkundungsschiffen ist man dem Sicherheitsdienst nicht besonders wohl gesonnen, vor allem dem Sicherheitsdienst der Flotte nicht. Ihre Besatzungen beharren darauf, daß ihre Spezialisten die Freiheit brauchen, eigene Untersuchungen anzustellen, für sich zu denken. Natürlich bin ich nicht dagegen, aber das macht es sehr schwierig, der stillschweigenden Zustimmung von Leuten vorzubeugen, deren Bundesgenossen Ärger machen.«

»Hm. Ich nehme an, daß Kai und Varian morgen wieder hereinschauen werden, Dupaynil, und ich würde es vorziehen, diese Informationen zurückzuhalten, bis uns greifbare Beweise vorliegen – oder bis etwas anderes passiert. So wie sich hier die Dinge überschlagen, könnte etwas anderes die Aufdeckung erforderlich machen.«

»Ich verstehe. Wenn Sie es für angebracht halten, daß ich die Entdeckung bekannt mache, geben Sie mir Bescheid.« Er zwinkerte ihr auf die typische Art eines Galliers zu und zog sich zurück, um seine Untersuchungen fortzusetzen.

Am nächsten Morgen war Sassinak froh, daß sie nicht allzu spät zu Bett gegangen war; aus heiterem Himmel bestellten die Thek sie selbst, Kai, Varian und zu ihrer Überraschung auch die Iretaner und Captain Cruss zu sich. Sie schickte Ford mit dem Beiboot los, um die Gouverneure und Lunzie und alle Mannschaftsmitglieder vom Lagerplatz abzuholen.

In der Zwischenzeit zeigten die Außenkameras, daß die Thek, die sich in der Nähe des Kreuzers und des Frachters befunden hatten, sich am anderen Ende des Landegitters zusammenscharten. Sassinak betrachtete den Bildschirm, dann wandte sie sich verdutzt ab. Was machten die da?

Sie aß ihr Frühstück und zog ihre Ausgehuniform an, ohne sich von der Mannschaft ihre Verwirrung anmerken zu lassen, auch wenn deren eigene Unsicherheit für sie offen ersichtlich war. Sie hatte gerade ein halbes Glas Porssfruchtsaft getrunken, als sich in ihr eine Erinnerung im Zusammenhang mit den Thek regte.

Sie hatte so etwas schon einmal gesehen... Dann fiel es ihr schlagartig wieder ein. Es war auf jener toten Welt gewesen, als sie mit einer Landemannschaft heruntergeflogen war und die Thek auftauchten. Anfangs hatten sich nur wenige so zusammengeschart, dann aber waren andere dazugekommen und hatten sich zu einem eigenartigen Gebilde zusammengefügt. Wegen der Geschichte mit Achael hatte Sass die Sache jahrelang vergessen, aber... Irgendjemand hatte damals das Ding als ›Kathedrale‹ bezeichnet, eine besondere Konferenzform der Thek. Zu der sie nun eingeladen wurde.

Sassinak konnte nichts dagegen tun, daß sie zitterte, als sie sich daran erinnerte, daß Menschen, die in eine Thek-Konferenz einbezogen wurden, sich oft unversehens in äußerst gehorsame Erfüllungsgehilfen ihrer Beschlüsse verwandelten. Sie unterzog sich sofort einer Übung in der mentalen Disziplin, die sie gelernt hatte, damit sie sich an alles erinnerte, was während dieser einzigartigen Erfahrung ablaufen würde. Dann grinste sie. Das würde einen bleibenden Eindruck machen, wenn sie das nächste Mal etwas brauchte, um einen langweiligen Abend im Offiziersclub des Sektorenhauptquartiers aufzufrischen.

Während sie und die meisten anderen ›geladenen‹ Gäste bereitwillig die einzige Öffnung durchschritten, die die Thek, die sich zu dem riesigen Gebilde zusammenfügten, offen gelassen hatten, tat Captain Cruss nichts dergleichen. Seine Stiefel zogen Furchen in den Boden, um seinen Unwillen zu demonstrieren, aber auch er wurde unerbittlich in die Kathedrale gebracht, und der letzte Thek schloß die Öffnung. Seltsamerweise erhellte ein rätselhaftes Licht den Hohlraum. Sassinak sah Aygars verächtlichen Blick, wandte sich ab und bemerkte da erst die Ansammlung poröser Scherben, matt und dunkelgrau wie Holzkohle, nicht vom üblichen Obsidian, wie für die Thek typisch, aber offenbar ein nahezu zerlegter Thek.

»Ihr Gehäuse hat offensichtlich seltsame Früchte getragen«, sagte sie mit gedämpfter Stimme zu Kai. »Und wenn das da wirklich ein sehr alter Thek ist, dann werden wir Eintagsfliegen ein paar Lieblingstheorien revidieren müssen… und einige gute Witze.«

»Commander«, rief Cruss, und seine sonore Stimme hallte so laut nach, daß die anderen zusammenzuckten. »Ich verlange eine Erklärung für die empörende Behandlung, die ich zu erdulden hatte.«

»Seien Sie kein Dummkopf, Cruss«, sagte Sassinak und drehte ihn um die eigene Achse. »Sie wissen sehr gut, daß die Thek ihre eigenen Gesetze haben. Und Sie werden jetzt an diesen Gesetzen gemessen und werden ihre Gerechtigkeit zu spüren bekommen.«

»Wir haben geprüft.« Die Worte, die von einer Stimme

ausgesprochen wurden, die aus allen Richtungen kam, eröffneten die Konferenz. »Ireta gehört den Thek, so wie seit Hunderten von Millionen Jahren schon. Ireta wird auch weiter den Thek gehören. Aus diesen Gründen…«

Es schien keine nennenswerte Zeit vergangen zu sein, als Sassinak unversehens an Aygar lehnte. Sie konnte nicht anders; in der grellen Sonne, die zur feuchtwarmen Mittagzeit Iretas auf sie herunterbrannte, spürte sie jede Sekunde ihres Alters. Aygar klammerte sich noch einen Moment lang an sie, erlebte offenbar dieselbe Orientierungslosigkeit. Der Berührung durch seine starken Hände merkte sie an, daß seine Verärgerung über sie nachgelassen hatte. Wenn er aus seinem akuten Schock erwachte, nahm sie an, würde er sich als ein sehr viel angenehmerer Kerl herausstellen.

Jemand stöhnte. Sassinak blinzelte, bis sie wieder klar sehen konnte, und erkannte Varian, die Kai aufrecht hielt. Cruss kauerte in einer so niedergeschlagenen Haltung auf dem Boden, daß sie ihn fast bemitleiden konnte. Fast, aber nicht ganz.

In der Zwischenzeit hatte sie ihre Befehle erhalten. Sie mußte ihre Marines, Weber und Menschen aus diesem Frachter schaffen, bevor Cruss erwachte und ihn abheben ließ. Ob unschuldig oder nicht, wer immer sich bei einem Startvorgang noch im Schiff befand, für den gab es nur eine Bestimmung. Daran hatten die Thek keinen Zweifel gelassen. Während sie die Nachwirkungen dieser außerordentlichen Erfahrung abzuschütteln und an die Erinnerungen zu gelangen versuchte, die ihr die Disziplinierungstechnik erhalten hatte, ließ sie sich und die anderen von Ford und Lunzie für den kurzen Rückflug zum Kreuzer ins Beiboot bringen. Aber sie konnte ihre Gedanken nicht soweit ordnen, daß sie über die implantierten Anweisungen hinausgelangte.

Als sie wieder in ihrem Quartier war, gab sie die nötigen Befehle und machte eine Pause, um Atem zu schöpfen. Die Thek hatten irgendwie die Luft in ihrer Kathedrale komprimiert, um die Menschen zu entkräften, und sie wünschte sich nichts so sehr wie eine ausgedehnte einsame Meditation, um ihr Raumgefühl zurückzugewinnen.

Halb amüsiert und halb verärgert nahm sie zur Kenntnis, daß Lunzie nicht so geduldig war. Ihre Ururgroßmutter trieb Ford an, Sassinaks Spirituosenschrank zu suchen, goß jedem einen Drink ein und hob ihr Glas zu einem Trinkspruch: »Auf die Überlebenden!«

Sassinak trank und dachte bei sich, daß Lunzie diesen sverulanischen Branntwein wohl so genossen hatte, wie er es verdiente, ansonsten wäre sie nicht so bemüht gewesen, noch mehr davon zu finden. Kurz vor der Konferenz hatte Lunzie Kai und Varian einen Dämpfer verpaßt, und jetzt holte sie die beiden wieder aus diesem Zustand. Plötzlich brach es aus ihnen heraus, und sie plapperten drauflos, bis ihre Stimmen sich überschlugen.

Sassinak lachte. »Cruss hat's ziemlich umgehauen.« Zaghaft berührte sie ihre Schläfen, als sich ein heftiger Kopfschmerz anbahnte. »Uns alle.«

»Trotz unseres klaren Bewußtseins und unserer reinen Herzen«, fügte Varian mit einem verschmitzten Lächeln in Richtung Lunzie hinzu.

Sassinak drückte den Knopf des Komgeräts. »Pendelman, bitten Sie Leutnant Commander Dupaynil zu uns. Und haben wir nicht genau die Informationen bekommen, die wir brauchten? Cruss hat sich ausgekotzt. Und das nehme ich ihm nicht einmal übel.«

»Dann weißt du also, wer hinter der Piraterie steckt?« fragte Lunzie aufgeregt.

»Oh, ja. Ich werde warten, bis Dupaynil hier ist. Kai

und Varian haben sich auch mit Ruhm bedeckt. Was ich nur gerecht finde.«

Daraufhin griff Kai den roten Faden auf und erklärte, daß er mit Varian einen Thek gerettet hatte, der seit Äonen in der Falle gesessen hatte und so tief verschüttet gewesen war, daß er nicht um Hilfe hatte rufen können. Ursprünglich war Ireta als Futterplatz gekennzeichnet worden, weil der Planet über reiche Vorkommen an Transuranen verfügte, die dem Appetit der Thek entgegenkamen. Daher also die Gehäuse. Der Thek Gar war ein Wächter gewesen, der dafür sorgen sollte, daß nicht gewisse junge Thek den Planeten seiner Bodenschätze beraubten und nur eine leere Hülle zurückließen.

»Die Thek sind also *die anderen*«, keuchte Lunzie.

»Das ist die unausweichliche Schlußfolgerung«, stimmte Sassinak zu. »Thek können nicht anders, als logisch zu handeln. Wir sind außerdem in einem erheblichen Umfang der Geschichte der Thek ausgesetzt gewesen. Ich werde den Rest später aus dem Gedächtnis rekonstruieren. Relevant ist der Umstand, daß den Thek nach einem Jahrtausend üppiger Mahlzeiten klar geworden ist, daß sie, wenn sie ihren Appetit nicht zügeln, Gefahr liefen, sich selbst aus der Galaxis zu fressen.«

»Kein Wunder, daß sie eine Vorliebe für Dinosaurier hatten«, erklärte Fordeliton in einem Ausbruch von Gelächter.

»Wir können sie jetzt erhalten«, sagte Varian ziemlich stolz.

Kai lächelte scheu. »Ireta unterliegt natürlich Einschränkungen, soweit es den Abbau von Transuranen betrifft, aber ich und meine ›Art‹, wie sie es ausdrückten, haben das Recht, bis auf Transurane alles abzubauen, solange... Sollte es bedeuten, solange ›wir‹ leben? Ich bin mir nicht sicher, ob sich die Frist auf *meine* Lebenszeit bezieht.«

»Nein«, sagte Lunzie. »Mit der Art meinen die Thek wahrscheinlich die Mannschaft des ARCT-10, solang sie überlebt. Sie haben es verdient, Kai. Glauben Sie mir.«

»Seltsamerweise«, sagte Sassinak in die respektvolle Pause hinein, die folgte, »wissen die Thek die Tatsache zu würdigen, daß sie alle unwiderruflich Zeit verloren haben. Der Gerechtigkeitssinn der Thek ist außergewöhnlich.«

Die Thek hatten alle Menschen – die Zeitverschobenen, die Überlebenden und die Nachkommen – in eine Gruppe als Überlebende zusammengefaßt. Sie konnten bleiben oder gehen, wie sie es wünschten.

»Ich frage mich, ob einige der Iretaner es in Erwägung ziehen würden, der Flotte beizutreten«, überlegte Sassinak und dachte dabei an Aygar. »Weber sind hervorragende Wachleute, aber Ireta hat einige prachtvolle athletische Typen hervorgebracht. Ford, versuchen Sie herauszufinden, ob wir ein paar rekrutieren können.«

»Und die überlebenden Mitglieder des ursprünglichen Schwerweltlerkontingents?« fragte Lunzie.

»Meuterei ist unverzeihlich, und ein Meuterer verdient keine Schonung«, antwortete Sassinak mit ernster Miene. »Er wird ins Sektorenhauptquartier zurückgebracht, wo ihn ein Prozeß erwartet. Die Thek waren in diesem Punkt so unnachgiebig wie ich.«

»Und Cruss wird zurückgeschickt?« fragte Ford.

Sassinak verschränkte die Hände und erlaubte sich ein zufriedenes Lächeln. »Nicht nur zurückgeschickt, sondern für immer aus dem Weltraum verbannt. Weder er, noch seine Mannschaft, noch einer der Passagiere wird je wieder ihren Planeten verlassen. Auch dieser Frachter wird nie wieder abheben.«

»Die Thek machen keine halben Sachen, was?«

»Vielleicht können Sie sich keinen aufgeregten Thek

vorstellen, aber sie waren sehr beunruhigt über die Planetenpiraterie«, fuhr Sassinak fort und näherte sich jetzt erst dem eigentlichen Kern der Entscheidungen, die in der Kathedrale getroffen worden waren, »und haben geduldig darauf gewartet, daß *wir* dieses Problem auf eine konstruktive Weise in Angriff nehmen. Die beabsichtigte Ausbeutung von Ireta hat sie allerdings zu ihrem großen Bedauern gezwungen, selbst einzugreifen.« In diesem Moment trat Dupaynil ein. »Wie auf ein Stichwort, ich habe nämlich Neuigkeiten für Sie, Commander. Namen, von denen mir nur einer bekannt war.« Sie forderte den Offizier des Sicherheitsdienstes mit einem Wink dazu auf, Platz zu nehmen, während sie sich vorbeugte und Informationen ins Terminal tippte. »Parchandri ist für Operationen solcher Art in einer vorzüglichen Position…«

»Generalinspektor Parchandri?« rief Fordeliton erschrocken.

»Genau der.«

Lunzie lachte zynisch. »Es ist sehr praktisch, einen hochrangigen Verschwörer in der Abteilung Erkundung, Bewertung und Kolonisierung zu haben. Er wüßte ganz genau, welche planetaren Früchte reif sind, um gepflückt zu werden.«

Kai und Varian betrachteten sie mit bestürzten Gesichtern.

»Wer noch, Sassinak?« fragte Lunzie.

Sie blickte mit einem blasierten Lächeln vom Display auf. »Aldkisaga der Neunte, der Sek von Formalhaut, ist ein Föderationsrat für Innere Angelegenheiten.« Sie bemerkte Lunzies erschrockene Reaktion, fuhr aber fort, als sie sah, daß Lunzie die Lippen fest zusammenpreßte. »Jetzt wird verständlich, wie sein Privatvermögen zusammengekommen ist. Lutpostig scheint der Gouverneur von Diplo zu sein, einem Schwerweltler-Planeten. Wie günstig! Paraden schließlich, was Sie sicher nicht überraschen wird, gehört die Firma, die das Frachtschiff am Boden bereitgestellt hat.«

»Wir hätten nie damit rechnen können, ein Doppelspiel auf dieser Ebene aufzudecken, Commander«, lautete Dupaynils ruhige Einschätzung. Er runzelte die Stirn. »Ich finde es höchst ungewöhnlich für einen Mann in seiner Position, daß Cruss solche Namen kennt.«

»Er kannte sie nicht«, erwiderte Sassinak gleichmütig. »Er war sich nur vage bewußt, daß Kommissar Paraden an der Sache beteiligt war. Die Thek haben ihre Schlüsse aus dem gezogen, was er ihnen über Rekrutierungsverfahren und Zulieferer sagen konnte, und sich dabei offensichtlich auf die Datenbanken des Frachters gestützt.«

»Aber wie können wir die von ihnen gewonnenen Informationen verwenden?« fragte Dupaynil.

»Mit großer Vorsicht, derselben Verlogenheit und überlegener List, Commander, und zweifellos werden wir dazu auch noch einige lange und hitzige Diskussionen mit dem Geheimdienstbüro des Sektors führen müssen. Zum Glück für meine übermäßig mißtrauische Veranlagung kenne ich Admiral Coromell seit Jahren und vertraue ihm blind.«

»*Du* kennst Admiral Coromell?« fragte Lunzie erstaunt.

»Wir gehören derselben Flotte an, meine liebe Ahnin. Und die Schlacht ist halb gewonnen, wenn man weiß, wo sich die eigenen Übeltäter verstecken, selbst wenn es auf so hoher Ebene ist.« Sassinak sah ihren nachdenklichen Blick und fuhr energisch fort. »Ich habe auch einen Marschbefehl erhalten. Also, Fordeliton, legen Sie sich rhetorisch ins Zeug und versuchen Sie ein paar von den Iretanern zu rekrutieren. Kai, Varian und Lunzie, ich werde euch von Borander mit allen Vorräten in euer Lager zurückbringen lassen, die ihr benötigen könntet, um euch über Wasser zu halten, bis das ARCT-10 eintrifft. Nur noch eins...« Sie drehte ihren Stuhl der Reihe von Kabinettschränken hinter sich zu und öffnete eine mit einem Drückerschloß. Sie hörte Lunzies wohliges Seufzen, als die gedrungenen kleinen Branntweinflaschen sichtbar wurden.

»Saubere Gläser, Ford – ich habe einen Trinkspruch anzubieten.« Und als alle mit ihren Gläsern bereitstanden, zeigte sie sich noch viel freigebiger als Lunzie: »An die tapferen, einfallsreichen und ehrwürdigen Überlebenden dieses Planeten... einschließlich der Dinosaurier.«

Daraufhin lächelten sie alle und lachten ausgelassen, als der Branntwein die Kehlen hinunterfloß. Belebt durch das Feuer des Branntweins standen Kai und Varian auf und konnten es nicht abwarten, in ihre Lager zurückzukehren. Die Entscheidung der Thek hatte ihnen beiden vieles gegeben, worauf sie sich freuen konnten, und dazu viel Arbeit.

»Kai und Varian, ihr geht ohne mich«, sagte Lunzie, womit sie die beiden Expeditionsleiter überraschte, Sassinak aber nicht. »Ich würde gern noch etwas Zeit mit meiner Verwandten verbringen.« Sie wandte sich, plötzlich etwas schüchtern und ungelenk, Sassinak zu.

In der Unruhe des Aufbruchs hätte Sassinak gern gewußt, was noch kommen würde. Schließlich hätte Varian ihre Tiere, die sie studieren konnte; und Kai Mineralien, die es abzubauen galt... aber was hätte Lunzie? Nichts. Das ARCT-10 würde sie mitnehmen; sie würde versuchen, einen Auffrischungskurs zu besuchen, der sie auf den neusten Stand der medizinischen Wissenschaften bringen würde, und sich dann irgendwo anders eine Stelle suchen. Nicht die Art von Leben, das Sassinak sich gewünscht hätte. Selbst wenn sie Ärztin gewesen wäre.

»Laß uns hier essen«, sagte sie, als Kai und Varian, von Ford begleitet, den Korridor hinuntergingen. »Mitten zwischen den Schichten geht's in der Messe ziemlich drunter und drüber.«

»Ja. Schön.« Lunzie ging im Büro umher, während Sassinak die Mahlzeit bestellte, und betrachtete die Bilder und den Kristallfisch.

»Das ist mein Lieblingsstück«, sagte Sassinak über den Fisch. »Gleich nach dem Schreibtisch. Dieses Ding ist mein größtes Zugeständnis an mich selbst.«

»Es scheint dir nicht besonders weh getan zu haben«, sagte Lunzie mit einer gewissen Schärfe.

Sassinak lachte. »Ich hab den Tisch vor fünfzehn Jahren gesehen und fünfzehn Jahre dafür gespart. Die Werkstatt fertigt immer nur einen zur gleichen Zeit an und fängt nicht auf Kredit an. Sie haben zwei Jahre gebraucht, um ihn zu bauen, und dann stand er fünf Jahre lang im Lager, bis ich einen Platz hatte, wo ich ihn aufstellen konnte.«

»Hmm.« Lunzies Blick streifte ihr Gesicht, blieb dann wieder am Tisch hängen.

»Soweit ich feststellen kann, hat diese Thek-Konferenz viereinhalb Stunden gedauert«, sagte Sassinak und fuhr mit den Fingern unter ihren feuchten Kragen. Sie hatte ihn gelockert, nachdem das Essen serviert worden war. Im Moment mußte sie aber noch Lunzie auflockern. Sie hielt die Flasche hoch. »Empfehlen Sie noch einen tüchtigen Schluck, Doktor Mespil? Natürlich nur aus medizinischen Gründen.«

»Wenn diese alte Idiotin sich selbst eine ähnliche Dosis verschreiben darf?« Lunzies Lächeln wirkte schon etwas natürlicher, als Sassinak ihre Gläser mit einem großzügigen Fingerbreit füllte.

»Danke.«

Bevor sie den Branntwein genußvoll ausgetrunken hatten, brachten zwei Stewards mit Speisen beladene Tabletts herein: dünn geschnittene Sandwiches, zwei Schalen mit Suppe, Schalen mit gebratenen Delikatessen, frische Früchte, die man offensichtlich von den Iretanern gegen etwas eingetauscht hatte.

Lunzie schüttelte den Kopf. »Ihr seid mir ja ein schöner Haufen bei der Flotte! Und ich dachte immer, das militärische Leben im Weltraum sei so asketisch!«

»Das kommt vor.« Sassinak kostete ihre Suppe und nickte. Ein weiterer kreativer Erfolg ihres Lieblingskochs. Die Stewards lächelten und zogen sich zurück. Endlich konnte Sassinak ihren Uniformrock lockern. »Es gibt sicher… ähh… gewisse Erleichterungen, die mit dem Rang und dem Alter einhergehen.«

»Vor allem mit dem Rang, nehme ich an. Ich freue mich für dich, Sass. Du scheinst dir eine Menge Respekt erworben zu haben, und kommst zweifellos gut mit deinem Leben zurecht.«

Aus irgendeinem Grund war Sassinak bei dieser Bemerkung etwas unwohl zumute. »Nun ja… es gefällt mir. Es hat mir schon immer gefallen. Natürlich ist es nicht immer so angenehm.«

»Nein? Bist du schon oft im Kampf gewesen?«

»Oft genug. Auf dem Kreuzer vor diesem sind wir geentert worden. Jemand hat sogar aus dem Hinterhalt auf mich gefeuert.«

Als sie das hörte, hielt Lunzies Löffel auf halbem Wege zum Mund inne, und sie ließ ihn langsam in die Suppe zurücksinken, bevor sie nachhakte.

»*Geentert?* Ich hätte nicht gedacht, daß das einem… ich meine, einem *Flottenkreuzer*?«

»Genauso hat der Untersuchungsausschuß reagiert. Es schien damals trotzdem eine gute Idee zu sein, Lunzie.« Statt aus der Fassung zu geraten, weil sie hier zu ihrer Ururgroßmutter sprach, entdeckte Sassinak, daß eine gewisse Katharsis ihre Spannung löste und ihr fast so wohl tat wie eine Meditation. Und zugleich keimte in ihr ein neuer Gedanke, der auf den Informationen beruhte, die die Thek ermittelt hatten. »Mein

Stellvertreter hat eine Schiffsladung Sklaven aus diesem System geschafft.« Sie erzählte Lunzie die ganze Geschichte und füllte die verbliebenen Lücken aus.

»Und du bist eine Sklavin gewesen... du hast gewußt...«, murmelte Lunzie leise.

Dieser Tonfall drückte mehr Verständnis aus, als Sassinak ertragen konnte; sie wechselte rasch das Thema und war überrascht, daß sie ein weiteres Problem ansprechen konnte.

»Ja, und was die Loyalität der Mannschaft angeht, hast du im Großen und Ganzen recht. Aber nicht ganz. Zum Beispiel...« – Sassinak ließ sich in ihren Stuhl zurücksinken und betrachtete ihren Gast mit einem kritischen Blick – »bin ich mir im Moment ziemlich sicher, daß wir einen Spitzel an Bord haben, jemanden, der für einen dieser angesehenen Namen arbeitet, in die wir eingeweiht worden sind. Dupaynil und ich haben die Dateien aller Mannschaftsmitglieder genauestens unter die Lupe genommen, und es ist nichts dabei herausgekommen. Wir können keine Manipulationen oder Unstimmigkeiten oder Lücken in der Dienstausübung finden. Aber wir haben einen Saboteur an Bord. Meine Leute haben schon angefangen, sich gegenseitig zu verdächtigen. Du kannst dir vorstellen, wie sich das auf die Moral auswirkt!« Lunzie nickte, und ihr Blick wurde schärfer. »Die Ängstlichen wenden sich an mich und verlangen vor allem von mir, daß ich unsere Schwerweltler unter Arrest stelle. Als ob jeder Schwerweltler ein Unglücksbringer sei.« Sie bemerkte Lunzies erschrockenen Gesichtsausdruck. »Und als nächstes wird es irgendeine politische Gruppierung oder dergleichen sein. Es muß eine Möglichkeit geben, den Lumpen zu finden, aber ich gebe zu, daß mir nichts einfällt. Und ich will den Kerl unbedingt finden, bevor ein Hinweis auf das, was wir hier auf Ireta gefunden haben, durchsickern kann.«

Lunzie schälte ein Stück Obst; die Schale ringelte sich zwischen ihren Fingern zusammen. »Soll ich mal die Dateien durchsehen? Ich meine alles, was nicht geheim ist? Vielleicht sieht der Blick eines Außenseiters mehr. Als Gegenleistung für die Bewirtung gewissermaßen.«

»Als Gegenleistung für die Bewirtung?«

»Dann nicht. Wenn du einer Außenseiterin nicht vertraust…«

»Oh, ich vertraue dir – mein Gott, du bist meine Ururgroßmutter.« Sassinak merkte, daß sie gleich einen Schluckauf bekommen würde, und kam zu dem Schluß, daß der Branntwein sie zumindest ein bißchen redselig gemacht hatte. »Du könntest die Schubladen in meiner Koje durchwühlen, wenn du wolltest. Aber was könntest du finden, das Dupaynil und mir nicht schon aufgefallen wäre?«

»Das könnte ich nicht. Aber wenn es schon nichts nützt, daß man jünger ist, könnte es vielleicht helfen, wenn man älter ist.«

Daraufhin trafen sich ihre Blicke, und sie lachten. Einerseits war es völlig sinnlos, wenn ein Unbeteiligter, nämlich Lunzie, sich das Material noch einmal ansah, andererseits aber erschien es ihnen durchaus sinnvoll, und sie waren beide entspannter als nötig. Zwei Stunden später, als sie über den Personaldateien hockten, waren sie nüchtern geworden, einer Lösung für Sassinaks Problem aber um keinen Schritt näher.

»Ich hätte nicht gedacht, daß man soviele Leute braucht, um einen Kreuzer zu betreiben«, sagte Lunzie streng. »Es wäre einfacher, eine kleine Mannschaft zu überprüfen.«

»Das gehört zu dem großartigen Leben, das ich als Kreuzercaptain führe.«

»Kann ich mir vorstellen. Noch ein Techniker, Stufe E-4, und ich werde…« Sie brach ab und runzelte die Stirn. »Warte mal! Wer ist das?«

Sassinak holte den letzten Eintrag auf den Bildschirm zurück. »Prosser, V. Er ist in Ordnung; ich habe ihn überprüft, und Dupaynil auch.« Sie überflog noch einmal die inzwischen vertraute Datei. Herkunftsplanet: Kolonie Makstein-III; somatischer Typ: Größe zwischen 1.72 und 2.0 m, Gewicht zwischen 60 und 100 kg; Augenfarbe: blau/grau; Hautfarbe: rot/gelb/schwarz im Verhältnis 1:1:1; Typ hell; Haartyp: glatt, fein, hellbraun bis blond und grau. Langer Kopf, schmales Becken, 80%ige Wahrscheinlichkeit, daß die oberen äußeren Schneidezähne fehlen. Sie holte Prossers Holographie auf den Bildschirm und sah einen einsneunzig großen, 75 Kilogramm schweren Mann mit grauen Augen in einem länglichen Gesicht unter glattem, feinem, blondem Haar. Laut seinem zahnärztlichen Befund fehlten ihm die oberen äußeren Schneidezähne, und seine Blutgruppe paßte. »Es ist nichts Ungewöhnliches an seiner Datei, und er entspricht klar dem genetischen Merkmalindex. Seine Augen stehen zu eng beieinander, aber das stellt keinen Verstoß gegen die Sicherheitsbestimmungen dar. Was stimmt denn nicht mit ihm?«

»Er ist unmöglich, kurz gesagt.«

»Warum?«

Lunzie sah mit völlig ernstem Gesicht zu ihr herüber. »Hast du je von Klonkolonien gehört?«

»Klonkolonien?« Sassinak starrte sie bestürzt an. Sie hatte weder davon gehört noch je einen Hinweis darauf erhalten. »Was ist eine Klonkolonie?«

»Welche Datenbanken hast du an Bord? Ich meine mit medizinischen Daten? Ich will etwas überprüfen.« Lunzie war plötzlich angespannt und wachsam, vibrierte fast von einem Verdacht, den sie nicht äußern wollte – noch nicht.

»Medizinische Daten? Frag Mayerd. Wenn das nicht reicht, kann ich dir sogar über eine FTL-Verbindung Zugriff aufs Flottenhauptquartier verschaffen.«

»Ich werde Mayerd fragen. Sie haben davon gesprochen, etwas zu vertuschen, und wenn sie es getan haben…« Lunzie sprach nicht weiter; Sassinak drängte sie nicht dazu. Es blieb noch genug Zeit.

Lunzie saß jetzt am Bordfunk und unterhielt sich mit Mayerd über medizinische Datenbanken, Literaturrecherchen und medizinische Zeitschriften in einem Jargon, dem Sassinak kaum folgen konnte. »Was soll das heißen, *Referenzen der Zellkunde* wird nicht mehr veröffentlicht? Ach so – nun, das ist ein blödsinniger Grund, einen Titel zu ändern… Gut, versuchen Sie's mal mit *Bioethik vierteljährlich* aus dem Universitätsverlag Ampera, wahrscheinlich Band 73 bis 77… nichts? Die Autoren hießen Ceiver und Petruss… Der alte Mackelsey war damals noch Herausgeber, ein echter Teufel, was solche Themen angeht. Natürlich bin ich mir meiner Quellenangaben sicher; soweit es mich betrifft, liegen die Artikel höchstens zwei Jahre zurück.« Schließlich brach sie die Verbindung ab und sah Sass mit einer Mischung aus Selbstgefälligkeit und Beunruhigung an. »Du hast ein großes Problem, meine liebe Urururenkelin. Ein größeres Problem, als du dir vorstellen kannst.«

»Tatsächlich? Als wenn ich nicht schon genug davon hätte.«

»Schlimmer als ein Saboteur. Jemand hat Dateien frisiert. Und nicht nur deine. Sondern alle.«

»Was meinst du damit?« Es war das erste Mal, daß sie in Lunzies Gegenwart ihren Befehlston anschlug, und sie nahm erfreut zur Kenntnis, daß er Wirkung zeigte. Sie erschreckte Lunzie damit zwar nicht, veranlaßte sie aber zu einer klaren Antwort.

»Du hast noch nie etwas von Klonkolonien gehört, und Mayerd auch nicht, die davon wissen sollte. Ich war Studentin in einem Ethikausschuß, der sich mit einer solchen Kolonie befaßt hat.« Lunzie machte eine kurze Pause, ehe sie fortfuhr. »Einige kluge Forscher waren zu dem Schluß gekommen, daß es möglich sei, eine ganze Kolonie ein einziges Genom teilen zu lassen; eine Kolonie, die also ausschließlich aus den Klonen eines einzigen Menschen besteht.«

»Aber das kann nicht funktionieren«, sagte Sassinak und erinnerte sich an das wenige, was sie über Genetik wußte. »Sie würden Inzucht betreiben, und außerdem braucht man unterschiedliche Fähigkeiten und Kombinationen…«

Lunzie nickte. »Menschen sind vielseitig begabt. Frühe menschliche Gesellschaften kannten außer der sexuellen keine andere Spezialisierung. Man kann auf diese Weise keine große, komplizierte Gesellschaft aufbauen, aber eine spezialisierte Kolonie vielleicht. Sie meinten zumindest, sie könnten es. Gemessen am gentechnischen Aufwand, den bestimmte Umweltbedingungen erfordern, wäre es jedenfalls sehr viel billiger – selbst wenn man die Kosten für das Klonen mitrechnet –, ein Genom zu entwerfen und es dann zu klonen. Und wenn man erst das Problem der Generationsbeschränkung gelöst und herausgefunden hat, wie man das andere Geschlecht einfügt, ohne sonst etwas zu verändern, wäre die Kolonie sogar stabil. Wenn man weiß, daß es keine gefährlichen rezessiven Gene gibt, dann würde die Inzucht keine Probleme bereiten. Die Inzucht erhöht nur die Wahrscheinlichkeit, daß solche gefährlichen Gene, sofern sie existieren, sich verbinden. Wenn sie nicht existieren, können sie sich nicht verbinden.«

»Ich verstehe. Aber ich weiß nicht recht, ob ich das glauben soll.«

»Kluges Mädchen. Der Ethikausschuß wollte es auch nicht glauben. Weil ich sozusagen in der Gegend war, als diese erste Kolonie eingerichtet wurde, und weil ich in den entsprechenden Fachgebieten gearbeitet hatte, bekam ich die Gelegenheit, eine Meinung über die ethischen und praktischen Aspekte zu äußern. Als eine aus einem Forum von gut zweihundert Personen. Wir haben die Klone gesehen, zumindest Holographien von ihnen, und die Forschungsberichte. Ich hielt das Projekt für gefährlich, sowohl für die Klone wie für alle anderen. Zum einen war ich der Ansicht, daß in der Art von Umgebung, für welche die Klone entworfen waren, Zufallsmutationen viel häufiger vorkommen würden, als es das Projekt vorsah. Andere fanden, die Klone sollten geschützt werden; das Projekt unterlag ohnehin schon strengen Sicherheitsauflagen, aber offenbar ging man noch einen Schritt weiter, und alle Hinweise auf das Projekt wurden entfernt.«

»Und was hat das alles mit Prosser, V. Tagin zu tun?«

Lunzie wirkte fast angewidert, dann wurde sie weich. »Sassinak, diese Kolonie befand sich auf Makstein VII. Jeder dort – *jeder einzelne* hatte dasselbe Genom und dasselbe Aussehen. Genau dasselbe Aussehen. Ich habe Holographien von Mitgliedern dieser Kolonie gesehen. Dein Mr. Posser ist *keiner* dieser Klone, obwohl ihm der somatische Typ angehängt worden ist.«

»Angehängt?«

»Die Indexeinträge wurden geschrieben, um das Erscheinungsbild der Klone zu verschleiern, sollte einer von ihnen reisen, während sie zugleich eine Spannbreite von Merkmalen andeuteten, als stammten sie aus einem eingeschränkten, aber normalen kolonialen Genpool. Sein somatischer Typ ist gefälscht worden, Sassinak. Deshalb ist dir nichts aufgefallen. Nur jemand, der über die Klonkolonien im allgemeinen und über Makstein VII im besonderen Bescheid wußte, hätte es bemerkt. Und du konntest nichts darüber herausfinden, weil in den Dateien nichts mehr enthalten ist.«

»Aber jemand hat Bescheid gewußt«, sagte Sassinak, und ihr versagte fast der Atem, wenn sie daran dachte.

»Jemand muß Bescheid gewußt haben, um seine ID so zu fälschen...«

»Ich frage mich, ob dein vortrefflicher Leutnant Commander Dupaynil diesen Mr. Posser nicht einmal fragen könnte, woher er wirklich stammt«, sagte Lunzie gedehnt und untersuchte ihre Fingerspitzen – eine Angewohnheit, bei der Sassinak blinzelte, denn es war auch ihre.

Sie tippte die Nummer von Dupaynils Büro ein, und als er sich meldete, schickte sie ihm die gefälschte ID, die sie entdeckt hatten. »Festnehmen«, sagte sie nur, aber sie wußte, daß Dupaynil sie verstehen würde. »Liebe Ururgroßmutter«, wandte sie sich dann mit weicher Stimme an Lunzie. »Du bist viel zu klug, um in der zivilen Medizin zu bleiben.«

»Willst du mir etwa einen Job anbieten?« Es klang freundlich, aber der scharfe Blick strafte sie Lügen.

»Nicht direkt einen Job«, begann Sassinak. »Eine neue Karriere, einen Richtungswechsel in der Lebensmitte, genau richtig für ungetrübte Augen, die sich die Dinge mit einem alten Wissen betrachten, das uns, die wir es brauchen, irgendwie verlorengegangen ist.« Lunzie hob neugierig eine Augenbraue, aber ihr Gesichtsausdruck war aufmerksam, nicht skeptisch. Sassinak fuhr mit zunehmender Begeisterung fort und schmückte eine vage Ahnung aus, die sie vor dem Essen gehabt hatte. »Hör zu, Urgroßmutter. Begreifst du nicht, daß du etwas ersetzen kannst, das wir deiner Ansicht nach verloren haben? Du hast die Dateien im Kopf, zugängliche Fakten, die nicht gelöscht wurden... und wer weiß, vielleicht noch viel mehr als nur Informationen über eine verbotene Kolonie!«

»Der alte Klonkolonietrick funktioniert nur einmal, liebe Enkelin.«

»Laß uns dem, was du im Kopf, keine willkürlichen Grenzen setzen, verehrte Ahnin. Der alte Klonkolonietrick ist doch vielleicht nicht das einzige, was du hinter deinen ungetrübten alten Augen gerettet hast. Du hast einen unmittelbaren Zugriff auf Dinge, die dreiundvierzig oder sogar hundertfünf Jahre zurückliegen, für mich aber entweder in Datenarchiven versteckt oder völlig unbekannt sind. Und diese Planetenpiraterie läuft nach deinem und nach meinem Maßstab schon seit geraumer Zeit.« Sie sah einen Funken Interesse in Lunzies Augen und dann einen Schleier alter, trauriger Erinnerungen, die bald von neuer Hoffnung verdrängt wurden. »Ich biete dir keinen Job an, alte Dame, ich erkläre dich zum Mannschaftsmitglied, zu einem so raffinierten Nachrichtendienst, daß diese planetenhungrigen, geldgierigen Halunken nie darauf kommen werden, wen sie da gegen sich haben. Wie sollten sie auch? Ein Familienteam mit fast derselben Dienstzeit wie, sagen wir, die Paradens…«

»Ja, die Paradens«, sagte Lunzie sehr grimmig. Dann verzogen sich ihre Lippen zu einem Lächeln, das ihre Augen strahlen ließ. »Ein Team? Ein Team, das den Piraten das Genick bricht. Ich habe wahrscheinlich mehr als nur eine nützliche Information im Kopf. Du bist ein Commander und hast ein eigenes Schiff zur Verfügung…«

»…das eben diese Planetenpiraten jagen soll.«

»Du gehörst der Flotte an und kannst bestimmte Fragen stellen und bestimmte Antworten erhalten. Aber ich bin«, und Lunzie schwellte vor Stolz die Brust, »ein Niemand, habe keine große Familie, kein Vermögen, keine Beziehungen – von meiner charmanten Gastgeberin abgesehen –, und sie brauchen das nicht zu wissen. Ja, meine geschätzte Nachfolgerin, ich nehme dein Angebot für ein gemeinschaftliches Handeln an.«

Sassinak hatte gerade die Branntweinflasche in die Hand genommen, um ihre Gläser nachzufüllen, als etwas dumpf gegen das Schott prallte und laute Stimmen auf eine Auseinandersetzung hindeuteten. Sassinak sah Lunzie gequält an und ging nachsehen.

Unmittelbar vor ihrer Tür rang Aygar mühsam um sein Gleichgewicht, und zwei Marines verwehrten ihm den Eintritt.

»Entschuldigen Sie den Lärm, Captain«, sagte einer von ihnen. »Er will Sie sprechen, und wir haben ihm gesagt...«

»Sie sagten doch«, fuhr Aygar Sassinak an, »daß wir als FES-Mitglieder Privilegien genießen...«

»Dazu gehört allerdings nicht, daß Sie mich bei der Arbeit stören dürfen«, sagte Sassinak energisch. Jemand zupfte diskret an ihrem Ärmel. »Aber ich habe gerade ein paar Minuten Zeit«, fügte sie hinzu und entließ die Marines.

Aygar betrat ihr Büro etwas weniger forsch als sonst. Wenn er je seine schlechte Laune ablegen würde, dachte Sassinak, wäre er recht ansehnlich. Er war keine so grobschlächtige Erscheinung wie die meisten Schwerweltler. Ja, er konnte, wenn er sein Auftreten in den Griff bekäme, einfach als ein ungewöhnlich gut entwickelter Normalmensch durchgehen. Ihm würde eine Marine-Uniform wirklich sehr gut stehen. Und auch bei anderen Gelegenheiten das richtige Format haben.

»Hat Major Currald Sie rekrutiert?«

»Er versucht's«, sagte Aygar, und wieder blitzte dieser Humor auf, den man Aygar kaum zutraute.

»Ich dachte, Sie beabsichtigten, auf Ireta zu bleiben, um die Ergebnisse Ihrer schweren Arbeit zu schützen«, sagte Lunzie in diesem weichen Ton, wie ihn auch Sassinak anschlug, wenn sie jemandem Informationen entlocken wollte. Aber als sie den gutaussehenden jungen Iretaner betrachtete, hatte sie ein Glitzern in den Augen, das Sassinak auch sofort erkannte. Es überraschte sie für einen Moment.

»Ich... ich dachte, ich würde bleiben wollen«, sagte

er langsam, »wenn Ireta unser Planet bliebe. Aber das ist nicht der Fall. Und es gibt da draußen Hunderte von anderen Welten...«

»...die Sie als Marine bestimmt besuchen könnten.« Sassinak sprach noch einschmeichelnder und lächelte sogar. Nur zwei konnten dieses Spiel spielen, und sie würde es nicht zulassen, daß ihre Urururgroßmutter sie in ihrem eigenen Büro austrickste.

Aygar sah sie aus zusammengekniffenen Augen an. »Mir ist aber auch zu Ohren gekommen, welche Vorurteile Schwerweltlern entgegengebracht werden.«

»Mein Freund, wenn Sie freundlich sind und sich anständig verhalten, werden die Leute einen so stattlichen jungen Mann wie Sie mögen«, sagte Sassinak und ignorierte Lunzie. »Das Leben auf Ireta, bei geringer Schwerkraft, ist Ihnen gut bekommen. Sie sehen normal aus, obwohl ich wette, daß Sie hohe Schwerkraftbelastungen besser verkraften als die meisten anderen. Seien Sie freundlich, und die meisten Leute werden Sie akzeptieren. Wenn Sie aber bedrohlich mit Ihrer Kraft oder Größe protzen, werden die Menschen mit Furcht und Haß reagieren.« Sassinak zuckte die Achseln. »Sie sind klug genug, um das in den Kopf zu bekommen. Sie würden einen bewundernswerten Marine abgeben.«

Aygar hob herausfordernd eine Augenbraue. »Ich glaube, ich kann sogar noch mehr, Commander. Ich werde mich nicht mit dem Zweitbesten zufriedengeben. Nicht mehr. Ich will die Chance bekommen, zu lernen. Das ist auch eines der Privilegien, die man in der FES genießt, soweit ich verstanden habe. Ich will lernen, was die anderen nicht gelernt haben und uns nicht beibringen wollten. Sie haben uns ständig angelogen.« In seinen Augen blitzte Zorn auf, ein mühsam beherrschter Zorn, der Sassinak faszinierte, weil sie diesem jungen Mann eine solche Tiefe der Gefühle nicht zugetraut hätte. »Und sie haben uns dumm gehalten!« Das rührte an seine tiefsten Wunden. Sassinak war versucht, den vorsichtigen, paranoiden Meuterern für diesen Fehler dankbar zu sein. »Weil wir«, und als Aygar sich mit dem Daumen gegen die Brust klopfte, meinte er damit seine ganze Generation, »niemals einen Teil dieses Planeten bekommen sollten!«

»Nein«, sagte Sassinak und erinnerte sich plötzlich an einen weiteren Informationsschnipsel, den sie von der Thekschen Kanzelrede in der Kathedrale zurückbehalten hatte. »Das sollten Sie nicht.«

»Im Grunde«, begann Lunzie mit einer ebenso süßen Stimme wie ihre Nachfahrin, »haben Sie mit diesen Planetenpiraten doch auch noch eine Rechnung offen. Mit den Schwerweltlern, die Cruss und dieses Frachtschiff geschickt haben.«

Aygar warf der Ärztin einen so feurigen Blick zu, daß Sassinak sich für ihr Versäumnis am liebsten geohrfeigt hätte – das würde sie lehren, nur auf das Äußere eines Mannes zu achten und darüber zu vergessen, was ihn in Gang hielt.

»Man könnte sagen, daß es mir genau darum geht«, erwiderte er in einem sehr viel milderen Ton.

»In diesem Fall«, sagte Sassinak und bat Lunzie mit einem Blick um Unterstützung, »glaube ich, könnten wir Sie wirklich als eine Art… äh… Sonderberater gebrauchen, was meinen Sie?«

»Ich habe gerade für eine vergleichbare Funktion unterschrieben«, sagte Lunzie, als sie Aygar zögern sah. »Besondere Aufgaben. Besondere Ausbildung.«

»Nicht in der üblichen Befehlskette.« Sassinak sah ihn auf eine Weise an, daß ganze Scharen von Junioroffizieren dahingeschmolzen wären.

»Und von wem werde ich Befehle annehmen müssen?« fragte er und sah mit einem verständnislosen Ausdruck in seinem hübschen Gesicht zwischen Sassinak und Lunzie hin und her.

»Ich bin immer noch Captain«, sagte Sassinak entschieden und mit einem finsteren Blick auf ihre Ururgroßmutter, die verhalten lächelte.

»Sie mögen ein Leichtgewicht sein, Captain, aber ich glaube, ich kann's ertragen«, sagte er gedehnt und hielt ihren Blick mit seinen funkelnden Augen fest.

»Willkommen an Bord, Spezialist Aygar!« Und Aygar hielt ihr die Hand zu einem festen Händedruck hin, der ihre Einigung besiegelte.

Lunzie lachte gehässig. »Ich glaube, das wird eine höchst…« – sie machte eine vielsagende Pause – »…eine höchst aufschlußreiche Reise, meine Enkelin. Sollen wir darauf anstoßen?«

Nur für einen Augenblick sah Aygar zwischen ihnen hin und her und zog ein Gesicht, als habe er den Verdacht, daß ihm etwas Subtiles entgangen sei.

»Wir Spezialisten sollten zusammenhalten«, fügte sie hinzu und bot ihm ein Glas bernsteinfarbenen Branntwein an. »Sie stoßen doch mit darauf an, Commander?«

»Darauf und auf andere Dinge! Zum Beispiel: nieder mit den Planetenpiraten!« Sie hielt Lunzie mit einem bedeutungsvollen Blick fest und wußte nicht recht, worauf sie sich mit dieser Reise eingelassen hatte.

»Hoch die Gläser!« stimmte Lunzie fröhlich zu.

Lesen Sie weiter in:

Anne McCuffrey/Jody Lynn Nye

Raumfahrergarn · 06/6367